ENTERRE MON CŒUR
À WOUNDED KNEE

DEE BROWN

ENTERRE MON CŒUR À WOUNDED KNEE

Une histoire américaine (1800-1890)

Traduit de l'américain
par Nathalie Cunnington

TERRE INDIENNE

Ouvrage traduit avec le concours
du Centre National du Livre

Albin Michel

« Terre indienne »
Collection dirigée par Francis Geffard

Édition originale :
BURY MY HEART AT WOUNDED KNEE

Pour Nicolas Brave Wolf

« Il faut d'abord imaginer la carte des États-Unis recouverte d'un drap blanc, comme s'il s'agissait d'un récent assassinat (ce que l'Histoire confirme). Remarquez bien les endroits où le sang imprègne le tissu, il coule de droite à gauche, les premières taches signalent les ports esclavagistes de l'Est et du Sud. Ne vous attardez pas sur les sites des batailles de la guerre de Sécession, car ce sont là des souffrances infligées par nous-mêmes à cause d'un mélange de nécessité et de gloriole.

Remarquez maintenant que tout le reste de notre linceul est maculé du sang de plus de deux cents cultures indiennes que nous avons virtuellement détruites, entre le Massachusetts et la Californie.

Il nous faut consciemment nous souvenir de ce qui s'est passé à Sand Creek et à Wounded Knee, pour ne nommer que deux de ces taches sanglantes. »

Jim Harrison

NOTE DE L'ÉDITEUR

Les noms des Indiens tels que nous les connaissons le plus souvent étant en anglais, et se trouvant être le plus fréquemment la traduction d'une langue tribale, le parti a été pris de les conserver et de proposer au lecteur une traduction française en fin de volume.

Préface

C'est en 1982 que j'ai pour la première fois entendu parler d'*Enterre mon cœur à Wounded Knee.* Je vivais à Toronto, j'étais un jeune punk et j'arborais une crête à l'iroquoise. Je n'avais que vaguement conscience de mes racines et de mes origines. À seize ans, j'étais persuadé de tout savoir. Or, cette année-là, un professeur de mon lycée que j'aimais bien ainsi que deux ou trois autres punks qui vivaient dans la rue et pour lesquels j'éprouvais une sorte d'adoration m'ont tous incité à lire ce livre. Je me le suis immédiatement procuré.

Il avait été publié en Amérique plus de dix ans auparavant. Un petit tirage, des espoirs de vente modestes. Personne, et surtout pas Dee Brown, l'historien bibliothécaire qui l'avait écrit, n'aurait osé imaginer que cet ouvrage deviendrait ce qu'il est aujourd'hui.

La proposition qu'il nous fait est simple, mais dérangeante : et si nous prenions le risque d'examiner l'un de nos grands récits – la conquête de l'Ouest américain – en adoptant non pas le point de vue des conquérants, mais celui du peuple qui a été écrasé ?

À la lecture de ce livre, ma façon de voir le monde, mes opinions politiques, ma sensibilité ont subi une véritable révolution conceptuelle. L'adolescent à problèmes que j'étais s'est retrouvé contraint de garder autour de lui. Mais surtout, *Enterre mon cœur* m'a fait prendre conscience du sang qui coulait dans mes veines, le sang d'ancêtres *Ojibwés* et européens. Comment ma propre histoire pouvait-elle être à la fois celle du conquérant et du vaincu, celle de l'agresseur et de l'agressé ?

Au lieu d'adopter le ton monotone d'un universitaire qui n'aurait plus grand chose à prouver, Brown, en se concentrant sur les années 1860-1880, a choisi de nous faire revivre la grande aventure américaine à travers la voix des personnes les plus affectées, laissant à des hommes tels Red Cloud, Roman Nose, Cochise et Sitting Bull le soin de raconter leur propre histoire avec leurs propres mots. De ces pages surgissent une conception du monde et des modes de vie sur le point de disparaître. Le lecteur ne peut manquer d'être frappé par la confiance absolue que les nations indiennes accordaient à des discours et des traités qui, les uns après les autres, se sont révélés aussi légers que le papier sur lequel ils étaient rédigés. La volonté des premiers habitants de l'Amérique non seulement d'être fidèles à leur parole mais aussi de traduire celle-ci dans leurs actes est illustrée ici à travers un récit simple et efficace. Surtout, Dee Brown s'attache à montrer comment les grands traités de l'époque ont été systématiquement violés par l'homme blanc.

Cependant, le livre ne se contente pas de faire appel aux sentiments du lecteur pour livrer son message. Pour la première fois dans le paysage littéraire américain, il offre une vue panoramique de toutes ces nations qui ont livré bataille contre ceux qui allaient les anéantir après avoir détruit leurs foyers et rompu les traités, des nations dont l'existence même reposait sur la conviction que la terre ne peut pas être possédée et qui en sont mortes. Pour autant, Dee Brown évite soigneusement de dépeindre l'Amérique des Indiens comme une sorte de paradis idyllique. Sous sa plume revit une organisation politique et un ordre social dont la complexité n'avait rien à envier à nos instances internationales modernes (et européennes).

Le livre est sorti en 1970, à une époque où l'Amérique, embourbée dans la guerre du Vietnam, était logiquement prête à réexaminer sa propre histoire et sa propre place dans le monde. Mais comment expliquer qu'il soit toujours autant lu, qu'il ait été vendu à plus de 5 millions d'exemplaires, traduit dans vingt langues et adapté au cinéma en 2007 ? Il y a certes aujourd'hui dans toute l'Amérique du Nord des Indiens qui occupent des positions importantes, qu'ils soient médecins, avocats, enseignants, écrivains, juges, sportifs professionnels ou hommes d'affaires. Mais la vérité, aussi simple et accablante soit-elle, est qu'un grand nombre des communautés nord-américaines les plus défavorisées sur le plan économique ou social vivent sur des réserves indiennes.

Les plus frustes et intolérants d'entre nous persistent à vouloir croire que l'homme rouge est d'une certaine manière moins accompli, moins développé que son frère issu du continent européen. Dee Brown avait déjà compris à son époque les ravages causés par ces voix discordantes et sinistres. Si son livre est resté aussi populaire, c'est parce qu'il affirme haut et fort que nous devons comprendre, dans toute leur complexité, notre histoire commune et les actions de nos ancêtres avant de pouvoir reconnaître la responsabilité de notre sang dans cette folie meurtrière. C'est seulement à ce moment-là que nous pourrons avancer tous ensemble. Et c'est ce que nous faisons.

Si je ne suis plus ce gamin punk avec sa coupe à l'iroquoise, je demeure celui qui entend couler dans ses veines le sang de deux peuples totalement différents. Et grâce à Dee Brown, je comprends mieux mes racines. Dix-sept ans après que je me le suis procuré, son livre continue de guider ma plume. Parfois, en sortent les voix des opprimés, parfois celles de belles personnes, parfois encore, celles de fantômes qui exigent simplement qu'on les écoute. Nous sommes tout à la fois les conquérants et les conquis, dans un même corps, et c'est cela que Dee Brown nous invite à reconnaître. L'influence qu'il a sur moi en tant qu'écrivain est évidente. Et son influence sur le monde persiste à travers ce récit minutieux de l'histoire d'un peuple fier dont la bonne foi est la seule pépite d'or qui lui reste à jamais.

JOSEPH BOYDEN
La Nouvelle-Orléans,
14 février 2009

Introduction

Depuis l'expédition de Lewis et Clark* vers la côte Pacifique au début du XIXe siècle, les récits décrivant l'« ouverture » des territoires de l'Ouest américain se sont multipliés. La majeure partie de ces témoignages et observations se concentrent sur une période de trente ans, entre 1860 et 1890 – celle qui est traitée dans ce livre. Cette époque unique fut marquée tout à la fois par la violence, la cupidité, l'audace, la sensiblerie, une exubérance complètement débridée et une adhésion presque servile à l'idéal de liberté individuelle.

Cette période vit la destruction des cultures indiennes et la naissance de pratiquement tous les grands mythes de l'Ouest américain – des histoires de trappeurs, de négociants en fourrures, de pilotes de bateau à vapeur, de chercheurs d'or, de joueurs professionnels, de bandits armés, de Tuniques Bleues, de cow-boys, de catins, de missionnaires, de prudes institutrices et de pionniers. Les rares voix indiennes qui s'y faisaient entendre étaient la plupart du temps transcrites par une main blanche. L'Indien était la menace sombre hantant ces mythes. Et s'il

---

* Après l'achat de la Louisiane à la France en 1803, qui doublait la superficie de la toute jeune Amérique, le président Jefferson chargea Merriwether Lewis et William Clark d'explorer les territoires nouvellement acquis et de trouver un passage permettant d'atteindre par voie de terre la côte Pacifique. Partis de St. Louis, les explorateurs et leurs compagnons atteignirent l'embouchure de la Columbia River. Une jeune Indienne du nom de Sacagawea leur servait d'interprète. L'expédition dura deux ans (*NdlT*).

avait su écrire en anglais, il n'aurait de toutes façons certainement pas trouvé d'imprimeur ou d'éditeur.

Pourtant, elles ne sont pas toutes perdues, ces voix indiennes du passé. Des récits authentiques de l'histoire de l'Ouest américain ont été conservés par les Indiens sous forme de pictogrammes ou traduits en anglais, et certains publiés dans d'obscurs journaux, pamphlets ou livres à petit tirage. À la fin du XIXe siècle, l'homme blanc se prit d'une vive curiosité pour les Indiens qui avaient survécu aux guerres, et plus d'un journaliste poussa l'audace jusqu'à interviewer des guerriers et des chefs, leur offrant ainsi l'occasion d'exprimer leur point de vue. Il en résulta des entretiens de qualité variée, selon les talents des interprètes ou la disposition des Indiens à parler librement. Une partie d'entre eux en effet craignaient d'être victimes de représailles s'ils disaient la vérité, d'autres se faisant par contre un malin plaisir de raconter aux journalistes les histoires les plus abracadabrantes. Il convient donc de lire les récits d'Indiens de l'époque avec méfiance, même si certains sont des chefs-d'œuvre d'ironie ou des explosions de verve poétique.

Parmi les sources les plus riches de témoignages directs, je citerai les transcriptions des réunions entre Indiens et représentants civils ou militaires des États-Unis, à l'occasion de la signature d'un traité par exemple. Le système sténographique mis au point par Isaac Pitman connaissait une diffusion de plus en plus large au cours de la seconde moitié du XIXe siècle, et lorsque les Indiens prenaient la parole, on avait recours, outre l'interprète officiel, à un sténographe.

Même lorsque les réunions se tenaient dans des endroits reculés, on trouvait en général quelqu'un capable de transcrire les paroles des uns et des autres. En outre, la lenteur de la traduction laissait pratiquement toujours le temps de noter intégralement ce qui se disait. Les interprètes étaient souvent des métis qui connaissaient la langue parlée mais ne savaient que rarement lire ou écrire. Comme la plupart des personnes issues de peuples de tradition orale, ils avaient recours à des images pour exprimer leurs pensées, si bien qu'on trouve dans leurs traductions en anglais de nombreuses comparaisons et métaphores très colorées inspirées par la Nature. Si un mauvais interprète risquait de transformer les envolées d'un Indien éloquent en prose des plus insignifiantes, un bon traducteur pouvait faire d'un piètre orateur un poète.

Introduction

La plupart des chefs indiens s'exprimaient librement et en toute franchise lors des conseils avec les représentants du gouvernement américain. Au cours des années 1870-1880, à mesure qu'ils devenaient plus avertis sur ces questions, ils exigèrent de pouvoir choisir les personnes qui traduiraient et transcriraient leurs propos. À cette époque, certains anciens profitèrent du droit de parole dont jouissaient tous les membres des tribus pour raconter des événements passés dont ils avaient été témoins ou relater l'histoire de leur peuple. Si les Indiens qui vécurent cette période sombre ont disparu, leurs mots sont conservés par millions dans des rapports officiels, les comptes rendus des conseils les plus importants figurant souvent dans les documents de travail du gouvernement.

J'ai tenté, à partir de toutes ces sources qui conservent la trace d'une histoire orale pratiquement oubliée, de reconstituer un récit de la conquête de l'Ouest telle que les victimes la vécurent, en utilisant autant que faire se peut leurs propres mots. Je voudrais que les Américains qui ont toujours étudié cette période en dirigeant leur regard vers l'Ouest changent de perspective lorsqu'ils liront ce livre.

On ne trouvera pas ici matière à se réjouir. Mais il arrive que l'histoire éclaire le présent, et peut-être mes lecteurs comprendront-ils mieux qui sont les Indiens d'Amérique aujourd'hui en apprenant ce qu'ils furent. Ils seront peut-être surpris d'entendre des paroles marquées du sceau de la raison provenant de la bouche d'Indiens invariablement présentés comme des brutes sauvages dans la mythologie américaine. Ils en sauront peut-être plus sur leur propre relation à la terre, grâce à un peuple sincèrement soucieux de son environnement et conscient que la vie dépendait de la terre et de ses ressources, un peuple qui savait qu'il vivait dans un paradis et ne voyait pas pourquoi les envahisseurs venus de l'est s'acharnaient à anéantir tout ce qui était indien et à détruire l'Amérique par la même occasion.

Et si jamais mes lecteurs découvrent la pauvreté, le désespoir et la misère noire dans laquelle vivent les Indiens sur les réserves modernes, ils en comprendront alors peut-être les vraies raisons.

DEE BROWN
Urbana, Illinois, avril 1970

Je ne serai pas là. Je me lèverai et m'en irai.
Enterre mon cœur à Wounded Knee.

Stephen Vincent Benét

1

« Leurs manières sont bienséantes et dignes d'éloges »

> Où sont les Pequots aujourd'hui ? Où sont les Narragansetts, les Mohicans, les Pokanokets, et toutes ces tribus de notre peuple autrefois si puissantes ? Elles ont disparu face à l'avarice et l'oppression de l'Homme Blanc, telle la neige sous le soleil de l'été.
>
> Allons-nous à notre tour nous laisser détruire sans lutter, abandonner nos maisons, cette terre que nous a léguée le Grand Esprit, les sépultures de nos morts et tout ce qui nous est cher et sacré ? « Jamais ! Jamais ! » crierez-vous avec moi.
>
> *Tecumseh, du peuple shawnee*

L'histoire commence avec Christophe Colomb, lequel donna à ce peuple le nom d'Indien, prononcé *Indian* ou *Indianer* selon le dialecte que parlaient les Européens – les Blancs –, le terme Peaux-Rouges venant plus tard. Ainsi que le voulait la coutume lorsqu'ils accueillaient des étrangers, les Tainos de l'île de San Salvador offrirent de généreux présents à Colomb et à ses hommes et les traitèrent avec honneur.

« Ce peuple est si paisible et si doux, écrivit le navigateur génois au roi et à la reine d'Espagne, qu'il n'y a pas de meilleure nation sur terre, j'en fais le serment à Vos Majestés. Ils aiment leur prochain comme eux-mêmes et leur conversation est toujours douce, affable, accompagnée d'un sourire, et même s'il est vrai qu'ils vont nus, leurs manières n'en sont pas moins bienséantes et dignes d'éloges. »

Bien sûr, tout cela fut considéré comme un signe de faiblesse, sinon de paganisme, et Colomb, en bon Européen moralisateur, acquit la conviction que ce peuple devait être « contraint à travailler, semer et faire tout ce qu'il est nécessaire de faire, enfin, *d'adopter nos mœurs* ». Ainsi, au cours des quatre siècles qui suivirent (1492-1890), des millions d'Européens et leurs descendants entreprirent de faire adopter leurs propres mœurs aux peuples du Nouveau Monde.

Colomb fit enlever dix de ses aimables hôtes tainos et les ramena en Espagne afin qu'ils soient initiés aux us de l'homme blanc. L'un d'eux mourut peu après son arrivée en Europe, non sans avoir été baptisé au préalable. Les Espagnols étaient tellement contents d'avoir permis l'entrée au Paradis du premier Indien qu'ils se hâtèrent de répandre la bonne nouvelle dans toutes les Antilles.

Si les Tainos, ainsi que d'autres peuples arawaks, acceptèrent sans résister d'être convertis à la religion des Européens, ils regimbèrent lorsque des hordes d'étrangers barbus se mirent à écumer leurs îles à la recherche d'or et de pierres précieuses. Les Espagnols pillèrent et brûlèrent des villages ; ils enlevèrent des centaines d'hommes, de femmes et d'enfants et les envoyèrent en Europe pour les vendre comme esclaves. Et lorsque les Arawaks résistèrent, ils répondirent avec leurs mousquets et leurs sabres. Moins de dix ans après l'arrivée de Christophe Colomb sur une plage de San Salvador le 12 octobre 1492, des tribus entières – des centaines de milliers de personnes – avaient été anéanties.

Les communications entre peuples du Nouveau Monde étant lentes, les Indiens se retrouvèrent en général conquis et envahis par les Européens avant même d'avoir entendu parler des atrocités qu'ils avaient commises, sauf les Powhatans, qui eurent vent des techniques civilisatrices des Espagnols bien avant l'arrivée des Blancs anglophones en Virginie en 1607. Soucieux de s'assurer une période de paix suffisamment longue pour établir une colonie à Jamestown, les Anglais décidèrent donc d'adopter des méthodes plus subtiles. Ils posèrent une couronne dorée sur la tête de Wahunsonacook, rebaptisé pour l'occasion roi Powhatan, et le convainquirent de la nécessité de faire travailler son peuple afin qu'il fournisse des vivres aux colons blancs. Wahunsonacook hésita : devait-il fidélité à son peuple rebelle ou aux Anglais ? Le mariage de sa fille Pocahontas avec John Rolfe le décida : il était plus anglais qu'indien. Après sa mort, les Powhatans se soulevèrent et tentèrent de chasser les Anglais. Mais ils avaient sous-estimé la puissance des armes des Blancs. Des huit mille membres de leur tribu, il n'en resta bientôt plus qu'à peine mille.

Dans le Massachusetts, si l'histoire débuta d'une manière quelque peu différente, elle se termina pratiquement de la même façon qu'en Virginie. Les Anglais arrivés à Plymouth en 1620 seraient pour la plupart morts de faim sans l'assistance des braves indigènes du Nouveau Monde. Pemaquid, un Samoset, et Massasoit, Squanto et Hobomah, trois Wampanoags, s'autoproclamèrent missionnaires auprès des Pères Pèlerins. Ils parlaient tous l'anglais, l'ayant appris avec des explorateurs débarqués sur leurs rivages quelques années auparavant. Squanto, kidnappé par un marin anglais qui l'avait vendu comme esclave en Espagne, était parvenu grâce à l'aide d'un autre Anglais à s'échapper et à rentrer chez lui. Ses trois compagnons et lui considéraient les colons de Plymouth comme des enfants sans défense. Ils partagèrent avec eux le maïs provenant des réserves de leurs tribus, leur montrèrent comment et où pêcher des poissons, et les aidèrent à survivre au premier hiver. Le printemps venu, ils leur donnèrent des semences de maïs et leur apprirent à les planter et à les cultiver.

Pendant plusieurs années, les Anglais et leurs voisins indiens vécurent en paix. Mais les bateaux étaient toujours plus nombreux à venir déverser leur cargaison humaine sur le rivage. Toute la région côtière, que les Européens avaient baptisée Nouvelle-Angleterre, retentissait des bruits des haches et des arbres qu'on abattait. Les villages poussaient comme des champignons. En 1625, l'un des colons demanda à Samoset de leur céder six hectares faisant partie du territoire pemaquid. Samoset savait que la terre, donnée aux Indiens par le Grand Esprit, était aussi infinie que le ciel et qu'elle n'appartenait à personne. Pourtant, pour faire plaisir à ces étrangers aux mœurs bizarres, il leur accorda ces six hectares avec solennité et apposa sa marque sur un document – le premier acte de cession d'une terre indienne au bénéfice de colons anglais.

La plupart des autres colons, qui débarquaient désormais par milliers, ne s'encombrèrent pas de telles cérémonies. En 1662, avant même la mort de Massasoit, le grand chef des Wampanoags, son peuple se vit repoussé vers les régions sauvages. Son fils Metacom comprit que les Indiens étaient voués à disparaître s'ils ne s'unissaient pas pour résister aux envahisseurs. Couronné roi Philip de Pokanoket par les colons de la Nouvelle-Angleterre, il n'en consacra pas moins la majeure partie de sa vie à former des alliances contre eux avec les Narragansetts et d'autres tribus de la région.

En 1675, après une série d'agressions de la part des colons, et devant la menace d'anéantissement des tribus, le roi Philip entraîna sa confédération indienne dans la guerre. Les Indiens attaquèrent cinquante-deux villages de colons, en détruisant douze. Mais après des mois de combats, la puissance de feu des colons avaient pour ainsi dire exterminé les Wampanoags et les Narragansetts. Le roi Philip fut tué et sa tête exhibée sur la place publique à Plymouth pendant vingt ans. Sa femme et son jeune fils furent vendus comme esclaves aux Antilles, comme tant d'autres femmes et enfants indiens capturés.

Lorsque les Hollandais arrivèrent sur l'île de Manhattan, l'un d'eux, Peter Minuit, l'acheta pour l'équivalent de soixante florins en hameçons et perles de verre, tout en encourageant les Indiens à rester sur place et à échanger leurs précieuses fourrures contre des babioles du même genre. En 1641, Willem Kieft força les Mohicans à lui payer un tribut et envoya la troupe à Staten Island afin de punir les Raritans, pour des délits au demeurant commis par des colons blancs. Comme les Raritans résistaient, les soldats en tuèrent quatre. Les Indiens répliquèrent avec le meurtre de quatre Hollandais. Kieft ordonna alors le massacre de deux villages en pleine nuit, pendant que les habitants dormaient. Les soldats hollandais transpercèrent hommes, femmes et enfants à la baïonnette, taillèrent les corps de leurs victimes en pièces et, incendiant le village, le rayèrent de la carte.

Pendant deux siècles, ce type d'événements se multiplia à mesure que les colons européens s'enfonçaient dans les terres en passant par les cols des Alleghenies ou en suivant les rivières qui se jetaient plus à l'ouest dans les Great Waters (les Grandes Eaux, c'est-à-dire le Mississippi), ou dans le Great Muddy (le Grand Boueux, en d'autres termes le Missouri) au nord.

Les Cinq Nations iroquoises, les plus puissantes et les plus avancées des tribus de l'Est, tentèrent en vain de préserver la paix. Après des années de lutte sanglante pour conserver leur indépendance politique, elles durent se soumettre. Certains Iroquois s'enfuirent au Canada, d'autres vers l'ouest, tandis que les derniers finissaient leur vie parqués sur des réserves.

Dans les années 1760, Pontiac, un chef ottawa, unit les tribus de la région des Grands Lacs dans l'espoir de repousser les Anglais au-delà des Alleghenies. Mais il avait commis l'erreur de s'allier à des Blancs francophones qui laissèrent tomber les *Peaux-Rouges** pendant le siège décisif de Detroit, et son entreprise échoua.

À la génération suivante, Tecumseh, un Shawnee, rassembla des tribus du Midwest et du Sud en une immense confédération pour protéger les terres indiennes de l'invasion. Le rêve s'acheva, hélas, avec sa mort sur le champ de bataille pendant la guerre anglo-américaine de 1812.

Il y eut, entre 1795 et 1840, les Miamis, qui livrèrent d'incessantes batailles et signèrent d'innombrables traités, cédant peu à peu leurs riches terres de la vallée de l'Ohio jusqu'à ce qu'il ne leur reste plus un pouce de terrain.

Puis ce furent les Sauks et les Fox qui, fuyant l'arrivée massive de colons blancs dans la vallée de l'Illinois après la guerre de 1812, traversèrent le Mississippi. Black Hawk, l'un de leurs chefs, refusa de reculer, s'allia avec les Winnebagos, les Potawotamis et les Kickapoos, et déclara la guerre aux nouveaux villages de colons. Trahi par une bande de Winnebagos qui s'était laissé corrompre par un chef soldat blanc en échange de vingt chevaux et cent dollars, il fut capturé en 1832, emmené dans l'Est et exhibé aux curieux. Après sa mort en 1838, le gouverneur du Territoire de l'Iowa, récemment créé, réclama son squelette, qu'il installa bien en vue dans son bureau.

En 1829, Andrew Jackson, que les Indiens appelaient Couteau-Aiguisé, prit ses fonctions de président des États-Unis. À l'époque où il était en poste sur la Frontière, il avait à la tête de ses soldats massacré des milliers de Cherokees, de Chickasaws, de Choctaws, de Creeks et de Séminoles. Or, ces Indiens du Sud, encore fort nombreux, s'accrochaient toujours à leurs terres tribales, que des traités signés avec les Blancs leur avaient attribuées pour l'éternité. Dans le premier message qu'il envoya au Congrès, Jackson conseilla vivement qu'ils soient tous repoussés vers l'ouest, au-delà du Mississippi. « Je suggère de

---

* En français dans le texte.

délimiter un territoire de bonne taille à l'ouest du Mississippi… qui serait octroyé aux tribus indiennes, tant que celles-ci l'occuperont. »

L'application d'une telle proposition ne faisait que s'ajouter à la liste déjà longue des promesses faites aux Indiens de l'Est – et invariablement rompues. Jackson n'en était pas moins convaincu que Blancs et Indiens ne pouvant vivre ensemble en paix, son projet permettrait d'aboutir à une promesse définitive qui serait, elle, tenue à jamais. Et le 28 mai 1830, sa proposition devint loi.

Deux ans plus tard, il nomma un commissaire aux Affaires indiennes rattaché au Département de la Guerre et chargé de veiller à ce que les lois concernant les Indiens soient appliquées correctement. Le 30 juin 1834, le Congrès vota l'*Act to Regulate Trade and Intercourse with the Indian Tribes and to Preserve Peace on the Frontiers* (la loi pour la régulation du commerce et des relations avec les Indiens et pour le maintien de la paix sur les frontières). Les territoires se situant à l'ouest du Mississippi et « ne faisant pas partie des États du Missouri et de la Louisiane ou du Territoire de l'Arkansas » devenaient indiens. Aucun Blanc ne serait autorisé à y faire commerce sans licence. Tout négociant blanc aux intentions douteuses se verrait refuser le droit d'y résider. Nul Blanc ne pourrait s'y installer. Enfin, les forces armées américaines seraient chargées d'arrêter toute personne ayant enfreint l'un ou l'autre des articles de la loi.

Avant même l'entrée en vigueur de l'*Act*, une nouvelle vague de colons blancs déferla vers l'Ouest et prit d'assaut les Territoires du Wisconsin et de l'Iowa. Les autorités à Washington furent alors bien obligées de déplacer la « frontière indienne permanente » jusqu'au 95e méridien. La nouvelle frontière suivait une ligne allant de Lake of the Woods, sur ce qui correspond aujourd'hui à la frontière entre le Minnesota et le Canada, jusqu'à la baie de Galveston, au Texas, en coupant à travers des territoires devenus depuis le Minnesota et l'Iowa, puis en longeant les frontières ouest du Missouri, de l'Arkansas et de la Louisiane. Pour maintenir les Indiens au-delà du 95e méridien et empêcher des Blancs non autorisés de le franchir, des garnisons de soldats furent installées dans des postes militaires – Fort Snelling sur le Mississippi, Fort Atkinson et Fort Leavenworth sur le Missouri, Fort Gibson et Fort Smith sur l'Arkansas River, Fort Towson sur la Red River et Fort Jesup en Louisiane.

Plus de trois siècles s'étaient écoulés depuis l'arrivée de Christophe Colomb à San Salvador, plus de deux depuis l'installation des colons anglais en Virginie et en Nouvelle-Angleterre. Entretemps, les aimables Tainos qui avaient accueilli Colomb avaient été complètement anéantis et leur civilisation d'agriculteurs et d'artisans détruite et remplacée, du vivant même du dernier des représentants de la tribu, par des plantations de coton employant des esclaves noirs. Les colons blancs avaient abattu des forêts tropicales entières afin d'agrandir leurs champs. Les plants de coton avaient épuisé le sol et, en l'absence d'une barrière végétale, le sable apporté par les vents avait recouvert les terres cultivées. Lorsque Colomb avait vu l'île pour la première fois, elle était « très grande et très plate, et les arbres [étaient] très verts... l'ensemble si vert que c'était un plaisir de le contempler. » Les Européens arrivés après lui détruisirent toute cette végétation ainsi que les occupants – hommes et animaux – de l'île. Une fois celle-ci transformée en un véritable désert, ils l'abandonnèrent.

Sur le continent américain, les Wampanoags de Massasoit et du roi Philip avaient disparu, ainsi que les Chesapeakes, les Chickahominys, et les Potomacs de la grande confédération powhatan (seul devait survivre le souvenir de Pocahontas). Les Pequots, Montauks, Nanticokes, Machapungas, Catawbas, Cheraws, Miamis, Hurons, Ériés, Mohawks, Sénécas et Mohegans s'étaient dispersés ou se réduisaient à une poignée de survivants (seul Uncas* ne tomberait pas dans l'oubli). La musique de leurs noms allait rester à jamais inscrite sur la terre d'Amérique. Mais leurs os étaient ensevelis sous les cendres de centaines de villages brûlés, enfouis dans des forêts inexorablement détruites par les haches de vingt millions d'envahisseurs. Déjà, l'eau jadis si limpide des rivières, lesquelles portaient souvent des noms indiens, était souillée par la vase et les déchets. La terre elle-même avait subi ravages et pillages. Aux yeux des Indiens, les Européens détestaient tout dans la nature – les forêts pleines de vie, avec leurs oiseaux et leurs animaux sauvages, les clairières à l'herbe verte, l'eau, la terre, et jusqu'à l'air lui-même.

* Uncas (vers 1588-1682), Indien de la tribu des Pequots, dont il fut exclu suite à une rébellion contre le chef ; il forma la tribu mohegan dont il prit la tête. Il combattit aux côtés des Anglais lors de la guerre du roi Philip (*NdlT*).

Les dix années qui suivirent l'établissement de la « frontière indienne permanente » furent une période bien sombre pour les tribus de l'Est. La grande nation cherokee avait survécu à plus de cent ans de guerres avec les Blancs, aux maladies et au whisky. À présent, elle était vouée à disparaître. Comme elle comptait plusieurs milliers de membres, il était prévu que son déplacement vers l'Ouest se ferait en plusieurs étapes. Mais avec la découverte d'or dans les Appalaches, sur leur territoire, l'exode immédiat de tous les Cherokees fut réclamé avec véhémence. Au cours de l'automne 1838, les soldats du général Winfield Scott les rassemblèrent et les parquèrent dans des camps. Quelques centaines d'entre eux s'enfuirent dans les Smoky Mountains. Bien plus tard, ils se verraient octroyer une petite réserve en Caroline du Nord. Les autres furent emmenés jusqu'au Territoire Indien. Un Cherokee sur quatre périt de faim, de froid ou de maladie au cours de cette longue migration hivernale – leur « Piste des Larmes ». Dans le Sud, les Choctaws, les Chickasaws, les Creeks et les Séminoles se virent eux aussi contraints d'abandonner leurs terres natales. Les quelques survivants shawnees, miamis, ottawas, hurons, delawares et ceux de tant d'autres tribus autrefois puissantes furent obligés de quitter le Nord à pied, à cheval ou en chariot en emportant leurs maigres possessions, leurs outils agricoles rouillés et leurs sacs de semences de maïs. Et quand ils arrivèrent dans le pays des tribus fières et libres des Plaines, ce fut en réfugiés, en parents pauvres.

Les malheureux venaient à peine de s'installer derrière la ligne protectrice de la « frontière indienne permanente » que les soldats commencèrent à pénétrer le Territoire Indien. Les Blancs des États-Unis – qui parlaient si souvent de paix mais ne la respectaient visiblement que très peu – partaient se battre contre les Blancs du Mexique. À la fin de la guerre en 1847, les États-Unis s'emparèrent d'un immense territoire s'étendant du Texas à la Californie – entièrement situé au-delà de la « frontière indienne permanente ».

En 1848, on découvrit de l'or en Californie. Alors, des milliers de prospecteurs venus de l'Est traversèrent le Territoire Indien à la recherche de la fortune. Les Indiens qui vivaient ou chassaient le long des pistes de l'Oregon ou de Santa Fé s'étaient habitués à voir de temps en temps sur les pistes quelques commerçants, trappeurs ou missionnaires munis d'autorisations.

Mais désormais, ces mêmes pistes étaient encombrées de chariots, des chariots pleins de Blancs qui se dirigeaient pour la plupart vers la Californie et son or, quelques-uns bifurquant vers le sud-ouest en direction du Nouveau-Mexique, ou vers le nord-ouest et la région de l'Oregon.

Pour justifier ces violations de la « frontière indienne permanente », des politiciens de Washington inventèrent le concept de « Destinée Manifeste », donnant ainsi des lettres de noblesse au fait de convoiter des terres. Selon eux, le destin des Européens et de leurs descendants était de dominer toute l'Amérique. Ils constituaient la race dominante et devaient par conséquent prendre en charge les Indiens – et bien sûr leurs terres, leurs forêts et leurs ressources minérales. Seuls les habitants de la Nouvelle-Angleterre s'élevèrent contre de telles idées – il est vrai qu'eux-mêmes avaient déjà chassé ou tué tous leurs Indiens.

En 1850, la Californie devint le trente et unième État de l'Union, ceci sans que les Modocs, les Mohaves, les Paiutes, les Shastas, les Yumas ou les centaines d'autres tribus moins connues qui peuplaient la côte Pacifique ne soient consultés. Lorsque l'on découvrit de l'or dans les montagnes du Colorado, des hordes de prospecteurs déferlèrent à travers les plaines. Deux nouveaux territoires comprenant pratiquement toutes les terres des Indiens des Plaines, le Kansas et le Nebraska, furent constitués. En 1858, le Minnesota acquit, en même temps que le statut d'État, des frontières qui s'étendaient sur plus de cent soixante kilomètres au-delà du 95e méridien, c'est-à-dire de la « frontière indienne permanente ».

Ainsi, un quart de siècle seulement après l'entrée en vigueur de la loi voulue par Andrew Jackson, alias Couteau-Aiguisé, les colons blancs avaient fait reculer la frontière indienne au nord et au sud, tandis que des colonnes avancées de prospecteurs et de négociants l'avaient enfoncée au centre.

C'est alors que les citoyens des États-Unis se mirent à se battre entre eux – les Bleus contre les Gris. Nous étions au début des années 1860. La guerre de Sécession venait de commencer. En 1860, vivaient dans le pays et dans les différents territoires environ trois cent mille Indiens, la plupart à l'ouest du Mississippi, ce qui représentait, selon les différentes estimations, une diminution de la moitié, voire des deux tiers de leur population depuis l'arrivée des premiers colons en Virginie et en Nouvelle-

Angleterre. Les survivants se retrouvaient coincés entre l'océan Pacifique à l'ouest et une population blanche qui ne cessait de s'accroître à l'est – plus de trente millions d'Européens et leurs descendants. Si les quelques rares tribus encore libres s'imaginaient que la guerre civile des Blancs allégerait la pression pesant sur elles, elles n'allaient pas tarder à déchanter.

De toutes les tribus de l'Ouest, la plus puissante et la plus nombreuse en 1860 était celle des Sioux, également appelés Dakotas ou Lakotas, qui se divisait en plusieurs sous-groupes. Les Sioux Santees habitaient dans les forêts du Minnesota et avaient déjà été contraints de céder du terrain devant l'avancée des colons. Little Crow, chef des Santees Mdewkanton, avait visité les villes de l'Est et en était revenu avec la conviction qu'il était impossible de résister à la puissance des États-Unis. La mort dans l'âme, il tentait à présent de persuader ses compagnons de céder aux Blancs. Vabasha, un autre chef santee, s'était lui aussi résigné à l'inévitable, même si, comme Little Crow, il était décidé à refuser toute autre cession de leurs terres.

Plus à l'ouest, dans les Grandes Plaines, vivaient les Sioux Tetons, de grands cavaliers libres comme le vent qui éprouvaient un certain mépris pour leurs cousins santees des forêts et leur capitulation devant les Blancs. Les Sioux les plus nombreux et les plus confiants en leur capacité à défendre leur territoire étaient les Tetons Oglalas. Ils avaient pour chef au début de la guerre de Sécession un remarquable guerrier de trente-huit ans, Red Cloud. Guerrier, Crazy Horse, un Oglala intrépide était à cette époque trop jeune pour l'être.

Il y avait chez les Hunkpapas, un petit sous-groupe des Sioux Tetons, un jeune homme d'une vingtaine d'années à la réputation de chasseur et de guerrier déjà bien établie. Lors des conseils tribaux, il prônait une opposition ferme aux intrusions des Blancs. On l'appelait Tatanka Yotanka, le Bison Assis (Sitting Bull). Il avait pris sous son aile un orphelin du nom de Gall. Seize ans plus tard, en 1876, avec Crazy Horse, il entrerait dans l'Histoire.

Bien que n'ayant pas encore atteint la quarantaine, Spotted Tail était déjà le porte-parole en chef des Tetons Brûlés, une tribu qui vivait sur les plaines situées plus à l'ouest. C'était un bel homme affable qui appréciait les festins raffinés et les femmes accommodantes. Il tenait à son mode de vie et à sa terre, tout en étant prêt à faire des compromis pour éviter la guerre.

Les Cheyennes entretenaient des liens étroits avec les Sioux Tetons. Autrefois installés dans le Minnesota, sur le territoire des Sioux Santees, ils avaient peu à peu migré vers l'ouest et acquis des chevaux. À présent, les Cheyennes du Nord partageaient la région de la Powder River et de la Bighorn River avec les Sioux et établissaient fréquemment leurs campements près des leurs. Ils étaient commandés par un chef remarquable âgé d'une quarantaine d'années, qu'ils appelaient Morning Star mais que les Sioux avaient baptisé Dull Knife, nom repris dans la plupart des récits de l'époque.

Les Cheyennes du Sud avaient quitté la région de la Platte River pour installer leurs villages sur les plaines du Colorado et du Kansas. À leur tête se trouvait Black Kettle, un grand guerrier dans sa jeunesse, âgé à présent d'une soixantaine d'années. Les hommes jeunes et les Hotamitanos, les Dog-Soldiers*, étaient plus enclins à suivre des chefs tel Tall Bull ou Roman Nose, encore à la fleur de l'âge.

Les Arapahos, de vieux alliés des Cheyennes, vivaient dans les mêmes régions, certains avec les Cheyennes du Nord, d'autres avec ceux du Sud. À l'époque, leur chef le plus célèbre s'appelait Little Raven et était âgé d'une quarantaine d'années.

Les Kiowas habitaient au sud des prairies du Kansas et du Nebraska où paissaient les bisons. Certains des plus vieux membres de la tribu se souvenaient des Black Hills, qu'ils avaient dû quitter, repoussés par les Sioux, les Cheyennes et les Arapahos. En 1860, ils avaient fait la paix avec les tribus des plaines du Nord et formé alliance avec les Comanches, sur le territoire desquels ils s'étaient installés. Ils avaient plusieurs grands chefs – Satank, qui se faisait vieux, Satanta et Lone Wolf, deux vigoureux guerriers âgés d'une trentaine d'années, et enfin Kicking Bird, un fin politique.

Les Comanches, qui se déplaçaient sans cesse et étaient divisés en nombreuses petites bandes, manquaient de personnalités fortes à leur tête. Le vieux Ten Bears était plus un poète qu'un

---

* L'Hotamitano était l'une des six confréries de guerriers de la tribu cheyenne. Ses membres s'appelaient les Dog-Soldiers (Soldats-Chiens) (*NdlT*).

chef guerrier. Et Quanah Parker, un métis qui les entraînerait dans une dernière grande bataille pour sauver leurs prairies à bisons, n'avait même pas vingt ans en 1860.

Les Apaches occupaient les régions arides du Sud-Ouest. Ils avaient l'expérience de deux cent cinquante ans de guerre contre les Espagnols, qui leur avaient enseigné les arts raffinés de la torture et de la mutilation sans jamais pouvoir les soumettre. Bien que peu nombreux – sans doute pas plus de six mille, divisés en petites bandes –, leur réputation de défenseurs acharnés de leur terre dure et implacable était déjà bien établie. Mangas Colorado, âgé de près de soixante-dix ans, avait signé un traité d'amitié avec les États-Unis, mais voyait ses illusions s'envoler avec l'arrivée massive de mineurs et de soldats sur son territoire. Cochise, son gendre, pensait encore pouvoir s'entendre avec les Blancs. Victorio et Delshay, quant à eux, se méfiaient des intrus américains et préféraient ne pas avoir affaire à eux. Nana, la cinquantaine mais toujours coriace, jugeait que les Blancs anglophones étaient comme les Blancs hispanophones du Mexique contre lesquels il s'était battu toute sa vie. Et Géronimo était encore trop jeune pour avoir fait ses preuves.

Les Navajos appartenaient à la même grande famille que les Apaches, mais ils avaient pour la plupart adopté les us des Blancs espagnols, élevaient des moutons et des chèvres et cultivaient des céréales et des arbres fruitiers. Certaines bandes de la tribu étaient devenues riches grâce à l'élevage et au tissage. D'autres Navajos continuaient de vivre en nomades et de lancer des raids contre leurs vieux ennemis les Pueblos et contre les colons blancs, s'en prenant même parfois à des membres prospères de leur propre tribu. Manuelito, un éleveur robuste et moustachu, avait été élu chef de la tribu en 1855. En 1859, lorsqu'un petit groupe de Navajos indisciplinés attaquèrent des citoyens américains sur leur territoire, l'armée, au lieu de traquer les coupables, répliqua en détruisant les hogans* et en abattant tout le bétail appartenant à Manuelito et aux membres de sa bande. C'est pourquoi en 1860, avec ses partisans, celui-ci livrait une guerre non déclarée contre les États-Unis au Nouveau-Mexique et en Arizona.

---

* Hogan : maison conique faite de rondins de bois recouverts de terre séchée, habitat traditionnel des Navajos (*NdlT*).

Le territoire des Utes, une tribu des montagnes, se situait dans les Rocheuses au nord de ceux des Apaches et des Navajos. Les Utes lançaient fréquemment des raids contre leurs paisibles voisins du Sud. Ouray, leur chef le plus connu, était partisan de la paix avec les Blancs, allant jusqu'à combattre, lui et ses guerriers, en tant que mercenaires à leurs côtés contre d'autres tribus indiennes.

Dans les régions les plus à l'ouest, la plupart des tribus étaient trop petites, trop divisées ou trop faibles pour vraiment résister. Les Modocs, un groupe comprenant moins de mille membres et occupant un territoire à cheval sur le nord de la Californie et le sud de l'Oregon, défendaient leurs terres sur le mode de la guérilla. Kintpuash, que les colons californiens appelaient Captain Jack, n'était encore qu'un tout jeune homme en 1860. Les épreuves qu'il traverserait en tant que chef ne viendraient que dix ans plus tard.

Au nord-ouest des terres modocs vivaient les Nez-Percés, en paix avec les Blancs depuis que Lewis et Clark avaient traversé leur territoire en 1805. En 1855, l'un des sous-groupes de la tribu céda des terres aux États-Unis et accepta de vivre sur une grande réserve, tandis que d'autres bandes de Nez-Percés continuaient de nomadiser entre les chaînes des Blue Mountains de l'Oregon et des Bitterroots de l'Idaho. La tribu était persuadée qu'il y avait suffisamment d'espace dans le Nord-Ouest pour que Blancs et Indiens utilisent les terres à leur convenance. Mais en 1877, Heinmot Tooyalaket, qui se ferait connaître plus tard sous le nom de Chef Joseph, serait amené à prendre une décision fatale, celle de choisir entre la guerre et la paix. Pour l'heure, il avait vingt ans et le chef, c'était son père.

Enfin, sur les terres paiutes, dans le Nevada, vivait un futur messie de quatre ans du nom de Wovoka qui allait exercer une influence brève, mais puissante, sur les Indiens de l'Ouest.

Au cours des trente ans qui suivirent, ces chefs, mais d'autres aussi, seraient appelés à entrer dans l'Histoire – et dans la légende. Leurs noms deviendraient aussi connus que ceux des hommes qui voulaient les anéantir. Un grand nombre d'entre eux, jeunes ou vieux, tomberaient longtemps avant l'événement qui devait symboliser la fin des Indiens libres – Wounded Knee (décembre 1890). Un siècle plus tard, dans notre époque sans héros, ce sont peut-être eux les plus héroïques des Américains.

2

La longue marche des Navajos

1860 : Le 12 mars, le Congrès américain vote la Pre-emption Bill, *qui permet l'octroi aux colons de parcelles dans les territoires de l'Ouest. Le 13 avril, arrivée à Sacramento (Californie) du premier messager du Pony Express, parti le 3 avril de Saint Joseph (Missouri) avec des sacoches de courrier. Le 23 avril à Charleston (Caroline du Sud), les membres du parti démocrate se divisent sur la question de l'esclavage. Lors de sa convention nationale (16-18 mai), le parti républicain choisit comme candidat à l'élection présidentielle Abraham Lincoln. En juin, la population des États-Unis atteint le chiffre de 31 443 321. En juillet, invention de la carabine à répétition. Le 6 novembre, victoire d'Abraham Lincoln aux élections présidentielles, avec seulement 40 pour cent du vote populaire. Le 20 décembre, la Caroline du Sud fait sécession.*

1861 : Le 4 février, constitution du Congrès confédéré à Montgomery (Alabama). Le 9, Jefferson Davis est élu président des États confédérés. Le 11, Lincoln dit adieu à ses amis et voisins de Springfield (Illinois) et prend le train pour Washington. En mars, le président Davis réclame la levée de 100 000 soldats pour défendre la Confédération. Le 12 avril, les Confédérés ouvrent le feu sur Fort Sumter. Le 14, Fort Sumter tombe. Le 15, Lincoln demande la constitution d'une armée de 75 000 volontaires. Le 21 juillet, première bataille de Bull Run : les soldats de l'Union se replient sur Washington. Le 6 octobre, les étudiants russes insurgés ferment l'université de Saint-Pétersbourg. Le 25 octobre, la ligne télégraphique entre St. Louis et San Francisco est achevée. Le 5 décembre, dépôt du brevet du revolver Gatling. Le 14 décembre, les Britanniques pleurent la mort d'Albert, prince consort de la reine Victoria. Le 30 décembre, les banques américaines suspendent les paiements en or.

Nos pères ont appris l'arrivée des Américains qui traversaient le grand fleuve en direction de l'Ouest... Puis nous avons entendu parler de la poudre, des pierres à fusil, des armes – d'abord à silex, puis à capsules fulminantes, et maintenant à répétition. Nous avons rencontré les Américains pour la première fois à Cottonwood Mash. Nous avons fait la guerre aux Mexicains et aux Pueblos. Nous avons capturé les mules des Mexicains – beaucoup de mules. Les Américains sont venus commercer avec nous. Quand ils sont arrivés, nous avons organisé une grande fête. Ils ont dansé avec nos femmes. Et nous avons fait du troc avec eux.

Manuelito, du peuple navajo

Manuelito fut parmi les chefs navajos qui conclurent des traités avec les Américains. « Alors, raconta-t-il par la suite, les soldats ont construit le fort. Ils nous ont donné un agent qui nous a conseillé de bien nous comporter. Il nous a dit de vivre en paix avec les Blancs, de tenir nos promesses. Les Blancs ont écrit ces promesses, afin que nous ne les oubliions jamais*. »

Manuelito essaya de respecter les promesses contenues dans le traité, mais quand les Blancs vinrent brûler les hogans de sa tribu et tuer son bétail à la suite d'une bêtise commise par quelques jeunes Navajos indisciplinés, il en conçut une grande

* Toutes les notes de l'auteur sont situées en fin de volume et classées par chapitre.

colère. À cause des soldats, sa bande et lui, riches auparavant, étaient devenus pauvres. Pour être *ricos* à nouveau, ils durent lancer des raids contre les Mexicains, ce qui leur valut de la part de ces derniers le surnom de *ladrones*, voleurs. Mais la vérité, c'est que depuis toujours les Mexicains volaient les enfants des Navajos pour en faire des esclaves, et que depuis toujours les Navajos répliquaient en razziant les Mexicains.

Arrivés à Santa Fé, les Américains baptisèrent la région Nouveau-Mexique. Alors, ils décidèrent que les Mexicains devaient être protégés, parce qu'ils avaient désormais la citoyenneté américaine. Étant indiens, les Navajos, eux, n'étaient pas des citoyens. Ainsi, chaque fois qu'ils attaquaient les Mexicains, les soldats faisaient une incursion dans leur territoire pour les punir. Voilà qui avait de quoi rendre Manuelito et son peuple perplexes, voire furieux. Ils savaient en effet que nombreux étaient les Mexicains qui avaient du sang indien. Pourtant, aucun soldat ne les pourchassait pour les punir d'avoir volé des enfants navajos.

Le premier fort construit en terre navajo se situait dans une vallée verdoyante à l'entrée de Canyon Bonito. Les Américains le baptisèrent Fort Defiance et mirent leurs chevaux à paître sur des terres auxquelles, depuis longtemps, Manuelito et son peuple attachaient un grand prix. Le chef des soldats expliqua aux Navajos que ces pâturages appartenaient désormais au fort, et leur ordonna de faire en sorte que leurs bêtes ne s'en approchent pas. Comme il n'y avait pas de clôture, les Indiens ne purent empêcher leur bétail de s'aventurer dans les prés interdits. Un matin, une compagnie de cavaliers sortit du fort et abattit toutes les bêtes.

Afin de remplacer leurs chevaux et leurs mules, les Navajos firent un raid contre les troupeaux et les convois de ravitaillement des soldats. Ceux-ci répliquèrent. En février 1860, Manuelito, à la tête de cinq cents guerriers, attaqua les chevaux de l'armée qui broutaient à quelques kilomètres au nord de Fort Defiance. Mais les lances et les flèches de ses guerriers ne purent rivaliser avec les armes des soldats en faction. L'affrontement fit plus de trente victimes, morts ou blessés, parmi les Indiens, qui ne parvinrent à capturer que quelques montures. Au cours des semaines qui suivirent, Manuelito et son allié Barboncito constituèrent une armée de plus de mille hommes. Le 30 avril, à la faveur de la pénombre, ils encerclèrent Fort

Defiance. Résolus à effacer toute trace de la présence du fort sur leur terre, ils donnèrent l'assaut sur trois côtés deux heures avant l'aube.

L'attaque faillit bien être un succès. Faisant feu de leurs quelques vieilles pétoires espagnoles, les Navajos forcèrent les sentinelles à reculer et s'emparèrent de plusieurs bâtiments. Pris au dépourvu, les soldats sortis de leurs chambrées furent accueillis par une pluie de flèches. Mais après quelques minutes de confusion, ils formèrent les rangs et ne tardèrent pas à répondre par des tirs nourris. Au petit jour, les Navajos, certains de leur avoir donné une bonne leçon, regagnèrent les collines.

Pour l'armée américaine, l'attaque était un défi lancé au drapeau qui flottait au-dessus de Fort Defiance, en d'autres termes une déclaration de guerre. Quelques semaines plus tard, le colonel Edward Richard Sprigg Canby, à la tête de six compagnies de cavalerie et neuf d'infanterie, entreprit de passer au peigne fin la chaîne des Chuska Mountains pour débusquer les guerriers de Manuelito. Il parcourut ce paysage de roches rouges jusqu'à ce que ses troupes soient quasiment mortes de soif et leurs montures au bord de l'épuisement. Ses soldats ne virent pratiquement aucun Navajo. Pourtant, les Indiens étaient bien là, à harceler les flancs de la colonne sans jamais l'attaquer frontalement. Ce petit jeu dura jusqu'à la fin de l'année, puis les deux adversaires se lassèrent. Les soldats se trouvaient dans l'incapacité de punir les Indiens, qui eux-mêmes n'avaient plus le temps de s'occuper de leurs récoltes et de leur bétail.

En janvier 1861, Manuelito, Barboncito, Herrero Grande, Delgadido ainsi que d'autres chefs *ricos* acceptèrent de rencontrer le colonel Canby au nouveau fort que les soldats construisaient à trente-cinq kilomètres au sud-ouest de Fort Defiance, et qui avait été baptisé Fort Fauntleroy en l'honneur d'un de leurs chefs. À l'issue des pourparlers avec Canby le 21 février 1861, les Navajos se choisirent comme grand chef Herrero Grande. Les dignitaires des deux parties s'accordèrent à dire qu'il valait mieux vivre en paix. Herrero Grande promit de chasser tous les *ladrones* de la tribu. Même s'il doutait que cette promesse puisse être tenue, Manuelito apposa sa signature au bas du document que lui soumettait Canby. Il avait retrouvé son bétail et sa prospérité, et croyait aux vertus de la paix et de l'honnêteté.

Après cette rencontre à Fort Fauntleroy, la paix régna, l'espace de quelques mois, entre les soldats et les Navajos. Ceux-ci eurent vent d'une rumeur selon laquelle une grande guerre se déroulait tout là-bas vers l'est, une guerre entre les Américains du Nord et du Sud. Ils apprirent que certains des soldats de Canby avaient échangé leur uniforme bleu contre un gris et étaient partis se battre contre les Tuniques Bleues. Parmi eux, Chef-Aigle, le colonel Thomas Fauntleroy. Inutile de dire que le fort qui portait son nom fut rapidement rebaptisé.

En ces temps d'amitié avec les soldats, les Navajos se rendirent souvent à Fort Wingate (ex-Fort Fauntleroy) pour faire du troc et retirer les rations que leur distribuait l'agent des Affaires indiennes. En général, on leur y réservait un bon accueil et l'habitude s'installa d'organiser des courses de chevaux entre Indiens et soldats. Pour les Navajos, ces rencontres constituaient un événement, et le jour de la course, des centaines d'hommes, de femmes et d'enfants vêtus de leurs habits les plus colorés et montés sur leurs plus beaux mustangs affluaient vers le fort. Le mois de septembre arriva. Par une belle matinée fraîche et ensoleillée, on se rassembla pour les courses prévues au programme. La principale devait avoir lieu à midi et opposer Pistol Bullet (c'était ainsi que les soldats appelaient Manuelito) sur son mustang navajo et un lieutenant qui montait un quarterhorse*. De nombreux paris avaient été pris – les gens avaient misé de l'argent, des couvertures, du bétail, des perles, bref tout ce qu'il était possible de mettre en jeu. Les chevaux des deux concurrents prirent le départ en même temps, mais dès les premières secondes de la course, il devint clair que Pistol Bullet, alias Manuelito, était dans une mauvaise posture. Il perdit le contrôle de sa monture, qui sortit de la piste. Les spectateurs ne tardèrent pas à comprendre que sa bride avait été entaillée. Les Navajos allèrent voir les arbitres – tous des soldats – et exigèrent que la course soit à nouveau disputée. Les arbitres refusèrent. Ils déclarèrent vainqueur le quarterhorse du lieutenant. Immédiatement, les soldats formèrent un défilé victorieux et se dirigèrent vers le fort pour y retirer leurs gains.

Furieux d'être victimes d'une telle tricherie, les Navajos se précipitèrent à leurs trousses. Les portes du fort leur furent fer-

* Quarterhorse : race équine la plus ancienne des États-Unis, issue des chevaux introduits par les Espagnols. Le quarterhorse est, dit-on, le cheval le plus rapide au monde sur un quart de mile, d'où son nom (*NdlT*).

mées au nez. Un Navajo tenta de forcer le passage. Il fut abattu par une sentinelle.

Voici la suite, telle que l'écrivit un soldat blanc :

> Les Navajos, squaws et enfants compris, s'étaient mis à courir en tous sens. Les soldats leur tiraient dessus, les transperçaient à la baïonnette. Je parvins à rassembler environ vingt hommes (...). Je les dirigeai vers la partie est du fort. Là, je vis un soldat qui se jetait sur deux petits enfants et une femme. D'où j'étais, je lui criai d'arrêter. Il releva la tête, et passa outre mes ordres. Je fonçai vers lui, mais arrivai trop tard. Il tua les pauvres petits innocents et blessa grièvement la squaw. J'ordonnai que ses ceintures lui soient retirées, qu'il soit fait prisonnier et emmené au poste (...). Pendant ce temps, le colonel avait donné ordre à l'officier de faction ce jour-là de faire venir l'artillerie (des obusiers de montagne). Le sergent responsable des pièces d'artillerie fit semblant de ne pas comprendre, l'ordre étant à ses yeux illégal. Mais devant les invectives et les menaces de l'officier, il finit par s'exécuter, afin de ne pas s'attirer d'ennuis. Les Indiens s'éparpillèrent dans la vallée au pied du fort, attaquèrent le troupeau du poste, blessèrent le Mexicain qui le gardait, sans toutefois parvenir à s'emparer des bêtes ; ils s'en prirent également au messager du Pony Express qui se trouvait à une quinzaine de kilomètres du fort, s'emparèrent de sa monture et le blessèrent au bras. Après le massacre, on ne vit plus aucun Indien au fort, si ce n'est quelques squaws, les favorites des officiers. Le commandant tenta de faire la paix avec les Navajos en envoyant certaines de ces squaws parler avec leurs chefs. Mais tout ce qu'elles y gagnèrent, ce fut une bonne correction[2].

À partir de ce jour – le 22 septembre 1861 – il fallut attendre longtemps avant de voir renaître l'amitié entre les hommes blancs et les Navajos.

Entre-temps, une armée de Tuniques Grises confédérées avait pénétré au Nouveau-Mexique et livré le long du Rio Grande d'importantes batailles contre les Tuniques Bleues, dont l'un des chefs était Kit Carson, Lanceur-de-Lasso, un homme auquel la plupart des Navajos faisaient confiance car il avait toujours tenu le même discours aux Indiens. Les Navajos espéraient donc pouvoir faire la paix avec lui quand il en aurait fini avec les Tuniques Grises.

Mais au printemps 1862, d'autres Tuniques Bleues venues de l'ouest entrèrent au Nouveau-Mexique : la colonne de Californie – tel était le nom que ces troupes se donnaient. Leur général, James Carleton, arborait des étoiles sur ses épaulettes et avait plus de pouvoirs que Fauntleroy, Chef-Aigle. Les Californiens installèrent leur camp dans la vallée du Rio Grande. Mais comme les Tuniques Grises s'étaient enfuies au Texas, ils se retrouvèrent désœuvrés.

Les Navajos ne tardèrent pas à apprendre que Chef-Étoiles Carleton convoitait leur terre et tout métal de valeur qu'elle pourrait receler. Pour lui, c'était « un luxueux domaine, un pays aux splendides pâturages et aux ressources minérales extraordinaires. » Afin d'occuper tous ces soldats placés sous son commandement et réduits à défiler sur le terrain de manœuvres en faisant cliqueter leurs armes, Carleton voulut dénicher quelques Indiens à combattre. Les Navajos, selon lui, étaient « des loups qui sillonnaient les montagnes » qu'il fallait mater.

Mais pour commencer, il s'intéressa aux Apaches Mescaleros, qui étaient moins de mille et vivaient en bandes éparpillées entre le Rio Grande et le Pecos. Son plan était de tous les capturer ou les tuer, et de parquer les survivants sur une réserve au sol ingrat le long du Pecos. Ainsi, la riche vallée du Rio Grande pourrait être attribuée à des citoyens américains et colonisée. En septembre 1862, Carleton émit l'ordre suivant :

> Aucun conseil, aucune discussion ne sera engagée avec les Indiens. Les hommes seront tués, quel que soit le moment ou l'endroit où ils auront été découverts. Les femmes et les enfants pourront être capturés, mais bien entendu il n'est pas question de les tuer[3].

Ce n'était pas ainsi que Kit Carson traitait les Indiens, parmi lesquels il s'était fait de nombreux amis à l'époque où il commerçait avec eux. S'il envoya bien ses soldats dans les montagnes, il eut toutefois soin de laisser ouverte la possibilité de communiquer avec les chefs mescaleros. Avant même la fin de l'automne, il avait fait en sorte que cinq chefs puissent se rendre à Santa Fé pour négocier avec le général Carleton. En chemin, deux de ces chefs rencontrèrent un détachement de soldats placés sous le commandement d'un ancien patron de saloon, le capitaine James Graydon, dit Paddy. Graydon feignit l'amitié avec les Mescaleros et leur offrit de la farine et de la viande de bœuf en prévision de leur long voyage. Peu après, non loin de Gallina Springs, ses éclaireurs tombèrent de nouveau sur les

Mescaleros. Ce qui se produisit alors n'est pas clairement établi, aucun Mescalero n'ayant survécu. Si l'on en croit le bref récit du chef d'escadron Arthur Morrison : « [L]a transaction a été menée de façon très étrange par le capitaine Graydon (...) et d'après mes informations, il a trompé ces Indiens, est entré dans leur camp, leur a donné de l'alcool, puis il les a abattus, alors qu'eux, bien sûr, pensaient qu'il venait dans un but amical, étant donné qu'il leur avait auparavant offert de la farine, de la viande de bœuf et des provisions. »

À leur arrivée à Santa Fé, les trois autres chefs indiens, Cadette, Chato et Estrella, assurèrent le général Carleton que leur peuple était en paix avec les Blancs et désirait simplement qu'on le laisse tranquille dans les montagnes. « Vous êtes plus forts que nous, ajouta Cadette. Nous vous avons combattu tant que nous avions des fusils et de la poudre ; mais vos armes sont meilleures que les nôtres. Si vous nous en donnez des semblables et que vous nous laissez partir, nous reprendrons le combat contre vous ; mais nous sommes épuisés ; nous avons perdu tout courage ; nous n'avons plus de provisions, plus de moyens de subsistance ; vos troupes sont partout ; nos sources et nos points d'eau sont soit occupés, soit surveillés par vos jeunes soldats. Vous nous avez chassés de ce qui était notre dernier bastion, le plus solide, et nous avons perdu tout courage. Faites de nous ce que bon vous semble, mais n'oubliez pas que nous sommes des hommes et des braves[4]. »

Carleton les informa avec dédain que la seule façon pour les Mescaleros d'obtenir la paix, c'était de quitter leurs terres et d'aller s'installer à Bosque Redondo, la réserve qu'il avait fait préparer pour eux au bord du Pecos. Là, ils seraient gardés par les soldats d'un nouveau poste militaire, Fort Sumner.

Dépassés en nombre, placés dans l'impossibilité de défendre leurs femmes et leurs enfants et s'en remettant à la bonne volonté de Lanceur-de-Lasso Carson, les chefs mescaleros se soumirent aux exigences de Carleton et se laissèrent enfermer à Bosque Redondo.

Les Navajos avaient observé avec un certain malaise la rapidité et la brutalité avec lesquelles Carleton avait dominé leurs cousins, les Apaches Mescaleros. En décembre, dix-huit des chefs *ricos* – parmi lesquels Delgadido et Barboncito, mais pas Manuelito – se rendirent à Santa Fé pour y voir le général. C'était la première fois qu'ils voyaient Carleton, Chef-Étoiles. Il avait le visage très velu, le regard féroce, et sa bouche était celle d'un homme dépourvu de tout sens de l'humour. Les chefs lui dirent qu'ils représentaient des éleveurs et des fermiers navajos paisibles qui ne voulaient pas la guerre. Sans l'ombre d'un sourire, Carleton leur déclara : « Vous n'aurez pas la paix tant que nous n'aurons que votre parole pour la garantir. Rentrez chez vous et dites cela à votre peuple. Je n'ai aucune foi dans vos promesses[5]. »

Au printemps 1863, les Mescaleros qui ne s'étaient pas enfuis au Mexique avaient été parqués à Bosque Redondo. En avril, Carleton alla à Fort Wingate « rassembler des informations en préparation d'une attaque contre les Navajos dès que l'herbe serait suffisamment haute pour que les troupeaux y paissent ». Il organisa une rencontre avec Delgadido et Barboncito près de Cubero, et informa brutalement les chefs que la seule manière pour eux d'attester de leurs intentions paisibles, c'était de quitter avec leur peuple le pays navajo et de rejoindre les Mescaleros, si « satisfaits de leur sort » à Bosque Redondo. La réponse de Barboncito fut claire : « Je n'irai pas à Bosque. Je ne quitterai jamais mon pays, même si pour cela je dois périr. »

Le 23 juin, Carleton fixa aux Navajos un ultimatum pour leur départ vers Bosque Redondo. « Faites revenir Delgadido et Barboncito, ordonna-t-il au commandant de Fort Wingate, et répétez-leur ce que je leur ai déjà dit. Expliquez-leur que je serais vraiment désolé s'ils refusaient de venir (...). Informez-les qu'ils ont jusqu'au 20 juillet de cette année – eux ainsi que tous ceux qui appartiennent à ce qu'ils appellent le parti de la paix ; qu'après cette date, tout Navajo trouvé dans la région sera considéré comme hostile et traité comme tel ; qu'à partir de cette date, la porte qui est encore ouverte aujourd'hui sera fermée[6]. » Le 20 juillet arriva, sans qu'aucun Navajo ne se rende.

Pendant ce temps-là, Carleton avait ordonné à Kit Carson de quitter le pays mescalero et de se rendre avec ses troupes à Fort Wingate pour se préparer à une guerre contre les Navajos. Carson refusa d'exécuter l'ordre, expliquant qu'il s'était porté volontaire pour combattre les soldats confédérés, pas les Indiens. Il envoya à Carleton une lettre de démission.

Kit Carson aimait les Indiens. Il lui était arrivé dans le passé de vivre des mois d'affilée avec eux sans voir un seul Blanc. Il avait eu un enfant avec une femme arapaho et vécu quelque temps avec une Cheyenne. Mais après son mariage avec Josefa, la fille de Don Francisco Jaramillo, de Taos, sa vie avait pris une autre direction – il était devenu prospère et avait obtenu du gouvernement une terre pour y installer un ranch. Il avait découvert qu'au Nouveau-Mexique il y avait de la place au sommet, même pour un *mountain man** fruste, superstitieux et quasi illettré comme lui. Il avait appris à lire et à écrire quelques mots, et même s'il ne mesurait qu'1,67 mètre, sa gloire dépassait les nuages. Pourtant, si célèbre fût-il, Lanceur-de-Lasso éprouvait toujours un respect mêlé de crainte pour ces beaux parleurs bien habillés qui occupaient les positions les plus élevées. En 1863, au Nouveau-Mexique, c'était Carleton, Chef-Étoiles, qui tenait le haut du pavé. Ainsi, quand l'été arriva, Kit Carson, renonçant à démissionner, se rendit à Fort Wingate en vue de la campagne contre les Navajos. Et il ne tarda pas à prétendre dans ses rapports servir rien moins que la Destinée Manifeste de la nation américaine, se faisant ainsi l'écho du fat dont il était le subordonné.

En tant que combattant, Carson avait gagné le respect des Indiens. Quant à ses hommes – les volontaires du Nouveau-Mexique – on ne pouvait pas en dire autant. Nombre d'entre eux étaient mexicains, et depuis des temps immémoriaux les Navajos n'avaient eu de cesse de les chasser de leurs terres. Les Navajos étaient dix fois plus nombreux que les Mescaleros. De plus, ils avaient l'avantage de défendre un territoire vaste et sauvage ponctué de canyons profonds, d'arroyos aux berges pentues et de mesas cernées de précipices. Le canyon de Chelly, qui fendait le paysage sur une longueur de cinquante kilomètres en direction de l'ouest à partir des Chuska Mountains, constituait leur bastion. Large d'à peine plus de quatre mètres à certains endroits, ce canyon creusé dans la roche rouge faisait jusqu'à trois cents mètres de profondeur, voire plus, et était surplombé de saillies offrant des positions défensives idéales. Aux endroits où il s'élargissait, les Navajos faisaient paître leurs moutons et leurs chèvres, cultivaient du maïs, du blé, des fruits et des melons. Mais leur grande fierté, c'était leurs pêchers, dont ils

* En plus d'être des trappeurs alimentant le marché de la fourrure de castor, les *mountain men* étaient des explorateurs qui passaient une grande partie de l'année dans les régions montagneuses de l'Ouest (*NdlT*).

s'occupaient amoureusement depuis l'époque des Espagnols. L'eau coulait en abondance dans le canyon presque toute l'année. Les peupliers de Virginie et les érables negundo fournissaient du bois en abondance.

Les Navajos apprirent que Carson était arrivé à Pueblo Colorado avec mille soldats et avait engagé comme éclaireurs ses vieux amis les Utes. Mais ils persistèrent à considérer la menace avec dédain. N'avaient-ils pas jadis chassé les Espagnols de leurs terres, comme le rappelaient les chefs de la tribu ? « Si les Américains tentent de nous capturer, nous les tuerons », se promirent-ils, tout en prenant soin de placer leurs femmes et leurs enfants à l'abri. Ils savaient en effet que les mercenaires utes voudraient les enlever pour les vendre à de riches Mexicains.

Vers la fin du mois de juillet, Carson s'installa à Fort Defiance, le rebaptisa Fort Canby en l'honneur de ce vieil ennemi des Indiens, et commença à envoyer des missions de reconnaissance. Seul un petit nombre de Navajos purent être repérés, ce qui ne le surprit sans doute pas. Il savait que la seule façon de venir à bout de la tribu était de détruire ses récoltes et son bétail – en d'autres termes de recourir à la tactique de la terre brûlée. C'est pourquoi le 25 juillet il donna pour mission au chef d'escadron Joseph Cummings de ramener au fort tout le bétail qu'il trouverait et d'emporter ou de brûler tout le maïs et le blé poussant le long du Bonito. La découverte par les Indiens de ce que Cummings faisait de leurs réserves de nourriture signa son arrêt de mort. Peu après, un Navajo lui tira dessus alors qu'il était à cheval. Il tomba, tué sur le coup. Puis les Indiens attaquèrent le corral de Carson situé près de Fort Canby, récupérèrent certaines de leurs bêtes, moutons et chèvres, et volèrent le cheval préféré de Lanceur-de-Lasso.

Carson, qui avait vécu parmi les Indiens suffisamment longtemps pour apprécier la hardiesse de telles représailles, fut beaucoup moins contrarié par ces incidents que le général Carleton. Le 18 août, ce dernier décida de « stimuler le zèle » de ses troupes en annonçant une récompense pour chaque tête de bétail indien capturée. Il offrait vingt dollars pour « tout cheval ou mule en bonne santé », et un dollar par mouton amené à l'intendant de Fort Canby.

Les soldats étant payés moins de vingt dollars par mois, la prime ne pouvait en effet que stimuler leur zèle. Certains d'entre eux allèrent même jusqu'à la réclamer pour les quelques Navajos qu'ils parvinrent à tuer. Afin de prouver leur valeur de soldats, ils prirent l'habitude de couper la chevelure des Indiens, attachée en queue de cheval avec une cordelette rouge. Il parut impensable aux Navajos que Carson approuve une telle méthode, qu'ils considéraient comme une coutume barbare introduite par les Espagnols. (Les Européens ont-ils importé la pratique du scalp ? Ce n'est pas sûr. Toujours est-il que ce sont bien les colons espagnols, français, hollandais et anglais qui l'ont popularisée en offrant des primes pour les scalps de leurs ennemis respectifs.)

Carson poursuivit tranquillement la destruction des champs de céréales, de haricots et de citrouilles. Mais il progressait trop lentement au goût du général Carleton. En septembre, celui-ci ordonna que tout Navajo de sexe masculin repéré soit immédiatement tué ou capturé. Dans une lettre à Carson, il lui indiqua ce qu'il devait dire exactement aux Navajos capturés : « Allez à Bosque Redondo, ou nous vous poursuivrons et vous tuerons. Nous ne conclurons la paix avec vous qu'à cette condition-là (...). Nous continuerons à vous faire la guerre, des années s'il le faut, maintenant que nous avons commencé, et ce jusqu'à ce que vous cessiez d'exister ou de vous déplacer. C'est tout ce que nous avons à vous dire. »

À peu près au même moment, le général écrivait au quartier général du Département de la Guerre à Washington pour réclamer un régiment de cavalerie supplémentaire. Il avait besoin de davantage d'hommes, expliqua-t-il, à cause de la découverte d'une mine d'or légèrement à l'ouest du territoire navajo, des hommes en nombre suffisant pour « mater les Indiens et protéger les gens se rendant dans la région ou y demeurant (...). La Providence nous sourit – l'or se trouve ici, à nos pieds. Il ne nous reste plus qu'à le ramasser[7] ! »

Constamment houspillé par Carleton, Carson accéléra son programme de terre brûlée. Et quand l'automne arriva, il avait détruit la plupart des troupeaux et des champs de céréales entre Fort Canby et le canyon de Chelly. Le 17 octobre, deux Navajos portant un drapeau blanc – dont El Sordo, émissaire de ses frères Delgadido et Barboncito et des cinq cents Indiens qui étaient avec eux – s'approchèrent de Fort Wingate. Les Navajos avaient perdu leurs réserves de nourriture, expliqua El Sordo, et en étaient réduits à manger des pignons. Ils n'avaient presque plus de vêtements et de couvertures, et craignaient tellement de se faire repérer par les éclaireurs des soldats qu'ils n'osaient pas faire de feu pour se réchauffer. Ils ne souhaitaient pas partir à Bosque Redondo – c'était trop loin – mais proposaient d'installer leur campement près de Fort Wingate, sous la surveillance constante des soldats qui verraient bien qu'ils étaient des Indiens pacifiques. Neuf jours plus tard, Delgadido et Barboncito viendraient avec leur bande. Les chefs étaient prêts à se rendre à Santa Fé pour voir Chef-Étoiles et solliciter la paix.

Le capitaine Rafael Chacon, commandant de Fort Wingate, fit parvenir cette offre de compromis au général Carleton, lequel répondit : « Les Navajos n'ont pas le choix ; soit ils vont à Bosque Redondo, soit ils restent chez eux, et alors c'est la guerre[8]. »

N'ayant en effet pas le choix, avec en outre à sa charge des femmes et des enfants souffrant de faim et de froid, Delgadido se rendit. Barboncito, El Sordo et une grande partie des guerriers se retirèrent dans les montagnes pour observer de loin ce qui allait advenir de leur peuple.

Ceux qui s'étaient rendus furent envoyés à Bosque Redondo, mais Carleton s'arrangea pour que les premiers captifs aient un traitement de faveur – les meilleures rations, les meilleurs abris – aussi bien sur le chemin qu'une fois arrivés sur la réserve. Malgré l'aspect inhospitalier de cette plaine stérile du Pecos, Delgadido fut impressionné par l'amabilité de ses gardiens. Chef-Étoiles l'informa qu'il pourrait retourner à Fort Wingate avec sa famille s'il persuadait les autres chefs navajos qu'il valait mieux vivre à Bosque Redondo qu'endurer la faim et le froid. Delgadido accepta l'offre. Au même moment, Carleton ordonnait à Kit Carson d'envahir le canyon de Chelly, de détruire les récoltes et le bétail des Indiens, et de tuer ou capturer les Navajos réfugiés dans ce dernier bastion.

En préparation de la campagne à venir, Carson fit rassembler des bêtes de somme pour porter les provisions. Le 13 décembre, Barboncito et ses guerriers fondirent sur le troupeau et firent fuir les mules en direction du canyon de Chelly, comptant les utiliser comme réserve de viande pour l'hiver. Carson envoya deux détachements de soldats aux trousses des Navajos, mais ceux-ci se divisèrent en plusieurs petits groupes, s'échappèrent et disparurent à la faveur d'une grosse tempête de neige. Le lieutenant Donaciano Montoya et ses cavaliers tombèrent sur un petit camp et l'attaquèrent, obligeant les Indiens à se réfugier dans un bosquet de cèdres. Ils finirent par capturer treize femmes et enfants. « Un Indien qui avait reçu une balle dans le flanc droit, raconta le lieutenant dans son rapport, parvint malgré tout à s'enfuir dans les broussailles enchevêtrées. Son fils, un garçon de dix ans très intelligent pour un Indien, fut capturé peu après. Son père, nous dit-il, était mort au milieu des rochers d'un arroyo tout proche. »

Privé de mules pour le bât, Kit Carson informa le général Carleton que l'opération contre le canyon de Chelly devait être remise à plus tard. La réponse du colonel ne se fit pas attendre : « Il est hors de question que vous retardiez l'expédition pour un simple problème de transport. Que vos hommes portent leurs couvertures et, si nécessaire, des rations pour trois ou quatre jours dans des havresacs[9]. »

Le 6 janvier 1864, une petite colonne de soldats menée par le capitaine Albert Pfeiffer sortit de Fort Canby, avec pour mission de pénétrer le canyon de Chelly par l'extrémité est. Kit Carson devait arriver par le côté ouest, à la tête d'une force armée plus importante. Sa progression fut lente, une couche de quinze centimètres de neige recouvrant le sol et la température étant descendue en dessous de zéro.

Pfeiffer entra dans le canyon une semaine après son départ. Depuis des rochers en surplomb, des centaines de Navajos crevant de faim lancèrent sur ses soldats des pierres et des bouts de bois, le tout accompagné de malédictions en espagnol. Mais ils ne parvinrent pas à les arrêter. Les hommes de Pfeiffer tombèrent sur des hogans et des réserves de nourriture cachées qu'ils détruisirent et ils abattirent du bétail. Puis ils tuèrent trois Navajos qui s'étaient aventurés à portée de leurs fusils, découvrirent les corps de deux vieux Indiens morts de froid, et capturèrent dix-neuf femmes et enfants.

Pendant ce temps-là, Carson avait établi son camp côté ouest et lancé des expéditions de reconnaissance le long des bords du canyon. Le 12 janvier, l'une de ses patrouilles, tombant sur un groupe de Navajos, en tua onze. Deux jours plus tard, les deux troupes de soldats firent leur jonction. Elles avaient traversé le canyon d'un bout à l'autre sans livrer la moindre vraie bataille.

Le soir même, trois Navajos s'approchèrent du camp des soldats avec un drapeau blanc. Leur peuple, expliquèrent-ils à Carson, mourait de faim et de froid et avait décidé de se rendre plutôt que de périr. « Vous avez jusqu'à demain matin, leur répondit-il. Après quoi, nos soldats vous traqueront. » Le lendemain matin, soixante Indiens émaciés et vêtus de guenilles vinrent faire reddition.

Avant de rentrer à Fort Canby, Carson ordonna la destruction totale des biens navajos situés dans le canyon – y compris les magnifiques vergers où poussaient plus de cinq mille pêchers. Les Navajos étaient prêts à pardonner à Lanceur-de-Lasso de les avoir combattus, capturés, et même d'avoir détruit leurs réserves de nourriture. Mais ce qu'ils ne lui pardonneraient jamais, ce serait d'avoir fait abattre leurs chers pêchers.

Au cours des semaines qui suivirent, la nouvelle de l'entrée des soldats dans le canyon de Chelly se répandit dans les refuges secrets des Navajos. Alors, les Indiens perdirent courage. « Nous nous sommes battus pour cette terre parce que nous ne voulions pas la perdre, déclara Manuelito. Nous avons pratiquement tout perdu (...). La nation américaine est trop puissante pour que nous puissions la combattre. Tant que nous devions l'affronter quelques jours seulement, nous nous sentions forts. Mais nous nous sommes rapidement épuisés et les soldats sont venus à bout de notre résistance en nous affamant[10]. »

Le 31 janvier, Delgadido persuada six cent quatre-vingts Navajos de faire leur reddition à Fort Wingate en les assurant qu'ils auraient de bonnes conditions de vie à Bosque Redondo. D'autres Indiens, poussés par l'hiver particulièrement rigoureux et le manque de nourriture, arrivèrent à Fort Canby. Mi-février, ils étaient au nombre de mille deux cents, affamés et démunis. L'armée leur distribua de maigres rations. Les plus vieux et les plus jeunes d'entre eux commencèrent à mourir. Herrero Grande arriva le 21 février avec sa bande, faisant monter le nombre de Navajos à Fort Canby à mille cinq cents. Début mars, trois mille Indiens s'étaient rendus à l'un ou l'autre des forts, et les pistes enneigées menant vers le nord étaient encombrées de Navajos s'approchant craintivement. Mais les chefs *ricos,* Manuelito, Barboncito et Armijo, refusèrent d'abandonner la lutte. Ils demeurèrent dans les montagnes avec leur peuple, décidés à ne pas se rendre.

La « Longue Marche » des Navajos vers Fort Sumner et Bosque Redondo commença courant mars. Le 13, un premier contingent de mille quatre cent trente Indiens atteignit le fort. Dix Navajos avaient péri sur la route et trois enfants avaient été kidnappés, sans doute par des Mexicains faisant partie de l'escorte armée.

Pendant ce temps-là, un deuxième groupe de deux mille quatre cents Indiens quittait Fort Canby, où étaient déjà morts cent vingt-six de leurs camarades. Leur longue caravane comprenait trente chariots, trois mille moutons et quatre cent soixante-treize chevaux. Leur courage les aida à supporter le froid glacial, la faim, la dysenterie, les railleries des soldats et un voyage éprouvant de près de cinq cents kilomètres. Mais la tristesse de quitter leur pays, de perdre leur terre, fut trop forte pour cent quatre-vingt-dix-sept d'entre eux, qui succombèrent avant même d'avoir atteint leur cruelle destination.

Le 20 mars, un autre groupe de huit cents Navajos, pour la plupart des femmes, des enfants et des vieillards, quitta Fort Canby. L'armée ne leur avait fourni que vingt-six chariots. « Au cours de la deuxième journée de marche, raconta le commandant du convoi dans son rapport, une très grosse tempête de neige se leva. Elle dura quatre jours et fut exceptionnellement violente. Les Indiens souffrirent beaucoup, la plupart d'entre eux étant pratiquement nus et bien sûr incapables de supporter de telles intempéries. » Lorsqu'ils atteignirent Los Pinos, au sud d'Albuquerque, l'armée réquisitionna les chariots pour un autre usage, et les Indiens durent bivouaquer. Quand enfin la marche reprit, plusieurs de leurs enfants avaient disparu. Pourtant, comme l'avait indiqué un lieutenant, « [l]es officiers responsables des Indiens à cet endroit-ci devront exercer la plus grande vigilance, afin d'éviter que les enfants des Navajos soient volés pour être vendus ». Le contingent arriva à Bosque le 11 mai 1864. « J'ai quitté Fort Canby, rapporta le commandant, avec huit cents Indiens, auxquels se sont ajoutés cent quarante-six sur la route de Fort Sumner, ce qui faisait un total de neuf cent quarante-six. Environ cent dix ont péri. »

Vers la fin du mois d'avril, l'un des derniers chefs à résister encore, Armijo, se présenta à Fort Canby pour informer le commandant du poste, le capitaine Asa Carey, que Manuelito arriverait d'ici peu avec des Navajos qui avaient passé l'hiver un peu plus au nord, le long de la Little Colorado River et de la San Juan River. Quelques jours plus tard, ce fut la bande d'Armijo, composée de quatre cents Indiens, qui fit son entrée dans le fort. Quant à Manuelito, il arrêta son peuple à quelques kilomètres de là, à un endroit qui s'appelait Quelitas, et chargea un messager d'annoncer au chef des soldats qu'il souhaitait un entretien avec lui. Au cours des pourparlers qui suivirent, le chef navajo déclara que son peuple désirait rester près du fort, y planter ses céréales et y faire paître ses troupeaux ainsi qu'il l'avait toujours fait. « Il n'y a qu'un seul endroit pour vous, répliqua le capitaine Carey, et c'est Bosque Redondo. » « Pourquoi faut-il absolument que nous allions à Bosque ? demanda Manuelito. Nous n'avons jamais volé ni tué. Nous avons toujours respecté la promesse de paix faite au général Canby. » Ses guerriers, ajouta-t-il, craignaient que les soldats ne souhaitent les rassembler à Bosque pour pouvoir les abattre comme ils l'avaient fait à Fort Fauntleroy en 1861. Carey eut beau lui assurer que ce n'était pas le cas, Manuelito déclara qu'il ne se rendrait pas avant d'avoir parlé avec son vieil ami Herrero Grande, ou avec les autres chefs navajos qui avaient vu Bosque Redondo.

Voulant saisir cette chance d'obtenir la reddition de Manuelito, le général Carleton fit venir de Bosque quatre Navajos soigneusement choisis (Herrero Grande ne figurait pas parmi eux) afin d'utiliser leur influence sur le chef de guerre récalcitrant. Mais ils ne purent convaincre Manuelito. Par une nuit du mois de juin, celui-ci quitta Quelitas avec sa bande et alla se cacher dans la vallée de la Little Colorado.

En septembre, il apprit que son vieil allié Barboncito avait été capturé dans le canyon de Chelly. Lui, Manuelito, était désormais le dernier des chefs *ricos* à résister. Les soldats n'auraient de cesse de le trouver.

Au cours de l'automne, on vit revenir en terre navajo certains de ceux qui s'étaient échappés de Bosque Redondo. Les récits qu'ils firent des souffrances de leur peuple sur la réserve avaient de quoi faire frémir. La terre était misérable. Les soldats faisaient avancer les Indiens à la pointe de la baïonnette et les parquaient dans des enclos de murs en pisé. Les officiers passaient leur temps à les compter et à inscrire des chiffres dans des carnets. Ils leur avaient promis des vêtements et une nourriture meilleure, sans jamais tenir parole. Les peupliers de Virginie et les mesquites* de la réserve avaient été coupés, si bien que pour faire du feu il ne restait que des racines. Pour se protéger de la pluie et du soleil, les Indiens devaient creuser des trous dans le sol sableux et les recouvrir de nattes d'herbes tressées. Ils

---

* Mesquite : arbuste des zones désertiques, aussi appelé caroubier sauvage (*NdlT*).

vivaient tels des chiens de prairie dans leurs terriers. Avec quelques outils fournis par les soldats, ils avaient labouré le sol des plaines alluviales de la Pecos River et planté des céréales, mais les inondations et les insectes avaient détruit leurs récoltes, et ils devaient se contenter de demi-rations. Ils vivaient dans une telle promiscuité que les maladies avaient déjà fait des victimes parmi les plus faibles. Bosque n'était pas un bon endroit. Les soldats les surveillaient, si bien qu'il était difficile et dangereux de s'échapper. Pourtant, nombreux étaient les Indiens prêts à risquer leur vie pour s'enfuir.

En attendant, Chef-Étoiles Carleton avait persuadé l'évêque de Santa Fé de faire chanter un Te Deum pour fêter la réussite de l'opération de rassemblement des Navajos à Bosque. L'endroit était, avait-il expliqué à ses supérieurs à Washington, « une splendide réserve (...). Il n'y a aucune raison pour qu'ils [les Navajos] ne soient pas les plus heureux, les plus prospères et les mieux lotis des Indiens des États-Unis (...). En tout état de cause (...) cela nous revient moins cher de les nourrir que de les combattre. »

Chef-Étoiles considérait en effet ses prisonniers uniquement comme des bouches et des corps. « Ces six mille bouches doivent être nourries, et ces six mille corps vêtus. Si l'on considère le pays aux splendides pâturages et aux ressources minérales extraordinaires qu'ils nous ont cédé – un pays à la valeur inestimable, ces quelques vivres et vêtements que nous devons leur donner tout de suite pour les aider paraissent bien négligeables au regard de cet héritage naturel que nous leur achetons ainsi. »

Et pas un ardent partisan de la « Destinée Manifeste » n'aurait exprimé son enthousiasme de manière aussi grandiloquente que lui : « L'exode de ce peuple entier de la terre de ses ancêtres est un spectacle non seulement intéressant, mais aussi touchant. Ils nous ont combattus avec bravoure pendant des années ; ils ont défendu leurs montagnes et leurs magnifiques canyons avec un héroïsme que bien des peuples leur envieraient. Mais lorsque enfin ils ont compris que leur destinée était, comme pour leurs frères, tribu après tribu, de reculer vers le couchant, de céder devant l'insatiable progrès de notre race, ils se sont avoués vaincus, et ces hommes braves, dignes de notre admiration et de notre respect, sont venus vers nous, confiants dans notre magnanimité, convaincus que nous étions un peuple trop puissant et trop juste pour récompenser cette confiance par la méchanceté et les mauvais traitements – convaincus qu'après ce sacrifice de leur beau pays, de leurs foyers, de ce qui donnait sens à leurs vies, des paysages qui faisaient partie de leurs traditions, nous ne leur paierions pas un salaire de misère en échange de ce qui est, comme ils le savent et comme nous le savons tous, un merveilleux royaume[11]. »

Pourtant, Manuelito ne s'était pas avoué vaincu. Et le général Carleton ne pouvait pas se permettre de ne pas punir un tel entêtement, surtout de la part d'un chef aussi important. En février 1865, des messagers navajos vinrent de Fort Wingate apporter un message de Chef-Étoiles à Manuelito, ou plus exactement un avertissement : s'ils ne venaient pas pacifiquement au fort avant le printemps, sa bande et lui seraient traqués jusqu'à la mort. « Je ne fais de mal à personne, répondit Manuelito aux messagers. Je ne quitterai pas mon pays. J'ai l'intention de mourir ici. » Toutefois, il accepta de rencontrer à nouveau certains des chefs qui avaient été à Bosque Redondo.

Fin février, Herrero Grande et cinq autres chefs navajos vinrent rencontrer Manuelito près du comptoir de Zuni. Il faisait froid, et le paysage était recouvert d'une épaisse couche de neige. Manuelito étreignit ses vieux amis, puis les amena dans les collines où son peuple se cachait. De sa bande ne restaient qu'une centaine d'hommes, de femmes et d'enfants, avec quelques chevaux et moutons. « Voici tout ce que j'ai au monde, déclara Manuelito. Voyez comme c'est peu. Voyez comme ils sont pauvres. Mes enfants en sont réduits à manger des racines. » Il se tut un instant, avant d'ajouter que ses chevaux n'étaient pas en état de faire le trajet jusqu'à Bosque Redondo. Herrero lui répondit qu'il n'était pas investi de l'autorité lui permettant de reculer la date butoir pour sa reddition. Il l'avertit d'un ton amical qu'il mettrait en danger la vie de son peuple s'il ne se rendait pas. Sentant sa détermination chanceler, Manuelito déclara qu'il se rendrait pour sauver les femmes et les enfants, avant d'ajouter qu'il fallait lui laisser trois mois pour s'occuper de ses troupeaux, puis finalement de déclarer d'un ton ferme qu'il ne quitterait pas son pays.

« Mon dieu et ma mère vivent sur cette terre, et jamais je ne les quitterai. La tradition de mon peuple veut que jamais nous ne franchissions les trois rivières – le Rio Grande, la San Juan River et la Colorado River. De même, je ne pourrai jamais quitter les Chuska Mountains. C'est ici que je suis né, ici que je demeurerai.

Je n'ai rien d'autre à perdre que ma vie. Et ils peuvent venir me la prendre quand ils veulent, je ne bougerai pas. Je n'ai jamais fait aucun tort aux Américains ou aux Mexicains. Je n'ai jamais volé. En me tuant, les soldats feront couler du sang innocent. » « J'ai fait tout ce que j'ai pu pour toi, je t'ai donné les conseils les plus sages. Maintenant je vais te quitter, et c'est comme si ta tombe était déjà creusée[12] », répondit Herrero Grande.

Quelques jours plus tard, à Santa Fé, Herrero Grande informa le général Carleton du défi que lui lançait Manuelito. En guise de réponse, Carleton donna au commandant de Fort Wingate un ordre brutal : « À ce que je comprends, si Manuelito (...) pouvait être capturé, sa bande se rendrait, sans nul doute ; et si vous pouviez prendre quelques dispositions avec les Indiens du village zuni où il vient souvent en visite ou pour faire du troc, ils participeraient avec vous à sa capture (...). Faites votre possible pour attraper Manuelito. Qu'il soit mis aux fers et étroitement surveillé. En l'attrapant ou en le tuant sur-le-champ, nous épargnerons ceux qui sont sous sa domination. Je préférerais qu'il soit capturé. Mais s'il tente de s'échapper, alors il sera abattu[13]. »

Mais Manuelito était trop intelligent pour tomber dans le piège tendu par Carleton à Zuni. Le printemps et l'été 1865 passèrent sans qu'il soit capturé. À la fin de l'été, Barboncito et plusieurs de ses guerriers s'enfuirent de Bosque Redondo. Ils se trouvaient désormais, disait-on, à Sierra del Escadello, un territoire apache. Les Navajos qui s'échappaient de la réserve étaient si nombreux que Carleton fit installer des postes de garde permanents sur un rayon de 65 kilomètres autour de Fort Sumner. En août, le général donna ordre au commandant du poste d'abattre tout Navajo trouvé hors de la réserve sans laissez-passer.

En automne 1865, lorsque les récoltes de Bosque Redondo furent de nouveau mauvaises, l'armée distribua aux Navajos de la farine et du lard qu'on avait jugés trop mauvais pour les soldats. Le taux de mortalité recommença à grimper, ainsi que le nombre de tentatives d'évasion.

En dépit des critiques qui lui étaient ouvertement adressées au sujet des conditions de vie des Indiens à Bosque Redondo, le général Carleton n'en continua pas moins de traquer les Navajos. Enfin, le 1er septembre 1866, le chef qu'il voulait capturer plus que tout autre – Manuelito – fit son entrée dans Fort Wingate en boitillant, accompagné de vingt-trois guerriers épuisés, et se rendit. Lui et ses compagnons étaient émaciés et vêtus de guenilles. Ils n'avaient plus ni arcs, ni flèches, même s'ils portaient toujours autour de leurs poignets des bandes de cuir pour se protéger du frottement des cordes. L'un des bras de Manuelito, blessé, pendait, inerte. Peu après, Barboncito arriva avec vingt et un compagnons et fit reddition pour la seconde fois. C'était la fin des chefs de guerre.

L'ironie de la chose, c'est que dix-huit jours seulement après la reddition de Manuelito, le général Carleton fut démis de ses fonctions de gouverneur militaire du Nouveau-Mexique. La guerre de Sécession, qui avait amené Chef-Étoiles Carleton au pouvoir, était terminée depuis plus d'un an, et les habitants du Nouveau-Mexique s'étaient lassés de lui et de ses airs pompeux.

Lorsque Manuelito arriva à Bosque, la réserve avait un nouveau directeur, A. B. Norton. Celui-ci, après avoir examiné le sol, le déclara impropre à la culture de céréales à cause de la présence d'alcali. « L'eau est noire, saumâtre et pratiquement impossible à boire tant elle est mauvaise. Les Indiens jugent qu'elle est dangereuse pour la santé, parce qu'un quart de leur population a été emporté par les maladies. » Norton ajouta que la réserve avait coûté au gouvernement des millions de dollars. « Plus vite nous l'abandonnerons et installerons les Indiens ailleurs, mieux ce sera. D'après ce que l'on m'a dit, il y aurait eu de la spéculation là-dessous (...). Vous attendez-vous vraiment à ce qu'un Indien soit heureux et satisfait de son sort alors qu'il est privé de ces commodités de la vie dont un homme blanc, où qu'il vive, ne pourrait se passer ? Quel homme raisonnable choisirait pour installer une réserve pour huit mille Indiens un endroit où l'eau est à peine potable, le sol pauvre et stérile, où les racines de mesquite, qu'il faut aller chercher à 20 kilomètres, sont le seul combustible ? (...) Si les Indiens restent sur cette réserve, ce sera uniquement parce que nous les y retenons de force, et non par choix. Oh, laissez-les rentrer chez eux, ou bien emmenez-les là où ils trouveront de la bonne eau à boire, du bois en quantité pour ne pas mourir de froid, et un sol dont ils pourront tirer quelque chose à manger[14](...). »

Pendant deux ans, la réserve vit un défilé d'enquêteurs et d'officiels venus de Washington, certains sincèrement compatissants, d'autres surtout soucieux de réduire les dépenses.

« Nous sommes restés plusieurs années, raconta Manuelito. Beaucoup d'entre nous sont morts à cause du climat (...). Les gens de Washington ont tenu conseil avec nous. L'un d'eux a expliqué comment les Blancs punissaient ceux qui ne respectent pas les lois. Nous avons promis que nous les respecterions si on nous laissait rentrer chez nous. Nous avons promis de respecter le traité (...). Cela, nous l'avons promis quatre fois. Nous avons tous dit "oui" au traité, et il nous a bien conseillés. Lui, c'était le général Sherman. »

Lorsque les chefs navajos rencontrèrent Grand Guerrier Sherman pour la première fois, ils prirent peur. Son visage ressemblait à celui de Chef-Étoiles Carleton – le même air féroce, la même pilosité importante, la même bouche cruelle. Mais ses yeux étaient différents – c'étaient ceux d'un homme qui avait souffert et savait voir la douleur dans le regard des autres.

« Nous lui avons promis que nous nous efforcerions de ne pas oublier ses paroles, poursuivit Manuelito. Il a dit : "Je veux que vous me regardiez tous." Il s'est levé pour que nous puissions le voir. Il a expliqué que si nous agissions bien nous pourrions regarder les gens en face. Ensuite il a déclaré : "Mes enfants, je vais vous faire rentrer chez vous." »

Mais avant de pouvoir partir, les chefs durent signer un nouveau traité (1er juin 1868), qui commençait ainsi : « À partir de ce jour, toute guerre entre les parties signataires de cet accord cessera à jamais. » Barboncito fut le premier à signer, suivi d'Armijo, Delgadido, Manuelito, Herrero Grande, et sept autres chefs.

« Les nuits et les jours nous ont paru longs avant que n'arrive le moment de rentrer chez nous, raconta Manuelito. Nous avions une telle hâte de partir que la veille, nous nous sommes un peu avancés sur le chemin. Puis nous avons fait demi-tour. Les Américains nous ont donné un peu de bétail et nous les en avons remerciés. Nous avons dit aux conducteurs des chariots de fouetter les mules, tellement nous étions pressés. En apercevant le sommet de la montagne depuis Albuquerque, nous nous sommes demandé si c'était la nôtre, et nous avions envie de parler à la terre tant nous l'aimions, et certains de nos anciens ont pleuré de joie en arrivant chez eux[15]. »

Ainsi se fit le retour des Navajos sur leur terre. Lorsque les limites de la nouvelle réserve furent définies, les meilleurs pâturages furent pour la plupart attribués aux colons blancs. La vie promettait d'être dure. Les Navajos devraient se battre pour survivre. Mais ils allaient se rendre compte que, malgré toutes leurs difficultés, c'était eux les moins malchanceux de tous les

Indiens de l'Ouest. Pour les autres tribus, les épreuves venaient tout juste de commencer.

IN A SACRED MANNER I LIVE

Courtesy of the Bureau of American Ethnology Collection

In a sacred manner
  I live.
  To the heavens
  I gazed.
  In a sacred manner I live.
  My horses
  Are many.

(chant) D'UNE MANIÈRE SACRÉE JE VIS

D'une manière sacrée
  Je vis.
  Vers les cieux
  Je regardais.
  D'une manière sacrée je vis.
  Mes chevaux
  Sont nombreux.

3

La guerre de Little Crow

*1862 : Le 6 avril, victoire du général Grant sur les Confédérés lors de la bataille de Shiloh. Le 6 mai, mort d'Henry David Thoreau à l'âge de 45 ans. Le 20, adoption par le Congrès de l'*Homestead Act, *loi qui permet l'acquisition par les colons de l'Ouest de 160 acres de terre au prix de 1,25 $ l'acre. Le 2 juillet, vote au Congrès de la loi* Morrill, *proposant la création de* land-grant colleges, *des instituts de formation financés par la vente de terres du domaine public. Le 10 juillet, début de la construction de la* Central Pacific Railroad*. *Le 30 août, l'armée de l'Union perd la seconde bataille de Bull Run. Le 17 septembre, les Confédérés sont vaincus à Antietam. Le 22, Lincoln déclare tous les esclaves libres à compter du 1er janvier 1863. Le 13 octobre, en Allemagne, Bismarck prononce son discours « du sang et du fer »**. Le 13 décembre, l'armée de l'Union subit de lourdes pertes et une défaite cuisante à Fredericksburg. La nation plonge dans le désespoir. Certaines unités de l'armée en viennent presque à se mutiner au moment de prendre leurs quartiers d'hiver. Le 29, défaite du général Sherman à Chickasaw Bayou. Publication des* Misérables, *de Victor Hugo, et de* Pères et Fils, *de Tourgueniev.*

1863 : Le 2 avril, émeute du pain à Richmond (Virginie). Le 4 mai, victoire des Confédérés à Chancellorsville. Le 3 juillet, l'armée de

---

* La voie ferrée qui allait traverser les États-Unis d'ouest en est, en partant de Sacramento, et rejoindrait dans l'Utah l'Union Pacific Railroad, partie, elle, de l'Est (*NdlT*).

** « Ce n'est pas par des discours et des votes de majorité que les grandes questions de notre époque seront résolues, mais par le fer et le sang. »

l'Union gagne la bataille de Gettysburg. Le 4 juillet, Vicksburg tombe aux mains de Grant. Le 11, début de la conscription dans l'Union. Du 13 au 17, les émeutes contre la conscription à New York causent la mort de plusieurs centaines de personnes. Émeutes similaires dans de nombreuses autres villes. Le 15, le président Davies ordonne les premières conscriptions dans la Confédération. Le 5 septembre, émeutes du pain à Mobile. Le dollar confédéré ne vaut plus que 8 cents. Le 1er octobre, cinq navires de guerre russes entrent dans le port de New York sous les acclamations. Le 25 novembre, défaite des Confédérés à Chattanooga. Le 8 décembre, le président Lincoln offre l'amnistie aux soldats confédérés qui acceptent de prêter allégeance à l'Union.

> Les Blancs essayaient toujours de forcer les Indiens à abandonner leurs coutumes et à vivre comme eux – devenir fermiers, travailler dur et faire comme eux – et les Indiens ne savaient pas comment, et ne le voulaient pas de toute manière… Si les Indiens avaient voulu forcer les Blancs à vivre à leur manière, ils auraient résisté. C'était la même chose pour de nombreux Indiens.
>
> *Wamditanka (Big Eagle), Sioux Santee*

Pendant que la guerre civile entre les Blancs faisait rage, les Sioux Santees, qui occupaient un territoire à plus de 1 600 kilomètres au nord du pays navajo et étaient divisés en quatre sous-groupes – les Mdewkantons, les Wahpetons, les Wahpekutes et les Sissetons, avaient vu leurs terres leur échapper à jamais. Ils habitaient dans les forêts, tout en conservant des liens étroits avec leurs frères de sang de la prairie, les Yanktons et les Tetons, avec lesquels ils partageaient la même fierté tribale, et se considéraient comme le « peuple du bout du monde », les gardiens de la frontière du domaine des Sioux.

Au cours des dix années qui précédèrent la guerre de Sécession, plus de cent cinquante mille colons blancs étaient venus s'établir sur leur territoire, enfonçant ainsi le flanc gauche de la prétendue « frontière indienne permanente ». À la suite de deux traités trompeurs, les Sioux des forêts avaient cédé les neuf-dixièmes de leurs terres et se retrouvaient confinés dans une bande étroite le long de la Minnesota River. Dès le début, agents et négociants qui rôdaient autour d'eux tels des oiseaux de proie leur avaient volé la quasi-totalité des annuités contre lesquelles ils avaient été persuadés de céder leurs terres.

Si l'on en croit le témoignage de Big Eagle : « [B]eaucoup de Blancs exploitaient les Indiens et les malmenaient. Peut-être avaient-ils des excuses, mais ce n'est pas ainsi que les Indiens voyaient les choses. Les Blancs étaient nombreux à donner l'impression par leurs façons de se comporter avec un Indien qu'ils se croyaient supérieurs, et les Indiens n'aimaient pas cela. C'était excusable, sauf que les Dakotas [les Sioux] étaient persuadés qu'il n'y avait pas au monde meilleurs hommes qu'eux. Puis certains des Blancs ont abusé des femmes indiennes et les ont déshonorées, et ça, c'était inexcusable. Pour toutes ces raisons, nombre d'Indiens se sont mis à détester les Blancs[1]. »

Au cours de l'été 1862, les choses s'envenimèrent entre les Santees et les Blancs. Le gibier avait quasiment disparu de la réserve, et lorsque les Indiens traversaient leurs anciens territoires de chasse, désormais peu à peu colonisés par les Blancs, il y avait souvent du grabuge. Pour la seconde année consécutive, les récoltes étaient médiocres, contraignant de nombreux Santees à demander aux négociants de l'agence indienne des vivres à crédit. Les Santees détestaient le système de crédit parce qu'ils n'avaient aucun contrôle sur les comptes. Lorsque les annuités versées par Washington arrivaient, les négociants étaient prioritaires et se faisaient verser par les agents du gouvernement les sommes qui leur étaient prétendument dues. Certains Santees avaient appris à tenir les comptes, mais même lorsque le montant de leurs dettes était, selon leurs propres calculs, largement inférieur à ce que les négociants affirmaient, les agents du gouvernement n'en tenaient pas compte.

Les événements de l'été 1862 donnèrent à Ta-oya-te-duta (Little Crow) de bonnes raisons d'être furieux contre les négociants. Little Crow était l'un des chefs des Mdewkantons, comme l'avaient été son père et son grand-père avant lui. Il avait soixante ans et portait toujours des vêtements à manches longues pour cacher ses bras et ses poignets, marqués par des blessures mal guéries qui lui avaient été infligées au cours de batailles dans sa jeunesse. Little Crow avait signé les deux traités à cause desquels les Indiens avaient été dépouillés de leurs terres et de l'argent promis en échange. Il s'était rendu à Washington pour rencontrer le Grand Père, le président Buchanan. Il avait troqué son pagne et sa couverture pour une paire de pantalons et une veste à boutons dorés, était devenu membre de l'Église épiscopalienne, avait construit une maison et commencé à exploiter une ferme. Mais cet été-là, sa désillusion se transforma en colère.

En juillet, plusieurs milliers de Santees s'étaient rassemblés à Upper Agency, l'agence de l'amont, sur la Yellow Medicine River, pour percevoir les annuités qui leur étaient dues en vertu des traités et qu'ils comptaient échanger contre des vivres. Or, l'argent n'était pas là. D'après la rumeur, le Grand Conseil (c'est-à-dire le Congrès) de Washington avait dépensé tout son or dans la grande guerre entre les Blancs et ne pouvait rien envoyer aux Indiens. Comme leur peuple criait famine, Little Crow et quelques autres chefs allèrent voir l'agent Thomas Galbraith et lui demandèrent pourquoi ils ne pouvaient rien obtenir de l'agence, dont l'entrepôt regorgeait de provisions. Galbraith répondit qu'il n'était pas en mesure de faire quoi que ce soit tant que l'argent n'était pas arrivé, puis posta une centaine de soldats autour de l'entrepôt. Le 4 août, cinq cents Santees encerclèrent les soldats tandis que d'autres forçaient les portes de l'entrepôt et en ressortaient chargés de sacs de farine. Au lieu de faire tirer sur eux, le chef des soldats blancs, un certain Timothy Sheehan, ému par leur sort, persuada l'agent Galbraith de leur donner du porc et de la farine et d'attendre que l'argent soit arrivé pour se faire payer. Les Indiens s'en allèrent paisiblement, sauf Little Crow, qui resta jusqu'à ce que l'agent promette de fournir la même quantité de nourriture aux Santees qui dépendaient de Lower Agency, à une cinquantaine de kilomètres en aval, à Redwood.

Galbraith le fit attendre plusieurs jours, avant de convenir d'une rencontre à Redwood, non loin du village de Little Crow, le 15 août. Le jour dit, tôt le matin, Little Crow arriva, accompagné de plusieurs centaines de Mdewkantons affamés. Ils eurent vite fait de comprendre que Galbraith et les quatre négociants de Lower Agency n'avaient nullement l'intention de leur fournir les vivres conservés dans leur entrepôt avant l'arrivée de l'annuité.

Furieux de constater qu'une fois de plus les Blancs ne tenaient pas leurs promesses, Little Crow se leva, regarda Galbraith droit dans les yeux et déclara, au nom de son peuple : « Nous avons attendu longtemps. L'argent est à nous, mais nous ne pouvons pas le toucher. Nous n'avons rien à manger, et pourtant il y a là des entrepôts remplis de vivres. Nous exigeons que toi, l'agent, fasses en sorte que nous puissions prendre de la nourriture dans les entrepôts, faute de quoi nous agirons. Lorsque des hommes sont affamés, ils se servent[2]. »

Sans même répondre, Galbraith se tourna vers les négociants et leur demanda ce qu'ils comptaient faire. Andrew Myrick répondit sur un ton méprisant : « En ce qui me concerne, s'ils ont faim, qu'ils mangent de l'herbe ou leurs propres excréments[3]. »

Les Indiens restèrent un instant silencieux. Puis, poussant des cris de colère, ils se levèrent comme un seul homme et quittèrent le conseil.

Les paroles d'Andrew Myrick provoquèrent la fureur de tous les Santees. Mais pour Little Crow, ces mots rouvraient des blessures qui n'étaient pas cicatrisées. Pendant des années, il s'était efforcé de respecter les traités, de suivre les conseils des Blancs et d'amener son peuple à adopter leurs us. À présent, il avait perdu sur tous les plans. Sa tribu commençait à douter de lui et à le rendre responsable de ses malheurs. Et maintenant, négociants et agents se retournaient contre lui. Quelque temps auparavant, les Mdewkantons de Lower Agency l'avaient accusé de les trahir en signant des traités qui entraînaient la perte de leurs terres. D'ailleurs, ce n'était pas lui qu'ils avaient élu comme porte-parole, mais Traveling Hail. Si Little Crow était parvenu à persuader l'agent Galbraith et les négociants de donner des vivres à son peuple, il aurait regagné leur respect. Hélas, il avait échoué.

Autrefois, il aurait pu reprendre sa position de chef en faisant la guerre. Or, il s'était engagé par les traités à ne pas mener d'actions hostiles contre les Blancs et les autres tribus indiennes. Mais pourquoi les Américains parlaient-ils tant de paix entre eux-mêmes et les Indiens, ou entre tribus indiennes, alors qu'ils livraient une guerre tellement acharnée aux Tuniques Grises qu'il ne leur restait même plus suffisamment d'argent pour régler leurs dettes aux Santees ? Little Crow savait que certains des jeunes hommes de sa tribu parlaient ouvertement de faire la guerre contre les Blancs, afin de les chasser de la vallée du Minnesota. Le moment était propice, affirmaient-ils, parce que beaucoup de Tuniques Bleues étaient parties se battre contre les Grises. Pour Little Crow, ce genre d'argument était stupide. Il était allé dans l'Est et avait mesuré la puissance des

Américains. Ils grouillaient de partout, telle une nuée de criquets, et pouvaient détruire leurs ennemis grâce à leurs canons qui grondaient comme le tonnerre. Non, l'idée de faire la guerre aux Blancs ne tenait pas debout.

Le dimanche 17 août, Little Crow assista à la messe à l'église épiscopalienne de Lower Agency. Le sermon était prononcé par le révérend Samuel Hinman. À la fin du service, le vieux chef serra la main des autres fidèles et rentra chez lui, à trois kilomètres en aval.

Dans la nuit, il fut réveillé par des voix, dont celle de Shakopee. Plusieurs Santees entrèrent bruyamment dans sa chambre. Quelque chose d'extrêmement important, dirent-ils, était arrivé. Il y avait là Makato, Medicine Bottle et Big Eagle. Ils attendaient l'arrivée imminente de Wabasha, afin de pouvoir tenir conseil.

Quatre jeunes hommes affamés de la bande de Shakopee avait traversé la rivière dans l'après-midi pour aller chasser dans les Big Woods. Là, il s'était produit un événement très grave, raconté plus tard de la manière suivante par Big Eagle : « Ils sont arrivés près de la clôture de la ferme d'un colon. Là, ils ont trouvé un nid de poule avec des œufs dedans. L'un d'eux était en train de les ramasser quand un autre a dit : “Ne les prends pas. Ils appartiennent à un Blanc, et nous pourrions avoir des ennuis.” Mais le premier s'est fâché, parce qu'il avait très faim et voulait manger les œufs. Alors, il les a jetés par terre et a répondu : “Tu es un lâche. Tu as peur de l'homme blanc. Tu as même peur de lui voler un œuf, alors que tu crèves de faim. Oui, tu es un lâche, et je vais le dire à tout le monde.” L'autre a répliqué : “Je ne suis pas un lâche. Je n'ai pas peur de l'homme blanc, et pour te le montrer, je vais aller chez lui et l'abattre. Es-tu suffisamment brave pour me suivre ?” “Oui, je viens avec toi, a dit le premier, et alors nous verrons qui de nous deux est le plus courageux.” “Nous venons avec vous, ont annoncé leurs deux compagnons, et nous serons courageux nous aussi.” Alors, ils se sont tous approchés de la maison de l'homme blanc, mais celui-ci, voyant le danger, s'est enfui dans une autre maison où il y avait des hommes et des femmes blancs. Les quatre Indiens l'ont suivi et ont tué trois hommes et deux femmes. Puis ils ont pris un attelage qui appartenait à un autre colon et sont rentrés au camp de Shakopee (...) où ils ont raconté ce qu'ils avaient fait[4]. »

Lorsqu'il apprit le meurtre des cinq Blancs, Little Crow réprimanda les quatre jeunes Indiens puis, sur un ton sarcastique, demanda à Shakopee et aux autres pourquoi ils venaient lui demander conseil à lui alors qu'ils s'étaient choisi comme porte-parole Traveling Hail. Les chefs assurèrent Little Crow qu'il demeurait leur chef de guerre. À cause des meurtres commis, c'était maintenant la vie de chaque Santee qui était menacée. L'homme blanc avait coutume de faire payer à tous les Indiens les crimes de quelques-uns. Aussi, autant frapper les premiers, sans attendre que les soldats viennent les tuer. Et mieux valait attaquer les Blancs maintenant, pendant qu'ils se battaient entre eux tout là-bas vers le sud.

Ces arguments ne convainquirent pas Little Crow. Les Blancs étaient trop puissants, affirma-t-il, tout en convenant que la vengeance des colons serait d'autant plus implacable que des femmes avaient été tuées. D'après le fils de Little Crow, qui assistait au conseil, le visage de son père devint de plus en plus défait et de grosses gouttes de sueur perlèrent sur son front.

Enfin, l'un des jeunes braves s'exclama : « Ta-oya-te-duta [Little Crow] est un lâche ! »

C'était ce même terme, lancé comme un défi au jeune homme qui avait peur de voler les œufs de l'homme blanc, qui avait provoqué les meurtres. « Lâche » n'était pas un mot qu'un chef sioux pouvait prendre à la légère, même s'il avait déjà adopté en partie les mœurs des Blancs.

Little Crow répondit, comme le raconterait par la suite son jeune fils : « Ta-oya-te-duta n'est pas un lâche, pas plus qu'il n'est un imbécile ! S'est-il enfui déjà devant l'ennemi ? A-t-il déjà abandonné ses braves sur le sentier de la guerre pour rentrer se terrer dans son tipi ? Le seul jour où il a battu en retraite devant vos ennemis, c'était lui qui fermait la marche, lui qui faisait face aux Ojibwés et vous protégeait comme une ourse protège ses petits. Ta-oya-te-duta n'a-t-il pas des scalps ? Regardez ses plumes de guerre ! Voyez les scalps de vos ennemis accrochés aux piquets de son tipi ! Un lâche, dites-vous ? Ta-oya-te-duta n'est pas un lâche, pas plus qu'il n'est un imbécile. Mes braves, vous êtes tels des petits enfants ; vous ne vous rendez pas compte de ce que vous faites.

« Vous êtes pleins de l'eau maléfique de l'homme blanc. Vous êtes comme les chiens à la Lune Chaude qui courent comme des fous en mordant leur propre ombre. Des petits troupeaux de bisons éparpillés, c'est tout ce que vous êtes. Les grands troupeaux qui régnaient sur les prairies autrefois ne sont plus. Voyez ! Les hommes blancs sont telle une nuée de criquets, si dense qu'on dirait une tempête de neige qui aurait envahi le ciel tout entier. Vous pouvez en tuer un, deux, dix – oui, autant qu'il y a de feuilles dans ces forêts tout là-bas – et leurs frères ne les pleureront pas. Tuez-en un, deux, dix, et ils seront dix fois dix à venir vous tuer. Vous pouvez passer la journée à essayer de les compter, les hommes blancs viendront avec des fusils et vous tueront plus vite que vous ne savez compter.

« Certes, ils se battent entre eux – quelque part au loin. Mais entendez-vous le grondement de leurs grands fusils ? Non, même en courant il vous faudrait deux lunes pour parvenir là où ils se battent, et tous les endroits que vous traverseriez seraient peuplés de soldats blancs aussi nombreux que les roseaux dans les marécages des terres ojibwés. C'est vrai, ils se battent entre eux, mais si vous les attaquez, ils se retourneront tous contre vous et vous dévoreront, vous, vos femmes et vos enfants, de la même manière que les criquets qui, le moment venu, s'abattent sur les arbres et, en l'espace d'un jour, en dévorent toutes les feuilles.

« Vous êtes des imbéciles. Vous n'arrivez pas à voir le visage de votre chef car vos yeux sont emplis de fumée. Vous ne pouvez pas entendre sa voix car vos oreilles sont pleines du rugissement des eaux. Mes braves, vous êtes tels des petits enfants – vous êtes des imbéciles. Vous mourrez comme les petits lapins que les loups affamés chassent à la Dure Lune de janvier.

« Ta-oya-te-duta n'est pas un lâche. Il mourra avec vous[5]. »

Big Eagle prit alors la parole pour plaider la paix, mais les clameurs l'obligèrent à se taire. Dix ans de malheurs causés par les Blancs – de traités non respectés, de terres de chasse perdues, de promesses rompues, d'annuités non versées, auxquels s'ajoutait leur faim, alors même que les entrepôts de l'agence regorgeaient de vivres, et les paroles insultantes d'Andrew Myrick, voilà qui faisait passer le meurtre de quelques colons blancs à l'arrière-plan.

Little Crow envoya des messagers pour demander aux Wahpetons et aux Sissetons de combattre les Blancs avec lui. On réveilla les femmes, qui se chargèrent de fondre le plomb pour fabriquer les balles pendant que les guerriers nettoyaient leurs fusils.

Voici la suite des événements, telle que la raconta plus tard Big Eagle : « Little Crow a donné l'ordre d'attaquer l'agence au petit matin, et de tuer tous les négociants. Le lendemain, j'ai suivi les guerriers qui donnaient l'assaut. Je n'étais pas un meneur, et je n'ai pas participé au massacre. Je voulais voir si je pouvais sauver la vie de deux de mes amis. Je pense que d'autres y sont allés pour les mêmes raisons, car les Indiens avaient presque tous là-bas des amis chers ; mais bien entendu, nul ne se souciait des amis des autres. Le massacre était pratiquement terminé quand je suis arrivé. Little Crow était là, à diriger les opérations (...). Andrew Myrick, un négociant marié à une Indienne, avait peu de temps auparavant refusé de faire crédit à des Indiens affamés lorsque ceux-ci lui avaient demandé des vivres. Il leur avait dit : "Vous n'avez qu'à manger de l'herbe." À présent, il était là, allongé sur le sol, mort, la bouche remplie d'herbe, et les Indiens disaient en se moquant : "Myrick mange de l'herbe."[6] »

Les Santees tuèrent vingt hommes, capturèrent dix femmes et enfants, vidèrent les entrepôts et mirent le feu aux autres bâtiments. Les quarante-sept habitants survivants parvinrent à s'échapper (certains aidés par des amis santees), à traverser la rivière et à gagner Fort Ridgely, à une vingtaine de kilomètres en aval.

Sur leur chemin, ils rencontrèrent une compagnie de quarante-trois soldats venus prêter main-forte à l'agence, auxquels l'un d'eux, le révérend Hinman, celui-là même qui avait prononcé la veille le dernier sermon que devait entendre Little Crow, conseilla de faire demi-tour. Le « chef soldat », un certain John Marsh, ignora délibérément l'avertissement, entraînant ainsi ses hommes dans une embuscade tendue par les Santees. Seuls vingt-quatre survivants parvinrent à regagner le fort.

Encouragé par ces premiers succès, Little Crow décida de s'en prendre à la « maison des soldats » elle-même, à savoir Fort Ridgely. Wabasha l'avait rejoint avec sa bande ; de nouveaux guerriers étaient venus renforcer les troupes de Mankato ; des alliés devaient arriver d'Upper Agency ; enfin, Big Eagle ne pourrait conserver sa neutralité bien longtemps si son propre peuple participait à la guerre.

Au cours de la nuit, ces chefs, accompagnés d'une force de plusieurs centaines d'hommes, descendirent la vallée de la Minnesota et, au petit matin du 19 août, se regroupèrent dans la prairie à l'ouest du fort. « Les jeunes hommes avaient tous hâte d'en découdre, raconta Lightning Blanket, l'un de ceux qui participèrent aux combats. Nous avons revêtu des tenues de guerriers, avec des peintures de guerre, des pagnes et des jambières, ainsi qu'une grande écharpe nouée autour de la taille et servant à conserver notre nourriture et nos munitions[7]. »

Mais certains des jeunes hommes qui n'avaient pas encore combattu se ravisèrent en voyant les solides bâtiments de pierre et les Tuniques Bleues armées jusqu'aux dents qui les attendaient. Sur le chemin du fort, ils avaient évoqué la facilité avec laquelle ils pourraient lancer un raid sur le village de New Ulm, au bord de la Cottonwood River. Il y avait là de nombreux magasins à piller, et aucun soldat. Tant qu'à se battre, pourquoi pas à New Ulm ? Little Crow leur répliqua que les Santees étaient en guerre, et que pour gagner, il leur fallait défaire les Tuniques Bleues. S'ils parvenaient à chasser les soldats de la vallée, alors les colons blancs s'en iraient tous. Ils n'avaient rien à gagner à tuer quelques malheureux Blancs à New Ulm.

Mais Little Crow eut beau les sermonner et les supplier tout à tour, les jeunes guerriers s'écartèrent du groupe et se dirigèrent vers la rivière. Après s'être consultés, Little Crow et les autres chefs décidèrent de remettre au lendemain l'attaque de Fort Ridgely.

Le soir, les jeunes guerriers rentrèrent de New Ulm en racontant qu'ils avaient semé la panique parmi les habitants, mais que la ville était trop bien défendue et que, de surcroît, un violent orage avait éclaté dans l'après-midi. Big Eagle les traita d'« Indiens maraudeurs » et indisciplinés. La nuit même, tous décidèrent d'un commun accord de rester ensemble et d'attaquer Fort Ridgely le lendemain matin.

Mais revenons au récit de Lightning Blanket. « Nous nous sommes mis en route au lever du soleil, raconte-t-il. Nous avons tout d'abord passé la rivière au niveau de l'agence, puis suivi la route jusqu'au sommet de la colline après Faribault's Creek, où nous nous sommes arrêtés un instant. Là, Little Crow nous a donné ses consignes pour l'attaque du fort (...).

« Une fois celui-ci atteint, le signal, trois coups de feu, serait donné par les guerriers de Medicine Bottle dans le but d'attirer l'attention des soldats et de les faire tirer dans cette direction, afin que les hommes se trouvant à l'est (ceux de Big Eagle), et à l'ouest et au sud (ceux de Little Crow et de Shakopee) puissent prendre le fort d'assaut.

« Nous avons atteint Three Mile Creek en fin de matinée et nous sommes préparés à manger. Puis nous nous sommes séparés, et je me suis dirigé vers le nord avec les guerriers qui allaient à pied. Une fois loin de Little Crow, nous n'avons prêté aucune attention aux chefs, et chacun a fait comme il l'entendait. Les deux autres groupes sont arrivés aux abords du fort à peu près au même moment, et nous en avons vu passer à l'ouest, avec Little Crow sur un mustang noir. Le signal a été tiré par notre groupe, celui de Medicine Bottle. Les guerriers qui venaient de l'est, du sud et de l'ouest se sont avancés lentement. Tout en tirant, nous nous sommes rués vers le bâtiment qui se trouvait près de la grande construction en pierre. Nous avons vu l'homme qui s'occupait des gros fusils, un Blanc que nous connaissions tous, et comme nous étions les seuls en vue, il nous a visés. Il s'était préparé en entendant les détonations provenant de notre groupe. Si les hommes de Little Crow avaient tiré dès notre signal, les soldats qui faisaient feu sur nous auraient été tués. Deux de nos guerriers ont été abattus et trois blessés, dont deux devaient succomber plus tard. Nous avons couru vers le ruisseau sans savoir si les soldats nous suivraient ou pas. En fait, c'est ce qu'ils ont fait, et si nous l'avions su, nous aurions tiré en même temps et les aurions tous tués, étant donné qu'ils se trouvaient alors dans un endroit découvert entre les bâtiments. Contrairement aux Blancs, nous ne nous battions pas sous les ordres d'un officier ; chacun tirait comme bon lui semblait. L'idée de foncer dans les bâtiments a été abandonnée, et nous avons visé les fenêtres, surtout celles de la grande construction en pierre, car nous pensions que la majeure partie des Blancs s'y trouvait.

« Nous ne pouvions pas les voir, si bien que nous ne savions pas si nous en avions tué ou pas. Pendant la fusillade, nous avons tenté de mettre le feu aux bâtiments avec des flèches enflammées, sans succès, si bien qu'il nous a fallu nous procurer encore plus de poudre et de balles. Le soleil était levé depuis à peu près deux heures quand nous avons contourné le fort par l'ouest et décidé de rentrer au village de Little Crow avant de reprendre les combats le lendemain (...).

« Environ quatre cents Indiens ont participé à cette attaque. Il n'y avait aucune femme parmi eux. Ils ont tous passé la soirée au village de Little Crow. Le repas a été préparé par des garçons âgés de dix à quinze ans, trop jeunes pour aller se battre[8]. »

Au cours de cette soirée passée dans le village, Little Crow et Big Eagle songèrent avec découragement qu'ils n'avaient pas réussi à s'emparer de la « maison des soldats ». Big Eagle s'opposa à l'idée d'un deuxième assaut. Les Santees ne disposant pas de suffisamment de guerriers pour s'emparer des canons, leurs pertes seraient trop lourdes en cas de nouvelle attaque. Little Crow annonça qu'il prendrait sa décision plus tard. En attendant, tous devaient fabriquer autant de balles que possible ; il restait une grande quantité de poudre prise dans les réserves de l'agence.

Plus tard, la situation évolua : quatre cents guerriers wahpetons et sissetons venus de Lower Agency vinrent proposer aux Mdewkantons leur aide contre les Blancs. Little Crow exulta. Les Santees retrouvaient leur unité et, avec huit cents guerriers, seraient suffisamment nombreux pour prendre Fort Ridgely. Il convoqua un conseil de guerre et donna des ordres stricts pour les combats du lendemain. Cette fois-ci, les Indiens ne devaient pas échouer.

« Nous avons pris le départ le 22 août au petit matin, raconte Lightning Blanket, mais l'herbe était trempée par la rosée, plus que le jour de la première attaque. Aussi le soleil était-il assez haut dans le ciel, et nous n'avions encore que peu progressé. Il était presque midi lorsque nous avons atteint le fort (...). Cette fois-ci, nous ne nous sommes pas arrêtés pour manger. Chaque guerrier avait emporté de la nourriture dans son écharpe et l'a mangée au milieu de la journée, pendant les combats[9]. »

D'après Big Eagle, la seconde bataille à Fort Ridgely fut impressionnante. « Nous étions résolus à nous emparer du fort, car nous savions que c'était capital pour nous. En cas de réussite, nous aurions pu très rapidement contrôler toute la vallée du Minnesota. »

Cette fois-ci, au lieu de s'aventurer près du fort, les guerriers santees accrochèrent des touffes d'herbe et des fleurs à leur bandeau pour se dissimuler puis, en rampant au fond des ravines et à travers les broussailles, se rapprochèrent suffisamment du fort pour pouvoir tirer sur ses défenseurs. Une pluie de flèches enflammées mit le feu aux toits des bâtiments. Alors, les Santees se ruèrent vers les écuries. L'un d'eux, Wakonkdayamanne, fit plus tard le récit suivant : « Au cours de cette bataille, je suis remonté par le côté sud jusqu'aux écuries et j'ai voulu prendre un cheval. Au moment où je le faisais sortir, un obus a éclaté juste à côté de moi. Le cheval a fait un écart et s'est enfui en me renversant. Lorsque je me suis relevé, j'ai vu une mule qui s'enfuyait. J'étais tellement furieux que je lui ai tiré dessus[10]. » Il y eut des combats au corps à corps pendant quelques minutes autour des écuries, mais les Santees durent de nouveau battre en retraite sous le feu d'artillerie des soldats.

Little Crow, blessé, perdait du sang. Il s'éloigna du champ de bataille pour reprendre des forces et fut remplacé par Mankato, qui mena l'attaque suivante. Des rafales d'obus à balles fauchèrent les guerriers qui chargeaient, et l'assaut se solda par un échec.

« S'il n'y avait pas eu le canon, je pense que nous nous serions emparés du fort, raconte Big Eagle. Les soldats se sont défendus si vaillamment que nous pensions qu'ils étaient plus nombreux qu'en réalité. » (Environ cent cinquante soldats et vingt-cinq civils armés défendirent Fort Ridgely le 22 août.) Ce fut au cours de cette bataille que Big Eagle perdit le plus de guerriers.

Plus tard dans l'après-midi, les chefs santees ordonnèrent la fin de l'assaut. Redonnons la parole à Lightning Blanket : « Le soleil était près de se coucher. En voyant les guerriers au sud et à l'ouest se faire repousser par les gros fusils, et Little Crow et ses hommes se diriger vers le nord-ouest, nous avons décidé de les rejoindre et de voir ce que nous pouvions faire (...). Nous pensions retourner dans son village pour y chercher des renforts (...). Mais Little Crow nous a dit qu'il n'y avait plus de guerriers. Alors, des discussions vives ont eu lieu. Certains voulaient repartir à l'assaut du fort le lendemain matin, puis aller à New Ulm, tandis que d'autres préféraient attaquer New Ulm dès le lever du soleil et revenir s'emparer du fort plus tard. Nous avions peur que les soldats n'aillent à New Ulm en premier[11]. »

Les soldats en question, c'étaient les mille quatre cents hommes du sixième régiment du Minnesota venus de St. Paul. À leur tête, se trouvait un chef que les Santees connaissaient assez bien, le colonel Henry H. Sibley. Sibley avait récupéré, en remboursement de sommes indûment versées au Santees, cent quarante-cinq mille dollars sur les quatre cent soixante-quinze mille promis dans le premier traité, cela au bénéfice de sa compagnie de commerce de fourrures. Les Santees étaient convaincus que la compagnie les avait sous-payés. Or, l'agent Alexandre Ramsey avait donné satisfaction à Sibley, ainsi qu'à d'autres négociants, si bien que les Indiens ne percevaient pratiquement rien en échange de leurs terres. (Ramsey, devenu entre-temps gouverneur, avait nommé Sibley à la tête du régiment du Minnesota.)

Le 23 août, en milieu de matinée, les Santees attaquèrent New Ulm. Ils sortirent des bois, se déployèrent en arc dans la prairie inondée de soleil et fondirent sur le village. Mais les citoyens les attendaient. Après l'attaque avortée des jeunes braves le 19 août, ils avaient érigé des barricades, renforcé leur armement et demandé à plusieurs villages situés plus bas dans la vallée l'aide de leur milice. Arrivés à deux kilomètres des premières lignes de défense des Blancs, les guerriers indiens commencèrent à exécuter un mouvement d'éventail, tout en accélérant l'allure et en poussant des cris de guerre de manière à effrayer leurs ennemis. Little Crow, qui ne participait pas au combat pour cause de blessure, avait été remplacé à la tête des guerriers par Mankato, dont le plan était d'envelopper New Ulm.

Il y eut beaucoup d'échanges de coups de feu de part et d'autre. L'avancée des Indiens fut ralentie par les villageois retranchés dans des bâtiments aux fenêtres transformées en meurtrières. En début d'après-midi, les Santees incendièrent plusieurs constructions situées du côté exposé au vent, dans l'espoir de profiter de l'écran de fumée ainsi provoqué pour avancer. Soixante guerriers à pied ou à cheval qui tentaient de prendre d'assaut l'une des barricades furent repoussés par des tirs nourris. Les rues, les habitations, les appentis et les entrepôts devinrent le théâtre d'affrontements longs et féroces. À la tombée de la nuit, lorsque les Santees se retirèrent, ils n'avaient certes pas gagné, mais laissaient tout de même derrière eux les ruines fumantes de cent quatre-vingt-dix bâtiments, ainsi que plus de cent victimes parmi les tenaces défenseurs de New Ulm.

Trois jours plus tard, l'avant-garde du régiment de Sibley arriva à Fort Ridgely. Les Santees commencèrent alors à se replier dans la haute vallée de la Minnesota River. Ils emmenaient avec eux plus de deux cents prisonniers, pour la plupart des femmes, des enfants blancs et des métis dont les sympathies pour les Blancs étaient connues. Après avoir établi un campement provisoire à soixante-dix kilomètres environ d'Upper Agency, Little Crow entama des négociations avec les autres chefs sioux de la région, dans l'espoir de les rallier à sa cause. Ses efforts furent dans une large mesure vains. Le manque d'enthousiasme des autres chefs s'expliquait par le fait qu'il n'avait pas réussi à chasser les soldats de Fort Ridgely d'une part, mais aussi par la mort de colons blancs au nord de la Minnesota, au cours d'un massacre atroce perpétré par des bandes de jeunes Indiens indisciplinés au moment même où Little Crow assiégeait Fort Ridgely. Plusieurs centaines de colons avaient en effet été piégés dans leurs maisons lors d'une attaque surprise, et beaucoup d'entre eux sauvagement tués. D'autres avaient réussi à s'enfuir, certains trouvant refuge dans les villages de ces mêmes bandes sioux dont Little Crow espérait obtenir le soutien.

Tout en éprouvant le plus grand mépris pour ceux qui s'en prenaient à des colons sans défense, Little Crow était bien conscient que sa décision de faire la guerre aux Blancs avait libéré les ardeurs meurtrières des jeunes. Mais il était trop tard pour revenir en arrière. La guerre durerait tant qu'il disposerait de suffisamment d'hommes pour la faire.

Le 1er septembre, Little Crow décida de lancer des expéditions de reconnaissance en aval pour prendre la mesure des forces dont disposait Sibley. Les Santees se divisèrent en deux groupes, cent dix d'entre eux partant avec Little Crow pour longer la Minnesota côté nord tandis que l'autre groupe, plus important et mené par Big Eagle et Mankato, passait par le sud.

Le plan de Little Crow consistait à éviter tout combat frontal avec les soldats et à contourner discrètement l'armée de Sibley pour aller attaquer son convoi de ravitaillement à l'arrière. Pour cela, ses guerriers exécutèrent un large mouvement circulaire vers le nord, jusqu'à ce qu'ils se trouvent à proximité de plusieurs villages qui avaient essuyé les attaques d'Indiens maraudeurs au cours des semaines précédentes. Certains des compagnons de Little Crow suggérèrent alors de lancer des raids sur ces villages, ce qui créa des dissensions dans le groupe. Le deuxième jour de l'expédition, un chef de rang inférieur convoqua un conseil de guerre et proposa d'attaquer et de piller les villages, ce à quoi Little Crow s'opposa fermement. Leurs ennemis, dit-il, c'était les soldats, et c'était donc eux que les Indiens devaient combattre. À l'issue du conseil, soixante-quinze guerriers se rallièrent à celui qui suggérait le pillage. Seuls trente-cinq Indiens loyaux restèrent avec Little Crow.

Le lendemain matin, le petit groupe de Little Crow se retrouva face à un détachement de soixante-quinze soldats. Il battit alors en retraite, poursuivi par les Américains. En entendant les coups de feu échangés, les Santees qui avaient fait défection la veille se ruèrent pour prêter main-forte à Little Crow. S'ensuivirent des combats au corps à corps, où les soldats firent usage de leur baïonnette. Les Santees réussirent à tuer six de leurs ennemis et à en blesser quinze. Les Tuniques Bleues se réfugièrent à Hutchinson.

Les Indiens passèrent les deux jours suivants à patrouiller dans les environs de Hutchinson et de Forest City, en vain puisque les soldats s'étaient retranchés derrière les palissades du fort. Le 5 septembre, des messagers vinrent annoncer qu'une bataille se livrait à quelques kilomètres de là, au sud-ouest. Big Eagle et Mankato avaient en effet piégé les soldats de Sibley à Birch Coulee.

Les deux chefs santees avaient auparavant discrètement encerclé le camp des soldats pour les empêcher de s'enfuir. D'après Big Eagle : « [L]a bataille a commencé dès l'aube. Elle s'est poursuivie toute la journée et toute la nuit, et ne s'est terminée qu'en fin de matinée le lendemain. Les deux camps se sont bien battus. Les Blancs combattaient d'une telle façon qu'ils ont perdu beaucoup d'hommes, alors que très peu d'Indiens sont tombés (...). Vers le milieu de l'après-midi, nos braves ont commencé à se lasser de la longueur de la bataille et de l'entêtement des Blancs. Ordre a été donné dans nos lignes de se préparer à l'assaut du camp (...).

« Nous nous apprêtions à charger quand nous avons appris qu'un groupe important de cavaliers venus de l'est se dirigeait vers Fort Ridgely. La nouvelle nous a mis dans un tel état d'excitation que nous en avons oublié de donner l'assaut. Mankato a réagi immédiatement : prenant quelques hommes avec lui, il est parti à la rencontre des ennemis (...). Il a déployé ses forces de telle manière, et les guerriers ont fait tellement de bruit, qu'enfin les Blancs ont commencé à rebrousser chemin. Trois kilomètres plus loin, ils se sont mis à creuser des tranchées. Mankato les a suivis puis, laissant quelques hommes sur place, a rejoint les autres à Birch Coulee. Ses compagnons et lui ont bien ri de la manière dont ils avaient dupé les Blancs, et nous nous sommes tous réjouis que nos ennemis n'aient pas avancé davantage et ne nous aient pas repoussés (...).

« Le lendemain matin, le général Sibley, arrivé à la tête d'une importante colonne de soldats, nous a contraints à nous replier, ce que nous avons fait, sans nous presser. Certains de nos guerriers disent être restés jusqu'à ce que Sibley se lève. Ils auraient tiré sur certains de ses hommes au moment où ils serraient la main des soldats du camp. Ceux d'entre nous qui se trouvaient dans la prairie ont repris la direction de l'ouest et descendu la vallée (...). Il n'y a eu aucune poursuite. Au moment où nous quittions la prairie, les Blancs nous ont tiré dessus avec leurs canons, mais ils ont fait aussi peu de dégât dans nos rangs que s'ils s'étaient contentés de frapper sur une grosse caisse, cela aurait eu le même effet – du bruit, voilà tout. Nous avons regagné notre campement dans le vieux village sur l'autre rive, avant de remonter la rivière jusqu'au confluent de la Yellow Medicine River et de la Chippewa. Là, nous avons été rejoints par Little Crow (...). Enfin, nous avons appris que Sibley et son armée avaient repris l'offensive (...). Sibley avait laissé une lettre destinée à Little Crow sur un bâton à l'extrémité fendue, que nos hommes ont trouvée sur le champ de bataille de Birch Coulee et nous ont apportée[12] (...). »

Le message, bref, n'engageait à rien :

> Si Little Crow a une proposition à faire, qu'il me le fasse savoir par l'intermédiaire d'un métis, et il pourra entrer dans notre camp et en sortir sans danger.
>
> Colonel H.H. Sibley[13].

Little Crow avait de bonnes raisons de se méfier de cet homme suffisamment malin pour parvenir à empocher une bonne partie de l'argent promis aux Santees en vertu des traités. Il décida malgré tout d'envoyer une réponse. Il se disait peut-être que, ayant passé un certain temps à White Rock (St. Paul), Sibley ne savait pas pourquoi les Santees avaient pris le sentier de la guerre. Par ailleurs, Little Crow tenait aussi à ce que le gouverneur Ramsey connaisse les raisons du conflit. Parmi les Santees qui avaient conservé leur neutralité, beaucoup se souvenaient avec effroi de ce que Ramsey avait dit aux Blancs du Minnesota : « Les Sioux doivent être soit exterminés, soit repoussés au-delà des frontières de l'État[14]. »

Le message envoyé par Little Crow au général Sibley le 7 septembre était ainsi rédigé :

Les raisons pour lesquelles nous avons commencé cette guerre, les voici. C'est à cause du chef d'escadron Galbraith. Nous avons conclu un traité avec le gouvernement, mais nous sommes obligés de mendier et n'obtenons quelque chose que lorsque nos enfants meurent de faim. Ce sont les négociants qui sont à l'origine de tout cela. Mr. A. J. Myrick a dit aux Indiens qu'ils n'avaient qu'à manger de l'herbe ou des excréments. Ensuite, Mr. Forbes a déclaré aux Sioux de Lower Agency qu'ils n'étaient pas des hommes. Puis Roberts a tenté avec ses amis de nous voler nos annuités*. Les jeunes braves s'en sont pris aux Blancs, mais c'est moi qui suis responsable. Cela, je veux que tu le dises au gouverneur Ramsey. J'ai beaucoup de prisonniers, des femmes et des enfants (...). Je veux que tu me donnes une réponse par l'intermédiaire de ce messager.

Le général Sibley répondit de la façon suivante :

LITTLE CROW – Tu as tué beaucoup des nôtres sans aucune raison valable. Remets-moi les prisonniers sous le drapeau blanc, et alors je parlerai avec toi d'homme à homme[15].

Little Crow n'avait nullement l'intention de libérer les prisonniers tant que Sibley ne faisait pas savoir, d'une manière ou d'une autre, s'il avait l'intention d'exécuter les ordres du gouverneur, c'est-à-dire exterminer les Santees ou les forcer à l'exil. Le chef comptait utiliser les prisonniers comme monnaie d'échange. Les conseils tenus entre les différentes bandes n'avaient cependant pas permis, loin de là, de s'accorder sur la décision à prendre avant que l'armée de Sibley n'atteigne la Yellow Medicine River. Paul Mazakootemane, un Sisseton d'Upper Agency, reprocha à Little Crow d'avoir déclenché la guerre. « Donne-moi tous tes captifs blancs, lui dit-il. Je les remettrai à leurs amis (...). Cessons de nous battre. Celui qui combat les Blancs ne peut ni devenir riche, ni rester deux jours au même endroit. Il est condamné à fuir sans cesse et à vivre le ventre creux[16]. »

---

* Thomas J. Galbraith était l'agent de la réserve. A. J. Myrick, William Forbes et Louis Robert étaient négociants à Lower Agency.

Wabasha, qui avait participé aux batailles de Fort Ridgely et New Ulm, pensait également qu'il valait mieux faire un pas vers la paix en libérant les prisonniers. Mais ce fut son gendre, Rda-in-yan-ka, qui exprima la position de Little Crow et de la plupart des guerriers : « Je suis pour la poursuite de la guerre, et m'oppose à la libération des captifs. Je doute que les Blancs respectent l'accord conclu si nous les relâchons. Depuis que nous avons affaire à eux, leurs agents et leurs négociants ne cessent de nous voler et de nous escroquer. Certains des nôtres ont été abattus, d'autres pendus, d'autres enfin abandonnés sur des plaques de glace flottant sur l'eau et morts noyés, et nombreux sont ceux qui ont succombé à la faim dans leurs prisons. Notre nation n'avait pas l'intention de tuer les Blancs jusqu'à ce que ces quatre jeunes gens rentrent d'Acton et nous racontent ce qu'ils avaient fait. C'est à ce moment-là que tous nos jeunes braves se sont enflammés et que le massacre a commencé. Les aînés l'auraient empêché s'ils l'avaient pu, mais depuis les traités ils ont perdu leur influence. Nous aurons beau regretter ce qui s'est passé, les choses sont allées trop loin pour être réparées. Il nous faut mourir. Et puisqu'il en est ainsi, tuons le maximum de Blancs, et que les prisonniers meurent avec nous[17]. »

Le 12 septembre, Little Crow, offrant à Sibley une dernière chance de mettre un terme à la guerre sans autre effusion de sang, lui assura dans un message que les prisonniers étaient correctement traités, ajoutant : « [j]e veux qu'en ami tu me dises comment je peux obtenir la paix pour mon peuple. »

Or, le même jour, à l'insu de Little Crow, Wabasha envoyait à Sibley un message secret dans lequel il rendait le vieux chef responsable de la guerre et affirmait être un ami « du bon peuple blanc », omettant de mentionner le fait qu'il avait combattu ce même peuple blanc quelques semaines auparavant à Fort Ridgely et New Ulm. « On m'a empêché de prendre toute initiative en me menaçant de mort si je faisais quoi que ce soit pour aider les Blancs, mais si tu veux bien m'indiquer un endroit où te rencontrer, je rassemblerai tous les prisonniers que je peux libérer avec l'aide des quelques amis que j'ai, et nous nous rendrons avec nos familles là où tu nous dis de te retrouver. »

Sibley répondit immédiatement aux deux messages. Il reprocha à Little Crow de ne pas vouloir libérer les prisonniers, ajoutant que ce n'était pas ainsi que l'on faisait la paix, sans pour autant indiquer, comme le vieux chef de guerre l'en priait, un moyen de faire cesser les combats. Par contre, il adressa au traître Wabasha une longue lettre contenant des instructions précises sur la façon d'utiliser le drapeau blanc lors de la remise des captifs. « C'est avec grand plaisir que j'accueillerai les vrais amis des Blancs, promit-il, avec tous les prisonniers qu'ils seront en mesure d'amener, et je dispose de suffisamment de pouvoir pour écraser tous ceux qui voudraient m'empêcher d'avancer et pour châtier ceux qui ont trempé leurs mains dans le sang des innocents[18]. »

Constatant que ses supplications ne suscitaient qu'une réponse froide, Little Crow comprit que tout espoir de paix s'était envolé, à moins de se résoudre à une minable capitulation. Et en cas de défaite face aux soldats, ne resterait plus aux Sioux Santees que la mort ou l'exil.

Le 22 septembre, des éclaireurs signalèrent que les soldats de Sibley avaient établi un campement à Wood Lake. Little Crow décida alors de les attaquer avant qu'ils n'atteignent la Yellow Medicine.

Comme ils l'avaient fait à Birch Coulee, les Santees tendirent discrètement une embuscade aux soldats. Reprenons le témoignage de Big Eagle. « Tous nos chefs et nos meilleurs guerriers étaient là, dit-il. Nous sentions bien que cette bataille serait décisive (...). Nous les [les soldats] entendions rire et chanter. Les préparatifs finis, Little Crow et moi ainsi que d'autres chefs nous sommes installés sur une sorte de petite colline à l'ouest, afin de pouvoir mieux observer les combats lorsqu'ils commenceraient.

« Au matin, un incident est venu gâcher tous nos plans. Pour une raison que j'ignore, Sibley a tardé à se mettre en route, ce à quoi nous ne nous attendions pas. Embusqués, nos hommes patientaient. Certains se trouvaient tout près des lignes de camp dans le ravin, sans que les Blancs soupçonnent le moins du monde leur présence. Je ne pense pas qu'ils auraient découvert notre piège. Le soleil était levé depuis assez longtemps quand nous avons vu des soldats quitter le camp avec quatre ou cinq chariots et prendre la direction de la vieille agence de la Yellow Medicine. Plus tard, nous avons appris qu'ils allaient déterrer des pommes de terre à l'agence, à huit kilomètres de là, et ce, sans qu'on leur en ait donné l'ordre. Ils ont débouché sur la prairie, à l'endroit précis où certains de nos hommes se trouvaient. Quelques-uns des chariots s'étaient écartés de la route, et s'ils avaient poursuivi leur chemin tout droit, ils auraient roulé sur nos hommes cachés dans l'herbe. Les soldats sont arrivés si près que les nôtres ont été obligés de se lever et de leur tirer dessus. Et bien sûr, c'est cela qui a déclenché les combats, mais pas vraiment comme nous l'avions prévu. Little Crow n'a pas du tout aimé la tournure prise par les événements.

« Nos combattants se sont bien défendus, mais plusieurs centaines des nôtres n'ont pas pris part à la bataille et n'ont pas tiré un seul coup de feu. Ils étaient trop loin. Ce sont surtout les guerriers se trouvant dans le ravin ou faisant la connexion avec ceux qui étaient postés le long de la route qui se sont le plus battus. Les hommes qui, comme nous, étaient sur la colline ont fait tout leur possible, mais ils ont vite été repoussés. C'est là que Mankato est tombé, et avec lui nous avons perdu un chef de guerre valeureux et très doué. Il était allongé par terre et a été atteint dans le dos par un boulet tiré de si loin qu'il n'y avait pas pris garde. Les Blancs ont chargé, chassant nos hommes du ravin, et c'est ainsi que les combats ont cessé. Nous avons battu en retraite de façon quelque peu désordonnée, bien que les Blancs n'aient montré aucune intention de nous pourchasser. Nous avons traversé une vaste prairie, sans que leurs cavaliers nous suivent. Quatorze ou quinze de nos hommes sont tombés. Un certain nombre de nos guerriers ont été blessés, dont quelques-uns sont morts plus tard, mais j'ignore combien. Nous avons laissé les corps des victimes sur place et emporté nos blessés. Les Blancs ont scalpé tous nos morts – du moins à ce que l'on m'a dit. » (Après que les soldats eurent mutilé les Santees morts, Sibley déclara ce genre d'action interdit : « En aucun cas les corps des morts, fussent-ils ceux de sauvages hostiles, ne seront soumis à de telles indignités par des hommes civilisés et chrétiens[19]. »)

Le soir même, les chefs santees tinrent conseil dans leur camp à une quinzaine de kilomètres au-dessus de la Yellow Medicine. La plupart savaient à présent que Sibley était trop fort pour eux. Les Sioux des forêts n'avaient d'autre choix que de se rendre ou de fuir pour rejoindre leurs cousins, les Sioux des plaines du Dakota. Convaincus que la libération des prisonniers leur vaudrait l'amitié indéfectible de Sibley, ceux qui n'avaient pas pris part aux combats décidèrent de se livrer. Se joignit à eux Wabasha, lequel persuada son gendre Rda-in-yanka de faire de même. À la dernière minute, Little Crow décida lui aussi de se rendre. Des métis lui assurèrent que s'il capitulait, il serait simplement considéré comme prisonnier de guerre et rapidement libéré. Ainsi, le vieux chef prit une décision qu'il n'allait pas tarder à regretter.

Le lendemain, le cœur alourdi par cette défaite amère et le poids de ses soixante ans, Little Crow, s'adressant pour la dernière fois à ses compagnons, déclara : « J'ai honte de dire que je suis un Sioux. Hier, sept cents de nos meilleurs guerriers ont été battus à plates coutures par les Blancs. Maintenant, la meilleure chose à faire pour nous, c'est de nous enfuir tous et de nous éparpiller sur les plaines tels les bisons ou les loups. Certes, les Blancs disposaient de canons et de meilleures armes que nous, et ils étaient bien plus nombreux. Mais cela n'explique pas pourquoi nous ne les avons pas battus, car nous sommes de valeureux Sioux et les Blancs sont des femmelettes. Je ne comprends pas cette défaite honteuse. Elle ne peut qu'être le fruit de l'action de traîtres en notre sein[20]. » Alors, avec Shakopee et Medicine Bottle, il ordonna à son peuple de démonter les tipis. Les Indiens chargèrent dans quelques chariots pris à l'agence leurs possessions et leurs provisions, firent monter leurs femmes et leurs enfants, puis prirent la direction de l'ouest. La Lune-du-riz-sauvage (septembre) s'achevait, et la période des lunes froides était toute proche.

Le 26 septembre, avec l'aide de Wabasha et de Paul Mazakootemane qui agitaient des drapeaux blancs, Sibley pénétra dans le camp santee et exigea la libération immédiate des captifs. Cent sept Blancs et cent soixante-deux métis furent remis aux soldats. Au cours du conseil qui suivit, Sibley annonça aux Santees qu'ils devaient se considérer comme prisonniers de guerre en attendant qu'il puisse découvrir et faire pendre ceux d'entre eux qui étaient coupables. Les chefs partisans de la paix protestèrent avec obséquiosité de leur amitié. Par exemple, Paul Mazakootemane déclara : « J'ai été élevé comme l'un de tes enfants. Avec ce qui est à toi, tu m'as fait grandir, et maintenant, je prends ta main tel un petit enfant la main de son père (...). J'ai toujours considéré les Blancs comme mes amis, et avec eux, je comprends que le temps béni de l'amitié est arrivé[21]. »

En guise de réponse, Sibley fit encercler le village par l'artillerie. Puis il envoya des messagers métis prévenir les Santees de la vallée de la Minnesota River qu'ils devaient se rendre à Camp Release (c'est-à-dire Camp Libération, un nom qu'il avait lui-même choisi). Ceux qui refusaient seraient traqués, capturés ou tués. Pendant que des soldats rassemblaient les Santees et les désarmaient, d'autres abattirent des arbres et construisirent une immense bâtisse en bois. Elle était destinée, les Indiens le comprirent rapidement, à servir de prison : les Santees de sexe masculin – six cents des deux mille Indiens du camp – s'y retrouvèrent enfermés, enchaînés par deux.

Pendant ce temps, Sibley avait donné mission à cinq de ses officiers de constituer un tribunal militaire afin de juger les Santees soupçonnés d'avoir participé au soulèvement. Les Indiens n'ayant aucun droit, il estima inutile de nommer un avocat pour les défendre.

Le premier suspect amené devant le tribunal fut un mulâtre du nom de Godfrey, marié à une squaw de la bande de Wabasha et vivant à Lower Agency depuis quatre ans. Quatre femmes qui avaient été capturées par les Indiens vinrent témoigner. Aucune ne l'accusa de viol ; aucune ne l'avait vu tuer quelqu'un. Pourtant, toutes affirmèrent l'avoir entendu se vanter du meurtre de sept Blancs à New Ulm. S'appuyant sur leur témoignage, le tribunal militaire déclara Godfrey coupable d'homicide et le condamna à la pendaison.

Lorsqu'il apprit que le tribunal était disposé à commuer sa sentence s'il identifiait les Santees qui avaient participé aux attaques, Godfrey se transforma en informateur coopératif, et les procès se succédèrent tranquillement, avec parfois jusqu'à quarante peines capitales ou emprisonnements prononcés en une seule journée. Les derniers procès eurent lieu le 5 novembre ; trois cent trois Santees avaient été condamnés à mort et seize à de lourdes peines de prison.

Supprimer la vie d'un aussi grand nombre de personnes, fussent-elles des « diables ayant pris forme humaine », était une responsabilité trop lourde pour que Sibley l'endosse seul. Il se soulagea d'une partie de ce fardeau sur les épaules du commandant du département militaire du Territoire du Nord-Ouest, le général John Pope. Celui-ci décida à son tour de confier la décision finale au président des États-Unis, Abraham Lincoln. « Les prisonniers sioux seront exécutés, sauf si le président l'interdit, annonça le général Pope au gouverneur Ramsey, ce que, j'en suis certain, il ne fera pas. »

Or Abraham Lincoln, homme de conscience, demanda à voir « l'intégralité des minutes des jugements ; si ces minutes n'indiquaient pas clairement lesquels des condamnés étaient les plus coupables et les plus influents, qu'on me fasse parvenir un document précis portant sur ces points ». Lorsqu'il les reçut, il confia à deux avocats la tâche d'examiner les minutes afin de distinguer les meurtriers de ceux qui n'avaient fait que participer aux combats.

Le fait que Lincoln refuse de donner son aval à la pendaison immédiate des trois cent trois Santees condamnés provoqua la colère de Pope et de Ramsey. Le général déclara que « les criminels condamnés devraient être exécutés immédiatement et sans exception (...). Par souci d'humanité, cette affaire doit être réglée au plus vite. » Ramsey exigea pour sa part que le président l'autorise à procéder rapidement à l'exécution des trois cent trois condamnés, évoquant le risque que les habitants du Minnesota se vengent à titre personnel sur les prisonniers si Lincoln tardait à agir[22].

Pendant que le président se penchait sur les minutes des procès, Sibley déplaça les Indiens condamnés en vue de les installer dans un camp à South Bend, au bord de la Minnesota River. L'escorte traversait New Ulm quand une foule déchaînée comptant de nombreuses femmes et résolue à se faire justice attaqua les prisonniers, qui à la fourche, qui en leur lançant de l'eau bouillante ou des pierres. Le temps que les soldats parviennent à les faire sortir de la ville, quinze Santees furent blessés, dont l'un eut la mâchoire fracturée. Ajoutons à cela que la nuit du 4 décembre, la prison du camp fut assaillie par des colons bien décidés à lyncher les Indiens. Les soldats réussirent à maintenir la foule à distance, et le lendemain, les prisonniers furent transférés dans un fort offrant plus de sécurité près de la ville de Mankato.

Entre-temps, Sibley avait décidé de ne pas libérer les mille sept cents Santees – surtout des femmes et des enfants – restés à Camp Release, même si leur seul crime était d'être nés indiens. Il ordonna leur transfert à Fort Snelling. Sur le chemin, le groupe fut lui aussi attaqué par des Blancs furieux. De nombreux Santees furent lapidés ou matraqués ; un enfant arraché aux bras de sa mère fut battu à mort. Arrivée à Fort Snelling, la procession qui s'étirait sur six kilomètres se retrouva parquée dans un espace clôturé, sur des terres alluviales gorgées d'eau. Là, surveillés par des soldats, logés dans des abris délabrés, forcés de se contenter de maigres rations, les derniers représentants de ce peuple fier – les Sioux des forêts – attendirent leur sort.

Le 6 décembre, Lincoln informa Sibley qu'il pouvait « faire exécuter » trente-neuf des trois cent trois Santees condamnés, ajoutant : « Quant aux autres prisonniers, vous attendrez de nouveaux ordres à leur sujet, et vous assurerez qu'ils ne peuvent pas s'échapper, et qu'ils ne font pas l'objet de violences illégales[23]. »

Les exécutions étaient prévues pour le vingt-sixième jour du mois de décembre, la Lune-où-les-cerfs-perdent-leurs-bois. Le matin, une foule vindicative et mue par une curiosité morbide emplit les rues de la ville de Mankato. Un régiment de soldats arriva pour maintenir l'ordre. À la dernière minute, l'un des condamnés bénéficia d'un sursis. À 10 heures environ, les trente-huit condamnés furent escortés de la prison jusqu'à la potence. Ils se mirent à entonner le chant de mort des Sioux et ne cessèrent qu'au moment où les soldats leur couvrirent la tête de cagoules blanches et leur passèrent la corde autour du cou. Au signal de l'un des officiers, la corde qui permettait l'ouverture de toutes les trappes fut coupée, et les corps des trente-huit Santees se balancèrent dans le vide. Sans l'intervention de Lincoln, il y aurait eu plus de trois cents pendus. Ce qui n'empêcha pas un spectateur de déclarer sur un air de triomphe qu'il s'agissait de « la plus grande exécution de masse en Amérique ».

Quelques heures plus tard, des officiels se rendirent compte que deux des hommes pendus ne figuraient pas sur la liste de Lincoln, chose qui ne serait évoquée publiquement que neuf ans plus tard. « Nous constatons avec grand regret que des erreurs ont été commises, déclara l'un des responsables. Je suis certain qu'elles n'étaient pas volontaires. » L'un des innocents pendus avait sauvé la vie d'une femme blanche pendant l'un des raids[24].

Plusieurs des Indiens exécutés ce jour-là clamèrent leur innocence jusqu'au bout. Parmi eux, Rda-in-yan-ka, celui-là même qui avait tenté d'empêcher le déclenchement de la guerre, avant de se rallier à Little Crow. Lorsque le vieux chef santee était parti pour le Dakota avec ses compagnons, Wabasha avait persuadé Rda-in-yan-ka de ne pas le suivre.

Peu de temps avant son exécution, Rda-in-yan-ka dicta une lettre d'adieu adressée à son chef :

Wabasha, tu m'as trompé. Tu m'as dit que si nous suivions le conseil du général Sibley et nous rendions aux Blancs, tout irait bien, et aucun innocent ne serait blessé. Je n'ai ni tué, ni blessé, ni offensé un Blanc quel qu'il soit. Je n'ai pas pris part au pillage de leurs biens ; et pourtant me voilà à présent au nombre de ceux que l'on va exécuter. Je vais mourir dans quelques jours, alors que les coupables resteront en prison. Ma femme est ta fille, mes enfants sont tes petits-enfants. Je te les confie tous. Ne laisse personne les faire souffrir ; et quand mes enfants seront grands, dis-leur que leur père est mort pour avoir suivi les conseils de son chef, alors qu'il pouvait jurer devant le Grand Esprit n'avoir jamais fait couler le sang d'un Blanc.

Ma femme et mes enfants sont chers à mon cœur. Qu'ils ne pleurent pas ma mort. Qu'ils se souviennent que les braves doivent se préparer à mourir. J'agirai comme il sied à un Dakota.

Ton gendre,
Rda-in-yan-ka[25]

Ceux qui avaient échappé à la pendaison furent condamnés à la prison. Parmi eux figurait Big Eagle, lequel reconnut tout de suite avoir participé aux combats. « Si j'avais su qu'on m'enverrait au pénitencier, je ne me serais pas rendu, mais au bout de trois ans passés là-bas, et alors qu'ils s'apprêtaient à me relâcher, j'ai dit aux Blancs qu'ils pouvaient tout aussi bien me garder un an de plus si cela leur faisait plaisir, et je le pensais vraiment. Je n'ai pas aimé la façon dont on m'a traité. Je me suis rendu en toute bonne foi, sachant que de nombreux Blancs me connaissaient et que je n'étais pas un meurtrier, et que si jamais j'avais tué ou blessé un homme, c'était au cours d'un combat loyal[26]. » Nombreux furent ses compagnons de détention à regretter de ne pas avoir fui le Minnesota.

Au moment où l'on procédait aux exécutions, Little Crow s'était installé avec ses guerriers au bord de Devil's Lake, lieu d'hivernage de plusieurs tribus sioux. Il tenta de constituer une alliance militaire avec les autres chefs, leur expliquant qu'à moins de se préparer au combat, ils devraient céder devant l'invasion des Blancs. Pourtant, s'il s'attira leur compassion, seul un petit nombre des Indiens des Plaines se crurent réellement menacés. Au cas où les Blancs s'installeraient dans le territoire dakota, alors les Indiens iraient plus à l'ouest, tout simplement. La terre offrait suffisamment de place pour tout le monde.

Au printemps, Little Crow, Shakopee et Medicine Bottle gagnèrent le Canada avec leurs bandes. Arrivé à Fort Garry (Winnipeg), Little Crow tenta de persuader les autorités britanniques d'apporter leur aide aux Santees. Pour sa première rencontre avec elles, il mit ses plus beaux vêtements – un manteau noir au col en velours, un pagne en tissu bleu et des jambières en peau de daim. Il rappela aux Britanniques que son propre grand-père avait combattu à leurs côtés contre les Américains, et que pendant la guerre anglo-américaine de 1812 les Santees s'étaient emparés d'un canon américain et leur en avaient fait cadeau. À cette occasion, poursuivit-il, les Britanniques avaient promis qu'en cas de problème, si jamais les Santees avaient besoin d'aide, ils leur rapporteraient le canon en leur fournissant des hommes pour le manœuvrer. À présent que les Santees avaient effectivement des problèmes, ils réclamaient ce canon.

Mais tout ce que Little Crow put obtenir des Canadiens, ce fut des vivres. Ils n'avaient pas de canon à donner aux Santees, ni même de munitions pour leurs propres armes.

En juin 1863, le mois de la Lune-des-fraises, Little Crow prit sa décision. Puisque lui et sa famille devaient désormais vivre comme des Indiens des Plaines, il leur fallait des chevaux. Les hommes blancs qui l'avaient chassé de ses terres en possédaient. Il n'avait qu'à les leur prendre en échange des terres. Le vieux chef décida alors de retourner dans le Minnesota avec un petit groupe de guerriers afin de capturer des montures.

« Père, raconta plus tard son fils Wowinapa, âgé de seize ans à l'époque des faits, a dit qu'il ne pouvait pas se battre contre les Blancs, mais qu'il volerait leurs chevaux pour les donner à ses enfants, afin que leur vie soit plus confortable, et qu'alors il s'en irait.

« Père m'a également dit qu'il se faisait vieux, et qu'il voulait que je vienne avec lui pour porter ses affaires. Il a laissé ses femmes et ses autres enfants. Le groupe qui nous accompagnait comprenait seize hommes et une squaw. Nous n'avions pas de chevaux, si bien que nous avons marché jusqu'aux villages des colons[27]. »

À la Lune-des-lys-rouges-en-fleur, les Indiens atteignirent les Big Woods, anciennement territoire santee qui, à présent, se couvrait peu à peu de fermes et de villages blancs. Le 3 juillet, dans l'après-midi, Little Crow et Wowinapa quittèrent leur campement secret pour aller ramasser des framboises près du village de Hutchinson. Le soleil se couchait quand ils furent repérés par deux colons qui rentraient chez eux après avoir chassé le cerf. Comme l'État du Minnesota avait commencé à verser des primes de vingt-cinq dollars par scalp de Sioux, les Blancs ouvrirent immédiatement le feu.

Little Crow fut touché au flanc, juste au-dessus de la hanche. « Son fusil ainsi que le mien étaient posés par terre, raconte Wowinapa. Il a pris le mien et a d'abord tiré avec, avant d'utiliser le sien. La balle du Blanc a frappé en premier la crosse de son arme, puis l'a touché au flanc, près de l'épaule. C'est cette balle qui l'a tué. Il m'a dit qu'il allait mourir et m'a demandé de l'eau. Je lui en ai donné. Il est mort tout de suite après. Quand j'ai entendu le premier coup de feu, je me suis aplati au sol, si bien que les hommes ne m'ont pas vu avant que Père soit tué. »

Wowinapa s'empressa de mettre aux pieds de son père de nouveaux mocassins pour son voyage jusqu'à la Terre des Esprits. Il couvrit son corps d'un manteau, puis s'enfuit. Arrivé au campement, il dit aux autres membres du groupe de s'éparpiller, puis se mit en route pour Devil's Lake. « J'ai voyagé uniquement de nuit, et comme je n'avais aucune munition pour tuer du gibier, j'étais trop faible pour marcher vite. » Dans un village abandonné près de Big Stone Lake, il découvrit une cartouche et parvint à tuer un loup. « J'en ai mangé quelques morceaux, ce qui m'a donné un peu de force pour le trajet. J'ai pris la direction du lac et on m'a capturé[28] peu après. »

Wowinapa fut attrapé par des soldats du régiment de Sibley qui s'étaient enfoncés dans le territoire dakota cet été-là afin de tuer des Indiens. Ils ramenèrent le jeune garçon de seize ans dans le Minnesota, où il fut jugé par un tribunal militaire et condamné à la pendaison. Wowinapa apprit que le scalp et le crâne de son père avaient été conservés et exposés sur la place publique à St. Paul. L'État du Minnesota versa aux colons qui avaient tué Little Crow la récompense habituelle pour un scalp, à laquelle fut ajoutée une prime de cinq cents dollars.

Les autorités militaires à Washington, auxquelles les minutes du procès de Wowinapa furent envoyées, condamnèrent la façon dont les choses s'étaient déroulées et commuèrent la peine du jeune homme. (Quelques années plus tard, après sa sortie de prison, Wowinapa décida de changer de nom et de se faire appeler Thomas Wakeman. Il se fit diacre et fonda la première YMCA – *Young Men Christian's Association* – sioux.)

Quant à Shakopee et Medicine Bottle, ils restèrent au Canada, persuadés d'être hors de portée des habitants du Minnesota et de leur soif de vengeance. Mais en décembre 1863, l'un des subalternes de Sibley, un certain Edwin Hatch, chef d'escadron, arriva à Pembina, tout près de la frontière canadienne, avec un bataillon de cavalerie du Minnesota.

De là, il envoya de l'autre côté de la frontière un lieutenant chargé de rencontrer en secret un citoyen américain du nom de John McKenzie. Avec l'aide de McKenzie et de deux Canadiens, le lieutenant organisa la capture de Shakopee et de Medicine Bottle. Au cours d'une soi-disant rencontre amicale avec les deux chefs de guerre santees, les conspirateurs leur firent boire du vin mélangé à du laudanum, les endormirent au chloroforme, leur lièrent les mains et les pieds et les attachèrent sur un traîneau tiré par des chiens. Au mépris des lois internationales, le lieutenant fit passer ses captifs aux États-Unis et les remit au chef d'escadron Hatch à Pembina. Quelques mois plus tard, Sibley mit en scène un nouveau procès, tout aussi spectaculaire que les précédents, au cours duquel les deux Indiens furent condamnés à être pendus. Le *Pioneer* de St. Paul commenta ainsi le verdict dans l'un de ses articles : « Nous sommes convaincus qu'aucune injustice grave ne sera commise avec les exécutions de demain. Pourtant, le verdict aurait été plus crédible si l'on avait pu disposer des preuves de leur culpabilité (...). Il n'est pas un homme blanc qui, jugé par ses pairs, serait exécuté sur de telles preuves. » Après les pendaisons, le corps législatif du Minnesota exprima sa reconnaissance en accordant à John McKenzie une récompense de mille dollars en paiement des services rendus au Canada[29].

Les jours des Sioux Santees du Minnesota étaient désormais comptés. La plupart des chefs et des guerriers étaient soit morts, soit en prison, soit exilés au-delà des frontières de l'État, et le soulèvement avait fourni aux Blancs l'occasion de s'emparer des dernières terres santees sans même avoir besoin de faire semblant de les payer. Les anciens traités furent abrogés, et les Indiens survivants informés qu'il leur faudrait s'installer sur une réserve dans le territoire dakota. Même les chefs qui avaient collaboré avec les Blancs devaient partir. « L'extermination ou l'exil », tel fut le cri des colons assoiffés de terres. Un premier convoi de sept cent soixante-dix Santees quitta St. Paul par bateau à vapeur le 4 mai 1863. Les Blancs du Minnesota massés sur le quai pour les voir partir les saluèrent avec des railleries et des pluies de pierres.

La réserve des Santees devait être établie à Crow Creek, au bord du Missouri. Le sol y était stérile, les pluies rares ainsi que le gibier, et l'eau alcaline impropre à la consommation. Les collines environnantes ne tardèrent pas à se couvrir de tombes ; des mille trois cents Santees amenés sur la réserve en 1863, moins d'un millier survécurent à leur premier hiver.

Parmi ceux qui visitèrent Crow Creek cette année-là se trouvait un jeune Sioux Teton Hunkpapa. Le regard plein de pitié, il écouta ses cousins santees lui raconter comment les Américains avaient pris leurs terres et les avaient chassés. En vérité, se dit-il, cette nation d'hommes blancs est telle une crue de printemps qui inonde les berges et détruit tout sur son passage. Elle aurait vite fait de s'emparer des prairies à bisons si le cœur des Indiens n'était pas assez fort pour les conserver. Ce Sioux s'appelait Tatanka Yotanka, Sitting Bull.

4

Les Cheyennes partent en guerre

1864 : Le 13 janvier, mort à 38 ans de Stephen Foster, compositeur de chansons et de balades. Le 10 avril, l'archiduc Maximilien devient, grâce au soutien de l'armée française, empereur du Mexique. Le 17 avril, émeutes de la faim à Savannah (Géorgie). Le 19 mai, mort de Nathaniel Hawthorne à l'âge de 60 ans. Le 30 juin, démission de Chase, ministre des Finances, qui accuse les spéculateurs de comploter pour faire durer la guerre afin d'en tirer des gains financiers[1]. *Robert C. Winthrop, législateur et historien, déclare que « [s]ous un patriotisme affiché pourrait bien se cacher une multitude de péchés ». Le 2 septembre, prise d'Atlanta (Géorgie) par les troupes de l'Union. Le 8 novembre, réélection de Lincoln. Le 8 décembre, à Rome, le pape Pie XI édicte le* Syllabus Errorum, *qui condamne le libéralisme, le socialisme et le rationalisme. Le 21 décembre, Savannah tombe entre les mains de l'armée de Sherman. En décembre toujours, Edwin Booth* joue* Hamlet *au Winter Garden Theatre de New York.*

---

* Grand acteur et directeur de théâtre américain (1833-1899) dont le frère, John Wilkes Booth, acteur lui aussi, assassinera Lincoln en 1865 (*NdlT*).

En dépit des torts que j'ai subis, je vis dans l'espoir. Je n'ai pas deux cœurs. (...) Nous nous retrouvons maintenant de nouveau ensemble pour faire la paix. La honte qui m'emplit est aussi vaste que la terre, même si je vais agir ainsi que mes amis me le conseillent. Autrefois, je pensais être le seul à maintenir des liens d'amitié avec l'homme blanc, mais depuis qu'ils sont venus détruire nos tipis, nos chevaux et tout ce que nous avions, il me sera difficile de les croire désormais.

Motavato (Black Kettle), Cheyenne du Sud

En 1851, lors d'une rencontre avec des représentants des États-Unis à Fort Laramie, plusieurs tribus, dont les Cheyennes, les Arapahos, les Sioux et les Crows, acceptèrent de laisser les Américains construire des voies d'accès et établir des postes militaires sur leurs territoires. Les deux parties signataires du traité jurèrent de faire toujours preuve de bonne foi et d'amitié dans leurs relations et d'œuvrer pour une paix durable et réelle. Il ne fallut pas plus de dix ans aux Blancs pour s'enfoncer profondément dans les terres indiennes en suivant la vallée de la Platte River. Arrivèrent tout d'abord les convois de chariots et quelques forts, puis les diligences et un réseau encore plus dense de forts, et enfin les messagers du Pony-Express, remplacés peu après par les fils chanteurs du télégraphe.

Le traité de 1851 ne forçait pas les Indiens à céder leurs droits sur leurs terres, pas plus qu'il ne les contraignait à « abandonner leurs droits de chasse, de pêche ou de circulation sur les routes du territoire ci-devant défini ». Mais la ruée vers l'or de Pike's Peak (1858) provoqua l'arrivée de milliers de prospecteurs blancs résolus à trouver le précieux métal jaune dans les terres des Indiens. Ils commencèrent à construire un peu partout des petits villages de maisons en bois, puis une ville qu'ils appelèrent Denver City et dans laquelle Little Raven, un chef arapaho qui trouvait fort amusantes les activités des hommes blancs, vint faire un petit séjour. Il apprit à fumer le cigare et à manger sa viande avec un couteau et une fourchette. Il assura aux prospecteurs qu'il se réjouissait de les voir trouver de l'or, mais leur rappela que cette terre appartenait aux Indiens. C'est pourquoi il souhaitait, leur dit-il, les voir s'en aller rapidement une fois qu'ils auraient trouvé tout le métal jaune dont ils avaient besoin.

Or, non seulement les prospecteurs restèrent, mais des milliers d'autres affluèrent. La vallée de la Platte, autrefois si riche en troupeaux de bisons, se retrouva peu à peu envahie par des colons traçant les limites de leur futur ranch et s'appropriant des parcelles du territoire censé appartenir aux Cheyennes du Sud et aux Arapahos depuis le traité de Fort Laramie. Celui-ci n'était signé que depuis dix ans lorsque le Grand Conseil de Washington créa le Territoire du Colorado. Le Grand Père envoya un gouverneur, et les responsables politiques entreprirent des manœuvres pour obtenir de la part des Indiens la cession de leurs terres.

Les Cheyennes et les Arapahos maintinrent la paix malgré tout, et lorsque leurs chefs reçurent de la part des autorités des États-Unis une invitation à se réunir à Fort Wise, au bord de l'Arkansas River, pour négocier un nouveau traité, plusieurs acceptèrent. Ils pensaient que leurs tribus, contraintes de vivre sur une portion triangulaire de leur territoire délimitée par Sand Creek et l'Arkansas River, conserveraient au moins les droits sur leurs terres et la liberté de se déplacer pour chasser le bison, liberté d'autant plus importante qu'il n'y avait presque pas de gibier sur la réserve attribuée aux deux tribus et que celle-ci n'offrait pas, à moins d'être irriguée, de conditions propices à l'agriculture. Or, si l'on en croit les témoignages ultérieurs de certains chefs cheyennes ou arapahos, ce qui, d'après les Blancs, devait se trouver dans le traité n'avait pas grand-chose à voir avec ce qui y fut réellement écrit.

Les négociations de Fort Wise furent une grande occasion. Vu l'importance de l'affaire, le colonel A.B. Greenwood, commissaire aux Affaires indiennes, distribua avec force cérémonies médailles, couvertures, sucre et tabac. Little White Man (William Bent), devenu par mariage membre de la tribu cheyenne, était chargé de veiller à l'intérêt des Indiens. Aux Cheyennes qui soulignaient que seuls six de leurs quarante-quatre chefs étaient présents, les autorités américaines répondirent que les autres pourraient signer plus tard. En fait, aucun des chefs absents ne le fit, raison pour laquelle la légalité du traité serait plus tard mise en doute. Parmi les signataires cheyennes figuraient Black Kettle, White Antelope et Lean Bear, Little Raven, Storm et Big Mouth représentant les Arapahos. Deux officiers de la cavalerie américaine, John Sedgwick et J.E.B. Stuart servirent de témoins. (Quelques mois plus tard, ces deux hommes qui avaient poussé les Indiens à la paix se retrouvèrent dans des camps opposés lors de la guerre de Sécession. L'ironie de l'Histoire voulut qu'ils meurent à quelques heures d'intervalle au cours de l'une des batailles de la Wilderness.)

À cause de la guerre civile de l'homme blanc, les Cheyennes et Arapahos partis à la chasse avaient de plus en plus de mal à éviter les rencontres avec les Tuniques Bleues parties en éclaireurs vers le sud à la recherche des Tuniques Grises. Les Indiens entendirent parler des épreuves des Navajos, et des amis sioux leur décrivirent le sort atroce subi par les Santees qui avaient osé défier le pouvoir des soldats dans le Minnesota. Les chefs s'efforcèrent donc d'occuper leurs jeunes braves en les envoyant chasser le bison loin des routes suivies par les Blancs. Mais chaque été, les Tuniques Bleues devenaient plus nombreuses et arrogantes. Au printemps 1864, les Indiens en surprirent même dans certains coins reculés de leurs territoires de chasse, entre la Smoky Hill River et la Republican River.

Cette année-là, lorsque l'herbe fut bien haute, Roman Nose et une bonne partie des Dog-Soldiers* cheyennes allèrent chasser avec leurs cousins qui vivaient sur les terres plus giboyeuses de la vallée de la Powder River, au nord. Quant à Black Kettle, White Antelope et Lean Bear, ainsi que Little Raven, le chef arapaho, ils prirent soin avec leurs bandes de ne pas dépasser la

* Ou « Soldats-Chiens » : société guerrière composée de l'élite des combattants cheyennes, ayant fait le vœu de combattre jusqu'au bout sur le champ de bataille et chargés de l'ordre en temps de paix (*NdlT*).

Platte River, pas plus qu'ils ne s'approchèrent des forts, pistes et villages de colons, évitant ainsi toute rencontre avec des soldats et des chasseurs de bisons blancs.

Au printemps, Black Kettle et Lean Bear se rendirent quand même à Fort Larned (Kansas) pour faire du troc. Ayant été invités l'année précédente à rencontrer le Grand Père, Abraham Lincoln, à Washington, ils étaient l'un comme l'autre certains que ses soldats les traiteraient bien. Le président leur avait donné des médailles qu'ils pouvaient arborer sur leur poitrine, et le colonel Greenwood avait offert à Black Kettle un immense drapeau des États-Unis, semblable à ceux utilisés dans les garnisons, avec trente-quatre étoiles blanches – une par État – plus grandes encore que les étoiles scintillantes d'une nuit d'été, en lui expliquant qu'aucun soldat ne lui tirerait dessus tant que la bannière flotterait au-dessus de sa tête. Black Kettle était très fier de son drapeau et le hissait toujours au-dessus de son tipi quand il était installé dans son campement permanent.

Au milieu du mois de mai, Black Kettle et Lean Bear apprirent que des soldats avaient attaqué un groupe de Cheyennes près de la South Platte River. Ils décidèrent alors de rejoindre dans le nord le reste de la tribu pour y trouver renforts et protection. Au bout d'une journée de marche, ils plantèrent leurs tipis près d'Ash Creek. Le lendemain matin, les chasseurs partirent tôt, comme le voulait la coutume. Mais ils revinrent plus vite que prévu : ils avaient vu des soldats équipés de canons s'approcher du campement.

Lean Bear, qui aimait l'action, annonça à Black Kettle son intention de partir à leur rencontre pour voir ce qu'ils voulaient. Il accrocha la médaille offerte par le Grand Père Lincoln sur son manteau. Puis, muni de documents rapportés de Washington et certifiant qu'il était un grand ami des États-Unis, il se mit en route avec une escorte armée. Du sommet d'une colline proche, il vit quatre colonnes de soldats approcher à cheval. Au milieu, se trouvaient deux canons, et en queue s'étirait un convoi de chariots.

Wolf Chief, l'un des jeunes guerriers qui escortaient Lean Bear, devait expliquer par la suite que lorsque les soldats repérèrent les Cheyennes, ils formèrent immédiatement un front. « Lean Bear nous a dit de rester où nous étions, afin de ne pas faire peur aux soldats, tandis qu'il s'avançait sur son mustang pour serrer la main de l'officier et lui montrer ses documents.

(…) Le chef n'était plus qu'à 20 ou 30 mètres quand l'officier a donné un ordre en criant. Les soldats ont tous fait feu sur Lean Bear et notre groupe. Lean Bear est tombé de son mustang juste devant eux, de même que Star, un autre Cheyenne. Alors, les soldats se sont avancés et ont de nouveau tiré sur Lean Bear et Star qui gisaient sans défense sur le sol. J'étais un peu à l'écart avec un groupe de jeunes guerriers. Il y avait une compagnie de soldats devant nous, mais ils étaient tous en train de tirer sur Lean Bear et les autres Cheyennes qui se trouvaient près de lui. Ils ont remarqué notre présence uniquement quand nous nous sommes mis à leur envoyer des flèches. Deux d'entre eux sont tombés de leur cheval. Les combats sont devenus très confus. D'autres Cheyennes sont arrivés par petites bandes, et les soldats se sont regroupés. Ils semblaient avoir très peur. Ils nous ont tiré dessus avec le canon. La mitraille a frappé le sol tout autour de nous, mais ils avaient mal visé[2]. »

Au milieu de la bataille, Black Kettle apparut sur son mustang et, se jetant au milieu des guerriers, se mit à crier : « Arrêtez de vous battre ! Ne faites pas la guerre ! » Il lui fallut beaucoup de temps avant de parvenir à se faire entendre des Cheyennes. « Nous étions vraiment fous de colère, raconte Wolf Chief, mais il a fini par faire cesser les combats. Les soldats se sont sauvés. Nous avons capturé quinze chevaux de la cavalerie, avec les selles, les brides et les sacoches. Plusieurs soldats ont été tués. Lean Bear, Star et un autre Cheyenne sont morts, et beaucoup de nos braves ont été blessés. »

Pour les Cheyennes, il ne faisait pourtant aucun doute qu'ils auraient pu tuer tous les soldats et s'emparer de leurs obusiers de montagne, étant donné qu'ils se battaient à cinq cents contre cent. Furieux que Lean Bear ait été ainsi tué de sang-froid, les jeunes guerriers se lancèrent arme au poing à la poursuite des soldats, qui battirent en retraite jusqu'à Fort Larned.

La rapidité des événements laissa Black Kettle médusé et profondément affligé par la mort de celui qui était son ami depuis presque un demi-siècle. Il se souvint que la curiosité de Lean Bear l'avait toujours mis dans des situations difficiles. Quelque temps auparavant, lorsque les Cheyennes s'étaient rendus pour une visite d'amitié à Fort Atkinson, sur l'Arkansas River, Lean Bear avait remarqué au doigt de l'épouse de l'un des officiers un anneau brillant. Dans un geste impulsif, il avait pris la main de la femme pour examiner le bijou. Se ruant sur lui, le mari l'avait frappé avec un grand fouet. Lean Bear avait fait demi-tour, enfourché son mustang d'un bond et avait rejoint son village. Le visage couvert de peintures de guerre, il avait alors traversé tout le campement à cheval en exhortant les guerriers à attaquer le fort avec lui. Un chef cheyenne avait été insulté, s'était-il écrié. Black Kettle et les autres chefs avaient eu ce jour-là toutes les peines du monde à le calmer. Et maintenant que Lean Bear était mort, les guerriers ressentaient une colère bien plus profonde que celle provoquée par l'insulte subie à Fort Atkinson.

Que les soldats attaquent un paisible campement cheyenne sans prévenir, voilà qui paraissait totalement incompréhensible aux yeux de Black Kettle. Il se dit que la seule personne capable de lui fournir une explication serait son vieil ami William Bent, Petit-Homme-Blanc. Petit-Homme-Blanc et ses frères étaient arrivés dans la vallée de l'Arkansas River, où ils avaient construit Bent's Fort, plus de trente ans auparavant. William avait épousé Owl Woman puis, devenu veuf, sa sœur, Yellow Woman. Les Bent et les Cheyennes entretenaient depuis toujours des liens d'amitié forts. Petit-Homme-Blanc avait trois fils et deux filles, qui passaient beaucoup de temps avec la tribu de leur mère. D'ailleurs, cet été-là, deux de ses fils, George et Charlie, chassaient le bison avec les Cheyennes dans la vallée de la Smoky Hill.

Après mûres réflexions, Black Kettle chargea un messager de trouver au plus vite Petit-Homme-Blanc. « Dis-lui que nous nous sommes battus contre les soldats et que nous en avons tué plusieurs. Dis-lui que nous ignorons quelle raison les Blancs avaient de nous attaquer, et que nous aimerions le voir pour discuter de cela avec lui[3]. »

Par pur hasard, le messager de Black Kettle croisa William Bent sur la route menant de Fort Larned à Fort Lyon. Bent renvoya à Black Kettle des instructions pour le retrouver à Coon Creek. Réunis une semaine plus tard, les vieux amis constatèrent qu'ils partageaient la même inquiétude au sujet de l'avenir des Cheyennes. Bent, qui craignait surtout pour ses fils, apprit avec soulagement qu'ils chassaient le long de la Smoky Hill. On n'avait signalé aucun problème dans cette région, mais Bent avait eu vent de deux combats livrés ailleurs. À Fremont's Orchard, au nord de Denver, une bande de Dog-Soldiers ayant récupéré un cheval et une mule visiblement égarés avaient été attaqués par une patrouille de volontaires du Colorado, un régiment placé sous les ordres du colonel John M. Chivington. Les soldats, qui cherchaient des chevaux volés, avaient ouvert le feu sur les Cheyennes sans même leur laisser le temps d'expliquer d'où venaient les bêtes. Après cette escarmouche, Chivington avait envoyé une force plus importante attaquer un campement cheyenne près de Cedar Bluffs. Une femme et deux enfants avaient été tués. Les soldats responsables de l'attaque du campement de Black Kettle le 16 mai faisaient également partie du régiment de Chivington. Ils venaient de Denver et n'étaient pas autorisés à faire des opérations dans le Kansas. Or, l'officier qui les commandait, le lieutenant George S. Eayre, avait reçu du colonel Chivington l'ordre de « tuer des Cheyennes, quel que soit l'endroit ou le moment où il les trouve[4] ».

William Bent et Black Kettle s'accordèrent à dire que si de tels incidents se répétaient, ce serait la guerre généralisée partout dans les plaines. « Ce n'est ni mon intention, ni mon souhait de combattre les Blancs, affirma Black Kettle. Je tiens à la paix et à l'amitié avec eux, et désire qu'il en soit de même pour ma tribu. Je n'ai pas les moyens de me battre contre les Blancs. Je veux vivre en paix. »

Bent conseilla à Black Kettle d'empêcher ses jeunes guerriers de lancer des raids de représailles. Puis, après avoir promis de revenir dans le Colorado pour tenter de dissuader les autorités militaires de suivre le chemin dangereux dans lequel elles s'étaient engagées, il prit la direction de Fort Lyon.

« À mon arrivée, devait-il déclarer plus tard sous serment, j'ai rencontré le colonel Chivington et lui ai rapporté la conversation que j'avais eue avec les Indiens, en lui expliquant que les chefs voulaient rester amis avec lui. En guise de réponse, il m'a dit qu'il n'était pas autorisé à conclure la paix et qu'il était sur le sentier de la guerre – ce sont ces mots-là qu'il a utilisés, je crois. Je lui ai alors expliqué qu'il y avait grand danger à rester en état de guerre, qu'un nombre important de trains circulaient dans la région et que beaucoup de citoyens y vivaient, et que je ne croyais pas l'armée suffisamment nombreuse pour protéger les voyageurs, et que les citoyens et les colons du pays souffriraient. Il m'a répondu que les citoyens n'auraient qu'à se protéger eux-mêmes. Alors je n'ai plus rien ajouté[5]. »

Fin juin, le gouverneur du territoire du Colorado, John Evans, adressa aux « amis indiens des Plaines » un message les informant que des membres de leurs tribus étaient entrés en guerre contre les Blancs, et qu'« à certains endroits ils avaient attaqué et tué des soldats ». Sans faire la moindre mention du fait que des soldats avaient attaqué des Indiens, déclenchant ainsi les trois affrontements avec les Cheyennes, Evans poursuivit : « Pour ces raisons, le Grand Père est en colère et fera tout pour les débusquer et les punir, mais il ne veut causer aucun tort à ceux qui conservent des liens d'amitié avec les Blancs. Au contraire, il désire les protéger et prendre soin d'eux. À cet effet, je demande à tous nos amis indiens de maintenir leurs distances avec ceux qui sont en guerre, et de se réfugier dans des endroits sûrs. » Evans ordonna aux bandes cheyennes et arapahos amies de venir se présenter à Fort Lyon, sur la réserve, où Samuel G. Colley, l'agent des Affaires indiennes, leur fournirait des provisions et leur indiquerait un endroit où se mettre à l'abri. « L'objet de ces mesures est d'éviter que des Indiens amis soient tués par mégarde. (...) La guerre contre les Indiens hostiles se poursuivra tant qu'ils ne seront pas tous entièrement soumis[6]. »

Dès que William Bent eut vent des instructions du gouverneur Evans, il tenta de faire prévenir les Cheyennes et les Arapahos qu'ils devaient se rendre à Fort Lyon. Mais les différentes bandes étant éparpillées sur la partie occidentale du Kansas pour les chasses d'été, il fallut aux messagers plusieurs semaines pour les informer toutes. Au cours de cette période, les affrontements entre soldats et Indiens se multiplièrent. Des guerriers sioux, révoltés par les expéditions punitives menées par le général Alfred Sully en 1863 et 1864 dans le Dakota, déboulèrent du nord pour lancer des raids contre des trains, des stations de diligences et des colons le long de la route de la Platte. La responsabilité de ces actions fut le plus souvent attribuée aux Cheyennes du Sud et aux Arapahos, sur lesquels se concentra le zèle des soldats du Colorado. Selon George, le demi-frère de William Bent, qui se trouvait en juillet avec une bande de Cheyennes près de la Solomon River, lui et ses compagnons furent attaqués à maintes reprises sans aucune raison, et finirent par recourir aux méthodes habituelles pour répliquer – incendies des stations de diligences, poursuites des caravanes de colons, dispersions des troupeaux et attaques des convois avec formation du cercle de chariots et bataille.

Black Kettle et les chefs plus âgés tentèrent de faire cesser ces raids, mais leur influence ne pesait pas bien lourd face à celle de chefs plus jeunes, comme Roman Nose, et des membres de l'Hotamitano, la société guerrière des Dog-Soldiers. Apprenant que sept captifs blancs – deux femmes et cinq enfants – avaient été emmenés dans les campements situés le long de la Smoky Hills par ceux qui avaient participé aux raids, Black Kettle les échangea contre ses propres mustangs afin de pouvoir les rendre à leurs familles. À peu près au même moment, il reçut le message de William Bent l'informant de l'ordre donné par le gouverneur.

Nous étions en août. Entre-temps, Evans avait fait circuler une autre déclaration dans laquelle il autorisait « tous les citoyens du Colorado, soit individuellement, soit en groupes organisés, à traquer les Indiens hostiles sur les plaines, tout en laissant tranquilles ceux qui se sont rendus comme je le leur demandais aux points de rendez-vous fixés, et à tuer et détruire les Indiens hostiles où qu'ils soient, parce que ce sont des ennemis de notre pays[7] ». Ainsi commençait la chasse aux Indiens qui n'étaient pas encore confinés sur les réserves.

Black Kettle convoqua immédiatement un conseil, et tous les chefs présents acceptèrent de se soumettre aux exigences du gouverneur, afin d'éviter la guerre. On demanda à George Bent, qui avait fait ses études au Webster College de St. Louis, de rédiger une lettre adressée à l'agent Samuel Colley à Fort Lyon, par laquelle les Indiens affirmaient leur volonté de vivre en paix. « Nous avons appris que tu détenais certains des nôtres à Denver. Nous avons sept captifs blancs que nous sommes disposés à te remettre, à condition que tu fasses de même avec tes prisonniers. (...) Nous exigeons une vraie réponse de ta part. » Black Kettle espérait que Colley lui donnerait des instructions pour traverser le Colorado avec ses captifs sans être attaqué par des soldats ou des bandes de citoyens armés. Toutefois, il ne lui faisait pas entièrement confiance. En effet, il le soupçonnait d'avoir vendu à son profit une partie des marchandises revenant aux Indiens. (Black Kettle ignorait encore à quel point Colley était impliqué dans les manœuvres orchestrées par le gouverneur Evans et le colonel Chivington pour chasser les Indiens du Colorado.) Le 26 juillet, Colley avait écrit à Evans qu'ils ne devaient compter sur personne parmi les Indiens pour sauver la paix. « Je suis à présent convaincu que la seule nourriture dont ils ont besoin, c'est un peu de poudre et de plomb », disait-il en conclusion[8].

Comme il se méfiait de Colley, Black Kettle fit rédiger une copie de la lettre, qu'il adressa à William Bent. Il confia l'un des exemplaires à Ochinee (One-Eye), et l'autre à Eagle Head, puis envoya les deux messagers à Fort Lyon. Six jours plus tard, alors que One-Eye et Eagle Head arrivaient aux abords du fort, ils se retrouvèrent brusquement face à trois soldats. Ceux-ci les mirent en joue, mais One-Eye s'empressa de leur faire comprendre par signes qu'ils venaient en paix et leur donna la lettre de Black Kettle. Les deux Indiens, faits prisonniers, furent escortés à Fort Lyon et remis au commandant, le chef d'escadron Edward W. Wynkoop.

Dans un premier temps, Grand-Chef Wynkoop mit en doute les motifs invoqués par les deux messagers pour expliquer leur venue. One-Eye lui ayant dit que Black Kettle souhaitait qu'il se rende au campement de Smoky Hill pour, de là, guider les Indiens jusqu'à la réserve, il voulut savoir combien de personnes s'y trouvaient. Deux mille Cheyennes et Arapahos, répondit One-Eye, et à peu près deux cents amis sioux du Nord las d'être pourchassés par les soldats. En entendant cela, Wynkoop garda le silence. Il ne disposait que d'une centaine de cavaliers, et savait que les Indiens le savaient. Soupçonnant un piège, il ordonna que les messagers cheyennes soient emprisonnés dans la geôle du fort et convoqua ses officiers. Si sa taille en imposait, Grand-Chef n'était âgé que de vingt-cinq ans environ et, pour toute expérience militaire, ne pouvait se prévaloir que d'un combat contre des Confédérés texans au Nouveau-Mexique. Pour la première fois de sa carrière, il devait prendre une décision qui risquait de se révéler désastreuse pour ses troupes.

Le lendemain, Wynkoop décida d'aller à Smoky Hill – pas pour faire plaisir aux Indiens mais pour sauver les captifs. Sans doute était-ce pour cela que Black Kettle avait mentionné l'existence des prisonniers dans sa lettre. Il savait que pour des Blancs, l'idée que des femmes et des enfants de leur race vivent avec des Indiens était insupportable.

Le 6 septembre, Wynkoop et les cent vingt-sept cavaliers qui devaient l'accompagner étaient prêts. Le jeune commandant fit relâcher One-Eye et Eagle Head et leur annonça qu'ils lui serviraient d'otages et de guides pour l'expédition. « Au moindre signe de traîtrise de la part de votre peuple, les avertit-il, je vous tue.

– Les Cheyennes tiennent toujours parole, répliqua One-Eye. S'il en était autrement, je mourrais volontiers. »

Plus tard, Wynkoop devait raconter comment ses conversations avec les deux Cheyennes l'amenèrent à réviser l'opinion qu'il s'était depuis longtemps faite des Indiens. « J'ai senti que j'étais en présence d'êtres supérieurs ; et ceux-ci étaient les représentants d'une race que j'avais jusque-là considérée comme cruelle, traître, sanguinaire et dépourvue de tout sentiment pour son prochain, ami ou parent[9]. »

Cinq jours plus tard, près des sources de la Smoky Hill, les éclaireurs de Wynkoop repérèrent une troupe de plusieurs centaines de guerriers arborant ce qui leur semblèrent des peintures de guerre.

D'après le récit de George Bent, resté avec Black Kettle, en voyant les troupes de Wynkoop, les Dog-Soldiers « se sont préparés au combat et, arcs tendus et flèches pointées, ont fait avancer leurs mustangs vers les soldats, mais Black Kettle et certains des autres chefs sont parvenus à éviter l'affrontement en demandant à Wynkoop d'éloigner ses hommes[10] ».

Le lendemain matin, Black Kettle et les autres chefs tinrent conseil avec Wynkoop et ses officiers. Black Kettle laissa parler les autres en premier. Bull Bear, l'un des chefs des Dog-Soldiers, déclara que Lean Bear, son frère, et lui avaient essayé de vivre en paix avec les Blancs, mais que des soldats étaient venus tuer Lean Bear sans aucune raison. « Les Indiens ne sont pas responsables de la guerre, poursuivit-il. Les Blancs sont tels des renards. Il est impossible d'instaurer la paix avec eux. La seule chose à faire pour les Indiens, c'est se battre. »

Little Raven, un chef arapaho, approuva ces paroles. « J'aimerais pouvoir serrer la main des Blancs, ajouta-t-il, mais je crains qu'ils ne veuillent pas faire la paix avec nous. » One-Eye demanda alors à s'exprimer. Il était indigné d'entendre de telles choses. Lui qui avait risqué sa vie pour venir à Fort Lyon, il promettait à Grand-Chef Wynkoop que les Cheyennes et les Arapahos gagneraient paisiblement leur réserve. « J'ai donné ma parole à Grand-Chef, j'ai juré sur ma vie, déclara-t-il. Si mon peuple fait preuve de mauvaise foi, je rejoindrai les Blancs et me battrai pour eux, et nombreux sont les amis qui me suivront. »

Wynkoop s'engagea à faire de son mieux pour empêcher les soldats d'attaquer les Indiens. Il n'était qu'un petit chef, ajouta-t-il, et ne pouvait s'exprimer au nom de tous les soldats. Mais si les Indiens voulaient bien lui remettre les captifs, alors il se rendrait à Denver avec les chefs des tribus et les aiderait à conclure la paix avec ses supérieurs.

Black Kettle, qui avait écouté tout cela sans mot dire (« immobile, avec un petit sourire au coin des lèvres », selon Wynkoop), se leva et déclara qu'il était ravi d'entendre Grand-Chef Wynkoop. « Il y a de mauvais Blancs et de mauvais Indiens, dit-il. Ces mauvaises personnes ont provoqué ces problèmes. Des jeunes de ma tribu se sont ralliés à eux. Je suis contre la guerre et j'ai fait tout ce qui était en mon pouvoir pour l'empêcher. Je suis convaincu que les Blancs sont responsables. Ce sont eux qui ont commencé la guerre et ont contraint les Indiens à se battre. » Black Kettle promit alors de relâcher les quatre prisonniers qu'il avait achetés. Quant aux trois autres, ils se trouvaient dans un campement plus au nord, et les négociations pour leur libération prendraient un certain temps.

Les quatre captifs, tous des enfants, n'avaient apparemment pas été maltraités. De fait, lorsqu'un soldat demanda au petit Ambrose Archer comment les Indiens l'avaient traité, le garçon de huit ans répondit qu'il aurait « mieux aimé rester avec les Indiens que les quitter[11] ».

D'autres pourparlers suivirent, à l'issue desquels il fut enfin convenu que les Indiens resteraient au campement de la Smoky Hill pendant que sept de leurs chefs se rendraient à Denver, accompagnés de Wynkoop, afin de conclure la paix avec le gouverneur Evans et le colonel Chivington. Black Kettle, White Antelope, Bull Bear et One-Eye représenteraient les Cheyennes, et Neva, Bosse, Heaps-of-Buffalo et Notanee les Arapahos. Little Raven et Left Hand, qui se méfiaient à l'avance de toute promesse faite par Evans et Chivington, demeureraient au campement pour veiller à ce que leurs jeunes Arapahos ne s'attirent pas d'ennuis. Quant à War Bonnet, il s'occuperait des Cheyennes.

Wynkoop, ses cavaliers, les quatre enfants blancs et les sept chefs indiens arrivèrent à Denver le 28 septembre. Les Indiens avaient fait le voyage dans un chariot équipé de sièges en bois et tiré par des mules, sur lequel Black Kettle avait accroché son drapeau. L'équipage fit son entrée dans les rues poussiéreuses de Denver, la bannière étoilée flottant au-dessus de la tête des chefs comme pour les protéger. Tout Denver se précipita pour voir la procession.

Wynkoop alla voir le gouverneur Evans. Or ce dernier ne tenait pas spécialement à traiter avec les Indiens. Pour lui, les Cheyennes et les Arapahos devaient être punis avant même qu'on leur accorde la paix. Tel était également l'avis du commandant du Département de la Guerre, le général Samuel R. Curtis, lequel télégraphia le jour même depuis Fort Leavenworth au colonel Chivington en ces termes : « Pas de paix tant que les Indiens n'auront pas souffert davantage[12]. »

Wynkoop en fut réduit à supplier le gouverneur de rencontrer les Indiens. « Mais que ferai-je du 3e régiment du Colorado une fois que j'aurai conclu la paix ? s'inquiéta Evans. Il a été constitué pour tuer des Indiens, et c'est ce que les soldats doivent faire. » En effet, comme il l'expliqua à Wynkoop, les autorités à Washington lui avaient donné l'autorisation de lever ce nouveau régiment parce qu'il leur avait juré qu'il était indispensable pour protéger la population des Indiens hostiles. S'il faisait la paix, Washington l'accuserait de mensonge. Evans était par ailleurs l'objet de pressions de la part des habitants du Colorado, lesquels, soucieux d'éviter la conscription de 1864, préféraient endosser l'uniforme pour se battre contre quelques Indiens peu armés plutôt que contre les Confédérés tout là-bas dans l'Est. Pourtant, le gouverneur finit par céder aux supplications de Wynkoop. Après tout, les Indiens n'avaient-ils pas parcouru près de sept cents kilomètres simplement pour venir le voir[13] ?

Le conseil eut lieu à Camp Weld, près de Denver. Y participèrent les chefs indiens, Evans, Chivington, Wynkoop, plusieurs officiers de l'armée et Simeon Whitely, dépêché par ordre du gouverneur pour enregistrer tout ce que les participants diraient. Le gouverneur ouvrit la session de façon un peu abrupte en demandant aux chefs ce qu'ils avaient à dire. Black Kettle répondit en langue cheyenne. Ce fut John S. Smith, un négociant mais aussi un vieil ami de la tribu, qui traduisit ses paroles.

« Mis au courant de ton message du 27 juin 1864, j'ai pris l'affaire en main et c'est pourquoi je suis venu ici m'en entretenir avec toi. (...) Le chef d'escadron Wynkoop nous a proposé une rencontre avec toi. Nous sommes venus les yeux fermés, en suivant sa poignée de soldats, comme si nous affrontions le feu. Tout ce que nous voulons, c'est être en paix avec les Blancs. Nous voulons prendre ta main. Tu es notre père. C'est comme si nous sortions d'un nuage. Le ciel est noir depuis que la guerre a commencé. Ces braves que tu vois à mes côtés sont disposés à faire ce que je dis. Nous voulons rapporter de bonnes nouvelles à notre peuple, afin qu'il dorme en paix. Je veux que tu dises clairement à ces chefs de soldats ici rassemblés que nous sommes pour la paix, que nous l'avons conclue, et qu'ils ne doivent pas nous prendre pour des ennemis. Je ne suis pas venu ici en traître, mais pour parler franchement avec toi. Nous devons vivre près des troupeaux de bisons, faute de quoi nous mourrons de faim. Nous sommes venus ici librement, sans aucune appréhension, pour te voir, et quand je rentrerai et que je dirai à mon peuple que j'ai serré ta main et celle de tous les chefs présents ici à Denver, il se sentira content, et ce sera la même chose pour toutes les tribus indiennes des Plaines, une fois que nous aurons mangé et bu avec elles. »

« Je regrette, répondit Evans, que tu n'aies pas immédiatement répondu à mon appel. Tu t'es allié aux Sioux, qui sont en guerre contre nous.

– J'ignore qui a bien pu te raconter cela, fit Black Kettle, surpris.

– Peu importe qui, répliqua Evans. Toujours est-il que ta conduite m'a convaincu que c'était bien le cas. »

À ce moment-là, plusieurs chefs se mirent à parler en même temps. « C'est une erreur, protestèrent-ils. Nous n'avons conclu d'alliance ni avec les Sioux, ni avec aucune autre tribu. »

Evans déclara qu'il n'était pas d'humeur à négocier un traité de paix, puis changea de sujet. « D'après ce que l'on m'a dit, vous pensez pouvoir chasser les Blancs de ce pays en profitant du fait qu'ils se battent entre eux. Vous vous trompez. Le Grand Père à Washington dispose de suffisamment d'hommes pour chasser tous les Indiens des Plaines et battre les rebelles sudistes par la même occasion. (...) Le conseil que je vous donne, c'est de vous tourner vers le gouvernement, et d'attester par vos actes cette disposition amicale que vous professez devant moi. Il est hors de question que vous soyez en paix avec nous tant que vous vivrez avec nos ennemis et entretiendrez des liens d'amitié avec eux. »

White Antelope, le plus âgé des chefs, prit alors la parole. « Je comprends tout ce que tu as dit, et je retiendrai tes paroles. (...) Tous les Cheyennes, sans exception, regardent dans cette direction, et ils entendront ce que tu dis. White Antelope est fier d'avoir rencontré le chef de tous les Blancs de ce pays. Il le racontera à son peuple. Depuis que je suis allé à Washington et qu'on m'y a remis cette médaille, je considère tous les hommes blancs comme mes frères. Mais d'autres Indiens sont allés à Washington et y ont reçu des médailles, et à présent les soldats, au lieu de me serrer la main, veulent me tuer. (...) Je crains que ces nouveaux soldats partis en expédition tuent des membres de mon peuple pendant que je suis ici. »

Ce à quoi Evans, impassible, répondit : « C'est en effet ce qui risque bien de se produire. »

« Nous avons envoyé notre lettre au chef d'escadron Wynkoop, poursuivit White Antelope, et pour lui et ses hommes, venir dans notre campement, c'était comme affronter le feu ou la tempête. Pour nous, venir te voir, c'était pareil. »

Le gouverneur Evans commença alors à interroger les chefs sur les incidents qui s'étaient produits le long de la Platte, espérant leur faire avouer qu'ils avaient participé aux raids. « Qui s'est emparé des marchandises de Fremont's Orchard et a participé au premier affrontement avec les soldats ce printemps ?

– Avant de répondre à cette question, répliqua White Antelope avec assurance, sache que la guerre a commencé à ce moment-là, et j'aimerais comprendre pourquoi. C'est un soldat qui a tiré le premier.

– Les Indiens avaient volé quarante chevaux, dit Evans d'un ton accusateur. Les soldats ont voulu les récupérer, et les Indiens leur ont tiré dessus.

– En descendant la Bijou River, rétorqua White Antelope, nos braves avaient trouvé une mule et un cheval. Ils ont rendu le cheval à quelqu'un avant d'arriver au ranch Gerry, où ils pensaient laisser la mule. Lorsqu'ils ont appris que les soldats et les Indiens se battaient le long de la Platte, ils ont pris peur et se sont tous enfuis.

– Qui est responsable des déprédations commises à Cottonwood ? voulut savoir Evans.

– Les Sioux. Mais nous ignorons quelle bande.

– Qu'est-ce que les Sioux ont l'intention de faire maintenant ?

– Leur plan est de nettoyer le pays tout entier, expliqua Bull Bear. Ils sont en colère, et causeront le maximum de dégâts chez les Blancs. Je suis avec toi et les troupes pour combattre tous ceux qui refusent de t'écouter. (...) Je n'ai jamais fait de mal à un Blanc. Je veux qu'il sorte de ce conseil quelque chose de bon. Je serai toujours ami avec les Blancs ; ils peuvent m'apporter de bonnes choses. (...) Mon frère Lean Bear est mort alors qu'il tentait de préserver la paix avec les Blancs. Je suis prêt à mourir comme lui, et c'est certainement ce qui m'arrivera. »

Comme la discussion semblait pratiquement close, le gouverneur demanda au colonel Chivington s'il avait quelque chose à dire aux chefs. Le colonel se leva. C'était un homme imposant, au torse puissant et au cou épais, un ancien prêcheur méthodiste qui avait passé une grande partie de sa vie à organiser le catéchisme dans les camps de mineurs. Les Indiens le comparaient à un gros bison barbu qui aurait un éclat de folie furieuse dans les yeux. « Je ne suis pas un grand chef de guerre, déclara-t-il, mais tous les soldats de la région sont sous mes ordres. Ma règle, quand je fais la guerre contre des Blancs ou des Indiens, est de ne cesser les combats que lorsqu'ils déposent les armes et se soumettent à l'autorité militaire. Ils [les Indiens] sont plus proches de Wynkoop que de tout autre officier. Qu'ils aillent le voir lorsqu'ils seront prêts à se rendre[14]. »

Le conseil se termina ainsi, sans que les Indiens, perplexes, sachent vraiment s'ils avaient conclu la paix ou pas. Ils n'étaient sûrs que d'une chose : le seul ami parmi les soldats sur lequel ils pouvaient compter, c'était Grand-Chef Wynkoop. Chef-Aigle-aux-yeux-brillants, Chivington, leur avait conseillé d'aller voir Wynkoop à Fort Lyon, ce qu'ils décidèrent donc de faire.

« Alors, nous avons levé le camp et sommes allés nous installer à Sand Creek, à une soixantaine de kilomètres au nord-est de Fort Lyon, raconte George Bent. De là, certains se sont rendus au fort pour voir Wynkoop et là-bas les gens se sont montrés si gentils qu'au bout de quelque temps, les Arapahos nous ont quittés et ont carrément établi leur campement au fort, où ils ont régulièrement reçu des rations[15]. »

Wynkoop avait commencé à distribuer les rations après avoir appris par Little Raven et Left Hand que les Arapahos ne trouvaient plus ni bison ni gibier d'aucune sorte sur la réserve et qu'ils craignaient d'envoyer des chasseurs dans le Kansas, peut-être parce qu'ils avaient entendu parler des ordres récemment donnés par Chivington à ses hommes : « Tuez tous les Indiens que vous rencontrerez[16]. »

La manière bienveillante qu'avait Wynkoop de traiter les Indiens ne tarda pas à lui attirer les critiques des autorités militaires du Colorado et du Kansas. On lui reprocha d'avoir emmené les chefs à Denver sans autorisation, et on l'accusa de « laisser les Indiens tout régenter à Fort Lyon ». Le 5 novembre, le chef d'escadron Scott J. Anthony, l'un des officiers de Chivington dans le régiment des volontaires du Colorado, arriva à Fort Lyon avec pour consigne de le remplacer en tant que commandant du poste militaire.

L'un des premier ordres d'Anthony fut de réduire les rations des Arapahos et d'exiger d'eux qu'ils donnent leurs armes. Les Indiens lui remirent trois fusils, un pistolet, soixante arcs et un certain nombre de flèches. Quelques jours plus tard, un groupe d'Arapahos non armés s'approcha du fort, avec l'intention de troquer des peaux de bison contre des vivres. Anthony ordonna à ses gardes de leur tirer dessus, et se mit à rire en voyant les Indiens faire demi-tour et s'enfuir. Ils lui avaient causé suffisamment de tracas comme cela, fit-il remarquer à l'un de ses hommes, et c'était le seul moyen de s'en débarrasser[17].

En parlant avec des Arapahos, les Cheyennes qui avaient établi leur campement à Sand Creek apprirent qu'un soldat hostile, de petite taille et aux yeux rouges, avait remplacé leur ami Wynkoop. À la Lune-des-cerfs-en-rut, c'est-à-dire mi-novembre, Black Kettle, accompagné d'un groupe de Cheyennes, se rendit au fort pour rencontrer le nouveau chef. Ce dernier, qui avait en effet les yeux rouges (à cause du scorbut), feignit l'amitié avec les Indiens. Plusieurs officiers présents lors de la rencontre entre Black Kettle et Anthony déclarèrent plus tard sous serment que ce dernier avait assuré aux Cheyennes la protection de Fort Lyon s'ils retournaient à leur village de Sand Creek. Il leur dit également que leurs jeunes braves pourraient aller chasser le bison dans la vallée de la Smoky Hill, à l'est, jusqu'à ce qu'il obtienne de l'armée l'autorisation de distribuer à la tribu des rations d'hiver.

Les chefs cheyennes, dont Black Kettle, avaient un temps envisagé de quitter l'Arkansas pour des régions plus au sud, afin d'être à l'abri des attaques des soldats. Mais après ces paroles rassurantes d'Anthony, ils se sentaient à présent en sécurité à Sand Creek et décidèrent d'y rester tout l'hiver.

La délégation cheyenne partie, Anthony ordonna aux bandes de Left Hand et de Little Raven, installées près de Fort Lyon, de quitter les lieux et de se disperser. « Allez chasser le bison pour vous nourrir », leur dit-il. Inquiétés par ces paroles brusques, les Arapahos levèrent le camp. Une fois éloignés des abords du fort, les deux groupes se séparèrent. Left Hand se dirigea avec son peuple vers Sand Creek afin d'y rejoindre les Cheyennes, tandis que Little Raven, qui se méfiait du chef aux yeux rouges, traversait l'Arkansas et gagnait le sud avec les siens.

« Une bande d'Indiens s'est installée à soixante kilomètres du fort. (...) Je vais tenter de les faire tenir tranquilles en attendant de recevoir des renforts[18] », dit alors Anthony à ses supérieurs.

Le 22 novembre, lorsque le négociant du fort, John « Couverture-Grise » Smith, demanda la permission de se rendre à Sand Creek afin d'y acheter des peaux, Anthony se montra étonnamment coopératif, lui fournissant, outre une ambulance de l'armée pour y transporter ses marchandises, un homme qui la conduirait, David Louderback, de la cavalerie du Colorado. Pour endormir la méfiance des Indiens et les empêcher de quitter les lieux, rien ne valait la présence d'un négociant et d'un représentant pacifique de l'armée.

Vingt-quatre heures plus tard, les renforts réclamés par Anthony pour attaquer les Indiens arrivèrent aux abords de Fort Lyon. Ils se composaient d'hommes appartenant aux régiments du colonel Chivington avec, pratiquement au complet, le 3e, constitué par le gouverneur Evans dans le seul but de combattre les Indiens. Une fois le fort atteint, l'avant-garde le boucla, interdisant à quiconque d'en sortir sous peine d'être abattu. Pratiquement au même moment, un détachement de vingt cavaliers atteignit le ranch de William Bent, situé à quelques kilomètres à l'est, encercla la maison et en bloqua les accès. Les deux fils métis de Bent, George et Charlie, ainsi qu'Edmond Guerrier, son gendre, métis lui aussi, campaient avec les Cheyennes à Sand Creek.

À son arrivée à Fort Lyon, le colonel Chivington fut chaleureusement accueilli par Anthony. Il avait bien l'intention, dit-il, de « collectionner les scalps » et de « patauger dans des mares de sang », ce à quoi Anthony répondit qu'il attendait depuis longtemps « l'occasion de leur tomber dessus » et qu'à Fort Lyon, tous les hommes étaient impatients de se joindre à l'expédition menée par Chivington contre les Indiens[19].

Pourtant, les officiers d'Anthony n'étaient pas tous impatients, loin de là, de participer au massacre soigneusement préparé par Chivington. Le capitaine Silas Soule et les lieutenants Joseph Cramer et James Connor se rebiffèrent, rappelant qu'attaquer le paisible campement de Black Kettle reviendrait à rompre l'engagement pris par Wynkoop et Anthony de garantir la sécurité des Indiens, qu'« il s'agirait de meurtre dans tous les sens du terme » et que tout officier y participant déshonorerait l'uniforme.

Chivington se mit alors dans une rage folle. Menaçant le lieutenant Cramer du poing, il hurla : « Qu'ils aillent au diable, ceux qui font ami-ami avec les Indiens ! Je suis venu pour en tuer, et je suis convaincu qu'avoir recours pour cela à tous les moyens mis à notre disposition par Dieu est une action honorable et juste[20]. »

Soule, Cramer et Connor durent se résoudre à participer à l'expédition pour éviter la cour martiale. Mais ils décidèrent intérieurement de ne pas ordonner à leurs hommes de tirer sur les Indiens, sauf pour se défendre.

Le 28 novembre, à huit heures du soir, les forces de Chivington, qui comptaient à présent plus de sept cents hommes grâce à l'adjonction des troupes d'Anthony, sortirent du fort par colonnes de quatre. Quatre obusiers de montagne à pièces de canon de douze complétaient l'armement des cavaliers. Les étoiles brillaient dans le ciel dégagé. L'air de la nuit était d'un froid mordant.

Chivington enrôla comme guide James Beckwourth, un mulâtre de soixante-neuf ans qui avait passé cinquante ans de sa vie avec les Indiens. Beckwourth tenta bien de se faire excuser, mais Chivington menaça de le pendre s'il refusait de le guider jusqu'au campement des Cheyennes et des Arapahos.

Au fil de la progression des troupes, il devint évident que la vue faiblissante de Beckwourth et ses rhumatismes en faisaient un guide peu efficace. Chivington décida donc de s'arrêter à un ranch situé près de Spring Bottom et ordonna qu'on tire le propriétaire de son lit afin qu'il remplace le vieux guide. Ce propriétaire de ranch n'était autre que Robert Bent, le fils aîné de William Bent. Ainsi, les trois fils de Bent, tous à moitié cheyennes, n'allaient pas tarder à se retrouver à Sand Creek.

Le campement cheyenne était établi au nord du lit presque sec d'un ruisseau, au creux d'un méandre en forme de fer à cheval. Black Kettle avait installé son tipi près du centre du village, avec la bande de White Antelope et War Bonnet un peu plus à l'ouest. À l'est, légèrement à l'écart des Cheyennes, se trouvait le camp arapaho de Left Hand. En tout, il devait y avoir là à peu près six cents Indiens, pour les deux tiers des femmes et des enfants. La plupart des guerriers étaient partis chasser le bison vers l'est, ainsi que le leur avait demandé Anthony.

Les Indiens se méfiaient si peu qu'à part l'enclos des mustangs près du ruisseau, leur camp n'était pas surveillé la nuit. Seuls les martèlements des sabots des chevaux sur le sable les avertirent au lever du soleil de l'attaque imminente. « Je dormais dans un tipi, devait raconter par la suite Edmond Guerrier, lorsque j'entendis certaines des squaws dire que des bisons allaient envahir le village. D'autres parlaient de soldats. » Guerrier sortit immédiatement et se dirigea vers la tente de Couverture-grise Smith[21].

George Bent dormait encore quand il entendit des gens crier et courir dans le camp. « Un groupe de soldats venus du ruisseau avançait au trot. (...) On en voyait d'autres s'approcher de nos mustangs. Dans le village même, tout n'était que confusion et cris – des hommes, des femmes et des enfants qui sortaient en courant des tipis à moitié habillés ; des femmes et des enfants qui hurlaient en voyant les soldats ; des hommes qui retournaient chercher leur arme dans leur tente. (...) En tournant la tête vers le tipi du chef, j'ai vu que Black Kettle avait attaché un immense drapeau américain au sommet d'une perche qu'il tenait, debout devant son tipi, avec le drapeau flottant tout là-haut dans la lumière grise de l'aube hivernale. J'ai entendu le chef dire aux autres qu'il ne fallait pas avoir peur, que les soldats ne leur feraient aucun mal ; puis les troupes ont ouvert le feu sur deux côtés du campement[22]. »

Pendant ce temps-là, le jeune Edmond Guerrier avait rejoint Smith et Louderback dans la tente du négociant. « Louderback a suggéré d'aller retrouver les soldats, devait-il expliquer par la suite. Nous nous sommes levés. Je sortais tout juste de la tente quand j'ai vu des soldats qui descendaient de cheval. Je me suis dit que c'était des artilleurs et qu'ils allaient bombarder le village. J'avais à peine ouvert la bouche qu'ils se sont mis à tirer avec leurs fusils et leurs pistolets. Comme je ne pouvais pas m'approcher d'eux, j'ai filé, en laissant le soldat et Smith. »

Louderback s'arrêta un instant, tandis que Smith continuait à avancer. « Tirez-lui dessus, à ce fils de pute ! cria un soldat. Y vaut pas mieux qu'un Indien. » Dès que les premières balles sifflèrent autour d'eux, Smith et Louderback firent demi-tour et coururent vers leur tente, où Jack, le fils métis de Smith, et Charlie Bent avaient trouvé refuge[23].

Des centaines de Cheyennes, femmes et enfants, s'étaient rassemblés autour du drapeau de Black Kettle. D'autres Indiens du camp de White Antelope les rejoignirent en remontant le lit asséché du ruisseau. Après tout, le colonel Greenwood n'avait-il pas assuré à Black Kettle qu'aucun soldat ne lui tirerait dessus tant que le drapeau flotterait au-dessus de lui ? White Antelope, qui n'avait pas d'arme sur lui, s'avança à grands pas vers les soldats. C'était un vieil homme de soixante-quinze ans au visage brun raviné par le soleil et les rigueurs du climat. Il demeurait convaincu que les soldats cesseraient de tirer dès qu'ils verraient le drapeau américain et le drapeau blanc que Black Kettle avait également hissé.

Beckwourth, qui chevauchait à côté du colonel Chivington, vit s'approcher White Antelope. « Il est venu à la rencontre du commandant les mains en l'air, devait-il plus tard déclarer sous serment, en criant "Arrêtez ! Arrêtez !", dans un anglais aussi clair que le mien. Il s'est immobilisé, a croisé les bras, et ils l'ont abattu[24]. » Selon certains Cheyennes survivants, White Antelope entonna son chant de mort avant de rendre le dernier souffle :

Rien ne vit longtemps
Que la terre et les montagnes.

Left Hand et les siens tentèrent également de se rapprocher du drapeau de Black Kettle. En voyant les soldats, Left Hand s'arrêta et, croisant les bras, déclara qu'il ne combattrait pas les Blancs car ils étaient ses amis. Il fut abattu lui aussi.

Robert Bent, contraint de rester auprès du colonel Chivington, fera des scènes auxquelles il assista le récit suivant : « Il y avait le drapeau américain qui flottait dans le vent. J'ai entendu Black Kettle dire aux Indiens de s'en rapprocher. Alors, ils se sont regroupés – hommes, femmes et enfants. À ce moment-là, nous étions à environ cinquante mètres des Indiens. Il y avait également un drapeau blanc hissé. Les deux drapeaux étaient dans une telle position qu'il était impossible de ne pas les voir. Quand les soldats ont tiré, les Indiens se sont mis à courir, certains des hommes sans doute pour aller chercher leurs armes dans leur tipi. (...) À mon avis, il devait bien y avoir six cents Indiens en tout, dont trente-cinq braves et quelques vieillards, soixante hommes environ. (...) Les autres étaient partis chasser. (...) Après la fusillade, les guerriers ont rassemblé les femmes et les enfants et se sont placés autour d'eux pour les protéger. Il y avait cinq squaws réfugiées près d'un talus. Quand les soldats se sont approchés, elles se sont redressées pour qu'ils voient qu'elles étaient des femmes et les ont implorés, mais ils leur ont tiré dessus. J'en ai vu une allongée sur le talus avec la jambe cassée ; un soldat est venu vers elle sabre au clair ; elle a levé le bras pour se protéger ; il a abattu son sabre et lui a cassé le bras ; elle a roulé sur l'autre flanc, a levé l'autre bras, et il lui a cassé celui-là aussi ; ensuite il est parti, l'abandonnant sur place. Les soldats massacraient les hommes, les femmes et les enfants, visiblement sans faire de distinction. Un groupe de trente ou quarante squaws s'était réfugié quelque part. Elles ont fait sortir de leur cachette une fillette de six ans environ munie d'un bout de tissu blanc au bout d'un bâton. La petite n'avait pas fait cinq pas qu'elle a été abattue. Les squaws ont toutes été tuées plus tard, ainsi que quatre ou cinq hommes. Elles n'ont offert aucune résistance. Les morts que j'ai vus ont tous été scalpés. Il y avait une femme au ventre ouvert, avec ce qui m'a paru être un fœtus à côté d'elle, ce que le capitaine Soule m'a confirmé plus tard. J'ai vu le corps de White Antelope émasculé, et j'ai entendu un soldat dire qu'il allait se faire une poche à tabac avec ses testicules. J'ai vu une squaw dont on avait également coupé les parties génitales. (...) J'ai vu une petite fille de cinq ans cachée dans le sable. Deux soldats l'ont découverte, ont sorti leurs pistolets et l'ont abattue, et ensuite ils l'ont tirée par les bras pour la faire sortir du sable. J'ai vu un bon nombre de nouveau-nés tués avec leurs mères[25]. » (Dans un discours fait en public à Denver peu de temps avant ce massacre, le colonel Chivington avait demandé que soient tués et scalpés tous les Indiens, même les nourrissons, déclarant : « C'est de la graine de vermine ! »)

Le récit fait par Robert Bent des atrocités commises par les soldats fut corroboré par le lieutenant James Connor : « Lorsque j'ai parcouru le champ de bataille le lendemain, déclara ce dernier, je n'ai pas vu un cadavre d'homme, de femme ou d'enfant qui n'ait été scalpé, et dans de nombreux cas, mutilé de la manière la plus atroce qui soit – parties génitales coupées, etc ; j'ai entendu un homme dire qu'il avait coupé les parties génitales d'une femme et les avait exhibées au bout d'un bâton ; un autre a raconté comment il avait coupé les doigts d'un Indien pour lui prendre ses bagues ; à ma connaissance, et à ce que je crois, le colonel Chivington était parfaitement au courant des atrocités commises, et n'a, d'après ce que je sais, pris aucune mesure pour les empêcher. On m'a parlé d'un enfant de quelques mois jeté dans la mangeoire* d'un chariot et abandonné mourant après avoir été transporté ainsi un certain temps. On m'a également rapporté de nombreux exemples de soldats qui, après avoir coupé les parties génitales d'une femme, les ont posées sur l'arçon de leur selle pour les étirer, puis ont défilé en les arborant sur leur chapeau[26]. »

À Sand Creek, un régiment bien entraîné et extrêmement discipliné n'aurait certainement eu aucun mal à tuer presque

* Coffre en bois généralement accroché à l'arrière du chariot, suffisamment grand pour que plusieurs chevaux y mangent (*NdlT*).

tous les Indiens. Mais le manque d'ordre, auquel il convient d'ajouter les rasades de whiskey ingurgitées pendant la chevauchée de nuit, la lâcheté et le piètre talent de tireurs des troupes du Colorado permirent à de nombreux Indiens de s'échapper. Certains des Cheyennes creusèrent des trous dans les berges du ruisseau asséché, où ils se terrèrent jusqu'à la nuit. D'autres parvinrent à se sauver, individuellement ou par petits groupes. Lorsque les soldats cessèrent de tirer, cent cinq femmes et enfants ainsi que vingt-huit hommes gisaient morts. Dans son rapport officiel, Chivington affirma avoir tué entre quatre cents et cinq cents guerriers. Il avait lui-même perdu neuf soldats et déplorait trente-huit blessés, pour une bonne part victimes de la maladresse de leurs propres camarades. Parmi les chefs indiens morts figuraient White Antelope, One-Eye et War Bonnet. Quant à Black Kettle, il s'était miraculeusement échappé en escaladant un ravin, mais sa femme était grièvement blessée. Et Left Hand, bien que touché, avait survécu.

À la fin des combats, le nombre des captifs s'élevait à sept – la femme cheyenne de John Smith, celle d'un autre civil de Fort Lyon et ses trois enfants, et les deux jeunes métis, Jack Smith et Charlie Bent, que les soldats voulurent tuer parce qu'ils portaient des vêtements indiens. Le vieux Beckwourth sauva Charlie Bent en le dissimulant dans un chariot où se trouvait un officier blessé, puis le remit à son frère Robert. Mais il ne put rien faire pour Jack Smith : un soldat abattit le fils du négociant en lui tirant dessus à travers un trou de la tente où il était retenu prisonnier.

Le troisième fils de Bent, George, séparé de son frère Charlie dès le début de la bataille, rejoignit les Cheyennes qui avaient creusé des trous dans les berges du ruisseau. « Au moment où le groupe dont je faisais partie atteignait cet endroit, j'ai été touché à la hanche et me suis affalé. J'ai tout de même réussi, en roulant sur moi-même, à gagner l'un des trous où je me suis terré avec les guerriers, les femmes et les enfants qui s'y trouvaient. » À la tombée de la nuit, les survivants sortirent en rampant de leurs refuges. Malgré le froid mordant qui gelait le sang de leurs blessures, ils n'osèrent pas faire de feu. Ils ne pensaient qu'à une chose : fuir vers l'est et la Smoky Hill pour tenter de rejoindre les guerriers. George Bent devait évoquer plus tard un trajet « éprouvant, la plupart d'entre nous étant à pied, sans nourriture, peu vêtus, avec des femmes et des enfants ». En sus du vent glacial, les Indiens durent supporter sur plus de quatre-vingts kilomètres la faim et la douleur causée par leurs blessures. Mais ils finirent par atteindre le campement des chasseurs. « Lorsque nous sommes arrivés, il y a eu des scènes déchirantes, raconte Bent. Tout le monde pleurait, même les guerriers, les femmes et les enfants hurlaient et se lamentaient. Presque tous avaient perdu un parent ou un ami, et nombreux sont ceux qui, fous de douleur, se sont entaillé la chair avec leurs propres couteaux jusqu'à ce que le sang ruisselle[27]. »

Dès que sa blessure fut guérie, George regagna le ranch de son père, où il apprit de la bouche de son frère Charlie des détails supplémentaires sur les atrocités commises par les soldats à Sand Creek – les scalps, les terribles mutilations, le massacre des enfants et des nourrissons. Quelques jours plus tard, les deux frères décidèrent de concert de refuser en bloc la civilisation de l'homme blanc. Reniant le sang de leur père, ils quittèrent son ranch discrètement, accompagnés de la mère de Charlie, Yellow Woman, laquelle jura que plus jamais elle ne vivrait avec un Blanc. Le petit groupe prit la direction du nord, afin de retrouver les Cheyennes.

Nous étions à présent en janvier, la Lune-du-grand-froid, le moment de l'année où, d'habitude, les Indiens des Plaines faisaient de grands feux dans leurs tipis, passaient les longues soirées à raconter des histoires, et se levaient tard le matin. Mais c'était une mauvaise année, et à mesure que la nouvelle du massacre de Sand Creek se répandait, les appels à se venger des Blancs meurtriers retentirent dans les Plaines, relayés par les messagers cheyennes, arapahos et sioux.

Lorsque Yellow Woman et les jeunes frères Bent retrouvèrent leurs familles au bord de la Republican River, les Cheyennes s'étaient déjà assuré le soutien de milliers d'alliés – les Sioux Brûlés de Spotted Tail, les Sioux Oglalas de Pawnee Killer, ainsi que d'importantes bandes d'Arapahos du Nord. Les Dog-Soldiers cheyennes (menés désormais par Tall Bull) qui avaient refusé d'aller à Sand Creek étaient là, dont Roman Nose et ses jeunes guerriers. Pendant que les Cheyennes pleuraient leurs morts, leurs chefs fumèrent le calumet et mirent au point leur stratégie.

Il avait suffi de quelques heures de folie à Sand Creek pour que Chivington et ses hommes détruisent la vie ou le pouvoir de tous les chefs cheyennes qui avaient œuvré pour la paix avec l'homme blanc. Après la fuite des survivants, les Indiens, rejetant Black Kettle et Left Hand, se tournèrent vers leurs chefs de guerre pour que ceux-ci les sauvent de l'extermination.

Au même moment, des officiels américains réclamaient une enquête sur les agissements du gouverneur Evans et du colonel Chivington. Malgré le peu d'espoir qu'il restait d'éviter la guerre générale avec les Indiens, ils envoyèrent Beckwourth en émissaire auprès de Black Kettle pour voir s'il n'y avait pas une petite chance de sauver la paix.

Beckwourth trouva les Cheyennes, mais pas Black Kettle, parti on ne savait où avec quelques membres de sa famille et des vieillards. Le chef était désormais Leg-in-the-Water.

Voici le récit que fit Beckwourth de sa mission : « Je suis allé dans le tipi de Leg-in-the-Water. À mon arrivée, il s'est levé et a dit : "Petit-Bison-Médecine, qu'es-tu venu faire ici ? Amènes-tu l'homme blanc pour qu'il finisse de tuer nos familles ?" Je lui ai répondu que j'étais venu lui parler, et lui ai demandé de convoquer son conseil. Les autres chefs sont arrivés rapidement et ont voulu savoir la raison pour laquelle j'étais là. Je leur ai expliqué que c'était pour les convaincre de faire la paix avec les Blancs, étant donné que ces derniers étaient aussi nombreux que les feuilles des arbres. "Ceci, nous le savons, m'ont-ils répondu, mais quelle raison avons-nous de vivre ? Le Blanc a pris nos terres, tué tout notre gibier, mais cela ne lui a pas suffi, alors il a massacré nos femmes et nos enfants. Plus de paix maintenant. Nous voulons partir pour retrouver nos familles sur les terres des esprits. Nous aimions les Blancs avant de nous rendre compte qu'ils nous mentaient et nous volaient ce que nous avions. Nous brandirons la hache de guerre jusqu'à la mort."

« Ensuite, ils m'ont demandé pourquoi j'étais venu à Sand Creek montrer aux soldats l'endroit où ils se trouvaient. Je leur ai expliqué que sinon, le chef blanc m'aurait fait pendre. "Va, reste avec tes frères blancs. Nous, nous nous battrons jusqu'à la mort." J'ai obéi et suis parti, en me disant qu'il n'y avait rien d'autre à faire[28]. »

En janvier 1865, l'alliance cheyenne, arapaho et sioux lança une série de raids le long de la South Platte. Les guerriers attaquèrent des convois de chariots, des stations de diligences et des petits postes militaires. Ils incendièrent la ville de Julesburg, dont ils scalpèrent les défenseurs pour se venger de ce que leur peuple avait subi à Sand Creek. Ils arrachèrent des kilomètres de lignes télégraphiques et multiplièrent razzias et pillages sur la route de la Platte, bloquant les voies de communication et de ravitaillement. La population de Denver, voyant s'épuiser ses réserves de nourriture, fut prise de panique.

Au retour des guerriers dans leur campement d'hiver dans les Big Timbers, au bord de la Republican River, une grande fête fut organisée pour célébrer ces premières actions vengeresses. Les plaines étaient recouvertes de neige, ce qui n'empêcherait pas les soldats d'arriver bientôt de toutes parts avec leurs fusils cracheurs de feu. Cela, les chefs en étaient bien conscients. Pendant les danses, ils tinrent conseil pour décider de l'endroit où se réfugier. Black Kettle, qui était revenu, suggéra de gagner la région au sud de l'Arkansas River, là où les étés duraient longtemps et où le bison abondait. Mais la plupart des autres chefs préféraient rejoindre leurs parents dans la vallée de la Powder, au nord de la Platte. Aucun soldat n'oserait en effet s'aventurer dans ce fief des Sioux Tetons et des Cheyennes du Nord. Avant de mettre fin au conseil, les membres de l'alliance convinrent d'envoyer à ces tribus des messagers pour les avertir de leur arrivée.

Pourtant, Black Kettle refusait de partir. Environ quatre cents Cheyennes – pour la plupart des vieillards, des femmes et quelques guerriers grièvement blessés – acceptèrent de le suivre dans le Sud. Le dernier jour, avant le départ, George Bent dit adieu à ce qui restait du peuple de sa mère, les Cheyennes du Sud. « J'ai fait le tour des tipis et ai serré la main de Black Kettle et de mes amis. Black Kettle et ses compagnons sont partis dans le sud de l'Arkansas rejoindre les Arapahos, les Kiowas et les Comanches[29]. »

Quant aux Cheyennes (parmi lesquels Yellow Woman et les frères Bent), ils prirent la direction du nord, ainsi que trois mille Sioux et Arapahos, choisissant ainsi l'exil dans une région que peu d'entre eux connaissaient. En route, ils durent livrer bataille contre des soldats venus de Fort Laramie, mais l'alliance qu'ils formaient était si forte qu'ils se débarrassèrent d'eux comme autant de vulgaires coyotes s'attaquant à un puissant troupeau de bisons.

À leur arrivée dans la région de la Powder, les Cheyennes du Sud furent accueillis par leurs cousins, les Cheyennes du Nord, qui leur parurent bien sauvages avec leurs tuniques en peau de bison et leurs jambières en daim. Eux-mêmes portaient en effet des couvertures et des jambières en tissu achetées aux Blancs.

Les Cheyennes du Nord entouraient leurs cheveux nattés de bandes de peau de daim teinte en rouge, arboraient des plumes d'aigle sur leurs têtes et utilisaient tellement de mots sioux que ceux du Sud avaient du mal à les comprendre. Morning Star, l'un de leurs chefs les plus importants, avait vécu si longtemps et chassé si souvent avec les Sioux que presque tout le monde l'appelait de son nom sioux, Dull Knife.

Au début, les Cheyennes du Sud s'installèrent à environ trois cents mètres de leurs cousins, mais étant donné les allers-retours incessants entre les deux campements, il fut finalement décidé de se rapprocher et, comme autrefois, de planter les tipis en cercle, en regroupant chaque clan. À compter de ce jour, les Cheyennes ne firent pratiquement plus de distinction entre tribu du Nord et tribu du Sud.

Au printemps 1865, lorsqu'ils emmenèrent leurs mustangs au bord de la Tongue River où les pâturages étaient meilleurs, les Cheyennes installèrent leur campement près de celui des Sioux Oglalas de Red Cloud. Il y avait là plus de huit mille Indiens. Jamais les Cheyennes du Sud n'avaient vu un tel regroupement de tipis. Chasses, danses, cérémonies et fêtes se succédaient jour et nuit. George Bent devait plus tard raconter comment il fit entrer Young-Man-Afraid-of-His-Horses, un Sioux, dans son clan cheyenne, celui des Crooked Lances (les Lances Tordues). Cela montre à quel point les Sioux et les Cheyennes étaient devenus proches.

Même si chaque tribu conservait ses propres lois et coutumes, ces Indiens en étaient venus à se considérer comme le peuple unique, sûr de son pouvoir et de son droit à vivre comme il l'entendait. Il y avait certes la menace d'une invasion des Blancs à l'est, dans le Dakota, et au sud, le long de la Platte, mais ils étaient prêts à faire face à tous les dangers. « Le Grand Esprit a fait naître l'homme blanc et l'Indien, déclara Red Cloud, mais je pense qu'il a fait naître l'Indien en premier. Il m'a fait naître dans ce pays, et celui-ci m'appartient. L'homme blanc est né de l'autre côté des grandes eaux, et son pays se trouve là-bas. Depuis qu'ils ont traversé la mer, je leur ai laissé de la place. Et maintenant, je suis entouré de Blancs. Il ne me reste plus qu'un petit morceau de terre. Le Grand Esprit m'a dit de le conserver[30]. »

Pendant tout le printemps, les Indiens envoyèrent des éclaireurs observer les soldats qui gardaient les voies de communication et les lignes de télégraphe le long de la Platte. Ils étaient beaucoup plus nombreux que d'habitude, et certains allaient même jusqu'à emprunter la piste Bozeman* en direction du nord, traversant ainsi la vallée de la Powder. Il était temps, décidèrent Red Cloud et les autres chefs, de leur donner une bonne leçon. Il fallait les attaquer au point le plus septentrional qu'ils avaient atteint, à un endroit que les Blancs appelaient Platte Bridge Station.

Les guerriers cheyennes du Sud, désireux de venger la mort de leurs familles massacrées à Sand Creek, furent presque tous invités à faire partie de l'expédition, avec Roman Nose, du clan des Crooked Lances, à leur tête, les autres chefs étant Red Cloud, Dull Knife et Young-Man-Afraid-of-His-Horses. L'armée ainsi constituée rassemblait pratiquement trois mille braves, parmi lesquels les frères Bent, en grande tenue de guerriers, le corps et le visage peints.

Le 2 juillet, les Indiens atteignirent les collines dominant le pont de la North Platte. De l'autre côté de la rivière se trouvait le poste militaire – un fortin avec une centaine de soldats, une station de diligences et un bureau du télégraphe. Après avoir observé les lieux aux jumelles, les chefs prirent la décision de brûler le pont, de traverser la rivière à un gué plus en aval, puis d'assiéger le fortin. Mais tout d'abord, ils voulaient attirer les soldats dehors pour en tuer le plus possible.

Dans l'après-midi, dix guerriers s'approchèrent, en vain, les soldats se terrant derrière leur palissade. Le lendemain matin, un autre groupe parvint à les attirer jusqu'au pont, mais les Blancs n'allèrent pas plus loin. Le troisième jour, les Indiens virent à leur grande surprise un peloton de cavaliers sortir du fortin, traverser le pont, puis se diriger vers l'ouest au trot. En quelques secondes, des centaines de Cheyennes et de Sioux enfourchèrent leurs mustangs et, descendant des collines, fondirent sur les Tuniques Bleues. « Au moment où nous arrivions sur les soldats, raconterait plus tard George Bent, j'ai vu un officier sur un cheval bai sortir du nuage de poussière et de fumée et passer devant moi au galop. En fait, le cheval partait sans lui. (...) Le lieutenant avait reçu une flèche en plein front et le sang ruisselait sur son visage (il s'agissait du lieutenant Caspar Collins). » Quelques

* Piste menant de Fort Laramie aux territoires aurifères de l'ouest du Montana *(NdlT)*.

cavaliers réussirent à s'enfuir et à rejoindre un peloton de fantassins envoyés en secours. Les Indiens durent renoncer à les poursuivre, à cause du canon qui leur tirait dessus depuis le fort.

Pendant les combats, les Indiens restés sur les collines comprirent la raison pour laquelle les cavaliers étaient sortis du fort. C'était afin d'aller à la rencontre d'un convoi venant de l'ouest. Les guerriers encerclèrent celui-ci immédiatement, mais les soldats prirent position derrière les chariots et leur opposèrent une résistance acharnée. Le frère de Roman Nose fut tué dans les premières minutes de l'attaque. Lorsque Roman Nose apprit la nouvelle, son cœur s'emplit d'une rage vengeresse. Il demanda aux Cheyennes de se préparer à charger. « Nous allons obliger les soldats à vider leurs fusils ! » s'exclama-t-il. Il savait qu'aucune balle ne pourrait l'atteindre : il portait sa coiffe-médecine et son bouclier. Les Cheyennes le suivirent et se mirent à décrire un cercle autour des chariots, en fouettant leurs mustangs pour les faire accélérer. Le cercle se rétrécit. Alors, les soldats tirèrent tous en même temps. Les Cheyennes choisirent ce moment-là pour foncer sur les chariots, dont ils tuèrent tous les défenseurs. Le butin leur parut décevant : ils ne trouvèrent dans les chariots que du matériel de couchage et des cantines.

Cette nuit-là, au campement, Red Cloud et les autres chefs déclarèrent qu'ils avaient appris aux soldats à craindre le pouvoir des Indiens. Ils regagnèrent donc la vallée de la Powder, espérant que les Blancs respecteraient désormais le traité de Laramie et qu'ils cesseraient de parcourir les terres indiennes du nord de la Platte sans autorisation.

Pendant ce temps-là, Black Kettle et les derniers Cheyennes du Sud étaient allés s'installer au sud de l'Arkansas River. Ils avaient rejoint les Arapahos de Little Raven, qui avaient appris la nouvelle du massacre de Sand Creek où certains de leurs amis et de leurs parents avaient péri. Au cours de l'été 1865, les chasseurs de la tribu ne trouvèrent que quelques bisons au sud de l'Arkansas, mais la peur les fit renoncer à retourner dans le nord, là où paissaient les grands troupeaux, entre la Smoky Hill et la Republican.

Vers la fin de l'été, on vit arriver de partout des messagers à la recherche de Black Kettle et Little Raven. Les deux chefs étaient apparemment devenus très importants. Des officiels blancs avaient fait le voyage depuis Washington pour rencontrer les Cheyennes et les Arapahos et leur dire que le Grand Père et son Conseil s'étaient émus de leur sort. Les envoyés du gouvernement voulaient conclure avec eux un nouveau traité.

Certes, les Cheyennes et les Arapahos avaient été chassés du Colorado et les colons réclamaient leurs terres, mais on ne savait pas trop à qui celles-ci revenaient. En se basant sur les anciens traités, il était possible de prouver que Denver se situait sur des terres cheyennes et arapahos. Le gouvernement voulait donc liquider tous les titres de propriété indiens dans le Colorado afin que les colons blancs soient certains d'être vraiment propriétaires de leurs terres.

Avant de consentir à rencontrer les officiels, Black Kettle et Little Raven voulurent avoir l'avis de Petit-Homme-Blanc, William Bent. Celui-ci avait, leur dit-il, tenté de persuader les États-Unis d'accorder aux Indiens des droits permanents sur les terres à bisons entre la Smoky Hill et la Republican, mais il s'était heurté à un refus, une ligne de diligence – et plus tard le chemin de fer – devant traverser la région, ce qui amènerait encore plus de colons blancs. Les Cheyennes et les Arapahos n'avaient d'autre choix que de se résigner à vivre au sud de l'Arkansas.

À la Lune-de-l'herbe-qui-meurt, Black Kettle et Little Raven rencontrèrent les émissaires du gouvernement à l'endroit où la Little Arkansas se jette dans l'Arkansas. Les Indiens avaient déjà vu deux de ces spécialistes des traités – Moustaches-Noires Sanborn et Moustaches-Blanches Harney. Sanborn leur semblait être un ami, mais ils n'avaient pas oublié qu'en 1855, Harney avait massacré des Sioux Brûlés à Blue Water, dans le Nebraska. Étaient également présents les agents Murphy et Leavenworth, ainsi qu'un homme au franc-parler du nom de James Steele. Lanceur-de-Lasso Carson, celui-là même qui avait chassé les Navajos de leurs terres tribales, était là, ainsi que Smith, qui avait partagé les souffrances des Indiens à Sand Creek et servirait d'interprète, et Petit-Homme-Blanc, qui comptait bien faire de son mieux pour aider les Indiens.

« Nous sommes ici, tous réunis, Arapahos et Cheyennes, déclara Black Kettle, mais nous sommes peu nombreux, un seul peuple. (...) Tous nos amis, les Indiens qui restent en arrière – ils ont peur de venir ; ils ont peur d'être trahis comme je l'ai été. »

« Il nous sera très difficile de quitter le pays que Dieu nous a donné, dit Little Raven. C'est ici que nos amis sont enterrés, et il nous en coûte de quitter ces terres. (...) Une chose en particulier nous marque profondément – cette bande de soldats imbéciles qui a fait le vide dans nos tipis, tuant nos femmes et nos enfants. C'est dur pour nous. Là-bas, à Sand Creek – là où White Antelope et beaucoup d'autres chefs reposent, où nos femmes et nos enfants reposent. Là-bas, nos tipis ont été détruits, nos chevaux volés, et je ne me sens pas disposé à partir comme cela pour un nouveau pays et à les abandonner. »

« Nous comprenons tous, répondit James Steele, qu'il est difficile pour un peuple quel qu'il soit de quitter son foyer et l'endroit où reposent ses ancêtres, mais malheureusement pour vous, on a découvert de l'or sur vos terres, et des milliers de Blancs sont allés s'y installer, et beaucoup d'entre eux sont les pires ennemis des Indiens – des hommes qui ne se soucient pas le moins du monde de vous, et ne reculeront devant rien pour s'enrichir. Ces hommes sont maintenant sur vos terres – partout – et il n'y a aucun endroit où vous puissiez vivre et faire vivre les vôtres sans être en contact avec eux. Les conséquences de cet état de fait sont que vous vous retrouvez sans cesse menacés, et devez prendre les armes pour vous défendre. Dans ces circonstances, il n'y a, de l'avis de la commission, aucune portion de votre ancien territoire qui soit suffisamment grande pour que vous puissiez y vivre en paix. »

À cela, Black Kettle répondit : « Nos ancêtres, quand ils vivaient, occupaient tout ce territoire ; ils n'avaient pas conscience de faire mal ; depuis, ils sont morts et partis je ne sais où. Nous avons tous perdu notre chemin. (...) Notre Grand Père vous envoie ici, chargés du message qu'il nous adresse, et nous l'écoutons attentivement. Bien que les soldats nous aient frappés, nous laissons tout cela derrière nous et sommes heureux de vous rencontrer dans la paix et l'amitié. Ce pour quoi vous êtes venus, ce pour quoi le Président vous a envoyés, je ne le rejette pas, mais y dis oui. (...) Les Blancs peuvent aller où bon leur semble, nous ne les dérangerons pas, et je veux que vous le leur disiez. (...) Nous sommes des nations différentes, mais c'est comme si nous n'étions qu'un seul peuple, les Blancs et les autres. (...) Je prends de nouveau ta main, et je me sens heureux. Ces personnes qui sont ici avec nous constatent avec joie que nous sommes de nouveau en paix, que nous pouvons dormir tranquillement, que nous pouvons vivre[31]. »

Par ces mots, les Indiens acceptaient de vivre au sud de l'Arkansas, sur un territoire qu'ils devraient partager avec les Kiowas. Le 14 octobre 1865, les chefs de ce qui restait des tribus des Cheyennes du Sud et des Arapahos signèrent le nouveau traité, celui qui établissait une « paix perpétuelle ». L'article 2 stipulait la chose suivante : « Les parties indiennes aux présentes acceptent en outre (...) qu'à compter d'aujourd'hui elles abandonneront tous titres ou droits (...) présents et futurs sur le territoire ci-après défini, à savoir : depuis la jonction des branches nord et sud de la Platte River, en remontant la branche nord, jusqu'au point culminant de la chaîne principale des montagnes Rocheuses, ou jusqu'aux Red Buttes ; puis en direction du sud en suivant le sommet des montagnes Rocheuses jusqu'aux sources de l'Arkansas River ; puis en descendant l'Arkansas River jusqu'au confluent avec la Cimarron ; et de là, jusqu'au point de départ ; lequel territoire elles affirment avoir toujours été le leur sans que jamais elles n'en cèdent le titre jusqu'à présent. »

Ce fut ainsi que les Cheyennes et les Arapahos abandonnèrent tout droit sur le Territoire du Colorado. Et c'est bien sûr là que se loge le véritable sens du massacre de Sand Creek.

PRANCING THEY COME

Courtesy of the Bureau of American Ethnology Collection

See them
prancing.
They come
neighing,
they come
a Horse Nation.
See them
prancing.
They come
neighing,
they come.

(chant) CARACOLANT ILS VIENNENT

Regarde-les
Caracoler.
Ils viennent
En hennissant,
ils viennent
Nation cheval.
Regarde-les
Caracoler.
Ils viennent
En hennissant,
Ils viennent.

5

L'invasion de la vallée de la Powder River

*1865 : Le 2 avril, les Confédérés abandonnent Richmond. Le 9, à Appomattox, le général Lee capitule devant le général Grant. Le 14, assassinat de Lincoln par John Wilkes Booth. Le 13 juin, le nouveau président, Andrew Johnson, proclame la mise en place de la politique de Reconstruction des anciens États confédérés. En octobre, les États-Unis demandent à la France de retirer ses troupes du Mexique. Le 18 décembre, abolition de l'esclavage (13ᵉ amendement de la Constitution). Publication d'*Alice au Pays des merveilles*, de Lewis Carroll, et de* Guerre et Paix*, de Tolstoï.*

> Quelle voix a retenti en premier sur cette terre ? La voix du peuple rouge, qui n'était armé que d'arcs et de flèches (...). Ce qui a été fait dans mon pays, je ne le voulais pas, je ne l'ai pas provoqué – des Blancs traversant mes terres... L'homme blanc qui vient dans mon pays laisse derrière lui une piste de sang (...). J'ai deux chaînes de montagnes chez moi – les Black Hills et les Big Horn Mountains. Je ne veux pas que le Grand Père y fasse construire des routes. Ces choses, je les ai dites trois fois, et maintenant, je viens ici les dire une quatrième fois.
>
> *Mahpiuta Luta (Red Cloud), Sioux Oglala*

À leur retour dans la vallée de la Powder River après la bataille de Platte Bridge, les Indiens des Plaines commencèrent à préparer les cérémonies sacrées qui avaient lieu tous les étés. Les tribus avaient établi leurs villages à proximité les unes des autres au confluent de la Powder et de l'un de ses bras, la Crazy Woman Fork. Des Sioux Tetons venus du Dakota cette année-là pour échapper aux soldats du général Sully s'étaient installés en amont de la Crazy Woman et de la Little Missouri River, plus au nord. Sitting Bull et ses Hunkpapas, des cousins des Oglalas qui se trouvaient également dans la région, avaient envoyé des émissaires pour participer à une grande danse du Soleil, le rite du renouveau célébré tous les ans par les Tetons. C'était la période où les Cheyennes procédaient à la cérémonie des flèches-médecine, laquelle durait quatre jours. Le « gardien » sortait les quatre flèches sacrées de leur sac en peau de coyote, et les hommes de la tribu venaient tous leur faire une offrande et leur adresser une prière.

Black Bear, l'un des grands chefs des Arapahos du Nord, qui avait décidé d'emmener son peuple à l'ouest de la Tongue River, proposa à certains des Arapahos du Sud venus dans la région après le massacre de Sand Creek de se joindre à son groupe. L'idée était d'établir un village sur les bords de la Tongue et d'organiser des chasses et des danses rituelles en attendant l'arrivée des lunes froides.

C'est ainsi que, fin août 1865, se trouvaient un peu partout dans cette zone, allant des Bighorns à l'ouest aux Black Hills à l'est, des tribus jusque-là installées dans la vallée de la Powder. Pour ces Indiens, le caractère impénétrable de la région faisait si peu de doute que la plupart ne voulurent pas croire aux rumeurs faisant état de soldats venus de quatre directions différentes et s'approchant dangereusement.

Trois de ces colonnes étaient placées sous les ordres du général Patrick E. Connor, venu combattre les Indiens le long de la piste de la Platte River après son transfert de l'Utah. En 1863, Chef-Étoile Connor et ses troupes avaient encerclé un campement de Paiutes près de la Bear River et en avaient massacré deux cent soixante-dix-huit, ce qui avait valu au général d'être salué comme un valeureux défenseur de la Frontière contre l'« ennemi rouge ».

En juillet 1865, Connor, après avoir déclaré que les Indiens installés au nord de la Platte « devaient être traqués comme des loups », organisa l'invasion de la vallée de la Powder par trois colonnes de soldats. La première, commandée par le colonel Nelson Cole et partant du Nebraska, aurait pour objectif les Black Hills du Dakota. La deuxième, placée sous les ordres du colonel Samuel Walker, partirait de Fort Laramie et rejoindrait les troupes de Cole au nord. Connor lui-même dirigerait la troisième colonne, qui suivrait la piste Bozeman en direction du nord-ouest, vers le Montana. Le général comptait ainsi enfermer les Indiens entre sa colonne et les forces combinées de Cole et de Walker, afin de les piéger. Il ordonna à ses officiers de refuser toute proposition de paix, ajoutant brutalement : « Attaquez et tuez tous les Indiens mâles de plus de douze ans[1]. »

Les trois colonnes se mirent en mouvement début août. Si tout se déroulait comme prévu, elles se retrouveraient aux environs du 1er septembre au bord de la Rosebud River, en plein territoire indien.

Une quatrième colonne venue de l'est et sans aucun lien avec celles de Connor progressait également vers la région de la Powder. Constituée par un civil du nom de James A. Sawyers, elle s'était donné pour destination les filons aurifères du Montana. Conscient qu'il allait pénétrer à l'intérieur de territoires attribués par traité aux Indiens, Sawyers s'attendait à rencontrer des résistances et avait pour cette raison obtenu que sa caravane, composée de soixante-trois prospecteurs et de quatre-vingts chariots de provisions, soit escortée par deux compagnies de fantassins.

Les Sioux et les Cheyennes installés le long de la Powder apprirent l'arrivée du convoi de Sawyers le 14 ou 15 août. « Nos chasseurs sont rentrés au campement dans un état de grande excitation, devait expliquer plus tard George Bent, en disant qu'ils avaient vu des troupes en amont. Le crieur de notre village, un homme du nom de Bull Bear, a enfourché son mustang et est allé de tipi en tipi annoncer l'arrivée des soldats. Red Cloud a fait de même dans le camp sioux. Chacun s'est cherché une monture. Dans ce genre de situation, un Indien prend le cheval qu'il veut. Si le mustang est tué pendant les combats, le cavalier n'est pas obligé de dédommager le propriétaire, mais par contre c'est à ce dernier que revient tout ce dont il s'empare lors de la bataille. Une fois tous les guerriers à cheval, nous avons remonté la Powder sur environ vingt-cinq kilomètres, et là, nous sommes tombés sur le "groupe de constructeurs de route" de Sawyers, un immense convoi d'immigrants escorté de soldats sur les deux flancs[2]. »

Une partie du butin rapporté de la bataille de Platte Bridge par les Indiens se composait d'uniformes et de clairons de l'armée. En quittant le campement, George Bent avait rapidement enfilé une veste d'officier tandis que son frère Charlie se munissait d'un clairon. Tous deux comptaient ainsi semer le trouble chez les soldats et les déstabiliser. Cinq cents guerriers sioux et cheyennes se tenaient prêts au combat. Red Cloud et Dull Knife, furieux que des soldats se soient aventurés ainsi dans leur territoire sans permission, s'étaient joints au groupe.

Le convoi, suivi d'un troupeau de quelque trois cents têtes, s'engagea entre deux collines. Les Indiens se séparèrent alors en plusieurs groupes afin de prendre position sur des crêtes opposées. Puis, au signal convenu, ils se mirent à tirer sur l'escorte armée. En quelques minutes, le convoi forma un cercle avec le bétail à l'intérieur et les roues des chariots coincées les unes dans les autres.

Au début, les guerriers s'amusèrent à s'approcher du convoi en rampant au fond des ravines, puis à ouvrir le feu subitement sur les Blancs. Les plus audacieux des cavaliers déboulèrent au galop et firent le tour des chariots avant de filer se mettre à l'abri des balles. Lorsque les soldats commencèrent à utiliser leurs obusiers de montagne, les Indiens coururent s'abriter derrière des petits monticules en poussant des cris de guerre et en les insultant. Charlie Bent fit retentir son clairon plusieurs fois et proféra en anglais tous les jurons qu'il avait appris au comptoir de son père. (« Ils nous ont accablés des pires insultes, raconterait plus tard l'un des prospecteurs assiégés. Certains d'entre eux connaissaient suffisamment l'anglais pour nous traiter des noms les plus infâmes[3]. »)

Le convoi, condamné à l'immobilité, demeurait toutefois imprenable. Aux environs de midi, les chefs indiens ordonnèrent de hisser le drapeau blanc afin de mettre un terme à cette impasse. Quelques minutes plus tard, un cavalier portant des vêtements en peau de daim sortit du cercle des chariots. Les frères Bent parlant anglais, ce fut eux que l'on envoya à la rencontre de l'émissaire. L'homme, un Mexicain jovial du nom de Juan Suse, fut tout aussi surpris d'entendre les Bent s'exprimer en anglais que de voir la veste d'uniforme bleue de George. Comme il ne parlait que très peu anglais, il dut avoir recours au langage des signes, mais parvint tout de même à leur faire comprendre que le commandant du convoi était disposé à parlementer avec les chefs.

Une rencontre fut rapidement organisée, les Bent faisant office d'interprètes pour Red Cloud et Dull Knife. Le colonel Sawyers et le capitaine George Williford sortirent du cercle de chariots accompagnés d'une petite escorte. Le titre de Sawyers était purement honorifique, ce qui ne l'empêchait pas de se considérer comme le commandant du convoi. Par contre, Williford était bien capitaine. Il avait été placé à la tête de deux compagnies de soldats appelés les *Galvanized Yankees,* en fait d'anciens prisonniers de guerre confédérés*. Williford était d'une extrême nervosité. Il n'était sûr ni de ses hommes, ni de son autorité sur l'expédition. La vue de l'uniforme bleu porté par l'interprète métis – George Bent – le rendit furieux.

---

* Ces prisonniers étaient relâchés contre l'engagement de servir à l'Ouest sous l'uniforme de l'Union, notamment contre les Indiens hostiles. Le terme *Galvanized Yankees* (galvanisé) aurait à l'origine désigné de façon ironique des Yankees qui rejoignaient l'armée confédérée (*NdlT*).

À Red Cloud qui voulait connaître la raison de la présence des soldats sur le territoire indien, il répondit en demandant pourquoi les Indiens avaient attaqué des Blancs pacifiques. Charlie Bent, aigri par le souvenir du massacre de Sand Creek, lui déclara que les Cheyennes combattraient tous les Blancs jusqu'à ce que le gouvernement pende Chivington Sawyers protesta, expliquant qu'il n'était pas venu combattre les Indiens, qu'il cherchait un moyen d'atteindre rapidement les filons aurifères du Montana et avait simplement l'intention de traverser le pays.

« J'ai fait l'interprète pour les chefs, raconte George Bent, et Red Cloud a répondu que si les Blancs quittaient ce territoire et n'y construisaient aucune voie de communication, tout irait bien. Dull Knife a déclaré la même chose au nom des Cheyennes ; puis les deux chefs ont demandé à l'officier [Williford] de prendre la direction de l'ouest avec le convoi et de se diriger vers le nord une fois sorti des collines. Lorsqu'il aurait dépassé les Bighorn Mountains, il se trouverait hors du territoire indien[4]. »

Sawyers protesta de nouveau. Suivre un tel itinéraire l'écarterait trop de son chemin ; il voulait aller vers le nord en suivant la Powder River, afin de rejoindre un fort que le général Connor faisait construire dans cette région.

C'était la première fois que Red Cloud et Dull Knife entendaient parler du général Connor et de l'invasion qu'il préparait. Les deux chefs se déclarèrent surpris et furieux d'apprendre que des soldats osaient construire un fort en plein cœur de leurs territoires de chasse. Voyant qu'ils devenaient hostiles, Sawyers s'empressa de leur proposer un chariot empli de marchandises – de la farine, du sucre, du café et du tabac. Red Cloud lui suggéra de compléter son offrande avec de la poudre, du plomb et des amorces, ce qui suscita des protestations énergiques de la part du capitaine Williford, lequel aurait préféré ne rien donner du tout aux Indiens.

Finalement, les chefs acceptèrent la proposition de Sawyers, s'engageant en échange à laisser le convoi avancer jusqu'à la Powder. « L'officier m'a ordonné, raconte George Bent, de faire reculer les Indiens pour que les marchandises soient déchargées et déposées par terre. Il était pressé d'atteindre la rivière et d'y installer son campement. Tout cela s'est passé à midi. L'officier a atteint la Powder et a formé le cercle avec les chariots. Alors, est arrivé du village un autre groupe de Sioux. Les marchandises offertes ayant déjà été toutes réparties entre nous, les nouveaux venus ont exigé qu'on leur en donne d'autres. Devant le refus de l'officier, les Sioux ont tiré[5]. »

La seconde bande de Sioux harcela Sawyers et Williford pendant plusieurs jours, mais Red Cloud et Dull Knife ne participèrent pas à leurs attaques incessantes. Ils préféraient en effet remonter la vallée afin de vérifier s'il était vrai que les soldats construisant un fort au bord de la Powder.

Or, Chef-Étoile Connor avait bel et bien entrepris à une centaine de kilomètres au sud de la Crazy Woman Fork la construction d'un fortin auquel il avait donné son propre nom, Fort Connor. Sa colonne était accompagnée d'éclaireurs pawnees placés sous le commandement du capitaine Frank North et enrôlés pour cette campagne avec une solde de cavaliers. Ces vieux ennemis tribaux des Sioux, Cheyennes et Arapahos commencèrent à explorer les environs à leur recherche, tandis que les soldats coupaient des arbres pour construire le fortin de Connor. Le 16 août, les Pawnees repérèrent un petit groupe de Cheyennes s'approchant au sud. Parmi eux, se trouvait la mère de Charlie Bent, Yellow Woman.

Elle chevauchait avec quatre guerriers quelques mètres devant le groupe principal. Lorsqu'elle vit les Pawnees sur une colline basse, elle les prit tout d'abord pour des Cheyennes ou des Sioux. Ils signalèrent avec leurs couvertures qu'ils étaient amis. Les Cheyennes s'approchèrent, inconscients du danger. Lorsqu'ils furent suffisamment près, les Pawnees fondirent brusquement sur eux. C'est ainsi que Yellow Woman, qui avait quitté William Bent parce qu'il appartenait à la race des Blancs, mourut aux mains d'un mercenaire de sa propre race, alors que son fils Charlie se trouvait ce même jour à quelques kilomètres de là avec les guerriers de Dull Knife qui avaient assiégé avec lui le convoi de Sawyers.

Le 22 août, le général Connor jugea que le fortin était suffisamment solide pour être défendu par une compagnie de cavaliers. Laissant sur place la plus grande partie de ses provisions, il partit avec ce qui restait de sa colonne de soldats, les entraînant dans une marche forcée vers la vallée de la Tongue dans l'espoir que ses éclaireurs y repéreraient des villages de tipis un tant soit peu importants. S'il avait suivi la Powder en direction du nord, il serait tombé sur des milliers d'Indiens impatients d'en découdre – les guerriers de Red Cloud et de Dull Knife, qui eux-mêmes le cherchaient, lui et ses troupes.

Une semaine environ après le départ de la colonne de Connor, un guerrier cheyenne du nom de Little Horse traversa la région avec sa femme et son fils pour aller rendre visite à ses beaux-parents au campement arapaho de Black Bear, sur les bords de la Tongue. En chemin, l'un des ballots accrochés au mustang de la jeune femme se détacha. Elle mit pied à terre pour resserrer les sangles. C'est alors que, regardant sans y penser derrière elle, elle aperçut au-delà d'une crête une file de cavaliers suivant la même piste qu'eux.

« Regarde là-bas, dit-elle à Little Horse.

– Des soldats ! hurla-t-il. Pressons ! »

Dès qu'ils eurent dépassé la colline suivante et se trouvèrent hors de vue des Tuniques Bleues, ils quittèrent la piste. Little Horse détacha le travois sur lequel était installé son fils, prit le petit garçon derrière lui, et tous trois se mirent à galoper pour atteindre au plus vite le camp de Black Bear, un village paisible de deux cent cinquante tipis installés sur une mesa surplombant la rivière. Cette année-là, les Arapahos étaient riches en mustangs ; ils en avaient trois mille dans un corral au bord de la Tongue.

Aucun des Arapahos ne voulut croire en la présence de soldats dans les environs, et lorsque la femme de Little Horse demanda au crieur d'avertir la tribu, l'homme répondit : « Little Horse s'est trompé ; tout ce qu'il a vu, ce sont des Indiens qui suivaient la piste, rien de plus. » Certains que les cavaliers qu'ils avaient vus étaient bel et bien des soldats, Little Horse et son épouse coururent chercher la famille de la jeune femme. Son frère, Panther, se reposait devant son tipi. Ils l'avertirent que des soldats approchaient et qu'il ferait bien de s'enfuir sans tarder. « Emporte ce que tu peux prendre avec toi, lui dit Little Horse. Nous devons être partis cette nuit. »

Panther se moqua de son beau-frère cheyenne. « Tu as toujours peur et tu te trompes tout le temps. Ce que tu as vu, c'était des bisons, voilà tout.

– Très bien, répliqua Little Horse, reste si tu ne veux pas t'en aller. Nous, nous partons ce soir. » Sa femme parvint cependant à persuader certains des membres de sa famille de préparer leurs affaires. Le groupe quitta le village avant la tombée de la nuit et descendit la Tongue sur quelques kilomètres[6].

Le lendemain, au petit matin, alors que Chef-Étoile Connor s'apprêtait à attaquer le campement arapaho, un guerrier qui s'était levé pour entraîner l'un de ses chevaux de course vit par hasard les troupes rassemblées derrière une crête. Il rentra au triple galop pour donner l'alerte, permettant ainsi à quelques Arapahos de s'enfuir par la rivière.

Quelques instants plus tard, au son du clairon et de l'un de leurs obusiers, quatre-vingts éclaireurs pawnees et deux cent cinquante cavaliers chargèrent le village sur deux côtés. Les Pawnees se dirigèrent tout de suite vers les trois mille mustangs arapahos que leurs gardiens essayaient désespérément de disperser le long de la rivière. Le camp, paisible quelques minutes auparavant, devint le théâtre d'un tumulte atroce – ruades et hennissements, aboiements des chiens, hurlements des femmes, pleurs des enfants, cris et jurons des soldats et des guerriers.

Les Arapahos tentèrent de former une ligne défensive afin de couvrir la fuite des non-combattants, mais à la première rafale, des femmes et des enfants se retrouvèrent coincés entre les deux camps. « Les troupes, raconta l'un des officiers de Connor, ont tué un guerrier qui, en tombant de cheval, a lâché les deux enfants qu'il portait. Dans leur retraite, les Indiens les ont abandonnés entre leur ligne et celle des soldats, à un endroit où il était impossible de les récupérer. Les enfants ont été tués[7]. »

« J'étais dans le village, déclara un autre officier, au beau milieu d'un combat au corps à corps contre les Indiens et leurs squaws, car parmi la gente féminine de cette bande, nombreuses en effet furent celles qui se battirent aussi courageusement que leurs féroces seigneurs. Malheureusement pour les femmes et les enfants, nos hommes n'avaient pas le temps de bien viser (...). Parmi les blessés et les morts, il y eut aussi bien des guerriers que des squaws ou des enfants[8]. »

Les Arapahos enfourchèrent les mustangs qu'ils avaient réussi à rattraper et, poursuivis par les soldats, s'enfuirent en remontant Wolf Creek. Avec les Blancs se trouvait un homme portant des vêtements en peau de daim. Jim Bridger était une vieille connaissance des Arapahos, un ancien trappeur des vallées de la Tongue et de la Powder qui avait pris pour épouse l'une des femmes de la tribu. Les Indiens le considéraient autrefois comme un ami et l'avaient baptisé Couverture Jim. À présent, c'était un mercenaire, comme les Pawnees.

Les Arapahos battirent en retraite sur plus de quinze kilomètres ce jour-là. Enfin, lorsque les chevaux des soldats montrèrent des signes de fatigue, les guerriers se retournèrent et, tirant sur les Tuniques Bleues avec leurs vieilles pétoires et leurs arcs, les repoussèrent en début d'après-midi jusqu'au village. Or, les artilleurs avaient installé là deux obusiers. Les gros fusils cracheurs de feu criblèrent l'air de billes métalliques sifflantes. Les Arapahos ne purent aller plus loin.

Repliés sur les collines, ils virent les soldats mettrent à terre tous les tipis, entasser perches, peaux de bison, couvertures, fourrures, et trente tonnes de pemmican, et y mettre le feu. Tout ce que les Indiens possédaient – leurs abris, leurs vêtements et leur réserve de nourriture pour l'hiver – partit ainsi en fumée. Puis les soldats et les Pawnees s'en allèrent, emmenant les mustangs qu'ils avaient capturés, mille bêtes en tout, c'est-à-dire un tiers du troupeau de la tribu.

Au cours de l'après-midi, Little Horse, le Cheyenne qui avait averti les Arapahos de l'arrivée des soldats, avait entendu les détonations des « grands fusils ». Dès que les soldats furent partis, il retourna au village avec sa femme et sa belle-famille. Ils y découvrirent les corps de plus de cinquante Indiens. Panther, le beau-frère de Little Horse, gisait à côté d'un cercle d'herbe jaunie indiquant l'endroit où, le matin encore, se dressait son tipi. De nombreux Arapahos, dont le fils de Black Bear, devaient rapidement succomber à leurs blessures. Il ne restait rien d'autre aux Indiens que les mustangs qu'ils avaient réussi à protéger, quelques vieux fusils, des arcs et des flèches, et enfin les vêtements qu'ils portaient au moment de l'attaque des soldats. Ainsi, à la Lune-où-les-oies-perdent-leurs-plumes, se déroula la bataille de la Tongue River.

Le lendemain matin, certains des guerriers partirent sur les traces des cavaliers de Connor, qui avaient pris la direction du nord, celle de la Rosebud River. Le même jour, le convoi de Sawyers, qui avait été assiégé par les Sioux et les Cheyennes deux semaines auparavant, pénétra le territoire arapaho. Furieux de la présence de tant d'intrus, les Indiens tendirent des embuscades aux soldats partis en éclaireurs, dispersèrent le troupeau à l'arrière, et enlevèrent quelques conducteurs de chariot. Comme ils avaient utilisé presque toutes leurs munitions pour combattre les cavaliers de Connor, ils n'avaient pas les moyens d'encercler et d'attaquer le convoi, ce qui ne les empêcha pas de harceler les prospecteurs jusqu'à ce qu'ils aient quitté la région des Bighorns.

Pendant ce temps, Connor progressait vers la Rosebud à la recherche d'autres villages indiens à détruire. Arrivé à proximité du lieu de rendez-vous convenu avec Cole et Walker, il envoya des éclaireurs dans toutes les directions afin de savoir où se trouvaient leurs colonnes. Mais ils ne trouvèrent trace ni de l'une, ni de l'autre, alors qu'elles auraient dû être dans le coin depuis une semaine. Le 9 septembre, Connor ordonna au capitaine North et à ses Pawnees de se rendre à marche forcée jusqu'à la Powder, dans l'espoir que Cole, Walker et leurs hommes y seraient. Le deuxième jour de leur expédition, les mercenaires pawnees durent affronter une tempête de neige aveuglante. Et c'est deux jours plus tard qu'ils découvrirent enfin l'endroit où les colonnes manquantes avaient campé peu de temps auparavant. Le sol était recouvert de cadavres de chevaux, neuf cents en tout. Les Pawnees « contemplèrent ce spectacle avec la plus grande stupéfaction. En effet, ils ne comprenaient pas comment ces bêtes avaient péri. Beaucoup avaient été abattues d'une balle dans la tête[9]. » Non loin de là se trouvaient des débris calcinés parmi lesquels les éclaireurs reconnurent des boucles métalliques, des étriers et des anneaux – tout ce qu'il restait des selles et des harnachements. Ne sachant pas trop quel sens donner à tout cela, le capitaine North fit demi-tour avec ses hommes et rentra faire son rapport au général Connor.

Le 18 août, les deux colonnes, commandées l'une par Cole, l'autre par Walker, s'étaient rejointes près de Belle Fourche, dans les Black Hills. Le moral des hommes, des volontaires estimant qu'ils auraient dû être rendus à la vie civile à la fin de la guerre de Sécession en avril, était mauvais. D'ailleurs, avant de quitter Fort Laramie, les soldats de l'un des régiments du Kansas de Walker s'étaient mutinés et avaient refusé de marcher. Fin août, les rations des deux colonnes étaient tellement réduites que les hommes tuèrent leurs mules pour les manger. Le scorbut se déclara. À cause du manque d'herbe et d'eau, les montures des soldats s'affaiblirent. Ni Cole ni Walker ne tenaient spécialement à livrer bataille contre les Indiens avec des soldats et des chevaux en si piteux état. Leur seul objectif était d'atteindre la Rosebud pour y retrouver le général Connor.

Quant aux Indiens, ils étaient des milliers dans la région des Black Hills, les terres sacrées de Paha-Sapa. Nous étions en été, la saison où ils communiaient avec le Grand Esprit, l'imploraient et se mettaient en quête de visions. Là, au centre du monde, les membres de toutes les tribus, isolés ou par petites bandes, prenaient part à des cérémonies religieuses. Cette année-là, en voyant la poussière soulevée par les deux mille soldats blancs et leurs chevaux et chariots, leur cœur se souleva de haine à l'idée que la terre de Paha-Sapa, d'où le cercle du monde s'arquait dans quatre directions, était ainsi profanée. Pourtant, ils ne prirent pas le sentier de la guerre et demeurèrent à bonne distance de la colonne bruyante et poussiéreuse.

Le 28 août, en arrivant près de la Powder, Cole et Walker envoyèrent des éclaireurs vers la Tongue et la Rosebud à la recherche du général Connor, mais ce dernier était encore loin dans le sud, à préparer la destruction du village arapaho de Black Bear. Voyant que leurs éclaireurs rentraient bredouilles, les deux commandants décidèrent de réduire de moitié les rations de leurs hommes et de repartir vers le sud avant que le manque de nourriture n'entraîne des catastrophes.

Pendant que les soldats campaient quelques jours près de la Powder, à un endroit où la rivière s'incurvait en direction du nord pour se jeter dans la Yellowstone River, des bandes de Sioux Hunkpapas et Miniconjous suivaient leur piste. Le 1er septembre, ils étaient déjà près de quatre cents guerriers. Parmi eux, se trouvait ce même chef hunkpapa qui, deux ans auparavant à Crow Creek, lieu d'exil des Santees, avait juré de se battre pour protéger les terres à bisons contre la convoitise des hommes blancs – Sitting Bull.

Lorsque les Sioux découvrirent que les soldats avaient installé leur campement dans un bois longeant la Powder, plusieurs des jeunes guerriers proposèrent d'aller à leur rencontre avec un drapeau blanc pour voir s'ils pouvaient les persuader de leur donner du tabac et du sucre en signe de paix. Sitting Bull, qui se méfiait des Blancs, refusa que les Indiens mendient de la sorte. Il laissa malgré tout les autres décider. Des émissaires furent ainsi envoyés vers le campement.

Les soldats attendirent qu'ils soient à portée de leurs fusils, puis leur tirèrent dessus, en tuant et en blessant plusieurs avant qu'ils puissent s'échapper. Les Indiens survivants rejoignirent le groupe principal en emportant quelques-uns des chevaux des soldats.

Sitting Bull ne fut pas surpris de la façon dont les Blancs avaient traité leurs pacifiques visiteurs indiens. À la vue de ces deux mille soldats et de leurs montures émaciées, il jugea que quatre cents Sioux chevauchant des mustangs au pied léger n'auraient pas trop de mal à en venir à bout. Black Moon, Swift Bear, Red Leaf, Stands-Looking-Back et la plupart des autres guerriers tombèrent d'accord avec lui. Stands-Looking-Back, qui possédait un sabre pris à l'un des hommes du général Sully dans le Dakota, mourait d'ailleurs d'envie de l'essayer contre les soldats.

Sur des pictogrammes dessinés plus tard pour son autobiographie, Sitting Bull se représente vêtu ce jour-là de jambières décorées de perles, avec une toque de fourrure munie de couvre-oreilles. Il est armé d'un fusil à un coup à chargement par le canon, d'un arc et d'un carquois, et porte son bouclier décoré du motif de l'Oiseau-Tonnerre.

Formant une file, les Indiens et leurs mustangs s'approchèrent du camp, encerclèrent les soldats qui gardaient les chevaux et les capturèrent les uns après les autres. À ce moment-là, une compagnie de cavaliers donna la charge depuis la berge de la Powder. Les Sioux battirent en retraite en prenant soin de rester hors de portée. Ils choisirent le moment où les montures faméliques des Tuniques Bleues commençaient à chanceler pour faire volte-face et poursuivre les soldats. Sabre au clair, Stands-Looking-Back, qui chevauchait en tête, fonça jusqu'à ce qu'il eût renversé un soldat de sa monture. Puis, faisant tourner brusquement son mustang, il s'éloigna au galop pour se mettre à l'abri tout en hurlant de joie, ravi de son exploit.

Quelques minutes plus tard, les soldats reformèrent les rangs et, au son du clairon, repartirent à l'assaut des Sioux. Une fois de plus, les Indiens parvinrent grâce à la rapidité de leurs mustangs à rester hors de portée et à s'éparpiller. Finalement, les soldats, frustrés, s'arrêtèrent. Cette fois-ci, les Sioux frappèrent de tous côtés, traversant les rangs de leurs ennemis et faisant tomber ceux-ci à terre. Sitting Bull captura un étalon noir, scène qu'il représentera plus tard sous forme de pictogramme.

Alarmés par cette attaque des Indiens, Cole et Walker entraînèrent leurs colonnes dans une marche forcée vers le sud, en direction de la Powder. Les Sioux suivirent les soldats quelques jours, semant la panique dans les rangs en apparaissant brusquement sur une crête ou en lançant des petits raids contre l'arrière-garde. Sitting Bull et les autres chefs s'amusèrent de la peur manifestée par les Blancs, et de les voir se retourner tout le temps et filer à toute hâte pour leur échapper.

Lorsque la tempête de neige se déclencha, les Indiens se tinrent deux jours à l'abri. Puis, un matin, ils entendirent des coups de feu irréguliers provenant de la direction prise par les soldats. Le lendemain, ils découvrirent le campement abandonné avec les cadavres des chevaux jonchant le sol et recouverts d'une couche de pluie gelée. Ils comprirent que les soldats les avaient abattus parce qu'ils ne parvenaient plus à les faire avancer.

Un bon nombre des Tuniques Bleues étant à présent à pied, les Sioux décidèrent de les suivre et de leur faire peur pour que plus jamais ne leur reprenne l'envie de revenir dans les Black Hills. En chemin, les Hunkpapas et les Miniconjous tombèrent sur des petits groupes d'éclaireurs oglalas et cheyennes qui recherchaient encore la colonne de Connor. Ces rencontres mirent les Indiens dans un état de grande excitation. À quelques kilomètres au sud se trouvait un gros village cheyenne, et les chefs de toutes ces bandes, mis en contact par les messagers, décidèrent de préparer une embuscade de grande ampleur.

Cet été-là, Roman Nose avait fait de nombreux jeûnes rituels afin de bénéficier d'une protection spéciale contre ses ennemis. Comme Red Cloud et Sitting Bull, il était décidé à se battre pour sa terre, et à remporter la victoire. White Bull, un vieil homme-médecine cheyenne, lui conseilla de se rendre seul à un lac situé tout près et de vivre un moment avec les esprits de l'eau. Allongé sur un radeau, Roman Nose passa quatre jours sans manger ni boire, exposé à un soleil de plomb le jour et aux éclairs la nuit, à adresser des prières au Grand Homme Médecine et aux esprits de l'eau. Lorsqu'il revint au campement, White Bull lui confectionna une coiffe de guerre constituée de tant de plumes d'aigle qu'elle descendait presque jusqu'à terre.

En septembre, lorsque le village cheyenne apprit la fuite des soldats vers la Powder, Roman Nose demanda qu'on lui accorde le privilège de mener une charge contre les Tuniques Bleues. Un ou deux jours plus tard, les soldats installèrent leur campement dans une boucle de la rivière, entre des falaises d'un côté, et un petit bois dense de l'autre. Jugeant que l'endroit était parfait pour une attaque, les chefs postèrent plusieurs centaines de guerriers autour du camp et voulurent provoquer la bataille en confiant à quelques braves la mission d'attirer les soldats à l'extérieur de leur cercle de chariots. Mais les Tuniques Bleues restèrent terrées.

Alors, Roman Nose s'avança, le visage peint, monté sur son mustang blanc, avec sa coiffe de guerre. Il ordonna aux braves de ne pas se battre individuellement ainsi qu'ils l'avaient fait jusque-là, mais en groupe, comme les soldats. Il leur demanda de former une ligne sur l'espace dégagé séparant la rivière des falaises. Les guerriers se placèrent face aux soldats, eux-mêmes debout devant leurs chariots. Puis Roman Nose alla d'un bout à l'autre de la ligne indienne en faisant virevolter son mustang. Il voulait que ses troupes restent immobiles tant que les soldats n'auraient pas tiré leurs dernières balles sur lui. Enfin, d'une grande claque sur la croupe, il mit sa monture au galop et fila telle une flèche jusqu'à l'une des extrémités de la ligne ennemie. Quand il se retrouva suffisamment près pour voir les visages des Tuniques Bleues, il tourna et, sous le feu des soldats, galopa jusqu'à l'extrémité opposée. Puis il fit de nouveau virer son mustang et repartit dans l'autre direction.

« Il a ainsi galopé d'un bout à l'autre de leur ligne trois ou quatre fois, raconte George Bent. Alors son mustang, touché, s'est effondré. Les guerriers ont immédiatement poussé un cri et chargé. Ils ont assailli les soldats sur toute la longueur de leur front, mais sans parvenir à l'enfoncer[10]. »

Roman Nose avait certes perdu son mustang, mais sa médecine protectrice lui avait sauvé la vie. Ajoutons à cela que cette bataille lui apprit un certain nombre de choses sur la façon de combattre les Tuniques Bleues – à lui, mais également à Red Cloud, Sitting Bull, Dull Knife et aux autres chefs. La bravoure, le nombre, les charges, aussi violentes soient-elles – tout cela ne servait à rien tant que les guerriers n'avaient pour tout armement que des arcs, des lances, des casse-tête et de vieilles pétoires datant de l'époque des trappeurs. (« Nous avons été attaqués de tous les côtés, devant, derrière et sur nos flancs. Mais, s'étonna le colonel Walker dans son rapport, les Indiens semblaient n'avoir que très peu d'armes à feu[11]. ») Les soldats, eux, disposaient de fusils modernes et d'obusiers.

Pendant plusieurs jours après la bataille – que les Indiens devaient appeler la Bataille de Roman Nose – les Cheyennes et les Sioux firent subir aux Tuniques Bleues un harcèlement incessant. Les soldats, nu-pieds et vêtus de guenilles, n'avaient plus rien d'autre à manger que leurs chevaux, qu'ils dévorèrent crus parce qu'ils étaient trop pressés pour pouvoir faire du feu. Enfin, à la Lune-où-l'herbe-sèche, fin septembre, la colonne de Chef-Étoile Connor, qui retournait au fort, put porter secours aux malheureux soldats de Cole et Walker. Les Tuniques Bleues installèrent un campement autour de Fort Connor, sur les bords de la Powder. Puis des messagers vinrent de Fort Laramie leur transmettre l'ordre de rentrer, sauf pour deux compagnies, qui devaient passer l'hiver à Fort Connor, bientôt rebaptisé Fort Reno.

Ces deux compagnies, c'était les *Galvanized Yankees,* ceux-là même qui avaient escorté le convoi de Sawyer. Le général Connor leur laissa six obusiers pour défendre le fortin. Red Cloud et les autres chefs, installés à quelque distance de là, étudièrent la situation. Ils savaient qu'ils disposaient de suffisamment de guerriers pour prendre le fortin d'assaut, mais que nombre d'entre eux seraient fauchés par les rafales des obusiers. Ils adoptèrent finalement une stratégie qui n'avait rien de raffiné : il s'agissait de surveiller le fort et les convois de ravitaillement venus de Fort Laramie, d'empêcher les soldats de sortir et les vivres d'y entrer.

Avant la fin de l'hiver, la moitié des infortunés *Galvanized Yankees* étaient soit morts, soit mortellement affaiblis par le scorbut, la malnutrition et la pneumonie. Le confinement et l'ennui en poussèrent certains à déserter pour tenter leur chance auprès des Indiens.

Quant aux Indiens, à l'exception de ceux, peu nombreux au demeurant, qui devaient surveiller les lieux, ils avaient tous gagné les Black Hills, où de vastes troupeaux d'antilopes et de bisons leur permirent de passer l'hiver à se faire du lard dans la chaleur de leurs tipis. Les chefs occupèrent les longues soirées d'hiver à raconter les divers épisodes de l'invasion du général Connor. Les Arapahos, trop sûrs d'eux et imprudents, avaient perdu un village, plusieurs des leurs et une partie de leur magnifique troupeau de mustangs. Les autres tribus ne déploraient que quelques morts, avaient conservé leurs tipis et leurs montures et capturé de nombreux chevaux et mules appartenant à l'armée américaine. Elles s'étaient en outre emparées de carabines, de selles et d'équipements variés. Mais surtout, elles croyaient désormais en leur capacité à chasser les Tuniques Bleues de leurs terres.

« Si des Blancs reviennent sur mon territoire, je les punirai de nouveau », déclara Red Cloud, tout en sachant qu'à moins de se procurer d'autres armes comme celles qu'ils avaient volées aux soldats, et bien sûr les munitions nécessaires, les Indiens n'auraient pas les moyens de tenir tête bien longtemps à leurs ennemis.

6

La guerre de Red Cloud

1866 : Le 27 mars, le président Johnson oppose son veto au Civil Rights Bill, *la loi sur les droits civils. Le 1er avril, le Congrès, passant outre le veto présidentiel, octroie l'égalité de droits à toute personne née aux États-Unis (exception faite des Indiens). Le président se voit accorder le pouvoir de recourir à l'armée pour faire appliquer la loi. Le 13 juin, le 14e amendement de la Constitution américaine, qui donne la citoyenneté aux Noirs, est soumis à la ratification des États. En juillet, une épidémie de choléra fait plusieurs centaines de victimes à Londres. Le 30, émeute raciale à La Nouvelle-Orléans. Invention de la dynamo par Werner von Siemens. Publication de* Crime et Châtiment, *de Dostoïevski, et de* Snowbound, *de Whittier**.

1867 : Le 9 février, le Nebraska devient le trente-septième État de l'Union. Le 17, ouverture du canal de Suez. Le 12 mars, les dernières troupes françaises quittent le Mexique. Le 30, les États-Unis achètent l'Alaska à la Russie pour la somme de 7 200 000 dollars. Le 20 mai, à Londres, rejet par le Parlement de la proposition de loi de John Stuart Mill accordant le droit de vote aux femmes. Le 19 juin, au Mexique, exécution de l'empereur Maximilien. Le 1er juillet, le Canada devient un dominion. Le 27 octobre, quittant l'île de Caprera où il était exilé, Garibaldi tente de reprendre Rome aux troupes françaises et pontificales. Le 25 novembre, un comité du Congrès décide d'entamer une procédure de destitution (impeachment) *à l'encontre du président Johnson. Inven-*

* Whittier (1807-1892), poète autodidacte issu d'une famille quaker abolitionniste modeste, passa sa vie dans le Massachusetts (*NdlT*).

tion de la dynamite par Alfred Nobel. Fabrication de la première machine à écrire par Christopher L. Sholes. Johann Strauss compose Le Beau Danube Bleu. *Publication de la première partie du* Capital, *de Karl Marx.*

> Cette guerre n'est pas apparue brusquement ici, sur notre sol. Elle nous a été imposée par les enfants du Grand Père qui sont venus prendre nos terres sans en payer le prix, et qui y ont fait beaucoup de mauvaises choses. Le Grand Père et ses enfants sont responsables de ces problèmes (...). Notre souhait a toujours été de vivre en paix dans notre pays, et d'y œuvrer pour le bien-être et le bonheur de notre peuple, mais le Grand Père y a envoyé partout des soldats qui ne pensent qu'à notre mort. Certains des nôtres qui s'étaient en allés pour changer de vie et d'autres qui étaient partis chasser dans le Nord ont été attaqués par des soldats qui venaient de là-bas, et une fois arrivés dans le Nord, ce sont d'autres soldats venus de l'autre côté qui les ont assaillis, et maintenant qu'ils sont prêts à revenir ici, les soldats les empêchent de rentrer chez eux. Il me semble qu'il existe de meilleures solutions. Lorsque les gens ont un problème, il vaut mieux pour les deux parties se rencontrer sans armes et discuter afin de trouver quelque moyen pacifique de résoudre le conflit.
>
> *Sinte-Gleska (Spotted Tail), Sioux Brûlé*

À la fin de l'été 1865, alors que les Indiens de la vallée de la Powder faisaient la démonstration de leur puissance militaire, une commission chargée de conclure des traités parcourut la haute vallée du Missouri, s'arrêtant à chaque village sioux afin de parlementer avec les chefs qu'elle parvenait à rencontrer. Son membre le plus actif était Newton Edmunds, récemment nommé gouverneur du Territoire du Dakota. En faisait également partie Henry Sibley, celui-là même qui, trois ans auparavant, avait chassé les Sioux Santees du Minnesota. Edmunds et Sibley distribuèrent des couvertures, de la mélasse, des biscuits ainsi que d'autres présents aux Indiens auxquels ils rendirent visite, et parvinrent facilement à convaincre leurs hôtes de signer de nouveaux traités. Ils envoyèrent également aux chefs belliqueux des Black Hills et de la vallée de la Powder des invitations à venir signer eux aussi des traités, mais les chefs étant trop occupés à repousser l'invasion des troupes de Connor, aucun ne répondit à leur proposition.

La guerre civile de l'homme blanc s'était terminée au printemps, et les flux jusque-là modestes d'émigrants blancs arrivant dans l'Ouest menaçaient de se transformer en torrents. Ce que les membres de la commission voulaient obtenir, c'était la garantie de pouvoir faire passer des pistes, des routes et plus tard des voies ferrées sur le territoire indien.

Avant la fin de l'automne, la commission avait conclu neuf traités avec les Sioux – parmi lesquels les Brûlés, les Hunkpapas, les Oglalas et les Miniconjous, dont la plupart des chefs de guerre ne se trouvaient pas dans les villages que la commission avait visités. Les autorités gouvernementales saluèrent ces traités comme la fin des hostilités indiennes. Enfin, pensaient-elles, les Indiens des Plaines étaient pacifiés ; plus jamais il ne serait nécessaire de se lancer dans de coûteuses campagnes telle l'expédition Connor dans la vallée de la Powder, laquelle avait coûté « plus d'un million de dollars [par Indien tué], tandis que des centaines de nos soldats avaient péri, que de nombreux colons de la Frontière avaient été massacrés, et leurs biens détruits[1] ».

Or, le gouverneur Edmunds et ses collègues savaient pertinemment que les traités n'avaient aucun sens, étant donné que pas un chef de guerre ne les avait signés. Ils envoyèrent néanmoins des copies des documents à Washington afin qu'ils soient ratifiés par le Congrès. Dans le même temps, ils redoublèrent d'efforts pour persuader Red Cloud et les autres chefs de les rencontrer à l'endroit qui leur conviendrait afin de signer d'autres traités. La piste Bozeman étant la voie d'accès la plus importante pour atteindre le Montana depuis Fort Laramie, des pressions fortes étaient exercées sur les autorités militaires du fort pour qu'elles obtiennent des chefs qu'ils cessent de la bloquer et viennent à Fort Laramie dès que possible.

Le colonel Henry Maynadier, nommé à Fort Laramie au poste de commandant des *Galvanized Yankees*, voulut utiliser comme intermédiaire auprès de Red Cloud des « hommes de la Frontière » fiables, tel Jim Bridger ou Beckwourth, mais aucun n'était disposé à s'aventurer dans la vallée de la Powder si peu de temps après que l'invasion de Connor avait provoqué la colère des tribus. Finalement, Maynadier se résolut à employer comme messagers cinq Sioux qui passaient une bonne partie de leur temps aux abords du fort – Big Mouth, Big Ribs, Eagle Foot, Whirlwind et Little Crow. Surnommés avec mépris par les autres Indiens « Ceux-qui-traînent-à-Laramie », ces hommes étaient en réalité de fins entrepreneurs. Si un Blanc désirait s'acheter à bon prix un manteau en peau de bison de première qualité, ou si un Indien habitant la haute vallée de la Tongue voulait obtenir du commissaire du fort des provisions, alors ils arrangeaient l'affaire. Ils seraient appelés à jouer un rôle essentiel dans la fourniture de munitions aux Indiens pendant la guerre de Red Cloud.

Big Mouth et ses camarades passèrent deux mois dans la vallée de la Powder à répandre la nouvelle que de magnifiques cadeaux attendaient les chefs qui viendraient à Fort Laramie signer de nouveaux traités. Le 16 janvier 1866, ils revinrent au fort accompagnés de deux bandes de Sioux Brûlés indigents menés par Standing Elk et Swift Bear. Le premier expliqua que son peuple avait perdu de nombreux mustangs dans une tempête de neige et que le gibier se faisait rare dans la vallée de la Republican River. Spotted Tail, le grand chef des Brûlés, viendrait lorsque sa fille, qui avait la maladie qui fait tousser, serait en état de voyager. Standing Elk et Swift Bear avaient hâte de signer le traité et de rapporter à leur peuple vêtements et provisions.

Et Red Cloud ? s'enquit le colonel Maynadier. Où étaient Red Cloud, Man-Afraid-of-His-Horses, Dull Knife – les chefs qui avaient combattu les soldats de Connor ? Big Mouth et ses compagnons lui assurèrent qu'ils ne tarderaient pas, mais qu'il ne fallait pas les presser, d'autant plus que nous étions à la Lune-du-Vent-Fort.

Les semaines passèrent. Enfin, début mars, un messager envoyé par Spotted Tail vint informer Maynadier que le chef brûlé arrivait pour discuter du traité. Sa fille, Fleet Foot, était au plus mal, et il espérait que le médecin des soldats pourrait lui rendre la santé. Quelques jours plus tard, Maynadier, apprenant que Fleet Foot était morte sur le trajet, décida d'aller à la rencontre de la procession en deuil avec une compagnie de cavaliers et une ambulance. La journée était froide. La neige fondue tombait sur le paysage lugubre du Wyoming, sur ses ruisseaux paralysés par la glace et ses collines brunes parsemées de plaques blanches. La jeune morte avait été enveloppée dans une peau de daim tannée, attachée en plusieurs endroits pars des lacets de cuir. Ce drap mortuaire quelque peu rudimentaire était suspendu entre ses mustangs préférés, deux *ponies* blancs.

Le corps de Fleet Foot fut transféré dans l'ambulance, ses mustangs attachés à l'arrière, et la procession poursuivit son chemin jusqu'à Fort Laramie. À l'arrivée, le colonel Maynadier fit sortir la garnison tout entière en signe de respect pour les Indiens éplorés.

Puis le colonel invita Spotted Tail dans son quartier général et lui exprima ses condoléances. Le chef répondit qu'à l'époque où la paix régnait entre Blancs et Indiens, il avait souvent amené sa fille à Fort Laramie, qu'elle adorait l'endroit, et qu'il aimerait qu'elle repose sur sa plate-forme funéraire dans le cimetière du fort. Le colonel accorda tout de suite sa permission et vit, à sa grande surprise, les yeux du chef s'emplir de larmes. Il ignorait qu'un Indien pouvait pleurer. Changeant de sujet quelque peu maladroitement, il expliqua à Spotted Tail qu'au printemps, le Grand Père de Washington allait leur envoyer une nouvelle commission pour établir la paix, et que lui, Maynadier, espérait qu'il pourrait rester dans les parages jusqu'à l'arrivée de cette commission. En effet, il fallait de toute urgence assurer la sécurité des voyageurs empruntant la piste Bozeman. « Selon mes informations, ils seront nombreux au printemps prochain à vouloir se rendre dans les mines de l'Idaho et du Montana. »

« Notre peuple considère qu'il a été lésé, répliqua Spotted Tail, et qu'il a droit à une compensation pour les dégâts et les souffrances causées par la construction de toutes ces routes qui coupent notre territoire et par le massacre des bisons et du gibier. Mais mon cœur est très triste, et je ne puis parler de ces choses ; j'attendrai de voir les conseillers que le Grand Père nous envoie[2]. »

Le lendemain, Maynadier organisa des funérailles militaires pour Fleet Foot. Juste avant le coucher du soleil, une procession suivit jusqu'au cimetière du fort la dépouille montée sur un caisson d'artillerie et protégée par une couverture rouge. Comme le voulait la coutume chez les Brûlés, les femmes la hissèrent en haut de la plate-forme funéraire, la couvrit d'une peau de bison neuve, et l'attachèrent. Le ciel était plombé, orageux. Au crépuscule, une neige fondue se mit à tomber. Sur un ordre du commandant, les soldats, tournant le dos à la plate-forme funéraire, tirèrent trois salves successives, avant de rentrer au fort avec les Indiens. Un escadron d'artilleurs passa la nuit près du corps, avec mission de tirer un coup d'obus toutes les demi-heures jusqu'à l'aube.

Quatre jours plus tard, Red Cloud et un important groupe d'Oglalas firent brusquement leur apparition. Ils s'arrêtèrent tout d'abord au campement de Spotted Tail. Les deux chefs tetons étaient en pleines retrouvailles quand Maynadier vint les chercher avec une escorte afin de les amener au fort en grandes pompes, au son des tambours et des clairons.

En apprenant de la bouche de Maynadier que les nouveaux envoyés du gouvernement chargés de négocier la paix n'arriveraient à Fort Laramie que quelques semaines plus tard, le chef oglala s'emporta. Big Mouth et les autres messagers lui avaient certifié que s'il venait et signait un traité, il recevrait des présents. Il avait besoin de fusils, de poudre et de vivres. Maynadier répondit qu'il pouvait fournir à ses hôtes des provisions prises sur les stocks de l'armée, mais qu'il n'était pas autorisé à distribuer des fusils et de la poudre. Red Cloud voulut alors savoir ce que le traité apporterait à son peuple. Des traités, les Oglalas en avaient déjà signé, et ils avaient l'impression que c'était toujours les Indiens qui donnaient quelque chose aux Blancs. Cette fois-ci, ce serait aux Blancs de donner quelque chose aux Indiens.

Se souvenant que le président de la nouvelle commission, E. B. Taylor, se trouvait à Omaha, Maynadier proposa alors à Red Cloud de lui envoyer un message par télégraphe. Le chef exprima quelques réticences ; il se méfiait de la magie des fils-qui-chantent. Au bout d'un certain temps, il accepta cependant de se rendre avec le colonel au bureau du télégraphe où, avec l'aide d'un interprète, il dicta un message de paix et d'amitié au conseiller du Grand Père à Omaha.

La réponse de Taylor arriva dans une rafale de cliquetis : « Le Grand Père à Washington (...) veut que vous soyez tous ses amis et les amis de l'homme blanc. Il souhaite, si tu conclus un traité de paix, te faire des présents, à toi et à ton peuple, en signe d'amitié. Le train chargé de marchandises et de cadeaux qu'il compte t'envoyer ne pourra atteindre Fort Laramie que le 1er juin, car il part du Missouri, et le Grand Père désire que cette date, ou une autre proche, soit celle où ses commissaires te retrouveront pour conclure un traité[3]. »

Red Cloud fut grandement impressionné. Il apprécia également les manières directes du colonel Maynadier. Oui, il pouvait attendre la Lune-où-l'herbe-verte-pousse pour signer le traité. Cela lui donnerait le temps de retourner dans la vallée de la Powder et d'envoyer des messagers à toutes les bandes de Sioux, de Cheyennes et d'Arapahos éparpillées dans la région. Et puis les Indiens en profiteraient pour chasser le bison et le castor afin d'avoir plus de peaux à échanger quand ils viendraient à Fort Laramie.

En signe de bonne volonté, Maynadier fournit de petites quantités de poudre et de plomb aux Oglalas, qui s'en allèrent de fort bonne humeur. Mais le colonel n'avait pas dit un mot sur l'ouverture de la piste Bozeman, pas plus que Red Cloud n'avait évoqué Fort Reno, au bord de la Powder, toujours assiégé. Ces sujets pourraient être abordés lors des négociations pour le traité.

Red Cloud n'attendit pas que l'herbe verte pousse. En effet, il revint à Fort Laramie dès le mois de mai, la Lune-où-les-mustangs-perdent-leurs-poils. Il était accompagné de son lieutenant, Man-Afraid-of-His-Horses, et de plus d'un millier d'Oglalas. Dull Knife amenait avec lui quelques dizaines de Cheyennes, et Red Leaf sa bande de Brûlés. Avec la tribu de Spotted Tail et les autres Brûlés, ils formèrent un immense village de tipis au bord de la Platte. Comptoirs et magasins se mirent à bourdonner d'une activité incessante. Jamais Big Mouth et ses collègues n'avaient eu autant de pain sur la planche.

Quelques jours plus tard arrivèrent les membres de la commission pour la paix. Le 5 juin, les procédures officielles commencèrent, avec les habituels et interminables discours des envoyés du gouvernement et des chefs indiens. C'est alors que Red Cloud demanda, à la surprise générale, que l'on attende quelques jours l'arrivée d'autres Tetons qui désiraient participer aux discussions. Le commissaire Taylor accepta d'ajourner le conseil jusqu'au 13 juin.

Le sort voulut que le 13 juin soit le jour où le colonel Henry B. Carrington et ses sept cents officiers et soldats du 18e régiment d'infanterie arrivaient dans les parages de Fort Laramie. Le régiment, parti de Fort Kearney, dans le Nebraska, avait l'ordre d'établir une chaîne de postes militaires le long de la piste Bozeman afin de préparer l'arrivée des nombreux voyageurs et convois attendus pour l'été. Bien que l'expédition ait été prévue depuis des semaines, aucun des Indiens invités à participer aux négociations n'avait été informé de cette occupation militaire de la vallée de la Powder.

Soucieux d'éviter toute friction avec les quelque deux mille Indiens installés autour de Fort Laramie, Carrington arrêta son régiment à sept kilomètres à l'est. À quelque distance de là, Standing Elk, l'un des chefs brûlés venus au cours de l'hiver, vit depuis son tipi les soldats former un carré avec leurs chariots. Enfourchant son mustang, il se présenta devant leur campement. Les soldats l'emmenèrent voir le colonel Carrington, qui chargea l'un de ses guides de traduire leurs échanges. Une fois le cérémonial de la pipe accompli, Standing Elk demanda sans détours : « Où vas-tu ? »

Carrington répondit qu'il emmenait ses troupes dans la vallée de la Powder afin de garder la voie d'accès au Montana.

« Un traité est en cours de négociation ici à Fort Laramie avec les Sioux qui occupent la région où tu te rends, le prévint Standing Elk. Tu vas devoir te battre contre leurs guerriers là-bas. »

Carrington répondit qu'il n'avait pas l'intention de faire la guerre aux Sioux, mais seulement de surveiller la route.

« Ils refuseront de vendre leurs territoires de chasse pour que les Blancs fassent une route, insista Standing Elk. Il faudra que vous les battiez à plates coutures pour qu'ils vous laissent contrôler la piste. » Il s'empressa d'ajouter qu'il était un Brûlé, que Spotted Tail et lui étaient des amis des Blancs mais que les Oglalas de Red Cloud et les Miniconjous, eux, combattraient tous les hommes blancs s'aventurant au nord de la Platte[4].

Ainsi, avant même que ne commencent les discussions autour du traité, tous les Indiens furent mis au courant de la présence et de la mission du régiment des Tuniques Bleues. Lorsque Carrington arriva le lendemain au fort, le commissaire Taylor décida de le présenter aux chefs, qu'il informa tranquillement de ce qu'ils savaient en fait déjà – que le gouvernement des

États-Unis avait l'intention, malgré le traité, d'ouvrir une route qui traverserait la vallée de la Powder.

Les premiers mots de Carrington furent noyés sous un flot de protestations. Quand il put enfin reprendre la parole, les Indiens continuèrent à marmonner entre eux et à s'agiter sur les bancs en pin où ils étaient regroupés sur le terrain de manœuvres du fort. L'interprète de Carrington lui suggéra dans un murmure de laisser les chefs parler en premier.

Man-Afraid-of-His-Horses monta alors sur l'estrade. Son discours torrentiel fut on ne peut plus clair : si les soldats pénétraient le territoire sioux, son peuple les combattrait. « Dans deux lunes, les chevaux de vos troupes n'auront plus un seul sabot[5]. »

Vint le tour de Red Cloud. La silhouette agile, vêtu d'une couverture claire et chaussé de mocassins, il s'avança jusqu'au centre de l'estrade. Ses cheveux noirs et lisses, séparés au milieu par une raie, le drapaient des épaules à la taille. Sa bouche large dessinait une fente inflexible sous son nez en bec d'aigle. Des éclairs dans les yeux, il reprocha aux membres de la commission de traiter les Indiens comme des enfants. Il les accusa de faire semblant de négocier pour le contrôle d'un territoire alors même qu'ils prévoyaient de le conquérir par la force. « Année après année, les Blancs nous ont repoussés, déclara-t-il, jusqu'à ce que nous soyons obligés de vivre sur un territoire minuscule au nord de la Platte, et maintenant, vous voudriez nous prendre nos dernières terres de chasse, le foyer du Peuple. Nos femmes et nos enfants mourront de faim, mais pour ma part, je préfère périr au combat (…). Le Grand Père nous envoie des présents et veut une nouvelle route. Mais le Chef Blanc vole la route avec ses soldats avant même que les Indiens donnent leur réponse ! » Alors que l'interprète était encore en train de traduire les paroles sioux en anglais, une telle agitation se fit parmi les Indiens que Taylor déclara brutalement la levée de la session. Red Cloud passa devant Carrington comme s'il était invisible et traversa le champ de manœuvres en direction du camp oglala. Le lendemain, les Oglalas avaient quitté Fort Laramie[6].

Les semaines suivantes offrirent aux Indiens la possibilité d'apprécier la taille et la force du convoi de Carrington, lequel, empruntant la piste Bozeman, progressait vers le nord. Sur ses deux cents chariots s'amoncelaient faucheuses, machines pour fabriquer bardeaux ou briques, portes en bois, châssis de fenêtres, verrous, clous, instruments pour un orchestre de vingt-cinq musiciens, rocking-chairs, barattes, boîtes de conserve et semences, mais aussi, bien entendu, munitions, poudre et matériel militaire. De toute évidence, les Tuniques Bleues avaient l'intention de s'installer dans la vallée de la Powder. Un certain nombre d'entre eux avaient amené femmes et enfants, ainsi que divers animaux familiers, et des domestiques. Ils étaient armés de fusils à chargement par le canon complètement obsolètes et de quelques carabines Spencer à culasse, mais disposaient tout de même du soutien de quatre pièces d'artillerie. Ils s'étaient assuré les services de deux guides, Jim Bridger et Petit-Bison-Médecine Beckwourth, lesquels savaient pertinemment que le convoi était sous la surveillance constante des Indiens.

Le 28 juin, le régiment, arrivé à Fort Reno, releva les deux compagnies de *Galvanized Yankees* qui y avaient passé l'hiver et le printemps, quasiment prisonniers dans leur propre fortin. Carrington laissa un quart de son régiment sur place, avant de prendre la direction du nord pour chercher un site où installer son quartier général. Des centaines de guerriers indiens quittèrent alors leurs campements des bords de la Powder et de la Tongue pour se rapprocher du convoi militaire.

Le 13 juillet, la colonne fit une halte entre deux petits cours d'eau, le Little Piney et le Big Piney. Et là, au cœur d'une prairie luxuriante près des pentes des Bighorns couvertes de conifères, sur le plus beau territoire de chasse des Indiens des Plaines, les Tuniques Bleues plantèrent leurs tentes et se mirent à construire Fort Kearny.

Trois jours plus tard, un important groupe de Cheyennes s'approcha du campement. Parmi leurs chefs figuraient Two Moon, Black Horse et Dull Knife, mais ce dernier se tenait à l'écart, les autres lui ayant sévèrement reproché d'être resté à Fort Laramie et d'avoir signé les documents qui accordaient aux soldats la permission de construire des forts et d'ouvrir la route de la Powder. Dull Knife avait eu beau répéter qu'il avait signé afin d'obtenir des couvertures et des munitions, mais qu'il ignorait ce que contenait le document en question, les autres avaient répliqué qu'il avait signé alors que Red Cloud, lui, avait refusé, dédaigné les présents des Blancs et rassemblé ses guerriers pour les défier.

Les Cheyennes se présentèrent avec des drapeaux blancs et convinrent avec Petit-Chef-Blanc Carrington de la tenue de pourparlers. Quarante chefs et guerriers se virent accorder l'autorisation de visiter le camp des soldats. Accueillant ses hôtes avec l'orchestre qu'il avait amené depuis Fort Kearney, dans le Nebraska, Carrington les régala d'une musique militaire pleine d'allant. Les Indiens se doutaient bien qu'ils ne pourraient duper Couverture Jim Bridger, mais par contre ils parvinrent à faire croire à Petit-Chef-Blanc qu'ils étaient venus parler de paix. Pendant que la pipe circulait et que les uns et les autres faisaient les habituels discours préliminaires, les chefs prirent la mesure des forces des soldats.

Alors qu'ils étaient toujours là, Petit-Chef-Blanc, visant une colline avec l'un de ses canons, y tira un obus sphérique. « Il y a deux tirs, déclara Black Horse avec une solennité feinte. Chef-Blanc tire une fois. Puis le Grand Esprit de Chef-Blanc tire une deuxième fois pour ses enfants blancs[7]. »

La puissance de la grosse pièce d'artillerie impressionna les Indiens, ainsi que Carrington l'espérait. Mais il était loin d'imaginer que Black Horse était en train de se moquer de lui avec cette déclaration pompeuse sur le Grand Esprit qui tirait « une deuxième fois pour ses enfants blancs ». Lorsque les Cheyennes furent sur le départ, Petit-Chef-Blanc leur remit des bouts de papier attestant qu'ils acceptaient une « paix durable avec les Blancs et tous les voyageurs qui emprunteraient la route ». Quelques heures suffirent pour que les villages des bords de la Tongue et de la Powder apprennent par les Cheyennes que le nouveau fort était tellement solide qu'il ne pourrait être enlevé sans causer un grand nombre de victimes. Les Indiens allaient devoir en faire sortir les soldats par la ruse, afin de mieux pouvoir les attaquer.

Le lendemain matin, à l'aube, des Oglalas de Red Cloud dispersèrent cent soixante-quinze chevaux et mules du troupeau de Carrington, puis entraînèrent les soldats alertés dans une course-poursuite de vingt-cinq kilomètres au cours de laquelle ils infligèrent leurs premières pertes aux Tuniques Bleues qui avaient envahi la vallée de la Powder.

À partir de ce jour, Petit-Chef-Blanc dut faire face à une guérilla incessante qui dura tout l'été 1866. Aucun des nombreux convois de chariots civils et militaires empruntant la piste Bozeman n'était à l'abri d'une attaque surprise. Les escortes de cavaliers étaient peu fournies, et les soldats comprirent rapidement qu'ils risquaient à tout moment de tomber dans une embuscade fatale. Quant à ceux chargés de couper du bois de construction à quelques kilomètres au nord de Fort Phil Kearny, ils subirent un harcèlement constant et impitoyable.

Au cours de l'été, les Indiens établirent un camp de base en aval de la Powder. De toute évidence, leur stratégie consisterait à rendre les trajets sur la route difficiles et dangereux, à couper les troupes de Carrington de leur ravitaillement et à les isoler avant d'attaquer.

Red Cloud était partout, et le nombre de ses alliés ne cessait de croître. Black Bear, le chef arapaho dont le village avait été détruit par le général Connor l'été précédent, lui fit part de la grande hâte que ses guerriers avaient de participer aux combats. Sorrel Horse, un autre Arapaho, se joignit également à l'alliance avec ses braves. Si Spotted Tail, qui croyait encore à la paix, était parti chasser le bison dans la vallée de la Republican, beaucoup de ses guerriers vinrent retrouver Red Cloud. Sitting Bull était là. Plus tard, il représenterait dans un pictogramme comment il vola un cheval à l'oreille fendue à des voyageurs blancs sur la route de la Powder. Il y avait aussi Gall, un jeune Hunkpapa. Aidé d'un Miniconjou du nom de Hump et d'un jeune Oglala qui s'appelait Crazy Horse, il s'amusa à élaborer toutes sortes de ruses pour narguer les soldats et les colons, les énerver et les attirer dans des pièges soigneusement préparés.

Début août, Carrington décida que Fort Phil Kearny était suffisamment solide pour prendre le risque de diviser de nouveau ses troupes. Par conséquent, en conformité avec les instructions reçues du Département de la Guerre, il détacha cent cinquante hommes et les envoya à quatre-vingt-dix kilomètres au nord afin d'y construire un troisième fort sur la route Bozeman – Fort C. F. Smith. Dans le même temps, il chargea les éclaireurs Bridger et Beckwourth d'établir un contact avec Red Cloud. Il s'agissait là d'une tâche difficile, mais les deux trappeurs vieillissants se mirent néanmoins en quête d'intermédiaires aux dispositions amicales.

Dans un village crow au nord des Bighorns, Bridger obtint des informations pour le moins surprenantes. Alors que les Sioux étaient les ennemis héréditaires des Crows, qu'ils avaient chassés de leurs territoires de chasse giboyeux, Red Cloud lui-même était venu au village peu de temps auparavant pour une visite de conciliation, dans l'espoir de persuader la tribu de se rallier à son alliance indienne. « Nous voulons que vous nous aidiez à détruire les Blancs », leur aurait-il dit. Le chef sioux avait alors déclaré qu'il couperait les voies d'approvisionnement des soldats à l'arrivée de la neige, que poussés par la faim, ceux-ci seraient forcés de sortir des forts et qu'alors il les tuerait tous[8]. Bridger entendit des rumeurs faisant état de quelques Crows ayant accepté de rejoindre les guerriers de Red Cloud, mais quand il retrouva Beckwourth dans un autre village crow, celui-ci lui affirma être en train de recruter des Crows prêts à se battre aux côtés des soldats de Carrington contre les Sioux. (Beckwourth ne devait jamais retourner à Fort Phil Kearny. Il mourut subitement dans le village crow, empoisonné par un mari jaloux d'après certains, mais plus probablement de causes naturelles.)

À la fin de l'été, Red Cloud disposait d'une force de trois mille guerriers. Grâce à leurs amis, Ceux-qui-traînent-à-Laramie, les Indiens parvinrent à constituer un petit arsenal de fusils et de munitions, même si la majorité des guerriers n'étaient armés que d'arcs et de flèches. Au début de l'automne, Red Cloud et les autres chefs décidèrent de concentrer leurs forces contre Petit-Chef-Blanc et le fort tant exécré qu'il avait installé entre les Pineys. C'est ainsi qu'avant l'arrivée des Lunes-Froides, ils se mirent en route pour les Bighorns et installèrent leurs campements près des sources de la Tongue, à une distance qui leur permettait de lancer facilement des attaques sur Fort Phil Kearny.

Au cours des raids de l'été, deux Oglalas, High Back Bone et Yellow Eagle, se firent connaître pour les stratagèmes méticuleusement préparés qui leur permettaient de berner les soldats, ainsi que pour leurs qualités de cavaliers intrépides et la façon audacieuse dont ils combattaient au corps à corps les Blancs qu'ils avaient piégés. Il leur arrivait de préparer leurs coups avec le jeune Crazy Horse. Au tout début de la Lune-des-arbres-qui-éclatent, ils commencèrent à attirer dans leurs traquenards les soldats qui coupaient des arbres dans la pinède ou gardaient les chariots transportant le bois jusqu'à Fort Phil Kearny.

Le 6 décembre, alors que l'air frais descendait des pentes des Bighorns, High Back Bone et Yellow Eagle postèrent une centaine de guerriers çà et là le long de la route traversant la pinède. Red Cloud et un autre groupe, qui avaient pris position sur les crêtes, avaient pour mission de leur signaler avec des miroirs et des drapeaux les mouvements des troupes. Le stratagème marcha si bien qu'avant la fin de la journée, les Tuniques

Bleues filaient en tous sens, ne sachant plus où donner de la tête. Petit-Chef-Blanc Carrington lui-même se lança dans une course-poursuite inutile. Au moment le plus propice, Crazy Horse mit pied à terre et se planta au beau milieu de la piste devant l'un des bouillants officiers de cavalerie de Carrington, qui se lança derechef à sa poursuite à la tête d'une file de soldats. Dès que les Tuniques Bleues se retrouvèrent échelonnées le long de la piste étroite, Yellow Eagle et ses guerriers surgirent de leurs cachettes derrière eux. En quelques secondes, les soldats furent submergés. (C'est au cours de cette bataille que le lieutenant Horatio Bingham et le sergent G. R. Bowers furent tués et plusieurs soldats blessés.)

Retournés dans leurs villages, les chefs et les guerriers se moquèrent des réactions imbéciles des Tuniques Bleues. Red Cloud était certain que s'ils parvenaient à attirer les soldats, même nombreux, à l'extérieur du fort, un millier d'Indiens armés simplement d'arcs et de flèches pourraient tous les tuer. Dans le courant de la semaine, les chefs se mirent d'accord pour préparer un grand piège pour Petit-Chef-Blanc et ses troupes après l'arrivée de la pleine lune.

La troisième semaine de décembre, les préparatifs étaient au point. Deux mille guerriers environ levèrent le camp et suivirent la Tongue en direction du sud. Comme il faisait extrêmement froid, les braves portaient leurs manteaux en peau de bison avec les poils à l'intérieur, des jambières en laine sombre et des mocassins qui montaient haut sur les mollets. Ils avaient attaché à leurs selles des couvertures rouges de la Compagnie de la baie d'Hudson*. La plupart chevauchaient des bêtes de bât et menaient leurs agiles mustangs par des lassos. Si certains avaient des fusils, les autres étaient en général armés simplement d'arcs, de flèches, de couteaux et de lances. Ils avaient emporté suffisamment de pemmican pour plusieurs jours, et

* La Compagnie de la baie d'Hudson (Canada) fut fondée par charte royale en 1670. Le but initial était de faire du commerce avec les Indiens, notamment d'échanger les fourrures qu'ils apportaient contre des produits manufacturés, dont la fameuse couverture à points (le point indiquant la taille de la couverture), produit phare de la Compagnie, qui devint rapidement très populaire auprès des Indiens. Le système de troc commençant à reculer au XIXe siècle, la Compagnie transforma ses comptoirs en réseau de magasins de vente au détail qui existe toujours *(NdlT)*.

dès que se présentait une occasion, ils quittaient la piste par petits groupes pour aller tuer un cerf et rapporter autant de viande qu'ils pouvaient en prendre sur leurs selles.

À dix-sept kilomètres environ de Fort Phil Kearny, ils établirent un campement provisoire formé de trois cercles, sioux, cheyenne et arapaho, et séparé du fort par l'espace choisi comme lieu de l'embuscade – la petite vallée d'un cours d'eau appelé Peno Creek.

Le matin du 21 décembre, les chefs et les hommes-médecine décidèrent que le jour était favorable pour une victoire. Dès les premières lueurs grises de l'aube, un groupe de guerriers chargés de faire une feinte se dirigea vers le convoi de chariots transportant le bois, tout en demeurant à distance respectable. Dix jeunes gens, avec à leur tête Crazy Horse, Hump et Little Wolf, avaient été choisis pour la tâche dangereuse d'attirer les soldats – deux Cheyennes, deux Arapahos et deux membres de chacun des grands groupes de Sioux, les Oglalas, les Miniconjous et les Brûlés. Alors que les dix « appâts » enfourchaient leurs mustangs et prenaient la direction de Lodge Trail Ridge, le groupe principal descendit la piste Bozeman. Il y avait des plaques de neige et de glace sur les versants ombragés des crêtes, mais la journée était ensoleillée et l'air froid et sec. À environ cinq kilomètres du fort, à un endroit où la route longeait une arête étroite et descendait sur la rivière, les Indiens préparèrent leur grande embuscade, les Cheyennes et les Arapahos se chargeant du côté ouest, tandis que certains des Sioux se cachaient dans une prairie de l'autre côté et que d'autres, restés à cheval, se dissimulaient entre deux arêtes rocheuses. En milieu de matinée, environ deux mille guerriers attendaient, tapis, que les « appâts » attirent les Tuniques Bleues dans le piège.

Tandis que le groupe principal se cachait pour piéger le convoi de bois, Crazy Horse et ses camarades mirent pied à terre et attendirent, cachés, sur une pente en face du fort. Au premier coup de feu, une compagnie de soldats se précipita hors du fort pour porter secours à leurs camarades. Dès qu'ils furent hors de vue, les « appâts » s'approchèrent du fort en se montrant. Crazy Horse agita sa couverture rouge en surgissant des broussailles qui longeaient le cours d'eau gelé. Au bout de quelques minutes de ce jeu-là, Petit-Chef-Soldat fit tirer son gros canon à deux coups. Les Indiens se dispersèrent sur la pente, qui courant, qui zigzagant, qui hurlant pour faire croire aux soldats qu'ils avaient très peur. À ce stade-là, le groupe principal avait abandonné le convoi de bois et était reparti vers Lodge Trail Bridge, poursuivi quelques minutes plus tard par des soldats à pied ou à cheval. (Ces derniers étaient commandés par le capitaine William J. Fetterman, qui avait pourtant reçu l'ordre explicite de ne pas poursuivre les Indiens au-delà de Lodge Trail Bridge.)

Crazy Horse et ses camarades enfourchèrent alors leurs mustangs et se mirent à sillonner les pentes de Lodge Trail Bridge en narguant les soldats et en les mettant dans un tel état d'énervement qu'ils finirent par tirer n'importe comment. Devant les balles qui ricochaient sur les rochers, les Indiens reculèrent lentement. Lorsque les soldats ralentissaient l'allure ou s'arrêtaient un instant, Crazy Horse mettait pied à terre et, dédaignant les balles qui sifflaient autour de lui, faisait mine d'ajuster sa bride ou d'examiner les sabots de son mustang. Finalement, les soldats montèrent sur l'arête afin de rabattre vers Peno Creek les appâts – les seuls Indiens en vue – qu'ils tentèrent d'attraper en les chargeant.

Crazy Horse et ses camarades traversèrent alors le cours d'eau, attirant les quatre-vingt-un cavaliers et fantassins dans le piège. Puis ils se divisèrent en deux groupes et leurs pistes se coupèrent. L'attaque pouvait commencer.

C'est à Little Horse, le Cheyenne qui un an auparavant avait averti les Arapahos de l'arrivée du général Connor et de ses troupes, que revint l'honneur de donner le signal aux siens, dissimulé dans les ravines côté ouest. Il leva sa lance, et tous les Cheyennes et les Arapahos partirent à la charge dans un tonnerre de sabots.

Les Sioux arrivèrent de l'autre côté, et pendant quelques minutes, Indiens et soldats se retrouvèrent dans une mêlée au corps à corps. Les fantassins furent rapidement tous tués, mais les cavaliers battirent en retraite vers une éminence rocheuse près de la fin de l'arête. Là, ils libérèrent leurs chevaux et tentèrent de se mettre à l'abri parmi les rochers couverts de glace.

Little Horse se fit remarquer ce jour-là en sautant par-dessus les rochers et en émergeant des ravines jusqu'à se trouver à quinze mètres des cavaliers assiégés. White Bull, un Miniconjou, se distingua également au cours de la bataille acharnée livrée sur le flanc de la colline. Armé simplement d'un arc et d'une lance, il chargea un soldat qui lui tirait dessus avec sa carabine. Dans un pictogramme qu'il réalisa plus tard, il se représente vêtu d'une cape de guerre rouge, en train de tirer une flèche dans le cœur du soldat et de le frapper sur la tête avec sa lance pour compter son premier coup*.

Vers la fin des combats, les Cheyennes, les Arapahos et les Sioux se retrouvèrent si près les uns des autres qu'ils en vinrent à se toucher avec leurs flèches. Enfin, tout fut fini. Il ne restait plus un soldat vivant. Un chien apparut parmi les corps, qu'un Sioux voulut attraper pour le ramener chez lui, mais Big Rascal, un Cheyenne, déclara : « Ne laisse pas partir le chien », alors quelqu'un tua la bête d'une flèche. Cette bataille, les Blancs lui donneraient le nom de « massacre Fetterman » ; pour les Indiens, elle devint la « Bataille des Cent Morts[9]. »

Ils avaient en effet subi de lourdes pertes, presque deux cents morts et blessés. À cause du froid extrême, ils décidèrent de ramener les blessés au campement temporaire, où ils pourraient être protégés du gel. Le jour suivant, une violente tempête de neige condamna les guerriers à se terrer dans des abris de fortune en attendant de pouvoir regagner leurs villages de la vallée de la Tongue.

La Lune-du-grand-froid avait commencé, signifiant l'interruption des combats pendant quelque temps. Les soldats rentrés au fort allaient avoir un goût amer de défaite dans la bouche. S'ils n'avaient pas compris la leçon et étaient encore là au moment où l'herbe reverdissait, au printemps, alors la guerre continuerait.

Le massacre Fetterman marqua profondément le colonel Carrington. Les mutilations – éviscérations, membres tranchés, « parties génitales coupées et disposées de manière indécente sur le corps » – l'horrifièrent. Obsédé par les raisons qui auraient pu expliquer une telle sauvagerie, il finit par écrire un essai sur le sujet, dans lequel il émit l'hypothèse que les Indiens étaient poussés par quelque croyance païenne à commettre les actes terribles qui hanteraient à jamais son esprit. Mais s'il

* Lors d'une bataille, les Indiens comptaient les « coups », c'est-à-dire le nombre de fois où ils avaient touché, blessé ou tué l'adversaire en faisant preuve de bravoure, voire en mettant leur propre vie en danger *(NdlT)*.

s'était rendu sur les lieux du massacre de Sand Creek, qui précédait de deux ans seulement celui de Fetterman, il aurait vu les mêmes mutilations – infligées aux Indiens par les soldats du colonel Chivington. Les guerriers qui avaient organisé l'embuscade fatale n'avaient fait qu'imiter leurs ennemis, pratique qui, à la guerre comme dans la vie civile, serait dit-on la plus sincère des flatteries.

Le massacre Fetterman impressionna également beaucoup le gouvernement des États-Unis. Il s'agissait de la pire défaite subie par l'armée au cours des guerres indiennes, et la seconde de toute l'histoire du pays où il n'y avait eu aucun survivant. Carrington fut démis de son poste de commandant, des renforts envoyés aux forts de la vallée de la Powder, et une nouvelle commission dépêchée à Fort Laramie.

On plaça à sa tête Moustaches-Noires John Sanborn, celui-là même qui en 1865 avait persuadé Black Kettle et les Cheyennes du Sud d'abandonner leurs territoires de chasse du Kansas pour s'installer au sud de l'Arkansas River. Sanborn et le général Alfred Sully arrivèrent à Fort Laramie en avril 1867, avec pour mission cette fois-ci de convaincre Red Cloud et les Sioux de céder leurs territoires de chasse de la Powder et de vivre sur une réserve. Comme l'année précédente, les Brûlés – Spotted Tail, Swift Bear, Standing Elk et Iron Shell – furent les premiers arrivés.

Little Wound et Pawnee Killer, qui avaient descendu la Platte avec leurs bandes d'Oglalas dans l'espoir de trouver des bisons, vinrent voir quel genre de présents les envoyés du gouvernement distribueraient. Man-Afraid-of-His-Horses se présenta en tant que représentant de Red Cloud. Quand la commission lui demanda si le chef oglala viendrait parler de paix, Man-Afraid répondit qu'il s'y refuserait tant que les soldats n'auraient pas tous quitté la vallée de la Powder.

Au cours des pourparlers, Spotted Tail, auquel Sanborn avait demandé de s'adresser aux Indiens rassemblés, leur conseilla d'abandonner la guerre contre les Blancs et de vivre dans la paix et le bonheur. Pour cela, lui et les Brûlés reçurent suffisamment de poudre et de plomb pour aller chasser le bison dans la vallée de la Republican. Par contre, les Oglalas, hostiles, repartirent les mains vides. Man-Afraid alla rejoindre Red Cloud, qui avait déjà repris les raids le long de la piste Bozeman. Little Wound et Pawnee Killer suivirent les Brûlés jusqu'aux terres à bisons, où ils retrouvèrent leur vieil ami cheyenne Turkey Leg. La commission pour la paix de Moustaches-Noires Sanborn n'avait rien accompli.

Au cours de l'été, Pawnee Killer et Turkey Leg établirent des relations avec un chef soldat qu'ils surnommèrent Derrière-Dur pour sa capacité à les suivre sur de longues distances et pendant plusieurs heures sans quitter sa selle. Plus tard, ils l'appelleraient Longue-Chevelure Custer. Sur son invitation, ils acceptèrent de venir à Fort McPherson pour des pourparlers. On leur offrit du sucre et du café. Ils expliquèrent alors à Derrière-Dur qu'ils étaient les amis des Blancs mais n'aimaient pas le « cheval de fer » qui sifflait, crachait de la fumée et faisait fuir le gibier de la vallée de la Platte. (En 1867, on était en train de construire les voies de l'Union Pacific Railroad dans la partie nord du Nebraska.)

Cet été-là, en chassant le bison et l'antilope, les Oglalas et les Cheyennes traversèrent plusieurs fois les rails du chemin de fer. Ils apercevaient parfois des trains tirant à grande vitesse des maisons en bois montées sur roues, et se demandaient ce que ces maisons pouvaient bien contenir. Un jour, un Cheyenne décida d'en attraper un au lasso et de le faire sortir des rails. Or ce fut le cheval-de-fer qui le fit tomber de son mustang et le traîna sans ménagement jusqu'à ce qu'il puisse se libérer.

Sleeping Rabbit suggéra alors une autre façon de procéder. « Si nous arrivions à plier les rails et à les écarter, alors peut-être le cheval-de-fer tomberait, dit-il. Ainsi, nous pourrions voir ce qu'il y a dans ces maisons en bois qui roulent. » Ainsi fut fait. Comme de bien entendu, le cheval de fer se coucha sur le flanc, et il en sortit beaucoup de fumée. Des hommes s'échappèrent en courant. Les Indiens les tuèrent tous, à l'exception de deux qui se sauvèrent. Alors, les Indiens enfoncèrent les parois des maisons sur roues, dans lesquelles ils trouvèrent des sacs de farine, de sucre et de café, des boîtes de chaussures, des rouleaux de tissu et des tonneaux de whisky. Après avoir bu quelques rasades d'alcool, ils attachèrent les tissus aux queues de leurs mustangs. Les bêtes partirent au galop à travers la prairie, suivies de longs serpentins de tissu ondulant et volant au vent. Plus tard, les Indiens utilisèrent des charbons ardents pris dans la chaudière détruite pour mettre le feu aux voitures. Puis ils s'en allèrent avant que les soldats puissent riposter[10].

De tels incidents, auxquels il convient d'ajouter la guérilla incessante menée par Red Cloud, à cause de laquelle les voyages de civils dans la vallée de la Powder avaient été interrompus, impressionnèrent fortement le gouvernement des États-Unis et le haut commandement militaire. Si le gouvernement tenait coûte que coûte à protéger l'Union Pacific Railroad, même de vieux briscards tel le général Sherman commençaient à se demander s'il ne valait pas mieux laisser la vallée de la Powder aux Indiens en échange de la paix dans la vallée de la Platte.

Fin juillet, après avoir célébré leur danse du Soleil et la cérémonie des flèches-médecine, les Sioux et les Cheyennes prirent la décision de raser l'un des forts qui se trouvaient sur la piste Bozeman. Le choix de Red Cloud se portait sur Fort Phil Kearny, mais Dull Knife et Two Moon étaient d'avis qu'il serait plus facile de prendre Fort C. F. Smith, les guerriers cheyennes ayant déjà tué ou capturé pratiquement tous les chevaux des soldats qui y étaient postés. Finalement, aucun accord ne pouvant être trouvé, les Sioux annoncèrent qu'ils attaqueraient Fort Phil Kearny, tandis que les Cheyennes prenaient la direction de Fort C. F. Smith, au nord.

Le 1er août, cinq ou six cents Cheyennes surprirent trente soldats et civils dans un champ à un peu plus d'un kilomètre de Fort C. F. Smith. Ces Blancs, inconnus des Indiens, étaient armés de nouveaux fusils à répétition. Lorsque les guerriers chargèrent le corral des soldats, ils essuyèrent des tirs si cinglants que seul l'un d'eux parvint à passer les fortifications, pour être abattu peu après d'ailleurs. Alors, les Cheyennes mirent le feu aux hautes herbes entourant le corral. (Le feu s'approcha en ondulant, comme les vagues de l'océan, devait raconter plus tard l'un des soldats. « Arrivé à six mètres de la palissade, il s'est arrêté, comme si quelque pouvoir surnaturel l'empêchait d'avancer. Les flammes se sont élevées à la verticale sur une hauteur d'au moins douze mètres, ont ondulé deux ou trois fois, puis se sont éteintes dans un bruit sec, semblable au claquement d'une toile épaisse par vent fort ; l'instant d'après, le vent a poussé la fumée (...) vers les Indiens, qui ont profité de l'occasion pour emporter leurs morts et leurs blessés[11]. »)

C'en était assez pour les Cheyennes ce jour-là. De nombreux guerriers avaient été blessés par ces fusils qui tiraient si vite, et vingt d'entre eux avaient péri. Les Indiens regagnèrent le sud pour voir si les Sioux avaient eu plus de chance à Fort Phil Kearny.

Leurs espoirs furent déçus. Après avoir tenté plusieurs feintes autour du fort, Red Cloud voulut avoir recours à la technique de l'appât qui avait si bien marché avec le capitaine Fetterman. Crazy Horse attaquerait le campement des bûcherons, et lorsque les soldats sortiraient du fort, High Back Bone fondrait sur eux avec huit cents guerriers. Crazy Horse et ses appâts exécutèrent leur mission à la perfection, mais pour une raison inconnue, plusieurs centaines de guerriers sortirent de leur cachette prématurément pour faire fuir les chevaux du fort, avertissant ainsi les soldats de leur présence.

Afin que le combat ne soit pas vain, Red Cloud lança l'attaque sur les soldats chargés de couper des arbres, qui s'étaient réfugiés derrière un corral composé de quatorze plateaux de chariots renforcés par des rondins. Plusieurs centaines de guerriers commencèrent à les encercler, mais de même qu'à Fort C. F. Smith, les Tuniques Bleues étaient armées de carabines Springfield à chargement par la culasse. Devant les tirs continus et rapprochés de ces nouvelles armes, les Sioux firent reculer leurs mustangs pour se mettre à l'abri des balles. « Ensuite, nous avons laissé nos mustangs dans une ravine et chargé à pied, racontera par la suite un guerrier du nom de Fire Thunder, mais c'était comme de l'herbe verte consumée par le feu. Alors, nous avons pris nos blessés et sommes partis. J'ignore combien des nôtres sont morts, mais il y en a eu vraiment beaucoup. C'était terrible[12]. »

(Les deux engagements furent désignés plus tard sous le nom de batailles de Hayfield et de Wagon Box par les Blancs, qui brodèrent bon nombre de légendes autour d'elles. Un chroniqueur particulièrement imaginatif raconta que les corps des Indiens morts formaient un cercle autour des chariots ; un autre que mille cent trente-sept Indiens avaient péri, alors qu'il y en avait moins de mille présents sur les lieux.)

Pour les Indiens, aucune des batailles ne constituait une défaite. Certains soldats les considéraient comme des victoires, mais ce ne fut pas le cas du gouvernement des États-Unis. Quelques semaines plus tard, le général Sherman lui-même devait se rendre dans l'Ouest avec une nouvelle commission pour la paix. Cette fois-ci, les autorités militaires étaient décidées à mettre un terme à la guerre de Red Cloud par (presque) tous les moyens.

Vers la fin de l'été 1867, Spotted Tail reçut un message du nouveau commissaire aux Affaires indiennes, Nathaniel Taylor. Comme les Brûlés étaient restés pacifiques, Taylor demandait à Spotted Tail d'informer les chefs des Plaines que des munitions seraient fournies à tous les Indiens pacifiques au cours de la Lune-où-l'herbe-sèche. Les chefs se rassembleraient au bout des voies de l'Union Pacific Railroad, qui se trouvait alors dans la partie ouest du Nebraska. Grand-Guerrier Sherman et six nouveaux membres de la commission pour la paix arriveraient alors par le cheval de fer afin d'engager des pourparlers avec eux et négocier la fin de la guerre de Red Cloud.

Spotted Tail envoya chercher Red Cloud, mais le chef oglala, déclinant à nouveau la proposition, se fit représenter par Man-Afraid. Pawnee Killer et Turkey Leg vinrent au rendez-vous, ainsi que Big Mouth et ses collègues. Swift Bear, Standing Elk et plusieurs autres chefs brûlés répondirent également à l'invitation.

Le 19 septembre, on vit arriver à Platte City Station un wagon tout brillant d'où sortirent Grand-Guerrier Sherman, Taylor, Moustaches-Blanches Harney, Moustaches-Noires Sanborn, John Henderson, Samuel Tappan et le général Alfred Terry. Ces hommes, les Indiens les connaissaient fort bien, à part celui qui avait de grandes jambes et un regard triste, le général Terry. Neuf ans plus tard, dans des circonstances très différentes, à Little Bighorn, ce dernier verrait son pouvoir contesté par certains de ses compagnons de voyage.

Taylor ouvrit la séance par ces mots : « Nous sommes ici afin de nous informer et de comprendre quel est le problème. Nous voulons entendre de votre propre bouche vos doléances et vos griefs. Amis, parlez librement, sans retenue, et dites la vérité (...). La guerre est mauvaise, la paix est bonne. Nous devons choisir ce qui est bon, et non ce qui est mauvais (...). J'attends d'entendre ce que vous avez à nous dire. »

Spotted Tail répondit alors : « Le Grand Père a construit des routes qui s'étalent d'est en ouest. Ces routes sont la cause de tous nos problèmes (...). Le pays où nous vivons est grignoté par les Blancs. Tout notre gibier est parti. Cela est la cause de beaucoup de problèmes. J'ai été, et suis encore, l'ami des Blancs (...). Si vous cessez de construire des routes, nous pourrons trouver du gibier. Cette région de la Powder appartient aux Sioux (...). Amis, aidez-nous ; prenez pitié de nous. »

Au cours de cette première journée, les paroles de Spotted Tail furent reprises par les autres chefs. Seul un petit nombre de ces Indiens considéraient la vallée de la Powder comme leur terre (ils préféraient les plaines du Nebraska et du Kansas), mais tous approuvaient la volonté farouche de Red Cloud de préserver l'inviolabilité de ce dernier grand territoire de chasse. « Ces routes ont fait fuir le gibier, dit l'un d'eux. Je veux que vous interrompiez la construction de la route de la Powder. » « Laissez notre gibier tranquille, supplia un autre. Si vous ne le dérangez pas, alors la vie reviendra. » « Qui est notre Grand Père, demanda Pawnee Killer avec un étonnement sincère. Qu'est-ce qu'il est ? Est-il vrai qu'il vous a envoyés pour résoudre nos problèmes ? La cause de nos problèmes, c'est la route de la Powder (...). Si le Grand Père arrête la construction de la route, je sais que votre peuple pourra emprunter le chemin de fer sans être inquiété. »

Le lendemain, Grand-Guerrier Sherman, s'adressant aux chefs, leur assura sans grande conviction qu'il avait réfléchi toute la nuit à ce qu'ils avaient dit et qu'il était prêt à leur donner une réponse. « La route de la Powder a été construite dans le but de ravitailler nos hommes, dit-il. Le Grand Père pensait que vous aviez donné votre accord pour cette route au printemps dernier à Fort Laramie, mais il semble que certains d'entre vous n'étaient pas là, et sont partis en guerre. » Peut-être Sherman fut-il surpris d'entendre quelques rires étouffés parmi les chefs. Il n'en poursuivit pas moins, sur un ton plus sévère : « Tant que les Indiens continueront à attaquer cette route, nous n'y renoncerons pas. Mais si, en novembre, à Laramie, après avoir étudié la question, nous nous rendons compte que la route vous est préjudiciable, alors nous l'abandonnerons ou nous paierons. Vous devrez nous présenter vos revendications à Laramie. »

Puis Sherman se lança dans un discours sur le besoin qu'avaient les Indiens de disposer de leur propre terre et sur la nécessité pour eux de cesser de dépendre de la chasse. Ce qu'il dit ensuite fit l'effet d'un coup de tonnerre : « Nous proposons donc de laisser la nation sioux choisir son territoire dans la vallée du Missouri, comprenant la White Earth et la Cheyenne River, afin que les Indiens aient leur terre comme les Blancs, pour toujours, et nous suggérons d'en interdire l'accès à tous les Blancs, sauf les agents et les négociants que vous voudrez voir. »

La traduction de ces paroles provoqua la surprise des Indiens, qui se mirent à murmurer entre eux. C'était donc cela que les nouveaux commissaires voulaient obtenir d'eux ! Plier bagages et partir tout là-bas, dans la vallée du Missouri ? Cela faisait des années que les Sioux remontaient cette vallée vers l'ouest à la recherche du gibier ; pourquoi devraient-ils retourner à leur point de départ pour y crever de faim ? Pourquoi ne les laissait-on pas vivre en paix là où l'on trouvait du gibier ? Les Blancs aux yeux avides avaient-ils déjà décidé de s'approprier ces terres généreuses ?

Le malaise des Indiens persista tout au long des discussions qui suivirent. Swift Bear et Pawnee Killer professèrent leur amitié et réclamèrent de la poudre et du plomb, mais à la fin de la réunion, Sherman proposa que seuls les Brûlés reçoivent des munitions. Il y eut alors de vives protestations. Taylor et Moustaches-Blanches Harney rappelèrent que les chefs avaient été invités au conseil avec la promesse qu'on leur fournirait des munitions pour la chasse. Sherman céda, et de petites quantités de poudre et de plomb furent distribuées[13].

Man-Afraid retourna sans tarder au campement de Red Cloud au bord de la Powder. À supposer que Red Cloud ait envisagé de rencontrer les représentants du gouvernement à Laramie pendant la Lune-où-les-feuilles-tombent, il changea d'avis en entendant Man-Afraid lui parler des manières hautaines de Grand-Guerrier Sherman et de sa proposition de déplacer la nation sioux jusqu'au Missouri.

Le 9 novembre, en arrivant à Fort Laramie, les membres de la commission n'étaient attendus que par quelques chefs crows. Ceux-ci se montrèrent amicaux, mais l'un d'eux – Bear Tooth – n'en tint pas moins un discours plutôt surprenant dans lequel il condamna la manière insouciante dont les Blancs avaient détruit la faune et l'environnement naturel : « Pères, pères, pères, écoutez-moi bien. Rappelez vos jeunes hommes des montagnes où vivent les mouflons. Ils ont envahi notre territoire, détruit les jeunes arbres et l'herbe verte, mis le feu à nos terres. Pères, vos jeunes gens ont ravagé mon pays et tué mes animaux, l'élan, le cerf, l'antilope, mon bison. Ils ne les tuent pas pour les manger ; non, ils laissent leurs cadavres pourrir là où ils sont tombés. *Pères, si j'allais dans votre pays tuer vos animaux, que diriez-vous ? N'aurais-je pas tort, et ne me feriez-vous pas la guerre*[14] ? »

Quelques jours après la rencontre entre les commissaires et les Crows arrivèrent des messagers envoyés par Red Cloud. Le chef faisait savoir qu'il accepterait de venir à Fort Laramie parler de paix dès que les soldats se retireraient des forts établis sur la route de la Powder. La guerre qu'il menait, insistait-il, avait un seul but – sauver des intrusions de l'homme blanc la vallée de la Powder, le seul territoire de chasse qu'il restait à sa nation. « Le Grand Père a envoyé ses soldats ici pour y répandre le sang. Ce n'est pas moi qui ai fait couler le sang le premier (...). Si le Grand Père éloignait les Blancs de mon pays, la paix durerait pour toujours, mais s'ils me dérangent, il n'y aura pas de paix (...). Le Grand Esprit m'a fait grandir dans ce pays, et vous dans un autre. Ce que j'ai dit, je le pense sincèrement. Cette terre, je compte la conserver[15]. »

C'était la troisième fois en deux ans qu'une commission pour la paix voyait sa mission échouer. Avant de rentrer à Washington, les délégués envoyèrent tout de même à Red Cloud une cargaison de tabac, ainsi qu'un appel à venir à Laramie au printemps, dès la fonte des neiges d'hiver. Red Cloud répondit poliment qu'il avait bien reçu le tabac de la paix, qu'il le fumerait et qu'il viendrait à Fort Laramie dès que les soldats auraient quitté le pays.

Au printemps 1868, Grand-Guerrier Sherman revint à Fort Laramie, accompagné de la même commission. Cette fois-ci, le gouvernement, impatient, avait donné l'ordre d'abandonner les forts sur la route de la Powder et d'obtenir un traité de paix avec Red Cloud. Cette fois-ci, un agent spécial du Bureau des Affaires indiennes fut dépêché pour inviter personnellement le chef oglala à la signature d'un traité de paix. Red Cloud lui répondit qu'il avait besoin d'un délai d'une dizaine de jours pour consulter ses alliés, et qu'il viendrait à Fort Laramie probablement en mai, à la Lune-où-les-mustangs-perdent-leurs-poils.

Mais quelques jours seulement après le retour de l'agent, un message de Red Cloud parvint à Laramie : « Des montagnes où nous sommes, nous voyons les soldats et les forts. Lorsque nous constaterons que les soldats sont partis et les forts abandonnés, alors je descendrai pour discuter[16]. »

Tout cela était fort humiliant pour Grand-Guerrier Sherman et les négociateurs, qui parvinrent certes à obtenir les signatures de quelques chefs d'importance mineure venus chercher des présents, mais durent reprendre, frustrés, la route de l'Est les uns après les autres. À la fin du printemps ne demeuraient plus que Moustaches-Noires Sanborn et Moustaches-Blanches Harney. Quant à Red Cloud et ses alliés, ils passèrent tout l'été près de la Powder à surveiller étroitement les forts et la route du Montana.

Enfin, le Département de la Guerre donna à contrecœur l'ordre d'abandonner la vallée de la Powder. Le 29 juillet, pliant bagage, les troupes de Fort C. F. Smith prirent la direction du sud. Le lendemain, au petit matin, Red Cloud et une bande de guerriers en liesse firent leur entrée dans le fort, dont ils incendièrent tous les bâtiments. Un mois plus tard, l'armée abandonna Fort Phil Kearny. Ce fut aux Cheyennes et à leur chef Little Wolf que revint l'honneur d'y mettre le feu. Quelques jours plus tard, les derniers soldats quittèrent Fort Reno, et la route de la Powder fut officiellement fermée.

Ainsi, au bout de deux ans de résistance, Red Cloud avait gagné sa guerre. Il fit attendre les négociateurs quelques semaines de plus puis, le 6 novembre, entouré d'une coterie de guerriers triomphants, entra à cheval dans Fort Laramie. Maintenant qu'il était en position de conquérant, il acceptait de signer le traité : « À partir de ce jour, toute guerre entre les parties signataires de cet accord cessera à jamais. Le gouvernement des États-Unis désire la paix, et s'engage sur l'honneur à la respecter. Les Indiens désirent la paix, et s'engagent sur l'honneur à la respecter. »

Pourtant, pendant les vingt années qui suivirent, le contenu des seize autres articles du traité de 1868 devait faire l'objet de litiges incessants entre les Indiens et le gouvernement des États-Unis. Il y avait entre ce que les chefs croyaient que le traité contenait et ce qui y était effectivement écrit après ratification par le Congrès autant d'écart qu'entre deux chevaux de robes différentes.

(Neuf ans plus tard, Spotted Tail devait déclarer : « Ces promesses n'ont pas été tenues (...). Toutes ces paroles se sont révélées fausses (...). Il y a eu un traité signé par le général Sherman, le général Sanborn et le général Harney. À l'époque, le général nous a dit que grâce à ce traité nous percevrions des annuités et des marchandises pendant trente-cinq ans. Cela, il l'a affirmé, mais il mentait[17]. »)

SUN DANCE CHANT

Courtesy of the Bureau of American Ethnology Collection

Look at that young man.
  He is feeling good
  Because his sweetheart
  Is watching him.

CHANT DE LA DANSE DU SOLEIL

Vois ce jeune homme.
  Il se sent bien
  Car sa bien-aimée
  Le regarde.

7

« Le seul bon Indien est un Indien mort »

1868 : Le 24 février, la Chambre des représentants décide de destituer le président Johnson. Le 5 mars, le Sénat se constitue en cour de destitution ; le président Johnson est convoqué. Le 22 mai, dans l'Indiana, première attaque d'un train par des bandits. Le 26 mai, échec de la procédure de destitution contre le président Johnson. Le 28 juillet, le Quatorzième Amendement (qui octroie l'égalité de droits à tous, sauf aux Indiens) est inclus dans la Constitution américaine. Le 25 juillet, le Congrès crée le Territoire du Wyoming, à cheval sur le Dakota, l'Utah et l'Idaho. Le 11 octobre, Thomas Edison dépose son premier brevet, celui d'une machine à voter électrique. Le 3 novembre, Ulysses Grant est élu président. Le 1er décembre, John D. Rockefeller engage une guerre implacable contre ses concurrents du secteur pétrolier.

Nous n'avons jamais fait aucun mal à l'homme blanc, et nous n'en avons pas l'intention (...). Nous sommes disposés à nouer des liens d'amitié avec lui (...). Le nombre de bisons diminue rapidement. Les antilopes, si nombreuses il y a quelques années, deviennent rares. Lorsque tous ces animaux seront morts, nous connaîtrons la faim ; nous nous mettrons à la recherche de nourriture, et nous serons alors obligés de venir au fort. Il ne faut pas que tes jeunes soldats nous tirent dessus ; chaque fois qu'ils nous voient, ils tirent, et nous répliquons.

Tonkahaska (Tall Bull)
au général Winfield Scott Hancock

Les femmes et les enfants ne sont-ils pas plus farouches que les hommes ? Les guerriers cheyennes, eux, n'ont pas peur, mais as-tu entendu parler de Sand Creek ? Tes soldats ressemblent trait pour trait à ceux qui y ont massacré les femmes et les enfants.

Woquini (Roman Nose)
au général Winfield Scott Hancock

Autrefois, nous étions amis avec les Blancs, mais vous avez manœuvré en douce pour nous mettre hors jeu, et à présent, lors des conseils, vous ne cessez de vous faire des clins d'œil entre vous, toujours en douce. Pourquoi ne pas parler et agir franchement, pour que tout s'arrange ?

Motavato (Black Kettle)
aux Indiens réunis à Medicine Creek Lodge

Au printemps 1866, pendant que Red Cloud se préparait à combattre pour conserver la vallée de la Powder, un certain nombre de Cheyennes du Sud, qui avaient vécu à ses côtés et se languissaient de leur pays, décidèrent d'aller passer l'été dans leurs anciens territoires. Ils rêvaient de chasser le bison le long de leur Smoky Hill River bien-aimée et comptaient revoir certains vieux amis et parents qui avaient gagné avec Black Kettle le sud de l'Arkansas River. Parmi ces Cheyennes se trouvaient Tall Bull, White Horse, Gray Beard, Bull Bear ainsi que d'autres chefs des Dog-Soldiers. Roman Nose, le grand guerrier, était également du nombre, tout comme les deux frères Bent.

Dans la vallée de la Smoky Hill, ils tombèrent sur plusieurs bandes de jeunes Cheyennes et Arapahos qui avaient discrètement quitté les villages de Black Kettle et de Little Raven pour aller chasser dans le Kansas, contre l'avis de leurs chefs, lesquels, en signant le traité de 1865, avaient abandonné tout droit sur leurs anciens territoires de chasse. Roman Nose et les autres chefs de la société guerrière des Dog-Soldiers dirent tout haut leur mépris pour le traité ; ils ne l'avaient ni signé, ni accepté. Eux qui vivaient libres et indépendants dans la vallée de la Powder n'avaient que faire de chefs qui, par une simple signature, bradaient les terres tribales.

George Bent fut de ceux, peu nombreux au demeurant, qui poursuivirent leur route vers le sud pour aller rendre visite à Black Kettle et à son peuple. Il tenait tout particulièrement à voir Magpie, la nièce de Black Kettle. D'ailleurs, peu après leurs retrouvailles, il la prit pour épouse. Arrivé au camp, Bent apprit qu'Edward Wynkoop, le vieil ami des Cheyennes du Sud, était maintenant l'agent de la tribu. « C'était une époque heureuse pour nous, devait-il dire plus tard. Black Kettle était un homme bien, respecté de tous ceux qui le connaissaient[1]. »

Apprenant que des Dog-Soldiers chassaient dans la vallée de la Smoky Hill, Wynkoop alla les voir pour tenter de persuader leurs chefs de signer le traité et de rejoindre Black Kettle. Ils refusèrent catégoriquement, expliquant que plus jamais ils ne quitteraient leur pays. Wynkoop les prévint qu'ils risquaient d'être attaqués par les soldats s'ils restaient dans le Kansas. Ils répliquèrent qu'ils « vivraient ici, ou mourraient ». La seule chose qu'ils voulurent bien promettre à l'agent fut de contenir les ardeurs de leurs jeunes braves.

Avant la fin de l'été, les rumeurs faisant état des succès de Red Cloud contre les soldats dans la région de la Powder parvinrent aux oreilles des Dog-Soldiers. Si les Sioux et les Cheyennes du Nord réussissaient à défendre leurs terres, alors pourquoi les Cheyennes du Sud et les Arapahos ne pourraient-ils pas se battre pour conserver les leurs ?

Des bandes se réunirent sous le commandement de Roman Nose, et les chefs réfléchirent au moyen d'arrêter le trafic sur la route de la Smoky Hill. En effet, depuis que les Cheyennes étaient partis, une ligne de diligence avait été ouverte au beau milieu des meilleures terres à bisons, et les relais poussaient comme des champignons le long de la rivière. Les Indiens s'accordèrent à dire qu'il leur faudrait raser ces établissements s'ils voulaient avoir la moindre chance d'arrêter les diligences et les trains.

Ce fut à ce moment-là que George et Charlie Bent prirent des voies différentes. George décida de suivre Black Kettle, tandis que Charlie devenait un ardent partisan de Roman Nose. En octobre, alors que les deux frères retrouvaient leur père à Fort Zarah, Charlie se mit dans une rage folle et accusa ses compagnons de trahir les Cheyennes. Comme il menaçait de les tuer tous les deux, il fallut le désarmer de force. (Charlie rejoignit les Dog-Soldiers et mena plusieurs raids contre les stations de diligence ; il fut blessé en 1868, contracta la malaria, avant de mourir dans l'un des campements cheyennes.)

Vers la fin de l'automne 1866, Roman Nose se rendit à Fort Wallace avec un groupe de guerriers pour avertir l'agent de l'Overland Stage Company* que si, d'ici une quinzaine de jours, les diligences circulaient encore sur le territoire indien, les Cheyennes les attaqueraient. Mais une série de tempêtes de neige fit cesser tout trafic avant même que Roman Nose puisse mettre sa menace à exécution. Les Dog-Soldiers durent se

---

* Compagnie de diligences faisant le trajet entre la Missouri River et San Francisco, fondée par John Butterfield Sr. en 1858, et rachetée par la suite par Wells and Fargo (*NdlT*).

contenter de quelques raids contre le bétail parqué dans les relais de diligence. Confrontés à la perspective d'un long hiver, ils décidèrent d'établir leur campement dans les Big Timbers, au bord de la Republican, où ils attendirent le printemps.

Cet hiver-là, afin de gagner un peu d'argent, George Bent passa plusieurs semaines avec les Kiowas à échanger des marchandises contre des manteaux en peau de bison. Au printemps, il retrouva le village de Black Kettle plongé dans un état de grande excitation : selon les rumeurs, une grande armée de Tuniques Bleues traversait les plaines du Kansas vers l'ouest, en direction de Fort Larned. Black Kettle convoqua un conseil devant lequel il déclara que la présence des soldats ne présageait que des ennuis. Il ordonna aux siens de rassembler leurs affaires et de descendre vers la Canadian River, plus au sud. Cela explique pourquoi les messagers de l'agent Wynkoop ne parvinrent à trouver Black Kettle qu'après le début de ces ennuis si justement prédits par le chef.

En revanche, les messagers de Wynkoop parvinrent à rencontrer la plupart des chefs des Dog-Soldiers, dont quatorze acceptèrent de venir à Fort Larned pour entendre ce que le général Winfield Scott Hancock avait à leur dire. Tall Bull, White Horse, Gray Beard et Bull Bear s'installèrent avec environ cinq cents tipis à Pawnee Creek, à pratiquement soixante kilomètres du poste militaire. Une tempête de neige s'étant levée, ils durent attendre quelques jours avant de pouvoir faire leur entrée dans le fort. Plusieurs d'entre eux arboraient des uniformes bleus de l'armée volés dans le nord. De toute évidence, cela ne fut guère du goût du général Hancock, qui portait le même type de veste avec des ornements aux épaules et des médailles toutes brillantes. Il reçut les Indiens avec hauteur et force fanfaronnades, en exhibant l'armée de mille quatre cents hommes dont il disposait, parmi lesquels ceux du tout nouveau 7e de cavalerie, commandé par Derrière-Dur Custer. Hancock fit tonner le canon pour ses hôtes, qui décidèrent illico de le baptiser Vieil-Homme-Tonnerre.

Malgré la présence de leur ami Grand-Chef Wynkoop, les Cheyennes se méfièrent dès le départ de Vieil-Homme-Tonnerre. Au lieu d'attendre le lendemain pour commencer les discussions, celui-ci les convoqua pour un conseil de nuit – un mauvais présage pour les Indiens.

« Je ne vois pas beaucoup de chefs présents ce soir, se plaignit Hancock. Quelle en est la raison ? J'ai beaucoup de choses à dire aux Indiens, mais je veux leur parler à tous ensemble (...) Demain, je viendrai vous rendre visite. » La perspective ne plut guère aux Cheyennes. Dans le village se trouvaient leurs femmes et leurs enfants – dont beaucoup étaient des survivants de l'atroce massacre de Sand Creek perpétré trois ans auparavant. Hancock allait-il leur tomber dessus avec ses mille quatre cents hommes et ses canons ? Assis autour du feu dont les flammes se reflétaient en dansant sur leurs visages graves, les chefs attendirent en silence que le général reprenne la parole. « J'ai entendu dire que de nombreux Indiens veulent se battre. Très bien. Nous sommes là, et nous nous sommes préparés à la guerre. Si vous êtes pour la paix, vous en connaissez les conditions. Si vous êtes pour la guerre, prenez garde aux conséquences. » Alors il parla du chemin de fer. Les Indiens avaient entendu dire que la piste de fer allait dépasser Fort Riley et se dirigeait droit vers la vallée de la Smoky Hill.

« L'homme blanc arrive si vite dans cette région que rien ne peut l'arrêter, claironna Hancock. Il vient de l'est, il vient de l'ouest, comme le feu dans la prairie par vent fort. Rien ne peut l'arrêter. Pourquoi ? Parce que les Blancs sont nombreux et qu'ils se déploient. Ils ont besoin d'espace, ils n'y peuvent rien. Ceux qui habitent au bord de l'océan à l'ouest veulent communiquer avec ceux qui habitent au bord de l'océan à l'est, et c'est la raison pour laquelle ils construisent ces routes, ces pistes pour les chariots, ces voies pour les trains, et le télégraphe (...). Vous devez retenir vos jeunes braves, les éloigner des routes (...). Je n'ai plus rien à ajouter. Je vais attendre la fin du conseil, pour savoir si vous voulez la paix ou la guerre[2]. »

Sur ce, Hancock s'assit, le visage plein d'attente, pendant que l'interprète traduisait ses dernières paroles. Les Cheyennes demeurèrent un moment silencieux, le regard fixé au-delà des flammes sur le général et ses officiers. Enfin, Tall Bull alluma une pipe qu'il fit passer autour de lui après rejeté la fumée. Puis il se mit debout, releva sa couverture rouge et noir afin de libérer son bras droit, et tendit la main vers Vieil-Homme-Tonnerre.

« Tu as voulu nous voir, dit-il. Alors nous sommes venus (...). Nous n'avons jamais fait aucun mal à l'homme blanc ; nous n'en avons pas l'intention. Notre agent, le colonel Wynkoop, nous a dit de te retrouver ici. Tu peux aller dans la vallée de la Smoky Hill quand tu veux ; tu peux emprunter n'importe quelle route. Tes jeunes soldats ne doivent pas nous tirer dessus quand nous nous approchons d'une route. Nous sommes disposés à nouer des liens d'amitié avec l'homme blanc (...). Tu dis que tu viendras dans notre village demain. Si c'est le cas, je n'aurai rien d'autre à te dire là-bas que ce que je te dis ici. J'ai dit tout ce que j'avais à dire[3]. »

Vieil-Homme-Tonnerre se leva et, adoptant de nouveau des manières hautaines, demanda : « Pourquoi Roman Nose n'est-il pas là ? » Les chefs tentèrent de lui expliquer que, certes, Roman Nose était un puissant guerrier, mais qu'il n'était pas chef, et que seuls les chefs avaient été invités au conseil.

« Si Roman Nose ne vient pas me voir, alors c'est moi qui irai, déclara Hancock. Je serai dans votre village demain avec mes troupes. »

Dès la fin de la réunion, Tall Bull s'approcha de Wynkoop pour le supplier d'empêcher Vieil-Homme-Tonnerre d'entrer avec ses hommes dans le campement cheyenne. Il craignait en effet que si jamais les Tuniques Bleues s'approchaient du village, cela ne provoquât des affrontements avec les jeunes et bouillants Dog-Soldiers.

Tel était également l'avis de Wynkoop, qui déclara par la suite : « Je lui [au général Hancock] ai fait part de ce qui à mes yeux risquait de se passer si ses troupes pénétraient le village indien ; mais il refusa de revenir sur sa décision. » La colonne d'Hancock, composée de divisions de cavalerie, d'infanterie et d'artillerie, « avait une allure tout aussi impressionnante et martiale qu'une colonne marchant vers l'ennemi sur le champ de bataille ».

Tandis que les Tuniques Bleues marchaient sur Pawnee Fork, certains des chefs partirent en avant afin de prévenir les guerriers cheyennes de l'arrivée imminente des soldats. D'autres firent le trajet avec Wynkoop, lequel expliqua plus tard qu'ils manifestèrent de différentes manières « leurs craintes au sujet du résultat de l'expédition – qu'ils ne craignaient pas pour leur propre vie ou liberté (...) mais avaient peur à l'idée de la panique que l'arrivée des troupes susciterait chez leurs femmes et leurs enfants[4] ».

Dans l'intervalle, le campement cheyenne avait appris que la colonne de soldats arrivait. Les messagers expliquèrent que

Vieil-Homme-Tonnerre était en colère parce que Roman Nose n'était pas venu le voir à Fort Larned. Roman Nose en fut flatté, mais ni lui ni le Sioux Pawnee Killer (dont la bande était installée non loin de là) n'avaient l'intention de laisser Vieil-Homme-Tonnerre et ses soldats s'approcher de leurs campements sans défense. Ils rassemblèrent trois cents guerriers, avec lesquels ils partirent à la rencontre de la colonne d'Hancock, non sans avoir fait incendier les prairies entourant leurs villages pour empêcher les soldats de s'y installer.

Au cours de la journée, Pawnee Killer partit en avant afin de parlementer avec Hancock. Il expliqua au général que Roman Nose et lui-même tiendraient conseil avec lui le lendemain matin, à condition que les soldats ne campent pas trop près des villages. Au crépuscule, les troupes s'installèrent à plusieurs kilomètres de Pawnee Fork. Nous étions le 13 avril, la Lune-de-l'herbe-rouge.

Cette nuit-là, Pawnee Killer et plusieurs chefs cheyennes quittèrent le camp des soldats pour rejoindre leurs villages et y discuter de ce qu'il convenait de faire. Mais les désaccords étaient tels que rien ne fut décidé. Roman Nose proposait de démonter les tipis et de partir vers le nord en se dispersant afin que les soldats ne puissent pas les attraper, tandis que les chefs, qui avaient pris la mesure des forces d'Hancock, refusaient de provoquer une traque qui serait forcément impitoyable.

Le lendemain matin, les chefs tentèrent de persuader Roman Nose de les accompagner pour discuter avec Hancock, mais le guerrier, soupçonnant un piège, refusa. Après tout, Vieil-Homme-Tonnerre ne l'avait-il pas traité à part, n'avait-il pas traversé les plaines avec toute une armée pour le chercher, lui, Roman Nose ? Comme la matinée était presque finie, Bull Bear se dit qu'il ferait mieux d'aller au camp des soldats. Il y trouva Hancock d'humeur arrogante. Le général exigea de savoir où se trouvait Roman Nose. Bull Bear tenta diplomatiquement de lui expliquer que Roman Nose et les chefs avaient été retardés par une chasse au bison, ce qui ne fit qu'augmenter la colère d'Hancock. Le général annonça qu'il allait faire marcher ses troupes sur le village et qu'elles y resteraient jusqu'à ce qu'il voie Roman Nose. Bull Bear ne répondit rien. Il enfourcha son mustang d'un air détaché, s'éloigna au pas quelques minutes avant de rejoindre le village au grand galop.

L'annonce de l'arrivé des soldats fit immédiatement réagir le campement indien. « Je vais aller seul à sa rencontre et je le tuerai, ce Hancock ! » cria Roman Nose. Il était trop tard pour démonter les tipis ou faire des préparatifs de départ. Les hommes mirent les femmes et les enfants sur les mustangs et leur dirent de fuir à toute vitesse vers le nord. Puis ils s'armèrent d'arcs, de fusils, de lances, de couteaux et de casse-tête. Les chefs désignèrent Roman Nose à la tête des guerriers, tout en chargeant Bull Bear de ne pas le quitter et de s'assurer que sa colère ne le pousserait pas à commettre des actions inconsidérées.

Roman Nose revêtit sa tunique d'officier avec ses épaulettes dorées et brillantes comme celles d'Hancock. Il glissa une carabine dans son fourreau et deux pistolets dans sa ceinture, et comme il avait peu de munitions, il compléta son armement avec son arc et son carquois. Au dernier moment, il prit un drapeau blanc. Il disposa ses trois cents guerriers sur une ligne longue de plus d'un kilomètre. Lances dressées, arcs tendus, fusils et pistolets armés, les Indiens avancèrent lentement à la rencontre des mille quatre cents soldats et de leurs gros canons.

« Il cherche la bagarre, cet officier qu'ils appellent Hancock, dit Roman Nose à Bull Bear. Je vais le tuer devant ses propres hommes. Cela leur donnera une bonne raison de se battre[5]. »

Bull Bear s'efforça de répondre avec mesure. Les soldats, souligna-t-il, étaient cinq fois plus nombreux qu'eux ; ils étaient équipés de fusils qui tiraient vite et de canons ; leurs chevaux, bien nourris, étaient gras et avaient le poil luisant, tandis que les mustangs indiens pris par les femmes et les enfants pour fuir étaient affaiblis par un hiver entier sans manger d'herbe. Si jamais il y avait une bataille, les soldats pourraient les rattraper sans aucune difficulté et tous les tuer.

Quelques minutes plus tard, les Indiens virent arriver la colonne et surent, en les voyant former une ligne, que les soldats les avaient repérés. Derrière-Dur Custer déploya ses cavaliers, qui fondirent sur les Indiens sabre au clair.

Roman Nose fit calmement signe aux guerriers de s'arrêter, puis leva son drapeau blanc. Alors, les soldats ralentirent l'allure, avant de s'arrêter à une centaine de mètres des Indiens. Drapeaux et fanions des deux camps claquaient dans le vent. Au bout de quelques minutes, les Indiens virent Grand-Chef Wynkoop s'avancer seul. « Ils ont entouré mon cheval, devait raconter par la suite Wynkoop, en exprimant leur joie de me voir ici et en disant qu'à présent, ils savaient que tout allait bien, qu'on ne leur ferait pas de mal (...). J'ai conduit leurs chefs à mi-chemin entre les deux lignes. Là, ils ont retrouvé le général Hancock avec ses officiers et les états-majors[6]. »

Roman Nose s'approcha des officiers ; trônant sur son mustang, il regarda Vieil-Homme-Tonnerre droit dans les yeux.

« Veux-tu la guerre ou la paix ? lui demanda Hancock d'un ton sec.

– Nous ne voulons pas la guerre, répondit Roman Nose. Sinon, nous ne nous approcherions pas ainsi de tes gros canons.

– Pourquoi n'es-tu pas venu au conseil à Fort Larned ?

– Mes mustangs sont faibles, et ceux qui viennent me voir ne me racontent jamais la même chose sur tes intentions. »

Tall Bull, Gray Beard et Bull Bear, inquiets de voir Roman Nose agir si calmement, s'étaient approchés. Prenant la parole, Bull Bear dit au général que ses soldats ne devaient pas s'approcher davantage du village indien. « Nous n'avons pas pu retenir nos femmes et nos enfants, expliqua-t-il. Apeurés, ils se sont enfuis et ne reviendront pas. Ils craignent les soldats.

– Faites-les revenir, ordonna Hancock sèchement. J'y compte. »

Au moment où Bull Bear se détournait en exprimant sa frustration, Roman Nose lui demanda à voix basse de regagner avec les chefs la ligne des guerriers indiens. « Je vais tuer Hancock », ajouta-t-il. Bull Bear s'empara de sa bride et le tira vers le côté en l'avertissant que cela signifierait sans aucun doute la mort pour toute la tribu.

Le vent avait fraîchi, soulevant le sable et rendant toute conversation difficile. Hancock exigea des chefs qu'ils partent immédiatement à la recherche de leurs femmes et enfants et les ramènent, puis annonça la fin du conseil[7].

Les chefs prirent docilement la direction qu'avaient suivie les femmes et les enfants, mais ils ne les firent pas revenir. D'ailleurs, eux-mêmes ne revinrent pas. De plus en plus furieux, Hancock attendit un jour, puis deux. Enfin, il ordonna à Custer de se lancer avec la cavalerie à la poursuite des Indiens et à l'infanterie de pénétrer le campement abandonné. Les soldats procédèrent à un inventaire méthodique des tipis et de leur contenu – avant de tout brûler. Deux cent cinquante et un tipis, neuf cent soixante-deux tuniques en peau de bison, quatre cent trente-six selles, des centaines de parflèches*, de lassos, de tapis, d'ustensiles de cuisine et d'objets de la vie courante partirent en fumée. Les soldats détruisirent tout ce que les Indiens possédaient, à part les mustangs qu'ils chevauchaient et les couvertures et les vêtements qu'ils avaient sur le dos.

Partout dans les plaines, les Dog-Soldiers et leurs alliés sioux laissèrent libre cours à leur colère et leur frustration suite à la destruction de leurs villages. Ils attaquèrent des stations de diligence, arrachèrent les fils du télégraphe, s'en prirent à des camps d'ouvriers construisant le chemin de fer et provoquèrent l'arrêt de la circulation sur la route de la Smoky Hill. La compagnie de diligences Overland Express donna à ses agents les instructions suivantes : « Si des Indiens s'approchent à portée de vos fusils, tirez-leur dessus. Ne leur témoignez aucune pitié car ils n'en auront pas pour vous. Le général Hancock vous protégera, vous et vos biens[8]. » Ainsi, Hancock avait précipité par bêtise cette même guerre qu'il avait pour mission d'empêcher. Et Custer eut beau aller de fort en fort à la recherche des Indiens, il n'en trouva aucun.

« J'ai le regret de vous dire que l'expédition du général Hancock n'a débouché sur rien de bon et que, bien au contraire, elle a provoqué beaucoup de mal », écrivit Thomas Murphy, le Surintendant aux Affaires indiennes, au Commissaire Taylor.

Comme Moustaches-Noires Sanborn en informa le Secrétaire à l'Intérieur : « [L]es opérations du général Hancock ont tellement nui à l'intérêt public, et me semblent en même temps si inhumaines, que j'estime être en droit de vous faire part de mon opinion à ce sujet (...). Qu'une nation puissante comme la nôtre livre une guerre contre une poignée de nomades dépenaillés est, en de telles circonstances, un spectacle des plus humiliants, une injustice sans pareille, un crime national révoltant qui, tôt ou tard, attirera sur nous et sur nos biens le jugement divin. »

Le point de vue de Sherman, tel qu'il l'exprima dans son rapport au Secrétaire à la Guerre, Stanton, était fort différent. « Mon opinion est que si l'on autorise cinquante Indiens à occuper la région entre l'Arkansas et la Platte, il faudra à chaque

---

* Parflèche : sac en peau crue, avec des rabats que l'on repliait pour le fermer (*NdlT*).

relais de diligence, à chaque train et à chaque chantier de construction de la voie ferrée une garde armée. En d'autres termes, cinquante Indiens hostiles peuvent tenir en échec trois mille soldats. Mieux vaut les chasser dès que possible, et peu importe qu'ils soient persuadés de partir ou tués[9]. »

Sherman se laissa toutefois convaincre par les autorités gouvernementales d'essayer la manière douce en constituant une commission pour la paix. Il fit donc appel pendant l'été 1867 à Taylor, Henderson, Tappan, Sanborn, Barney et Terry – ceux-là mêmes qui devaient plus tard, en automne, tenter de faire la paix avec Red Cloud à Fort Laramie (voir le chapitre précédent). Hancok fut rappelé et ses soldats répartis dans les forts qui jalonnaient les pistes.

Le nouveau plan de paix des Plaines du Sud s'adressait non seulement aux Cheyennes et aux Arapahos, mais également aux Kiowas, aux Comanches et aux Apaches de la Prairie. Il était prévu que les cinq tribus s'installeraient sur une grande réserve au sud de l'Arkansas River, et que le gouvernement leur fournirait des troupeaux et leur apprendrait l'agriculture.

Medicine Lodge Creek, qui se trouvait à une centaine de kilomètres au sud de Fort Larned, fut choisi comme site du conseil de paix, prévu pour le début du mois d'octobre. Pour s'assurer que tous les chefs importants seraient présents, le Bureau des Affaires indiennes constitua un stock de présents à Fort Larned et dépêcha auprès des Indiens des messagers soigneusement choisis, parmi lesquels George Bent, employé à présent par Wynkoop à titre d'interprète. Il parvint sans difficulté à persuader Black Kettle de venir. Little Raven, le chef arapaho, et le Comanche Ten Bears étaient également prêts à se rendre à Medicine Lodge Creek. Mais dans les campements des Dog-Soldiers, Bent se heurta à la réticence des chefs. Leurs démêlés avec Vieil-Homme-Tonnerre les incitaient à se méfier des rencontres avec les chefs des soldats. Roman Nose déclara simplement qu'il n'irait pas à Medicine Lodge Creek si Sherman s'y trouvait.

Bent savait, comme les envoyés de Washington d'ailleurs, que Roman Nose constituait l'élément clé de tout accord de paix avec les Cheyennes. Plusieurs centaines de guerriers venus de toutes les sociétés guerrières cheyennes lui avaient prêté allégeance. S'il refusait de signer le traité, ce dernier n'aurait aucune valeur pour instaurer la paix dans le Kansas. C'est certainement sur la suggestion de Bent qu'Edmond Guerrier fut choisi pour aller rendre visite à Roman Nose et le persuader de venir à Medicine Lodge Creek, ne serait-ce que pour une discussion préliminaire. Guerrier, un survivant du massacre de Sand Creek, était marié à la sœur de Bent ; l'épouse de Roman Nose était sa cousine. De tels liens familiaux ne pouvaient que faciliter le recours à la diplomatie.

Le 27 septembre, Guerrier arriva à Medicine Lodge Creek avec Roman Nose et Gray Beard, qui devait servir de porte-parole à ce dernier. Gray Beard comprenant un peu l'anglais, les interprètes pourraient difficilement le tromper. Thomas Murphy, chargé de préparer la venue des membres de la commission, accueillit chaleureusement les Cheyennes et leur expliqua que le conseil qui allait se tenir serait d'une importance capitale pour eux. Il leur promit que les négociateurs prévoiraient des vivres pour eux et les prendraient « par la main et traceraient un beau chemin pour la paix ».

« Ce sont les chiens qui se jettent sur les vivres, répliqua Gray Beard. Celles que vous nous donnez nous rendent malades. Le bison nous fournit notre nourriture, mais les choses dont nous avons besoin, nous ne les voyons pas – la poudre, le plomb, les amorces. Donnez-les-nous, alors nous vous croirons. »

Murphy répondit que les États-Unis ne fournissaient des munitions qu'aux Indiens amis. Il demanda pourquoi certains Cheyennes se montraient hostiles au point de continuer à faire des raids. « Parce que Hancock a brûlé notre village », rétorquèrent Roman Nose et Gray Beard en même temps. « Nous ne faisons que nous venger de cela[10]. »

Murphy leur assura que le Grand Père n'avait nullement autorisé l'incendie du village, et qu'il avait déjà obligé Hancock à quitter les Plaines à cause de cette mauvaise action. Quant à Grand-Guerrier Sherman, dont la présence importunait Roman Nose, il l'avait également rappelé à Washington. Roman Nose accepta finalement un compromis. Avec ses compagnons, il s'installerait à une centaine de kilomètres de là, au bord de la Cimarron River. Ils pourraient suivre le déroulement du conseil de loin et venir y participer s'ils le désiraient.

Le 16 octobre, à la Lune-où-la-saison-change, le conseil débuta dans un joli bosquet d'arbres élancés au bord de la Medicine Lodge Creek. Les Arapahos, les Comanches, les Kiowas et les Apaches de la Prairie avaient établi leurs campements le long de la berge boisée, juste à côté. Black Kettle avait choisi la berge opposée. En cas de problème, il serait au moins protégé par la petite rivière qui le séparait des deux cents cavaliers chargés de protéger les négociateurs blancs. Des messagers devaient tenir Roman Nose et les chefs des Dog-Soldiers informés du déroulement des négociations. Ils surveillaient d'ailleurs tout autant Black Kettle que les membres de la commission ; il était hors de question de le laisser signer un mauvais traité au nom du peuple cheyenne.

Bien que plus de quatre mille Indiens soient rassemblés à Medicine Lodge, les Cheyennes étaient si peu nombreux que l'affaire prit une tournure presque exclusivement kiowa-comanche-arapaho. Voilà qui ennuyait beaucoup les négociateurs, dont le principal objectif était de conclure la paix avec les Dog-Soldiers en les persuadant que la réserve qu'on leur proposait au sud de l'Arkansas était la meilleure solution pour eux. Black Kettle, Little Robe et George Bent parvinrent à convaincre certains des chefs récalcitrants, mais d'autres devinrent hostiles au point de menacer de tuer les mustangs de Black Kettle si ce dernier ne se retirait pas du conseil.

Le 21 octobre, les Kiowas et les Comanches signèrent le traité, s'engageant par là à partager une réserve avec les Cheyennes et les Arapahos et, entre autres choses, à ne chasser le bison que dans les prairies au sud de l'Arkansas et à ne pas entraver la construction du chemin de fer le long de la Smoky Hill. Mais Black Kettle refusa de signer tant qu'il n'y avait pas d'autres chefs cheyennes à Medicine Lodge. Quant à Little Raven et aux Arapahos, ils n'accepteraient le traité que si les Cheyennes le signaient. Les membres de la commission acceptèrent à contrecœur d'attendre une semaine de plus, afin de laisser le temps à Black Kettle et Little Robe d'exercer leurs talents de diplomates auprès des Dog-Soldiers. Au bout de cinq jours, aucun Cheyenne n'était venu. Enfin, le 26 octobre, en fin d'après-midi, Little Robe fut de retour.

Les chefs cheyennes arrivaient, annonça-t-il, avec environ cinq cents guerriers. Ils seraient armés et tireraient certainement quelques coups de feu pour exprimer leur souhait d'obtenir des munitions pour les chasses au bison de l'automne. Ils ne feraient de mal à personne, et si on leur donnait des présents, ils signeraient le traité.

Le lendemain, à midi, par une chaude journée d'automne, les Cheyennes arrivèrent au galop. Ils franchirent une crête au sud de l'endroit où se déroulait le conseil, puis se mirent par rangées de quatre, comme les cavaliers de Derrière-Dur. Certains d'entre eux portaient des vestes de l'armée qu'ils avaient volées, d'autres des couvertures rouges. Leurs lances et leurs ornements argentés brillaient au soleil. À mesure que leur colonne approchait le lieu du conseil, les guerriers effectuèrent un virage pour se retrouver face aux commissaires qui se trouvaient sur l'autre berge. L'un des Cheyennes fit sonner son clairon. Alors, les mustangs partirent au galop, tandis que cinq cents voix criaient « Hiya hi-i-i-ya ! ». Brandissant leurs lances, levant leurs arcs tendus, tirant en l'air, les Indiens entrèrent dans la rivière en soulevant des gerbes d'eau. À coups de fouet, les rangées de devant firent grimper leurs mustangs sur la berge. Ils tombèrent presque nez à nez avec Moustaches-Blanches Harney, qui les accueillit, immobile, tandis que les autres négociateurs couraient se mettre à l'abri. Tirant brusquement sur leurs rênes, les chefs et les guerriers mirent leurs mustangs à l'arrêt, glissèrent à terre et, riant aux éclats, serrèrent les mains des Blancs médusés. Ils venaient de donner la démonstration du panache et de la bravoure des guerriers cheyennes.

Une fois les cérémonies préliminaires expédiées, commencèrent les discours. Tall Bull, White Horse, Bull Bear et Buffalo Chief prirent chacun la parole. Ils ne voulaient pas la guerre, mais s'y résoudraient s'ils ne pouvaient obtenir une paix honorable.

Buffalo Chief supplia une dernière fois les Blancs de laisser les Indiens chasser dans la vallée de la Smoky Hill. Les Cheyennes ne toucheraient pas à la voie ferrée, promit-il avant d'ajouter calmement : « Que cette terre nous appartienne à tous – les Cheyennes devraient toujours pouvoir chasser là-bas. » Mais les Blancs qui participaient au conseil ne croyaient pas à la possibilité de partager ne serait-ce qu'une partie du territoire au nord de l'Arkansas. Le lendemain matin, après le café, les chefs cheyennes et arapahos écoutèrent la lecture qu'on leur fit du traité par le truchement de George Bent. Au début, Bull Bear et White Horse refusèrent d'y apposer leurs signatures. George Bent les prit à part et les convainquit que c'était là le seul moyen de conserver leur pouvoir et de vivre avec la tribu. Une fois le traité signé, les représentants de Washington distribuèrent des cadeaux, dont des munitions pour la chasse. Ainsi s'acheva le conseil de Medicine Lodge. À présent, la plupart des Cheyennes et des Arapahos allaient devoir s'installer plus au sud, comme ils s'y étaient engagés. Mais pour trois ou quatre cents Indiens, cela était hors de question. Ils avaient déjà pris la direction du nord, liant ainsi leur sort à celui d'un guerrier qui refusait de céder. Le nom de Roman Nose ne figurait pas en bas du traité[11].

La majeure partie des Cheyennes et des Arapahos passa l'hiver 1867-1868 au sud de l'Arkansas, près de Fort Larned. Les Indiens avaient tué suffisamment de gibier cet automne pour survivre aux lunes froides, mais dès le printemps, le manque de nourriture se fit sentir. Grand-Chef Wynkoop venait de temps en temps leur distribuer le peu de vivres qu'il parvenait à obtenir du Bureau des Affaires indiennes. Comme il l'expliqua aux chefs, le Grand Conseil de Washington ne s'était toujours pas mis d'accord sur le traité et n'avait pas alloué les fonds promis pour l'achat de nourriture et de vêtements. Les chefs répliquèrent que s'ils avaient des armes et des munitions, ils pourraient aller dans la vallée de la Red River et y tuer suffisamment de bisons pour subvenir aux besoins de leur peuple. Or Wynkoop n'avait ni munitions, ni armes à leur donner.

À mesure que les journées s'allongeaient et devenaient plus chaudes, les jeunes braves commencèrent à s'agiter, à se plaindre du manque de nourriture et à pester contre ces Blancs qui ne tenaient pas les promesses faites à Medicine Lodge. Certains s'aventurèrent par petites bandes vers leurs anciens territoires de chasse dans la vallée de la Smoky Hill, plus au nord. Cédant aux exigences de leurs fiers Dog-Soldiers, Tall Bull, White Horse et Bull Bear traversèrent eux aussi l'Arkansas River. En chemin, quelques jeunes Indiens indisciplinés attaquèrent des fermes isolées dans l'espoir d'y trouver de la nourriture et des armes.

L'agent Wynkoop se rendit alors en toute hâte au village de Black Kettle pour supplier les chefs de patienter et, quand bien même le Grand Père aurait failli à sa promesse, de brider les ardeurs guerrières de leurs jeunes braves.

« Nos frères blancs sont en train de retirer la main qu'ils nous ont tendue à Medicine Lodge, déclara Black Kettle, mais nous nous efforcerons de ne pas la lâcher. Nous espérons que le

Grand Père prendra pitié de nous et qu'il nous donnera les armes et les munitions promises, afin que nous puissions chasser le bison et épargner à nos familles les souffrances de la faim[12]. »

Wynkoop gardait bon espoir, maintenant que le Grand Père avait confié à un nouveau Chef-Étoiles, le général Philip Sheridan, le commandement des forts du Kansas. Il organisa une rencontre à Fort Larned entre Sheridan et plusieurs chefs, dont Black Kettle et Stone Calf.

En voyant Sheridan, les Indiens trouvèrent qu'avec ses jambes courtes, son cou épais et ses grands bras ballants, il ressemblait à un ours ronchon. Au cours du conseil, Wynkoop demanda au général s'il pouvait fournir des armes aux Indiens. « Oui, donnez-leur des armes, répondit Sheridan dans un grognement, et s'ils nous font la guerre, mes soldats les tueront en hommes d'honneur. »

À quoi Stone Calf rétorqua : « Que vos soldats se laissent pousser les cheveux, et cela sera pour nous un honneur de les tuer. »

Le conseil se déroula dans une ambiance pour le moins tendue. Wynkoop obtint certes quelques fusils obsolètes pour les Indiens, mais le malaise des Cheyennes et des Arapahos persista. Nombre de leurs jeunes braves et la plupart des Dog-Soldiers étaient restés au nord de l'Arkansas, où certains attaquaient et tuaient tous les Blancs sur lesquels ils tombaient.

Fin août, la plupart des Cheyennes du Nord s'étaient rassemblés au bord de l'Arikaree, un affluent de la Republican. Tall Bull, White Horse et Roman Nose étaient là, accompagnés de trois cents guerriers et de leurs familles. Non loin, campaient quelques Arapahos et les Sioux de Pawnee Killer. Apprenant de la bouche de Bull Bear, installé près de la Solomon River avec sa bande, que le général Sheridan avait constitué une compagnie d'éclaireurs pour localiser les villages indiens, ils ne s'inquiétèrent pas outre mesure, occupés qu'ils étaient à trouver de la viande pour l'hiver.

Enfin, le 16 septembre, pendant la Lune-des-cerfs-qui-piaffent, un groupe de chasseurs sioux venus du village de Pawnee Killer vit une cinquantaine de Blancs installer leur campement au bord de l'Arikaree, à un peu plus de trente kilomètres en aval de celui des Indiens. Seuls deux ou trois d'entre eux portaient des uniformes bleus ; les autres étaient vêtus de manière rudimentaire, un peu comme des trappeurs. Il s'agissait de la compagnie constituée par Sheridan pour localiser les villages indiens, les « Éclaireurs de Forsyth ».

Alerté par les Sioux, Pawnee Killer envoya immédiatement des messagers demander aux Cheyennes de participer avec lui à une attaque contre ces Blancs qui avaient envahi leur territoire de chasse. Par l'intermédiaire des crieurs, Tall Bull et White Horse ordonnèrent aux guerriers de se mettre en tenue de combat, et de se peindre pour la guerre. Pendant ce temps, Roman Nose se soumettait à une cérémonie de purification dans son tipi. En effet, quelques jours auparavant, les Cheyennes avaient festoyé avec les Sioux, et l'une des femmes avait utilisé une fourchette en métal pour faire du pain frit, ce que Roman Nose n'avait appris qu'après avoir mangé ledit pain. Or, sa médecine lui interdisait de manger de la nourriture mise en contact avec du métal. Le pouvoir magique qui lui permettait d'échapper aux balles des Blancs perdrait toute efficacité tant qu'il n'aurait pas accompli les rites de purification.

C'était le genre de croyance auxquelles les Cheyennes adhéraient sans se poser de questions. Tall Bull demanda tout de même à Roman Nose de ne pas faire traîner les choses. Il ne doutait pas qu'ensemble les Cheyennes et les Sioux puissent tuer cinquante éclaireurs blancs, mais il se pouvait que des compagnies de Tuniques Bleues soient dans les parages. Dans ce cas, les Indiens auraient besoin de Roman Nose pour mener la charge. Roman Nose dit aux chefs de ne pas l'attendre. Il les rejoindrait quand il serait prêt.

Étant donné la distance à laquelle se trouvait le campement des éclaireurs, les chefs décidèrent d'attaquer le lendemain matin. Chevauchant leurs meilleurs mustangs, cinq ou six cents guerriers descendirent la vallée de l'Arikaree, armés de leurs lances, de leurs arcs et de leurs fusils les plus efficaces. Les Sioux arboraient leurs coiffes de plumes d'aigle, et les Cheyennes leurs coiffes de plumes de corbeau. Ils firent une pause non loin du campement des éclaireurs. Là, les ordres des chefs furent clairs : aucun groupe isolé ne devait s'attaquer seul à l'ennemi. Les Indiens partiraient tous ensemble à l'assaut, ainsi que Roman Nose le leur avait appris. Ils fondraient sur les éclaireurs et les liquideraient.

Malgré les consignes, six Sioux et deux Cheyennes – de très jeunes hommes – sortirent discrètement du campement avant le lever du soleil pour tenter de capturer les chevaux des Blancs. Ils chargèrent le troupeau à l'aube en hurlant et en agitant des couvertures pour le faire fuir. Ils réussirent certes à capturer quelques-unes des bêtes, mais signalèrent par la même occasion aux « Éclaireurs de Forsyth » la présence des Indiens. Avant que le groupe principal puisse charger, les Blancs eurent le temps de se réfugier dans une petite île au milieu de la rivière et de se dissimuler parmi les broussailles et les hautes herbes.

Les guerriers partirent à la charge à travers la vallée brumeuse, les sabots de leurs mustangs martelant le sol. Lorsqu'ils furent suffisamment près pour voir les éclaireurs courir vers l'île broussailleuse, l'un des Cheyennes souffla dans son clairon. L'idée première des Indiens avait été de fondre sur le campement. Maintenant, ils se voyaient contraints d'opérer un virage brusque afin de traverser le lit asséché de la rivière. Une rafale tirée par les fusils Spencer à répétition des éclaireurs faucha les premiers rangs. Les guerriers se séparèrent alors en deux groupes, l'un partant à gauche et l'autre à droite.

Les Indiens passèrent la majeure partie de la matinée à tourner autour de l'île. Les seules cibles visibles dans les hautes herbes étaient les chevaux des éclaireurs, lesquels, une fois abattus, leurs servirent de protection. Quelques guerriers mirent pied à terre et tentèrent de se rapprocher en rampant à travers les broussailles. Mais les rafales des fusils eurent vite raison d'eux. Un Cheyenne du nom de Wolf Belly parvint deux fois à traverser sur son mustang la ligne de défense ennemie. Il portait sa peau de panthère magique, laquelle lui donnait des pouvoirs tellement puissants que pas une balle ne put l'atteindre.

En début d'après-midi, Roman Nose arriva sur le champ de bataille et se posta sur un point en hauteur dominant l'île. La plupart des guerriers cessèrent les combats, dans l'attente de ce qu'il allait entreprendre. Tall Bull et White Horse vinrent lui parler, sans cependant lui demander de prendre la tête des guerriers. Puis un vieil homme du nom de White Contrary s'approcha : « Le voilà, Roman Nose, dit-il, cet homme dont notre sort dépend, assis derrière cette colline. »

Roman Nose partit d'un éclat de rire. Il avait déjà décidé de ce qu'il allait faire ce jour-là. Il savait qu'il allait mourir, ce qui ne l'empêcha pas de rire des paroles du vieillard.

« Tous ces hommes qui se battent ici sont convaincus qu'ils t'appartiennent, poursuivit White Contrary, et ils feront tout ce que tu leur dis de faire. Pourtant, te voilà derrière cette colline[13]. »

Alors Roman Nose s'isola pour se préparer au combat. Il peignit son front en jaune, son nez en rouge et son menton en noir. Puis il mit sa coiffe à une corne décorée de quarante plumes d'aigle. Une fois prêt, il enfourcha son mustang et descendit vers le lit asséché de la rivière, où les guerriers attendaient en rang qu'il les mène à la victoire.

Les Indiens partirent au petit trot, passèrent au galop, puis fouettèrent leurs mustangs sans ménagement afin de prendre l'île d'assaut. Mais là encore, la puissance de feu des « Éclaireurs de Forsyth » faucha les premiers rangs, réduisant ainsi la puissance de la charge désespérée. Roman Nose atteignit la limite des broussailles. C'est alors que, pris dans des feux croisés, il reçut une balle au-dessus de la hanche. Sa colonne vertébrale fut atteinte. Il tomba dans les broussailles, où il resta jusqu'au crépuscule, avant de ramper péniblement jusqu'au bord de l'île. De jeunes guerriers partis à sa recherche le trouvèrent et le portèrent jusqu'à une colline, où des femmes soignaient les blessés. Il mourut pendant la nuit.

Pour les jeunes guerriers cheyennes, c'était comme si une grande lumière s'éteignait dans le ciel. Roman Nose avait cru, et leur avait fait croire, que s'ils se battaient pour leur terre comme Red Cloud, ils gagneraient un jour ou l'autre.

À présent, ni les Cheyennes, ni les Sioux n'avaient le cœur à poursuivre les combats. Pourtant, ils continuèrent pendant huit jours à assiéger les « Éclaireurs de Forsyth », réduits à manger leurs chevaux et à creuser le sable pour trouver de l'eau. Le huitième jour, lorsqu'une colonne de soldats vint prêter main-forte aux assiégés, ce fut sans regret que les Indiens quittèrent l'île nauséabonde.

Pour les Blancs, cette bataille revêtait une importance capitale ; ils l'appelèrent la bataille de Beecher's Island, du nom du jeune lieutenant Frederick Beecher qui y avait péri. Les survivants se vantèrent d'avoir tué « des centaines de Peaux-Rouges ». En fait, les Indiens ne déploraient pas plus de trente tués, mais il est vrai que la mort de Roman Nose fut pour eux une perte incalculable, d'où le nom qu'ils donnèrent à cet épisode de la guerre – la Bataille où Roman Nose est Mort.

Après avoir pris un peu de repos, les Cheyennes prirent la direction du sud. Traqués sans répit par les soldats, leur seul espoir de survie était de rejoindre leurs cousins au sud de l'Arkansas. Pour eux, Black Kettle était certes un vieil homme défait, mais il était toujours en vie. Et c'était lui le chef des Cheyennes du Sud.

Comment auraient-ils pu savoir que le chef soldat qui ressemblait à un ours ronchon, Sheridan, préparait une campagne d'hiver au sud de l'Arkansas ? Qu'il comptait, quand arriveraient les neiges des lunes froides, détruire avec Custer et ses cavaliers les villages des Indiens « sauvages » ? Ces villages avaient pour la plupart honoré leur part du traité, mais pour Sheridan, tout Indien qui résistait quand on lui tirait dessus était un « sauvage ».

Cet automne-là, Black Kettle établit son village près de la Washita River, à soixante-dix kilomètres environ des Antelope Hills. Lorsqu'il vit revenir les jeunes braves du Kansas, il les gronda pour leur indiscipline mais, en père magnanime, les laissa réintégrer sa bande. En novembre, apprenant par ouï-dire que des soldats arrivaient, il entreprit un long voyage de plus de cent soixante kilomètres jusqu'à Fort Cobb, en aval, où se situait la nouvelle agence. Le fort était commandé par le général William B. Hazen, que les Cheyennes et les Arapahos avaient trouvé amical et compréhensif lors des visites qu'ils lui avaient rendues au cours de l'été.

Pourtant, cette fois-ci, en dépit de l'urgence de la situation, Hazen se montra beaucoup moins aimable. Lorsque Black Kettle lui demanda la permission de rapprocher ses cent quatre-vingts tipis de Fort Cobb afin de bénéficier de sa protection, il refusa, tout comme il refusa de permettre aux Cheyennes et aux Arapahos de s'installer près des Kiowas et des Comanches. Il assura à Black Kettle que s'il retournait avec sa délégation dans son village et empêchait ses jeunes guerriers d'en sortir, ils ne seraient pas attaqués. Il fournit à ses visiteurs du sucre, du café et du tabac, puis les renvoya, en sachant qu'il ne les reverrait probablement jamais. Il n'ignorait rien des projets guerriers de Sheridan.

Les chefs déçus rentrèrent au village, qu'ils atteignirent dans la nuit du 26 novembre après avoir affronté un vent âpre venu du nord qui s'était transformé en tempête de neige. Malgré sa fatigue, Black Kettle convoqua immédiatement un conseil des chefs. (George Bent n'y participa pas, étant allé avec sa femme, la nièce de Black Kettle, rendre visite à William Bent dans son ranch du Colorado.)

Cette fois-ci, déclara Black Kettle à son peuple, ils ne devaient pas se laisser surprendre comme cela avait été le cas à Sand Creek. Plutôt que d'attendre l'arrivée des soldats, il irait avec une délégation à leur rencontre pour les convaincre des intentions pacifiques des Cheyennes. La neige, déjà épaisse sur le sol, continuait à tomber, mais il se mettrait en route dès que le ciel se dégagerait.

Black Kettle se coucha tard cette nuit-là, mais se leva tôt comme il en avait l'habitude. Sortant de son tipi, il constata avec joie que le ciel se dégageait. Malgré l'épais brouillard qui recouvrait la vallée de la Washita, il parvint à distinguer l'épaisse couche de neige sur les arêtes de l'autre côté de la rivière.

C'est alors qu'il entendit une femme hurler. Les cris devinrent plus clairs à mesure qu'elle s'approchait. « Les soldats ! Les soldats ! » Sans réfléchir, Black Kettle rentra dans son tipi pour aller chercher son fusil. En quelques secondes, sa décision fut prise – il donnerait l'alerte et organiserait la fuite de sa bande. Il ne voulait pas d'un deuxième Sand Creek. Il irait seul à la rencontre des soldats, à l'endroit où l'on traversait la rivière, et parlementerait avec eux. Levant le canon de son arme, il appuya sur la gâchette. La détonation réveilla tout le monde. Pendant qu'il criait à tous de s'enfuir à cheval, sa femme détacha sa monture et la lui amena.

Il s'apprêtait à galoper jusqu'au gué lorsque, perçant le brouillard, le son du clairon retentit, suivi de voix hurlant des ordres et de cris sauvages. Les soldats chargeaient. La neige étouffant le martèlement des sabots sur le sol, seuls étaient perceptibles le bruit des paquetages, le cliquetis des harnais, les cris rauques et les clairons sonnant de toutes parts. (Custer avait amené avec lui l'orchestre militaire et ordonné aux musiciens de jouer « Garry Owen » * pour accompagner la charge.)

Black Kettle s'attendait à ce que les soldats traversent la Washita au niveau du gué. Or, ce fut de quatre directions qu'ils émergèrent du brouillard. Comment pouvait-il, face à quatre colonnes qui chargeaient, parler de paix ? Sand Creek recom-

* Air militaire d'origine probablement irlandaise, choisi en 1867 comme hymne non officiel par le 7e de cavalerie (*NdlT*).

mençait. Tendant la main à sa femme, Black Kettle l'aida à monter derrière lui, puis mit son cheval au galop. Tous deux avaient survécu à Sand Creek ; à présent, tels des rêveurs plongés dans le même cauchemar, ils se voyaient de nouveau poursuivis par les balles sifflantes des soldats.

Ils avaient pratiquement atteint le gué quand le vieux chef cheyenne vit les cavaliers charger, vêtus de leurs épais manteaux bleus et de leurs toques en fourrure. Il fit ralentir son mustang et leva la main en signe de paix. Une balle lui laboura le ventre. Son cheval fit un virage brusque. Touché au dos, Black Kettle tomba dans la neige au bord de la rivière, suivi par sa femme, atteinte à plusieurs reprises. Le mustang s'échappa. Les cavaliers traversèrent la rivière en soulevant des gerbes d'eau. Il s'en fallut de peu qu'ils ne piétinent Black Kettle et son épouse, dont les corps furent recouverts de boue par les sabots de leurs chevaux.

Les ordres donnés à Custer par Sheridan étaient on ne peut plus clairs : « Avancer vers le sud en direction des Antelope Hills, puis se diriger vers la Washita River, où les tribus hostiles sont censées avoir installé leur campement d'hiver ; détruire leurs villages et leurs mustangs, tuer ou pendre tous les guerriers, et ramener les femmes et les enfants[14]. »

Quelques minutes suffirent aux hommes de Custer pour anéantir le village de Black Kettle, et quelques minutes de plus pour abattre sans pitié des centaines de mustangs dans leurs corrals. Mais tuer ou pendre les guerriers impliquait de les séparer des vieillards, des femmes et des enfants, procédure lente et risquée pour les cavaliers, qui trouvèrent bien plus efficace et sûr de tuer sans distinction. Ce furent ainsi cent trois Cheyennes qui périrent ce jour-là, dont onze guerriers seulement. Cinquante-trois femmes et enfants furent capturés.

Alertés par les échos des détonations dans la vallée, des Arapahos étaient arrivés de leur village voisin et s'étaient joints aux Cheyennes pour attaquer les soldats par-derrière. Un groupe d'Arapahos encercla un peloton de dix-neuf soldats commandés par le chef d'escadron Joel Elliott et les tua jusqu'au dernier. Vers le milieu de la journée arrivèrent des Kiowas et des Comanches. En voyant augmenter le nombre de guerriers sur les collines avoisinantes, Custer fit rassembler ses captifs et, abandonnant le chef d'escadron Elliott à son sort, regagna à marche forcée sa base temporaire de Camp Supply, au bord de la Canadian River.

Là, le général Sheridan attendait impatiemment des nouvelles de sa victoire. Apprenant que le régiment de cavalerie était sur le chemin du retour, il ordonna que tous les soldats du fort se préparent à une revue en bonne et due forme. Au son triomphal de l'orchestre, les vainqueurs entrèrent en exhibant les scalps de Black Kettle et des autres « sauvages ». Sheridan félicita publiquement Custer pour l'« efficacité et l'héroïsme des services rendus ».

Dans son rapport officiel sur les « bouchers sauvages » et les « bandes sauvages de maraudeurs cruels », le général Sheridan se félicita d'avoir « liquidé le vieux Black Kettle (…), cette non-entité vieillissante, inutile et complètement usée ». Il prétendit également avoir promis l'asile à Black Kettle s'il acceptait de venir au fort avant le début des opérations militaires. « Il a refusé, affirma-t-il, et a été tué lors des combats[15]. »

Wynkoop, qui avait démissionné pour protester contre la politique de Sheridan, était à Philadelphie lorsqu'il apprit la mort de Black Kettle. Il déclara que son vieil ami avait été trahi et « avait péri aux mains d'hommes blancs auxquels il avait trop souvent, hélas pour lui, accordé sa confiance, et qui s'étaient vantés d'un air triomphant d'être en possession de son scalp ». D'autres hommes blancs qui avaient connu et apprécié Black Kettle critiquèrent eux aussi la politique guerrière de Sheridan, mais celui-ci repoussa leurs attaques en les qualifiant de « braves et pieux ecclésiastiques (…) complices de sauvages qui ont assassiné sans pitié des hommes, des femmes et des enfants[16] ».

Grand-Guerrier Sherman apporta à Sheridan son soutien et lui ordonna de continuer à tuer les Indiens hostiles et leurs mustangs, tout en lui conseillant d'installer les Indiens amis dans des campements où ils pourraient être nourris et exposés aux bienfaits de la culture et de la civilisation de l'homme blanc.

Sheridan et Custer se rendirent donc à Fort Cobb, d'où ils envoyèrent des messagers aux quatre tribus de la région afin de les avertir qu'elles devaient soit venir au fort faire la paix, soit s'exposer à être traquées et exterminées. Custer lui-même partit à la recherche d'Indiens amis. Pour cette opération de terrain, il ordonna que l'une des plus jolies de ses captives cheyennes l'accompagne. Elle se vit attribuer la fonction d'interprète, alors qu'elle ne connaissait pas un mot d'anglais.

Fin décembre, on vit arriver à Fort Cobb les premiers survivants de la bande de Black Kettle. Custer ayant tué tous leurs mustangs, ils étaient à pied. Little Robe était devenu le chef de la tribu, mais en titre seulement. Présenté à Sheridan, il expliqua à celui qui ressemblait à un ours que les siens souffraient de la faim, puisque Custer avait détruit leurs réserves de viande, qu'ils n'avaient pas trouvé de bison le long de la Washita et qu'ils avaient dû manger leurs chiens.

Sheridan répliqua que les Cheyennes recevraient des vivres à condition de tous venir à Fort Cobb et de se rendre sans conditions. « Vous ne pouvez pas faire la paix pour vous remettre à tuer les Blancs le printemps venu, ajouta-t-il. Si vous n'êtes pas prêts à accepter une paix complète, vous n'avez qu'à retourner d'où vous venez et nous règlerons notre problème les armes à la main[17]. »

Little Robe savait pertinemment qu'il n'y avait qu'une seule réponse possible. « C'est à toi de dire ce que nous devons faire[18], » dit-il.

Yellow Bear accepta lui aussi de venir avec ses Arapahos à Fort Cobb. Quelques jours plus tard, ce fut le tour de Towasi, le premier Comanche à faire reddition avec sa bande. Lorsqu'on lui fit rencontrer Sheridan, ses yeux se mirent à briller. Il se présenta, puis ajouta quelques mots dans un anglais rudimentaire, ce qui donna : « Tosawi, bon Indien. »

C'est à cette occasion que Sheridan prononça la formule immortelle : « Les seuls bons Indiens que j'ai jamais vus étaient morts. » Le lieutenant Charles Nordstrom, présent lors de l'entrevue, la répéta autour de lui, et au fil du temps, elle se transforma en cet aphorisme américain bien connu : *Le seul bon Indien est un Indien mort.*

Cet hiver-là, les Cheyennes, les Arapahos et quelques bandes comanches vécurent des aumônes de l'homme blanc à Fort Cobb. Au printemps 1869, le gouvernement des États-Unis décida de rassembler les Comanches et les Kiowas autour de Fort Cobb et d'attribuer aux Cheyennes et aux Arapahos une réserve autour de Camp Supply. Certaines des bandes de Dog-Soldiers restèrent dans leurs campements tout au nord, près de la Republican, tandis que d'autres, commandées par Tall Bull, acceptaient de descendre dans le sud pour recevoir des rations et être protégées.

Sur le trajet de Fort Cobb à Camp Supply, Little Robe et Tall Bull se disputèrent, le premier accusant le second d'être responsable, avec ses Dog-Soldiers, d'une grande partie de leurs problèmes avec les soldats. Tall Bull reprocha alors à Little Robe d'être un faible, comme Black Kettle, et de courber la tête devant les Blancs. Il déclara qu'il refusait de vivre confiné sur la réserve allouée aux Cheyennes, des terres désolées au sud de l'Arkansas. Ils avaient toujours été un peuple libre. De quel droit les Blancs leur disaient-ils où vivre ? Leur tribu devait rester libre ou mourir.

Pris de colère, Little Robe ordonna à Tall Bull et à ses Dog-Soldiers de quitter la réserve pour toujours. S'ils n'obéissaient pas, lui-même s'allierait aux Blancs pour les chasser. Tall Bull répondit d'un ton fier qu'il emmènerait son peuple rejoindre les Cheyennes du Nord qui, avec les Sioux de Red Cloud, avaient chassé les Blancs de la vallée de la Powder.

Ainsi, comme ils l'avaient fait après Sand Creek, les Cheyennes se séparèrent une nouvelle fois. Deux cents Dog-Soldiers et leurs familles prirent la direction du nord avec Tall Bull. En mai, à la Lune-où-les-mustangs-perdent-leurs-poils, ils rejoignirent les bandes restées durant l'hiver sur les bords de la Republican. Au moment où ils faisaient leurs préparatifs pour la longue et dangereuse marche jusqu'à la vallée de la Powder, Sheridan confia à une armée de cavaliers placés sous le commandement du général Eugene A. Carr la mission de les traquer et de les tuer. Carr trouva le campement des Dog-Soldiers et l'attaqua avec la même violence dont Custer avait fait preuve lors de l'attaque du village de Black Kettle. Mais cette fois-ci, une bande de guerriers se sacrifièrent pour ralentir la charge des cavaliers, permettant ainsi aux femmes et aux enfants d'échapper à la capture.

Les Indiens se sauvèrent par petits groupes et échappèrent aux soldats de Carr. Quelques jours plus tard, Tall Bull rassembla ses guerriers et fit avec eux un raid de vengeance dans la vallée de la Smoky Hill. Ils arrachèrent trois kilomètres de cette voie ferrée tant honnie et attaquèrent des petites fermes, tuant avec autant de cruauté que les soldats avaient massacré leur peuple. Custer ayant capturé des femmes cheyennes, Tall Bull emmena deux femmes blanches trouvées dans un ranch. Maria

Weichel et Susannah Allerdice étaient d'origine allemande, si bien que pas un Cheyenne ne les comprenait. En dépit de la gêne qu'elles seraient pour les Indiens, Tall Bull insista pour qu'elles soient emmenées comme prisonnières et traitées de la même manière que les femmes cheyennes avaient été traitées par les Tuniques Bleues.

Pour éviter les cavaliers qui désormais les traquaient sans relâche, Tall Bull et sa bande furent obligés de changer constamment de lieu de campement. Peu à peu, ils se rapprochèrent du Colorado, à l'ouest du Nebraska. Tall Bull dut attendre juillet pour voir son peuple rassemblé à Summit Springs, où il espérait pouvoir traverser la Platte. La rivière étant en crue, les Indiens établirent un camp temporaire. Tall Bull envoya quelques jeunes braves repérer un endroit où traverser. Nous étions à la Lune-des-cerises-mûres, et la journée était très chaude. La plupart des Cheyennes se reposaient sous leur tipi.

Il se trouve que ce jour-là, les éclaireurs pawnees du chef d'escadron Frank North repérèrent la piste des fuyards. (Il s'agissait des mêmes mercenaires qui, quatre ans auparavant, avaient accompagné le général Connor dans la vallée de la Powder, dont ils avaient été chassés par les guerriers de Red Cloud.) Prenant les Indiens pratiquement au dépourvu, les Pawnees et les Tuniques Bleues chargèrent le campement de Tall Bull. Comme ils venaient de l'est et de l'ouest, la seule issue pour les Cheyennes était le sud. Les hommes tentèrent d'attraper les mustangs qui se sauvaient de toute part, tandis que les femmes et les enfants s'échappaient à pied.

Pour beaucoup, la fuite tourna court. Tall Bull et une vingtaine d'autres personnes, dont sa femme, son enfant et les deux captives allemandes, se réfugièrent dans un ravin. Une douzaine de guerriers périrent en en défendant l'entrée.

Avec sa hache, Tall Bull creusa des trous dans les parois afin de grimper jusqu'en haut et de tirer sur les soldats. Il tira une première fois, baissa la tête, et lorsqu'il se releva pour tirer à nouveau, une balle lui fracassa le crâne.

En quelques minutes, les Pawnees et les soldats prirent le ravin d'assaut, tuant tous les Cheyennes, sauf la femme de Tall Bull et son enfant. Les deux Allemandes furent touchées, mais l'une d'elles n'était que blessée. Plus tard, les Blancs affirmèrent que Tall Bull leur avait tiré dessus, ce que jamais les Indiens ne voulurent croire – il n'aurait pas gaspillé ses balles de manière aussi stupide.

Morts, Roman Nose, Black Kettle, Tall Bull. À présent, ils étaient tous de bons Indiens. Comme les bisons et les antilopes, les fiers Cheyennes, de moins en moins nombreux, se retrouvaient au bord de l'extinction.

8

Ascension et chute de Donehogawa

*1869 : Le 4 mars, Ulysses Grant prend officiellement ses fonctions de président. Le 10 mai, les voies ferrées de l'Union Pacific et de la Central Pacific se rejoignent à Promontory Point, créant ainsi la première ligne de chemin de fer transcontinentale. Le 13 septembre, Jay Gould et James Fisk tentent d'accaparer le marché de l'or. Le 24 septembre, le gouvernement brade l'or sur le marché pour faire baisser les prix ; le « Vendredi noir » entraîne la ruine des petits spéculateurs. Le 24 novembre, constitution de l'*American Woman Suffrage Association. *Le 10 décembre, le Wyoming promulgue une loi accordant aux femmes le droit de voter et d'occuper des fonctions politiques. Le 30, à Philadelphie, constitution du syndicat* Knights of Labor. *Publication d'*Innocents Abroad, *de Mark Twain*.*

*1870 : Le 10 janvier, John D. Rockefeller crée la Standard Oil Company afin de s'assurer le monopole du secteur pétrolier. Le 15 février, dans le Minnesota, début de la construction du Northern Pacific Railroad. En juin, la population des États-Unis atteint le chiffre de 38 558 371 habitants. Le 18 juillet, à Rome, le conseil du Vatican fait de l'infaillibilité papale une doctrine de l'Église. Le 19, la France déclare la guerre à la Prusse. Le 2 septembre, capitulation de Napoléon III. Le 19, début du siège de Paris. Le 20, William M. Tweed, le chef de Tammany**, est accusé de se servir dans les caisses de la ville de New York.*

---

* Livre à caractère autobiographique dans lequel Twain raconte ses voyages en Europe et au Proche-Orient (traduction française : *Le Voyage des Innocents*, Maspero, 1982, réédition Payot, 1995) (*NdlT*).

** Tammany était la machine politique du parti démocrate, dont le siège, Tammany Hall, se situait sur la 14e Rue à New York. Fondée en 1789, la Tammany Society prit une importance accrue dans le champ

Enterre mon cœur à Wounded Knee

Le 29 novembre, l'instruction devient obligatoire en Grande-Bretagne. Début de la production de papier à partir de pulpe de bois en Nouvelle-Angleterre.

---

politique. Tammany attira, en particulier au XIXe siècle, les votes des immigrés, irlandais notamment, en échange de nourriture ou autres faveurs. Son influence dans les domaines économiques et dans la police, et les soupçons de corruption et de malversation menèrent à son démantèlement dans les années 50. Le nom Tammany vient de celui d'un chef indien. D'ailleurs, le chef de Tammany était appelé le sachem et Tammany Hall le wigwam (*NdlT*).

Alors que ce pays était autrefois occupé par les Indiens, les tribus, certaines très puissantes, qui vivaient dans les régions correspondant maintenant aux États à l'est du Mississippi furent l'une après l'autre exterminées quand elles tentèrent de contenir l'avancée vers l'ouest de la civilisation (...). Dès qu'une tribu se rebiffait contre la violation des droits garantis par les traités ou l'ordre naturel des choses, ses membres, quand ils n'étaient pas abattus sans pitié, étaient traités comme des chiens (...). L'humanité aurait, dit-on, dicté la politique de déplacement et de concentration des Indiens à l'ouest afin de les sauver de l'extinction. Mais aujourd'hui, en raison de la très forte augmentation de la population américaine et de l'extension de la colonisation dans tout l'Ouest, de part et d'autres des montagnes Rocheuses, les races indiennes font face à une menace d'extermination rapide telle qu'elles n'en ont jamais connue dans l'histoire de ce pays.

Donehogawa (Ely Parker), le premier Indien commissaire aux Affaires indiennes

Lorsque les survivants cheyennes de la bataille de Summit Springs arrivèrent enfin dans la vallée de la Powder, ils se rendirent compte que bien des choses avaient changé au cours des trois hivers qu'ils avaient passés dans le sud. Red Cloud avait gagné sa guerre, les forts avaient été abandonnés, et aucune Tunique Bleue ne s'aventurait plus au nord de la Platte. Mais des rumeurs circulaient dans les campements des Sioux et des Cheyennes du Nord : le Grand Père à Washington voulait qu'ils s'installent tout là-bas vers l'est, près du Missouri, dans une région où le gibier était très rare. Selon certains négociants blancs amis des Indiens, le traité de 1868 stipulait qu'on allait installer l'agence des Sioux Tetons au bord du Missouri. Red Cloud accueillit ces rumeurs avec le plus grand dédain. À Laramie, il avait déclaré aux officiers en présence desquels il s'apprêtait à parapher le traité qu'il voulait que le fort soit le comptoir des Sioux Tetons, faute de quoi il refusait de signer. Les Blancs avaient accepté ses conditions.

Au printemps 1869, Red Cloud revint à Laramie avec une centaine d'Oglalas pour faire du troc et recevoir les provisions promises en vertu du traité. Le commandant du poste lui expliqua que le comptoir des Sioux se trouvait désormais à Fort Randall, au bord du Missouri, et qu'il leur fallait aller là-bas. Fort Randall se situant à cinq cents kilomètres, Red Cloud s'esclaffa et répéta sa requête. Avec aux portes de son fort mille guerriers indiens, le commandant ne put que lui donner satisfaction, tout en lui conseillant de s'installer plus près de Fort Randall avant la prochaine saison de troc.

Il devint très vite clair que les autorités de Fort Laramie ne plaisantaient pas. En effet, Spotted Tail ne fut même pas autorisé à camper avec ses paisibles Brûlés près du fort. Ayant été informé que s'il voulait des provisions, il lui faudrait aller à Fort Randall, il traversa les plaines avec son peuple et s'installa près du nouveau comptoir sioux. Pour Big Mouth et ses collègues, Ceux-qui-traînent-à-Laramie comme les surnommaient les Indiens, la belle vie était terminée. Expédiés à Fort Randall, ils durent recommencer leurs petites activités dans un environnement totalement inconnu.

Red Cloud, lui, demeura inflexible. Il avait gagné la vallée de la Powder de haute lutte. Fort Laramie étant le comptoir le plus proche, il n'avait nullement l'intention de s'installer près du Missouri ou de faire tout ce trajet simplement pour aller chercher des provisions.

Durant l'automne 1869, la paix régna parmi les Indiens des Plaines. Mais des rumeurs faisaient état de grands changements. On disait qu'un nouveau Grand Père, le président Grant, avait été choisi à Washington. On disait aussi que le nouveau Grand Père avait nommé comme Petit Père des Indiens un Indien, ce qui paraissait à peine croyable. Depuis toujours, le commissaire aux Affaires indiennes était un Blanc qui savait lire et écrire. Le Grand Esprit avait-il enfin appris à lire et à écrire à un homme rouge pour qu'il puisse occuper ces fonctions ?

En janvier 1870, la Lune-où-la-neige-rentre-dans-les-tipis, arriva du pays des Blackfeets une rumeur fort inquiétante. Quelque part au bord de la Marias River, dans le Montana, des soldats avaient encerclé un village et massacré les habitants comme des lapins piégés dans leurs terriers. Les Blackfeets, des Indiens des montagnes Rocheuses, étaient de vieux ennemis des tribus des Plaines, mais à présent tout avait changé, et chaque fois que des soldats tuaient des Indiens, où que ce soit, les autres tribus ressentaient un profond malaise. Soucieuse de garder le massacre secret, l'armée annonça simplement que le chef d'escadron Eugene M. Baker avait, à la tête d'un régiment de cavalerie de Fort Ellis (Montana), mené une expédition punitive contre une bande de Blackfeets voleurs de chevaux. Mais les Indiens des Plaines apprirent la vérité bien avant qu'elle ne parvienne au Bureau des Affaires indiennes à Washington.

Au cours des semaines qui suivirent la rumeur, on vit se produire d'étranges choses dans les Plaines du Nord. Dans plusieurs agences, les Indiens manifestèrent leur colère en organisant des réunions au cours desquelles ils condamnèrent l'action des Tuniques Bleues et qualifièrent le Grand Père d'« imbécile et de chien sans oreilles ni cervelle ». Ils en vinrent à incendier les bâtiments de deux agences, à retenir prisonniers des agents et à chasser des réserves des employés blancs du gouvernement[1].

À cause du secret entourant le massacre du 23 janvier, le commissaire aux Affaires indiennes ne fut mis au courant que trois mois plus tard, lorsqu'un jeune officier, le lieutenant William B. Pease, qui faisait office d'agent des Blackfeets, l'informa des faits, au risque de compromettre sa carrière. Saisissant le prétexte du vol de quelques mules dans un bateau transportant des chariots, le chef d'escadron Baker avait, au cours de son expédition d'hiver, attaqué avec ses hommes le premier campement se trouvant sur son chemin et où vivaient surtout des vieillards, des femmes et des enfants, dont plusieurs atteints de la variole. Des deux cent dix-neuf Blackfeets occupant le village du chef Heavy Runner, quarante-six seulement survécurent : trente-trois hommes, quatre-vingt-dix femmes et cinquante enfants ayant été abattus au cours de l'attaque.

Dès qu'il reçut le rapport de Pease, le commissaire exigea que les autorités gouvernementales mènent une enquête sur-le-champ.

Bien qu'il portât un nom à consonance bien anglaise, Ely Samuel Parker, le commissaire s'appelait en réalité Donehogawa, Gardien de la Porte Ouest de la Longue-Maison des Iroquois. Enfant, à l'époque où il se nommait Hasanoanda et vivait sur la réserve de Tonawanda, dans l'État de New York, il avait vite compris que celui qui portait un nom indien n'était pas pris au sérieux dans le monde des Blancs. Comme il était ambitieux, il avait donc adopté le nom de Parker et comptait bien être d'abord respecté en tant qu'homme.

Cela faisait maintenant presque un demi-siècle que Parker affrontait les préjugés. Il lui était arrivé de gagner. Agé à peine de dix ans, il alla travailler en tant que garçon d'écurie dans un poste militaire. Les moqueries des officiers à propos de son anglais rudimentaire le blessèrent dans son amour-propre. Alors, le jeune et fier Iroquois se débrouilla pour être admis dans une école de missionnaires. Il était décidé à apprendre à lire et à écrire l'anglais si bien qu'aucun Blanc ne se moquerait plus jamais de lui. Après son diplôme de fin d'études, il se dit que la meilleure façon d'aider son peuple serait de devenir avocat. À cette époque, il fallait pour cela travailler dans un cabinet d'avocats et passer un examen d'admission au barreau. Ely Parker se fit donc embaucher par un cabinet à Elliottville, dans l'État de New York, mais quand il posa sa candidature au barreau trois ans plus tard, on lui dit que seuls les citoyens blancs de sexe masculin pouvaient devenir avocats dans cet État. Pour un Indien, il était inutile d'y songer. Prendre un nom anglais n'avait rien changé à son teint cuivré.

Parker refusa d'abandonner. Après des recherches poussées pour savoir laquelle des professions de l'homme blanc il pourrait exercer, il entra au Rensselaer Polytechnic Institute* et maîtrisa rapidement tous les domaines de l'ingénierie civile. Il ne

* Fondée en 1824 par Stephen Van Rensselaer, cette université privée située à Troy, près d'Albany (New York) et spécialisée dans l'enseignement technologique, est la plus vieille du genre dans le monde anglophone (*NdlT*).

tarda pas à trouver un emploi sur le canal Érié. Il n'avait pas trente ans quand le gouvernement des États-Unis fit appel à lui pour superviser la construction de digues et de bâtiments. En 1860, il se rendit pour son métier à Galena, dans l'Illinois, où il fit la connaissance d'un employé d'une boutique de tannerie. Il s'agissait d'un ancien capitaine, un certain Ulysses S. Grant.

Lorsque éclata la guerre de Sécession, Parker retourna dans l'État de New York avec l'intention de lever pour l'Union un régiment d'Iroquois. Quand il en demanda l'autorisation, il vit sa requête rejetée par le gouverneur, qui lui dit sans ménagement qu'il n'y avait pas de place pour des Indiens dans le corps des Volontaires de l'État. Faisant fi de ce refus, Parker se déplaça jusqu'à Washington pour offrir ses services en tant qu'ingénieur au Département de la Guerre. L'armée de l'Union avait grand besoin d'ingénieurs qualifiés, mais pas d'ingénieurs indiens. « La guerre civile est la guerre de l'homme blanc, lui dit-on. Rentre chez toi, occupe-toi de ta ferme. Quant à nous, nous réglerons nos problèmes sans l'aide des Indiens[2]. »

Parker retourna dans la réserve de Tonawanda, tout en signalant à son ami Ulysses Grant qu'il avait des difficultés à se faire admettre dans l'armée de l'Union. Grant ayant besoin d'ingénieurs, il parvint, après des mois de bataille contre la paperasserie militaire, à faire enrôler son ami indien, qui le rejoignit à Vicksburg. Ils firent campagne ensemble jusqu'à Richmond. Lorsque Lee capitula à Appomattox, ce fut au lieutenant-colonel Ely Parker, qui écrivait très bien, que Grant demanda de rédiger les termes de la reddition.

Au cours des quatre années qui suivirent la fin de la guerre, le général de brigade Parker fut chargé de plusieurs missions auprès des tribus indiennes. En 1867, après la bataille de Fort Phil Kearny, il se rendit dans la vallée du Missouri pour enquêter sur les causes de l'agitation des Indiens des Plaines du Nord. Il rentra à Washington la tête remplie d'idées sur les réformes nécessaires en matière de politique indienne, mais il lui fallut attendre un an avant de pouvoir commencer à les mettre en pratique. Élu président, Grant, pensant que Parker pourrait traiter avec les Indiens de manière plus intelligente qu'un Blanc, le nomma commissaire aux Affaires indiennes.

Parker prit ses nouvelles fonctions avec enthousiasme. Hélas, le Bureau des Affaires indiennes était encore plus corrompu qu'il ne s'y attendait. Un grand nettoyage s'imposait. Avec le soutien de Grant, Parker mit en place un système de nomination des agents sur recommandation des institutions religieuses du pays. À cause du nombre important de Quakers qui se portèrent volontaires pour occuper les fonctions d'agents indiens, le nouveau plan fut baptisé « la politique quaker » ou « la politique de paix » de Grant en faveur des Indiens.

En outre, un conseil des commissaires composé de citoyens désireux de s'investir dans la vie publique fut constitué pour surveiller les activités du Bureau des Affaires indiennes. Parker insista pour que ses membres soient pour moitié blancs, pour moitié indiens, mais se heurta à l'influence de la sphère politique. Comme on ne pouvait trouver aucun Indien influent sur le plan politique, la commission n'en comprit aucun.

Au cours de l'hiver 1869-1870, le commissaire Parker (ou Donehogawa l'Iroquois, nom qui lui plaisait de plus en plus) constata avec plaisir que la paix régnait sur la frontière de l'Ouest. Mais au printemps 1870, des rapports faisant état de rébellions dans les agences indiennes des Plaines l'inquiétèrent. C'est en lisant le document que lui avait adressé le lieutenant Pearse à propos de l'atroce massacre des Blackfeets qu'il commença à soupçonner les causes de l'agitation. Parker savait que si rien n'était fait pour assurer les Indiens des bonnes intentions du gouvernement, on assisterait sans doute pendant l'été au déclenchement d'une guerre générale.

Le commissaire était tout à fait conscient du mécontentement de Red Cloud, de sa volonté farouche de conserver le territoire qu'il avait gagné par traité et de son désir de pouvoir disposer d'un comptoir non loin de son village. Quant à Spotted Tail, même s'il avait accepté d'aller à Fort Randall, ses Sioux Brûlés n'en étaient pas moins parmi les plus rebelles des Indiens vivant sur des réserves. Soutenus par de nombreux partisans parmi les tribus des Plaines, les deux chefs sioux détenaient aux yeux du commissaire la clé de la paix. Un Iroquois comme lui pourrait-il gagner leur confiance ? Voilà qui était loin d'être certain. Donehogawa décida néanmoins de tenter sa chance.

Il envoya une invitation courtoise à Spotted Tail mais, trop habile pour solliciter directement un entretien avec Red Cloud, ce qui aurait sans doute été interprété comme une convocation et rejeté avec fierté, il eut recours à un intermédiaire pour l'informer qu'il serait le bienvenu s'il désirait rendre visite au Grand Père à Washington.

La perspective d'un tel voyage piqua la curiosité du chef oglala ; cela lui donnerait l'occasion de parler avec le Grand Chef et de lui dire que les Sioux ne voulaient pas d'une réserve au bord du Missouri. Et il pourrait également vérifier par lui-même si le Petit Père des Indiens, ce commissaire qu'on appelait Parker, était bien un Indien qui savait écrire comme un Blanc.

Dès qu'il apprit que Red Cloud voulait venir à Washington, le commissaire envoya le colonel John E. Smith à Fort Laramie pour faire office d'escorte. Red Cloud se fit accompagner par quinze Oglalas, et le 26 mai, la petite troupe commença son long périple vers l'est à bord d'un wagon spécial de l'Union Pacific.

Pour les Sioux, ce fut une expérience inoubliable que de se retrouver à bord de leur vieil ennemi, le cheval de fer. Ils trouvèrent qu'Omaha (qui devait son nom aux Indiens) était une véritable ruche grouillante de Blancs et Chicago (encore un nom indien) un endroit terrifiant avec ses bruits, ses foules et ses bâtiments qui donnaient l'impression de toucher le ciel. Les Blancs, aussi nombreux, agglutinés les uns aux autres et agités que des sauterelles, semblaient toujours en train de courir sans pour autant atteindre leur but.

Au bout de cinq jours passés dans un vacarme et un mouvement permanents, le cheval de fer les déposa à Washington. Les membres de la commission, Red Cloud excepté, étaient hébétés et mal à l'aise. Le commissaire Parker, un Indien effectivement, les accueillit avec chaleur : « C'est un grand plaisir pour moi de vous voir ici aujourd'hui. Je sais que vous avez fait un long voyage pour venir rendre visite au Grand Père, le président des États-Unis. Je me réjouis d'apprendre que votre trajet s'est bien passé et que vous êtes arrivés ici sans encombre. J'aimerais entendre ce que Red Cloud a à dire en son nom propre et au nom de son peuple. »

« Je n'ai que quelques mots à dire, répondit Red Cloud. J'ai été heureux d'apprendre que le Grand Père voulait bien que je vienne le voir, et je me suis tout de suite mis en route. Envoie un télégraphe à mon peuple pour leur dire que je suis bien arrivé. C'est tout ce que j'ai à dire aujourd'hui[3]. »

En arrivant à la Washington House, sur Pennsylvania Avenue, où une suite leur avait été réservée, Red Cloud et ses compagnons eurent la surprise d'y retrouver Spotted Tail et une délégation de Brûlés. Comme Spotted Tail avait obéi au gouvernement et s'était installé avec son peuple près de l'agence du Missouri, le commissaire Parker craignit qu'il n'y ait des problèmes entre les deux rivaux tetons. Mais ces derniers se serrèrent la main, et lorsque Spotted Tail dit à Red Cloud que les Brûlés détestaient de tout leur cœur leur réserve et aspiraient à retourner sur leurs territoires de chasse dans le Nebraska, les Oglalas les accueillirent comme des alliés un temps égarés.

Le lendemain, Donehogawa l'Iroquois fit faire un tour de la capitale à ses hôtes sioux, qui virent ainsi une séance du Sénat, Navy Yard et l'Arsenal*. On leur avait pour l'occasion donné des vêtements de Blancs, mais de toute évidence, ils se sentaient pour la plupart mal à l'aise dans ces manteaux noirs serrés et ces bottines à boutons. Lorsque Donehogawa leur dit que Mathew Brady** les avait invités à son studio pour les prendre en photo, Red Cloud déclara que cela ne lui convenait pas. « Je suis un Sioux, pas un Blanc. Je ne suis pas habillé comme il faut pour ce genre d'occasion[4]. »

Comprenant immédiatement ce qu'il entendait par là, Donehogawa précisa que ses hôtes pouvaient, s'ils le désiraient, porter leurs vêtements en peau de daim, leurs couvertures et leurs mocassins pour dîner avec le président Grant.

À la réception donnée à la Maison-Blanche, les Indiens furent plus impressionnés par les centaines de bougies allumées dans des chandeliers étincelants que par le Grand Père, les membres de son cabinet, les diplomates étrangers et les membres du Congrès venus voir ces sauvages égarés en plein Washington. Spotted Tail, qui aimait la bonne chère, apprécia tout particulièrement les fraises et les glaces. « Les Blancs ont certainement plein d'autres bonnes choses à manger dont les Indiens ne voient jamais la couleur », fit-il remarquer.

---

* Navy Yard fut tout d'abord un chantier naval de l'armée avant d'être converti, à cause du manque de profondeur de ses bassins, en un ensemble d'usines et d'ateliers d'armement (*NdlT*).

** Mathew Brady (1822-1896) : photographe américain considéré par certains comme le père du photojournalisme. Il se fit connaître pour ses photos de la guerre de Sécession, et est également l'auteur de portraits d'Américains célèbres, dont Lincoln, le général Lee, le général Sherman, Walt Whitman. Il mourut sans le sou dans un hospice (*NdlT*).

Les jours suivants, Donehogawa entreprit des négociations avec Red Cloud et Spotted Tail. S'il voulait obtenir une paix permanente, il lui fallait savoir exactement ce que les chefs voulaient, afin de pouvoir faire contrepoids aux pressions des politiciens représentant les Blancs désireux de s'approprier leurs terres. Pour un Indien soucieux de justice, c'était une position loin d'être enviable. Le commissaire organisa une réunion au Département de l'Intérieur, où il convia les représentants de tous les départements du gouvernement à venir rencontrer les visiteurs sioux.

Jacob Cox, Secrétaire à l'Intérieur, ouvrit les discussions avec le genre de discours que les Indiens avaient déjà entendu des centaines de fois. Le gouvernement souhaitait donner aux Indiens des armes et des munitions, expliqua-t-il, mais pas avant d'avoir la certitude que tous respectaient la paix. « Maintenez la paix, et alors nous ferons ce qui est bon pour vous. » Mais il n'avait rien dit sur la question de la réserve sioux au bord du Missouri.

Red Cloud réagit en serrant la main de Cox et des autres officiels. « Regardez-moi, leur dit-il. J'ai été élevé sur cette terre où le soleil se lève – maintenant je viens de là où le soleil se couche. Quelle voix a retenti en premier sur cette terre ? La voix du peuple rouge qui n'était armé que d'arcs et de flèches. Le Grand Père dit qu'il est bon et généreux avec nous. Je ne le pense pas. Je suis bon avec son peuple blanc. Sur un simple mot de lui j'ai fait tout ce voyage jusqu'à sa maison. Mon visage est rouge, le vôtre blanc. Le Grand Esprit vous a appris à lire et à écrire, mais pas à moi. Je n'ai pas appris. Je suis ici pour dire à mon Grand Père ce que je n'aime pas dans mon pays. Vous êtes tous proches du Grand Père, et comptez de nombreux grands chefs parmi vous. Les hommes que le Grand Père nous a envoyés nous paraissent n'avoir aucune sagesse, aucun cœur. Je ne veux pas de cette réserve près du Missouri ; c'est la quatrième fois que je le dis. » S'arrêtant de parler un instant, Red Cloud fit un geste vers Spotted Tail et la délégation des Brûlés. « Voyez ces Indiens qui viennent de là-bas. Leurs enfants meurent les uns après les autres ; le pays ne leur convient pas. Je suis né dans la haute vallée de la Platte, et on m'a dit que le pays m'appartenait aussi loin que je portais mon regard au nord, au sud, à l'est et à l'ouest (...). Quand vous m'envoyez des vivres, on les vole en chemin, si bien que je n'en reçois qu'une petite partie. On m'a donné un papier à signer, et c'est tout ce que j'ai reçu en échange de ma terre. Je sais que les personnes que vous nous envoyez là-bas sont des menteurs. Regardez-moi. Je suis pauvre et nu. Je ne veux pas faire la guerre contre mon gouvernement (...). Je veux que vous disiez tout cela à mon Grand Père. »

Donehogawa l'Iroquois répondit : « Nous ferons part au président de ce que Red Cloud a déclaré aujourd'hui. Le président m'a dit qu'il lui parlerait bientôt. »

Le chef oglala regarda l'homme rouge qui avait appris à lire et à écrire et était devenu le Petit Père des Indiens. « Tu peux bien accorder à mon peuple la poudre que nous demandons. Nous ne sommes qu'une poignée, et vous êtes une grande et puissante nation. Vous fabriquez toutes les munitions ; ce que je demande, c'est simplement que mon peuple puisse tuer du gibier. Toutes les choses qu'il y a dans mon pays, le Grand Esprit les a faites sauvages et je dois les chasser. Ce n'est pas comme vous, qui trouvez facilement ce dont vous avez besoin. J'ai des yeux pour voir. Je vous vois, vous les Blancs, ce que vous faites, comment vous élevez le bétail, et ainsi de suite. Je sais qu'il faudra que j'y vienne dans quelques années moi-même ; c'est une bonne chose. Je n'ai plus rien à dire[5]. »

Les autres Sioux, Oglalas et Brûlés, se pressèrent autour du commissaire. Tous brûlaient de lui parler, à lui, cet homme rouge qui était devenu leur Petit Père.

La rencontre avec le président Grant eut lieu le 9 juin, dans l'*Old Executive Office** de la Maison-Blanche. Red Cloud répéta dans une large mesure ce qu'il avait dit au Département de l'Intérieur, en insistant sur le fait que son peuple refusait de vivre au bord du Missouri. Le traité de 1868, ajouta-t-il, leur donnait le droit de faire du troc à Fort Laramie et d'avoir une agence près de la Platte. Grant promit de veiller à ce que justice soit rendue aux Sioux, tout en évitant toute réponse directe. Le président n'ignorait pas que le traité ratifié au Congrès ne mentionnait nulle part Fort Laramie ou la Platte ; au contraire, il spécifiait que l'agence sioux se situerait « quelque part au bord

* Bâtiment adjacent à l'aile ouest de la Maison-Blanche, où se trouvaient les bureaux des membres de l'équipe présidentielle (*NdlT*).

du Missouri ». En privé, Grant suggéra à Cox et à Parker de convoquer les Indiens le lendemain et de leur expliquer les termes exacts du traité.

Donehogawa passa une nuit agitée. Il savait que les Sioux avaient été dupés. Et en effet, lorsque le traité imprimé leur fut lu et expliqué le lendemain matin au Département de l'Intérieur, ce qu'ils entendirent ne leur plut pas du tout. Cox reprit le texte point par point devant Red Cloud, qui en écouta patiemment la traduction. À la fin, le chef déclara d'une voix ferme : « C'est la première fois que j'entends parler d'un tel traité, et je n'ai pas l'intention de le respecter. »

Cox rétorqua qu'il ne pouvait croire que les membres de la commission de Laramie avaient menti à propos du document.

« Je n'ai pas dit que les commissaires ont menti, répliqua Red Cloud, mais les interprètes se sont trompés. Quand les soldats ont quitté le fort, j'ai signé un traité de paix, pas celui-ci. Nous voulons mettre les choses au clair. » Il se leva et s'apprêta à quitter la pièce. Cox lui tendit alors un exemplaire du traité en lui suggérant de se le faire expliquer par son propre interprète. Ensuite, ils pourraient en discuter lors d'une autre réunion. « Je refuse de prendre ce document, répondit Red Cloud. C'est un tissu de mensonges. »

La nuit, dans leur hôtel, les Sioux parlèrent de rentrer chez eux dès le lendemain. Certains exprimèrent leur honte à l'idée de devoir expliquer à leur peuple qu'on leur avait menti et qu'on les avait amenés à signer le traité de 1868 par ruse. Mieux valait mourir ici à Washington. Seule l'intervention de Donehogawa, le Petit Père, les persuada de participer à une autre rencontre. Il leur promit de les aider à interpréter le traité. Il avait vu le président Grant et l'avait convaincu qu'il existait une solution.

Le lendemain matin au Département de l'Intérieur, Donehogawa accueillit les Indiens en leur disant simplement que le Secrétaire Cox expliquerait la nouvelle façon d'interpréter le traité. Cox fut bref. Il se désolait que Red Cloud et son peuple aient mal compris le texte. Même si la région de la Powder se trouvait en dehors de la réserve permanente, elle faisait en fait partie du territoire réservé à la chasse. Si certains Sioux préféraient vivre sur leur territoire de chasse plutôt que sur la réserve, ils le pouvaient. De même, ils n'étaient pas obligés d'aller sur la réserve pour faire du troc et obtenir des vivres.

C'est ainsi que, pour la seconde fois en deux ans, Red Cloud remporta une victoire contre le gouvernement des États-Unis, sauf que cette fois-ci, il avait été aidé par un Iroquois. Il marqua sa gratitude en s'avançant et en serrant la main du commissaire. « Hier, quand j'ai vu le traité et tous les mensonges qu'il contenait, j'ai ressenti une grande colère, et je suppose qu'il en a été de même pour toi (…). Maintenant, je suis satisfait (…). Nous sommes trente-deux nations et nous avons une maison des conseils, exactement comme vous. Nous y avons tenu un conseil avant de venir, et la demande que je t'ai faite vient des chefs qui sont restés là-bas. Nous sommes tous pareils. »

La réunion se termina dans un esprit d'amitié. Red Cloud demanda à Donehogawa de dire au Grand Père qu'il n'avait plus rien à discuter avec lui et qu'il était prêt à prendre le cheval de fer pour rentrer chez lui.

Cox, tout sourires à présent, informa le chef oglala que le gouvernement avait prévu pour les Sioux une visite à New York sur le chemin du retour.

« Je ne veux pas faire de détour, répondit Red Cloud. Je veux rentrer directement. J'ai vu assez de villes (…). Je n'ai rien à faire à New York. Je veux rentrer en prenant le même chemin qu'à l'aller. Les Blancs sont partout les mêmes. Je les vois tous les jours[6]. »

Plus tard, apprenant qu'il avait été invité à faire un discours aux habitants de New York, il se ravisa. L'ovation enthousiaste que le public lui fit au Cooper Institute le stupéfia. Pour la première fois, il avait la possibilité de s'adresser à la population, au lieu de parler à des officiels du gouvernement.

« Nous voulons rester en paix, déclara-t-il au public. Voulez-vous nous aider ? En 1868, des hommes sont venus avec des documents. Nous ne pouvions pas les lire, et ces hommes ne nous ont pas dit ce qu'ils contenaient réellement. Nous pensions que le traité prévoyait le démantèlement des forts et la fin des combats. Mais ces hommes ont voulu déplacer notre comptoir jusqu'au Missouri, ce que nous avons refusé, parce que nous voulions des négociants là où nous vivions. Quand je suis arrivé à Washington, le Grand Père m'a expliqué ce que contenait le traité, et il m'a montré que les interprètes m'avaient trompé. Tout ce que je veux, c'est quelque chose de juste et de bon. J'ai tenté de l'obtenir auprès du Grand Père. Je n'ai pas tout à fait réussi[7]. »

En effet, Red Cloud n'avait pas tout à fait réussi à obtenir ce qu'il estimait être juste et bon. Certes, il revint à Fort Laramie avec le sentiment d'avoir beaucoup d'amis blancs dans l'Est, mais de nombreux ennemis blancs l'attendaient dans l'Ouest. Pionniers avides de terres, fermiers, transporteurs, colons entre autres ne voulaient surtout pas d'une agence sioux à proximité de la riche vallée de la Platte, et ils le firent savoir haut et fort à Washington.

Pendant l'été et l'automne 1870, Red Cloud et son lieutenant, Man-Afraid-of-His-Horses, ne ménagèrent pas leurs efforts pour promouvoir la paix. À la demande de Donehogawa, ils rassemblèrent des dizaines de chefs puissants et les amenèrent à Fort Laramie pour participer à un conseil censé déterminer l'emplacement de l'agence sioux. Ils persuadèrent Dull Knife et Little Wolf, chefs des Cheyennes du Nord, Plenty Bear, chef des Arapahos du Nord, Chief Grass, un Sioux Blackfoot et Big Foot, un Miniconjou, lequel s'était toujours méfié des Blancs, de se joindre à eux. Sitting Bull, lui, ne voulait entendre parler ni de traité, ni de réserve. « Les Blancs ont mis une mauvaise médecine sur les yeux de Red Cloud, dit-il, afin qu'il voie tout exactement comme ils l'entendent. »

Mais c'était là sous-estimer la ténacité et l'habileté de Red Cloud. Lorsque le chef oglala découvrit lors du conseil que les représentants du gouvernement comptaient déplacer l'agence sioux à plus de soixante-dix kilomètres au nord de la Platte, à Raw Hides Buttes, il leur opposa un refus catégorique. « Quand vous reverrez le Grand Père, leur dit-il, expliquez-lui que Red Cloud n'est pas disposé à se rendre à Raw Hides Buttes[8]. » Puis il s'en alla passer l'hiver dans la vallée de la Powder, certain que Donehogawa l'Iroquois arrangerait les choses.

Hélas, le pouvoir du commissaire Ely Parker déclinait. Ses ennemis resserraient leur étau autour de lui.

Grâce à l'inflexibilité de Red Cloud, une agence temporaire fut établie pour les Sioux à une cinquantaine de kilomètres à l'est de Fort Laramie, au bord de la Platte. Mais moins de deux ans plus tard, les Indiens ne furent plus autorisés à s'y rendre. Donehogawa avait à l'époque quitté Washington. En 1873, l'agence sioux fut établie près des sources de la White River, dans le nord du Nebraska, bien à l'écart des pistes empruntées par les émigrants de plus en plus nombreux. On laissa Spotted

Tail et ses Brûlés s'installer dans la même région. Un an plus tard, Camp Robinson fut ouvert, ce qui permettrait à l'armée de contrôler les agences de Red Cloud et de Spotted Tail pendant la période agitée qui allait suivre.

Ce fut quelques jours après la visite de Red Cloud à Washington en 1870 que les ennuis de Donehogawa commencèrent pour de bon. Ses réformes lui avaient valu de nombreux ennemis parmi les politiciens (le « cartel indien », comme on l'appelait) qui avaient depuis longtemps fait du Bureau des Affaires indiennes une succursale fort lucrative de leur système des dépouilles. Le fait qu'il ait déjoué les plans d'un groupe de *frontiersmen* blancs (la Big Horn Association) qui voulaient s'approprier les terres octroyées par traité aux Sioux lui attira également de nombreuses inimitiés dans l'Ouest.

(Les membres de la Big Horn Association, fondée à Cheyenne, croyaient en la « Destinée Manifeste » des États-Unis : « Les vallées du Wyoming, riches et généreuses, sont vouées à être occupées et entretenues par la race anglosaxonne. Les richesses qui, depuis des lustres, reposent sous les sommets enneigés de nos montagnes y ont été placées par la Providence afin de récompenser les esprits courageux dont la vocation est d'être l'avant-garde de la civilisation. Les Indiens doivent se retirer, sinon ils seront submergés par une vague d'émigration qui ne cesse de progresser et d'augmenter. La destinée des indigènes est écrite d'une façon telle qu'elle est parfaitement claire. Le même Arbitre au dessein impénétrable qui décréta la chute de Rome a condamné à l'extinction les hommes rouges d'Amérique[9]. »)

L'été 1870, un petit groupe d'ennemis de Donehogawa au Congrès tenta de l'embarrasser en retardant l'allocation de fonds pour l'achat de vivres destinées aux Indiens des réserves. Au milieu de l'été, son bureau commença à recevoir des télégrammes d'agents le suppliant de leur faire parvenir des provisions afin que les Indiens affamées ne soient pas contraints d'aller chasser en dehors des réserves. Certains agents craignaient une nouvelle éruption de violence si les vivres n'arrivaient pas rapidement.

Le commissaire répondit en achetant des provisions à crédit, sans prendre le temps de faire des appels d'offre. Puis il organisa leur transport rapide à des coûts légèrement supérieurs à ceux prévus dans les contrats. C'était la seule manière de s'assurer que les Indiens des réserves recevraient leurs rations à temps pour ne pas mourir de faim. Mais ce faisant, Donehogawa enfreignait quelques règles mineures, ce qui offrit à ses ennemis l'occasion qu'ils attendaient depuis longtemps.

La première attaque vint de William Welsh, un négociant qui faisait le missionnaire à temps partiel auprès des Indiens. Welsh, l'un des premiers commissaires membres du conseil de surveillance, avait dû démissionner peu après sa nomination, pour des raisons qui furent révélées en décembre 1870 dans une lettre qu'il fit paraître dans plusieurs journaux de Washington. Il y accusait le commissaire Parker d'« escroquerie et d'imprévoyance dans la gestion du Bureau des Affaires indiennes » et reprochait au président Grant d'avoir nommé un homme « qui était tout proche de la barbarie ». Welsh était persuadé que les Indiens avaient pris le sentier de la guerre parce qu'ils n'étaient pas chrétiens. Par conséquent, la solution qu'il proposait était de tous les convertir. Lorsqu'il se rendit compte qu'Ely Parker (Donehogawa) faisait preuve d'une grande tolérance pour les religions primitives des Indiens, il se prit d'une haine violente pour le commissaire « païen » et démissionna.

Les ennemis politiques de Donehogawa virent dans la lettre de Welsh une occasion idéale pour l'écarter de ses fonctions. Une semaine plus tard, le comité des finances de la Chambre des représentants adopta une résolution pour enquêter sur les accusations portées contre le commissaire aux Affaires indiennes et le convoqua pour un interrogatoire qui dura plusieurs jours. Welsh fournit une liste de treize chefs d'accusation, dont Donehogawa dut prouver l'absence de fondements. À l'issue de l'enquête, le commissaire fut disculpé de toutes les accusations et même félicité pour avoir convaincu les tribus indiennes « que le gouvernement était honnête et digne de confiance », permettant ainsi au Trésor d'économiser des millions de dollars en prévenant une nouvelle guerre dans les Plaines[10].

Seuls les amis proches de Donehogawa surent à quel point cette affaire l'avait affecté. Il s'estimait trahi par Welsh, surtout quand celui-ci sous-entendait qu'en tant qu'Indien « tout proche de la barbarie », il n'était pas digne de la fonction de commissaire aux Affaires indiennes. Pendant plusieurs mois, Donehogawa s'interrogea sur ce qu'il devait faire. Il désirait pardessus tout aider à l'avancement de sa race, mais s'il restait à son poste et était constamment harcelé par des ennemis qui lui reprochaient d'être lui-même un Indien, il risquait de faire à son peuple plus de tort que de bien. Par ailleurs, son maintien à ce poste pouvait, sur le plan politique, se révéler un handicap pour son vieil ami le président Grant.

À la fin de l'été 1871, il démissionna. En privé, il expliqua à ses amis qu'il partait parce qu'il était devenu une pierre d'achoppement, tout en affirmant publiquement qu'il voulait entrer dans les affaires afin de mieux subvenir aux besoins de sa famille. Comme il l'avait prévu, la presse l'attaqua, suggérant qu'il avait certainement été lui-même un membre du « cartel indien », un Judas pour son propre peuple.

Donehogawa n'avait que faire de telles accusations. Au bout d'un demi-siècle de lutte, il s'était habitué aux préjugés de l'homme blanc. Il partit à New York, où il fit fortune – c'était l'Âge d'or de la finance. Ainsi vécut et mourut Donehogawa, Gardien de la Porte de l'Ouest de la Longue-Maison des Iroquois.

9

Cochise et la guérilla apache

1871 : Le 28 janvier, Paris capitule devant l'armée prussienne. Le 18 mars, soulèvement de la Commune de Paris. Le 10 mai, signature du traité de paix franco-prussien ; la France cède l'Alsace-Lorraine. 21-27 mai, répression de la Commune de Paris. Le 8 octobre, grand incendie de Chicago. Le 12 octobre, le président Grant condamne publiquement le Ku Klux Klan. Le 10 novembre, le journaliste Henry M. Stanley retrouve le docteur Livingstone, explorateur britannique, au fin fond de l'Afrique. Première exposition impressionniste à Paris. Publication de* Descent of Man**, *de Charles Darwin.*

*1872 : Le 1er mars, création du parc national de Yellowstone, destiné au peuple des États-Unis. Échec de l'*Erie Ring *de James Fisk et de Jay Gould***, suite à des soupçons de corruption. En juin, le Congrès supprime l'impôt fédéral sur le revenu. En octobre, des Républicains de premier plan sont accusés d'avoir reçu des actions du Crédit Mobilier en échange de la défense des intérêts de l'*Union

* Cet incendie, qui dura deux jours et fit entre deux cents et trois cents victimes, détruisit une bonne partie de la ville. La reconstruction de Chicago permit de doter la ville de bâtiments bénéficiant des dernières innovations et des évolutions de l'architecture, en faisant une sorte de laboratoire à ciel ouvert (*NdlT*).

** titre français : La Lignée humaine (*NdlT*).

*** Fisk et Gould, deux financiers, avaient voulu s'emparer du contrôle d'une compagnie de chemin de fer, l'*Erie Railroad Company*, qui opérait dans l'État de New York et notamment sur la ligne New-York-Lac Érié *(NdlT).*

Pacific Railroad. *Le 5 novembre, à Rochester, dans l'État de New York, Susan B. Anthony* et d'autres militantes des droits des femmes sont arrêtées pour avoir tenté de voter. Le 6, réélection du président Grant.*

---

* Susan B. Anthony (1820-1906), fondatrice avec Elizabeth Cady Stanton de la *National Women's Suffrage Association (NdlT).*

Jeune, je parcourais ce pays d'est en ouest à pied, sans rencontrer personne d'autre que des Apaches. Bien des étés plus tard, j'ai repris le même chemin et vu qu'une autre race d'hommes était venue s'emparer de cette terre. Comment cela est-ce possible ? Pourquoi les Apaches attendent-ils la mort – pourquoi ne retiennent-ils leur vie que du bout des ongles ? Ils errent dans les collines et les plaines en priant que le ciel leur tombe dessus. Les Apaches formaient autrefois une grande nation ; ils ne sont à présent plus qu'une poignée, et c'est pour cette raison qu'ils veulent mourir.

Cochise,
de la tribu des Apaches Chiricahuas

Je ne veux plus courir dans les montagnes ; je veux conclure un grand traité (...). Je tiendrai parole jusqu'à ce que les pierres fondent (...). Dieu a créé l'homme blanc et Dieu a créé l'Apache, et l'Apache a droit à cette terre tout autant que l'homme blanc. Je veux un traité qui durera, afin que Blancs et Apaches puissent parcourir ce pays sans problème

Delshay,
de la tribu des Apaches Tontos

Sans ce massacre, il y aurait eu beaucoup plus d'Indiens ici ; mais après, qui aurait pu supporter cet endroit ? Quand j'ai conclu la paix avec le lieutenant Whitman, mon cœur était gonflé de bonheur. Les habitants de Tucson et de San Xavier doivent être fous. Ils ont agi comme s'ils n'avaient ni cœur ni cervelle (...). Il fallait vraiment qu'ils aient soif de notre sang (...). Ces gens de Tucson écrivent pour les journaux leur version de l'histoire. Les Apaches n'ont personne pour raconter leur histoire.

Eskiminzin,
de la tribu des Apaches Aravaipas

Après la visite de Red Cloud pendant l'été 1871, le commissaire Ely Parker discuta avec d'autres officiels du gouvernement de l'opportunité de faire venir à Washington le grand chef apache, Cochise. Même s'il n'y avait eu aucune campagne militaire dans le territoire apache depuis le départ de Chef-Étoiles Carleton après la guerre de Sécession, les escarmouches étaient nombreuses entre certaines bandes errantes de la tribu et les colons, mineurs et transporteurs blancs qui commençaient à envahir leur pays. Le gouvernement avait octroyé à plusieurs bandes quatre réserves dans le Nouveau-Mexique et l'Arizona, mais rares furent celles qui acceptèrent d'y vivre. Le commissaire Parker avait l'espoir que Cochise aiderait à instaurer une paix permanente en pays apache. C'est pour cette raison qu'il demanda à ses représentants dans la région d'inviter le chef à Washington.

Les Blancs durent attendre le printemps 1871 pour que l'un d'eux parvienne à trouver Cochise. Quand enfin la communication fut établie avec lui, le chef déclina l'invitation du gouvernement, expliquant simplement qu'il ne faisait pas confiance aux représentants des États-Unis, qu'ils soient civils ou militaires.

Cochise était un Apache Chiricahua. Plus grand que la plupart des membres de sa tribu, il était doté de larges épaules et d'un torse puissant. Les yeux noirs, le nez long et droit, le front très haut, les cheveux épais couleur d'ébène, il avait un visage qui reflétait l'intelligence. D'après les Blancs qui l'avaient vu, ses manières étaient douces et son apparence très soignée.

À leur arrivée dans l'Arizona, les Américains avaient été accueillis par Cochise, qui avait promis, lors d'une rencontre avec le chef d'escadron Enoch Steen, du 1er régiment de Dragons, de les laisser traverser le territoire chiricahua pour atteindre la Californie par la route du Sud. Il n'avait pas non plus fait d'objection à ce que la *Butterfield Overland Mail* établisse un relais de diligences à Apache Pass ; les Chiricahuas qui vivaient à proximité y échangeaient du bois contre des vivres.

En février 1861, Cochise reçut un message en provenance d'Apache Pass lui indiquant qu'un officier souhaitait le voir. Pensant qu'il s'agissait d'une rencontre anodine, Cochise amena avec lui cinq membres de sa famille – son frère, deux neveux, une femme et un enfant. Le militaire en question s'appelait le lieutenant George N. Bascom, du 7e d'infanterie. Il avait été chargé de récupérer du bétail volé au ranch d'un certain John Ward, ainsi qu'un jeune garçon métis enlevé. Or, Ward avait accusé les Chiricahuas du vol et du rapt du jeune métis.

Cochise et ses compagnons étaient à peine entrés dans la tente de Bascom que douze soldats les encerclèrent. Le lieutenant exigea sur un ton péremptoire que lui soient rendus le garçon et le bétail.

Cochise avait entendu parler de l'enlèvement du jeune métis. Il expliqua qu'une bande de Coyoteros avait fait un raid sur le ranch de Ward, et qu'ils se trouvaient probablement à présent dans les Black Mountains. Il pensait pouvoir négocier avec eux une rançon. En guise de réponse, Bascom accusa les Chiricahuas de retenir l'enfant et le bétail. Tout d'abord, Cochise crut que le jeune officier plaisantait. Mais quand il montra le peu de cas qu'il faisait de son accusation, Bascom, qui était de tempérament colérique, ordonna qu'on l'arrête, lui et ses compagnons, déclarant qu'il les retiendrait en otages tant que le garçon et les bêtes ne seraient pas rendus.

Au moment où les soldats entraient pour s'emparer de lui, Cochise creva la toile de tente avec son couteau et s'échappa sous une volée de balles. Bien que blessé, il parvint à échapper à ses poursuivants. Dans l'espoir d'obtenir la libération de ses compagnons, il captura avec ses guerriers trois Blancs sur la piste Butterfield dans le but de les utiliser comme monnaie d'échange. Mais Bascom s'entêta à exiger que le jeune métis et le bétail volé lui soient également remis.

Furieux de constater que l'officier refusait de croire à l'innocence de son peuple, Cochise bloqua Apache Pass et assiégea la compagnie d'infanterie qui se trouvait au relais de diligences.

Après avoir vainement offert à Bascom deux ou trois occasions de procéder à l'échange, il exécuta ses prisonniers en les mutilant avec des lances, technique cruelle que les Apaches avaient appris des Espagnols. Quelques jours plus tard, le lieutenant Bascom répliqua en pendant trois de ses otages, le frère et les deux neveux de Cochise.

C'est à ce moment-là que les Chiricahuas reportèrent la haine qu'ils avaient ressentie pour les Espagnols sur les Américains. Pendant un quart de siècle, ils allaient mener aux côtés d'autres bandes apaches une guérilla intermittente qui coûterait à leurs ennemis plus de vies et d'argent que n'importe quelle autre guerre indienne.

À l'époque, le grand chef de guerre des Apaches était Mangas Coloradas, Manches Rouges, un Mimbreño de soixante-dix ans encore plus imposant par sa taille que Cochise. Il comptait des partisans dans un grand nombre de bandes du sud-est de l'Arizona et du sud-ouest du Nouveau-Mexique. Cochise avait épousé sa fille, et après l'affaire Bascom, les deux hommes joignirent leurs forces pour chasser les Américains de leur terre. Ils attaquèrent des convois de chariots, empêchèrent les diligences et le courrier de circuler et, des Chiricahua Mountains jusqu'aux Mogollons, forcèrent plusieurs centaines de mineurs blancs à quitter leur territoire. Quand commença la guerre de Sécession, Mangas et Cochise parvinrent à chasser les Tuniques Grises au terme de plusieurs accrochages.

Enfin, en 1862, Chef-Étoiles Carleton arriva à la tête de plusieurs milliers de Tuniques Bleues par la vieille piste qui traversait le cœur du pays chiricahua. Par compagnies isolées, les troupes commencèrent à passer le col d'Apache Pass, au-delà duquel elles s'arrêtèrent pour prendre de l'eau à une source située près du relais de diligences abandonné. Le 15 juillet, à la Lune-du-cheval, Mangas et Cochise déployèrent leurs cinq cents guerriers le long des hauteurs surplombant le col et la source. Trois compagnies de fantassins accompagnées de cavaliers et de deux chariots approchaient par l'ouest. Les Apaches lancèrent brusquement l'attaque au moment où la colonne s'étirait pour franchir le col. Après quelques échanges de coups de feu, les Tuniques Bleues battirent rapidement en retraite.

Sachant pertinemment que les troupes reviendraient, les Apaches ne les poursuivirent pas. Et en effet, après avoir reformé les rangs, les fantassins tentèrent de nouveau le passage du col, cette fois avec les deux chariots juste derrière eux. Ils parvinrent à quelques centaines de mètres de la source, mais l'endroit ne leur offrait aucun abri contre les Apaches qui, postés sur les hauteurs, les encerclaient. Ils parvinrent néanmoins à conserver leur position. Soudain, les chariots se mirent à cracher de grandes langues de feu. Des nuages de fumée noire s'élevèrent, un grondement de tonnerre retentit sur les rochers alentour et des morceaux de métal percèrent l'air dans un sifflement. Les Apaches avaient déjà entendu les petits canons des Espagnols, mais jamais quelque chose d'aussi terrifiant que ces canons-chariots cracheurs de feu qui semaient la mort. Ils battirent en retraite, et les Tuniques Bleues prirent possession des eaux limpides de la source.

Mangas et Cochise n'étaient cependant pas prêts à abandonner la lutte. En attirant des petits groupes de soldats à l'écart des chariots, ils avaient encore une chance de les battre. Le lendemain matin, ils virent un peloton de cavaliers repartir vers l'ouest, certainement pour avertir leurs camarades qui approchaient. Mangas prit avec lui cinquante cavaliers et fondit sur les Tuniques Bleues pour leur couper la route. Il s'ensuivit une escarmouche au cours de laquelle Mangas fut blessé à la poitrine. Il perdit connaissance et tomba de cheval. Les guerriers, atterrés, cessèrent les combats et remontèrent sur les crêtes en emportant son corps ensanglanté.

Cochise tenait plus que tout à sauver la vie du vieux chef. Au lieu de s'en remettre aux hommes-médecine, à leurs chants et à leurs rituels, il plaça son beau-père dans une élingue et fit plus de cent cinquante kilomètres à cheval en direction du sud avec une escorte de guerriers, jusqu'au village de Janos, au Mexique. Là, vivait un chirurgien mexicain de grand renom auquel on présenta le malheureux Mangas Coloradas en lui disant, sous forme d'ultimatum : *Guéris-le. S'il meurt, ce village mourra aussi.*

Quelques mois plus tard, Mangas, coiffé d'un chapeau de paille à larges bords, vêtu d'un poncho, de jambières de cuir et chaussé de sandales chinoises achetées au Mexique, refit son apparition dans les Mimbres Mountains. Il avait maigri, pris quelques rides, mais pouvait encore battre au tir des guerriers plus jeunes que lui d'un demi-siècle et rester à cheval plus longtemps qu'eux. Pendant qu'il se reposait dans ses chères montagnes, il apprit que Chef-Étoiles Carleton avait rassemblé les Mescaleros et les avait emprisonnés à Bosque Redondo. Les

Tuniques Bleues traquaient les Apaches dans toute la région et les tuaient avec leurs canons-chariots comme ils avaient tué soixante-trois de leurs guerriers, à lui et à Cochise.

À la saison des Fourmis-qui-volent (janvier 1863), Mangas était installé au bord de la Mimbres River. Il se demandait déjà depuis un certain temps comment obtenir la paix pour tous les Apaches avant sa mort. Il se souvint du traité qu'il avait signé à Santa Fé en 1852. Cette année-là, les Apaches et le peuple américain avaient conclu une paix et une amitié perpétuelles, qui n'avaient duré en fait que quelques années. À présent régnaient l'hostilité et la mort. Mangas souhaitait voir son peuple vivre à nouveau paisiblement. Il savait que même les plus braves et les plus rusés des guerriers, Victorio et Géronimo par exemple, ne pourraient venir à bout d'une puissance comme les États-Unis. Peut-être le moment était-il venu de conclure un nouveau traité avec les Américains et leurs soldats, désormais aussi nombreux que les fourmis volantes.

Un jour, un Mexicain s'approcha du campement de Mangas avec un drapeau blanc. Il y avait tout près d'ici, dit-il, des soldats qui désiraient discuter de paix. Voilà qui constituait pour Mangas une nouvelle providentielle. Il aurait préféré négocier avec un grand chef, mais accepta tout de même de rencontrer le petit *capitán*, Edmond Shirland, du régiment des Volontaires de Californie. Les guerriers mimbreños l'avertirent du danger. Avait-il oublié ce qui était arrivé à Cochise quand il était allé rencontrer les soldats à Apache Pass ? Mangas traita leurs craintes avec dédain. Après tout, il était un vieil homme. Qu'avait-il à redouter des soldats, lui qui venait parler de paix ? Sur l'insistance des guerriers, il se fit accompagner d'une garde armée de quinze hommes qu'il avait choisis, et le petit groupe emprunta la piste qui montait vers le campement des soldats.

Arrivés en vue, Mangas et ses compagnons demandèrent que le *capitán* se montre. Un mineur qui parlait espagnol se proposa pour escorter Mangas jusqu'au campement, mais les Apaches exigèrent que le capitaine Shirland hisse un drapeau blanc d'abord. La chose faite, Mangas ordonna à ses guerriers de faire demi-tour. Il entrerait seul. Protégé par le drapeau blanc, il ne risquait absolument rien. Il fit avancer son mustang vers le campement. Ses guerriers venaient tout juste de disparaître quand une dizaine de soldats surgirent des broussailles derrière lui, fusils armés et prêts à l'usage. Il était prisonnier.

« Nous avons tout de suite emmené Mangas dans notre campement à Fort McLean », raconta par la suite Daniel Conner, l'un des mineurs qui voyageaient avec les Volontaires de Californie, « et quand nous sommes arrivés, le général West venait à notre rencontre avec ses officiers. Il est allé voir le prisonnier. Il avait l'air d'un pygmée à côté de Mangas, qui dépassait tout le monde en taille. Le vieux chef, qui paraissait très soucieux, a refusé de parler. De toute évidence, il se rendait compte qu'il s'était lourdement trompé en faisant confiance aux Visages-Pâles cette fois-ci[1]. »

Deux soldats furent chargés de surveiller Mangas. À la tombée de la nuit, le froid devenant de plus en plus mordant, ils allumèrent un feu. L'un des Volontaires de Californie, Clark Stocking, simple soldat, raconta plus tard avoir entendu le général Joseph West dire aux gardes : « Demain matin, je le veux mort ou vivant. Vous m'avez bien entendu : *je le veux mort*[2]. »

Ce soir-là, à cause de la présence des guerriers de Mangas dans les environs, on avait augmenté le nombre de sentinelles autour du campement. Peu avant minuit, Daniel Conner, mis à contribution pour garder le fort, remarqua que les soldats qui surveillaient Mangas ne le laissaient pas tranquille et que le vieux chef ne cessait de rentrer ses pieds sous ses couvertures. Intrigué, Conner se plaça à la limite du cercle de lumière créé par leur feu pour observer ce qui se passait. Il vit les soldats chauffer leurs baïonnettes dans les flammes puis les poser sur les pieds et les jambes du prisonnier. Après avoir supporté la douleur un certain temps, le vieux chef se redressa. D'après Conner, « [i]l a protesté vigoureusement et dit qu'il n'était pas un enfant pour qu'on joue avec lui de la sorte. Mais ses protestations n'ont pas duré. En effet, il avait tout juste ouvert la bouche que les deux sentinelles ont pointé leurs fusils sur lui et tiré presque en même temps ».

Alors les soldats vidèrent leurs armes sur Mangas, qui était retombé en arrière. L'un d'eux le scalpa. L'autre lui coupa la tête, qu'il mit à bouillir pour faire fondre la chair, ce qui lui permettrait plus tard de vendre le crâne à un phrénologue de l'Est. Puis les gardes jetèrent le corps dans un fossé. Selon le rapport militaire, Mangas avait été abattu lors d'une tentative d'évasion.

Après ces événements, explique Daniel Conner, « les Indiens partirent en guerre pour de bon (…). Ils paraissaient décidés à engager toutes leurs forces pour venger cette mort[3] ».

Du territoire chiricahua, dans l'Arizona, aux Mimbres Mountains du Mexique, Cochise et ses trois cents guerriers se lancèrent dans une campagne sans merci pour chasser ces hommes blancs sans parole. Et tant pis s'ils devaient pour cela perdre la vie. Avec une autre bande comprenant des Mescaleros échappés de Bosque Redondo, Victorio lança des raids sur des fermes et des pistes le long du Rio Grande, depuis le Jordano del Muerto jusqu'à El Paso. Pendant deux ans, de minuscules armées apaches mirent le Sud-Ouest entier en ébullition. La plupart des guerriers n'avaient pour tout armement que des arcs et des flèches, fragiles tiges de roseau longues d'un mètre et munies d'une empenne de trois plumes, avec en guise de pointe un quartz de deux centimètres et demi taillé en triangle. Maintenus en place par des encoches, et non des lanières, ces missiles devaient être manipulés avec précaution, mais quant ils atteignaient leur cible, leurs têtes s'y fichaient avec la puissance dévastatrice des balles minié*. Les Apaches se battirent vaillamment, mais à un contre cent, ils ne pouvaient guère espérer autre chose que la mort ou la prison.

Après la fin de la guerre de Sécession et le départ du général Carleton, le gouvernement américain proposa aux Apaches de faire la paix. Le 21 avril, à la Lune-des-grandes-feuilles, Victorio et Nana rencontrèrent un représentant des États-Unis à Santa Rita. « Mon peuple et moi voulons la paix, déclara Victorio. Nous en avons assez de la guerre. Nous sommes pauvres et n'avons presque pas de nourriture ou de vêtements pour notre famille et nous. Nous voulons conclure une paix, une paix durable, qui se prolongera à jamais (...). J'ai lavé mes mains et rincé ma bouche à l'eau fraîche, et ce que j'ai dit est la vérité.

– Vous pouvez nous faire confiance », ajouta Nana.

La réponse de l'agent fut plutôt brève : « Ce n'est pas pour vous demander de faire la paix que je suis venu, mais pour vous dire que vous pourrez l'obtenir à condition de vous installer sur la réserve de Bosque Redondo. »

Bosque Redondo, les Indiens en avaient beaucoup entendu parler, et toujours en termes négatifs. « Je n'ai pas de poche où

* De forme conique et d'une redoutable efficacité, les balles minié ont révolutionné l'art de la guerre, en permettant des tirs précis à une grande distance. Elles firent notamment des ravages pendant la guerre de Sécession, où leur usage commença à se généraliser *(NdlT)*.

mettre ce que tu as dit, commenta Nana d'un ton acerbe, mais tes paroles se sont logées au plus profond de mon cœur. Je ne les oublierai pas[4]. »

Victorio demanda un délai de deux jours avant de faire route vers la réserve ; il voulait rassembler son peuple et leurs mustangs. Il promit de retrouver l'agent le 23 avril à Pinos Altos.

L'agent patienta quatre jours. Pas un seul Apache ne parut. Les Indiens avaient choisi la faim, les privations et la mort plutôt que d'aller à Bosque, ce lieu tant haï. Certains gagnèrent le Mexique tandis que d'autres rejoignaient Cochise dans les Dragoon Mountains. Après l'expérience malheureuse d'Apache Pass et le meurtre de Mangas, Cochise n'avait même pas répondu aux ouvertures de paix des Américains. Au cours des cinq années qui suivirent, les Apaches hostiles prirent garde de ne pas s'approcher des forts et ranchs américains. Mais dès qu'un rancher ou un mineur baissait la garde, une bande d'Indiens venaient chez lui faire une descente et capturer ses chevaux ou son bétail. Ainsi se poursuivit la guérilla. En 1870, les raids étaient devenus encore plus fréquents, et Cochise étant le chef que les Blancs connaissaient le mieux, ce fut lui qui se retrouva accusé de ces actions hostiles, et ce quel que soit l'endroit où elles s'étaient produites.

Cela explique l'insistance avec laquelle, au printemps 1871, le commissaire aux Affaires indiennes demandait à Cochise de venir à Washington. Or, pour Cochise, rien n'avait changé : il se refusait toujours à faire confiance à un représentant du gouvernement américain. Et quelques semaines plus tard, ce qui arriva à Eskiminzin et aux Aravaipas à Camp Grant devait le conforter dans sa conviction qu'aucun Apache ne devait plus jamais mettre sa vie dans les mains de ces traîtres d'Américains.

Eskiminzin et sa petite bande de cent cinquante guerriers vivaient au bord de l'Aravaipa Creek, auquel ils devaient leur nom et qui se situait au nord du bastion de Cochise, entre la San Pedro River et les Galiuro Mountains. Massif, les jambes arquées, Eskiminzin avait un visage aux traits épais non dépourvu d'un certain charme. Il pouvait tout aussi bien se montrer facile à vivre que féroce. Un jour, en février 1871, il se présenta à Camp Grant, un petit poste au confluent de l'Aravaipa et du San Pedro. Il avait entendu dire que le *capitán*, le lieutenant Royal E. Whitman, était un ami, et il désirait le voir.

Eskiminzin expliqua à Whitman que son peuple n'avait plus de terre à lui et ne pouvait s'en trouver aucune parce que les Tuniques Bleues ne cessaient de les pourchasser et de leur tirer dessus pour la seule raison qu'ils étaient apaches. Il voulait faire la paix afin de pouvoir s'installer quelque part et cultiver des champs le long de l'Aravaipa.

Whitman demanda à Eskiminzin pourquoi il n'était pas allé dans les White Mountains, où se trouvait la réserve que leur destinait le gouvernement. « Ce n'est pas notre pays, répliqua le chef, pas plus que ceux qui vivent là-bas ne sont notre peuple. Nous sommes en paix avec eux [les Coyoteros] mais ne nous sommes jamais mélangés. Nos pères et leurs pères avant eux vivaient dans ces montagnes et cultivaient du maïs dans cette vallée. Nous avons appris à faire du mescal* notre nourriture de base, et hiver comme été, nous en avons toujours une bonne réserve. Dans les White Mountains, il n'y en a pas, et sans lui, nous tombons malades. Certains des nôtres se trouvent dans les White Mountains depuis quelque temps, mais ils n'aiment pas, et ils disent tous : "Retournons chez nous conclure une paix définitive, et engageons-nous à ne jamais la rompre[5]." »

Le lieutenant Whitman expliqua à Eskiminzin qu'il n'était pas investi de l'autorité nécessaire pour conclure la paix avec sa bande, mais que si les Indiens lui remettaient leurs armes, il les autoriserait à rester près du fort, théoriquement en tant que prisonniers de guerre, jusqu'à ce que ses supérieurs lui envoient des instructions. Eskiminzin accepta, et les Aravaipas vinrent par petits groupes déposer leurs fusils, certains allant même jusqu'à laisser leurs arcs et leurs flèches. Ils installèrent leur village à quelques kilomètres de là en amont et commencèrent à cuire le mescal. Impressionné par leur ardeur au travail, Whitman leur fit couper du foin pour les chevaux de la cavalerie afin qu'ils gagnent de l'argent pour s'acheter des vivres. L'expérience s'avéra si concluante que mi-mars, plus d'une centaine d'autres Apaches, dont quelques Pinals, avaient rejoint la bande d'Eskiminzin et que d'autres encore arrivaient presque chaque jour.

---

* Eskiminzin ne fait pas référence à l'alcool du même nom, mais aux feuilles rôties de l'agave, met nourrissant et sucré cuit dans des trous creusés dans la terre. C'est de là que vient le nom des Mescaleros *(Note de l'auteur)*.

Pendant ce temps, Whitman avait écrit à ses supérieurs pour expliquer la situation et demander des instructions. Fin avril, on lui répondit qu'il devait refaire sa demande en utilisant les formulaires gouvernementaux. Le lieutenant, conscient qu'il devrait répondre de toute action des Apaches, surveilla attentivement leurs moindres faits et gestes.

Le 10 avril, au cours d'un raid sur San Xavier, au sud de Tucson, des Indiens volèrent du bétail et des chevaux. Le 13, quatre Américains furent tués au cours d'une attaque près de la San Pedro, à l'est de Tucson.

En 1871, Tucson abritait quelque trois mille joueurs professionnels, gérants de saloon, négociants, transporteurs, mineurs et entrepreneurs qui avaient fait fortune pendant la guerre de Sécession et espéraient gagner encore plus grâce à une guerre indienne. Ces braves citoyens avaient constitué un comité de sécurité publique pour se protéger des Apaches, mais rares étaient les Indiens qui s'approchaient de la ville, si bien que le comité partait souvent à cheval les poursuivre dans les environs. Après les deux raids du mois d'avril, des membres du comité annoncèrent que les coupables venaient du village aravaipa installé près de Camp Grant. Bien que celui-ci se situe à quatre-vingt-dix kilomètres de là, ce qui réduisait la probabilité que les Aravaipas aient parcouru cette distance pour faire un raid, l'annonce fut prise au sérieux par les citoyens de Tucson. De manière générale, ils étaient opposés à l'idée que des agences fassent travailler des Apaches et leur permettent de gagner leur vie paisiblement ; il y avait là en effet de quoi réduire le besoin de forces militaires et porter un coup à une certaine prospérité liée à la guerre.

Au cours des dernières semaines d'avril, un vétéran des guerres indiennes du nom de William S. Oury mit sur pied une expédition pour attaquer les Aravaipas désarmés de Camp Grant. Six Américains et quarante-deux Mexicains acceptèrent d'y participer, mais Oury jugea ce nombre insuffisant pour assurer le succès de son entreprise. Il recruta donc quatre-vingt-douze mercenaires chez les Papagos, des Indiens qui avaient été soumis et convertis au christianisme par les Espagnols. C'est ainsi que le 28 avril, un groupe impressionnant de cent quarante hommes bien armés se tint prêt à l'attaque.

Le 30 à 7 h 30 du matin, un cavalier remit au lieutenant Whitman un message envoyé par la petite garnison de Tucson l'avertissant qu'un groupe important avait quitté la ville le 28 avec pour but avoué de tuer les Indiens de Camp Grant.

« J'ai immédiatement dit à mes deux interprètes de rejoindre le campement indien à cheval, raconta Whitman plus tard, avec ordre d'expliquer aux chefs la situation précise et d'amener toute leur bande à l'intérieur du fort (...). Mes messagers sont revenus une heure plus tard. Ils n'avaient pas trouvé un seul Indien vivant[6]. »

Moins de trois heures avant que Whitman ne soit averti, l'expédition de Tucson s'était déployée le long des berges escarpées de la petite rivière et des sablières situées près du village aravaipa. Les hommes qui étaient en bas ouvrirent le feu sur les huttes de branchages, et au moment où les Apaches en sortaient, ils furent fauchés par des rafales de tir provenant des hauteurs. En une demi-heure, les Indiens avaient fui, été capturés ou tués. Les prisonniers, vingt-sept au total et tous des enfants, devaient être vendus comme esclaves au Mexique par les Papagos christianisés.

Lorsque Whitman arriva au village, celui-ci brûlait toujours. Le sol était jonché de corps de femmes et d'enfants morts et mutilés. « J'ai trouvé un nombre important de femmes abattues pendant leur sommeil à côté des bottes de foin qu'elles avaient ramassées et comptaient nous amener le matin. Les blessés hors d'état de s'échapper avaient été frappés à la tête avec des gourdins ou des pierres, parfois blessés par balle, puis criblés de flèches. Les corps étaient tous dénudés. »

C. B. Briesly, un médecin qui accompagnait le lieutenant Whitman, raconta que deux des femmes « reposaient dans une position telle que, vu en outre leurs blessures et l'état de leurs organes génitaux, il ne faisait aucun doute qu'elles avaient été violentées avant d'être abattues (...). Il y avait un enfant de dix mois qui avait reçu deux balles et dont la jambe était à moitié coupée[7] ».

Whitman redoutait que les survivants qui s'étaient enfuis dans les montagnes lui reprochent de ne pas les avoir protégés. « Je me suis dit que le fait de prendre soin de leurs morts serait une preuve de notre compassion, ce qui s'est avéré correct, car pendant que nous nous occupions des corps, plusieurs Indiens s'approchèrent de nous et exprimèrent un chagrin trop violent pour être décrit (...). Parmi tous ceux que nous avons enterrés [une centaine environ] il y avait un vieil homme et un garçon –

les autres étaient tous des femmes et des enfants. » Avec ceux qui succombèrent à leurs blessures et la découverte d'autres corps, le nombre total des victimes s'élevait finalement à cent quarante-quatre. Eskiminzin ne revenant pas, certains Apaches en conclurent qu'il allait de nouveau prendre le sentier de la guerre pour venger les victimes du massacre.

« Mes femmes et mes enfants ont été tués sous mes yeux, raconta l'un des hommes à Whitman, et j'ai été incapable de les défendre. À ma place, la plupart des Indiens se trancheraient la gorge. » Le lieutenant donna sa parole d'honneur qu'il n'aurait de cesse d'obtenir justice pour les Indiens, et les Aravaipas acceptèrent malgré leur chagrin de reconstruire le village et de reprendre leurs activités.

À force de persévérance, Whitman obtint que les tueurs de Tucson soient jugés. Leurs avocats affirmèrent qu'en suivant la piste de tueurs apaches, ils étaient tombés sur le village aravaipa, tandis qu'Oscar Hutton, le guide de Camp Grant, déclarait en tant que témoin à charge : « J'atteste en pleine connaissance de cause qu'aucun groupe de raiders n'a été constitué par les Indiens vivant près du fort. » F. L. Austin et Miles L. Wood, tous deux négociants, et William Kness, qui transportait le courrier entre Camp Grant et Tucson, abondèrent dans son sens. Le procès dura cinq jours. À l'issue d'une délibération de dix-neuf minutes, le jury rendit son verdict – les tueurs de Tucson étaient relâchés.

Quant au lieutenant Whitman, le fait d'avoir défendu les Apaches lui coûta sa carrière. Il passa trois fois en cour martiale pour répondre de chefs d'accusation ridicules, et au bout de plusieurs années sans promotion, il démissionna.

Mais le massacre de Camp Grant eut au moins le mérite d'attirer l'attention de Washington sur le sort des Apaches. Le président Grant qualifia l'attaque de « meurtre pur et simple » et ordonna à l'armée et au Bureau des Affaires indiennes de prendre de toute urgence des mesures afin de ramener la paix dans le Sud-Ouest.

En juin 1871, le général George Crook arriva à Tucson pour prendre le commandement en Arizona. Quelques semaines plus tard, Vincent Colyer, un envoyé spécial du Bureau des Affaires indiennes, débarqua à Camp Grant. Les deux hommes désiraient vivement organiser une réunion avec les grands chefs apaches, surtout Cochise.

Colyer rencontra tout d'abord Eskiminzin, descendu pour l'occasion de ses montagnes, dans l'espoir de le persuader de renouer avec ses coutumes paisibles. Le chef se déclara heureux de s'entretenir de paix avec lui. « Le commissaire pensait certainement qu'il aurait affaire à un grand *capitán*, déclara-il tranquillement. S'il m'avait vu il y a environ trois mois, cela aurait en effet été le cas. À cette époque, mon peuple était puissant, mais les miens ont été pour beaucoup massacrés. Maintenant, ils sont très peu nombreux. J'ai quitté cet endroit maudit, mais depuis je suis resté dans les parages. Même si j'étais sûr d'avoir des amis ici, j'avais peur de revenir. Moi qui n'ai jamais eu grand-chose à dire, je peux affirmer que j'aime cet endroit. Je ne me sens pas en droit de parler davantage, étant donné que je représente si peu de personnes. Sans ce massacre, il y aurait eu beaucoup plus d'Indiens ici ; mais après, qui aurait pu supporter cet endroit ? Quand j'ai conclu la paix avec le lieutenant Whitman, mon cœur était gonflé de bonheur. Les habitants de Tucson et de San Xavier doivent être fous. Ils ont agi comme s'ils n'avaient ni cœur ni cervelle (...). Il fallait vraiment qu'ils aient soif de notre sang (...). Ces gens de Tucson écrivent dans les journaux leur version de l'histoire. Les Apaches n'ont personne pour raconter la leur. »

Colyer promit de raconter l'histoire des Apaches au Grand Père et aux Blancs qui ne l'avaient jamais entendue.

« Je me demande si c'est Dieu qui t'a doté de ce cœur généreux qui te dicte de venir nous voir, ou un père et une mère d'une grande bonté.

– C'est Dieu, répondit Colyer.

– Dieu », fit Eskiminzin, sans que la traduction permette de savoir s'il s'agissait là d'une assertion ou d'une question[8].

Colyer prévoyait de rencontrer Delshay, le chef de la tribu des Apaches Tontos, un homme d'environ trente-cinq ans, massif et large d'épaules. Il portait une boucle d'oreille en argent, avait l'air féroce et se déplaçait souvent au petit trot comme s'il était tout le temps pressé. Dès 1868, il avait accepté de faire respecter la paix par son peuple et de dépendre de l'agence de Camp McDowell, sur la rive ouest du Rio Verde, ce qui ne l'empêchait pas de trouver les Tuniques Bleues d'une grande perfidie. Un jour, sans aucune raison, un officier lui avait tiré dans le dos avec des plombs de chevrotine. En outre, il était pratiquement sûr que le médecin du comptoir avait tenté de l'empoisonner. Depuis, il prenait soin de ne pas s'approcher de Camp McDowell.

Le commissaire Colyer arriva à Camp McDowell fin septembre, investi du pouvoir d'utiliser les soldats pour établir des relations avec Delshay. En dépit des drapeaux blancs, signaux de fumée et autres feux nocturnes auxquels les pelotons de cavalerie et d'infanterie eurent largement recours, Delshay refusa de répondre avant d'avoir vérifier la sincérité des intentions des Tuniques Bleues. Lorsque enfin il accepta de rencontrer le capitaine W. N. Netterville à Sunflower Valley le 31 octobre 1871, Colyer était retourné à Washington faire son rapport. Un exemplaire des demandes de Delshay lui fut envoyé.

« Je ne veux plus courir dans les montagnes, expliquait le chef, je veux conclure un grand traité (...). Je tiendrai parole jusqu'à ce que les pierres fondent. » Delshay refusait toutefois de retourner avec son peuple à Camp McDowell. Ce n'était pas un bon endroit (après tout, n'avait-il pas été blessé et empoisonné là-bas ?). Les Tontos préféraient vivre à Sunflower Valley près des montagnes, où ils pourraient ramasser des fruits et chasser. « Si le grand *capitán* de Camp McDowell n'établit pas un comptoir là où je lui dis, je ne pourrai rien faire de plus, car Dieu a créé l'homme blanc et Dieu a créé l'Apache, et l'Apache a droit à cette terre tout autant que l'homme blanc. Je veux un traité qui durera, afin que Blancs et Apaches puissent parcourir ce pays sans problème ; dès que le traité sera conclu, je veux un papier qui me permettra de voyager dans tout le pays en tant que blanc. Je poserai une pierre quelque part pour montrer que quand elle fondra, le traité sera rompu (...). Si je signe un traité, j'exige que le grand *capitán* vienne me rencontrer à chaque fois que j'en ferai la demande, et j'agirai de même quand il voudra me voir. Si nous concluons un traité et que le grand *capitán* ne tient pas ses promesses, je déposerai ses paroles dans un trou et les couvrirai de poussière. Je promets qu'une fois le traité signé, les Blancs pourront sortir leurs chevaux et leurs mules sans que quiconque cherche à les prendre, et au cas où les Apaches voleraient ne serait-ce qu'une seule de leurs bêtes, je me couperai la gorge. Je veux conclure un grand traité, et si les Américains le rompent, je ne veux plus avoir de problème ;

les Blancs iront d'un côté et moi de l'autre (...). Dis au grand *capitán* à Camp McDowell que j'irai le voir dans douze jours[9]. »

C'est à Cañada Alamosa, une agence établie par le Bureau des Affaires indiennes à soixante-dix kilomètres au sud-ouest de Fort Craig, au Nouveau-Mexique, que Colyer faillit enfin rencontrer Cochise. En parlant avec deux membres de la bande de Cochise, il avait appris que les Chiricahuas étaient allés au Mexique, mais que comme le gouvernement mexicain offrait trois cents dollars par scalp apache, ils avaient été attaqués dans les montagnes de Sonora. Ils s'étaient alors dispersés pour regagner peu à peu leurs vieux bastions de l'Arizona. Quant à Cochise, il se trouvait quelque part dans les Dragoon Mountains.

Un messager fut envoyé à sa recherche, mais en arrivant dans le Territoire de l'Arizona, l'homme tomba sur le général Crook, lequel lui refusa le droit de se rendre dans le village de Cochise et lui ordonna de retourner sur-le-champ au Nouveau-Mexique.

Crook voulait être celui qui capturerait Cochise. Pour cela, il ordonna à cinq compagnies de cavaliers de passer au peigne fin les Chiricahua Mountains afin de le trouver – mort ou vif. Cochise échappa aux soldats de Loup-Gris – c'était ainsi que les Apaches appelaient le général Crook – en se réfugiant au Nouveau-Mexique. De là, il envoya un message au général Gordon Granger, le Chef-Étoiles à Santa Fé, l'informant qu'il le rencontrerait à Cañada Alamosa pour des négociations de paix.

Granger arriva avec une petite escorte dans une ambulance tirée par six mules. Cochise l'attendait. Les préliminaires furent brefs, les deux hommes ayant hâte de trouver une solution. Granger voulait saisir cette occasion pour s'attirer la gloire en devenant celui qui avait obtenu la reddition de Cochise. Pour Cochise, c'était la fin de la route ; il avait presque soixante ans et se sentait très fatigué ; des mèches grises striaient sa chevelure qui lui tombait sur les épaules.

Granger expliqua que la paix n'était possible que si les Chiricahuas acceptaient de vivre sur une réserve. « Aucun Apache ne serait autorisé à quitter la réserve sans un laissez-passer délivré par l'agent, dit-il, et en aucun cas une autorisation ne serait accordée pour traverser la frontière avec le Nouveau-Mexique. »

Cochise répondit d'une voix calme accompagnée de quelques rares gestes : « Le soleil a frappé très fort sur ma tête et j'étais comme enflammé ; mon sang était en feu, mais maintenant que je suis venu dans cette vallée et que j'ai bu cette eau et m'y suis lavé, elle m'a rafraîchi. À présent que mon feu s'est apaisé, je viens à toi les mains ouvertes pour vivre en paix avec toi. Je parle avec franchise et ne souhaite surtout pas tromper ou être trompé. Je veux une paix bonne, solide et durable. Quand Dieu a fait le monde, il en a donné une partie aux Blancs et l'autre aux Apaches. Pourquoi en a-t-il été ainsi ? Pourquoi Blancs et Apaches se sont-ils retrouvés sur la même terre ? En m'écoutant, le soleil, la lune, la terre, l'air, les cours d'eaux, les oiseaux et les animaux sauvages, et jusqu'aux enfants qui ne sont pas encore nés vont se réjouir de mes paroles. Les Blancs me cherchent depuis longtemps. Me voici ! Que veulent-ils ? Ils me cherchent depuis longtemps. Pourquoi ai-je tant de valeur ? Si j'ai tant de valeur, pourquoi ne pas marquer l'endroit où je pose mon pied, celui où je crache ? Les coyotes sortent la nuit pour voler et tuer ; je ne peux pas les voir ; je ne suis pas Dieu. Je ne suis plus le chef de tous les Apaches. Je ne suis plus riche ; je ne suis qu'un homme pauvre. Le monde n'était pas toujours ainsi. Dieu ne nous a pas faits semblables à vous ; nous sommes nés comme les animaux, dans l'herbe sèche, et non dans des lits comme vous. C'est pourquoi, comme les animaux, nous volons et chapardons la nuit venue. Si j'avais les choses que tu as, je ne ferais pas ce que je fais, car dans ce cas, je n'en aurais pas besoin. Il y a des Indiens qui passent leur temps à tuer et à voler. Je ne suis pas leur chef. Si je l'étais, ils n'agiraient pas comme ils le font. Mes guerriers ont été tués à Sonora. Je suis venu parce que Dieu me l'a dit. Il a dit qu'il était bon de vivre en paix – me voici donc ! J'errais de par le monde, avec les nuages et l'air, quand Dieu m'a parlé en pensée et m'a dit de venir faire la paix avec tous. Il a dit que le monde était pour nous tous ; comme est-ce possible ?

« Jeune, je parcourais ce pays à pied, d'est en ouest, sans rencontrer personne d'autre que des Apaches. Bien des étés plus tard, j'ai repris le même chemin et vu qu'une autre race d'hommes était venue s'emparer de cette terre. Comment cela est-ce possible ? Pourquoi faut-il que les Apaches attendent la mort – qu'ils ne retiennent la vie que du bout des ongles ? Ils errent dans les collines et les plaines en priant que le ciel leur tombe dessus. Les Apaches formaient autrefois une grande nation ; ils ne sont plus à présent qu'une poignée, et c'est pour cette raison qu'ils veulent mourir et que leur vie pend au bout de leurs ongles. Beaucoup sont morts au combat. Parle-moi franchement, pour que tes paroles entrent dans nos cœurs comme les rayons du soleil. Dis-moi, si la vierge Marie a traversé le pays tout entier, pourquoi n'est-elle jamais entrée dans les huttes des Apaches, pourquoi ne l'avons-nous jamais vue, jamais entendue ?

« Je n'ai ni père, ni mère. Je suis seul au monde. Personne ne se soucie de Cochise ; c'est pourquoi je ne me soucie pas de vivre, c'est pourquoi je voudrais que les pierres tombent sur moi et recouvrent mon corps. Si j'avais un père et une mère comme toi, je serais avec eux, et eux avec moi. Quand je parcourais le monde, tous demandaient à voir Cochise. Le voici – tu le vois, tu l'entends – es-tu heureux ? Si tel est le cas, dis-le. Parlez, Américains et Mexicains, je ne souhaite rien vous cacher, et je voudrais que vous ne me cachiez rien ; je ne vous mentirai pas, pas plus que vous ne mentirez. »

Quand fut abordée la question de l'emplacement de la réserve chiricahua, Granger expliqua que le gouvernement voulait déplacer l'agence de Cañada Alamosa et l'installer à Fort Tularosa dans les Mogollons. (Trois cents Mexicains s'étaient installés à Cañada Alamosa, demandant à ce qu'on leur octroie des terres.)

« Je veux vivre en paix ici dans ces montagnes », protesta Cochise. « Je refuse d'aller à Tularosa. C'est trop loin. Dans les montagnes là-bas, les mouchent dévorent les yeux des mustangs. C'est là que vivent les mauvais esprits. J'ai bu l'eau d'ici, et elle m'a apaisé ; je ne veux pas quitter ces lieux[10] »

Le général Granger déclara qu'il ferait son possible pour persuader le gouvernement de laisser les Chiricahuas vivre à Cañada Alamosa, près de ses ruisseaux d'eau claire et fraîche. Cochise promit quant à lui de vivre, lui et son peuple, en paix avec leurs voisins mexicains, promesse qu'il tint à la lettre. Pourtant, quelques mois plus tard, le gouvernement ordonna le déplacement de tous les Apaches de Cañada Alamosa à Fort Tularosa. Dès qu'il eut vent de cet ordre, Cochise s'envola avec ses guerriers. Les Indiens se divisèrent en petits groupes et trouvèrent de nouveau refuge dans leurs montagnes sèches et rocailleuses du sud-ouest de l'Arizona. Cette fois-ci, Cochise était bien décidé à y rester. Que Crook vienne le chercher s'il y tenait ; lui, Cochise, le repousserait à coup de pierres si nécessaire, et alors, avec la volonté de Dieu, ces mêmes pierres retomberaient sur lui et recouvriraient son corps.

En septembre 1872, la Saison-où-on-rentre-le-maïs, Cochise commença à recevoir des rapports de ses guetteurs faisant état d'un petit groupe de Blancs qui approchaient de son bastion. Ils voyageaient dans l'un des chariots que l'armée utilisait pour transporter les blessés. D'après les guetteurs, Tom Jeffords, alias Taglito (Barbe-Rouge), était avec eux. Taglito – Cochise ne l'avait pas vu depuis longtemps.

Autrefois, alors que Cochise et Mangas étaient partis en guerre contre les Tuniques Bleues, Tom Jeffords avait obtenu un contrat pour le transport du courrier entre Fort Bowie et Tucson. Mais les guerriers apaches avaient tendu tellement d'embuscades à Jeffords et à ses messagers qu'il avait failli renoncer. Un jour, l'homme à la barbe rouge vint seul au village de Cochise. Il descendit de cheval, défit son ceinturon et le donna ainsi que ses armes à l'une des femmes chiricahuas. Sans paraître le moins du monde effrayé, il s'approcha de l'endroit où Cochise était assis et s'installa à côté de lui. Après avoir gardé le silence pendant une durée raisonnable, il déclara au chef apache qu'il voulait passer avec lui un traité personnel afin que le transport du courrier lui permette de gagner sa vie. Cochise en fut tout déconcerté. Jamais il n'avait rencontré un Blanc comme lui. Devant un tel courage, il ne pouvait que promettre à Taglito de le laisser circuler tranquillement. Les embuscades contre Jeffords et ses messagers cessèrent, et par la suite, le grand homme à la barbe rouge revint plusieurs fois passer un moment chez Cochise à discuter et à boire du *tiswin** avec lui.

Cochise savait que la présence de Taglito voulait dire que ce groupe de Blancs le cherchaient. Il envoya son frère à leur rencontre et se cacha avec sa famille en attendant d'être sûr que tout allait bien. Puis il descendit des montagnes à mustang avec son fils Naiche. Il mit pied à terre, enlaça Jeffords qui, se tournant vers un homme à la barbe blanche et aux vêtements poussiéreux, lui dit en anglais : « C'est Cochise. » La manche droite du manteau de l'homme était vide et il avait tout l'air d'un ancien combattant. Cochise ne fut donc pas surpris d'entendre

* Boisson alcoolisée préparée à partir de maïs fermenté *(NdlT)*.

Taglito l'appeler Général. Il s'agissait d'Oliver Otis Howard. « Buenos, días, señor », lui dit Cochise. Ils se serrèrent la main.

S'approchant l'un après l'autre, les guerriers de Cochise formèrent un demi-cercle et s'installèrent sur des couvertures pour tenir conseil avec le barbu manchot.

« Le général voudrait-il bien expliquer le but de sa visite ? » demanda Cochise en langue apache. Taglito traduisit la question.

« Le Grand Père, le président Grant, m'envoie arranger la paix entre vous et les Blancs, répondit le général Howard.

– Il n'y a personne qui désire plus la paix que moi, l'assura Cochise.

– Dans ce cas, dit Howard, nous pouvons nous entendre. »

Cochise répondit que les Chiricahuas n'avaient attaqué aucun Blanc depuis leur fuite de Cañada Alamosa. « Mes mustangs sont peu nombreux et en piteux état, ajouta-t-il. J'aurais pu en avoir d'autres en attaquant les voyageurs de la piste de Tucson, mais je m'y suis refusé. »

Howard laissa entendre que les Chiricahuas auraient de meilleures conditions de vie s'ils acceptaient de vivre sur une grande réserve au bord du Rio Grande.

« J'y suis allé, répondit Cochise, et j'aime l'endroit. Je suis prêt à y aller avec ceux des miens qui peuvent me suivre plutôt que de renoncer à la paix, mais cela entraînera la division de ma tribu. Pourquoi ne pas me donner Apache Pass ? Alors, je protégerai toutes les routes. Je veillerai à ce que les Indiens ne volent les biens de personne. »

Howard ne s'attendait pas à une telle proposition. « Oui, pourquoi pas », dit-il, avant de souligner les avantages de vivre sur la réserve près du Rio Grande.

Mais Cochise n'était plus intéressé. « Pourquoi m'enfermer sur une réserve ? demanda-t-il. Nous ferons la paix. Nous la respecterons scrupuleusement. Mais laisse-nous être libres de nos mouvements, comme les Américains. Laisse-nous circuler librement. »

Howard tenta de lui expliquer que le pays chiricahua n'appartenait pas aux Indiens et que les Américains s'y intéressaient. « Pour maintenir la paix, dit-il, nous devons fixer des limites. »

Cochise ne parvenait pas à comprendre pourquoi on ne pouvait pas établir des limites dans la région des Dragoon Mountains comme on le faisait près du Rio Grande. « Combien de temps resteras-tu ici, général ? demanda-t-il. Attendras-tu mes *capitánes* pour venir discuter ?

– Je suis venu de Washington rencontrer ton peuple et faire la paix. Je resterai aussi longtemps qu'il le faudra. »

Ainsi, le général Oliver Otis Howard, collet monté de Nouvelle-Angleterre, diplômé de West Point, héro de Gettysburg, amputé d'un bras après la bataille de Fair Oak (Virginie), resta au village apache onze jours. Il fut conquis par la courtoisie, les manières simples et directes de Cochise, et tomba sous le charme des femmes et des enfants chiricahuas.

« J'ai dû abandonner le projet Alamosa, écrivit-il par la suite, et leur donner, ainsi que Cochise l'avait suggéré, une réserve qui comprenait une partie des Chiricahua Mountains et de la vallée se trouvant sur leur flanc ouest, réserve qui incluait la Big Sulphur Spring, une source, et le ranch Rodgers[11]. »

Il restait un problème à régler. Selon la loi, il fallait nommer un Blanc au poste d'agent de la nouvelle réserve. Pour Cochise, la solution était toute trouvée ; il n'y en avait qu'un seul auquel les Chiricahuas faisaient confiance – Taglito, l'homme à la barbe rouge, alias Tom Jeffords. Ce dernier commença par refuser. Il n'avait aucune expérience dans le domaine et en outre, le salaire était médiocre. Cochise insista tant et si bien que Barbe-Rouge finit par céder. Après tout, c'était aux Chiricahuas qu'il devait sa vie et sa prospérité.

Les Apaches Tontos de Delshay et les Aravaipas d'Eskiminzin eurent hélas moins de chance.

Delshay, qui avait proposé au grand *capitán* de Camp McDowell de conclure un traité à condition qu'une agence tonto soit établie à Sunflower Valley, n'avait reçu aucune réponse, ce qu'il interpréta comme un refus. « Dieu a fait l'homme blanc et Dieu a fait l'Apache, avait-il dit, et l'Apache a droit à cette terre tout autant que l'homme blanc. » Il n'avait signé aucun traité, n'avait reçu aucun papier lui donnant le droit de voyager dans le pays comme un Blanc ; par conséquent, c'était en Apaches que ses guerriers et lui parcouraient ces terres. Les Blancs n'aimaient pas cela. Fin 1872, Loup-Gris envoya des soldats sillonner le Tonto Basin à la recherche de Delshay et de ses partisans. C'est uniquement à la Lune-des-grandes-feuilles que ses troupes furent suffisamment nombreuses pour piéger les Apaches. Ceux-ci, encerclés et voyant que leurs femmes et leurs enfants se faisaient tirer dessus, n'eurent d'autre solution que de hisser le drapeau blanc.

Le chef d'escadron George M. Randall emmena les Tontos à Fort Apache, sur la réserve de White Mountain. À cette époque, Crook préférait utiliser ses chefs soldats plutôt que des civils comme agents des réserves. Ils forçaient les Apaches à porter des plaques d'identification métalliques, comme des chiens. Celles-ci étant numérotées, une fuite, ne serait-ce que de quelques jours, ne pouvait passer inaperçue. Delshay et ses compagnons pleurèrent amèrement la perte de leurs montagnes aux pentes boisées et aux sommets enneigés. Sur la réserve, tout – nourriture, outils – manquait, et ils ne s'entendaient pas avec les Coyoteros, qui les considéraient comme des intrus. Mais le plus grand malheur pour eux, ce fut l'impossibilité de se déplacer librement dans le pays.

Enfin, en juillet 1873, la Lune-où-tout-mûrit, Delshay en eut assez d'être enfermé à White Mountain. Une nuit, il prit la poudre d'escampette à la tête de son peuple. Afin de ne pas être traqué par les Tuniques Bleues, il décida de gagner la réserve du Rio Verde, dont l'agent, un civil, lui promit que les Tontos pourraient rester à condition de ne pas lui attirer d'ennuis. S'ils se sauvaient à nouveau, ils seraient poursuivis et tués. Ainsi, Delshay et son peuple se mirent à construire une *ranchería* au bord de la rivière près de Camp Verde.

Cet été-là, il y eut à l'agence de San Carlos un soulèvement au cours duquel un petit chef soldat, le lieutenant Jacob Almy, fut tué. Les Apaches s'enfuirent dans plusieurs directions. Ceux qui gagnèrent le Rio Verde installèrent leur campement près de la *ranchería* de Delshay. Apprenant la nouvelle, Loup-Gris accusa Delshay d'avoir aidé les fugitifs et ordonna son arrestation. Delshay se résolut à partir de nouveau. Il ne voulait pas perdre le peu de liberté qu'il avait conservé, être mis aux fers et enfermé dans le trou de plus de cinq mètres que les soldats avaient creusé dans les parois du canyon pour leurs prisonniers indiens. Accompagné d'une poignée de partisans, il alla se réfugier dans le Tonto Basin.

Il savait que la traque commencerait bientôt. Loup-Gris n'aurait de cesse qu'il le trouvât. Pendant des mois, Delshay et ses compagnons échappèrent à leurs poursuivants. Enfin, le général Crook décida que ses troupes ne pouvaient pas passer leur temps à arpenter le Tonto Basin ; seul un autre Apache parviendrait à trouver Delshay. Il annonça donc qu'il offrait une récompense à quiconque lui rapporterait la tête du chef indien. En juillet 1874, deux mercenaires apaches se présentèrent l'un après l'autre au quartier général du général, chacun avec une tête coupée qu'ils affirmaient être celle de Delshay. « Convaincu que ces hommes étaient sincères, raconta Crook, et que peu m'importait qu'il y ait une tête de trop, je les ai payés tous les deux[12]. » Les têtes furent exposées, en compagnie de celles d'autres Apaches, sur les terrains de manœuvres de Rio Verde et de San Carlos.

Pour Eskiminzin et les Aravaipas aussi, la paix n'était pas gagnée. Après la visite du commissaire Colyer en 1871, ils commencèrent une nouvelle vie à Camp Grant, reconstruirent leur village de huttes et semèrent à nouveau des céréales. Hélas, juste au moment où tout semblait bien se passer, le gouvernement décida de déplacer Camp Grant à une centaine de kilomètres au sud-ouest. Saisissant ce prétexte pour débarrasser la vallée de San Pedro de toute présence indienne, l'armée transféra les Aravaipas à San Carlos, une nouvelle agence au bord de la Gila River.

Le déplacement eut lieu en février 1873. Les Aravaipas commençaient tout juste à construire une nouvelle *ranchería* et à semer de nouveaux champs quand se produisit le soulèvement au cours duquel le lieutenant Almy fut tué. Ni Eskiminzin, ni aucun autre Aravaipa n'était impliqué dans cette mort, mais comme Eskiminzin était un chef, Loup-Gris ordonna qu'il soit arrêté et emprisonné par mesure de « précaution militaire ».

Il demeura aux arrêts jusqu'à la nuit du 4 janvier 1874, avant de parvenir à s'échapper. Il voulut alors conduire son peuple loin de la réserve. Pendant quatre mois de froid intense, les Aravaipas errèrent dans des montagnes qu'ils ne connaissaient pas, à la recherche de nourriture et d'endroits où s'abriter. Lorsque avril arriva, la plupart étaient malades et affamés. Pour sauver son peuple de la mort, Eskiminzin retourna à San Carlos et demanda à voir l'agent.

« Nous n'avons rien fait de mal, dit-il, mais nous avons peur. C'est pour cela que nous nous sommes enfuis. Maintenant, nous revenons. Si nous restons dans les montagnes, nous mourrons de faim et de froid. Si les soldats américains nous tuent ici, cela reviendra au même. Nous ne nous sauverons plus. »

Dès que l'agent informa l'armée du retour des Aravaipas, ordre lui fut transmis d'arrêter les chefs, de les entraver avec des chaînes pour les empêcher de s'échapper et de les transférer en tant que prisonniers de guerre au nouveau site de Camp Grant.

« Qu'ai-je fait de mal ? » demanda Eskiminzin au soldat chef venu l'arrêter.

L'homme fut bien en peine de répondre, l'arrestation étant une « précaution militaire ».

À Camp Grant, les prisonniers, enchaînés ensemble, durent fabriquer des briques d'adobe pour les nouveaux bâtiments du comptoir. Dormant par terre, constamment enchaînés, ils durent se contenter pour toute pitance de ce dont les soldats n'avaient pas voulu.

Un jour, en été, Eskiminzin vit venir à lui un jeune homme blanc, John Clum, qui se présenta comme le nouvel agent à San Carlos et lui expliqua que les Aravaipas avaient besoin de leur chef. Il voulut savoir pourquoi il était prisonnier.

« Je n'ai rien fait, répondit Eskiminzin. Peut-être les Blancs mentent-ils à mon propos. Je m'efforce toujours de bien agir[13]. »

Clum lui dit qu'il pourrait obtenir sa libération à condition qu'il promette de l'aider à améliorer les conditions de vie à San Carlos.

C'est ainsi que deux mois plus tard, Eskiminzin rejoignit son peuple. Une fois de plus, la situation semblait pleine de promesses, mais le chef aravaipa était suffisamment raisonnable pour ne pas espérer trop. Depuis l'arrivée des Blancs, il ne savait jamais vraiment où il pourrait étaler sa couverture ; l'avenir était plus qu'incertain pour les Apaches.

Au printemps 1874, Cochise contracta une maladie qui l'affaiblit beaucoup. Tom Jeffords, l'agent des Chiricahuas, fit venir le médecin militaire de Fort Bowie, qui ne put malheureusement identifier le mal du chef apache. Les médicaments prescrits n'améliorèrent pas l'état de Cochise, dont le corps jadis musclé commença à dépérir.

Pendant ce temps, le gouvernement avait décidé, pour économiser de l'argent, de fusionner l'agence chiricahua et la nouvelle agence de Hot Springs, au Nouveau-Mexique, en déplaçant la

Red Cloud, ou Mahpiua-Luta, chef des Sioux Oglalas. Photo prise par Charles M. Bell à Washington, D.C., en 1890.
(Reproduite avec l'aimable autorisation de la Smithsonian Institution.)

Spotted Tail, ou Sinte-Gleska, chef des Sioux Brûlés.
(D'après un tableau de Henry Ulke exécuté en 1877, exposé aujourd'hui à la National Portrait Gallery de la Smithsonian Institution.)

Satanta (White Bear), chef kiowa. D'après un cliché pris par William S. Soule autour de 1870. (Avec l'aimable autorisation de la Smithsonian Institution.)

Lone Wolf (Guipago), Kiowa. Photographié par William S. Soule entre 1867 et 1874. (Reproduit avec l'aimable autorisation de la Smithsonian Institution.)

Quanah Parker, chef comanche. Cliché pris par Hutchins et/ou Lanney sur la réserve kiowa dans l'Oklahoma entre 1891 et 1893.
(Avec l'aimable autorisation de la Smithsonian Institution.)

Sitting Bull, chef des Sioux Hunkpapas. (Cliché du U.S. Signal Corps.)

Gall, Sioux Hunkpapa.
(Cliché du U.S. Signal Corps.)

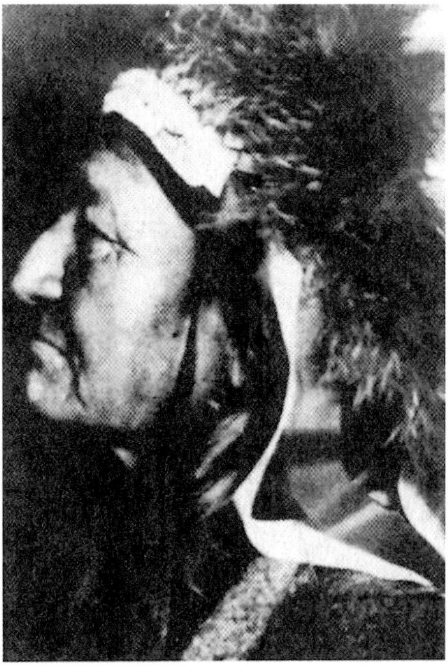

Two Moon, chef des Cheyennes.
(Reproduit avec l'aimable autorisation de la Denver Public Library.)

Hump, Sioux, photographié à Fort Bennet (Dakota du Sud) en 1890.
(National Archives.)

Crow King, Sioux.
(Reproduit avec l'aimable autorisation de la Denver Public Library.)

Little Big Man, Sioux Oglala. (Cliché du U.S. Signal Corps.)

Chef Joseph, Nez-Percé. (National Archives.)

Dull Knife, chef des Cheyennes du Nord.
(Cliché reproduit avec l'aimable autorisation de la Smithsonian Institution.)

Le chef Standing Bear, de la tribu des Poncas.
(Avec l'aimable autorisation de la Nebraska State Historical Society.)

Ouray, chef des Utes.
(Avec l'aimable autorisation de la State Historical Society of Colorado.)

Geronimo, Apache Chiricahua. Extrait d'une photo prise par A. Frank Randall en 1886. (Avec l'aimable autorisation de la Smithsonian Institution.)

Nana, Apache Mimbres.
(Avec l'aimable autorisation de l'Arizona Pioneers' Historical Society Library.)

Wovoka, le messie paiute.
(Avec l'aimable autorisation de la Smithsonian Institution.)

Kicking Bear. (Photo de David F. Barry. Denver Public Library Western Collection.)

Short Bull, Sioux.
(Photo de David F. Barry. Denver Public Library Western Collection.)

John Grass, Sioux.
(Photo de David F. Barry. Denver Public Library Western Collection.)

Le chef Big Foot mort. Photo prise sur le champ de bataille de Wounded Knee.
(Reproduit avec l'aimable autorisation de la Smithsonian Institution.)

première. Aux officiels venus discuter la question avec lui, Cochise répondit que le transfert lui était indifférent, et qu'il serait mort avant. Mais les autres chefs et ses propres fils protestèrent vigoureusement et déclarèrent que si l'agence était déplacée, ils refuseraient de bouger. Même les États-Unis ne disposeraient pas de forces suffisantes pour les faire partir, parce qu'ils préféreraient mourir dans leurs montagnes que de vivre à Hot Springs.

Après le départ des représentants du gouvernement, Cochise devint si faible et ses souffrances furent telles que Jeffords décida d'aller chercher le médecin de Fort Bowie. Au moment où il se mettait en route, Cochise lui demanda : « Tu me reverras vivant, tu crois ? »

Barbe-Rouge répondit avec une franchise toute fraternelle : « Non, je ne crois pas.

– Je pense que je mourrai vers dix heures demain matin. À ton avis, nous nous reverrons ? »

Jeffords resta silencieux quelques instants.

« Je l'ignore, finit-il par dire. Et toi, quel est ton avis ?

– Je ne sais pas, répondit Cochise. Ce n'est pas clair dans mon esprit, mais je pense que oui, quelque part tout là-haut[14]. »

Cochise mourut avant le retour de son ami Taglito. Quelques jours plus tard, l'agent annonça aux Chiricahuas qu'il sentait venu le moment pour lui de partir. Mais ils ne voulurent rien entendre. Les fils de Cochise, Taza et Naiche, furent de ceux qui insistèrent le plus pour qu'il ne les quitte pas. Si Taglito les abandonnait, dirent-ils, le traité et les promesses passées entre Cochise et le gouvernement ne vaudraient plus rien. Alors, Jeffords promit de rester.

Au printemps 1875, la plupart des bandes apaches étaient soit confinées sur des réserves, soit réfugiées au Mexique. En mars, l'armée transféra le général Crook de l'Arizona à la région de la Platte. En effet, les Sioux et les Cheyennes, qui enduraient la vie sur les réserves depuis plus longtemps que les Apaches, commençaient à se rebeller.

Ainsi, une paix forcée régnait sur les déserts, les montagnes et les mesas du pays apache. Ironie suprême, son maintien dépendait dans une large mesure des efforts et de la persévérance de deux Blancs qui s'étaient attiré le respect des Apaches simplement en les considérant comme des êtres humains, et non des brutes assoiffées de sang. Tom Jeffords l'agnostique et John Clum, de l'Église réformée hollandaise, avaient de l'optimisme à revendre, tout en étant suffisamment réalistes pour ne pas attendre des miracles. Tout Blanc qui entreprenait de défendre les droits des Apaches dans le Sud-Ouest s'attelait de fait à une tâche ardue.

10

Les épreuves de Captain Jack

1873 – Le 6 janvier, le Congrès demande l'ouverture d'une enquête sur le scandale du Crédit Mobilier. Le 3 mars, vote d'une loi permettant d'augmenter rétroactivement les salaires des membres du Congrès et des officiels du gouvernement. Le 7 mai, les Marines débarquent à Panama pour protéger les ressortissants – et les intérêts – américains. Le 15 septembre, les dernières unités de l'armée prussienne quittent la France. Le 19, la faillite de Jay Cooke and Company, établissement bancaire, provoque la panique financière. Le 20, la bourse de New York ferme pendant dix jours ; le pays est balayé par une sévère crise économique qui s'étend au monde entier. Publication du Tour du Monde en quatre-vingts jours, *de Jules Verne, et de* L'âge d'or, *de Mark Twain.*

Je ne suis qu'un homme. Je suis la voix des miens. Je dis tout ce que leur souffle leur cœur. Je ne veux plus de guerre. Je veux être un homme. Vous me refusez les droits des Blancs. Ma peau est rouge, mon cœur celui d'un Blanc ; seulement, je suis un Modoc. Je n'ai pas peur de mourir. Je ne tomberai pas dans les rochers. Je mourrai au-dessus de mes ennemis. Vos soldats ont commencé à s'en prendre à moi quand j'étais endormi à Lost River. Ils nous ont poussés jusqu'à ces rochers, comme des daims blessés (...).

Jusqu'ici, j'ai toujours dit à l'homme blanc de venir s'installer dans mon pays, que c'était le sien et celui de Captain Jack. Qu'ils pouvaient venir s'établir ici avec moi et que je n'étais pas en colère contre eux. Je n'ai jamais rien reçu de personne ; je n'ai eu que ce que je me suis acheté et payé. J'ai toujours vécu comme un Blanc, et tel a toujours été mon désir. Je me suis toujours efforcé de vivre paisiblement et de ne jamais rien demander à personne. Je me suis toujours nourri de ce que je parvenais à tuer avec mon fusil et à attraper avec mes pièges.

Kintpuash (Captain Jack),
de la tribu des Modocs

Les Indiens de Californie avaient la douceur du climat de leur pays. Les Espagnols leur avaient donné des noms, construit des missions. Ils les avaient convertis et débauchés. Les organisations tribales étaient peu développées chez ces peuples pacifiques ; chaque village avait ses propres chefs, mais il n'existait pas de grand chef de guerre. Après la découverte de l'or en 1848, des Blancs venus du monde entier affluèrent par milliers en Californie. Ils prirent à ces Indiens dociles ce qu'ils convoitaient, avilirent ceux que les Espagnols n'avaient pas déjà avilis, puis exterminèrent des populations entières. Qui se souvient aujourd'hui des Chilulas, des Chimarikos, des Urebures, des Nipewais, des Alonas, de ces centaines de tribus dont les restes sont ensevelis sous des milliers de kilomètres d'autoroutes, de parkings et de lotissements ?

Seuls de toutes les tribus de Californie, les Modocs, qui vivaient dans la région plus rude du lac Tule, près de la frontière avec l'Oregon, résistèrent. Jusqu'aux années 1850, ils avaient vu peu de Blancs. Mais c'était avant que les colons n'arrivent par centaines, ne s'emparent des meilleures terres et n'exigent d'eux une soumission totale. Les Modocs faisant preuve de dispositions guerrières, les envahisseurs blancs tentèrent de les exterminer, à quoi les Indiens répondirent par des embuscades.

À cette époque, un jeune Modoc du nom de Kintpuash atteignait l'âge adulte en se demandant pourquoi les Blancs et son peuple ne pouvaient pas vivre ensemble sans s'entretuer. La région du lac Tule était vaste comme le ciel, avec suffisamment de cerfs, d'antilopes, de canards, de poissons et de racines pour nourrir tout le monde. Lorsque Kintpuash reprocha au chef de la tribu, son père, de ne pas conclure la paix avec les Blancs, celui-ci lui expliqua que les Blancs étaient perfides et qu'il faudrait les chasser pour que la paix règne à nouveau. Peu de temps après, le père de Kintpuash fut tué au cours d'un combat contre des colons, et le jeune homme lui succéda.

Kintpuash se rendit dans les fermes des Blancs pour y chercher des personnes de confiance avec lesquelles conclure la paix. Il rencontra de braves gens à Yreka, si bien que les Modocs prirent rapidement l'habitude de venir y faire du troc. « J'ai toujours dit aux Blancs quand ils sont venus dans mon pays, déclara Kintpuash, que s'ils voulaient en faire leur foyer, ils le pouvaient ; et je ne leur ai jamais demandé de me payer pour vivre ici comme le fait mon peuple. J'aimais bien qu'ils viennent s'installer. J'appréciais la compagnie des Blancs[1]. » Le jeune chef appréciait également les vêtements qu'ils portaient, leurs maisons, leurs chariots et leur magnifique bétail.

Les Blancs d'Yreka donnèrent à leurs visiteurs indiens des noms que les Modocs trouvèrent fort amusants, au point de les utiliser souvent entre eux. C'est ainsi que Kintpuash fut rebaptisé Captain Jack. Il y avait aussi Hooker Jim, Steamboat Frank, Scarfaced Charley, Boston Charley, Curly Headed Doctor, Shacknasty Jim, Schonchin John et Ellen's Man.

C'est à l'époque de la guerre de Sécession que les relations se gâtèrent entre les Modocs et les Blancs. Si un Indien ne trouvait pas de gibier pour nourrir sa famille, il lui arrivait de tuer la vache d'un fermier ; ou bien s'il avait besoin d'un cheval, il en empruntait un à un colon. Les amis blancs des Modocs justifiaient cette pratique en disant que c'était un « impôt » prélevé par les Indiens en échange de l'utilisation de leurs terres. Mais la plupart des colons ne trouvaient pas la chose à leur goût. Ils obtinrent donc de leurs représentants politiques un traité prévoyant le déplacement des Modocs.

Les négociateurs blancs du traité promirent à Captain Jack et aux autres chefs que s'ils acceptaient de s'installer sur une réserve dans l'Oregon, chaque famille se verrait attribuer un lopin de terre, des chevaux, des chariots, des outils, du matériel agricole, des vêtements et de la nourriture – le tout fourni par le gouvernement. Mais lorsque Captain Jack exprima son souhait de rester près du lac Tule, il se heurta à un refus catégorique. Ce fut donc à contrecœur qu'il signa le traité et alla s'installer avec son peuple sur la réserve klamath. Il y eut des problèmes dès le début. La réserve se situait sur ce qui était autrefois le territoire des Klamaths, aux yeux desquels les Modocs étaient des intrus. Lorsque les nouveaux venus utilisèrent des clôtures pour délimiter les terres qui leur avaient été attribuées, les Klamaths vinrent les leur voler. Les provisions promises par le gouvernement n'arrivèrent jamais ; l'agent de la réserve distribuait de la nourriture et des vêtements aux Klamaths, mais n'avait visiblement rien à donner aux Modocs. (Il est vrai que le Grand Conseil à Washington n'avait pas voté les crédits nécessaires.)

Lorsque Captain Jack vit que les siens souffraient de la faim, il décida de les emmener ailleurs. Les Modocs descendirent ainsi jusqu'à la vallée de la Lost River, où ils avaient vécu autrefois et où ils pourraient chasser, pêcher et ramasser des racines.

Les fermiers blancs de la vallée, qui ne voulaient pas d'eux, se plaignirent auprès des autorités. Captain Jack conseilla alors à son peuple de se tenir à l'écart des Blancs. Mais trois cents Indiens ne pouvaient guère passer inaperçus. Au cours de l'été 1872, le Bureau des Affaires indiennes demanda à Captain Jack de retourner sur la réserve. Jack répondit que la cohabitation avec les Klamaths était impossible. Il exigeait une réserve modoc quelque part dans la vallée de la Lost, leur territoire ancestral. Le Bureau jugea la demande raisonnable, mais les fermiers refusèrent que la moindre parcelle de ces riches pâturages soit accordée aux Indiens. À l'automne, le gouvernement ordonna de nouveau aux Modocs de retourner sur la réserve klamath. Là encore, Captain Jack refusa. C'est à l'armée que fut confiée la tâche de transférer de force les Indiens. Le 28 novembre 1872, par une pluie glaciale, le chef d'escadron James Jackson et une compagnie de trente-huit cavaliers du 1er de cavalerie quittèrent Fort Klamath et se dirigèrent vers la Lost.

Arrivés juste avant l'aube au village modoc, ils mirent pied à terre et, prêts à faire feu, encerclèrent les tipis. Scarfaced Charley et quelques autres Indiens en sortirent armes à la main. Jackson demanda à voir leur chef. Lorsque Jack arriva, Jackson lui expliqua que le Grand Père lui avait ordonné de ramener les Modocs à la réserve klamath.

« J'irai, déclara Jack. J'emmènerai mon peuple avec moi, mais je ne croirai pas un mot de ce que vous autres Blancs me dites. Vous voyez, vous venez dans mon village alors qu'il fait encore sombre. Vous nous faites peur, à moi et à mon peuple, en agissant de la sorte. Je n'ai pas l'intention de me sauver. Venez à moi en hommes quand vous voulez me voir ou me parler[2]. »

Jackson expliqua qu'il ne cherchait pas les ennuis, puis demanda à Jack de rassembler ses hommes devant les soldats. Cela fait, il montra du doigt un buisson d'armoises près des soldats. « Déposez vos armes là-bas, dit-il.

– Pourquoi ? voulut savoir Jack.

– C'est toi le chef. Si tu poses ton arme, tes hommes feront de même. Vas-y, et il n'y aura aucun problème. »

Captain Jack eut un moment d'hésitation. Il savait que ses guerriers refuseraient de se désarmer. « Je ne me suis encore jamais battu contre les Blancs, dit-il, et je n'en ai pas l'intention. »

Jackson insista. « Je ne laisserai personne vous faire du mal », promit-il.

Captain Jack déposa son arme et fit signe aux autres de l'imiter. Ils s'avancèrent l'un après l'autre et empilèrent leurs armes à l'endroit indiqué. Dernier de la file, Scarfaced Charley plaça son fusil en haut du tas, mais garda le pistolet qu'il portait à son ceinturon.

Jackson lui ordonna de le déposer.

« Tu as mon fusil, répliqua Scarfaced.

– Désarmez-le ! ordonna Jackson au lieutenant Frazier Boutelle.

– Donne-moi ce pistolet ! Tout de suite ! » cria Boutelle en avançant.

Scarfaced Charley partit d'un éclat de rire. Il déclara qu'il n'était pas un chien pour qu'on lui hurle dessus de la sorte.

Boutelle brandit son pistolet. « Espèce de chien galeux, je vais t'apprendre à me répondre ! »

Scarfaced répéta qu'il n'était pas un chien, ajoutant qu'il garderait son arme[3].

Au moment où Boutelle braquait son pistolet sur lui, Scarfaced, vif comme l'éclair, sortit le sien. Les deux hommes tirèrent en même temps. La balle de l'Indien traversa la manche du manteau du lieutenant, lequel manqua Scarfaced. Le Modoc plongea vers le tas d'armes et récupéra son fusil, aussitôt imité par les autres guerriers. Le commandant ordonna à ses hommes de tirer. S'ensuivit un échange intense de coups de feu. Puis les soldats se replièrent, laissant sur place un mort et sept blessés.

Pendant ce temps, les femmes et les enfants modocs avaient pris leurs pirogues et commencé à descendre la rivière en direction du lac Tule. Captain Jack et ses guerriers les suivirent sur la berge en se cachant derrière les roseaux qui formaient un écran épais. Ils avaient décidé de gagner le sanctuaire légendaire de leur tribu au sud du lac – les champs de lave de Californie.

En refroidissant, ces champs de lave s'étaient transformés en cavernes, roches fissurées et crevasses, dont certaines faisaient plus de trente mètres de profondeur. L'endroit dont Captain Jack décida de faire son bastion était une sorte de cratère entouré de tranchées et de parapets naturels formés par la lave. Sa poignée de guerriers pourrait tenir tête à une armée s'il le fallait, mais il espérait tout de même que les Tuniques Bleues ne viendraient pas les chercher ici. Qu'est-ce que les Blancs pourraient bien faire de ces rochers sans intérêt ?

Avant que les soldats n'attaquent le village, une petite bande de Modocs dirigée par Hooker Jim s'était installée juste en face, de l'autre côté de la rivière. En s'enfuyant avec les siens vers les champs de lave, Jack avait entendu des coups de feu provenant du campement de Hooker Jim. « Je me suis sauvé car je ne voulais pas me battre, expliqua-t-il par la suite. Les soldats ont touché certaines des femmes de ma bande, et certains de mes hommes. Je ne me suis pas arrêté pour demander des explications ; je me suis sauvé. Nous n'étions pas nombreux, et je ne souhaitais pas me battre[4]. »

Il découvrit ce qui s'était passé au village d'Hooker Jim un ou deux jours plus tard, lorsque Hooker Jim lui-même se présenta devant son bastion, accompagné de Curly Headed Doctor, Boston Charley et onze autres Modocs. Jack apprit ainsi de leur bouche qu'au moment où les soldats arrivaient dans son propre village, plusieurs colons étaient entrés dans leur campement et avaient commencé à leur tirer dessus. Ils avaient tué un bébé arraché aux bras de sa mère, abattu une vieille femme et blessé plusieurs hommes. Avant d'arriver dans les champs de lave, Hooker Jim et ses hommes avaient décidé de venger la mort des leurs. Ils s'étaient arrêtés dans des fermes isolées et avaient tué douze colons.

Jack pensa tout d'abord que Hooker Jim faisait le fanfaron. Mais les autres confirmèrent ses dires. En entendant les noms des Blancs abattus, Jack ne voulut pas en croire ses oreilles. Certains étaient des colons qu'il connaissait et appréciait. « Pour quelle raison avez-vous tué ces gens ? Je ne vous ai jamais demandé de tuer mes amis. Vous seuls êtes responsables[5]. »

Captain Jack était à présent certain que les soldats viendraient assouvir leur soif de vengeance, jusqu'à ces immensités désolées qu'étaient les champs de lave s'il le fallait. Et en tant que chef des Modocs, il devrait répondre des crimes de Hooker Jim et de ses acolytes.

Les soldats n'arrivèrent qu'à la Lune-de-glace. Le 13 janvier 1873, les Modocs qui montaient la garde à l'extérieur du cratère repérèrent un groupe de Tuniques Bleues approchant d'un promontoire qui surplombait les champs de lave. Ils les repoussèrent en leur tirant dessus. Mais trois jours plus tard, ce furent deux cent vingt-cinq soldats réguliers renforcés par un groupe de cent quatre volontaires de l'Oregon et de Californie qui surgirent du brouillard, tels des fantômes. Les troupes prirent position sur les arêtes qui faisaient face au bastion de Captain Jack. La nuit tombée, les Tuniques Bleues firent des feux d'armoise pour se réchauffer. Leurs commandants espéraient qu'en voyant l'importance des forces déployées contre eux, les Modocs capituleraient.

Captain Jack prônait la reddition. Il savait que les soldats voulaient avant tout les Modocs qui avaient tué les colons, et préférait lier son sort au leur en se rendant plutôt que de livrer une bataille sanglante par laquelle serait sacrifiée la vie de son peuple tout entier.

Mais pour Hooker Jim, Curly Headed Doctor et ceux qui avaient participé au meurtre des colons, la capitulation était hors de question. Ils forcèrent Jack à convoquer un conseil pour décider par vote de ce qu'il fallait faire. Des cinquante et un guerriers qui défendaient le bastion, seuls quatorze se déclarèrent prêts à se rendre. Les trente-sept autres choisirent de combattre les soldats, jusqu'à la mort si nécessaire.

Le 17, avant l'aube, les clairons des soldats retentirent dans le brouillard recouvrant les champs de lave. Quelques instants plus tard, les grondements des obusiers signalèrent le début de l'attaque des Tuniques Bleues. Les Modocs se tenaient prêts. Se confondant avec la végétation grâce aux branches d'armoise qu'ils avaient accrochées sur leur tête, ils se faufilèrent d'une crevasse à l'autre et abattirent les soldats qui se trouvaient en première ligne.

À midi, les attaquants étaient étalés sur presque deux kilomètres, avec des possibilités de communication fortement réduites par le brouillard et le terrain. Tout en restant à couvert, les Modocs couraient d'une extrémité à l'autre du front, donnant ainsi l'illusion du nombre. Une compagnie de soldats qui s'approchait du cratère essuya les tirs nourris des guerriers, mais aussi des femmes qui s'étaient jointes à eux. Vers la fin de la journée, à la suite d'une charge menée par Jack et Ellen's Man, les Tuniques Bleues se retirèrent, abandonnant leurs morts sur place.

Juste avant le coucher du soleil, le brouillard se leva, révélant le spectacle des soldats qui battaient en retraite vers leur campement sur la crête. Les guerriers sortirent de leurs retranchements, s'approchèrent des Tuniques Bleues tuées, et récupérèrent neuf carabines et six cartouchières. Un peu plus loin, ils trouvèrent d'autres munitions et des rations de l'armée laissées par les soldats en fuite.

Le soir tombé, les Indiens célébrèrent leur victoire autour d'un grand feu. Aucun des leurs n'avait été tué, et ils ne déploraient que quelques blessés légers. Ils s'étaient en outre emparés de suffisamment de fusils et de munitions pour combattre un jour de plus. Le lendemain matin, ils attendirent les soldats, mais il n'en vint qu'une poignée. Ils agitaient un drapeau blanc pour récupérer leurs morts. À la fin de la journée, il ne restait plus une Tunique Bleue sur la crête.

Persuadé que les soldats reviendraient, Captain Jack laissa des sentinelles à des postes avancés afin de pouvoir les repérer de loin. Mais les jours passèrent sans que les Tuniques Bleues ne s'approchent. (« Nous avons repoussé les Indiens jusqu'à leur bastion, raconta le commandant de l'une des unités en action, au milieu d'une vaste étendue de crevasses, de grottes, de rochers fissurés et de ravins (…). Il faudrait mille hommes pour les déloger de ces positions quasiment imprenables, en procédant avec méthode, sans craindre d'utiliser des batteries de mortier (…). Pouvez-vous m'envoyer trois cents fantassins dès que possible[6] ? »)

Le 28 février, Captain Jack vit arriver Winema, sa cousine, accompagnée de quatre Blancs dont son mari, Frank Riddle, qui s'étaient tous montrés amicaux avec les Modocs à l'époque où ceux-ci venaient à Yreka. Winema était une jeune femme joyeuse, énergique, au visage rond, qui se faisait appeler à présent Toby Riddle. Même si elle avait adopté les coutumes de son mari, Jack lui accordait toujours sa confiance. Elle était venue avec ces Blancs, expliqua-t-elle, pour qu'ils puissent discuter avec lui. Ils désiraient passer la nuit dans le cratère en signe d'amitié. Jack assura sa cousine qu'ils étaient les bienvenus et qu'aucun mal ne leur serait fait.

Lors du conseil qui suivit, les Blancs expliquèrent que, dans l'espoir d'éviter une guerre avec les Modocs, le Grand Père à Washington avait envoyé des négociateurs et désirait que les Indiens viennent discuter avec eux afin de trouver une solution de paix. Lesdits négociateurs attendaient au ranch Fairchild, non loin des champs de lave.

Lorsque les Modocs voulurent savoir ce qui arriverait à la bande de Hooker Jim, on leur dit que si les meurtriers des colons se constituaient prisonniers de guerre, ils ne tomberaient pas sous le coup des lois de l'Oregon, et seraient emmenés sur une réserve éloignée et située dans une région au climat chaud – le Territoire Indien ou l'Arizona.

« Rentrez chez vous et dites aux envoyés de Washington, répondit Jack, que je suis prêt à écouter ce qu'ils ont à nous offrir, à moi et à mon peuple. Qu'ils se déplacent jusqu'ici, ou bien faites-moi quérir. J'irai les voir s'ils me protègent contre mes ennemis pendant que je participe à ces conseils de paix[7]. »

Le lendemain matin, les visiteurs s'en allèrent. Winema promit qu'elle tiendrait Jack informé lorsque le lieu et la date du conseil seraient arrêtés. Le même jour, Hooker Jim et ses partisans quittèrent discrètement le camp indien pour aller voir les négociateurs au ranch Fairchild et leur dirent qu'ils désiraient se constituer prisonniers.

La commission de paix était composée d'Alfred B. Meacham, autrefois agent des Modocs dans l'Oregon, d'Eleazar Thomas, un homme d'Église californien, et de L. S. Dyar, un agent de la réserve klamath. Leurs activités étaient placées sous la surveillance du commandant des troupes rassemblées près des champs de lave, le général Edward R. S. Canby, celui-là même qui, en tant que Chef-étoiles, avait combattu Manuelito et ses Navajos et conclu la paix avec eux douze ans auparavant au Nouveau-Mexique (voir chapitre 2).

Lorsque les Modocs d'Hooker Jim débarquèrent dans son quartier général en annonçant à la surprise générale qu'ils se rendaient, Canby fut tellement content qu'il envoya illico un message à Grand-Guerrier Sherman à Washington pour l'informer que la guerre contre les Modocs était terminée et qu'il attendait ses instructions quant à l'endroit et à la date où il devait transférer ses prisonniers.

Le général était dans un tel état d'excitation qu'il en oublia de mettre Hooker Jim et ses partisans aux arrêts. Les Modocs purent ainsi se promener à leur guise dans le camp militaire et observer de près les soldats censés à présent les protéger contre les citoyens de l'Oregon. Ils tombèrent par hasard sur un habitant de cet État qui les reconnut et menaça de les faire arrêter pour le meurtre des colons de Lost River. Le gouverneur voulait leur peau, dit-il, et dès qu'il mettrait la main sur eux, les représentants de la loi les pendraient.

À la première occasion, Hooker Jim et ses compagnons enfourchèrent leurs mustangs et rentrèrent à bride abattue aux champs de lave afin d'avertir Captain Jack de ne pas aller au ranch Fairchild, la rencontre qu'on lui proposait avec les commissaires n'étant qu'un piège pour capturer les Modocs et les renvoyer dans l'Oregon où les attendait la potence.

Les jours qui suivirent, alors que Winema et Franck Riddle se chargeaient de transmettre les messages entre Blancs et Indiens, il apparut que les soupçons de Hooker Jim étaient fondés, du moins en ce qui le concernait. Par contre, Captain Jack et les autres Modocs étaient libres de se rendre, auquel cas leur protection serait garantie.

Captain Jack se trouvait maintenant face à un dilemme classique. En abandonnant Hooker Jim et sa bande, il sauvait les siens. Or Hooker Jim s'était placé sous sa protection, et donc sous celle du chef des Modocs.

Le 6 mars, Jack adressa une lettre aux négociateurs, aidé de sa sœur Mary qui se chargea de déposer le message au ranch Fairchild. « Que tout soit effacé, balayé, et qu'il n'y ait plus de sang versé, écrivait le chef modoc. Mon cœur est peiné quand je pense à ces meurtriers. Je n'ai plus que quelques hommes et je ne vois pas comment je pourrais les livrer. Les Blancs m'abandonneront-ils ceux qui ont tué les miens dans leur sommeil ? Je n'ai jamais demandé leur peau (...). Je pourrais voir mon cheval se faire pendre ; je ne pourrais pas abandonner mes hommes à la potence. Si mon cheval se faisait pendre, je ne verserais pas une larme ; mais si j'abandonnais mes hommes, il me serait impossible de ne pas pleurer[8]. »

Canby et les commissaires insistèrent tout de même pour rencontrer Captain Jack, espérant le persuader que la guerre était pire pour son peuple que de remettre les meurtriers aux Blancs. Même si Grand-Guerrier Sherman avait conseillé à Canby d'avoir recours à ses soldats contre les Modocs afin que « plus aucune réserve ne soit nécessaire pour eux que des tombes dans ces champs de lave qu'ils aiment tant », le général ne perdait pas patience[9].

Le 21 mars, Captain Jack et Scarfaced Charley repérèrent Canby, accompagné d'une petite escorte, qui descendait à cheval de l'arête surplombant leur bastion. Ne sachant pas trop comment interpréter cette approche à découvert, Jack déploya ses guerriers dans les rochers. Une silhouette isolée se détacha alors de l'escorte. L'homme, un médecin militaire, proposait une rencontre informelle entre Captain Jack et le général Canby. Celle-ci commença quelques minutes plus tard. Canby assura Jack que s'il acceptait de sortir du cratère avec son peuple, ils seraient bien traités ; on leur donnerait de la nourriture, des vêtements et de nombreux cadeaux. En guise de réponse, Jack demanda au général pourquoi, puisqu'il avait tant de choses à offrir aux Modocs, il n'en avait pas apporté certaines. Il voulut savoir également pourquoi il ne retirait pas ses soldats. Tout ce que les Modocs désiraient, c'était qu'on les laisse tranquilles.

Au cours de cette brève rencontre, ni Jack ni Canby ne mentionna Hooker Jim, sa bande, ou le meurtre des colons. Dans l'attente de voir quelle serait la prochaine initiative de Canby, Jack ne fit aucune promesse.

L'initiative suivante de Canby consista à faire venir des forces supplémentaires et à les placer de part et d'autre des retranchements modocs, qui se retrouvèrent ainsi à distance de frappe des compagnies du 1er de cavalerie et du 21e d'infanterie, ainsi que du 4e d'artillerie.

Le 2 avril, Captain Jack envoya un message aux membres de la commission de paix. Il souhaitait les rencontrer à mi-chemin entre les deux camps. Le même jour, Canby, Meacham, Thomas et Dyar, accompagnés de Winema et de Frank Riddle, se rendirent à cheval jusqu'à une cuvette rocheuse située en contrebas du promontoire où se trouvait le campement des soldats. Jack, Hooker Jim et plusieurs autre Modocs les y attendaient. Ils avaient amené leurs femmes comme gage de leurs intentions pacifiques. Jack salua Meacham comme un vieil ami, mais s'adressa à Canby avec une certaine amertume, lui demandant pourquoi il avait posté ses soldats si près du camp modoc.

Traitant cette question à la légère, Canby lui répondit qu'il avait rapproché son quartier général du sien afin qu'ils puissent plus facilement se rencontrer, et parce que lui-même se sentait rassuré par la présence des soldats. Jack jugea cette explication insuffisante. Il exigea que les soldats quittent les champs de lave et rentrent chez eux. Puis il aborda le sujet délicat de la bande de Hooker Jim. Une reddition n'était envisageable que si Hooker Jim et ses compagnons étaient traités exactement comme les autres Modocs. Canby répliqua que l'armée devrait décider de ce qu'elle comptait faire d'eux et où ils iraient ; il ne pouvait pas promettre d'amnistie pour les meurtriers des colons.

Pendant qu'ils discutaient, des nuages sombres s'accumulèrent au-dessus des champs de lave et une pluie froide se mit à tomber. Il n'était plus possible de s'entretenir par ce temps, déclara Canby. « Tu es habillé plus chaudement que moi, rétorqua Jack sur un ton railleur, et je ne vais pas me mettre à fondre comme de la neige[10]. » Ignorant délibérément la remarque, Canby annonça qu'il ferait dresser une tente pour leur prochaine rencontre.

Le lendemain matin, le général envoya quelques soldats installer ladite tente. Au lieu de la planter dans la cuvette rocheuse, les hommes choisirent une étendue plate couverte d'armoises, juste devant le campement des soldats et leurs impressionnantes batteries d'artillerie.

Deux jours plus tard, Jack envoya un message à Alfred Meacham dans lequel il déclarait vouloir le rencontrer, lui et son vieil ami John Fairchild, propriétaire du ranch voisin. Jack précisait qu'ils ne devaient surtout pas proposer au général Canby ou au révérend Thomas de se joindre à eux. Intrigués par cette requête, Meacham et Fairchild se rendirent néanmoins dans la tente avec Winema et Frank Riddle. Les Modocs les y attendaient. Jack les salua chaleureusement, puis leur expliqua qu'il ne faisait pas confiance à Canby parce qu'il portait un uniforme bleu et professait trop son amitié pour les Indiens ; ses paroles sonnaient faux. N'avait-il pas eu de cesse de rapprocher ses soldats du cratère ? Quant au révérend Thomas, c'était un « homme-médecine du dimanche » et sa médecine magique était contraire aux croyances des Modocs. « À présent, nous pouvons parler, déclara-t-il enfin. Je vous connais. Je connais vos cœurs. » Il expliqua alors à Meacham et Fairchild comment les soldats avaient contraint les Modocs à fuir la Lost River et à venir se réfugier dans les champs de lave. « Donnez-moi une terre dans la vallée de la Lost, les supplia-t-il. Je peux m'occuper de mon peuple. Je ne demande l'aide de personne. Nous savons nous débrouiller seuls. Donnez-nous la même chance qu'aux autres hommes. »

Meacham fit remarquer que la Lost se trouvait en Oregon, État dans lequel des Modocs avaient fait couler le sang de colons blancs. « Il y aura toujours du sang versé entre vous et les Blancs », déclara-t-il.

Jack resta silencieux quelques instants. « J'entends tes paroles, dit-il. Donne-moi ces champs de lave. Je peux m'installer ici ; retire tes soldats, et nous réglerons tout. Personne ne réclamera ces rochers ; laisse-moi vivre ici. »

Meacham répondit que les Modocs ne pourraient pas rester en paix dans ces lieux tant qu'ils ne livreraient pas aux Blancs les hommes qui avaient tué à Lost River, et qui, promit-il, auraient droit à un procès équitable.

« Qui va les juger ? demanda Jack. Des Blancs ou des Indiens ?

– Des Blancs, bien sûr, reconnut Meacham.

– Alors, vous allez devoir nous livrer les hommes qui ont tué les femmes et les enfants indiens près de la Lost, afin que les Modocs les jugent !

– La loi modoc n'est plus, dit Meacham d'un air désolé. Ce sont les lois de l'homme blanc qui régissent ce pays à présent ; il ne peut y avoir qu'une seule loi.

– Comptez-vous juger ceux qui ont tué les miens ? poursuivit Jack. Selon vos propres lois ? »

Meacham savait aussi bien que Captain Jack que c'était impossible. « Les lois de l'homme blanc gouvernent le pays, répéta-t-il. La loi indienne est morte.

– Les lois de l'homme blanc sont bonnes pour l'homme blanc, déclara Jack, mais elles sont faites de façon à exclure l'Indien. Non, ami, je ne peux pas te livrer ces hommes alors que je sais qu'ils seront pendus. Je sais qu'ils ont mal agi – leur sang était mauvais (...). Mais ce n'est pas eux qui ont commencé, c'est le Blanc (...). Non, je ne peux pas abandonner mes jeunes guerriers. Retire tes soldats, et tout ira bien.

– Je ne peux pas retirer mes soldats tant que tu resteras ici. »

Saisissant le bras de Meacham, Jack lui demanda d'un air implorant : « Dis-moi, ami, que dois-je faire ? Je ne veux pas me battre.

– La seule façon d'obtenir la paix maintenant est de sortir d'ici, lui répondit brutalement Meacham. Sans cela, il n'y aura pas de paix.

– Tu me demandes de sortir de mon camp et de me remettre à ton pouvoir ! s'écria Jack. Je ne peux pas. J'ai peur – non, ce n'est pas moi qui ai peur, c'est mon peuple (...). Je suis la voix de mon peuple (...). Je suis un Modoc. Je n'ai pas peur de mourir. Je lui montrerai [à Canby] comment meurt un Modoc. »

Il ne restait plus rien à dire. Cela, les deux hommes le savaient. Meacham invita tout de même Jack à retourner avec lui au campement des soldats pour poursuivre la discussion avec le général Canby et les autres commissaires. Le chef modoc refusa, expliquant qu'il devait d'abord consulter les siens, et qu'il ferait savoir aux négociateurs si d'autres rencontres auraient lieu[11].

Apprenant de la bouche de Meacham que Captain Jack refusait catégoriquement de livrer la bande de Hooker Jim, et par conséquent n'abandonnerait pas son bastion des champs de lave sans livrer bataille, Canby décida de donner aux Modocs tentés de quitter leur retranchement une raison supplémentaire de le faire. Le lendemain, il chargea Winema d'informer Jack que tout Indien désirant se rendre pouvait repartir avec elle.

Pendant que Winema attendait, Captain Jack convoqua un conseil. Seuls onze Modocs votèrent en faveur de la proposition de Canby. Hooker Jim, Schonchin John et Curly Headed Doctor se prononcèrent haut et fort contre toute reddition, accusant Canby et les commissaires de jouer double jeu. Le conseil s'acheva sur une menace de la part des partisans de Hooker Jim de tuer tout Modoc qui voudrait se rendre.

Le soir, alors que Winema rentrait au quartier général de Canby, un parent à elle, un jeune Modoc du nom de Weuim, lui fit signe de s'arrêter. Il voulait l'avertir de ne plus revenir dans le camp modoc et lui demandait de dire à ses amis blancs de renoncer à tenir des conseils avec les Indiens. Les partisans de Hooker Jim avaient l'intention de tuer tous leurs adversaires, ajouta-t-il. Winema rentra au campement de l'armée, mais par peur, ne transmit l'avertissement qu'à son mari. Frank Riddle se rendit immédiatement au quartier général pour informer les membres de la commission du danger. Aucun ne voulut prendre la menace au sérieux.

Dans les champs de lave, la colère contre les négociateurs blancs allait croissant. La nuit du 7 avril, Hooker Jim et ses partisans décidèrent de provoquer une petite épreuve de force avec leur chef, certains suspectant Jack d'être sur le point de les trahir.

Schonchin John ouvrit le conseil par un discours plein d'amertume : « J'ai été piégé et trompé par les Blancs maintes fois. Je n'ai pas l'intention de l'être à nouveau. » Il accusa les négociateurs blancs de les tromper et de vouloir gagner du temps pendant que l'armée faisait venir des soldats et des armes supplémentaires. « Lorsqu'ils jugeront qu'ils disposent de suffisamment de forces ici, ils nous sauteront dessus et nous tueront jusqu'au dernier. »

Black Jim prit alors la parole : « Pour ma part, je ne compte pas me laisser piéger et tirer dessus comme un chien par les soldats. Je les tuerai avant qu'ils m'attrapent. » Puis il proposa de tuer les membres de la commission au prochain conseil qui se tiendrait avec eux.

En voyant la tournure que prenait la discussion, Captain Jack tenta de convaincre les participants de leur erreur. Il demanda qu'on lui accorde du temps pour négocier, afin de sauver Hooker Jim et ses compagnons tout en obtenant une réserve sur une bonne terre. « Tout ce que je vous demande, c'est de bien vous tenir et d'attendre. »

Black Jim accusa Jack d'être aveugle. « Ne vois-tu pas que tous les deux ou trois jours d'autres soldats arrivent ? Ignores-tu que les derniers ont amené avec eux d'énormes fusils qui tirent des balles grosses comme ta tête ? Les Blancs ont l'intention de conclure la paix avec toi en te faisant exploser la cervelle. » D'autres Modocs l'approuvèrent, et quand Jack voulut les raisonner, ils le firent taire en criant : « Tes paroles ne valent rien ! Nous sommes perdus. Alors, autant se battre pour mourir plus vite. Nous allons mourir de toute manière. »

Convaincu qu'il était inutile d'en dire plus, Jack commença à se lever, mais Black Jim l'arrêta : « Si tu es notre chef, prometsnous de tuer Canby la prochaine fois que tu le verras.

– Je ne peux pas, et je ne veux pas. »

Hooker Jim, qui tout ce temps-là était resté silencieux à observer la scène, s'avança vers son chef. « Tu tueras Canby, ou bien c'est toi qui seras tué. Soit tu le tues, soit l'un de tes propres hommes te tue. »

Jack savait pertinemment que c'était là une façon de le mettre en cause en tant que chef. Pourtant, il contint sa colère. « Pourquoi veux-tu me forcer à commettre un acte lâche ?

– Ce n'est pas un acte lâche, rétorqua Hooker Jim. Tuer Canby en présence de tous ces soldats serait une preuve de courage. »

Jack refusa de promettre quoi que ce soit et s'apprêta à quitter le conseil. Alors, des partisans de Hooker Jim lancèrent un châle de femme sur ses épaules en le provoquant : « Tu es une femme, une poule mouillée ! Tu n'es pas un Modoc ! Nous te renions ! »

Jack savait qu'il devait parler s'il voulait sauver son pouvoir et gagner du temps. « Je tuerai Canby », déclara-t-il. Il poussa les hommes se trouvant sur son chemin et se dirigea seul vers la caverne.

Le lendemain, Winema ne vint pas apporter de message, ni le jour suivant, si bien qu'on envoya Boston Charley, qui comprenait et parlait l'anglais, dire au général Canby que les Modocs voulaient négocier avec lui et la commission le vendredi matin. Ils viendraient sans armes et désiraient que les Blancs fassent de même.

Le 10 avril au matin, Jack rassembla ses hommes. La journée s'annonçait printanière. Le soleil ne tarda pas à dissiper le brouillard de la nuit. « Mon cœur me souffle que je pourrais tout aussi bien parler aux nuages et au vent, déclara le chef modoc, mais je tiens quand même à dire que la vie est douce, l'amour fort ; l'homme se bat pour sauver sa vie ; il se bat aussi pour gagner ce que son cœur désire ; c'est cela, l'amour. La mort est un grand mal. Elle viendra à nous bien assez tôt ! » Puis il déclara aux Modocs présents que s'ils désiraient se battre à nouveau, ils périraient tous, y compris leurs femmes et leurs enfants. Si combat il devait y avoir, autant que les soldats le commencent, poursuivit-il, ajoutant qu'il avait promis aux envoyés de Washington de ne commettre aucun acte guerrier pendant les conseils de paix. « Laissez-moi montrer au monde que Captain Jack est un homme de parole », les supplia-t-il, avant d'évoquer la promesse qu'il avait faite de tuer Canby. « Oubliez-la. Si vous me forcez à faire ce que j'ai dit dans un moment de colère, alors nous sommes perdus. Hooker Jim, tu sais cela aussi bien que moi.

– Une promesse est une promesse, répliqua Hooker Jim. Tu dois tuer Canby. Tu parles bien, mais maintenant il est trop tard pour ces belles paroles. »

Jack regarda les cinquante hommes assis autour de lui sur les rochers. Le soleil brillait sur leurs visages sombres. « Tous ceux qui veulent que je tue Canby, levez-vous », ordonna-t-il. Seuls une dizaine de ses fidèles partisans restèrent assis.

« Je vois que vous n'aimez pas la vie, ni rien d'autre », déclara-t-il d'une voix morne. Pour se sortir de cette situation délicate, il proposa de dire au général Canby ce que voulaient les Modocs. « Je lui demanderai plusieurs fois. Et s'il accepte, alors je ne le tuerai pas. Vous m'entendez ?

– Oui, répondirent-ils d'une seule voix.

– Est-ce que cela vous convient ?

– Oui. »

À présent, seules les paroles de Canby permettraient d'éviter le massacre[12].

Le jour du Vendredi saint de 1873, le ciel était clair dès l'aube et une brise fraîche faisait claquer la toile de la tente du conseil, toujours installée entre le campement des soldats et le bastion modoc. Captain Jack, Hooker Jim, Schonchin John, Ellen's Man, Black Jim et Shacknasty Jim arrivèrent en avance. L'un d'eux alluma un feu d'armoise pour se réchauffer en attendant l'arrivée des commissaires. Cette fois-ci, les Indiens étaient venus sans leurs femmes. Ils n'avaient pas non plus apporté leurs fusils, mais portaient tous un pistolet caché sous leurs manteaux.

Les membres de la commission tardèrent à arriver (Winema les retenant pour qu'ils n'aillent pas au conseil). Enfin, peu après 11 heures, le général Canby et le révérend Thomas apparurent à pied, suivis à cheval de L. S. Dryar, Alfred Meacham, Winema et Frank Riddle. Boston Charley et Bogus Charley, qui étaient allés à leur rencontre et les accompagnaient avec les interprètes, portaient tous deux des fusils négligemment passés en bandoulière. En apparence, aucun des négociateurs blancs n'était munis d'armes, mais Meacham et Dyar avaient des Derringer dans leurs poches de manteau.

Canby avait apporté une boîte de cigares, qu'il distribua à la ronde en entrant dans la tente. Les hommes utilisèrent des tisons du feu d'armoise pour les allumer puis, assis sur des pierres autour des flammes, fumèrent en silence pendant quelques minutes.

Ainsi que le raconta plus tard Frank Riddle, Canby fut le premier à parler. « Il leur a dit que cela faisait trente ans qu'il avait affaire aux Indiens, et qu'il était venu pour conclure la paix avec eux et parler honnêtement ; que quoi qu'il leur promette, il s'assurerait qu'ils l'obtiennent effectivement ; et que s'ils sortaient des champs de lave avec lui, il les emmènerait dans un beau pays et les y installerait, pour qu'ils puissent vivre comme les Blancs[13]. »

Meacham prit ensuite la parole. Il commença comme c'était l'usage par dire que le Grand Père à Washington l'avait envoyé pour effacer toute trace du sang versé. Il espérait, poursuivit-il, les emmener dans un meilleur endroit, où ils auraient de belles maisons et de la nourriture, des vêtements et des couvertures en abondance. Lorsqu'il eut fini, Captain Jack déclara qu'il refusait de quitter le pays modoc, et exigea une réserve quelque part près du lac Tule et des champs de lave. Il réitéra sa demande précédente, à savoir que les soldats partent avant le début des pourparlers de paix.

Meacham, de toute évidence irrité par les requêtes incessantes de Jack, haussa le ton. « Parlons en hommes, et non comme des enfants ! » Il suggéra alors que les Modocs qui le souhaitaient soient autorisés à rester jusqu'à ce que leur soit trouvée une réserve où ils pourraient vivre en paix.

Furieux, Schonchin John, qui était assis à environ trois mètres devant Meacham, lui dit de « la fermer » en langue modoc. À ce moment-là, Hooker Jim se leva et s'approcha sans se presser du cheval de Meacham, qui avait posé son manteau sur sa selle. Hooker Jim prit le vêtement, l'enfila et le boutonna en faisant un peu le pitre devant le feu. Les autres avaient cessé de parler et le regardaient. « Moi ressembler à Meacham ? » leur demanda Hooker Jim dans son anglais approximatif.

S'efforçant de prendre la chose à la légère, Meacham lui tendit son chapeau en lui disant. « Mets-le, alors tu seras vraiment Meacham. »

Hooker Jim reprit son sérieux. « Toi garde chapeau encore. Lui à moi bientôt. »

De toute évidence, Canby comprit parfaitement ce que Hooker Jim entendait par là. Reprenant les pourparlers, il déclara que seul le Grand Père à Washington avait le pouvoir de faire partir les soldats. Il demanda à Jack de lui faire confiance.

« Je veux te dire, Canby, répondit Jack, que nous ne pouvons pas conclure la paix avec tous ces soldats autour. Si jamais tu me promets une terre, quelque part dans ce pays, promets-la-moi aujourd'hui. Maintenant, Canby, promets-moi. Je ne veux rien d'autre. C'est ta seule chance aujourd'hui. Je suis las d'attendre que tu parles. »

Meacham perçut l'impatience dans la voix de Jack. « Mon général, au nom du ciel, promettez-lui », s'écria-t-il.

Avant que Canby ait pu prononcer un mot, Jack se redressa brusquement et s'éloigna du feu. Schonchin John se tourna vers le général. « Tu retires soldats, tu rends terre à nous, s'écria-t-il. Nous fatigués parler. Nous plus parler[14] ! »

Alors, Captain Jack se retourna. « Ot-we-kau-tux-e (Tenez-vous prêts !) » dit-il en modoc. Puis il sortit son pistolet de son manteau et le braqua sur Canby. Il appuya sur la gâchette, sans résultat. Canby le regarda, ébahi. C'est alors que la balle partit. Le général partit à la renverse, mort. À peu près au même moment, Boston Charley abattait le révérend Thomas. Winema sauva la vie de Meacham en donnant un coup sur le pistolet de Schonchin John. Quant à Dyar et Riddle, ils profitèrent de la confusion générale pour s'échapper.

Après avoir ôté son uniforme à Canby, Jack, suivi des Modocs, retourna dans son bastion pour attendre l'arrivée des soldats. Le principal point de désaccord – la reddition de Hooker Jim et de ses compagnons – n'avait même pas été abordé au cours de ce dernier conseil.

Trois jours plus tard, les combats commencèrent. Des batteries de mortier pilonnèrent les lieux, que les fantassins chargèrent par vagues successives. Lorsque les soldats pénétrèrent dans le refuge des Indiens, ils le trouvèrent vide. Les Modocs s'étaient enfuis par les cavernes et les crevasses. Reculant devant la perspective de faire sortir elle-même ces Indiens acharnés de leurs cachettes, l'armée eut recours à soixante-douze mercenaires de la tribu des Teninos, venus de la réserve de Warm Springs, dans l'Oregon. Ils découvrirent l'endroit où s'étaient réfugiés les Modocs. Mais lorsque les soldats arrivèrent pour prendre la place, Captain Jack leur tendit une embuscade dans laquelle la première patrouille faillit bien périr.

Enfin, devant la supériorité en nombre et la puissance de feu des Tuniques Bleues, les Modocs furent contraints de se disperser. Obligés d'abattre leurs chevaux pour les manger, ils se trouvèrent à court d'eau quelques jours plus tard. Lorsqu'il vit le nombre de morts augmenter parmi les siens, Hooker Jim commença à se disputer avec Captain Jack au sujet de la stratégie adoptée. Au bout de quelques jours passés à courir, à se cacher et à se battre, il finit par abandonner ce chef qui, après leur avoir offert l'asile, à ses compagnons et à lui-même, avait refusé de les livrer à Canby. Ne restaient plus avec Jack que trente-sept guerriers pour résister à plus d'un millier de soldats.

Peu de temps après, la bande de Hooker Jim se rendit et, en échange d'une amnistie, proposa aux soldats de les aider à traquer Captain Jack. Le nouveau commandant militaire, le général Jefferson C. Davies, leur accorda la protection de l'armée et le 27 mai, Hooker Jim et trois de ses compagnons partirent avec les Tuniques Bleues à la recherche de ce chef qui avait refusé de les abandonner et qu'eux-mêmes s'apprêtaient à trahir. Ils trouvèrent Jack près de Clear Lake et, entrant en pourparlers avec lui, lui dirent qu'ils étaient chargés d'obtenir sa reddition. Les soldats rendraient justice aux Modocs, l'assurèrent-ils, et leur donneraient de la nourriture en abondance.

« Vous ne valez pas mieux que des coyotes, leur répondit Jack. Vous venez avec des chevaux de l'armée, des fusils du gouvernement. Vous comptez acheter votre liberté en m'écrasant et en me livrant aux soldats. Vous vous rendez compte maintenant à quel point la vie est douce, mais cela, vous l'aviez oublié quand vous m'avez contraint à promettre de tuer cet homme, ce Canby. Moi, j'ai toujours su que la vie était précieuse, et c'est la raison pour laquelle je ne voulais pas me battre contre les Blancs. Je pensais que si nous devions combattre, nous serions côte à côte, et que nous tomberions sur le champ de bataille. Je vois à présent que je vais être le seul à payer de ma vie la mort de Canby, avec peut-être deux ou trois autres. Pour vous et ceux qui se sont rendus, tout va bien, vous avez beaucoup à manger, dites-vous. Oh, cœurs-de-lièvres, vous vous êtes retournés contre moi[15](...). »

Pour le chef modoc, le comble, c'était que ces renégats étaient ceux-là mêmes qui avaient jeté sur ses épaules un châle de femme et l'avaient traité de poule mouillée quelques semaines auparavant, lui arrachant ainsi la promesse de tuer Canby. Ils savaient aussi bien que lui qu'il était trop tard pour se rendre ; il serait pendu pour le meurtre de Canby. Jack déclara qu'il avait décidé de mourir les armes à la main, pas la corde au cou. Après avoir ordonné à Hooker Jim et ses compagnons de retourner vivre avec les Blancs s'ils le voulaient, il leur jura que si jamais ils se trouvaient de nouveau à portée de son fusil, il les abattrait comme de vulgaires chiens.

La poursuite dura quelques jours de plus. Il s'agissait « plus d'une chasse aux animaux sauvages que de guerre », pour reprendre les termes du général Davies, « les détachements rivalisant les uns avec les autres pour savoir lequel serait le premier au final[16] ».

Après une fuite éreintante à pied au milieu des rochers et des fourrés, un petit groupe de soldats encercla Captain Jack et trois guerriers restés avec lui jusqu'au bout. Jack se rendit vêtu de l'uniforme bleu de Canby, sale et déchiré. Il tendit son fusil à un officier. « Les jambes de Jack n'en peuvent plus, déclara-t-il. Je suis prêt à mourir. »

Le général Davies aurait voulu le voir se balancer tout de suite au bout d'une corde, mais le Département de la Guerre ordonna qu'il soit jugé. Le procès eut lieu à Fort Klamath en juillet 1873. Captain Jack, Schonchin John, Boston Charley et Black Jim furent accusés de meurtre. Aucun avocat ne les défendait. On leur donna le droit de faire subir des contre-interrogatoires aux témoins, mais la plupart comprenaient très mal l'anglais, et aucun ne le parlait vraiment. Pendant le cours même du procès, les soldats construisirent une potence devant le bloc des prisonniers. Le verdict ne faisait aucun doute.

Parmi les témoins à charge figuraient Hooker Jim et sa bande. En trahissant leur propre peuple, ils avaient obtenu de l'armée leur liberté.

Après que Hooker Jim fut interrogé par l'accusation, Captain Jack ne lui posa aucune question. En revanche, dans son dernier discours au tribunal, traduit par Frank Riddle, il déclara : « Hooker Jim est celui qui a toujours voulu se battre, et qui a tué et assassiné le premier (…). La vie qu'il me reste est brève. Vous autres Blancs ne m'avez pas conquis ; ce sont les miens qui m'ont vaincu[17]. »

Captain Jack fut pendu le 3 octobre. La nuit suivant son exécution, son corps fut secrètement déterré, emporté à Yreka puis embaumé. Quelque temps plus tard, il fut signalé dans des fêtes foraines de l'Est en tant qu'attraction à dix cents l'entrée.

Quant aux cent cinquante-trois hommes, femmes et enfants modocs survivants, dont Hooker Jim et sa bande, ils furent emmenés dans le Territoire Indien. Six ans plus tard, Hooker Jim était mort, et en 1909, quand le gouvernement décida de permettre aux Modocs de retourner dans l'Oregon, vivre sur une réserve, ils n'étaient plus que cinquante et un.

11

La guerre pour sauver les bisons

1874 – Le 13 janvier à New York, des affrontements entre ouvriers au chômage et policiers font des centaines de blessés. Le 13 février, les troupes américaines débarquent à Honolulu pour protéger le roi. Le 21, Benjamin Disraeli remplace William Gladstone au poste de Premier ministre de Grande-Bretagne. Le 15 mars, instauration du protectorat français sur l'Annam (Vietnam). Le 29 mai, dissolution du parti social-démocrate allemand. En juillet, Alexander Graham Bell présente sa nouvelle invention, le téléphone électrique. Le 7, Theodore Tilton accuse le révérend Henry Ward Beecher d'adultère. Le 4 novembre, élection de Samuel J. Tilden au poste de gouverneur de l'État de New York après le renversement du cartel de Tweed (voir chapitre 8). En décembre, révélation de l'existence du cartel du Whisky, un réseau de détournement de l'argent provenant des taxes sur l'alcool, dans lequel sont impliqués des distillateurs et des membres du gouvernement.*

---

* Henry Ward Beecher (1813-1887), pasteur de l'Église congrégationaliste aux sermons très courus, fut accusé d'avoir commis l'adultère avec la femme de Théodore Tilton, un journaliste. L'affaire fit grand bruit et, à renfort d'aveux publics et de rétractations, devint l'un des plus grands scandales américains du XIXe siècle (*NdlT*).

J'ai appris que vous comptez nous mettre sur une réserve près des montagnes. Je ne veux pas devenir sédentaire. J'aime nomadiser dans les prairies. Là, je me sens libre et heureux. Quand nous restons au même endroit, nous devenons pâles et nous mourons. J'ai dit la vérité. Je ne cache aucun petit mensonge dans mes vêtements, mais j'ignore ce qu'il en est des membres de la commission. Sont-ils aussi clairs que moi ? Il y a longtemps, cette terre appartenait à nos pères ; mais quand je me rends au bord de la rivière, je vois des campements de soldats sur les berges. Ces soldats coupent mes arbres ; ils tuent mes bisons ; et en voyant cela, c'est comme si mon cœur explosait ; je me désole (...). L'homme blanc serait-il devenu un enfant pour tuer avec insouciance des animaux dont il ne mange même pas la viande ? Quand les hommes rouges tuent du gibier, c'est pour survivre, pour ne pas mourir de faim.

Satanta, chef des Kiowas

Mon peuple n'a jamais dirigé ses flèches ou tiré sur les Blancs le premier. Il y a eu des problèmes sur la Frontière entre vous et nous, et mes jeunes braves ont fait la danse de la guerre. Mais ce n'est pas nous qui avions déclenché cela. C'est vous qui avez envoyé le premier soldat, et nous le deuxième. Il y a deux ans, je me suis trouvé sur cette route en suivant les bisons parce que je voulais que les joues de mes femmes et de mes enfants soient pleines et leurs corps bien au chaud. Mais les soldats nous ont tiré dessus, et depuis sans cesse résonne un bruit semblable à celui du tonnerre, et nous ne savons pas où fuir. Voilà ce qui s'est passé dans la vallée de la Canadian River. On ne nous a pas laissé le temps de pleurer une fois seuls. Les soldats vêtus de bleu et les Utes sont sortis de la nuit sombre et silencieuse et, en guise de feux de camp, ont fait flamber nos tipis. Au lieu de chasser le gibier, ils ont tué mes braves, et nos guerriers ont coupé leurs cheveux pour nos morts. Voilà ce qui s'est passé au Texas. Ils ont introduit le chagrin dans nos villages, et nous avons chargé tels des bisons mâles quand leurs femelles sont attaquées. Nous les avons trouvés, et tués. Leurs scalps décorent nos tipis. Les Comanches ne sont pas faibles ou aveugles comme des tout petits chiots. Les Comanches sont forts comme des chevaux, et leurs yeux perçants. Nous avons suivi le chemin qu'ils avaient pris. Alors, les femmes blanches ont pleuré et les nôtres ont ri.

Mais il y a des choses que vous m'avez dites et que je n'aime pas. Elles ne sont pas douces comme le sucre, elles ont le goût amer des courges. Vous m'avez dit que vous vouliez nous mettre sur des réserves, nous construire des maisons et des tipis-médecine. Je n'en veux pas. Je suis né dans la prairie, là où le vent souffle sans obstacle, où rien n'arrête la lumière du soleil. Là où je suis né, il n'y avait aucune clôture et chaque chose respirait librement. C'est dans cet endroit que je veux mourir, pas entre quatre murs. Je connais le moindre ruisseau, le moindre bosquet entre le Rio Grande et l'Arkansas. Depuis toujours je chasse et vis dans ce pays. J'ai vécu comme mes pères avant moi et comme eux, j'ai vécu heureux.

Quand je suis allé à Washington, le Grand Père Blanc m'a dit que le territoire comanche tout entier nous appartenait et que personne n'avait le droit de nous empêcher d'y vivre. Alors, pourquoi voulez-vous que nous quittions les rivières, le soleil, le vent, pour vivre dans des maisons ? Ne nous demandez pas d'abandonner le bison pour le mouton. Nos jeunes hommes ont entendu parler de cela, et en ont conçu tristesse et colère. Ne nous en parlez plus (...).

Si les Texans n'étaient pas entrés sur notre territoire, nous aurions pu vivre en paix. Mais le lieu où, dites-vous, nous devons à présent vivre, est trop petit. Les Texans se sont emparés des terres où l'herbe est la plus dense et le bois le meilleur. Si nous les avions conservées, nous aurions peut-être fait ce que vous nous demandez. Mais il est trop tard. Le pays que nous aimons appartient à l'homme blanc, et tout ce que nous désirons, c'est parcourir la prairie jusqu'à notre mort.

Parra-Wa-Samen (Ten Bears),
de la tribu des Comanches Yamparikas

Après la bataille de la Washita en décembre 1868, le général Sheridan ordonna aux Cheyennes, aux Arapahos, aux Kiowas et aux Comanches de faire leur reddition à Fort Cobb, faute de quoi ils seraient voués à disparaître, traqués et tués par ses Tuniques Bleues (voir le chapitre 7). Little Robe, devenu chef des Cheyennes à la mort de Black Kettle, obtempéra, ainsi que Yellow Bear, de la tribu des Arapahos. Quelques chefs comanches – et notamment Tosawi, auquel Sheridan avait dit que le seul bon Indien était un Indien mort – se rendirent également. Libres, fiers, les Kiowas, eux, ne firent preuve d'aucune volonté de coopérer. Sheridan chargea donc Derrière-Dur Custer de les forcer à capituler ou de les anéantir.

Les Kiowas estimaient n'avoir aucune raison d'aller à Fort Cobb pour remettre leurs armes et vivre de l'aumône des Blancs. En effet, le traité de Medicine Lodge, signé par leurs chefs en 1867, leur accordait un territoire bien à eux pour y vivre, ainsi que le droit de chasser partout au sud de l'Arkansas, « aussi longtemps que les bisons seront suffisamment nombreux à paître sur ces terres pour justifier cette chasse[1] ». De fait, les plaines situées entre l'Arkansas et les affluents de la rive ouest de la Red River étaient noires de troupeaux fuyant le nord à cause de l'avancée de la civilisation. Les Kiowas possédaient de beaux mustangs au pied léger. Quand ils se retrouvaient à court de munitions, ils utilisaient leurs flèches. La quantité d'animaux qu'ils tuaient suffisait à couvrir tous leurs besoins en viande, vêtements et abris.

Mais un jour, de longues colonnes de Tuniques Bleues approchèrent du campement d'hiver de la tribu, installé au bord d'un ruisseau, le Rainy Mountain Creek. Soucieux d'éviter un combat, Satanta et Lone Wolf, accompagnés d'une escorte de guerriers, décidèrent de parlementer avec Custer. Satanta était un grand gaillard aux cheveux noir de jais couvrant ses solides épaules. Il avait les membres épais, musclés, et un visage ouvert sur lequel se lisait la confiance qu'il mettait dans sa puissance. Son visage et son corps étaient peints d'un rouge brillant, et sa lance de fanions de la même couleur. C'était un amateur de grandes chevauchées et de belles bagarres, bon mangeur et gros buveur. Il avait un rire communicatif et aimait tout le monde, même ses ennemis. Il alla à la rencontre de Custer, un grand sourire aux lèvres. Le chef soldat ne daigna pas serrer la main qu'il lui tendait.

Satanta, qui avait suffisamment fréquenté les forts du Kansas pour connaître les préjugés des Blancs, retint sa rage. Il ne voulait pas que son peuple soit détruit comme l'avait été celui de Black Kettle. Les discussions commencèrent dans une ambiance glacée, avec deux interprètes. Comprenant que ceux-ci savaient encore moins la langue kiowa que lui l'anglais, Satanta fit appel à l'un de ses guerriers, Walking Bird, qui avait acquis auprès des conducteurs de chariots un vocabulaire fort étendu. Tout fier, Walking Bird s'adressa à Custer, qui fit signe qu'il ne comprenait pas son accent kiowa. Alors, Walking Bird s'approcha de lui et, lui caressant le bras comme il avait vu les soldats caresser leurs chevaux, lui dit : « Toi très beaucoup gentil fils de pute, très beaucoup fils de pute[2]. »

Cela ne fit rire personne. Les interprètes parvinrent enfin à faire comprendre à Satanta et Lone Wolf qu'ils devaient venir avec leurs bandes de Kiowas à Fort Cobb s'ils ne voulaient pas être massacrés par les soldats de Custer. C'est alors que, en violation du traité, Custer ordonna brusquement que les chefs et leur escorte soient arrêtés, emmenés à Fort Cobb et retenus prisonniers jusqu'à ce que leur peuple les rejoigne. Après avoir écouté cette déclaration sans broncher, Satanta expliqua qu'il devait faire prévenir les siens. Mais au lieu de leur ordonner de venir à Fort Cobb, il leur dit par l'intermédiaire de son fils de fuir vers les régions de l'ouest où passaient les bisons.

La colonne de Custer prit le chemin de Fort Cobb avec ses captifs. Comme chaque nuit des Kiowas s'échappaient, il ne resta plus aux Tuniques Bleues à leur arrivée à Fort Cobb que deux prisonniers – Satanta et Lone Wolf, surveillés étroitement. Furieux, le général Sheridan déclara que les chefs seraient pendus si leur peuple ne venait pas faire sa reddition.

C'est ainsi que, à cause de la fourberie et de la traîtrise des Blancs, la plupart des Kiowas furent contraints de renoncer à leur liberté. Seul Woman's Heart, un chef de second rang, et sa bande s'échappèrent pour retrouver dans les Staked Plains* leurs amis comanches kwahadis.

Afin de pouvoir surveiller les activités des Kiowas et des Comanches, l'armée fit construire une nouvelle ville de garnison baptisée Fort Sill à quelques kilomètres au nord de la frontière marquée par la Red River. Le général Benjamin Grierson, héros de la guerre civile, fut placé à la tête des troupes, en majorité des soldats noirs du 10e de cavalerie – les *Buffalo Soldiers,* les Soldats Bisons, comme les appelaient les Indiens à cause de leurs cheveux et de la couleur de leur peau. Un agent au crâne lisse débarqua de l'Est pour apprendre aux Kiowas et aux Comanches à vivre de l'agriculture plutôt que de la chasse au bison. Il s'appelait Lawrie Tatum. Les Indiens le baptisèrent Crâne-Chauve.

Arrivé au nouveau fort, le général Sheridan fit libérer Satanta et Lone Wolf et les convia à un conseil où il les tança pour leurs erreurs passées et les prévint qu'ils devraient obéir à leur agent.

« Quoi que tu me dises, répondit Satanta, j'ai l'intention de m'y tenir. Je prendrai tes paroles et les tiendrai tout contre mon cœur. Que tu me prennes par la main ou que tu me pendes, cela ne change pas mon opinion le moins du monde. Elle reste la même. Ce que tu me dis aujourd'hui m'ouvre les yeux et mon cœur lui aussi est ouvert. Toute cette terre est tienne pour que tu y traces la route que nous prendrons. Après cela, je vais suivre le chemin de l'homme blanc, planter et cultiver du maïs. (…) Tu n'entendras plus jamais parler de Blancs tués par des Kio-

* Terme provenant de l'espagnol Llano Estacado qui désigne le plateau constituant la pointe sud des Hautes Plaines, à cheval sur le Nouveau-Mexique et le Texas (*NdlT*).

was. (...) Je ne te dis pas de mensonge aujourd'hui. Je te dis la vérité[3]. »

Lorsque arriva la saison où l'on plante le maïs, deux mille Kiowas étaient installés sur la nouvelle réserve, ainsi que deux mille cinq cents Comanches. Pour ces derniers, le fait d'être forcés par le gouvernement à abandonner la chasse au bison et à s'adonner à l'agriculture n'était pas sans ironie. À l'époque où ils vivaient au Texas, ils avaient en effet développé une économie basée sur l'agriculture, mais les Blancs étaient venus s'emparer de leurs terres, les forçant à chasser le bison pour survivre. Et maintenant, voilà que ce brave vieil homme, Crâne-Chauve Tatum, essayait de leur faire comprendre qu'ils devaient adopter les mœurs de l'homme blanc et devenir agriculteurs, comme s'ils ne savaient rien du tout de la culture du maïs ! Les Indiens n'avaient-ils pas appris aux colons blancs à le planter et à le cultiver ?

Pour les Kiowas, c'était une autre histoire. Les guerriers considéraient le travail de la terre comme une tâche féminine, indigne de chasseurs et d'intrépides cavaliers comme eux. De plus, s'ils avaient vraiment besoin de maïs, ils pouvaient toujours l'obtenir auprès des Wichitas en échange de pemmican et de tuniques, ainsi qu'ils l'avaient toujours fait. Les Kiowas ne tardèrent pas à se plaindre auprès de Crâne-Chauve Tatum. « Je n'aime pas le maïs. Ça me fait mal aux dents », déclara Satanta, ajoutant qu'il en avait assez de manger de la viande filandreuse. Il réclama à Tatum des armes et des munitions pour que les siens puissent partir à la chasse au bison[4].

À l'automne, les Comanches et les Kiowas récoltèrent environ quatre mille boisseaux de maïs. Mais les stocks, répartis entre environ cinq mille cinq cent Indiens et plusieurs milliers de mustangs, s'épuisèrent rapidement. Au printemps 1870, les tribus mouraient de faim, si bien que Crâne-Chauve Tatum leur accorda la permission de chasser.

À la Lune-d'été de 1870, les Kiowas organisèrent une grande danse du Soleil sur les berges de la North Fork, à laquelle ils convièrent les Comanches et les Cheyennes du Sud. Au cours des cérémonies, de nombreux guerriers déçus exprimèrent leur envie de rester sur les Plaines où la nourriture était abondante grâce aux bisons, au lieu de se contenter des maigres rations qu'on leur donnait sur la réserve.

Ten Bears, chef comanche, et Kicking Bird, de la tribu des Kiowas, protestèrent. Pour eux, les tribus ne devaient pas lâcher la main de l'homme blanc. Les jeunes Comanches ne condamnèrent pas la position de Ten Bears. Après tout, il était trop vieux pour chasser et se battre. Mais les Kiowas n'eurent que mépris pour les conseils de Kicking Bird. Lui qui était un grand guerrier avant que les Blancs ne le parquent sur une réserve ! Voilà que maintenant il parlait comme une femme !

À peine la fête terminée, nombreux furent les jeunes guerriers qui partirent au Texas à cheval pour y chasser le bison et attaquer les Blancs qui leur avaient pris leurs terres. Leur colère se porta surtout contre les chasseurs venus du Kansas, qui tuaient les bisons par milliers, prenaient les peaux et laissaient pourrir les carcasses. Aux yeux des Kiowas et des Comanches, les Blancs haïssaient la nature tout entière. « Ce pays est vieux, avait dit Satanta à Vieil-Homme-Tonnerre Hancock à Fort Larned en 1867. Mais vous abattez tous les arbres, alors ce pays n'est plus rien. » À Medicine Lodge Creek, le chef kiowa s'était de nouveau plaint aux commissaires de paix : « Il y a longtemps de cela, cette terre appartenait à nos pères ; mais quand je me rends au bord de la rivière, je vois des campements de soldats sur les berges. Ces soldats coupent mes arbres ; ils tuent mes bisons ; et en voyant cela, c'est comme si mon cœur explosait ; je me désole[5]. »

Les guerriers restés sur la réserve passèrent la Lune-d'été de 1870 à harceler Kicking Bird pour ses positions en faveur de l'agriculture au détriment de la chasse. Enfin, Kicking Bird en eut assez. Il constitua un groupe de guerriers et invita ceux qui l'avaient tourmenté le plus cruellement – Lone Wolf, White Horse et le vieux Satank – à l'accompagner pour un raid au Texas. Frêle, nerveux et clair de peau, Kicking Bird n'avait pas le corps massif et musclé de Satanta. Peut-être le fait de n'être pas un pur Kiowa – il avait un grand-père crow – le rendait-il particulièrement sensible.

Suivi d'une centaine de guerriers, il traversa la Red River et captura une diligence transportant du courrier, dans le seul but de défier les soldats de Fort Richardson (Texas). Lorsque les Tuniques Bleues arrivèrent, Kicking Bird fit une démonstration brillante de ses talents de tacticien en engageant ses ennemis dans un combat frontal pendant que deux colonnes les prenaient en tenailles sur les flancs et en arrière. Après avoir harcelé les Tuniques Bleues huit heures durant sous un soleil de plomb, Kicking Bird rappela ses troupes et rentra triomphant à la réserve. Il avait assis sa position de chef, mais à compter de ce jour-là, il œuvra exclusivement pour la paix avec l'homme blanc.

À l'arrivée des premiers froids, de nombreuses bandes nomades regagnèrent leurs campements près de Fort Sill. Mais cet hiver-là, plusieurs centaines de jeunes Kiowas et Comanches restèrent sur les Plaines. Le général Grierson et Crâne-Chauve reprochèrent aux chefs les raids effectués au Texas, mais ne purent rien dire en voyant les chasseurs revenir avec la viande de bison séchée et les peaux qui permettraient à leurs familles de survivre à une autre saison de maigres rations gouvernementales.

Cet hiver-là, lors des veillées autour du feu, les Kiowas parlèrent beaucoup de ces Blancs qui, venus des quatre directions, se rapprochaient de plus en plus. Le vieux Satank pleurait la mort de son fils, tué cette année-là par les Texans. Il avait ramené les ossements du défunt et les avait déposés sur une plate-forme funéraire à l'intérieur d'un tipi. À présent, il évoquait son enfant comme s'il n'était pas mort, mais simplement endormi. Chaque jour, il déposait de la nourriture et de l'eau à proximité afin que le jeune homme puisse manger et boire à son réveil. Le soir, le vieil homme s'asseyait en regardant les flammes, les yeux plissés, et en caressant les poils gris de sa moustache. Il semblait attendre quelque chose.

Satanta, lui, ne cessait de s'agiter, de parler, de dire aux autres chefs ce qu'ils devraient faire. De toutes parts arrivaient des rumeurs faisant état de rails d'acier posés au beau milieu de leurs terres à bisons pour y faire venir le cheval de fer. Les Indiens savaient que le chemin de fer avait fait fuir les troupeaux des vallées de la Platte et de la Smoky Hill. Il était hors de question de le laisser passer chez eux. Satanta voulait parler aux officiers du fort pour les convaincre de retirer leurs soldats et de laisser les Kiowas vivre comme ils l'avaient toujours fait, sans trains pour effrayer les bisons.

Big Tree proposa une solution plus directe : aller au fort pendant la nuit, incendier les bâtiments et tuer tous les soldats. Le vieux Satank protesta. D'une part, parler aux officiers reviendrait à gâcher sa salive. Par ailleurs, même à supposer qu'ils puissent tuer tous les soldats du fort, d'autres viendraient prendre leur place. Les Blancs étaient comme les coyotes : on avait beau les éliminer, il en venait toujours davantage. Si les Kiowas voulaient les chasser de leurs terres et sauver les bisons, ils devaient tout d'abord s'en prendre aux colons qui installaient des clôtures sur la prairie, construisaient des maisons, posaient des rails et détruisaient tout le gibier.

Au début du printemps 1871, le général Grierson envoya ses patrouilles de soldats noirs garder les gués de la Red River. Mais les guerriers, pressés de retrouver les bisons, réussirent à passer malgré tout. Partout au Texas, ils ne virent que clôtures, ranchs et chasseurs de bisons, lesquels, avec leurs redoutables fusils à longue portée, massacraient des troupeaux déjà en diminution.

Au cours de la Lune-feuille-du-printemps, certains chefs kiowas et comanches se rendirent avec un groupe important de chasseurs jusqu'au bras nord de la Red River dans l'espoir de trouver des bisons sans avoir à quitter la réserve. Ils n'en virent qu'un petit nombre, la plupart des troupeaux étant partis au Texas. Le soir autour du feu, ils évoquèrent ces Blancs, surtout les Texans, qui voulaient écraser tous les Indiens. Le cheval de fer ne tarderait pas à traverser la prairie, et les bisons disparaîtraient tous. Alors Mamanti, Celui-qui-marche-dans-le-ciel, un grand homme-médecine, suggéra que le moment était peut-être venu d'aller écraser tous les Texans.

C'est ce qu'ils décidèrent. À la mi-mai, les préparatifs étaient terminés. Alors les guerriers, échappant aux patrouilles de Grierson, traversèrent la Red River qui marquait la frontière avec le Texas. Satanta, Satank, Big Tree et de nombreux autres chefs de guerre participaient à l'expédition, mais comme celle-ci était le fruit d'une vision de Mamanti, l'homme-médecine en devint le leader. Le 17 mai, ils arrivèrent sur une colline dominant la piste Butterfield*, entre Fort Richardson et Fort Belknap. Mamanti fit signe à ses compagnons de s'arrêter. Les Indiens attendirent là toute la nuit. Enfin, le lendemain, à midi, ils virent une ambulance de l'armée escortée par des cavaliers se diriger vers l'est. Certains voulurent charger, mais Mamanti refusa de donner le signal de l'attaque, les assurant qu'ils pourraient bientôt faire une prise beaucoup plus belle, peut-être un

* La piste empruntée par les diligences de la compagnie Butterfield (*NdlT*).

convoi de chariots remplis de fusils et de munitions. (Le passa ger de l'ambulance n'était autre que Grand-Guerrier Sherman, en tournée d'inspection des postes militaires du Sud-Ouest. Mais cela, les Indiens l'ignoraient.)

Ainsi que l'avait prédit Mamanti, un convoi de dix chariots apparut quelques heures plus tard. Au moment propice, le leader fit un signe à Satanta, lequel se tenait prêt, son clairon à la main. Il souffla dans l'instrument. Alors, tel un torrent, les guerriers dévalèrent la colline tous ensemble. Décidés à tenir leurs positions, les conducteurs des chariots formèrent un cercle. Mais ils furent dépassés par la puissance de l'attaque. Les Indiens enfoncèrent leurs défenses, tuèrent sept conducteurs et, tandis que les autres se réfugiaient dans un bosquet, se mirent à piller les chariots. Ils ne trouvèrent ni fusils, ni munitions, rien d'autre que du maïs. Ils prirent les mules et les chevaux, sur lesquels ils attachèrent leurs blessés, puis repartirent vers le nord.

Cinq jours plus tard, Grand-Guerrier Sherman arriva à Fort Sill et demanda à Crâne-Chauve Tatum, que lui présentait le général Grierson, si certains de ses Kiowas ou de ses Comanches n'avaient pas quitté la réserve la semaine précédente. Tatum promit de se renseigner.

Peu après, plusieurs chefs, dont Kicking Bird, Satank, Big Tree, Lone Wolf et Satanta, vinrent au fort retirer leurs rations hebdomadaires. Tatum les convoqua dans son bureau. Avec cette aimable solennité dont il ne se départait jamais, il leur demanda s'ils avaient entendu parler d'une attaque de convoi au Texas. Au cas où certains d'entre eux auraient quelque information à ce sujet, il serait ravi qu'ils lui en fassent part.

Passant outre le fait que Mamanti avait mené le raid, Satanta se leva immédiatement et déclara qu'il en était le leader. Plusieurs hypothèses ont été avancées pour justifier sa décision. Était-ce par vanité ? Voulait-il se donner le premier rôle ou bien considérait-il qu'il était de son devoir de chef d'assumer la responsabilité pleine et entière de l'attaque ? Toujours est-il qu'il profita de l'occasion pour reprocher à Tatum la manière dont les Indiens étaient traités : « Je t'ai demandé à plusieurs reprises des armes et des munitions, que tu ne m'as pas fournies, et j'ai exprimé maintes autres requêtes dont aucune n'a été satisfaite. Tu n'écoutes pas ce que je dis. Les Blancs s'apprêtent à construire une voie de chemin de fer qui traversera nos terres, ce qui ne sera pas accepté. Il y a quelques années, on nous a tirés par les cheveux jusqu'au Texas, où nous devons nous battre (...). Quand le général Custer était ici, il y a deux ou trois ans, il m'a fait arrêter et emprisonner pendant plusieurs jours. Mais arrêter des Indiens, c'est dépassé. Il ne faut plus le refaire. En raison de tous ces griefs, j'ai récemment pris avec moi une centaine de mes guerriers, avec les chefs Satank, Eagle Heart, Big Tree, Big Bow et Fast Bear. (...) Nous sommes allés au Texas et y avons capturé un convoi près de Fort Richardson. (...) Si un autre Indien s'attribue devant toi l'honneur d'avoir commandé ce groupe de guerriers, il te mentira. C'était moi le leader[6] ! »

Tatum écouta sans rien laisser paraître de ses sentiments. Il n'avait pas le pouvoir, dit-il à Satanta, de distribuer des armes et des munitions, mais Grand-Guerrier Sherman était en inspection à Fort Sill, et si les chefs désiraient lui adresser leurs demandes, ils étaient libres de le faire.

Tandis que les chefs kiowas débattaient de l'opportunité d'une rencontre avec Sherman, Tatum envoya un message au général Grierson l'informant que Satanta avait reconnu être le leader du raid et désigné les autres chefs qui y avaient participé. Peu après que Grierson eut à son tour transmis ce message à Sherman, Satanta se présenta seul au quartier général de Fort Sill et demanda à voir le grand chef soldat venu de Washington. Sherman sortit sous le vaste porche, serra la main de Satanta et l'informa qu'il était en train de convoquer tous les chefs pour un conseil.

Si la plupart vinrent de leur plein gré, les soldats durent forcer le vieux Satank. Big Tree tenta en vain de s'échapper. Quant à Eagle Heart, il s'enfuit en voyant les Tuniques Bleues arrêter les autres.

Dès que les chefs furent rassemblés sous le porche, Sherman leur déclara qu'il arrêtait Satanta, Satank et Big Tree pour le meurtre des sept conducteurs de chariot. Il ajouta que ses soldats les emmèneraient au Texas pour y être jugés.

Baissant brusquement sa couverture, Satanta tendit la main vers son pistolet en criant en langue kiowa qu'il préférait mourir. Sans perdre son calme, Sherman donna un ordre ; les volets des fenêtres donnant sur le porche s'ouvrirent d'un coup. Apparurent une dizaine de carabines braquées sur les chefs. Des soldats noirs du 10e de cavalerie avaient pris position dans le bâtiment du quartier général.

Kicking Bird se leva pour protester. « Tu as chargé tes hommes de les tuer ! s'exclama-t-il. Ces braves font partie de mon peuple. Je ne te laisserai pas les prendre. Prépare-toi à mourir avec moi[7] ! »

À ce moment-là, des cavaliers déboulèrent. Alors qu'ils se rangeaient le long d'une clôture face au porche, Lone Wolf fit à son tour son apparition. Ignorant les soldats, il mit pied à terre avec désinvolture, attacha les rênes de son mustang à la clôture et posa par terre ses deux carabines à répétition. Il se tint là quelques instants à serrer son ceinturon de pistolet, une expression tout à la fois amusée et méprisante sur le visage. Puis il reprit ses armes et avança à grandes enjambées vers le porche. Arrivé au niveau des marches, il tendit son pistolet au chef qui se trouvait le plus près de lui en disant à haute voix en kiowa : « Fais-lui cracher de la fumée si jamais quelque chose arrive[8]. » Il lança sa première carabine à un autre chef et, s'asseyant sous le porche, arma la seconde tout en fixant Grand-Guerrier Sherman d'un regard impudent.

Sur un ordre donné par l'un des officiers, les cavaliers braquèrent leurs armes, le doigt sur la détente.

Satanta leva les mains en l'air. « Non, non, non ! » cria-t-il[9].

Alors, d'une voix calme, Sherman dit à ses hommes de baisser leurs armes.

Le 8 juin, au moment de la Lune-d'été, les soldats embarquèrent les trois chefs dans des chariots pour le long voyage jusqu'à Fort Richardson. Menottés et entravés, Satanta et Big Tree furent poussés dans l'un des véhicules et Satank dans l'autre.

Au moment où ils quittaient le fort avec une escorte de cavaliers, le vieux Satank entonna le chant de mort de sa société guerrière :

> Ô soleil, tu restes à jamais, mais nous autres Kaitsenkos devons mourir.
> Ô terre, tu restes à jamais, mais nous autres Kaitsenkos devons mourir[10].

Puis il montra un arbre au niveau duquel la route faisait un virage avant de traverser un ruisseau. « Je ne dépasserai pas cet arbre », cria-t-il en kiowa avant de se couvrir la tête avec sa couverture. Ainsi caché, il se libéra les mains en arrachant sa propre chair, puis prit un couteau qu'il avait dissimulé dans ses vêtements. Avec un hurlement de désespoir, il bondit sur le garde le plus proche, le poignarda et le jeta hors du chariot. Alors, il saisit la carabine de l'un des autres soldats qui observaient la scène, médusés. Depuis l'extérieur du chariot, un lieutenant ordonna de tirer. Une rafale faucha le vieux Satank. L'escorte dut patienter une heure, le temps qu'il lui fallut pour mourir. Les soldats jetèrent son corps dans un fossé avant de poursuivre leur voyage jusqu'au Texas.

Le procès pour meurtre de Satanta et Big Tree s'ouvrit le 5 juillet 1871 au tribunal de Jacksboro (Texas). Le jury, composé de propriétaires de ranchs et de cow-boys arborant leurs pistolets à leur ceinturon, écouta les témoins pendant trois jours, puis s'empressa de déclarer coupables les deux Indiens. Le juge les condamna à la pendaison. Toutefois, le gouverneur du Texas, averti que les exécutions risquaient de provoquer une guerre avec les Kiowas, commua la sentence en prison à vie au pénitencier de Huntsville.

À présent, les Kiowas avaient perdu leurs trois chefs les plus puissants. Au cours de l'automne, nombreux furent les jeunes braves qui quittèrent discrètement leur bande pour aller rejoindre un groupe d'Indiens qui suivaient les troupeaux de bisons entre la Red River et la Canadian sans jamais s'aventurer en dehors des Staked Plains ni s'approcher des chasseurs et des fermiers blancs, continuant ainsi à vivre libres, comme autrefois. À la Lune-où-les-oies-partent, ce groupe établit son campement d'hiver dans le canyon de Palo Duro. Dominé par les Comanches Kwahadis, il réserva néanmoins un bon accueil au nombre croissant de Kiowas qui venaient les retrouver.

Lone Wolfe, qui avait déjà chassé avec les Kwahadis, envisagea très certainement de les rejoindre, mais début 1872 il était engagé dans une lutte avec Kicking Bird au sujet des choix que devaient faire les Kiowas. Kicking Bird et Stumbling Bear disaient qu'il fallait adopter les us de l'homme blanc, même si cela signifiait l'abandon de la chasse au bison au Texas. Mais de cela, Lone Wolf ne voulait pas entendre parler. Les Kiowas ne pouvaient pas vivre sans chasser le bison. Si les Blancs s'entêtaient à exiger que les Indiens ne chassent que dans les limites de la réserve, alors qu'ils étendent celle-ci du Rio Grande au Missouri !

Il devint évident que les arguments vigoureux de Lone Wolf lui valaient un soutien fervent. Ce fut lui, et non Kicking Bird et Stumbling Bear, que les Kiowas choisirent pour les représenter lors d'une mission à Washington. En effet, en août, le Bureau des Affaires indiennes avait invité des délégations de toutes les tribus dissidentes du territoire à venir discuter à Washington des obligations définies par les traités.

Lorsque Henry Alvord, le représentant du gouvernement spécialement chargé de conduire la délégation kiowa à Washington, arriva à Fort Sill, Lone Wolf l'informa qu'il ne pourrait pas venir tant qu'il n'aurait pas consulté Satanta et Big Tree, lesquels, bien qu'enfermés dans un pénitencier au Texas, n'en restaient pas moins les chefs de la tribu. Ainsi, leur avis était indispensable avant de prendre une quelconque décision à Washington.

Alvord, tout d'abord incrédule, finit par comprendre que Lone Wolf ne plaisantait pas. Il entreprit alors de laborieuses démarches pour obtenir une rencontre avec les chefs emprisonnés. Le gouverneur du Texas accepta avec une certaine réticence de confier – temporairement – ses célèbres prisonniers à l'armée américaine. Le 9 septembre 1872, à Dallas, les chefs menottés furent remis à un commandant de cavalerie plutôt inquiet qui fit alors route vers Fort Sill, suivi tout le long du chemin par des groupes de Texans armés impatients de s'attirer la gloire en tuant Satanta et Big Tree.

À l'approche de la caravane, le commandant de Fort Sill, en proie à la plus grande agitation, envoya un éclaireur civil prévenir que la remise des prisonniers se ferait ailleurs. « Les Indiens du coin, ceux qui vivent sur la réserve de Fort Sill ou à proximité (...) ont l'air sombres, mauvais et belliqueux. (...) Il me semble pratiquement impossible de faire venir Satanta, leur principal chef de guerre, fers aux pieds, et d'espérer le ramener au pénitencier sans encombre. Une bataille acharnée me semble inévitable. (...) Je vous demande donc, malgré vos ordres express, d'amener les chefs non pas à la réserve, mais à la gare de la M. K. & T (Missouri, Kansas and Texas) Railroad[11]. »

Le commissaire Alvord devait maintenant convaincre les Kiowas qu'il leur faudrait se rendre dans la grande ville de St. Louis pour retrouver Satanta et Big Tree. Pour cela, expliqua Alvord, les Indiens devraient aller en chariot à la gare, puis emprunter le cheval de fer. Escortés par des guerriers, les Kiowas méfiants parcoururent plus de deux cent cinquante kilomètres jusqu'à Atoka, dans le Territoire Indien, où se trouvait le terminal de la ligne.

Là, le feuilleton atteint des sommets de rocambolesque. Alvord venait tout juste d'arriver avec la délégation de Lone Wolf quand il reçut un message du commandant de cavalerie l'informant qu'il amenait Satanta et Big Tree à la gare afin de lui en confier la charge. Le commissaire paniqua. La gare était un endroit isolé, et il craignait que l'apparition soudaine de Satanta en un tel lieu ne déclenche une émotion si vive que la situation deviendrait incontrôlable. Il envoya illico un message au commandant en le suppliant de dissimuler ses prisonniers quelque part dans les fourrés pour lui laisser le temps de déposer sa délégation kiowa dans le train pour St. Louis.

Enfin, le 29 septembre, après toutes ces péripéties, Satanta et Big Tree célébrèrent à St. Louis leur liberté provisoire avec Lone Wolf, grâce auquel tout cela avait été possible. Selon Alvord, les retrouvailles furent « un moment des plus impressionnants et des plus émouvants ». Mais il ne se rendit visiblement pas compte que les chefs kiowas prenaient dans le même temps des décisions majeures. Lorsque Satanta et Big Tree repartirent pour le pénitencier, Lone Wolf savait exactement ce qu'il devait obtenir à Washington[12].

Plusieurs autres délégations indiennes arrivèrent dans la capitale en même temps que les Kiowas – une poignée de chefs apaches de second rang, un groupe d'Arapahos ainsi que quelques Comanches. Les Comanches Kwahadis, les réels détenteurs du pouvoir au sein de la tribu, avaient refusé d'envoyer qui que ce soit ; Ten Bears représentait les Yamparikas et Tosawi les Penatekas.

Les Blancs firent faire aux Indiens un grand tour de la ville, avec démonstration de leur puissance militaire, sermon traduit par des interprètes de l'Église méthodiste et réception chez le Grand Père, Ulysses Grant, dans l'East Room de la Maison-Blanche. Après les échanges habituels de beaux discours élogieux, le commissaire aux Affaires indiennes, Francis Walker, s'arrangeant pour s'adresser à la fois aux Kiowas et aux Comanches, leur présenta un ultimatum surprenant : « Tout d'abord, les Kiowas et les Comanches ici représentés doivent, avant le 15 décembre prochain, tous s'installer, chefs, leaders, braves et familles, dans un rayon de seize kilomètres autour de Fort Sill et de l'agence ; ils resteront là jusqu'au printemps, sans causer le moindre problème, et n'en partiront qu'avec l'accord de leur agent[13]. » Il ajouta que les Comanches Kwahadis et les autres bandes qui avaient refusé d'envoyer des représentants à Washington ne tarderaient pas à apprendre que des troupes américaines avaient reçu l'ordre de lancer des opérations contre eux. En outre, tout Indien qui, au 15 décembre, ne serait pas établi dans un rayon de seize kilomètres autour de Fort Sill se verrait considéré comme un ennemi du gouvernement américain, et serait tué par les soldats.

Ten Bears et Tosawi répondirent que leurs bandes feraient comme le Grand Père voulait, mais Lone Wolf douta de sa capacité à faire respecter de telles conditions aux Kiowas. Satanta et Big Tree, expliqua-t-il, étaient les chefs de guerre de la tribu, et tant que les Texans les garderaient prisonniers, les jeunes guerriers seraient nombreux à vouloir poursuivre la guerre. La paix ne pourrait être obtenue que si Satanta et Big Tree recouvraient leur liberté et rentraient sur la réserve, où ils pourraient empêcher les jeunes braves de faire des raids au Texas.

C'était bien sûr ce qui avait été convenu lors de ce « moment des plus impressionnants et des plus émouvants » – les retrouvailles des chefs kiowas à St. Louis. La manœuvre de Lone Wolf était digne d'un diplomate chevronné, et bien que Walker ne soit pas en position d'obliger le gouverneur du Texas à relâcher Satanta et Big Tree, il dut promettre d'obtenir leur libération pour que Lone Wolf accepte son ultimatum. De plus, Lone Wolf fixa une date limite – les chefs devraient être libérés avant la fin de la prochaine Lune-des-bourgeons et le début de la Lune-des-feuilles, c'est-à-dire fin mars 1873.

L'un des résultats des discussions de Washington fut que Ten Bears se retrouva complètement rejeté par les Comanches. Si Lone Wolf reçut à son retour sur la réserve un accueil digne d'un héros, Ten Bears fut pratiquement ignoré. Malade et épuisé, le vieux poète des Plaines se laissa mourir le 23 novembre 1872. « À l'exception de son fils, raconta l'instituteur de l'agence, Thomas Battey, les siens l'avaient tous abandonné[14]. »

Pendant ce temps, sur les Staked Plains, l'armée se lançait à la recherche des Comanches Kwahadis libres, ainsi que l'avait dit Walker. Parti de Fort Richardson, le 4e de cavalerie passa au peigne fin la haute vallée de la Red River. Les cavaliers de ce régiment étaient placés sous les ordres de Ranald Mackenzie, un chef soldat maigre, nerveux, irascible qui arborait des favoris bien fournis et que les Comanches avaient baptisé Mangoheute, c'est-à-dire Trois-Doigts (il avait perdu son index pendant la guerre de Sécession). Le 29 septembre, en longeant McClellan's Creek, les éclaireurs de Trois-Doigts tombèrent sur un gros village comanche, celui de Bull Bear. Les Indiens étaient occupés à faire sécher de la viande pour l'hiver. Les soldats chargèrent. Ils tuèrent vingt-trois Indiens, capturèrent cent vingt femmes et enfants et s'emparèrent de presque tous les mustangs de la bande, plus d'un millier de bêtes. Après avoir brûlé les deux cent soixante-deux tipis, Mackenzie et ses troupes établirent leur campement de nuit un peu plus en aval. Dans l'intervalle, les quelques centaines de guerriers qui s'étaient enfuis avaient gagné à pied un autre village comanche, d'où ils repartirent avec des montures et des renforts pour attaquer par surprise, en pleine nuit, les Tuniques Bleues. « Nous avons récupéré tous nos mustangs et même pris certains des chevaux de l'armée », devait raconter plus tard l'un des guerriers[15]. Mais ils ne purent libérer les femmes et les enfants capturés, que Mackenzie emmena à Fort Sill. Afin d'être avec leur famille, Bull Bear et un certain nombre de Kwahadis durent donc se résoudre à vivre sur la réserve. Mais les autres continuèrent pour la plupart à parcourir librement la prairie à la poursuite des troupeaux de bisons, en attirant un nombre croissant de recrues venues d'autres tribus du Sud-Ouest. Sous le commandement d'un métis de vingt-sept ans du nom de Quanah Parker, le groupe allait devenir plus indomptable que jamais.

En 1873, aux premiers signes du printemps, les Kiowas commencèrent à préparer une grande fête pour accueillir Satanta et Big Tree. Crâne-Chauve Tatum avait passé l'hiver à tenter d'empêcher la libération des chefs, mais le commissaire aux Affaires indiennes avait rejeté ses arguments. Tatum avait démissionné et été remplacé par James Haworth. La Lune-des-bourgeons était passée et la Lune-des-feuilles bien entamée quand Lone Wolf évoqua la possibilité d'une guerre contre les Texans si ceux-ci refusaient toujours de libérer les chefs. Kicking Bird supplia les guerriers de patienter ; le gouverneur du Texas était aux prises avec les fermiers et leur haine des Indiens. Enfin, à la Lune-où-les-cerfs-perdent-leurs-bois, en août, des officiels de Washington organisèrent le transfert des deux prisonniers à

Fort Sill. Peu après, le gouverneur du Texas lui-même arriva. Un grand conseil était prévu.

Le jour dit, Satanta et Big Tree, gardés par des soldats, furent autorisés à assister aux discussions. Le gouverneur ouvrit la session en disant aux Kiowas qu'ils devaient s'installer dans des fermes près de l'agence. Ils viendraient chercher leurs rations et répondre à l'appel tous les trois jours, empêcheraient leurs jeunes braves de lancer des raids au Texas, remettraient leurs armes et leurs mustangs aux autorités et cultiveraient le maïs comme de bons Indiens civilisés. « Satanta et Big Tree, poursuivit-il, resteront dans la prison du fort tant que le commandant estime que ces conditions ne sont pas remplies. »

Lone Wolf répondit le premier : « Tu as déjà rendu nos cœurs bons en ramenant ces prisonniers. Rends-les meilleurs encore en les relâchant aujourd'hui. »

Mais le gouverneur ne voulut rien savoir. « Je ne reviendrai pas sur mes exigences », dit-il. C'est ainsi que le conseil prit fin[16].

Lone Wolf fut amèrement déçu. Non seulement les exigences des Blancs étaient trop dures, mais les chefs demeuraient prisonniers. « Je veux la paix, dit-il à Thomas Battey, l'instituteur. J'ai beaucoup travaillé pour cela. Washington m'a trompé – n'a pas tenu ses promesses ; et à présent, il ne nous reste plus rien d'autre que la guerre. Je sais que la guerre contre Washington signifie la disparition de mon peuple, mais nous y sommes poussés ; nous préférons mourir que vivre. »

Même Kicking Bird trouva les conditions imposées par le gouverneur injustes. « Mon cœur est comme une pierre ; il ne comporte aucun endroit mou. J'ai pris la main de l'homme blanc, pensant qu'il était mon ami, mais il n'est pas mon ami ; le gouvernement nous a trompés ; Washington est pourri[17]. »

Battey et le nouvel agent, Haworth, comprirent tous deux que le risque d'un bain de sang, voire d'une guerre, était grand si le gouverneur ne faisait pas un geste en libérant Satanta et Big Tree. Ils allèrent donc le voir pour lui expliquer la situation et n'eurent de cesse de le persuader qu'il lui fallait assouplir sa position. Tard dans la nuit, le gouverneur envoya un message à Lone Wolf et aux autres chefs, leur demandant de venir le voir le lendemain matin. Les Kiowas acceptèrent, tout en décidant avant l'aube qu'ils ne voulaient plus de promesses en l'air. Les chefs se présentèrent armés de pied en cap, avec des guerriers placés près de la prison et des mustangs pour les aider à fuir si nécessaire.

Le gouverneur prit bonne note de ces préparatifs. Son discours fut des plus brefs. Il était certain que les Kiowas honoreraient leur part du contrat, dit-il, avant d'annoncer qu'il mettait Satanta et Big Tree en liberté conditionnelle sous contrôle de leur agent. Ainsi, les deux chefs étaient libres. Lone Wolf venait de gagner une autre bataille sans effusion de sang.

À la Lune-où-les-feuilles-tombent, Satanta vint s'installer dans son tipi peint en rouge au sommet duquel s'agitaient des fanions rouges. Il donna sa lance-médecine rouge à son vieil ami White Cowbird en déclarant qu'il ne désirait plus être chef. Tout ce qu'il voulait, c'était être libre et heureux et parcourir les prairies. Mais il tint parole et ne s'éloigna jamais de l'agence, pas plus qu'il ne quitta la réserve à l'automne pour aller chasser le bison dans les Staked Plains, comme le firent les jeunes braves.

À la Lune-où-les-oies-migrent, des Blancs venus du Texas firent un raid sur les troupeaux kiowas et comanches et volèrent deux cents de leur plus beaux mustangs. Les guerriers les poursuivirent, mais ne purent récupérer que quelques bêtes avant qu'ils ne franchissent la Red River.

Peu de temps après, neuf jeunes Kiowas et vingt et un Comanches décidèrent d'aller dans le sud chercher des mustangs pour remplacer ceux qu'on leur avait volés. Afin de ne pas attirer d'ennuis à Satanta et Big Tree en s'emparant de chevaux texans, ils iraient jusqu'au Mexique. Prenant soin de rester à l'écart des fermes, ils parcoururent huit cents kilomètres à bonne allure et traversèrent le Rio Grande entre Eagle Pass et Laredo. Arrivés au Mexique, ils attaquèrent des ranchs et prirent le même nombre de chevaux que les voleurs texans. Mais ils furent pour cela obligés de tuer quelques Mexicains, et même, sur le chemin du retour, deux Texans qui tentaient de les arrêter. Alors, les Tuniques Bleues se lancèrent à leurs trousses, et pendant une course-poursuite non loin de Fort Clark, neuf des jeunes Indiens furent tués, dont Tauankia et Guitan, le fils et le neveu de Lone Wolf.

On était au milieu de l'hiver lorsque les survivants de l'expédition rentrèrent à Fort Sill. Les Kiowas et les Comanches pleurèrent les meilleurs de leurs jeunes braves. Lone Wolf se coupa les cheveux, brûla son tipi, tua ses mustangs et jura que les Texans paieraient la mort de son fils.

Au printemps 1874, dès que l'herbe se mit à verdir dans les prairies, il prépara une expédition pour aller récupérer en plein cœur du Texas les corps de Tauankia et de Guitan. La surveillance dont les Kiowas faisaient l'objet sur la réserve était telle que les préparatifs ne purent rester secrets. Lone Wolf et son groupe venaient tout juste de traverser la Red quand des colonnes de Tuniques Bleues venues de Fort Concho, de Fort McKavett et de Fort Clark voulurent les intercepter. Le chef kiowa parvint miraculeusement à leur échapper. Il arriva avec ses compagnons à l'endroit où avaient été enterrés les deux jeunes gens, récupéra les corps et se dirigea vers le nord et les Staked Plains. Hélas, comme il était sur le point d'être rattrapé par les soldats, il dut de nouveau faire enterrer les corps sur le flanc d'une montagne. Les Kiowas se séparèrent alors en petits groupes et s'enfuirent. La plupart atteignirent la Red River à temps pour apprendre qu'une danse du Soleil très particulière se déroulait à Elk Creek.

Depuis de nombreuses années, les Kiowas invitaient leurs amis comanches à leurs danses du Soleil, mais les Comanches étaient à chaque fois venus en spectateurs et n'avaient jamais eux-mêmes organisé de telles cérémonies. Cette fois-ci, c'était eux qui invitaient les Kiowas à leur première danse du Soleil et leur demandaient leur aide pour décider de ce qu'il fallait faire contre les chasseurs blancs qui massacraient les troupeaux de bisons sur les Staked Plains. Ayant appris que les Kwahadis, considérés comme hostiles au gouvernement, avaient organisé cette danse du Soleil, Kicking Bird refusa l'invitation et convainquit ses partisans de rester chez eux et d'attendre le mois de juin et la célébration de leurs propres cérémonies. Lone Wolf, qui pleurait toujours la mort de son fils et gardait rancune aux Blancs de ne lui avoir même pas permis de ramener le corps du jeune homme pour qu'il soit enterré selon les rites, décida d'aller à la cérémonie comanche avec ses compagnons. Satanta s'y rendit lui aussi. Quel mal pouvait-il y avoir à assister à une cérémonie organisée dans les limites de la réserve ? N'était-ce pas une simple question de courtoisie ?

Les Kwahadis arrivèrent à Elk Creek en force. Ils ramenaient des Staked Plains de mauvaises nouvelles concernant les troupeaux de bisons. Les chasseurs blancs étaient partout ; les vents des plaines eux-mêmes charriaient l'odeur fétide des carcasses pourrissantes ; comme les Indiens, les grands troupeaux étaient en cours d'anéantissement.

(Des trois millions sept cent mille bisons tués entre 1872 et 1874, seulement cent cinquante mille le furent par les Indiens. À un groupe de Texans inquiets qui lui demandaient si rien ne pouvait être fait pour interrompre ce massacre à grande échelle perpétré par les chasseurs blancs, le général Sheridan répondit : « Qu'ils abattent les bisons, les écorchent, vendent leurs peaux jusqu'à ce qu'ils disparaissent, puisque c'est la seule façon d'apporter une paix durable et de permettre à la civilisation d'avancer[18]. »)

Les Kwahadis refusaient en bloc cette civilisation qui avançait en massacrant des animaux utiles. Lors de la danse du Soleil comanche, Isatai, un prophète kwahadi, prôna la guerre pour sauver le bison. C'était un homme aux pouvoirs hors du commun ; on le disait capable de faire sortir de son ventre, en vomissant, autant de munitions qu'un chariot en contenait, et d'arrêter les balles de l'homme blanc.

Quanah Parker, le jeune chef de guerre des Kwahadis, se prononça lui aussi en faveur de la guerre pour débarrasser les pâturages des chasseurs blancs. Il proposa que les Indiens commencent par s'attaquer à ce qui servait de base aux chasseurs, un comptoir près de la Canadian River qu'on appelait Adobe Walls.

Avant la fin de la danse du Soleil, un groupe de Cheyennes et d'Arapahos arrivèrent de leur réserve située plus au nord. Ils étaient en colère parce que des Blancs, qu'ils soupçonnaient être des chasseurs de bisons, avaient volé cinquante de leurs meilleurs mustangs. Apprenant que Quanah Parker avait l'intention d'attaquer les chasseurs à Adobe Walls, ils décidèrent de se joindre aux Kwahadis. Lone Wolf, Satanta et leurs guerriers kiowas proposèrent également leur appui. À leurs yeux, sauver les bisons était d'une telle urgence qu'obéir aux règlements tatillons de la réserve passait au second plan. Après tout, les chasseurs n'opéraient-ils pas dans des terres à bisons réservées par traité à l'usage exclusif des Indiens ? Si les soldats refusaient de faire partir les chasseurs, alors ce serait aux Indiens de s'en charger.

En tout, ce furent sept cents guerriers qui partirent à cheval de Elk Creek à la fin de la Lune-d'été. Pendant le trajet, Isatai procéda à des rites magiques et rassura les guerriers. « Ces Blancs ne peuvent pas vous tirer dessus. Grâce à ma magie, j'arrêterai tous leurs fusils. En chargeant, vous les éliminerez tous[19]. »

Le 27 juin, avant le lever du soleil, les guerriers s'approchèrent d'Adobe Walls et se préparèrent pour une charge unique et fulgurante qui annihilerait tous les chasseurs de bisons du comptoir. « Nous avons foncé avec nos mustangs. La poussière volait très haut », devait raconter Quanah Parker par la suite. Le terrain était troué de terriers de chiens de prairie, dans lesquels les sabots des mustangs s'enfoncèrent, faisant rouler par terre monture et cavalier. Surprenant deux chasseurs qui tentaient de fuir dans un chariot, les Indiens les tuèrent et les scalpèrent. Les détonations et les roulements des sabots alertèrent les Blancs restés dans les habitations en pisé. Ils ouvrirent le feu avec leurs fusils de chasse à longue portée. Les Indiens reculèrent, puis formèrent autour des défenseurs leur traditionnel cercle, quelques guerriers piquant vers le centre au galop pour projeter des lances ou des flèches enflammées à travers les fenêtres.

« Je me suis approché des maisons avec un autre Comanche, raconte Quanah. Nous avons percé des trous dans les toits afin de tirer à l'intérieur[20]. » Les Indiens se retirèrent plusieurs fois pour repartir de plus belle à la charge, espérant forcer les chasseurs à épuiser leurs munitions. Au cours de l'une de ces attaques, le cheval de Quanah s'écroula, touché. Quanah tenta de se mettre à l'abri mais une balle lui broya l'épaule. Il rampa jusqu'à un buisson touffu et fut secouru un peu plus tard.

« Les chasseurs de bisons étaient trop forts pour nous, devait reconnaître plus tard l'un des guerriers comanches. Ils étaient protégés par des murs épais, avaient des fusils munis de lunette (...). L'un de nos hommes a été mis à terre par une balle tirée de plus d'un kilomètre et demi. Il n'a certes pas été tué, mais le choc l'a assommé[21]. »

En début d'après-midi, les attaquants se placèrent hors de portée des puissantes armes de chasse. Quinze d'entre eux avaient été tués, et de nombreux autres guerriers étaient grièvement blessés. Les Indiens furieux et frustrés s'en prirent à Isatai, qui leur avait promis sa protection contre les balles des Blancs et une grande victoire. L'un le frappa avec sa cravache, et plusieurs autres braves s'apprêtaient à faire de même lorsque Quanah intervint. La disgrâce serait pour Isatai une punition suffisante. À compter de ce jour, Quanah Parker n'accorda plus jamais sa confiance à un homme-médecine.

Après que les chefs eurent levé le siège inutile d'Adobe Walls, Lone Wolf et Satanta voulurent ramener leurs guerriers dans la vallée de la North Fork, affluent de la Red River, afin d'assister à la danse du Soleil kiowa. Bien sûr, ils proposèrent à leurs amis comanches et cheyennes de se joindre à eux. Cet été-là, le temps fort des cérémonies serait la célébration du retour de Satanta et Big Tree à la réserve. Cela attira aux Kiowas de vifs reproches de la part des Kwahadis et des Cheyennes, qui leur rappelèrent que pendant ce temps, les bisons se faisaient massacrer par les chasseurs blancs et leur demandèrent instamment de venir avec eux se battre pour sauver les troupeaux.

Kicking Bird refusa de se laisser convaincre. À la fin de la danse du Soleil, il poussa les siens à regagner l'agence au plus vite. Par contre, Lone Wolf et ses partisans avaient décidé que leur devoir les entraînait du côté des Kwahadis.

Cette fois-ci, Satanta ne suivit pas Lone Wolf. Considérant qu'il avait déjà pris beaucoup de risques, ce chef éminemment sociable et assoiffé d'action prit à contrecœur le chemin de Fort Sill. En route, il descendit en compagnie de sa famille et de quelques amis le Rainy Mountain Creek pour aller à la réserve des Wichitas faire un peu de troc avec ces Indiens cultivateurs de maïs. La saison était belle et le chef kiowa nullement pressé de rentrer à Fort Sill pour se présenter docilement à l'appel et retirer ses rations.

Cet été-là sur les Plaines, on aurait dit que tout était allé de travers. Le soleil avait cuit la terre asséchée, les ruisseaux s'étaient taris, des tourbillons de sauterelles tombant du ciel métallique dévoraient l'herbe clairsemée. Quelques années auparavant, la prairie, avec une telle sécheresse, aurait tremblé sous les sabots de milliers de bisons paniqués cherchant un point d'eau. Mais à présent, les troupeaux s'étaient volatilisés, laissant place à d'immenses charniers d'os, de crânes et de sabots pourrissants. La plupart des chasseurs blancs étaient partis. Les bandes de Comanches, de Kiowas, de Cheyennes et d'Arapahos qui, inquiets, parcoururent la région ne trouvèrent que des petits troupeaux, et nombre d'entre eux durent regagner leur réserve pour ne pas mourir de faim.

Dans les agences, l'agitation était à son comble. Des malentendus divisaient l'armée et le Bureau des Affaires indiennes, les provisions n'arrivaient pas, et certains agents refusaient de distribuer aux Indiens leurs rations pour les punir d'être sortis de la réserve sans permission. Ici et là eurent lieu des échauffourées et des échanges de tir entre guerriers et soldats. Mi-juillet, la moitié des Kiowas et des Comanches sur les listes d'appel de l'agence de Fort Sill s'était volatilisée. Comme envoûtées par quelque sortilège, ces dernières tribus vivant de la chasse au bison cédaient à un appel les attirant vers ce qui était le cœur des derniers pâturages, le canyon de Palo Duro, l'Endroit-où-poussent-les-lilas-d'Inde.

Invisible sous la ligne d'horizon plate, le canyon de Palo Duro creusait dans les Plaines une entaille en forme d'arc de cercle, véritable oasis de sources, de cascades et de ruisseaux entretenant une végétation verte et luxuriante de saules et d'herbe à bison. On ne pouvait y pénétrer que par quelques pistes à la surface martelée par les sabots des bisons. Coronado* y était venu au XVIe siècle, mais depuis, seul un petit nombre de Blancs avaient vu le canyon ou connaissaient son existence.

Ce fut là que, à la fin de l'été 1874, Indiens et bisons trouvèrent refuge. Les Indiens ne tuaient que pour constituer leurs réserves hivernales – détachant la viande avec soin pour la faire sécher au soleil, conservant la moelle et la graisse dans des outres en peau, transformant les nerfs en cordes d'arc ou en fil, fabriquant des cuillères et des tasses avec les cornes, tissant les poils pour en faire des cordes et des ceintures, curant les peaux qui serviraient à faire des tipis, des vêtements et des mocassins.

La Lune-des-feuilles-jaunes n'était pas commencée que les berges du ruisseau s'étaient transformées en forêt de tipis – kiowas, comanches et cheyennes – tous remplis de victuailles pour tenir jusqu'au printemps. Deux mille mustangs partageaient les pâturages avec les bisons. Les femmes vaquaient à leurs occupations sans crainte, et les enfants jouaient au bord de l'eau. Pour Quanah et les Kwahadis, c'était ainsi qu'ils avaient toujours vécu ; pour Lone Wolf, les Kiowas et les autres Indiens enfuis des réserves, c'était la vie qui recommençait.

---

* Coronado (1510-1554), conquistador espagnol qui explora le Nouveau-Mexique et le sud-ouest des futurs États-Unis (*NdlT*).

Un tel défi aux us et coutumes des Blancs ne pouvait bien sûr être toléré par les autorités qui voyaient se vider leurs réserves. Les implacables Kwahadis et leurs alliés venaient à peine de s'installer pour l'hiver dans leurs villages cachés que Grand-Guerrier Sherman commença à donner des ordres. En septembre, cinq colonnes de Tuniques Bleues se mirent en mouvement. Manteau-d'Ours Nelson Miles se dirigea vers le sud depuis Fort Dodge ; Trois-Doigts Mackenzie, parti de Fort Concho, prit la direction du nord ; le chef d'escadron William Price quitta Fort Bascom pour marcher vers l'est ; enfin, de Fort Sill et Fort Richardson arrivèrent les colonels John Davidson et George Buell. Cela représentait des milliers de Tuniques Bleues armées de fusils à répétition et de pièces d'artillerie, à la recherche de quelques centaines d'Indiens qui voulaient simplement sauver leurs bisons et vivre libres comme ils l'entendaient.

Grâce à leurs mercenaires tonkawas, les cavaliers de Mackenzie découvrirent le grand village de Palo Duro le 26 septembre. Les Kiowas de Lone Wolf subirent la violence des premières attaques. Pris par surprise, les guerriers parvinrent tout de même à résister suffisamment longtemps pour permettre aux femmes et aux enfants de s'échapper, avant de battre eux-mêmes en retraite sous le nuage dense produit par la poudre à fusil. Les soldats de Mackenzie prirent d'assaut les berges du cours d'eau, brûlèrent les tipis et détruisirent les réserves des Indiens. À la fin de la journée, ils avaient rassemblé plus de mille mustangs. Mackenzie ordonna d'emmener les bêtes à Tule Valley, où les soldats les abattirent – abandonnant mille carcasses aux oiseaux de proie.

Les Indiens s'éparpillèrent sur les plaines, fuyant à pied, sans nourriture ni vêtement, ni possibilité de s'abriter. Mille Tuniques Bleues venues des quatre directions les traquèrent méthodiquement en quadrillant la région. Ils ramassèrent tout d'abord les blessés, puis les vieux, et enfin, les femmes et les enfants.

Lone Wolf et deux cent cinquante Kiowas parvinrent à échapper à la capture, mais finirent par s'épuiser. Le 25 février 1875, ils arrivèrent à Fort Sill et se rendirent. Trois mois plus tard, ce fut au tour de Quanah et des Kwahadis.

Pendant ces opérations militaires, Satanta et Big Tree, les chefs libérés sur parole, s'étaient enfuis de la réserve. Arrivés à l'agence cheyenne, ils se rendirent spontanément. Menottés, ils furent jetés en prison.

Les Indiens venus faire leur reddition à Fort Sill se retrouvèrent parqués dans un corral et désarmés. Le peu de biens qu'ils avaient gardés furent entassés et brûlés, leurs mustangs et leurs mules emmenés dans la prairie et abattus. Les chefs et les guerriers soupçonnés d'être responsables de la fuite des leurs furent enfermés dans des cellules ou encore confinés derrière les murs d'une cabane sans toit, nourris de viande crue que leurs gardiens leur jetaient tous les jours, comme on le ferait pour des animaux en cage.

Grand-Guerrier Sherman ordonna depuis Washington que les captifs soient jugés et punis. L'agent Haworth demanda la clémence pour Satanta et Big Tree. Sherman n'avait rien personnellement contre Big Tree. Par contre, il n'avait pas oublié l'acte de défi de Satanta, qui dut regagner son pénitencier texan.

Incapables de décider lesquels de leurs nombreux prisonniers elles devaient punir, les autorités militaires ordonnèrent à Kicking Bird de désigner vingt-six Kiowas qui seraient exilés dans les cachots de Fort Marion (Floride). Aussi répugnante que fût cette tâche, Kicking Bird s'exécuta. Il savait que Lone Wolf devrait faire partie du lot, ainsi que Woman's Heart, White Horse et Mamanti, Celui-qui-marche-dans-le-ciel, parce qu'ils avaient participé aux attaques au Texas. Pour le reste, il choisit d'obscurs guerriers et quelques captifs mexicains qui avaient grandi au sein de la tribu.

Mais le rôle qu'il joua dans le jugement de sa tribu lui coûta le soutien des siens. « Je suis telle une pierre, cassée et jetée, confia-t-il tristement à Thomas Battey, un morceau jeté de ce côté-ci, et l'autre de ce côté-là[22]. »

Le jour où les prisonniers enchaînés furent embarqués dans les chariots qui devaient les emmener jusqu'en Floride, Kicking Bird vint leur dire au revoir. « Je suis triste pour vous, leur dit-il, mais à cause de votre entêtement, je n'ai pas pu vous protéger. Vous allez devoir être punis par le gouvernement. Prenez votre médecine. Cela ne durera pas longtemps. Je vous aime et travaillerai pour votre libération. »

Mamanti lui répondit sur un ton méprisant : « Tu restes libre, grand homme parmi les Blancs, mais il ne te reste pas longtemps à vivre, Kicking Bird. J'y veillerai[23]. »

Deux jours plus tard, après avoir bu une tasse de café dans son tipi près du comptoir, Kicking Bird mourut mystérieusement. Apprenant sa mort trois mois plus tard à Fort Marion, Mamanti périt tout aussi brusquement. Pour les Kiowas, l'homme-médecine avait provoqué sa propre fin parce qu'il avait utilisé son pouvoir pour détruire un membre de son peuple. Trois ans plus tard, Satanta, qui dépérissait dans l'hôpital de sa prison au Texas, se jeta d'une fenêtre pour trouver la liberté dans la mort. La même année, Lone Wolf, terrassé par la malaria, fut autorisé à rentrer à Fort Sill. Hélas, il périt lui aussi moins d'un an plus tard.

Morts, les grands chefs. Brisée, la puissance des Kiowas et des Comanches. Disparus, les bisons qu'ils avaient voulu sauver. Et tout cela en moins de dix ans.

12

La guerre pour les Black Hills

1875 : Le 1er mai, les deux cent trente-huit membres du cartel du Whisky sont mis en examen et inculpés de détournement fiscal. Des personnes haut placées dans le gouvernement sont impliquées. Le 6 décembre, réunion du 44e Congrès ; les démocrates prennent le contrôle de la Maison-Blanche pour la première fois depuis 1859.

1876 : Le 7 février, le secrétaire privé du président Grant, Orville Babcock, est acquitté dans l'affaire du cartel du Whisky, ce qui n'empêche pas Grant de le démettre de ses fonctions. Le 4 mars, le Congrès décide de destituer le secrétaire d'État à la Guerre, Belknap, pour sa complicité dans les malversations du cartel Indien. Le 10 mai, inauguration de l'Exposition du Centenaire à Philadelphie. Le 11 juin, les républicains désignent leur candidat à l'élection présidentielle, Rutherford B. Hayes. Le 27 juin, Samuel J. Tilden devient le candidat démocrate. Le 9 juillet, des miliciens noirs sont massacrés à Hamburg (Caroline du Sud). Le 1er août, le Colorado devient le trente-huitième État des États-Unis. En septembre, Thomas Edison installe son laboratoire à Menlo Park (New Jersey). Le 27, des affrontements à caractère racial éclatent en Caroline du Sud. Le 7 novembre, les deux partis revendiquent la victoire aux élections présidentielles. Tilden remporte les votes populaires. Le 6 décembre, le Collège électoral se réunit : Hayes obtient 185 voix, Tilden 184.

Aucun Blanc ou groupe de Blancs ne sera autorisé à s'installer ou à occuper une seule portion du territoire, ou à traverser ledit territoire sans le consentement des Indiens.

Traité de 1868

Nous ne voulons aucun homme blanc ici. Les Black Hills m'appartiennent. Si les Blancs essaient de les prendre, je me battrai.

Tatanka Yotanka (Sitting Bull)

On ne vend pas la terre sur laquelle marchent les hommes.

Tashunke Witko (Crazy Horse)

Les Blancs grouillent dans les Black Hills tels des vers. Je veux que tu les en chasses aussi vite que possible. Le chef de tous les voleurs [le général Custer] a fait une route qui pénètre les Black Hills l'été dernier, et j'exige que le Grand Père nous dédommage pour ce que Custer a fait.

Baptiste Good

La région désignée sous le nom de Black Hills est considérée par les Indiens comme le centre de leur terre. Pour les dix nations sioux, c'est précisément ce qu'elle est.

Tatoke Inyanke (Running Antelope)

Les jeunes hommes du Grand Père vont prendre l'or des collines. À mon avis, ils pourront remplir beaucoup de maisons avec. Par conséquent, je veux que l'on pourvoie aux besoins des miens tant qu'ils vivront.

Mato Noupa (Two Bears)

Le Grand Père a dit aux négociateurs que tous les Indiens avaient des droits dans les Black Hills, et que la conclusion à laquelle les Indiens parviendront sera respectée quelle qu'elle soit. (...) Je suis un Indien et suis considéré par les Blancs comme un idiot ; mais ils ont certainement raison puisque je suis les conseils des Blancs.

Shunka Witko (Fool Dog)

Notre Grand Père a un gros coffre-fort. Nous aussi. C'est cette colline. (...) Nous exigeons soixante-dix millions de dollars en échange des Black Hills. Place l'argent quelque part avec intérêts pour que nous puissions acheter du bétail. Ainsi font les Blancs.

Mato Gleska (Spotted Bear)

Nous nous sommes rapprochés les uns des autres et avons couvert nos têtes d'une couverture. Cette colline-ci est notre richesse, mais vous voulez que nous vous la donnions. (...) Vous, les Blancs, vous êtes tous venus sur notre réserve et vous êtes accaparé nos biens, mais cela ne vous suffisait pas, vous êtes allés plus loin et avez pris tout ce que notre coffre-fort contenait.

Dead Eyes

Jamais je ne quitterai ce pays ; toute ma famille repose dans cette terre, et quand je tomberai en morceaux, ce sera ici.

Shunkaha Napin (Wolf Necklace)

Nous nous sommes assis et les avons regardés passer par ici pour prendre de l'or, et nous n'avons rien dit. (...) Mes amis, quand je suis allé à Washington, je me suis rendu dans votre maison coffre-fort, accompagné de quelques jeunes braves, mais aucun n'y a pris de l'argent. Pendant ce temps, le peuple de votre Grand Père vient dans mon pays, pénètre ma maison coffre-fort [les Black Hills] et y prend de l'argent.

Mawatani Hanska (Long Mandan)

Mes amis, depuis de nombreuses années nous vivons dans ce pays ; jamais nous n'allons dans le pays du Grand Père pour lui causer des ennuis. C'est son peuple qui vient chez nous et nous cause des problèmes, commet de mauvaises actions et apprend aux nôtres à mal se comporter. (...) Avant que vous autres traversiez l'océan pour venir sur cette terre, et depuis ce jour-là, jamais vous n'avez proposé d'acheter une terre qui égale celle-ci en richesses. Mes amis, ce pays que vous êtes venus acheter est le meilleur que nous ayons. (...) C'est le mien. J'y ai grandi ; mes ancêtres y ont vécu et sont morts en son sein ; et je veux mourir en son sein.

Kani Wiyaka (Crow Feathers)

Vous avez chassé de cette terre tout notre gibier et tout ce qui nous permettait de vivre, et maintenant il ne nous reste plus rien qui ait de la valeur, que ces collines que vous nous demandez de céder. (...) La terre contient plein de gisements de toutes sortes, et le sol est couvert d'épaisses forêts de pins, et en les cédant au Grand Père nous savons que nous cédons la dernière chose qui ait de la valeur, pour nous comme pour les Blancs.

Wanigi Ska (White Ghost)

Quand la prairie est en feu, on voit des animaux cernés par les flammes ; ils s'enfuient et essayent de se cacher pour ne pas brûler. C'est précisément la situation dans laquelle nous sommes ici.

Najinyanupi (Surrounded)

Peu de temps après que Red Cloud et Spotted Tail se furent installés avec leurs frères tetons sur leurs réserves du Nebraska, des rumeurs commencèrent à circuler dans les villages blancs. On disait que les Black Hills recelaient d'immenses quantités d'or. Les Black Hills, *Paha Sapa* comme les appelaient les Indiens, c'était le « centre du monde », le lieu où vivaient les dieux, où se dressaient les montagnes sacrées, l'endroit où les guerriers allaient parler avec le Grand Esprit et attendaient que leur viennent des visions. En 1868, le Grand Père, jugeant la région sans intérêt, avait déclaré dans un traité qu'elle appartenait pour toujours aux Indiens. Quatre ans plus tard, des mineurs blancs l'envahirent, écumant ses cols montagnards et fouillant ses ruisseaux d'eau vive et claire à la recherche de ce métal jaune qui rendait fou. Surpris par les Indiens dans leurs collines sacrées, ils furent chassés, et certains tués. En 1874, les cris de protestation des Américains avides d'or étaient devenus si virulents que l'armée reçut l'ordre d'envoyer une mission de reconnaissance dans la région. Les États-Unis ne prirent pas la peine de demander le consentement des Indiens. Pourtant, le traité de 1868 interdisait aux Blancs de pénétrer les Black Hills sans leur permission.

Au cours de la Lune-des-cerises-rouges, plus d'un millier de cavaliers partis de Fort Abraham Lincoln traversèrent les Plaines jusqu'aux Black Hills. Ils faisaient partie du 7e de cavalerie, placé sous le commandement du général George Armstrong Custer, ce même Chef-Étoiles qui, en 1868, avait massacré les Cheyennes du Sud sur la Washita. Les Sioux l'avaient baptisé Pahuska, Longue-Chevelure. N'ayant pas été prévenus de son arrivée, ils en furent réduits à observer de loin les cavaliers en uniformes bleus et les chariots recouverts de toile qui, par colonnes entières, envahissaient leurs terres sacrées.

Lorsque Red Cloud fut mis au courant de l'expédition de Longue-Chevelure, il protesta : « Je n'aime pas que le général Custer et ses soldats aillent dans les Black Hills. C'est le territoire des Sioux Oglalas. » C'était également celui des Cheyennes, des Arapahos, et d'autres tribus sioux. La colère des Indiens fut telle que le Grand Père, Ulysses Grant, déclara son intention ferme d'« empêcher toute invasion de cette région par des intrus tant que, en vertu de la loi et du traité, elle était sous le contrôle exclusif des Indiens[1] ».

Mais lorsque Custer raconta que le sous-sol des collines regorgeait d'or « jusqu'aux racines de l'herbe », les Blancs commencèrent à venir par nuées entières, telles des sauterelles, impatients de se mettre qui à laver le sable, qui à fouiller la terre. La piste creusée par les chariots de Custer jusqu'au cœur de *Paha Sapa* fut rapidement baptisée la Route des Voleurs.

Cet été-là, Red Cloud avait maille à partir avec l'agent de sa réserve, J. J. Saville, au sujet de la qualité médiocre des rations et des vivres distribués aux Oglalas. Il était tellement préoccupé par ces problèmes qu'il ne prit pas la mesure de l'importance que revêtait pour les Sioux l'intrusion de Custer dans les Black Hills, et en particulier pour ceux qui quittaient les réserves au printemps afin d'aller chasser près des collines. À l'instar de beaucoup d'autres chefs vieillissants, Red Cloud se noyait dans des détails et s'éloignait des jeunes membres de la tribu.

L'automne qui suivit l'expédition de Custer, les Sioux partis chasser dans le Nord revinrent à l'agence furieux de l'invasion de *Paha Sapa*. Certains voulurent constituer une petite armée pour attaquer les mineurs affluant dans les collines. Red Cloud les écouta, et leur conseilla la patience. Il était certain que le Grand Père tiendrait ses promesses et enverrait les soldats pour chasser les intrus. Mais à la Lune-où-les-feuilles-tombent, il se produisit un incident qui montra au chef oglala à quel point ses jeunes braves étaient en colère contre les soldats de Longue-Chevelure. Le 22 octobre, l'agent Saville chargea un groupe d'ouvriers d'abattre un grand pin et de rapporter le tronc au fort. Découvrant cela, les Indiens demandèrent à Saville ce qu'il comptait en faire. Un mât, répondit-il. Il avait l'intention de hisser un drapeau au-dessus du fort. Les Indiens protestèrent. Longue-Chevelure Custer avait fait de même à chaque campement qu'il avait établi dans les Black Hills. Les Sioux ne voulaient aucun drapeau dans leur agence, ni rien qui puisse leur rappeler la présence des soldats.

Saville passa outre et, le lendemain matin, fit creuser un trou pour planter le mât. Quelques minutes plus tard, arriva un groupe de jeunes guerriers équipés de haches qui commencèrent à débiter le tronc en morceaux. L'agent leur ordonna de cesser. Ils l'ignorèrent. Alors, il alla trouver Red Cloud dans son bureau et le supplia de faire quelque chose. Le chef refusa. Il savait que les guerriers ne faisaient qu'exprimer leur rage.

Furieux, Saville dit à l'un de ses ouvriers d'aller chercher une compagnie de cavaliers à Fort Robinson, la ville garnison. En voyant l'homme prendre à cheval le chemin du fort, les jeunes Sioux, devinant l'objet de sa mission, regagnèrent leurs tipis au pas de course, s'armèrent, peignirent leurs visages et leurs corps et, enfourchant leurs mustangs, allèrent intercepter les cavaliers, qui n'étaient que vingt-six. Ils les encerclèrent en tirant en l'air et en poussant quelques cris de guerre. Le commandant de la troupe, le lieutenant Emmet Crawford, ne se montra nullement impressionné. Traversant le nuage de poussière soulevé par les guerriers qui se pressaient autour de lui et de ses hommes, il poursuivit son chemin vers l'agence. Certains des jeunes braves se rapprochèrent, jetant leurs mustangs contre les montures des soldats dans l'espoir de provoquer un combat.

Cette fois-ci, ce fut non pas la cavalerie qui vola à la rescousse du lieutenant Crawford, mais un groupe de Sioux de l'agence mené par Young-Man-Afraid-of-His-Horses, le fils de Old-Man-Afraid. Ces derniers traversèrent le cercle des guerriers et, formant un mur protecteur autour des soldats, les escortèrent jusqu'au fort. Les jeunes guerriers étaient d'humeur si belliqueuse qu'ils tentèrent d'incendier le fort. Seuls les talents d'orateurs de Red Dog et d'Old-Man-Afraid-of-His-Horses mirent un terme à toute cette agitation.

De nouveau, Red Cloud refusa d'intervenir. Lorsqu'un nombre important de jeunes guerriers démontèrent leur tipi pour aller passer l'hiver plus au nord, en dehors de la réserve, il ne fut pas surpris. Ces braves lui avaient prouvé qu'ils demeuraient de fiers guerriers sioux pour qui toute invasion de *Paha Sapa* était une affaire grave. Mais il ne se rendit pas compte qu'il les perdait à jamais. Ils venaient de rejeter son autorité pour se placer sous celle de Sitting Bull et Crazy Horse, qui n'avaient jamais vécu sur une réserve ni accepté l'aumône des Blancs.

Quand arriva le printemps 1875, les rumeurs de présence d'or dans les Black Hills avaient attiré des centaines de prospecteurs dans la haute vallée du Missouri et vers la Route des Voleurs. L'armée envoya des soldats pour stopper l'afflux. Quelques chercheurs d'or furent chassés des collines, sans pour autant qu'aucune procédure légale ne soit engagée contre eux. Ils ne tardèrent pas d'ailleurs à revenir. Le général Crook (Loup-Gris, que les Indiens des Plaines appelaient Trois-Étoiles) partit en mission de reconnaissance dans les Black Hills. Il y trouva plus d'un millier de prospecteurs, qu'il informa poliment qu'ils violaient la loi et devaient partir. Pourtant, il ne fit aucun effort pour faire respecter ses propres ordres.

Alarmé par cette fièvre d'or chez les Blancs et par l'incapacité de l'armée à protéger leur territoire, Red Cloud et Spotted Tail protestèrent vigoureusement auprès des autorités de Washington. Pour toute réponse, le Grand Père envoya une commission chargée « de traiter avec les Indiens pour la cession des Black Hills ». En d'autres termes, le moment était venu de s'emparer d'une autre portion de territoire attribuée aux Indiens pour l'éternité. Comme d'habitude, la commission était composée de responsables politiques, de missionnaires, de négociants et d'officiers militaires. Elle était présidée par le sénateur de l'Iowa, William B. Allison. Le révérend Samuel D. Hinman, qui avait pendant longtemps tenté de convaincre les Santees d'abandonner leur religion et leur culture pour le christianisme était le principal missionnaire. Le général Alfred Terry parlerait au nom de l'armée et John Collins, négociant à Fort Laramie, défendrait les intérêts commerciaux.

Pour s'assurer que seraient représentés aussi bien les Indiens dépendant des agences que les autres, des messagers furent dépêchés auprès de Sitting Bull, Crazy Horse et d'autres chefs « sauvages » pour les inviter au conseil. Louis Richard, un métis, apporta la lettre du gouvernement à Sitting Bull et lui en fit la lecture. « Je veux que tu dises au Grand Père, déclara Sitting Bull, qu'il est hors de question pour moi de vendre la moindre portion de terre au gouvernement. » Il ramassa une pincée de poussière et ajouta : « Même pas ça[2]. » Crazy Horse s'opposa également à toute vente des terres sioux, surtout les Black Hills. Il refusa de se rendre au conseil, mais déclara que Little Big

Man irait en tant qu'observateur pour le compte des Oglalas libres.

Si les envoyés de Washington s'attendaient à une rencontre tranquille avec des chefs dociles auxquels ils pourraient faire signer un accord avantageux pour eux-mêmes, ils furent déçus. Quand ils arrivèrent à l'endroit convenu pour le conseil – au bord de la White River, entre les agences de Red Cloud et de Spotted Tail – la plaine était recouverte de campements sioux et de troupeaux de mustangs à des kilomètres à la ronde. Du Missouri à la région des Bighorns à l'ouest, toutes les nations sioux et un grand nombre de leurs amis cheyennes et arapahos – plus de vingt mille Indiens – s'étaient rassemblés là.

Rares étaient ceux qui avaient vu un exemplaire du traité de 1868. Par contre, il y avait une certaine clause de ce document sacré dont le sens ne leur était en général pas inconnu : « Aucun traité pour la cession de quelque portion que ce soit de la réserve ci-dessus décrite (...) ne sera valable ou applicable (...) à moins qu'il ne soit approuvé et signé par au moins *les trois quarts de la population indienne adulte mâle* occupant ladite région ou s'y intéressant[3]. » À supposer que les négociateurs parviennent à intimider ou à corrompre tous les chefs présents, ils n'auraient pu obtenir tout au plus que quelques dizaines de signatures de la part de ces milliers de guerriers furieux et armés jusqu'aux dents qui se refusaient à céder le moindre pouce de terrain ou le moindre brin d'herbe de leur territoire.

Le 20 septembre 1875, la commission se réunit à l'ombre d'une grande bâche tendue près d'un peuplier isolé sur la plaine légèrement vallonnée. Ses membres s'assirent face aux milliers d'Indiens qui s'agitaient au loin. Cent vingt cavaliers venus de Fort Robinson et montés sur des chevaux blancs défilèrent devant eux avant de se ranger en ligne derrière la bâche. Spotted Tail arriva en chariot de son agence. Quant à Red Cloud, il avait fait savoir qu'il ne viendrait pas. Quelques autres chefs se présentèrent sans se presser. C'est alors qu'on vit au loin un nuage de poussière s'élever du sommet d'une crête, puis un groupe d'Indiens débouler au galop – des guerriers en tenue de combat. Quand ils furent suffisamment près, ils virèrent brusquement et encerclèrent les délégués blancs en tirant en l'air. Après avoir poussé quelques cris de guerre, ils allèrent au petit trot former une ligne derrière celle des Tuniques Bleues tandis qu'un deuxième groupe s'approchait. C'est ainsi que, tribu après tribu, les Sioux firent leur apparition, offrant aux Blancs une démonstration de leur puissance, jusqu'à ce que le conseil se retrouve encerclé par plusieurs milliers d'Indiens. Alors, les chefs s'avancèrent. Ils savaient qu'ils avaient donné aux membres de la commission matière à réfléchir. Impatients d'entendre leurs propositions au sujet des Black Hills, ils s'assirent en demi-cercle en face des Blancs, lesquels n'en menaient pas large.

Durant les quelques jours passés à Fort Robinson, les envoyés de Washington avaient eu l'occasion d'observer l'humeur des Indiens et, comprenant qu'il était illusoire de tenter d'acheter les collines sacrées, avaient décidé de négocier les droits miniers. Le sénateur Allison ouvrit les discussions en ces termes : « Nous devons à présent vous demander si vous êtes disposés à nous céder le droit d'exploiter les gisements des Black Hills tant que nous y trouverons de l'or ou tout autre minerai de valeur, pour une somme raisonnable et modique. Si c'est le cas, nous conclurons un marché avec vous en échange de ce droit. Une fois que nous aurons pris tout l'or et tous les minerais de valeur, ce territoire vous reviendra, et vous pourrez en disposer comme vous l'entendrez. »

Spotted Tail trouva la proposition grotesque. Que voulait le sénateur au juste ? Que les Indiens prêtent les Black Hills aux Blancs pour quelque temps ? Sa réponse prit la forme d'une question : Allison accepterait-il de lui prêter un attelage de mules sous ce genre de conditions ?

« Le gouvernement aura les plus grandes difficultés à empêcher les Blancs d'aller dans les Black Hills, reprit Allison. S'il essaie, cela nous attirera de gros ennuis, à vous et à notre gouvernement, les Blancs qui convoitent cette région étant fort nombreux. » Ce qu'il proposa alors témoignait de son ignorance totale de ce que la région de la Powder River représentait pour les Indiens des Plaines : « Il y a une autre terre, tout là-bas, vers le couchant, où vous nomadisez et chassez, qui n'a pas encore été cédée, avec une partie qui s'étend jusqu'au sommet des Bighorn Mountains (...). Elle n'a pas grande valeur ni utilité pour vous visiblement, et notre peuple pense qu'il aimerait prendre cette portion que je viens de décrire[4]. »

Tandis que les interprètes traduisaient les incroyables exigences d'Allison, Red Dog arriva à cheval, porteur d'un message de Red Cloud. Le chef oglala, prévoyant sans nul doute la rapacité des membres de la commission, demandait un délai d'une semaine pour permettre aux tribus d'organiser leurs propres conseils et d'examiner les propositions des Blancs. Ceux-ci réfléchirent un instant, puis acceptèrent d'accorder trois jours aux Indiens. Les chefs devraient donner leur réponse définitive le 23 septembre.

L'idée de céder leur dernier grand territoire de chasse était si absurde que les chefs ne l'évoquèrent même pas lors des conseils qui suivirent. Par contre, ils discutèrent longuement de la question des Black Hills. Certains déclarèrent que si le gouvernement des États-Unis n'avait pas l'intention de respecter le traité et d'empêcher les prospecteurs blancs d'envahir leurs terres sacrées, alors les Indiens devraient peut-être exiger le paiement d'une somme d'argent – d'une très grosse somme d'argent – en échange du métal jaune pris dans les collines. Pour d'autres, il était hors de question de vendre, et cela quel que soit le prix. *Paha Sapa* appartenait aux Indiens ; si les Tuniques Bleues refusaient de chasser les chercheurs d'or, ce serait aux guerriers de s'en charger.

Le 23 septembre, les négociateurs revinrent dans des ambulances de l'armée escortées par une troupe de cavaliers nettement plus importante. Red Cloud, arrivé en avance, protesta contre le nombre de soldats présents. Au moment où il s'apprêtait à faire son discours préliminaire, les guerriers qui se trouvaient à quelque distance de là s'agitèrent brusquement, et l'on vit trois cents Oglalas venus de la région de la Powder dévaler une pente au trot en tirant des coups de feu. Certains chantaient en langue sioux :

Les Black Hills sont mon pays et je les aime
Et quiconque s'interpose
Entendra ce fusil[5].

Un Indien chevauchant un mustang gris se tailla un passage entre les guerriers rassemblés autour de la bâche sous laquelle se déroulait le conseil. Il s'agissait de l'envoyé de Crazy Horse, Little Big Man. Torse nu comme pour aller au combat, il portait deux revolvers à son ceinturon. « Je tuerai le premier chef qui parlera de vendre les Black Hills ! » cria-t-il. Puis il parcourut l'espace séparant les chefs des envoyés du gouvernement en faisant caracoler son mustang[6].

Young-Man-Afraid-of-His-Horses et un groupe non officiel de policiers sioux s'agglutinèrent immédiatement autour de lui et l'emmenèrent. Mais les chefs et les commissaires avaient certainement deviné que Little Big Man exprimait le sentiment de la plupart des guerriers présents. Le général suggéra à ses collègues de remonter à bord des ambulances pour se mettre en sécurité à Fort Robinson.

Les Blancs laissèrent passer quelques jours, le temps pour les Indiens de se calmer, puis organisèrent discrètement une rencontre avec vingt chefs au quartier général de l'agence Red Cloud. Là, pendant trois jours, les chefs firent clairement comprendre aux représentants du Grand Père que les Black Hills n'étaient pas à vendre, à quelque prix que ce fût. Pour finir, Spotted Tail, s'emportant contre les membres de la commission, leur demanda de faire leur proposition définitive par écrit.

Les Blancs offraient quatre cent mille dollars par an pour les droits miniers ; et si les Sioux désiraient carrément vendre les collines, le prix serait de six millions de dollars, payables en quinze versements annuels. (Il s'agissait là d'une proposition très basse, si l'on considère qu'une mine dans les Black Hills rapportait à elle seule plus de cinq cents millions de dollars en or.)

Red Cloud ne se rendit même pas à la dernière réunion du conseil. Il laissa Spotted Tail prendre la parole au nom de tous les Sioux. Les chefs brûlés rejetaient fermement les deux propositions. Les Black Hills n'étaient ni à vendre, ni à louer.

Pliant bagage, les délégués rentrèrent à Washington pour faire part de l'échec de leur mission. Ils n'avaient pas réussi à persuader les Sioux de céder les Black Hills. Il fallait donc, selon eux, que le Congrès ignore les souhaits des Indiens et fixe une somme qui serait « un équivalent honnête de la valeur des collines ». Cet achat forcé devrait être « présenté aux Indiens comme irrévocable[7] ».

Ainsi s'enclencha un processus qui devait mener à la plus grande défaite jamais subie par l'armée américaine au cours de ses guerres contre les Indiens, et priver pour toujours les Indiens des Plaines du Nord de leur liberté.

9 novembre 1875 : E. T. Watkins, inspecteur spécial pour le Bureau des Affaires indiennes, rapporte au commissaire aux Affaires indiennes que des Indiens des Plaines vivant en dehors des réserves ne manquent ni de nourriture, ni d'armes, qu'ils

ont des manières hautaines et par trop indépendantes, et qu'ils représentent donc une menace pour le système des réserves. Il recommande l'envoi des troupes contre ces Indiens non civilisés « cet hiver, le plus tôt étant le mieux », afin d'obtenir « leur soumission *par la force*[8] ».

22 novembre 1875 : W. W. Belknap, le Secrétaire à la Guerre, prévient des risques d'explosion dans les Black Hills « si rien n'est fait pour entrer en possession de cette région au bénéfice des prospecteurs blancs attirés par les récits de gisements riches en métal précieux[9] ».

3 décembre 1875 : Sur instruction d'Edward P. Smith, le commissaire aux Affaires indiennes, les agents des Sioux et des Cheyennes ordonnent aux Indiens vivant hors des réserves de venir se présenter à l'agence de leur tribu le 31 janvier au plus tard, sinon « une force militaire serait envoyée pour les y contraindre ».

1er février 1876 : Le Secrétaire à l'Intérieur signale au Secrétaire à la Guerre que le délai accordé aux « Indiens hostiles » a expiré, et qu'il confie leur sort aux autorités militaires, qui agiront comme elles l'estiment nécessaire dans de telles circonstances[10].

7 février 1876 : Le Département de la Guerre autorise le général Sheridan, qui commande la division militaire du Missouri, à lancer les opérations contre les « Sioux hostiles », y compris les bandes de Sitting Bull et de Crazy Horse.

8 février 1876 : le général Sheridan donne ordre aux généraux Crook et Terry de préparer des opérations militaires en direction des hautes vallées de la Powder, de la Tongue, de la Rosebud et de la Bighorn, « où Crazy Horse et ses alliés se trouvent fréquemment[11] ».

Une fois mis en branle, l'appareil étatique se transforma en force implacable, imbécile et incontrôlable. Lorsque les messagers quittèrent les agences fin décembre pour aller prévenir les chefs qu'ils devaient venir, une neige épaisse recouvrait les Plaines du Nord, et à cause du froid intense, certains des courriers ne rentrèrent que plusieurs semaines après la date fatidique du 31 janvier. Il aurait été impossible de faire voyager des femmes et des enfants à cheval ou sur des travois. Et si les Indiens « hostiles » étaient malgré tout parvenus à atteindre les agences, ils y seraient morts de faim. En effet, il restait à la fin de l'hiver si peu de nourriture dans les entrepôts qu'en mars, des centaines d'Indiens seraient obligés de partir à la chasse pour compléter leurs maigres rations gouvernementales.

En janvier, Sitting Bull chargea un messager qui venait d'arriver dans son campement près de la Powder River de dire à l'agent qui l'avait envoyé qu'il réfléchirait à l'ordre, mais ne pourrait pas venir à l'agence avant la Lune-où-l'herbe-verte-est-haute.

Les Oglalas de Crazy Horse avaient établi leur campement d'hiver près de Bear Butte, là où la Route des Voleurs descendait du nord pour pénétrer les Black Hills. Le printemps suivant, l'endroit serait parfait pour lancer des raids contre les prospecteurs qui violaient *Paha Sapa*. Aux messagers parvenus jusqu'à lui malgré la neige, Crazy Horse déclara poliment qu'il ne pourrait pas venir tant que le froid persisterait. « Les températures étaient glaciales, raconta par la suite un jeune Oglala, et beaucoup des nôtres, sans parler des chevaux, auraient péri dans la neige. Et puis, nous étions chez nous et ne faisions aucun mal[12]. »

L'ultimatum du 31 janvier était pour ainsi dire une déclaration de guerre contre les Indiens libres, et c'est bien ainsi que la plupart le comprirent. Mais ils ne s'attendaient pas à ce que les Tuniques Bleues frappent si tôt. À la Lune-de-la-neige-qui-rend-aveugle, Crook descendit de Fort Fetterman par la vieille piste Bozeman où, dix ans auparavant, avait commencé la lutte acharnée de Red Cloud pour préserver l'inviolabilité de la région de la Powder.

À peu près au même moment, une bande de Cheyennes du Nord et de Sioux Oglalas quittait l'agence de Red Cloud en direction de la vallée de la Powder, dans l'espoir d'y trouver quelques bisons et antilopes. Vers mi-mars, ils se joignirent à un groupe d'Indiens libres installés à quelques kilomètres de l'endroit où la Little Powder se jette dans la Powder. Les Cheyennes étaient menés par Two Moon, Little Wolf, Old Bear, Maple Tree et White Bull. Low Dog commandait les Oglalas, dont certains venaient du village de Crazy Horse, plus au nord.

Le 17 mars, à l'aube, la colonne avancée de Crook, placée sous le commandement du colonel Joseph J. Reynolds, attaqua le campement de ces Indiens paisibles. Pensant qu'ils n'avaient rien à craindre sur leur propre territoire, ces derniers dormaient lorsque les cavaliers du capitaine James Egan et leurs chevaux blancs fondirent sur leurs tipis. Au même moment, une seconde troupe de soldats arriva par la gauche, tandis qu'une troisième dispersait les mustangs.

La première réaction des guerriers fut de mettre les femmes et les enfants à l'abri des soldats qui tiraient dans toutes les directions à l'aveuglette. « Les personnes âgées tentaient tant bien que mal d'échapper aux balles qui sifflaient autour de leurs tipis, devait raconter Wooden Leg par la suite. Les braves saisissaient les armes qui leur tombaient sous la main pour se défendre. » Une fois les non-combattants éloignés, les guerriers prirent position sur des saillies ou derrière d'immenses rochers, bloquant l'avancée des soldats jusqu'à ce que les femmes et les enfants aient fui de l'autre côté de la Powder.

« Nous avons assisté de loin à la destruction de notre village, raconte le Cheyenne Wooden Leg. Ils ont brûlé nos tipis avec tout ce qu'il y avait à l'intérieur (...). Je ne possédais plus rien, à part les vêtements que je portais. » Les Tuniques Bleues détruisirent tout le pemmican et toutes les selles qu'ils trouvèrent dans le village. Ils emmenèrent également tous les mustangs – « entre douze et quinze cents[13] ». La nuit tombée, les Indiens se rendirent près du campement des soldats, bien décidés à récupérer leurs montures. « Cette nuit-là, pendant que les Tuniques Bleues dormaient, raconte Two Moon, nous nous sommes approchés en rampant, avons récupéré les chevaux qu'ils avaient laissés un peu à l'écart, puis nous sommes partis[14]. »

Trois-Étoiles Crook était tellement furieux que le colonel Reynolds ait laissé les Indiens s'échapper avec leurs montures qu'il ordonna son passage en cour martiale. Plus tard, l'armée devait baptiser ce raid « l'attaque du village de Crazy Horse », mais la vérité, c'est que Crazy Horse était installé à plusieurs kilomètres de là, au nord-est. Ce fut d'ailleurs là que Two Moon et les autres chefs se réfugièrent avec leurs bandes dans l'espoir d'y trouver abri et nourriture. Le trajet leur prit plus de trois jours. La température tombait en dessous de zéro la nuit et seuls quelques fugitifs avaient de quoi se couvrir. De plus, la nourriture manquait.

Crazy Horse les reçut avec hospitalité, leur donna à manger, leur fournit des vêtements et leur trouva de la place sous les tipis oglalas. « Je suis content que tu sois venu, dit-il à Two Moon après avoir entendu le récit de la destruction du village par les Tuniques Bleues. Nous allons reprendre les armes contre l'homme blanc.

– Parfait, répondit Two Moon. Je suis prêt. Ce ne sera pas la première fois que je me battrai. Mon peuple a été tué, mes mustangs volés ; je suis heureux de repartir en guerre[15]. »

À la Lune-où-les-oies-pondent, quand l'herbe est haute et les chevaux sont forts, Crazy Horse leva le camp et, à la tête des Oglalas et des Cheyennes, gagna les berges de la Tongue, au nord, où Sitting Bull et les Hunkpapas avaient passé l'hiver. Peu après, Lame Deer arriva avec une bande de Miniconjous et demanda la permission de s'installa à proximité. Il avait entendu dire que les soldats pénétraient en masse les territoires de chasse sioux et voulait être près de Sitting Bull et de sa puissante bande de Hunkpapas au cas où les choses tourneraient mal.

Les températures se faisant plus douces, les tribus montèrent vers le nord à la recherche de gibier et d'herbe fraîche. Sur le chemin, des groupes de Brûlés, de Sans-Arcs, de Sioux Blackfoots et de Cheyennes les rejoignirent. Ils avaient pour la plupart quitté leur réserve, comme les traités leur en donnaient le droit en tant que chasseurs, et ceux qui avaient entendu parler de l'ultimatum du 31 janvier le considéraient comme une vaine menace de plus, ou bien pensaient qu'il ne s'appliquait pas aux Indiens paisibles. « Beaucoup de jeunes braves avaient hâte d'en découdre avec les soldats, raconta Wooden Leg, mais les chefs et les anciens ont insisté pour que nous ne nous approchions pas des Blancs[16]. »

De nombreux jeunes braves fuyant les réserves se joignirent à ces milliers d'Indiens installés maintenant près de la Rosebud. Ils ramenaient avec eux des rumeurs faisant état de gros bataillons de Tuniques Bleues venus de trois directions. Trois-Étoiles Crook arrivait du sud, Celui-qui-boite (le colonel John Gibbon) de l'ouest, enfin Une-Étoile Terry et Longue-Chevelure Custer de l'est.

Au début de la Lune-où-on-fabrique-la-graisse, les Hunkpapas célébrèrent leur danse du Soleil annuelle. Sitting Bull passa trois jours à danser face au soleil, les chairs de sa poitrine transpercées par des broches. Il finit par tomber en transes. Quand il revint à lui, il avait quelque chose à dire à son peuple. Dans sa vision, une voix lui avait crié : « Je te donne ces soldats parce qu'ils n'ont pas d'oreilles. » En regardant en l'air, il avait alors vu des soldats tomber du ciel comme des sauterelles, tête la première, en perdant leur chapeau. Ils atterrissaient pile dans le campement indien. Comme les Blancs n'avaient pas d'oreilles et refusaient d'écouter, Wakan Tanka le Grand Esprit donnait ces soldats aux Indiens pour qu'ils les tuent[17].

Quelques jours plus tard, un groupe de chasseurs cheyennes repéra une colonne de Tuniques Bleues installées pour la nuit dans la vallée de la Rosebud River. Ils rentrèrent au village en poussant des hurlements de loup afin de prévenir du danger. Trois-Étoiles arrivait, avec comme éclaireurs des Crows et des Shoshones.

Les chefs envoyèrent des messagers avertir les leurs, puis réunirent des conseils en toute hâte. Il fut décidé de laisser environ la moitié des guerriers dans les villages pour en assurer la protection, tandis que les autres partiraient de nuit pour aller attaquer les troupes de Trois-Étoiles le lendemain matin. Une armée d'environ mille guerriers sioux et cheyennes fut constituée. Quelques femmes suivirent le groupe, commandé entre autres par Sitting Bull, Crazy Horse et Two Moon. Les Indiens mirent pied à terre juste avant l'aube et se reposèrent quelque temps avant de s'enfoncer dans les collines.

Les éclaireurs crows de Crook lui avaient parlé d'un grand village sioux près de la Rosebud. Tôt le lendemain matin, sur ses ordres, ils partirent dans cette direction, suivis des troupes. Au moment où ils franchissaient la crête d'une colline et redescendaient de l'autre côté, ils tombèrent sur les guerriers sioux et cheyennes. Ceux-ci leur donnèrent la chasse, mais durent battre en retraite, les Tuniques Bleues arrivant.

Cela faisait longtemps que Crazy Horse attendait l'occasion de montrer comment il pensait qu'il fallait se battre contre les soldats. Depuis la bataille de Fetterman à Fort Phil Kearny, il avait étudié les Tuniques Bleues et leurs techniques de combat. Chaque fois qu'il se rendait dans les Black Hills en quête d'une vision, il demandait à Wakan Tanka de lui donner des pouvoirs secrets afin qu'il sache comment mener les Oglalas à la victoire si jamais les Blancs revenaient faire la guerre à son peuple. Depuis qu'il était jeune, il savait que le monde dans lequel les hommes vivaient n'était que l'ombre du monde réel. Pour pénétrer celui-ci, il lui fallait rêver. Dans ce monde réel, tout semblait flotter ou danser. Son cheval dansait comme s'il était devenu sauvage ou fou. C'était la raison pour laquelle il se faisait appeler Crazy Horse. Il avait appris que s'il parvenait à entrer par ses rêves dans le monde réel avant d'aller se battre, il pouvait supporter toutes les épreuves.

Ce jour-là, le 17 juin 1876, Crazy Horse fit un rêve pour entrer dans le monde réel. Il put ainsi apprendre aux Sioux à recourir à toutes sortes de tactiques jamais utilisées auparavant contre les soldats blancs. Lorsque Crook envoya ses cavaliers à la charge, les Indiens, au lieu de se précipiter tout droit sur les fusils des Tuniques Bleues, s'écartèrent pour aller frapper leurs lignes aux endroits vulnérables. Ils restèrent à cheval, se déplaçant sans cesse ainsi que Crazy Horse le leur avait ordonné. Au milieu de la journée, les soldats se retrouvèrent séparés en trois groupes confus livrant bataille chacun de son côté. Crazy Horse les empêchant de se battre comme ils en avaient l'habitude, en formant des lignes offensives et des fronts solides, ils ne savaient plus où donner de la tête. Incapables de se regrouper, ils en furent réduits à repousser les attaques des Sioux qui les harcelaient avec leurs mustangs vifs comme l'éclair. Chaque fois que la puissance de feu des Tuniques Bleues se faisait menaçante, les Indiens se retiraient, incitant quelques soldats à les poursuivre avant de revenir à la charge avec une ardeur redoublée.

Ce jour-là, les Cheyennes se distinguèrent, en particulier lors des charges. Chief-Comes-in-Sight se montra le plus brave de tous. Mais, alors qu'il faisait tourner son cheval après avoir chargé les flancs ennemis, sa monture fut abattue devant une ligne d'infanterie. Tout d'un coup, un autre cavalier déboula et, virant brusquement, vint se placer devant lui pour le protéger du feu des soldats. En une seconde, Chief-Comes-in-Sight grimpa derrière le cavalier, en l'occurrence une cavalière, sa propre sœur, Buffalo-Calf-Road-Woman, qui avait accompagné les guerriers pour s'occuper des mustangs. Plus tard, les Cheyennes entretiendraient le souvenir de la Bataille-où-la-fille-a-sauvé-son-frère, les Blancs évoquant, eux, la Bataille de la Rosebud.

Les combats prirent fin au coucher du soleil. Les Indiens étaient conscients d'avoir donné du fil à retordre à Trois-Étoiles Crook, mais ils comprirent qu'ils l'avaient battu à plates coutures le lendemain matin seulement quand, aux premières lueurs de l'aube, les éclaireurs sioux et cheyennes virent depuis les crêtes la colonne des Tuniques Bleues battre en retraite vers le sud. Le général Crook regagnait son camp de base près d'un petit cours d'eau, le Goose Creek, afin d'y attendre des renforts ou un message de Gibbon, de Terry ou de Custer. Une seule colonne de soldats ne pouvait pas venir à bout de ces Indiens.

Après la bataille, les chefs décidèrent de gagner la vallée de la Greasy Grass (la Little Bighorn). À l'ouest de ce cours d'eau, des éclaireurs avaient repéré de grands troupeaux d'antilopes. De plus, affirmaient-ils, les plateaux alentour étaient couverts d'une herbe abondante. Des campements en forme de cercle ne tardèrent pas à s'étaler sur pratiquement cinq kilomètres le long de la berge ouest de la rivière sinueuse. Nul n'aurait pu déterminer précisément le nombre d'Indiens installés là, mais il y en avait au moins dix mille, dont trois ou quatre mille guerriers. « C'était un village immense. On ne pouvait pas compter les tipis », devait déclarer Black Elk plus tard[18].

En amont, vers le sud, se trouvait le campement hunkpapa, voisin de celui des Sioux Blackfoots. Les Hunkpapas s'installaient toujours à l'entrée du village, ou au début du cercle, telle étant la signification de leur nom. Les Sans-Arcs, les Miniconjous, les Oglalas et les Brûlés étaient plus en aval, tandis que les Cheyennes s'étaient établis au nord.

La Lune-où-mûrissent-les-cerises-sauvages venait de commencer, et les journées étaient suffisamment chaudes pour que les petits garçons puissent se baigner dans la Greasy Grass, aux eaux gonflées par la fonte des neiges. Les groupes de chasseurs faisaient des allers-retours entre leur campement et les Bighorns, où ils avaient trouvé quelques bisons ainsi que des antilopes. Les femmes déterraient des navets sauvages dans la prairie. Chaque nuit, des danses étaient organisées dans l'un des cercles de tipis, voire dans plusieurs, et parfois les chefs tenaient conseil. « Les chefs des différentes tribus parlaient d'égal à égal, raconte Wooden Leg. Un seul était considéré comme supérieur à tous les autres – Sitting Bull. Tous reconnaissaient en lui le seul vieux chef de tous les villages[19]. »

Pour Sitting Bull, la victoire de la Rosebud n'était pas l'accomplissement de sa vision. Pourtant, depuis la retraite de Trois-Étoiles Crook, aucune Tunique Bleue n'avait été signalée par les chasseurs entre la Powder et la Bighorn.

Ce que les Indiens ignoraient, c'est que Longue-Chevelure Custer se trouvait dans la vallée de la Rosebud. Le lendemain matin, les éclaireurs signalèrent que des soldats avaient passé la dernière crête séparant la Rosebud du village indien et qu'ils se rapprochaient de la Little Bighorn.

La nouvelle parvint aux Indiens de différentes manières.

« Je cherchais des navets sauvages avec quatre femmes près du campement, raconta Red Horse, un chef sioux. Tout d'un coup, l'une d'elles a attiré mon attention sur un nuage de poussière non loin des tipis. Je me suis vite rendu compte que c'était les soldats qui attaquaient. Nous nous sommes précipités vers le village, les femmes et moi. Quand je suis arrivé, quelqu'un m'a dit d'aller tout de suite au tipi où nous tenions nos conseils. Les soldats ont chargé si vite que nous n'avons pas eu le temps de discuter. Nous sommes sortis et avons lancé des instructions à la ronde. Sioux ! Prenez vos chevaux, vos fusils ! Allez combattre les soldats ! Et vous, femmes et enfants, partez à cheval vous aussi ! Ce que nous voulions, c'était qu'ils fuient[20]. »

Parmi les jeunes femmes déterrant des navets sauvages ce matin-là se trouvait Pte-San-Waste-Win, une cousine de Sitting Bull. Elle expliqua par la suite que les soldats étaient à une dizaine de kilomètres lorsqu'ils furent repérés. « Nous pouvions discerner les reflets du soleil sur leurs sabres. Nous nous sommes rendu compte qu'ils étaient nombreux. » Ces Tuniques Bleues appartenaient au bataillon de Custer. Mais ce fut seulement en entendant des détonations provenant des tipis des Sioux Blackfoots que les tribus installées dans le centre du village surent que le chef d'escadron Marcus Reno avait lancé une attaque surprise contre l'extrémité sud du campement. « Ainsi, les soldats nous sont tombés dessus. Leurs balles faisaient vibrer les perches des tipis. (...) Les femmes et les enfants criaient, terrifiés à l'idée d'être tués, mais les hommes, les Hunkpapas et les Blackfoots, les Oglalas et les Miniconjous ont sauté sur leurs chevaux et foncé vers l'ennemi. On apercevait toujours les soldats de Longue-Chevelure au loin. Nos hommes, pris au dépourvu par une attaque venant d'un endroit d'où ils ne s'attendaient pas à voir venir le danger, se sont lancés dans la bataille en entonnant le chant du combat[21]. »

Black Elk, un jeune Oglala de treize ans, nageait avec ses camarades dans les eaux de la Little Bighorn. Il commençait à faire très chaud sous le soleil au zénith quand il entendit un crieur hurler dans le campement hunkpapa : « Les soldats arrivent ! Ils chargent ! Ils arrivent ! » L'alerte fut relayée par un crieur oglala. Black Elk l'entendit ainsi retentir d'un campement à l'autre jusqu'à celui des Cheyennes, à l'extrémité nord du groupe de villages[22]. »

Le cri d'alarme parvint aux oreilles de Low Dog, un chef oglala. « Je n'arrivais pas à y croire. Je pensais que c'était une fausse alerte. J'étais persuadé qu'il était impossible que les Blancs nous assaillent, tellement nous étions forts. (...) Et pourtant, c'était vrai. Je me suis préparé sans perdre de temps. Quand je suis sorti de mon tipi mon fusil à la main, l'attaque avait commencé à l'extrémité du village où se trouvaient Sitting Bull et les Hunkpapas. »

Iron Thunder, qui était dans le campement miniconjou, raconte : « J'ignorais tout de l'attaque lancée par Reno jusqu'à ce que ses hommes soient tellement près que leurs balles sifflaient entre nos tipis. La confusion la plus extrême régnait dans le village. Les chevaux paniquaient au point que nous n'avons pas réussi à les attraper. »

D'après Crow King, les cavaliers de Reno commencèrent à tirer à environ quatre cents mètres du campement hunkpapa. Les Hunkpapas et les Sioux Blackfoots reculèrent lentement, pour laisser le temps aux femmes et aux enfants de se mettre à l'abri. « D'autres Indiens ont pris nos chevaux. À ce stade de la bataille, nous avions suffisamment de guerriers pour contre-attaquer[23]. »

Two Moon faisait alors boire ses mustangs près du campement cheyenne, à cinq kilomètres au nord. « Je les ai lavés à l'eau fraîche, puis me suis baigné. Je suis revenu à pied. Arrivé près de mon tipi, j'ai regardé dans la direction du village de Sitting Bull en aval et ai vu un grand nuage de poussière s'élever dans les airs. On aurait dit un tourbillon. Un cavalier sioux est arrivé en trombe peu après en criant : "Les soldats ! Les soldats arrivent ! Plein de soldats blancs !" »

Two Moon ordonna aux guerriers cheyennes d'aller chercher leurs montures et aux femmes de se cacher loin du village. « Je me suis rué vers le campement de Sitting Bull. Les soldats [les hommes de Reno] avaient formé une ligne. Les Indiens couvraient la plaine. Les Blancs ne savaient plus où donner de la tête. J'ai vu les Sioux avancer, puis les Blancs, puis d'autres Sioux arriver, et tous ils tiraient. L'air était saturé de fumée et de poussière. Les soldats ont battu en retraite et sont tombés dans la rivière comme les bisons quand ils fuient[24]. »

Ce fut un certain Pizi, un Hunkpapa musclé, au torse puissant, âgé de trente-six ans, qu'on appelait également Gall, qui repoussa l'attaque des troupes de Reno avec les guerriers qu'il avait rassemblés. Orphelin, il avait été élevé par la tribu. Il s'était fait remarquer tout jeune homme par ses talents à la chasse et à la guerre. Sitting Bull l'aimait comme un frère. Quelques années auparavant, alors que les négociateurs blancs tentaient de persuader les Sioux de devenir fermiers, comme le prévoyait le traité de 1868, Gall s'était rendu à Fort Rice pour parler au nom des Hunkpapas. « Nous sommes nés nus, dit-il, et avons appris à chasser le gibier et à en tirer notre subsistance. Vous nous dites que nous devons apprendre à cultiver la terre, à vivre dans une maison, et à adopter votre mode de vie. Imaginez que les gens qui vivent au-delà du grand océan viennent vous dire que vous devez abandonner l'agriculture et tuer votre bétail, et qu'ils prennent vos maisons et vos terres, que feriez-vous ? Vous ne vous battriez pas contre eux[25] ? » Dix ans plus tard, rien n'était venu changer l'opinion que Gall s'était faite de la suffisance et l'arrogance de l'homme blanc. Depuis l'été 1876 et même avant, les Hunkpapas le considéraient comme le lieutenant de Sitting Bull, le chef de guerre de la tribu.

La première charge de Reno surprit plusieurs femmes et enfants à découvert. Les balles des cavaliers fauchèrent la famille de Gall. « Après, mon cœur est devenu mauvais, confia ce dernier à un journaliste quelques années plus tard. Après, je ne suis mis à tuer mes ennemis à la hache. » C'est en des termes tout aussi laconiques qu'il décrivit la tactique utilisée pour bloquer l'avance de Reno. « Sitting Bull et moi nous trouvions à l'endroit où Reno a attaqué. Sitting Bull avait une médecine très forte. Nous avons dit aux femmes et aux enfants de descendre la rivière. (...) Ils ont attrapé les chevaux pour les hommes. Les hommes ont enfourché les montures et foncé sur Reno, qu'ils ont contraint à reculer jusque dans le bois[26]. »

En termes militaires, Gall attaqua le flanc de la colonne de Reno et la repoussa jusqu'à la forêt. Puis il força les soldats terrifiés à se replier à la hâte. Les Indiens étaient tellement acharnés que cette retraite se transforma en vraie déroute. Gall put ainsi récupérer des centaines de guerriers pour attaquer Custer de front tandis que Crazy Horse et Two Moon le prenaient sur les flancs et par ses arrières.

Pendant ce temps, Pte-San-Waste-Win et les autres femmes observaient avec anxiété les soldats de Longue-Chevelure qui traversaient la Little Bighorn. « J'ai entendu le son du clairon et vu la colonne tourner vers la gauche en direction de la rivière où devait se dérouler l'attaque. (...) Peu de temps après, des cavaliers cheyennes sont entrés dans la Little Bighorn, puis des jeunes gens de ma tribu, puis d'autres encore, et finalement ce sont plusieurs centaines de guerriers qui ont traversé la rivière pour remonter le ravin. Ceux qui restaient sont sortis de la rivière et ont attendu que les soldats arrivent. Et moi, je savais que des centaines de guerriers sioux s'étaient dissimulés dans le ravin derrière la colline par laquelle Custer arrivait, et qu'il serait attaqué de deux côtés[27]. »

Kill Eagle, un chef sioux blackfoot, devait plus tard raconter que les Indiens fondirent sur la colonne de Custer « comme un ouragan (...), comme une nuée d'abeilles sortant de leur nid. » Si l'on en croit Hump, le camarade miniconjou de Gall et de Crazy Horse à l'époque de la guerre dans la vallée de la Powder, la première charge des Indiens sema la panique chez Longue-Chevelure et ses hommes. « Mon cheval s'est effondré, touché par un tir, dit-il, et j'ai été blessé au-dessus du genou. La balle est ressortie par la hanche. Je suis tombé et suis resté à terre. » « Le gros de nos guerriers, expliquera Crow King, qui se trouvait avec les Hunkpapas, s'est regroupé et a lancé ses chevaux sur la première ligne des soldats. Pendant ce temps, certains s'écartaient pour contourner les Tuniques Bleues jusqu'à les encercler[28]. » Black Elk, qui observait la bataille depuis l'autre berge, vit un grand nuage de poussière s'élever de la colline en tourbillonnant, puis des chevaux en sortir, sans cavalier.

D'après Pte-San-Waste-Win, « [L]a colline a disparu derrière la fumée produite par les tirs et la poussière soulevée par les sabots des chevaux. Les soldats tiraient à l'aveuglette. Les guerriers par contre visaient bien. Ils ont tué les Tuniques Bleues. Nous autres femmes avons traversé la rivière pour rejoindre les hommes, et quand nous sommes arrivées sur la colline, il ne restait plus un soldat vivant. Longue-Chevelure gisait parmi les autres morts. (...) Le sang de nos braves était chaud, leur cœur plein de rancœur. Ils n'ont fait aucun prisonnier ce jour-là[29]. »

Si l'on en croit Crow King, les soldats mirent pied à terre en se voyant encerclés par les Indiens. « Ils ont voulu retenir leurs chevaux, puis les ont laissés partir quand nous nous sommes rapprochés. Nous les avons rabattus vers notre campement principal et tous tués. Ils se sont battus avec discipline, comme des braves, jusqu'à ce que le dernier tombe[30]. »

Mais d'après Red Horse, vers la fin de la bataille contre Custer, « ces soldats se sont ridiculisés. Beaucoup ont jeté leurs fusils par terre et levé les mains en l'air en criant : "Sioux ! Pitié ! Faites-nous prisonniers !" Les Sioux n'ont fait aucun prisonnier. Ils les ont tous tués jusqu'au dernier. Les soldats ont péri dans la minute qui suivait[31]. »

Longtemps après la bataille, White Bull, un Miniconjou, dessina quatre pictogrammes le représentant en train de lutter avec un soldat, puis de le tuer – le soldat en question étant d'après ses dires Custer. D'autres Indiens revendiquèrent la mort de Longue-Chevelure, parmi lesquels Rain-in-the-Face, Flat Hip et Brave Bear. Red Horse parlait d'un Santee non identifié. En fait, la plupart des Indiens qui racontèrent les combats affirmèrent ne pas avoir vu Custer et n'avoir aucune idée de qui l'avait tué. « Jusqu'à la fin de la bataille, nous ignorions que c'était lui le chef blanc », dit Low Dog[32].

Au cours d'un entretien qu'il accorda au Canada un an après la bataille, Sitting Bull affirma que lui-même n'avait pas vu Custer, mais que d'autres Indiens qui l'avaient reconnu juste avant sa mort lui dirent la chose suivante : « Il n'avait plus ses cheveux longs comme avant. Ils étaient courts, et de la même couleur que l'herbe quand le gel arrive. (...) Après les derniers combats, Longue-Chevelure se dressait tel un épi de maïs isolé au milieu des autres tiges couchées[33]. » Quant à savoir qui avait tué Custer... Sitting Bull n'en souffla pas un mot.

Selon un guerrier arapaho qui combattait aux côtés des Cheyennes, le général fut achevé par plusieurs Indiens. « Il portait des vêtements en peau de daim, une veste et un pantalon, et se tenait à quatre pattes. Il avait reçu une balle dans le flanc et le sang coulait de sa bouche. On aurait dit qu'il regardait les Indiens qui l'encerclaient. Il y avait quatre soldats assis autour de lui, tous grièvement blessés. Les autres gisaient sur le sol. Alors, les Indiens ont refermé le cercle sur lui et je n'ai plus rien vu[34]. »

Peu importe qui le tua. Longue-Chevelure, qui avait tracé la Route des Voleurs jusqu'aux Black Hills, avait péri avec tous ses hommes. Les soldats de Reno, auxquels les hommes du chef d'escadron Frederick Benteen étaient venus prêter main-forte, se retrouvèrent retranchés sur une colline située en aval. Les Indiens les encerclèrent, laissèrent passer la nuit, puis reprirent l'assaut le lendemain matin. Au cours de la journée, des éclaireurs envoyés par les chefs revinrent avec des messages avertissant les guerriers de l'arrivée en force d'autres soldats.

À l'issue d'un conseil, il fut décidé de lever le camp. Les guerriers avaient tiré toutes leurs balles. Il aurait été stupide de combattre des ennemis aussi nombreux avec des arcs et des flèches. Les femmes reçurent l'ordre de préparer le départ. Avant le coucher du soleil, les Indiens remontèrent la vallée en direction des Bighorn Mountains et se séparèrent sur le chemin, chaque tribu prenant une direction différente.

Lorsque les Blancs de l'Est apprirent la défaite de Custer, ils qualifièrent la bataille de massacre et devinrent fous de rage. Il fallait punir tous les Indiens de l'Ouest. Mais comme il était impossible de s'en prendre à Sitting Bull et aux chefs de guerre, le Grand Conseil décida de châtier les Indiens qui leur tombaient sous la main – ceux qui étaient restés sur les réserves et n'avaient pas participé aux combats.

Le 22 juillet, Grand-Guerrier Sherman se vit confier le contrôle militaire de toutes les réserves se trouvant sur le territoire sioux, avec mission de traiter les Indiens y vivant comme des prisonniers de guerre. Le 15 août, le Grand Conseil promulgua une nouvelle loi obligeant les Indiens à céder tous les droits sur la vallée de la Powder et sur les Black Hills, cela au mépris du traité de 1868, traité que les Indiens auraient violé en partant en guerre contre les États-Unis. Mais cela, comment les Indiens des réserves auraient-ils pu le comprendre, eux qui n'avaient pas levé les armes contre les soldats américains ? Par ailleurs, Sitting Bull et ses partisans avaient attaqué uniquement parce que Reno, sur ordre de Custer, avait chargé les villages sioux.

Afin d'éviter une montée de la violence dans les réserves, le Grand Père envoya une nouvelle commission en septembre afin d'amadouer les chefs, si besoin par la menace, et s'assurer qu'ils signeraient les documents par lesquels les richesses incommensurables des Black Hills deviendraient propriété des États-Unis. Parmi les membres de la commission figuraient de grands experts en matière d'accaparement des terres indiennes, en particulier Newton Edmunds, Monseigneur Henry Whipple, évêque, et le révérend Samuel D. Hinman. Monseigneur Whipple ouvrit les discussions à l'agence de Red Cloud par une prière. Puis le président George Manypenny donna lecture des conditions fixées par le Congrès. Celles-ci étant exprimées dans le langage évasif des législateurs, Monseigneur Whipple tenta de les reprendre en des termes qui pourraient être traduits par les interprètes.

« Mon cœur est depuis longtemps plein de chaleur envers l'homme rouge. Nous sommes venus vous apporter un message de la part de votre Grand Père, et il y a certaines choses que nous vous avons livrées exactement telles qu'il les a prononcées. Nous ne pouvons les modifier ne serait-ce que d'une virgule. (...) Lorsque le Grand Conseil a décidé du crédit budgétaire pour continuer à subvenir à vos besoins cette année, certaines conditions ont été formulées, au nombre de trois, et si elles ne sont pas remplies, plus aucun crédit ne sera alloué par le Congrès. Ces trois conditions, les voici : tout d'abord, que vous cédiez la région des Black Hills et celle qui se trouve au nord ; deuxièmement, que vous alliez chercher vos rations dans une agence près du Missouri ; troisièmement, que le Grand Père puisse tracer trois routes partant du Missouri et traversant la réserve jusqu'à ce nouveau territoire où se situent les Black Hills. (...) Le Grand Père a dit que son cœur était plein de tendresse pour ses enfants peaux-rouges, et c'est pourquoi il a constitué cette commission composée d'amis des Indiens afin qu'ils trouvent le moyen de sauver vos nations, et que celles-ci, au lieu de diminuer encore et encore jusqu'à ce que leur dernier représentant contemple sa propre tombe, deviennent, ainsi que le peuple blanc, un grand peuple puissant[35]. »

Ceux à qui ce discours de Monseigneur Whipple s'adressait trouvèrent qu'il s'agissait là d'une manière bien étrange de sauver les nations indiennes – s'emparer de leurs Black Hills et de leurs territoires de chasse et les exiler tout là-bas dans la vallée du Missouri. La plupart des chefs, résignés, savaient qu'il était trop tard pour sauver *Paha Sapa.* Par contre, ils protestèrent vivement contre l'idée de déplacer leurs réserves jusqu'au Missouri. « Si les miens s'installent là-bas, déclara Red Cloud, ils mourront tous. Il y a beaucoup de mauvaises gens là-bas, et du mauvais whisky ; c'est pourquoi je ne veux pas y aller[36]. »

No Heart affirma que les Blancs avaient déjà saccagé la région du Missouri, si bien que les Indiens ne pourraient pas y vivre. « Quand on voyage le long du fleuve, il n'y a pas une forêt, dit-il. Vous avez certainement vu les endroits où autrefois il y en avait de nombreuses. Le peuple du Grand Père les a détruites. »

« Cela fait six ans seulement que nous sommes venus vivre au bord de cette rivière, déclara Red Dog, et rien de ce qui nous avait été promis n'a été tenu. » Depuis que le Grand Père s'était engagé à ce qu'ils ne soient plus déplacés, se souvint un autre chef, ils avaient été contraints de partir cinq fois. « Vous devriez mettre les Indiens sur roulettes, poursuivit ce même chef sur un ton sardonique. Ainsi, vous pourriez les rouler où bon vous semble. »

Spotted Tail accusa le gouvernement et les membres de la commission de trahir les Indiens, de rompre leurs promesses et de mentir.

« Cette guerre n'est pas née ici sur notre sol ; elle a été provoquée par les enfants du Grand Père qui sont venus prendre notre terre sans nous la payer et qui y commettent toutes sortes de mauvaises actions. (...) Cette guerre a été provoquée par un vol – le vol de notre terre[37]. » Quant à aller s'installer dans la vallée du Missouri, Spotted Tail s'y opposa farouchement, déclarant qu'il refuserait de signer l'acte de cession tant qu'il ne serait pas allé s'entretenir à Washington avec le Grand Père.

Les représentants du gouvernement accordèrent aux Indiens une semaine pour discuter des termes entre eux. Il fut très vite clair que les chefs ne signeraient rien du tout. Pour pouvoir modifier le traité de 1868, soulignèrent-ils, il fallait l'approbation des trois quarts de la population adulte mâle des tribus sioux. Or, plus de la moitié des guerriers se trouvaient dans le nord avec Sitting Bull. Ce à quoi les Blancs répliquèrent que les Indiens ayant quitté les réserves étaient hostiles et que seuls les amis des États-Unis étaient concernés par le traité. Cet argument fut rejeté par la plupart des chefs. Pour briser leur opposition, les membres de la commission laissèrent entendre que s'ils ne signaient pas, le Grand Conseil serait tellement furieux qu'il supprimerait toute distribution de rations, forcerait les tribus à s'installer dans le Territoire Indien, et enfin, que l'armée confisquerait leurs fusils et leurs chevaux.

Pour les Indiens, la situation était sans issue. On leur prenait les Black Hills, la vallée de la Powder River et tout le gibier qui y vivait. Sans le produit de leur chasse, sans les rations distribuées par les agents, ils allaient mourir de faim. L'idée d'aller vivre dans une région lointaine et inconnue était insupportable. Et si l'armée s'emparait de leurs armes et de leurs montures, les guerriers ne seraient plus des hommes.

Red Cloud et ses lieutenants signèrent les premiers, suivis de Spotted Tail et des siens. Puis les négociateurs blancs se rendirent dans différentes agences, à Standing Rock, Cheyenne River, Crow Creek, Lower Brûlé et Santee, et harcelèrent les autres tribus sioux jusqu'à ce qu'elles signent elles aussi. Ainsi *Paha Sapa*, ses esprits, ses mystères, ses immenses forêts et ses milliards de dollars en or passèrent-ils dans les mains du gouvernement des États-Unis.

Quatre semaines après que Red Cloud et Spotted Tail apposèrent leur signature au bas du document, huit compagnies de cavalerie placées sous le commandement de Trois-Doigts Mackenzie (le chef soldat qui avait écrasé les Kiowas et les Comanches dans le canyon de Palo Duro) quittèrent Fort Robinson. Les ordres du Département de la Guerre étaient de prendre les chevaux et les fusils des Indiens vivant sur les réserves. Les hommes furent arrêtés, les tipis fouillés et démontés, les armes saisies et les mustangs rassemblés. Mackenzie donna la permission aux femmes d'utiliser des chevaux pour transporter leurs affaires jusqu'à Fort Robinson. Mais les hommes durent faire le voyage à pied, y compris Red Cloud et les autres chefs. Désormais, la tribu vivrait à Fort Robinson sous la surveillance des soldats.

Le lendemain matin, pour ajouter aux humiliations que ses prisonniers avaient déjà subies, Mackenzie offrit à une compagnie d'éclaireurs pawnees (la tribu que les Sioux avaient chassée de la vallée de la Powder) les chevaux confisqués par les soldats.

Pendant ce temps, l'armée américaine, assoiffée de vengeance, écumait la région se trouvant au nord et à l'ouest des Black Hills, tuant tous les Indiens qu'elle trouvait. À la fin de l'été 1876, la colonne de Crook avait épuisé ses rations. Les hommes entamèrent une marche forcée en direction du sud, afin de se fournir en vivres dans les camps de mineurs des Black Hills. Le 9 septembre, un détachement commandé par le capitaine Anson Mills tomba sur le village d'American Horse, où vivaient des Oglalas et des Miniconjous qui avaient quitté le campement de Crazy Horse quelques jours auparavant et regagnaient leur réserve plus au sud pour y passer l'hiver. Mills lança ses hommes, qui furent repoussés par les Sioux. Le capitaine décida alors d'attendre Crook et ses hommes, ce qui donna aux Indiens le temps de fuir, à l'exception d'American Horse, de quatre guerriers et de quinze femmes et enfants, piégés dans une caverne au bout d'un petit canyon.

Arrivé avec le gros des troupes, Crook plaça quelques hommes à des positions leur permettant de viser l'entrée de la caverne. American Horse et ses quatre guerriers répliquèrent aux tirs des soldats. Suivirent plusieurs heures d'un combat continu qui fit deux morts et neuf blessés parmi les Tuniques Bleues. Crook envoya alors un éclaireur, Frank Grouard, pour demander aux Indiens de se rendre. Grouard, qui avait vécu parmi les Sioux, s'adressa à eux dans leur langue. Ils lui répondirent qu'ils sortiraient à condition que les Blancs promettent de ne pas les tuer. Ayant reçu cette assurance, American Horse, deux guerriers, cinq femmes et plusieurs enfants s'avancèrent lentement. Les autres étaient soit morts, soit trop grièvement blessés pour pouvoir bouger. American Horse, touché par une balle, avait l'aine déchirée. « Il tenait ses entrailles, raconta Grouard. Il me tendit l'une de ses mains ensanglantées et serra la mienne[38]. »

Dans le village, le capitaine Mills avait trouvé une petite fille âgée de trois ou quatre ans. « Elle a bondi et s'est sauvée comme une jeune perdrix, dit-il. Les soldats l'ont attrapée et me l'ont ramenée. » Mills tenta de consoler l'enfant et lui donna à manger. Puis il ordonna à son ordonnance de l'amener lorsqu'il irait voir les victimes indiennes que les soldats sortaient de la caverne. Parmi les morts, il y avait deux femmes baignées de sang et blessées à de multiples endroits. « La petite fille s'est mise à hurler et à se débattre jusqu'à ce que l'ordonnance la pose par terre. Alors, elle s'est précipitée vers l'une des femmes et s'est jetée sur elle. C'était sa mère. J'ai dit à l'adjudant Lemly que j'allais adopter cette enfant, puisque j'avais tué sa mère. »

Le médecin venu examiner la blessure d'American Horse déclara qu'elle était mortelle. Assis près d'un feu, une couverture posée sur son ventre déchiré par la blessure, le chef finit par perdre connaissance avant de mourir.

Crook donna ordre à Mills de préparer ses hommes. La marche vers les Black Hills reprenait. « Avant de partir, raconte Mills, l'adjudant Lemly m'a demandé si je comptais vraiment emmener avec moi cette petite Indienne. Quand je lui ai dit que oui, il m'a répondu : "Et Madame Mills, vous pensez qu'elle sera d'accord ?" Je n'avais jusque-là pas envisagé les choses sous cet angle. Alors, j'ai décidé de laisser l'enfant là où je l'avais trouvée[39]. »

Pendant que Crook détruisait le village d'American Horse, quelques-uns des Sioux qui étaient parvenus à s'échapper arrivèrent au campement de Sitting Bull et lui racontèrent les événements. Sitting Bull et Gall volèrent immédiatement au secours d'American Horse, accompagnés de six cents guerriers. Il était trop tard. Alors, ils attaquèrent les soldats de Crook. Mais comme ils avaient peu de munitions, l'arrière-garde des Tuniques Bleues parvint à les maintenir à distance pendant que le gros des troupes poursuivait sa route vers les Black Hills.

Lorsque les soldats furent tous partis, Sitting Bull et ses guerriers allèrent au village ravagé d'American Horse pour secourir les malheureux survivants et enterrer les morts. « Que veulent les Blancs de nous ? demanda Sitting Bull. Nous ne cessons de courir d'un point à l'autre de ce territoire, mais ils nous suivent partout[40]. »

Pour mettre autant de distance que possible entre les soldats et les siens, Sitting Bull décida de longer la Yellowstone River avec son peuple en direction du nord, où l'on trouvait des bisons. À la Lune-où-les-feuilles-tombent, Gall et un groupe de chasseurs tombèrent sur un convoi de chariots de l'armée qui amenait des vivres à un nouveau fort en construction au confluent de la Tongue et de la Yellowstone (il s'agissait de Fort Keogh, baptisé ainsi en l'honneur du capitaine Keogh, tué à la bataille de la Little Bighorn).

Les Indiens tendirent une embuscade aux soldats près de Glendive Creek qui leur permit de capturer soixante mules. Dès que Sitting Bull apprit l'existence de ce convoi et du nouveau fort, il envoya chercher Johnny Brughiere, un métis qui avait rejoint son campement et savait écrire. Le chef sioux lui dicta ce qu'il voulait dire au commandant des soldats :

J'exige de savoir ce que tu fais sur cette route. Tu fais fuir les bisons. Je veux pouvoir chasser ici. Je veux que tu retournes d'où tu viens. Sinon, je reprendrai les armes. Je veux que tu laisses tout ici et que tu t'en ailles. Je suis ton ami.

Sitting Bull[41]

Le lieutenant-colonel Elwell Otis, commandant du convoi, reçut ce message. Il répondit que les soldats faisaient route vers Fort Keogh, et que de nombreuses autres troupes devaient les rejoindre. Si Sitting Bull voulait se battre, les soldats seraient ravis de l'obliger.

Sitting Bull ne cherchait pas à se battre. Tout ce qu'il désirait, c'était qu'on le laisse chasser le bison en paix. Il envoya à Otis un messager porteur d'un drapeau blanc pour lui dire qu'il voulait lui parler. Or, le colonel Nelson Miles et ses hommes avaient rattrapé le convoi d'Otis. Comme Miles cherchait à entrer en contact avec Sitting Bull depuis le début de l'été, il accepta la rencontre sur-le-champ.

Celle-ci se déroula le 22 octobre au milieu des deux armées se faisant face. Miles s'était fait escorter d'un officier et de cinq hommes, Sitting Bull d'un de ses lieutenants et de cinq guerriers. Comme il faisait très froid, le colonel portait un long manteau ample bordé de fourrure d'ours, ce qui lui valut immédiatement le surnom de Manteau-d'Ours parmi les Indiens.

Il n'y eut ni discours préliminaire, ni partage amical de la pipe. Par l'intermédiaire de l'interprète, Johnny Brughiere, en l'occurrence Manteau-d'Ours, commença les pourparlers en accusant Sitting Bull de s'être toujours opposé aux Blancs et à leurs façons de vivre. Le chef indien reconnut qu'il n'était pas un grand ami des Blancs, mais qu'il n'était pas non plus leur ennemi – tant qu'ils le laissaient tranquille. Manteau-d'Ours voulut savoir ce qu'il faisait dans la vallée de la Yellowstone, question plutôt idiote à laquelle Sitting répondit néanmoins poliment en expliquant qu'il chassait le bison pour nourrir et vêtir sa famille. Miles fit alors allusion à la réserve hunkpapa, allusion que Sitting Bull ignora superbement. Il comptait passer l'hiver dans les Black Hills, affirma-t-il. Les pourparlers se terminèrent sans qu'aucune solution n'ait été trouvée. Les deux hommes convinrent de se revoir le lendemain.

Aucun accord ne put être conclu lors de la deuxième rencontra. Sitting Bull entama les discussions en expliquant qu'il avait combattu les soldats uniquement pour répondre à leurs attaques. Il promettait que la guerre cesserait si les Blancs retiraient leurs soldats et démantelaient les forts construits sur les terres indiennes. Manteau-d'Ours répliqua que les Sioux n'obtiendraient la paix qu'en allant tous vivre sur les réserves. À ces mots, Sitting Bull s'emporta. Le Grand Esprit avait fait de lui un Indien, mais surtout pas un Indien dépendant d'une agence, et il n'avait nullement l'intention de le devenir. Il mit un terme aux discussions et alla rejoindre ses guerriers, auxquels il ordonna de se disperser par crainte d'une attaque des soldats de Manteau-d'Ours. En effet, les Tuniques Bleues ouvrirent le feu. Les Hunkpapas fuirent et reprirent leurs pérégrinations.

Quand vint le printemps, Sitting Bull se lassa d'être sans cesse sur les chemins. Puisqu'il n'y avait plus assez de place pour les Blancs et les Sioux dans le pays du Grand Père, il emmènerait son peuple au Canada, le pays de la Grand-Mère, la reine Victoria. Mais avant, il voulut persuader Crazy Horse de faire comme lui. Il ne parvint pas à le trouver, du fait que le chef oglala et son peuple passaient leur temps à bouger pour échapper aux soldats.

À peu près au même moment, Crook cherchait lui aussi Crazy Horse. Cette fois-ci, le général avait rassemblé une immense armée et emporté suffisamment de rations pour remplir cent soixante-huit chariots, et de telles quantités de poudre et de munitions qu'il lui fallut quatre cents mules pour les transporter. La troupe impressionnante de Crook écuma la vallée de la Powder comme une horde de loups et traita avec la plus grande sauvagerie les Indiens qu'elle trouva sur son passage.

Les soldats cherchaient Crazy Horse, mais ce fut sur un village cheyenne, celui de Dull Knife, qu'ils tombèrent. La plupart des occupants n'avaient pas participé à la bataille de la Little Bighorn. Ils s'étaient échappés de leur réserve pour chercher à manger car l'armée avait pris le contrôle de l'agence et interrompu la distribution des rations. Le général Crook lança Trois-Doigts Mackenzie sur les cent cinquante tipis du campement.

C'était la Lune-où-les-cerfs-perdent-leurs-bois. Il faisait extrêmement froid et la neige s'était accumulée à l'ombre tandis qu'elle se recouvrait d'une couche de glace dans les endroits découverts. Mackenzie disposa ses troupes pendant la nuit, et frappa les Cheyennes au lever du jour. Ce furent les éclaireurs pawnees qui chargèrent les premiers, montés sur les mustangs volés aux Sioux des réserves. Les Cheyennes furent surpris dans leurs tipis et un grand nombre d'entre eux tués au moment où ils se réveillaient. Quelques-uns s'échappèrent nus dans le froid glacial pendant que les guerriers tentaient de ralentir l'attaque des Pawnees et des soldats pour donner le temps aux femmes et aux enfants de fuir.

Certains des plus redoutables guerriers cheyennes du Nord, dont le fils aîné de Dull Knife, se sacrifièrent lors de ces premiers affrontements. Dull Knife et Little Wolf réussirent à former une arrière-garde en haut du canyon, mais épuisèrent rapidement le peu de munitions dont ils disposaient. Little Wolf, blessé à sept reprises, abandonna sa position et rejoignit en compagnie de Dull Knife les femmes et les enfants pour aller se réfugier dans les Bighorns. Mackenzie fit brûler les tipis des Indiens. Cela fait, il regroupa leurs chevaux au pied des parois du canyon et ordonna à ses hommes de les abattre, exactement comme il l'avait fait pour les montures des Comanches et des Kiowas au canyon de Palo Duro.

Ainsi, les Cheyennes de Dull Knife furent obligés de fuir, comme ceux de Two Moon attaqués en mars par Reynolds. Mais il faisait plus froid, et les Indiens n'avaient que très peu de chevaux, et pratiquement pas de couvertures, de manteaux ou de mocassins. Comme le peuple de Two Moon, ils ne connaissaient qu'un endroit où se réfugier – le village de Crazy Horse au bord du Box Elder Creek.

Au cours de la première nuit, douze nourrissons et plusieurs personnes âgées moururent de froid. La nuit suivante, les hommes tuèrent certains des chevaux, les éviscérèrent et placèrent les bébés à l'intérieur des ventres vidés afin de les protéger du froid glacial. Les anciens mirent leurs mains et leurs pieds à côté des petits. Les Indiens cheminèrent trois jours durant, pieds nus dans la neige gelée, en laissant derrière eux une piste de sang. Enfin, ils atteignirent le campement de Crazy Horse.

Le chef oglala leur procura abris, nourriture et couvertures, tout en les prévenant qu'ils devaient se tenir prêts à reprendre la fuite. En effet, les Oglalas n'avaient pas assez de munitions pour repousser une attaque. Un peu plus au nord se trouvaient Miles et ses troupes, tandis que Crook arrivait par le sud. Les Indiens allaient devoir reprendre leurs pérégrinations s'ils ne voulaient pas périr.

À la Lune-où-les-arbres-éclatent, Crazy Horse décida d'installer son campement plus au nord, à un endroit très discret le long de la Tongue, non loin de Fort Keogh, où Miles avait pris ses quartiers d'hiver avec ses hommes. Les plus jeunes et les plus vieux des Indiens souffraient tellement du froid et du manque de nourriture que certains des chefs dirent à Crazy Horse que le moment était venu de parlementer avec Manteau-d'Ours pour savoir ce qu'il voulait. Les femmes et les enfants réclamaient à manger. Il leur fallait la chaleur d'un abri dans lequel ils pourraient rester quelque temps. Crazy Horse savait ce que Miles voulait – les parquer sur une réserve. Il accepta toutefois la proposition et se rendit avec un groupe d'une trentaine de guerriers et de chefs sur une colline proche du fort. De là, huit volontaires descendirent vers le fort avec une grande pièce de tissu blanc accrochée à une lance. Alors qu'ils approchaient, des éclaireurs crows de Manteau-d'Ours les chargèrent et, malgré leur drapeau blanc, leur tirèrent dessus à bout portant. Seuls trois des Sioux en réchappèrent. Ceux qui observaient la scène du haut de la colline voulurent attaquer les Crows pour se venger, mais Crazy Horse leur ordonna de rentrer le plus vite possible au campement. Ils devaient plier bagage et se remettre en route. Maintenant que Manteau-d'Ours savait qu'il y avait des Sioux dans les parages, il allait se mettre à leur recherche.

Miles rattrapa les fugitifs le 8 janvier 1877 au matin à Battle Butte. Les soldats chargèrent dans une couche de neige de trente centimètres. Il ne restait à Crazy Horse que peu de munitions. Par contre, il avait avec lui d'excellents guerriers qui connaissaient suffisamment de ruses pour berner les soldats pendant que le gros de la bande fuyait à travers les Wolf Mountains pour se réfugier dans les Bighorns. Little Big Man, Two Moon et Hump attirèrent les troupes dans un canyon. Pendant quatre heures, les soldats, engoncés dans des uniformes d'hiver encombrants, tentèrent d'escalader des falaises couvertes de glace. Une neige fine se mit à tomber, qui se transforma en blizzard en début d'après-midi. C'était plus que Manteau-d'Ours pouvait en supporter. Il courut se réfugier avec ses hommes dans la chaleur de Fort Keogh.

Sous une pluie de neige fondue, Crazy Horse et les siens progressèrent péniblement jusqu'à la vallée de la Little Powder, qu'ils connaissaient bien. Ils s'y installèrent en février et subsistèrent grâce au rare gibier qu'ils trouvaient. C'est alors que des messagers vinrent leur annoncer que Spotted Tail et un groupe de Brûlés arrivaient du sud. Certains des Indiens suggérèrent qu'il s'était enfin lassé d'obéir aux ordres qu'on lui donnait sur la réserve et s'était échappé. Mais Crazy Horse ne se faisait pas d'illusions.

Au cours des lunes froides, Crook avait ramené ses hommes à Fort Fetterman pour leur épargner les rigueurs de l'hiver. En attendant le printemps, il rendit visite à Spotted Tail, auquel il promit que, s'il acceptait de servir d'émissaire de paix auprès de Crazy Horse et persuadait ce dernier de se rendre, les Sioux de la réserve ne seraient pas obligés d'aller s'installer dans la vallée du Missouri. Voilà qui expliquait la venue de Spotted Tail au campement oglala.

Juste avant l'arrivée du chef brûlé, Crazy Horse annonça à son père qu'il partait. Il lui demanda d'accueillir Spotted Tail et de lui dire que les Oglalas viendraient à l'agence dès que les conditions météorologiques permettraient aux femmes et aux enfants de voyager. Puis il gagna les Bighorns, seul. Il ne savait pas s'il allait se rendre ou pas, et envisageait, pendant que son peuple allait vivre sur la réserve, de rester seul dans la vallée de la Powder comme un vieux bison exclu du troupeau.

Lorsque Spotted Tail arriva, il comprit que Crazy Horse l'évitait. Il envoya des messagers à la recherche du chef oglala, mais ce dernier s'était volatilisé dans le paysage neigeux. Avant de retourner dans le Nebraska, Spotted Tail persuada Big Foot de se rendre avec ses Miniconjous, et obtint de Touch-the-Clouds et de trois autres chefs la promesse qu'ils viendraient à l'agence avec leurs bandes au début du printemps.

Le 14 avril, Touch-the-Clouds, accompagné d'un groupe important de Miniconjous et de Sans-Arcs du village de Crazy Horse, arriva à l'agence de Red Cloud pour se rendre. Quelques jours auparavant, Crook avait chargé Red Cloud de trouver Crazy Horse et de lui promettre une réserve dans la vallée de la Powder en échange de sa reddition. Les deux chefs se rencontrèrent le 27 avril. Les neuf cents Oglalas de Crazy Horse mouraient de faim, les guerriers n'avaient plus de munitions, les chevaux étaient efflanqués. La promesse d'une réserve dans la vallée de la Powder River suffit à faire venir Crazy Horse à Fort Robinson et à capituler.

Le dernier des chefs de guerre sioux allait désormais vivre sur une réserve, désarmé, sans monture, sans aucun pouvoir sur son peuple, prisonnier d'une armée qui n'avait jamais réussi à le battre. Pourtant, il demeurait un héros pour les jeunes braves, dont l'adulation éveilla la jalousie des chefs plus âgés. Mais Crazy Horse restait distant, dans l'attente du jour où Crook exécuterait sa promesse et leur donnerait, à lui et à ses fidèles, une réserve dans la vallée de la Powder.

Vers la fin de l'été, Crazy Horse apprit que Crook voulait qu'il participe à un conseil à Washington avec le Grand Père. Il refusa. À quoi bon parler de la nouvelle réserve ? Il avait bien vu ce qui était arrivé aux chefs qui étaient allés dans la maison du Grand Père. La nourriture et le mode de vie des Blancs les avaient engraissés et complètement amollis. Il avait constaté les changements chez Red Cloud et Spotted Tail, qui savaient qu'il savait et lui en voulaient.

En août, la nouvelle arriva que les Nez-Percés, qui occupaient une région au-delà des Shining Mountains, étaient en guerre contre les Tuniques Bleues. Dans les agences, les chefs des soldats commencèrent à enrôler des guerriers en tant qu'éclaireurs. Crazy Horse eut beau dire aux jeunes braves de ne pas partir se battre contre cette lointaine tribu indienne, certains refusèrent de suivre ses conseils et se laissèrent acheter par les soldats. Le 31 août, le jour où ses anciens guerriers revêtirent leur uniforme bleu pour partir à la guerre, Crazy Horse était tellement écœuré qu'il annonça qu'il regagnait avec les siens la vallée de la Powder.

En apprenant cela de ses espions, Crook envoya huit compagnies de cavaliers au campement oglala avec mission d'arrêter Crazy Horse. Les amis du chef oglala l'avertirent de l'arrivée des soldats. Ignorant dans quel but ces derniers venaient, le chef oglala ordonna aux siens de se disperser, puis se dirigea seul vers l'agence de Spotted Tail afin de trouver refuge chez son vieil ami Touch-the-Clouds.

C'est là que les soldats le trouvèrent. Ils l'arrêtèrent et l'informèrent qu'ils le ramenaient à Fort Robinson, où Crook désirait le voir. Là, Crazy Horse apprit qu'il était trop tard pour obtenir un entretien avec le général. Il fut confié au capitaine James Kennington et à l'un des policiers de l'agence, que Crazy Horse fixa d'un regard incrédule. C'était Little Big Man, celui-là même qui peu de temps auparavant avait défié la commission qui voulait s'emparer de *Paha Sapa*, menacé de mort le premier chef qui suggérerait la vente des Black Hills, ce brave Little Big Man qui s'était battu à ses côtés sur les pentes verglacées des Wolf Mountains contre Manteau-d'Ours Miles. À présent que les Blancs l'avaient acheté, il était devenu policier sur la réserve.

Pendant qu'il marchait, encadré par le chef soldat et Little Big Man, et les laissait l'emmener où ils désiraient, Crazy Horse tenta sans nul doute d'entrer par ses rêves dans le monde réel, de fuir les ombres de ce monde obscur où tout n'était que folie. Les trois hommes passèrent devant un soldat portant un fusil à baïonnette sur l'épaule. Ils arrivèrent au seuil d'un bâtiment. À travers les barreaux des fenêtres, le chef oglala vit des hommes enchaînés. L'endroit était un véritable piège. Et c'est tel un animal piégé que Crazy Horse, tenu au bras par Little Big Man, plongea en avant. La bagarre ne dura que quelques secondes. Un ordre retentit. Le garde, William Gentles, lui enfonça sa baïonnette dans le ventre.

Le chef oglala mourut dans la nuit du 5 septembre 1877 à l'âge de trente-cinq ans. Le lendemain, à l'aube, les soldats amenèrent son corps à ses parents. Ils mirent la dépouille dans une caisse en bois qu'ils attachèrent sur un travois et l'amenèrent jusqu'au village de Spotted Tail. Là, ils la placèrent sur une plate-forme funéraire. Pendant toute la Lune-où-l'herbe-sèche, des pleureuses veillèrent Crazy Horse. Et c'est à la Lune-où-les-feuilles-tombent qu'arriva la terrible nouvelle : les Sioux devaient quitter le Nebraska et aller vivre sur une nouvelle réserve au bord du Missouri.

L'automne 1877 fut sec et frais. De longues files d'Indiens exilés conduits par des soldats s'étirèrent vers le nord-est en direction des terres stériles où ils devraient vivre désormais. En chemin, plusieurs groupes qui avaient décidé de gagner le Canada pour y rejoindre Sitting Bull quittèrent la colonne et firent route vers le nord-ouest. Le père et la mère de Crazy Horse partirent avec eux en emportant le cœur et les ossements de leur fils, qu'ils enterrèrent dans un lieu connu d'eux seuls, quelque part près de Chankpe Opi Wakpala, la petite rivière qu'on appelait également Wounded Knee.

SONG OF SITTING BULL

Courtesy of the Bureau of American Ethnology Collection

A warrior
  I have been.
  Now
  it is all over
  A hard time
  I have.

CHANT DE SITTING BULL

Un guerrier
  J'ai toujours été.
  Maintenant
  Tout est fini.
  Je vis
  Des moments durs.

13

La fuite des Nez-Percés

*1877 : Le 1er janvier, la reine Victoria devient impératrice de l'Inde. Le 25, le congrès américain vote l'Electoral Commission Bill, qui oblige à recompter les votes électoraux. L'issue du duel Hayes-Tilden reste incertaine. Le 12 février, les ouvriers du chemin de fer se mettent en grève pour protester contre des diminutions de salaire. Le 26, les démocrates des États du Sud tiennent une réunion secrète avec les représentants républicains partisans d'Hayes et, par le Compromis de 1877, acceptent de soutenir les républicains en échange du retrait des troupes fédérales du Sud et de la fin de la Reconstruction. Le 27, la commission électorale déclare que le recomptage des votes donne la victoire à Hayes. Le 2 mars, le congrès confirme l'élection de Hayes, qui prend ses fonctions de président le 5. Le 10 avril, les troupes fédérales commencent à se retirer des États du Sud, signalant ainsi la fin de la période de la Reconstruction. Le 15, installation de la première ligne de téléphone à usage professionnel entre Boston et Somerville, dans le Massachusetts. Le 14 juillet, une grève générale paralyse le trafic ferroviaire. Le 20, des émeutes éclatent dans tout le pays. Entre le 21 et le 27 juillet, les troupes répriment les mouvements des ouvriers du chemin de fer, mettant un terme à une grève d'ampleur nationale. Le 17 octobre, la signature d'un contrat entre la Pennsylvania Railroad et la Standard Oil Company renforce le monopole du transport du pétrole. En décembre, invention du phonographe par Edison. Publication d'*Anna Karénine*, de Tolstoï.*

Les Blancs n'ont raconté qu'un côté de l'histoire. Pour se faire plaisir. Ils ont dit beaucoup de mensonges. De ce qu'il avait fait, l'homme blanc n'a raconté que le meilleur, et le pire de ce que les Indiens avaient fait.

Yellow Wolf, Nez-Percé

La terre a été créée avec l'aide du soleil, et il faut la laisser telle qu'elle était autrefois. (...) Ce pays a été créé sans frontières, et l'homme n'a pas le droit de le diviser. (...) Je vois partout dans ce pays des Blancs qui s'enrichissent, et je vois qu'ils veulent nous donner des terres qui ne valent rien. (...) La terre et moi-même sommes un seul et même esprit. La mesure de la terre et la mesure de nos corps sont les mêmes. Dites-nous, si vous l'osez, que vous avez été envoyés par la Puissance Créatrice pour nous parler. Peut-être pensez-vous que le Créateur vous a envoyés ici pour faire de nous ce que bon vous semble. Si je pensais que vous étiez envoyés par le Créateur, peut-être cela me persuaderait-il que vous avez le droit de vous débarrasser de moi. Ne prenez pas mes paroles dans le mauvais sens, prenez-les comme la manifestation de mon attachement à la terre. Je n'ai jamais dit qu'elle était mienne et que je pouvais en faire ce que je voulais. Celui qui a ce droit, c'est celui qui l'a créée. Le droit que je revendique, c'est celui de vivre sur ma terre, et je vous accorde celui de vivre sur la vôtre.

Heinmot Tooyalaket (Chef Joseph), Nez-Percé

En septembre 1805, Lewis et Clark descendirent les montagnes Rocheuses et poursuivirent leurs explorations vers l'ouest. Les membres de leur expédition souffraient de la faim et de la dysenterie, et auraient été trop faibles pour se défendre. Ils se trouvaient dans le pays des Nez-Percés, baptisés ainsi par les trappeurs français qui avaient remarqué que certains ornaient leur nez de coquillages. S'ils l'avaient voulu, ces Indiens auraient très bien pu empêcher l'expédition Lewis et Clark de dépasser la Clearwater River et voler ses chevaux. Mais ils n'en firent rien, bien au contraire. Ils accueillirent les Américains, leur fournirent de la nourriture et s'occupèrent de leurs montures pendant qu'ils poursuivaient leurs explorations jusqu'au Pacifique en canoë.

Ainsi commença une longue amitié entre les Nez-Percés et les Américains. Pendant soixante-dix ans, la tribu put se vanter de n'avoir pas tué un seul Blanc. Hélas, la fièvre de l'or et le besoin de terres allaient rompre ces liens amicaux.

En 1855, le gouverneur du Territoire de Washington, Isaac Stevens, convia les Nez-Percés à un conseil. « Il a dit qu'il y avait de nombreux Blancs dans le pays, et qu'il en arriverait encore beaucoup. Il voulait que des frontières soient tracées afin que les Indiens et les Blancs soient séparés. Il fallait, si l'on voulait que la paix règne, qu'un territoire soit délimité pour les Indiens, et qu'ils y demeurent. »

Tuekakas, un chef que les Blancs appelaient Old Joseph, déclara au gouverneur Stevens qu'aucun homme ne possédait la terre, et qu'aucun homme ne pouvait vendre ce qu'il ne possédait pas.

Pour le gouverneur, ce genre d'attitude dépassait l'entendement. Il poussa Old Joseph à signer le traité, promettant des couvertures en cadeau. « Remporte ton document, répliqua le chef. Je n'y toucherai pas. »

Aleiya, que les Blancs avaient baptisé Lawyer, signa le traité, ainsi que d'autres Nez-Percés, pendant qu'Old Joseph et son peuple regagnaient leur région de la vallée de la Wallowa, ses rivières sinueuses, ses amples prairies, ses forêts montagnardes et son lac aux eaux pures et bleues. La bande d'Old Joseph possédait de magnifiques troupeaux, de beaux tipis, et quand ses membres voulaient acheter quelque chose aux Blancs, ils le payaient en têtes de bétail.

Quelques années après la signature du premier traité, des représentants du gouvernement se mirent à harceler les Nez-Percés tel un essaim de guêpes et leur réclamèrent plus de terres. Old Joseph déconseilla à son peuple d'accepter les cadeaux des Blancs, fut-ce une simple couverture. « Ils finiront par dire que vous avez accepté de vendre votre pays[1]. »

En 1863, un nouveau traité fut proposé aux Nez-Percés. Il s'agissait de leur prendre la vallée de la Wallowa et les trois quarts du territoire qu'il leur restait, en d'autres termes ne leur laisser qu'une petite réserve située dans ce qui correspond aujourd'hui à l'Idaho. Si Old Joseph refusa les propositions des Blancs, Lawyer ainsi que plusieurs autres chefs – dont aucun n'avait jamais vécu dans la « vallée aux rivières sinueuses » – cédèrent la terre de leur peuple en signant le document, le « traité-voleur » comme l'appela Old Joseph, tellement indigné qu'il déchira la bible qu'un missionnaire blanc lui avait donnée pour le convertir. Afin de faire savoir aux Blancs qu'il considérait toujours la vallée de la Wallowa comme sienne, il fit planter des piquets délimitant la terre où son peuple vivait.

Il mourut peu de temps après, en 1871. Le titre de chef revint alors à son fils, Heinmot Tooyalaket (Young Joseph), âgé à l'époque de trente ans. Lorsque les représentants du gouvernement vinrent ordonner aux Nez-Percés de quitter la Wallowa pour s'installer sur la réserve de Lapwai, Young Joseph refusa. « Ni Lawyer ni aucun autre chef n'avait le droit de vendre cette terre, déclara-t-il. Elle a de tout temps appartenu à mon peuple. Elle lui a été transmise sans aucune tache par nos pères, et nous la défendrons tant qu'il y aura une seule goutte de sang indien pour réchauffer le cœur de nos hommes[2]. » Il implora le Grand Père, Ulysses Grant, de laisser son peuple vivre là où il avait toujours vécu. Le 16 juin 1873, le président promulgua un décret-loi interdisant l'installation de colons blancs dans la vallée.

Peu après, une commission arriva pour y installer une nouvelle agence indienne. L'un de ses membres expliqua quel avantage ce serait pour le peuple de Joseph de disposer d'écoles. Le chef répliqua que les Nez-Percés ne voulaient pas des écoles de l'homme blanc.

« Pourquoi ? demanda son interlocuteur.

– On nous y apprendra à avoir des églises, répondit Joseph.

– Et vous ne voulez pas d'églises ?

– Non, nous ne voulons pas d'églises.

– Pourquoi ?

– Parce qu'on nous y apprendra à nous disputer au sujet de Dieu. Et cela, nous ne le voulons pas. Il nous arrive de nous disputer au sujet des choses de cette terre, mais jamais à propos de Dieu. Nous ne voulons pas l'apprendre[3]. »

Pendant ce temps, des colons blancs grignotaient peu à peu la vallée et comptaient bien s'approprier les terres des Nez-Percés. On trouva de l'or dans les montagnes voisines. Les prospecteurs volèrent les chevaux des Indiens, les gardiens de bestiaux prirent leur bétail et le marquèrent afin que les Indiens ne puissent pas le réclamer. Des responsables politiques firent le trajet jusqu'à Washington, où ils racontèrent des mensonges à propos des Nez-Percés. Ces derniers, dirent-ils, représentaient une menace pour la paix et volaient les troupeaux des colons. La vérité était tout autre, mais comme le dit Joseph, « [N]ous n'avions aucun ami pour plaider notre cause[4] ».

Deux ans après avoir promis la vallée de la Wallowa au peuple de Joseph pour toujours, le Grand Père fit une autre déclaration ouvrant de nouveau la vallée à la colonisation. Les Nez-Percés se voyaient accorder un délai pour aller s'installer sur la réserve de Lapwai. Joseph n'avait nullement l'intention de céder la terre de ses ancêtres. Mais en 1877, le gouvernement chargea Chef-Soldat-Manchot, le général Howard, de chasser les Nez-Percés de la région.

Quatre ans auparavant, Oliver Otis Howard s'était montré juste avec Cochise et les Apaches. Depuis, il avait appris que l'armée n'aimait pas beaucoup ceux qui faisaient « ami-ami » avec les Indiens. Il arriva donc dans ces contrées du Nord-Ouest avec l'intention de restaurer son prestige au sein de l'institution militaire en exécutant ses ordres au pied de la lettre et avec la plus grande diligence. En privé, il confia à des proches que « prendre cette vallée à Joseph et à sa bande de Nez-Percés était une grande erreur ». Ce qui ne l'empêcha pas en mai 1877 de convoquer Joseph à un conseil dont le but était de fixer la date de cession des terres de la tribu.

Joseph choisit, pour l'accompagner à Lapwai, White Bird, Looking Glass, son frère Ollokot et le prophète de Wallowa, Toohoolhoolzote, un homme grand, au cou de taureau, très laid, capable de réfuter n'importe quel argument avec grande éloquence, « un évadé de l'enfer », pour reprendre les termes d'un Blanc. Lors de la première réunion du conseil, qui se tenait dans un bâtiment juste en face de la prison de Fort Lapwai, Joseph présenta Toohoolhoolzote comme le porte-parole des Nez-Percés de la Wallowa.

« Une partie des Nez-Percés ont cédé leur terre, dit alors le prophète. Pas nous. Cette terre fait partie de notre corps, et nous ne l'avons jamais cédée.

– Tu sais très bien que le gouvernement a prévu une réserve et que les Indiens doivent aller y vivre, déclara Howard.

– Qui donc prétend avoir divisé la terre et nous mettre là-bas ? voulut savoir Toohoolhoolzote.

– C'est moi. Je représente le Grand Père, répondit Howard, qui commençait à s'énerver. Mes ordres sont fort clairs et ils seront exécutés. »

Le prophète continua à poser des questions agaçantes pour Chef-Soldat-Manchot, par exemple comment la terre pouvait appartenir aux Blancs alors qu'elle avait été transmise aux Nez-Percés par leurs ancêtres. « Nous sommes venus de la terre, et nos corps doivent retourner à la terre notre mère, dit-il.

– Je ne veux pas critiquer ta religion, répondit Howard avec irritation, mais parle de choses concrètes, je te prie. Ces histoires, je les ai entendues vingt fois déjà – la terre est votre mère et votre titre de chef, vous le tenez d'elle. Je ne veux plus entendre ce genre de choses. Allons au fait.

– Qui a le droit de me dire ce que je dois faire dans mon propre pays ? » rétorqua Toohoolhoolzote[5].

L'affrontement verbal se poursuivit jusqu'au moment où Howard sentit qu'il devait faire la démonstration de sa puissance. Il ordonna alors l'arrestation du prophète, puis informa sèchement Joseph que les Nez-Percés disposaient de trente jours pour quitter la Wallowa et aller s'installer sur la réserve.

« Mon peuple a toujours été l'ami des Blancs, déclara Joseph. Pourquoi es-tu si pressé ? Je ne peux pas préparer un tel déplacement en trente jours. Nos troupeaux sont éparpillés, et les eaux de la Snake River sont très hautes. Autorise-nous à attendre l'automne, quand la rivière sera basse.

– Si tu dépasses le délai qui t'est accordé ne serait-ce que d'un jour, répondit Howard d'un ton dur, les soldats viendront pour vous conduire à la réserve, et toutes vos bêtes qui se trouveraient en liberté à ce moment-là reviendront aux Blancs. »

Joseph comprit qu'il n'avait pas le choix. Avec moins de cent guerriers, il était impossible de défendre la vallée. Quand il rentra au campement avec ses lieutenants, les soldats étaient déjà là. Les Indiens décidèrent en conseil de rassembler immédiatement leurs troupeaux pour partir à Lapwai. « Les Blancs étaient nombreux et nous ne faisions pas le poids face à eux. Nous étions tels des daims, et eux tels des grizzlis. Nous avions un petit territoire. Le leur était vaste. Nous nous contentions de laisser les choses telles que le Grand Esprit les avait faites. Eux ne s'en satisfaisaient pas, et s'ils l'avaient pu, ils auraient changé les rivières et les montagnes qui ne leur convenaient pas[6]. »

Avant même d'entamer leur longue marche, certains guerriers suggérèrent de se battre plutôt que d'être chassés comme des chiens de la terre où ils étaient nés. Toohoolhoolzote, qui avait été libéré, déclara que seul le sang laverait la honte que Chef-Soldat-Manchot lui avait fait subir. Malgré tout, Joseph continua de prôner la paix.

Pour respecter l'ultimatum d'Howard, les Indiens durent abandonner une grande partie de leur bétail dans la vallée. Quand ils arrivèrent sur les bords de la Snake, la rivière tumultueuse était gonflée des neiges fondues des montagnes. Ils parvinrent par miracle et sans grand dommage à faire passer les femmes et les enfants sur des canoës en peau de bison. Mais alors qu'ils étaient accaparés par cette tâche, un groupe de Blancs arriva et vola quelques-unes des bêtes qui attendaient sur la berge. Enfin, au moment où les Indiens tentaient à la hâte de faire traverser le reste des troupeaux, de nombreuses bêtes furent emportées par le courant.

Pleins d'amertume, les chefs exigèrent que Joseph arrête la marche de son peuple à Rocky Canyon et tienne un conseil. Toohoolhoolzote, White Bird et Ollokot poussèrent à la guerre. Joseph leur répondit qu'il valait « mieux vivre en paix que s'engager dans une guerre et périr ». Les autres le traitèrent de lâche, mais il ne céda pas.

Alors qu'ils avaient établi leur campement dans le canyon, un groupe de guerriers s'éclipsa discrètement pendant la nuit. Lorsqu'ils revinrent, la tribu n'était plus en mesure d'affirmer qu'elle n'avait jamais tué un seul Blanc. Les guerriers en avaient éliminés onze, pour venger le vol de leur bétail et l'abandon forcé de leur vallée.

Comme de nombreux chefs partisans de la paix avant lui, Joseph se retrouvait à présent pris entre les pressions exercées par les Blancs et la colère de son peuple désespéré. Il décida de rester avec son peuple. « J'aurais donné ma vie, dit-il, pour effacer le meurtre de ces Blancs par mes frères. C'est la faute de mes jeunes braves tout autant que celle des Blancs. (...) J'aurais emmené mon peuple jusqu'aux terres à bison [le Montana] sans combattre si cela avait été possible. (...) Nous sommes allés jusqu'à White Bird Creek, à vingt-cinq kilomètres, et y avons installé notre campement. Nous voulions rassembler nos troupeaux avant de partir mais les soldats nous ont attaqués et c'est ainsi qu'eut lieu la première bataille[7]. »

Le 17 juin, les Nez-Percés, qui se battaient pourtant contre des troupes deux fois plus nombreuses, attirèrent les soldats d'Howard dans un piège à White Bird Canyon, attaquèrent leur colonne par le flanc, tuèrent le tiers des hommes et mirent les autres en déroute. Dix jours plus tard, Chef-Soldat-Manchot revint avec d'importants renforts, mais les Nez-Percés s'étaient sauvés à travers les montagnes. Par une suite de manœuvres habiles, Joseph sema les soldats, battit un détachement envoyé en avant, puis alla rejoindre au bord de la Clearwater River Looking Glass, qui l'attendait avec des guerriers.

Le chef nez-percé disposait maintenant de deux cent cinquante guerriers, qu'accompagnaient quatre cent cinquante non-combattants avec leurs affaires, et deux mille chevaux. Les Indiens s'étaient par ailleurs emparés à White Bird Canyon de plusieurs fusils et d'une bonne réserve de munitions.

Après avoir quitté les berges de la Clearwater (où les ancêtres de la tribu avaient accueilli Lewis et Clark, hérauts de la civilisation blanche), Joseph convoqua un conseil des chefs. Ils savaient tous qu'ils ne pourraient jamais retourner dans la « vallée des rivières sinueuses » ou éviter les sanctions, même en allant vivre à Lapwai. Il ne leur restait qu'une seule solution – s'enfuir au Canada. Sitting Bull avait trouvé refuge dans le pays de la Grand-Mère, et les soldats américains n'osaient pas s'y aventurer pour le tuer. Si les Nez-Percés parvenaient à atteindre la piste de Lolo et à traverser la chaîne des Bitteroot Mountains, ils pourraient peut-être fuir jusqu'au Canada.

Comme ils avaient l'habitude de traverser les Bitteroots pour aller chasser dans le Montana, les Nez-Percés distancèrent vite les troupes d'Howard, lourdement chargées. Le 25 juillet, alors que les Indiens s'engageaient dans un étroit canyon, leurs éclaireurs signalèrent la présence de soldats devant eux. Les Tuniques Bleues construisaient une barricade de rondins à un endroit où le col se resserrait.

Agitant un drapeau blanc, Joseph, Looking Glass et White Bird s'approchèrent à cheval, mirent tranquillement pied à terre et serrèrent la main du commandant de la troupe, le capitaine Charles Rawn. Ils notèrent qu'il y avait là environ deux cents soldats.

« Nous allons passer à côté de vous sans nous battre, si vous ne nous en empêchez pas, annonça Joseph au capitaine, mais nous passerons de toute manière[8]. »

Rawn répondit que les Indiens pourraient passer à condition de lui remettre leurs armes. White répliqua que leurs guerriers n'accepteraient jamais cela.

Sachant que le général Howard approchait par l'ouest et qu'une autre armée importante placée sous le commandement du colonel John Gibbon venait de l'est, le capitaine Rawn décida de gagner du temps. Il suggéra une nouvelle rencontre le lendemain pour négocier le passage de la tribu. Le chef accepta, mais après deux jours de pourparlers stériles, les chefs nez-percés décidèrent qu'il leur était impossible d'attendre davantage.

Le 28 juillet, tôt le matin, Looking Glass aligna ses guerriers au milieu des arbres sur les pentes du canyon. Dans le même temps, Joseph faisait grimper les non-combattants et le bétail tout en haut d'une montagne en passant par un ravin. Lorsque le capitaine Rawn s'en rendit compte, les Indiens avaient déjà contourné la barricade. Rawn se lança à leur poursuite. Après quelques escarmouches avec les guerriers couvrant la fuite du groupe de Joseph, il décida de ne pas prendre le risque de s'engager dans une vraie bataille et regagna sa barricade, désormais inutile.

Se croyant à l'abri d'Howard, les chefs, qui ignoraient que l'armée de Gibbon approchait, décidèrent de gagner leur territoire de chasse près de la Big Hole River. Là, ils pourraient mettre leurs chevaux au repos et attraper du gibier. Si les Blancs les laissaient tranquilles, ils ne seraient peut-être même pas obligés d'aller rejoindre Sitting Bull au Canada.

La nuit du 9 août, Celui-qui-boite (le colonel Gibbon) arriva avec une troupe composée de volontaires locaux et d'une division d'infanterie à cheval. Il se posta sur le flanc d'une colline dominant le campement des Nez-Percés au bord de la Big Hole. À l'approche de l'aube, les volontaires demandèrent à Gibbon s'ils devaient faire des prisonniers. Le colonel répondit qu'il ne voulait aucun prisonnier indien, homme ou femme. La nuit étant fraîche, les hommes burent du whisky pour se réchauffer. Au point du jour, lorsque Gibbon donna l'ordre d'attaquer, plusieurs soldats étaient fin saouls. La ligne d'infanterie commença à tirer, puis chargea les tipis.

Kowtoliks, âgé alors de quinze ans, fut réveillé par le crépitement des coups de feu. « Je me suis levé d'un bond, j'ai couru sur environ dix mètres, me suis mis à quatre pattes et ai continué à fuir. Une vieille femme qui s'appelait Patsikonmi a fait comme moi, elle s'est mise à quatre pattes. Elle était à ma gauche. Une balle l'a atteinte à la poitrine. Elle m'a dit : "Ne reste pas ici. Va-t'en. Je suis touchée." Puis elle est morte. Il va sans dire que j'ai détalé. Je me suis caché dans les buissons. Les soldats tiraient dans tous les sens. Sur les tipis et partout où ils voyaient des Indiens. J'ai vu des enfants mourir et des hommes s'écrouler, fauchés par une pluie de balles[9]. »

Black Eagle, un autre jeune garçon, fut réveillé par les balles qui traversaient le tipi où dormait sa famille. Terrifié, il partit en courant jusqu'à la rivière. Il sauta, mais comme l'eau était glaciale, il en sortit et alla aider ceux qui faisaient monter les chevaux sur une colline où ils seraient hors de vue des soldats.

Pendant ce temps, les autres Indiens réagissaient après le choc initial de l'attaque-surprise. Alors que Joseph organisait la fuite des non-combattants, White Bird déployait les guerriers pour lancer une contre-attaque. « Battez-vous ! Tuez-les ! cria-t-il. Nous savons tirer aussi bien qu'eux[10] ! » De fait, les Nez-Percés visaient bien mieux que les hommes de Gibbon. « Nous avons semé la confusion parmi les soldats, expliquera plus tard Yellow Wolf. Terrifiés, ils ont traversé la rivière. Ils se comportaient comme s'ils avaient bu. Nous nous sommes dit que certains étaient morts parce qu'ils étaient saouls. »

Lorsque les soldats voulurent installer un obusier, les Nez-Percés tombèrent sur eux comme un essaim de guêpes, s'emparèrent de la pièce d'artillerie et la démolirent. Un guerrier dirigea le canon de son fusil vers le colonel Gibbon. Désormais, celui-ci serait connu sous le nom de Celui-qui-boite-double.

Dans l'intervalle, Joseph avait fait lever le camp. Pendant qu'une poignée de guerriers obligeait les soldats de Gibbon à se retrancher derrière une barricade construite à la hâte avec des pierres et des rondins, les autres Nez-Percés s'envolaient. Ils prirent la direction du sud, s'éloignant ainsi du Canada, parce qu'ils pensaient que c'était la seule façon de semer leurs poursuivants. Les guerriers avaient tué trente soldats et en avaient blessé au moins quarante. Mais l'attaque brutale de Gibbon avait causé la mort de quatre-vingts Indiens, aux deux tiers des femmes et des enfants dont les corps avaient été criblés de balles et les têtes défoncées à coups de talons ou de crosses de fusil. « L'air était lourd de chagrin, dit Yellow Wolf. Certains des soldats ont agi comme des déments[11]. »

L'arrière-garde des Nez-Percés serait certainement venue à bout des soldats de Gibbon retranchés derrière leur barricade en les affamant si le général Howard n'était pas arrivé à leur secours avec des troupes fraîches. Les guerriers battirent rapidement en retraite et rattrapèrent Joseph pour l'avertir que Chef-Soldat-Manchot était de nouveau à ses trousses.

« Nous avons avancé aussi vite que possible, racontera Joseph. Au bout de six jours, le général Howard se rapprocha de nous. Nous nous sommes alors lancés à l'attaque et avons capturé presque tous ses chevaux et ses mules[12]. » En fait, les Indiens avaient pris surtout les mules qui transportaient les provisions et les munitions des hommes d'Howard. Laissant là des soldats bien empêtrés, ils passèrent le col de Targhee Pass et, le 22 août, se retrouvèrent dans le parc de Yellowstone.

Cinq ans auparavant, le Grand Conseil de Washington avait fait de la région de Yellowstone le premier parc national des États-Unis. L'été 1877, d'intrépides touristes américains venaient pour la première fois admirer ses merveilles naturelles. Parmi eux, figurait rien moins que le général Sherman, lequel, venu dans l'Ouest pour une tournée d'inspection, allait apprendre que trois cents guerriers nez-percés traînant avec eux des femmes et des enfants pouvaient faire tourner en bourrique toute l'armée du Nord-Ouest.

Lorsqu'il sut que les fugitifs traversaient le parc de Yellowstone pratiquement sous son nez, à un jet de pierre de sa tente luxueuse, il ordonna aux commandants des forts alentour de poster immédiatement des soldats un peu partout afin de prendre ces impudents guerriers au filet. Le 7e régiment de cavalerie, reconstitué après le désastre dans lequel il avait été entraîné par Custer à Little Bighorn, était le plus proche. Impatients de venger l'honneur du régiment en remportant une victoire sur tout groupe d'Indiens prêts à se battre, les hommes du 7e firent route vers Yellowstone. Au cours de la première semaine du mois de septembre, les éclaireurs des deux camps repérèrent les colonnes ennemies presque tous les jours. Grâce à des manœuvres habiles, les Indiens distancèrent les Tuniques Bleues après une escarmouche à Canyon Creek et se dirigèrent vers le Canada. Ils n'avaient bien sûr aucun moyen de savoir que Manteau-d'Ours Miles, sous les ordres de Grand-Guerrier Sherman, rejoignait Fort Keogh à marche forcée, et que leurs chemins allaient se croiser.

Le 23 septembre, les Nez-Percés, contraints de repousser des attaques presque quotidiennes sur leur arrière-garde, traversèrent le Missouri à gué à Cow Island Landing. Les trois jours suivants, les éclaireurs ne signalèrent aucune Tunique Bleue dans les parages. Le 29, les chasseurs localisèrent un petit troupeau de bisons. Les réserves de nourriture et de munitions du groupe ayant sérieusement diminué et les chevaux étant épuisés, les chefs décidèrent d'établir un campement dans les Bear Paw Mountains. Le lendemain, une fois qu'ils se seraient rempli l'estomac de viande de bison, les Indiens comptaient entamer la dernière longue étape qui les mènerait à la frontière avec le Canada.

« Nous savions que le général Howard avait plus de deux soleils de retard sur nous, expliqua Yellow Wolf. Il n'était pas bien compliqué de conserver notre avance[13]. »

Mais le lendemain matin, deux éclaireurs déboulèrent dans le campement en criant : « Les soldats ! les soldats ! » Tandis que tous se préparaient à fuir, un autre éclaireur apparut sur une corniche un peu lointaine. Il agitait une couverture, ce qui voulait dire : *Ennemis tout près ! Attaque imminente !*

Les cavaliers commandés par Manteau-d'Ours Miles, dont les éclaireurs indiens avaient retrouvé la trace des Nez-Percés quelques heures auparavant, chargeaient. Ils étaient accompagnés par les trente jeunes éclaireurs sioux et cheyennes qui s'étaient mis à la solde de l'armée américaine à Fort Robinson, avaient trahi leur peuple et endossé l'uniforme bleu – précipitant ainsi l'assassinat de Crazy Horse.

La terre trembla sous les sabots des six cents chevaux du 7e lancés au galop. White Bird disposa calmement ses guerriers devant le campement. Lorsque la première ligne de soldats arriva, les Nez-Percés ouvrirent le feu avec une précision redoutable. En quelques secondes, ils tuèrent vingt-quatre soldats et en blessèrent quarante-deux autres. La charge s'enfonça dans un chaos de chevaux tombant à terre et de soldats désarçonnés.

« Les combats se sont déroulés de très près, devait raconter Joseph, à une distance qui n'excédait pas vingt pas. Les soldats ont reculé jusqu'à leurs premières lignes en abandonnant leurs morts, dont nous avons pris les armes et les munitions. Le premier jour, nous avons perdu dix-huit hommes et trois femmes. » Parmi les morts figuraient Ollokot, le frère de Joseph, et Toohoolhoolzote, le vieux prophète opiniâtre.

Les Nez-Percés tentèrent de profiter de la nuit pour s'échapper, mais Miles avait disposé un cordon de soldats tout autour du campement. Les guerriers passèrent la nuit à creuser des tranchées en prévision de l'attaque du lendemain.

Mais au lieu d'attaquer, Miles envoya aux Indiens un messager avec un drapeau blanc, chargé de demander la reddition de Joseph contre la vie sauve pour son peuple. Joseph répondit qu'il allait réfléchir et informerait rapidement Miles de sa décision. La neige s'était mise à tomber, et les guerriers espéraient pouvoir s'échapper derrière l'écran formé par le blizzard.

Plus tard, certains des éclaireurs sioux de Miles s'approchèrent des Nez-Percés avec un drapeau blanc. Joseph traversa le champ de bataille pour venir à leur rencontre. « Ils ont dit qu'ils pensaient que le général Miles désirait sincèrement la paix. Je me suis rendu à pied dans la tente du général. »

Les deux jours suivants, Miles le retint prisonnier, malgré son drapeau blanc, tout en faisant monter l'artillerie pour relancer l'attaque. Mais les guerriers ne cédèrent pas un pouce de terrain et Joseph refusa de capituler tant qu'il n'était pas libéré. Pendant ce temps, la neige, apportée par un vent glacial, recouvrait le théâtre des opérations.

Le troisième jour, les guerriers de Joseph obtinrent sa libération en capturant l'un des officiers de Miles et en menaçant de le tuer si leur chef n'était pas relâché. Le même jour, Miles reçut enfin le renfort du général Howard et de ses troupes.

Joseph comprit alors que sa bande de guerriers, de plus en plus réduite, était perdue. Miles envoya des messagers pour convenir d'une rencontre, à laquelle Joseph se rendit pour savoir sous quelles conditions il allait devoir faire sa reddition. Elles étaient on ne peut plus simples : « Si vous nous remettez vos armes, déclara Miles, je vous épargnerai et vous enverrai dans votre réserve[14]. »

De retour dans son campement assiégé, Joseph rassembla ses lieutenants pour la dernière fois. Looking Glass et White Bird voulaient poursuivre les combats, jusqu'à la mort si nécessaire. Ils avaient parcouru deux mille kilomètres sans cesser de se battre ; ils ne pouvaient pas abandonner maintenant. Joseph accepta à contrecœur de remettre sa décision à plus tard. Cet après-midi, au bout de quatre jours de siège, Looking Glass reçut une balle à la tempe gauche lors d'une dernière escarmouche. Il mourut sur le coup.

« Le cinquième jour, raconte Joseph, je suis allé voir le général Miles et lui ai remis mon fusil. » Le chef indien prononça également un discours émouvant dont la traduction anglaise fut transcrite par le lieutenant Charles Erskine Scott Wood*, et qui plus tard deviendrait le discours indien le plus souvent cité :

> Dites au général Howard que je sais ce qu'il a dans le cœur. Ce qu'il m'a dit, je le conserve en moi. Je suis las de me battre. Nos chefs sont morts. Looking Glass est mort. Toohoolhoolzote est mort. Les anciens sont tous morts. Ce sont les jeunes hommes qui disent oui ou non. Le chef des jeunes braves [Ollokot] est mort. Il fait froid, et nous n'avons pas de couvertures. Nos petits enfants meurent de froid. Certains de mes frères se sont enfuis dans les collines, sans couvertures ni nourriture ; nul ne sait où ils se trouvent – peut-être sont-ils morts de froid ? Je veux avoir le temps de chercher mes enfants et de voir combien je peux en trouver. Peut-être les trouverai-je parmi les morts. Écoutez-moi, chefs, mes frères ! Je suis las ; mon cœur est triste et usé. À compter d'aujourd'hui, je ne ferai plus jamais la guerre[15]. »

---

* Le lieutenant Wood quitta l'armée peu après. Il devint avocat et se mit à écrire des poèmes satiriques et des essais. Par la suite, influencé par sa rencontre avec Chef Joseph et les Nez-Percés, il milita avec énergie pour plus de justice sociale et se fit l'ardent défenseur des pauvres (*Note de l'auteur*).

La nuit tombée, après que les termes de la capitulation furent définis, White Bird et un groupe de guerriers irréductibles s'enfuirent par les ravins et prirent la direction de la frontière canadienne, qu'ils passèrent le deuxième jour. Le troisième, ils virent au loin des cavaliers indiens. L'un des inconnus leur demanda par signes : « *Vous êtes des Indiens de quelle tribu ?*

– *Nous sommes des Nez-Percés,* répondirent les fuyards. *Et vous ?*

– *Des Sioux* », leur répondit-on.

Le lendemain, Sitting Bull accueillit les Nez-Percés dans son village canadien[16].

Quant à Chef Joseph et aux autres, ils ne devaient plus jamais connaître la liberté. Au lieu de les emmener à Lapwai, ainsi que Miles le leur avait promis, l'armée les expédia comme du bétail à Fort Leavenworth, dans le Kansas. Là, ils furent parqués en tant que prisonniers de guerre sur des terres alluviales marécageuses, où une centaine d'entre eux moururent. Les survivants furent transférés sur une plaine stérile située dans le Territoire Indien. Comme les Modocs avant eux, les Nez-Percés succombèrent les uns après les autres – à la malaria, mais aussi au chagrin.

Des bureaucrates et des messieurs très chrétiens qui leur rendaient de fréquentes visites exprimèrent leur compassion et écrivirent d'innombrables rapports à diverses organisations. Joseph reçut l'autorisation de se rendre à Washington, où il rencontra tous les membres importants du gouvernement. « Ils disent tous qu'ils sont mes amis, raconte-t-il, et que justice me sera rendue. Leurs bouches parlent juste, mais alors je ne comprends pas pourquoi rien n'est fait pour mon peuple. (...) Le général Miles a promis que nous pourrions retourner dans notre pays. Je l'ai cru, sinon, *jamais je n'aurais fait ma reddition.* »

Il lança alors un appel passionné pour plus de justice. « J'ai entendu de nombreux discours, mais rien n'est fait. Les bonnes paroles ne durent pas longtemps si elles ne débouchent sur rien. Les mots ne me rendront pas mes frères morts. Ils ne paient pas ma terre, à présent envahie par les Blancs. (...) Les bonnes paroles ne donneront pas aux miens une bonne santé, pas plus qu'elles ne les sauveront de la mort. Les bonnes paroles ne leur donneront pas un foyer où vivre en paix et prendre soin d'eux-mêmes. Je suis las de ces discours qui ne mènent à rien. Mon cœur a mal quand je me souviens de toutes ces belles paroles et de ces promesses brisées. (...) Attendre d'un homme né libre qu'il se satisfasse d'une existence de prisonnier qui ne peut pas aller où il veut, c'est comme demander aux rivières d'inverser leur cours. (...) J'ai voulu que les grands chefs blancs m'expliquent d'où ils tiraient l'autorité qui leur permet d'ordonner à l'Indien de demeurer à tel endroit alors qu'il voit les Blancs aller où bon leur semble. Ils ne peuvent pas me répondre.

« Laissez-moi être un homme libre – libre de me déplacer, de m'arrêter quelque part, de travailler, de faire du commerce où je le désire, libre de choisir mes professeurs, de suivre la religion de mes pères, de penser, parler et agir pour moi-même – et j'obéirai à toutes les lois, faute de quoi j'accepterai d'être condamné[17]. »

Personne ne voulut entendre ces paroles. Joseph fut ramené dans le Territoire Indien, où il demeura jusqu'en 1885. Cette année-là, il ne restait plus que deux cent quatre-vingt-sept Nez-Percés, en majorité trop jeunes pour se souvenir de leur ancienne vie d'Indiens libres, ou trop vieux, trop malades ou trop désespérés pour menacer l'immense puissance américaine. Certains de ces survivants furent autorisés à revenir sur la réserve de leur peuple à Lapwai. Mais Joseph et cent cinquante autres Nez-Percés furent jugés trop dangereux pour être mis avec d'autres membres de la tribu qu'ils risquaient d'influencer. Le gouvernement les expédia donc à Nespelem sur la réserve de Colville dans l'État de Washington, où ils finirent leur vie en exil. Lorsque Joseph s'éteignit le 21 septembre 1904, le médecin de l'agence indiqua dans son rapport qu'il était mort « de chagrin ».

14

L'exode des Cheyennes

1878 : Le 10 janvier, le Sénat passe une résolution pour que soit examinée la question du droit de vote des femmes. Le 4 juin, la Grande-Bretagne s'empare de Chypre, jusque-là sous domination turque. Le 12 juillet, éclate à La Nouvelle-Orléans une épidémie de fièvre jaune qui fera quatre mille cinq cents morts. Le 18 octobre, Edison réussit à diviser le courant électrique, permettant ainsi son utilisation domestique ; le prix du gaz chute à Wall Street. En décembre à Saint-Pétersbourg, des affrontements opposent les étudiants à la police et aux Cosaques. En Autriche, Ferdinand Mannlicher met au point le fusil à répétition. David Hughes invente le microphone. Fondation de la New York Symphony Society. Création de* H.M.S. Pinafore, *de Gilbert et Sullivan**.*

---

* Soutenue par le milliardaire et philanthrope Andrew Carnegie, qui fit construire Carnegie Hall pour l'orchestre, la New York Symphony Society devint plus tard le New York Symphony orchestra, puis le New York Philarmonic (*NdlT*).

** La collaboration entre le librettiste Gilbert (1836-1911) et le compositeur Sullivan (1842-1900) a produit certaines des opérettes les plus célèbres et les plus populaires de Grande-Bretagne, dont *H.M.S. Pinafore, The Pirates of Penzance,* et *The Mikado. H.M.S. Pinafore* (le nom d'un bateau) raconte l'histoire d'un amour contrarié entre la fille d'un capitaine promise à un amiral et un simple marin, histoire qui finira bien grâce à la révélation d'un échange de bébés permettant à chacun et chacune de trouver l'amour en reprenant sa juste place dans l'échelle sociale (*NdlT*).

Nous sommes allés dans le Sud, où nous avons beaucoup souffert. De nombreux Cheyennes sont morts de maladies dont nous ignorons le nom. Nos cœurs cherchaient ce pays où nous sommes nés et le pleuraient. Nous n'étions plus qu'un tout petit nombre, et ne désirions qu'un petit territoire où vivre. Nous avons abandonné nos tipis et nous sommes sauvés dans la nuit. Les troupes sont parties à nos trousses. Je me suis avancé vers les soldats et leur ai dit que nous ne voulions pas nous battre, mais simplement aller vers le nord, et que s'ils nous laissaient tranquilles nous ne tuerions personne. En guise de réponse, ils nous ont tiré dessus. Alors, nous avons dû nous battre tout le long du chemin, mais nous n'avons tué que si on nous tirait dessus en premier. Mon frère, Dull Knife, a pris la moitié de la bande et a fait sa reddition près de Fort Robinson. (...) Ils ont remis leurs armes et les Blancs les ont tous tués.

Ohcumgache (Little Wolf),
Cheyenne du Nord

Tout ce que nous demandons, c'est de pouvoir vivre, et de pouvoir vivre en paix. (...) Nous nous sommes inclinés devant la volonté du Grand Père et rendus dans le Sud. Nous avons vu qu'un Cheyenne ne pouvait pas vivre là-bas. Alors, nous sommes revenus chez nous. Nous nous sommes dit qu'il valait mieux mourir les armes à la main que succomber à la maladie. (…) Vous pouvez me tuer ici, mais vous ne réussirez pas à me faire repartir. Nous restons ici. La seule façon de nous faire aller là-bas est de venir avec des gourdins, de nous assommer et de traîner nos corps jusque dans le Sud.

Tahmelapashme (Dull Knife),
Cheyenne du Nord

Moi qui connais plusieurs tribus indiennes, je considère les Cheyennes comme le plus beau de tous les groupes que je connais dans cette race.

Trois-Doigts (colonel Ranald S. Mackenzie)

En 1877, à la Lune-où-l'herbe-devient-verte, lorsque Crazy Horse vint avec les siens faire sa reddition à Fort Robinson, plusieurs bandes de Cheyennes qui l'avaient rejoint durant l'hiver et représentaient environ un millier d'Indiens l'imitèrent et remirent aux soldats leurs mustangs et leurs armes, se livrant ainsi à leur merci. Leurs chefs s'appelaient Little Wolf, Dull Knife, Standing Elk et Wild Hog, entre autres. Séparés du gros de la tribu après la bataille de la Little Bighorn, trois cent cinquante autres Cheyennes et leur chef Two Moon descendirent la Tongue et rendirent leurs armes au général Miles à Fort Keogh.

Les Cheyennes qui étaient venus à Fort Robinson s'attendaient à vivre sur la réserve avec les Sioux, ainsi que le stipulait le traité de 1868 signé par Dull Knife et Little Wolf. Mais les agents du Bureau des Affaires indiennes les informèrent que ce même traité les contraignait à vivre soit sur la réserve sioux, soit sur le Territoire Indien avec les Cheyennes du Sud, leurs frères de sang. C'était d'ailleurs cette dernière solution que les agents préféraient.

« Nous n'étions pas du tout d'accord, raconta Wooden Leg par la suite. Nous voulions tous rester là où nous étions, dans la région des Black Hills. Mais il y avait un grand chef, Standing Elk, qui répétait tout le temps que ce serait mieux d'aller là-bas. À mon avis, il n'y avait pas plus de dix Cheyennes qui l'approuvaient. Le sentiment général, c'était qu'il parlait de la sorte afin que les Blancs le prennent pour un Indien important[1]. »

Pendant que le gouvernement réfléchissait à ce qu'il allait faire des Cheyennes du Nord, les chefs des Tuniques Bleues de Fort Robinson recrutaient certains des guerriers comme éclaireurs pour les aider à traquer les bandes dispersées un peu partout qui ne s'étaient pas encore résolues à l'inévitable capitulation.

William P. Clark, un lieutenant de cavalerie, persuada Little Wolf et quelques-uns de ses braves de travailler avec lui. Il arborait un chapeau blanc quand il partait en campagne, si bien que les Cheyennes l'avaient baptisé Chapeau-Blanc. Ils ne tardèrent pas à se rendre compte que Chapeau-Blanc aimait sincèrement les Indiens et s'intéressait à leur mode de vie, à leur culture, leur religion, leur langue et leurs coutumes. (Clark publia plus tard un ouvrage d'érudition sur la langue des signes indienne.)

Little Wolf aurait pu rester à Fort Robinson avec Chapeau-Blanc, mais lorsque Washington ordonna que les Cheyennes soient emmenés par voie de terre jusqu'au Territoire Indien, il décida d'accompagner ses frères. Avant le départ, les chefs, inquiets, demandèrent qu'une dernière réunion soit organisée avec Crook. Le général, qui se voulait rassurant, leur conseilla d'aller voir par eux-mêmes le Territoire Indien ; s'ils n'aimaient pas l'endroit, ils pourraient revenir dans le Nord. (Du moins ce fut ainsi que les interprètes traduisirent ses paroles.)

Les Cheyennes auraient voulu que Chapeau-Blanc les accompagne. Mais ce fut le lieutenant Henry W. Lawton que l'on chargea de les escorter, « un brave homme, toujours gentil avec les Indiens », d'après Wooden Leg[2]. Les Indiens furent heureux de voir que Grand-Homme-Blanc, comme ils l'avaient surnommé, autorisait les vieillards et les malades à voyager dans les chariots des soldats durant la journée et à dormir sous les tentes de l'armée. Lawton veilla également à ce que tous aient du pain, de la viande, du café et du sucre en quantités suffisantes.

La caravane resta à l'écart des villes et suivit de vieilles pistes que les Indiens connaissaient bien pour les avoir fréquentées lors de leurs chasses. Les Plaines changeaient. Elles se couvraient de voies de chemin de fer, de clôtures et de bâtiments. Les Cheyennes ayant repéré quelques petits troupeaux de bisons et d'antilopes, Lawton distribua des fusils à trente guerriers choisis par les chefs afin qu'ils puissent chasser.

Des neuf cent soixante-douze Cheyennes partis de Fort Robinson à la Lune-où-les-mustangs-perdent-leurs-poils, neuf cent trente-sept arrivèrent le 5 août 1877 à Fort Reno, sur la réserve cheyenne-arapaho, après un voyage de presque cent nuits. Quelques vieillards avaient péri en route, et des jeunes braves s'étaient enfuis pour retourner dans le Nord.

À Fort Reno, les Cheyennes furent accueillis par Trois-Doigts Mackenzie. Il saisit les quelques armes qu'ils possédaient ainsi que leurs chevaux, qu'il épargna cette fois-ci, promettant que leur agent les leur rendrait une fois qu'ils auraient commencé à cultiver leurs nouvelles terres. Puis il confia les nouveaux arrivés à l'agent John D. Miles.

Un ou deux jours plus tard, les Cheyennes du Sud invitèrent leurs cousins du Nord à une fête tribale d'accueil, ainsi que le voulait la coutume. Ce fut à cette occasion que Little Wolf et Dull Knife se rendirent compte que quelque chose n'allait pas. Le festin se résumait pour ainsi dire à une marmite de soupe très claire ; c'était là tout ce que les Cheyennes du Sud pouvaient offrir à leurs invités. On ne trouvait pas assez à manger sur cette terre stérile – il n'y avait pas de gibier, pas d'eau propre à la consommation, et l'agent n'avait pas assez de rations pour eux. Pour couronner le tout, la chaleur était insupportable, et l'air empli de moustiques et de poussière soulevée par le vent.

Little Wolf alla trouver l'agent pour lui expliquer que lui et son peuple étaient simplement venus voir la réserve, et qu'à présent, comme celle-ci ne leur plaisait pas, ils étaient prêts à retourner dans le Nord, ainsi que Crook le leur avait proposé. Miles répondit que seul le Grand Père pouvait autoriser les Cheyennes du Nord à retourner dans les Black Hills. Il promit davantage de nourriture ; un troupeau de bœufs en provenance du Texas arrivait.

Certes, les bêtes étaient maigres et leur chair aussi dure que leur cuir, mais au moins les Cheyennes pouvaient-ils à présent faire une soupe un peu plus consistante. Mais à la fin de l'été, une maladie se manifestant par des frissons, une forte fièvre et des douleurs osseuses fit son apparition. « Nos frères sont morts, les uns après les autres, et ont quitté ce monde[3]. »

Little Wolf et Dull Knife se plaignirent à l'agent et au commandant de Fort Reno. Finalement, l'armée dépêcha sur place le lieutenant Lawton, Grand-Homme-Blanc, afin qu'il inspecte le campement des Cheyennes du Nord. « Ils n'ont pas assez de vivres pour manger à leur faim, expliqua ce dernier dans son rapport. Beaucoup de leurs enfants et de leurs femmes sont malades à cause du manque de nourriture. Je les ai vus refuser ce qu'on leur donnait parce qu'ils voulaient le garder pour leurs enfants, qui pleuraient de faim. (...) La viande qu'on leur a distribuée sous mes yeux était de très mauvaise qualité, invendable quel que soit l'usage qu'on veuille en faire[4]. »

Lawton convoqua les chefs, non pour leur dire quelque chose mais pour les écouter. « Nous sommes venus parce que le général Crook nous avait donné sa parole, déclara Dull Knife. Nous sommes encore des étrangers ici. Nous souhaitons nous installer là où nous sommes et y vivre de manière permanente. Alors, nous enverrons nos enfants à l'école. »

Ce discours était bien trop tiède aux yeux des autres chefs, qui manifestèrent leur désaccord. Après s'être consultés quelques instants, ils choisirent comme porte-parole Wild Hog.

« Depuis notre arrivée sur cette agence, déclara celui-ci, nous n'avons obtenu de l'agent ni maïs, ni pain, ni riz, ni haricots secs, ni sel. De temps en temps, on nous donne de la levure et du savon. Nos rations de sucre et de café ne durent que trois jours, alors qu'elles sont prévues pour sept. En ce qui concerne la viande, c'est à peu près la même chose. La farine est très noire et de très mauvaise qualité et nous n'arrivons pas à la faire lever. Quant au troupeau de bœufs, ajouta Wild Hog, beaucoup de bêtes boitent et ont l'air de ne pas avoir été nourries depuis longtemps. »

D'autres chefs prirent la parole. Ils évoquèrent la maladie et la mort de leurs frères. Les Cheyennes avaient accepté d'utiliser la médecine de l'homme blanc, mais ne trouvaient aucun docteur qui veuille bien leur donner des traitements. Si Grand-Homme-Blanc les autorisait à chasser, ils pourraient au moins rapporter de la viande de bison qui permettrait aux malades de reprendre un peu de forces.

Lawton répondit que seul leur agent avait ce pouvoir, mais promit de demander à Mackenzie, le commandant de Fort Sill, d'intercéder en leur faveur.

Mackenzie, dont l'essentiel de la carrière avait consisté à massacrer les Cheyennes et leurs chevaux, pouvait bien témoigner de la compassion aux survivants de la tribu, maintenant qu'ils ne représentaient plus de danger. Une fois qu'il eut reçu le rapport du lieutenant Lawton, il protesta vigoureusement auprès du général Sheridan. « On voudrait que j'obtienne la paix de la part d'Indiens que le gouvernement affame – qui plus est, en complète violation des accords passés. » Dans le même temps, il conseilla au commandant de Fort Reno, le chef d'escadron John K. Mizner, d'aider l'agent à obtenir des rations supplémentaires pour les Cheyennes. « Si, poussés par la faim, les Indiens se sauvent pour aller chasser le bison, n'essayez pas de les forcer à revenir à la réserve, car alors les troupes seraient amenées à participer à une grande injustice[5]. »

Lorsque arrivèrent les lunes froides, Miles, l'agent, accorda enfin aux Indiens la permission d'aller chasser le bison, tout en chargeant certains des Cheyennes du Sud d'espionner leurs cousins afin de s'assurer qu'ils ne se sauvaient pas grâce aux chevaux qu'il leur avait rendus. La chasse fut si médiocre qu'elle serait devenue un objet de plaisanterie si la viande ne manquait pas autant. Dans les Plaines du Sud, les Indiens découvrirent de macabres amoncellements d'os de bisons laissés sur place par les chasseurs blancs. Pour tout gibier, ils ne trouvèrent que quelques coyotes, qu'ils tuèrent et dévorèrent. Vers la fin de l'hiver, ils durent même manger leurs chiens pour compléter les maigres rations distribuées par l'agent. Certains voulurent abattre les chevaux, mais les chefs s'y opposèrent fermement. Si la tribu décidait de retourner dans le Nord, ils auraient besoin de toutes les montures qu'ils pourraient trouver.

Pendant ce temps, Trois-Doigts et Grand-Homme-Blanc essayaient d'obtenir plus de nourriture pour les Cheyennes, sans aucune réponse de Washington. Devant leur insistance, Carl Schurz, le nouveau Secrétaire à l'Intérieur, finit par leur expliquer que « de tels détails, par leur nature même, ne peuvent pas être connus du Secrétaire. Ils relèvent du Bureau aux Affaires indiennes ». Or, lui-même avait été nommé dans le but précis de réformer le Bureau. Il déclara que le mécontentement des Cheyennes du Nord était dû à quelques chefs qui voulaient « maintenir les vieilles traditions et empêcher les autres Indiens de travailler ». S'il reconnaissait que les crédits n'étaient pas suffisants pour acheter de la nourriture dans les quantités prévues par le traité, il formula le souhait de voir le Bureau des Affaires indiennes finir l'année avec un déficit réduit, grâce à « une gestion rigoureuse » et à « une réduction des dépenses ». (Les chefs venus du Territoire Indien qui rencontrèrent Schurz à Washington se rendirent compte avec ébahissement qu'il ignorait pratiquement tout des Indiens. Ils le baptisèrent Mah-hah Ich-hon, Gros-Yeux, et s'étonnèrent qu'un homme pourvu d'organes de la vision aussi démesurés sache si peu de choses[6].)

Avec l'arrivée des lunes chaudes, les moustiques commencèrent à envahir la réserve. Fièvres et frissons refirent leurs apparitions chez les Cheyennes du Nord. Comme si ces maux ne suffisaient pas, une épidémie de rougeole frappa les enfants. À la Lune-des-cerises-rouges, les cérémonies funéraires étaient devenues si nombreuses que Little Wolf décida d'aller affronter Miles avec les autres chefs. Dull Knife et lui se faisaient vieux – ils avaient vécu tous les deux plus d'un demi-siècle – et savaient que leur propre sort n'avait que peu d'importance. Mais il était de leur devoir de sauver les jeunes et la tribu elle-même de l'extinction pure et simple.

Miles accepta de les rencontrer. Little Wolf prit la parole au nom de la tribu. « Depuis que nous sommes ici, nous mourons chaque jour un peu plus, déclara-t-il. Ce pays n'est pas bon pour nous. Nous voulons rentrer chez nous dans les montagnes. Si tu n'as pas le pouvoir de nous y autoriser, alors laisse-nous aller voir les gens de Washington pour leur expliquer ce qui se passe ici, ou bien demande-leur pour nous la permission de retourner dans le Nord.

– Cela m'est impossible tout de suite, répondit l'agent. Attendez ici un an. Après, nous verrons ce que nous pouvons faire pour vous.

– Non, fit Little Wolf d'un ton ferme. Nous ne pouvons pas rester une année de plus. C'est maintenant que nous voulons partir. D'ici un an, nous serons peut-être tous morts, et il ne restera plus personne pour rentrer. »

Certains des jeunes braves demandèrent la permission de s'exprimer. « Ici, nous sommes malades, mourants, dit l'un d'eux, et personne ne dira nos noms quand nous serons partis.

– Nous irons dans le Nord, quels que soient les risques, ajouta un autre, et si nous mourons au combat, nos frères se souviendront tous de nos noms et les chériront[7]. »

Au cours du mois d'août, une réunion entre chefs mit en évidence des dissensions au sein de la tribu. Craignant d'être poursuivis et tués par les Blancs, Standing Elk, Turkey Leg et quelques autres refusaient de rentrer dans le Nord. À leurs yeux, mieux valait mourir sur la réserve. Quant à Little Wolf, Dull Knife, Wild Hog et Left Hand, ils allèrent début septembre s'installer avec leurs bandes quelques kilomètres à l'écart des autres, afin d'être prêts à lever rapidement le camp le moment venu. Grâce au troc, ils obtinrent des mustangs et quelques vieux fusils dont les Cheyennes du Sud et les Arapahos consentaient à se séparer. Ils se dépouillèrent même d'objets auxquels ils tenaient tout particulièrement. Mais ils n'essayèrent pas de tromper l'agent, bien au contraire. Lorsque Little Wolf prit la décision de retourner dans le Nord à la Lune-où-l'herbe-sèche, il alla trouver Miles pour l'en informer. « Je ne veux pas que le sang coule sur cette réserve. Si tu as l'intention d'envoyer tes soldats à mes trousses, laisse-moi m'éloigner. Alors, si tu veux te battre, je t'attendrai plus loin, et nous pourrons faire couler des rivières de sang. »

Visiblement, Miles ne voulut pas croire que les chefs dissidents se lanceraient dans un voyage aussi périlleux. Ils savaient tout comme lui que l'armée les arrêterait. L'agent prit tout de même la précaution d'envoyer Edmond Guerrier (le métis qui avait survécu au massacre de Sand Creek en 1864) au campement de Little Wolf afin d'avertir celui-ci.

« Si vous partez, dit Guerrier à Little Wolf, vous vous exposez à de sérieux ennuis.

– Nous ne cherchons pas les ennuis, répondit le chef, loin de là. Tout ce que nous voulons, c'est rentrer à l'endroit d'où nous venons[8]. »

Au cours de la nuit du 9 septembre, Little Wolf et Dull Knife ordonnèrent aux leurs de rassembler leurs affaires et de se tenir prêts à partir dès l'aube. Laissant derrière eux leurs tipis vides, ils prirent la direction du nord en traversant des zones sablonneuses. Ils étaient deux cent quatre-vingt-dix-sept, dont moins d'un tiers de guerriers – les plus braves d'une tribu fière et vouée à disparaître. Comme il n'y avait pas assez de chevaux pour tous, ils marchèrent à tour de rôle. Quelques jeunes hommes étaient partis en avant afin de capturer des mustangs – s'ils en trouvaient.

À l'époque où ils étaient des milliers, les Cheyennes possédaient plus de chevaux que n'importe quelle autre tribu des Plaines. Eux qu'on appelait le « Beau Peuple » se retrouvaient à présent harcelés par le sort aussi bien dans le Nord que dans le Sud. Après vingt ans de massacres, ils étaient, plus encore que le bison, au bord de l'extinction.

Comme poussés par une volonté commune, les Cheyennes de Little Wolf et de Dull Knife voyagèrent trois jours durant, en ne se ménageant pas plus qu'ils ne ménageaient leurs chevaux. Le 13 septembre, ils traversèrent la Cimarron River à deux cent cinquante kilomètres au nord de Fort Reno et choisirent une position défensive à la jonction de quatre canyons. Des bosquets de cèdres offraient aux guerriers une excellente couverture.

Ce fut là que les soldats les rattrapèrent. Ils envoyèrent un éclaireur arapaho afin de négocier avec eux. Avec sa couverture, l'homme fit des signes avertissant les Cheyennes qu'ils devaient faire demi-tour et rentrer sur la réserve. Little Wolf se montra. L'éclaireur s'approcha et lui dit que le chef soldat ne cherchait pas le combat, mais que s'ils ne le suivaient pas à Fort Reno, ils seraient attaqués.

« Nous allons dans le Nord, répliqua Little Wolf, puisque quand nous avons accepté de nous installer sur la réserve, on nous a donné l'assurance que c'était possible. Nous avons l'intention de poursuivre notre chemin paisiblement, si possible, sans blesser personne ni détruire les biens des Blancs tant qu'on ne nous attaquera pas en premier. Si les soldats nous agressent, nous réagirons, et si des Blancs qui ne seraient pas des soldats les aident contre nous, nous les combattrons eux aussi[9]. »

L'éclaireur arapaho rapporta au capitaine Joseph Rendlebrock la réponse de Little Wolf. Peu après, les soldats s'enfoncèrent dans les canyons et se mirent à tirer. C'était la chose à ne pas faire. En effet, ils se retrouvèrent cernés par les Cheyennes qui s'étaient cachés dans les fourrés, et passèrent un jour et une nuit coincés au fond des canyons sans une goutte d'eau. Le lendemain matin, les Indiens filèrent vers le nord par petits groupes tandis que les soldats battaient en retraite.

S'engagea alors une course-poursuite à travers le Kansas et jusqu'au Nebraska. Les soldats arrivèrent en masse de tous les forts – les cavaliers de Wallace, Hays, Dodge, Riley et Kearney, tandis que les troupes d'infanterie étaient amenées sur place par les trains qui empruntaient les trois voies de chemin de fer parallèles entre la Cimarron et la Platte. Pour pouvoir se déplacer rapidement, les Cheyennes échangèrent leurs montures épuisées contre des chevaux volés à des Blancs. Ils tentèrent bien d'éviter les combats, mais les ranchers, les cow-boys, les fermiers, et même les commerçants des petites villes participèrent à la traque. Dix mille soldats et trois mille civils les harcelèrent ainsi sans relâche, clairsemant leurs rangs et ramassant les vieillards et les enfants qui n'arrivaient plus à suivre. Au cours des deux dernières semaines de septembre, les fugitifs furent rattrapés à cinq reprises par les soldats, mais parvinrent chaque fois à fuir. En restant sur des terrains accidentés, ils rendirent impossible l'utilisation de chariots ou de ces gros fusils montés sur roues. Mais à peine avaient-ils échappé à une colonne de Tuniques Bleues qu'une autre prenait le relais.

Au début de la Lune-où-les-feuilles-tombent, après avoir traversé les voies de l'Union Pacific Railroad et franchi la Platte à gué, ils se dirigèrent en pressant l'allure vers les terres sablonneuses du Nebraska, qu'ils connaissaient bien. Crook envoya plusieurs colonnes à leur poursuite, tout en reconnaissant que « les prendre serait aussi difficile que d'attraper un vol de corbeaux paniqués[10] ».

À présent, le givre recouvrait l'herbe jaunie le matin, mais pour les Cheyennes, l'air frais était une bénédiction après ce long été étouffant dans le Territoire Indien. Au bout de six semaines de fuite, leurs vêtements et leurs couvertures étaient en lambeaux, la nourriture manquait et il restait si peu de chevaux que les hommes devaient aller à pied à tour de rôle.

Une nuit, au campement, les chefs firent un bilan. Le groupe qui s'était sauvé du Territoire Indien comptait trente-quatre personnes de moins. Certaines s'étaient éparpillées pendant les combats et suivaient d'autres pistes vers le nord, mais la plupart avaient péri sous les balles des Blancs. Les vieillards s'étaient affaiblis, les enfants souffraient du manque de nourriture et de sommeil, et étaient pour la plupart hors d'état de poursuivre le voyage bien longtemps. De l'avis de Dull Knife, il fallait aller à l'agence de Red Cloud pour demander au chef oglala de la nourriture et un abri à l'approche des lunes froides. La tribu lui avait souvent prêté main-forte à l'époque où il se battait pour la vallée de la Powder. À présent, son tour était venu d'aider les Cheyennes.

Little Wolf accueillit la suggestion avec mépris. Il avait l'intention de retourner au pays cheyenne, dans la vallée de la Tongue, là où ses frères et lui pourraient trouver de la viande et des peaux en abondance et vivre de nouveau comme de vrais Cheyennes.

Finalement, les chefs trouvèrent un arrangement. Ceux qui désiraient aller dans la vallée de la Tongue n'avaient qu'à suivre Little Wolf, tandis que ceux qui ne se sentaient plus la force de voyager suivraient Dull Knife jusqu'à l'agence de Red Cloud. Le lendemain matin, cinquante-trois hommes, quarante-trois femmes et trente-huit enfants prirent la direction du nord avec Little Wolf tandis que cent cinquante personnes, dont quelques guerriers, mais surtout des vieillards, des enfants et des blessés se dirigeaient avec Dull Knife vers le nord-ouest. Après quelques discussions, Wild Hog et Left Hand partirent eux aussi avec ce second groupe, afin de rester avec leurs enfants, les dernières jeunes pousses du « Beau Peuple ».

Le 23 octobre, alors que Dull Knife et ses compagnons ne se trouvaient qu'à deux nuits de Fort Robinson, une tempête de neige les surprit à découvert. Les lourds flocons les aveuglèrent, blanchirent les robes de leurs chevaux, et ralentirent leur progression. Tout d'un coup, tels des fantômes, une troupe de cavaliers émergea du blizzard. Les Cheyennes étaient encerclés.

Le chef des soldats, le capitaine John B. Johnson, envoya un interprète. Vite, on convint de pourparlers. Dull Knife expliqua au capitaine qu'il ne cherchait pas les ennuis et voulait juste retrouver Red Cloud ou Spotted Tail afin que les siens puissent manger et s'abriter.

Red Cloud et Spotted Tail étaient certainement partis plus au nord, dans le Dakota, répondit Johnson. Il n'y avait plus de réserve dans le Nebraska, mais Fort Robinson n'avait pas encore été fermé. C'est là que les soldats les emmèneraient.

La nuit tomba rapidement. Les soldats établirent leur campement le long d'un ruisseau en laissant les Cheyennes sous bonne garde. Au cours de la nuit, les chefs exprimèrent leurs inquiétudes. Qu'est-ce que les soldats allaient faire d'eux ? Ils décidèrent que si jamais on leur demandait de remettre leurs armes, ils ne donneraient que celles qui étaient en mauvais état. Quant à leurs meilleurs fusils et pistolets, ils passèrent la nuit à les démonter. Cela fait, ils confièrent les canons aux femmes pour qu'elles les cachent sous leurs vêtements et accrochèrent ressorts, percuteurs, culasses, cartouches et autres petites pièces à des perles et des mocassins pour faire croire qu'il s'agissait d'éléments décoratifs. Le lendemain, comme il fallait s'y attendre, le capitaine Johnson ordonna à ses hommes de désarmer les Cheyennes. Les Indiens déposèrent alors leurs fusils et leurs pistolets endommagés, ainsi que leurs arcs et leurs flèches sur une petite pile, et le capitaine autorisa ses hommes à les emporter en souvenirs.

Le 25 octobre, les Indiens arrivèrent à Fort Robinson, où on leur attribua un bâtiment de rondins construit pour une compagnie de soixante-quinze soldats. Certes, à cent cinquante, les Cheyennes se retrouvèrent un peu à l'étroit, mais ils étaient contents d'être à l'abri. Les soldats leur donnèrent des couvertures, de la nourriture et des médicaments en abondance. Dans les regards des gardes chargés de surveiller l'endroit se lisaient amitié et admiration.

Dull Knife harcela tous les jours le chef d'escadron Caleb Carlton, le commandant du fort, pour savoir quand ils pourraient rejoindre Red Cloud. Carlton lui répondit qu'il leur faudrait attendre les ordres de Washington. En signe de sympathie, il autorisa les guerriers cheyennes à partir à la chasse par petits groupes, allant jusqu'à leur prêter des fusils et des chevaux. Les Indiens trouvèrent peu de gibier. Maintenant que tous les tipis avaient disparu, la prairie autour de Fort Robinson était vide et désolée. Les Indiens apprécièrent malgré tout de pouvoir s'échapper du fort sans crainte, ne serait-ce que pour un jour de temps en temps.

Au début de la Lune-où-les-loups-courent-en-meute, leur ami Carlton quitta le fort et fut remplacé par le capitaine Henry W. Wessells. Les Cheyennes entendirent les soldats l'appeler le Hollandais Volant ; on le voyait partout dans le fort, les yeux aux aguets, espionnant les Indiens, entrant dans leur bâtiment sans s'annoncer, fourrant son nez partout. Ce fut durant cette lune – décembre comme l'appelaient les Blancs – que Red Cloud descendit du Dakota pour tenir conseil avec les Cheyennes.

« Nos cœurs ont mal pour vous, déclara-t-il. Beaucoup de vos morts étaient de notre sang. À cause de cela, nos cœurs sont devenus mauvais. Mais que pouvons-nous faire ? Le Grand Père est tout-puissant. Son peuple a envahi la terre entière. Nous devons faire ce qu'il dit. Nous l'avons supplié de vous autoriser à venir vivre parmi nous. Nous espérons qu'il acceptera. Ce que nous avons, nous le partagerons avec vous. Mais n'oubliez pas, ce qu'il ordonne, vous devez le faire. Nous ne pouvons pas vous aider. La neige est épaisse sur les collines. Nos chevaux sont maigres. Le gibier est rare. Vous ne pouvez pas résister, pas plus que nous d'ailleurs. Alors, écoutez votre vieil ami et faites sans maugréer ce que le Grand Père vous dit. »

Ainsi, en prenant de l'âge, Red Cloud était devenu d'une prudence de vieillard. D'après ce qu'avait appris Dull Knife, il était comme un prisonnier sur sa propre réserve dans le Dakota. Le chef cheyenne se leva et contempla d'un air triste le visage ridé de son vieux frère oglala. « Nous savons que tu es de nos amis, et nous te croyons. Nous te remercions de nous proposer de partager tes terres. Nous espérons que le Grand Père nous laissera venir chez toi. Tout ce que nous demandons, c'est de pouvoir vivre, et de pouvoir vivre en paix. Je ne cherche pas à faire la guerre contre qui que ce soit. Je suis un vieil homme, je ne suis plus un guerrier. Nous nous sommes inclinés devant la volonté du Grand Père et rendus tout là-bas dans le Sud, comme il nous l'avait dit. Mais nous avons vu qu'un Cheyenne ne pouvait pas vivre là-bas. Des maladies ont semé la mort dans tous nos tipis. Les promesses faites dans le traité n'ont pas été tenues. Nos rations ne suffisaient pas. Ceux parmi nous qui n'étaient pas épuisés par les maladies dépérissaient de faim. Rester aurait signifié notre mort à tous. Nous avons supplié le Grand Père, en vain. Nous nous sommes dit qu'il valait mieux mourir en combattant pour récupérer nos terres que succomber à la maladie. Alors, nous nous sommes mis en marche. La suite, tu la connais. »

Dull Knife se tourna alors vers le capitaine Wessells. « Dis au Grand Père que Dull Knife et son peuple veulent seulement finir leurs jours ici sur leurs terres natales du Nord. Dis-lui que nous ne voulons plus la guerre. Nous ne pouvons pas vivre dans le Sud. Il n'y a pas de gibier là-bas. Ici, quand les rations ne suffisent pas, nous pouvons chasser. Dis-lui que s'il nous autorise à vivre ici, le peuple de Dull Knife ne fera de mal à personne. Dis-lui que s'il tente de nous renvoyer dans le Sud, nous nous massacrerons avec nos propres couteaux[11]. »

Wessells répondit en balbutiant qu'il s'engageait à faire part au Grand Père de ce que Dull Knife avait dit.

Le 3 janvier 1879, c'est-à-dire moins d'un mois plus tard, Wessells reçut un message du Département de la Guerre. Le général Sheridan et Gros-Yeux Schurz avaient pris leur décision concernant les Cheyennes de Dull Knife. « S'ils ne sont pas renvoyés là d'où ils viennent, déclarait Sheridan, c'est tout le système des réserves qui verra sa stabilité menacée. » Schurz abonda dans le même sens : « Il faut ramener les Indiens sur leur réserve[12]. »

Comme c'était l'usage dans le Département de la Guerre, l'ordre devait être exécuté immédiatement, quel que soit le moment de l'année. Or, nous étions à la Lune-où-la-neige-rentre-dans-les-tipis, la saison des grands froids et des tempêtes de neige.

« Le Grand Père veut-il donc notre mort ? demanda Dull Knife au capitaine Wessells. Si tel est le cas, nous mourrons ici même. Nous ne retournerons pas là-bas[13] ! »

Wessells répondit qu'il donnait aux Cheyennes cinq jours pour changer d'avis, durant lesquels ils devraient rester enfermés dans leur bâtiment, sans nourriture ni bois pour faire fonctionner le poêle.

Ainsi, les Cheyennes passèrent cinq jours blottis les uns contre les autres, les mains et le visage gelés, buvant la neige grattée sur le rebord des fenêtres, sans rien d'autre à manger que les maigres restes des repas précédents.

Le 9 janvier, Wessells convoqua Dull Knife et les autres chefs à son quartier général. Dull Knife refusa d'y aller, mais Wild Hog, Crow et Left Hand suivirent les soldats. Au bout de quelques minutes, Left Hand revint en courant, les poings menottés, poursuivis par des soldats. Avant d'être réduit au silence, il informa les prisonniers de ce qui s'était passé en criant pour être entendu. Wild Hog avait dit au capitaine que pas un Cheyenne ne retournerait dans le Sud, et Wessells avait ordonné qu'il soit mis aux fers. Wild Hog avait alors tenté de s'échapper en tuant des soldats, mais avait été maîtrisé.

Au bout d'un moment, Wessells vint parler aux prisonniers à travers les fenêtres. « Laissez sortir les femmes et les enfants, ordonna-t-il, pour que leurs souffrances cessent.

– Nous préférons mourir ici tous ensemble plutôt que d'être renvoyés dans le Sud », répondirent-ils[14].

Wessells s'en alla. Alors, des soldats vinrent poser des chaînes et des barres de fer aux portes du bâtiment. La nuit tomba. La lumière de la lune sur la neige illuminait tout comme en plein jour. Les lames des baïonnettes des six gardes qui faisaient les cent pas, engoncés dans leurs manteaux à capuche, étincelaient.

À l'intérieur, l'un des guerriers déplaça le poêle et souleva une lame de plancher. Dessous, se trouvaient cinq canons de fusils dissimulés à cet endroit dès le premier jour. Les Indiens récupérèrent les cartouches et les pièces d'armes qu'ils avaient cachées sur eux. Ils eurent vite fait de remonter leurs fusils et pistolets. Les jeunes braves peignirent leurs visages et revêtirent leurs plus belles tenues, tandis que les femmes entassaient des selles et des ballots sous chaque fenêtre afin que tout le monde puisse sortir d'un bond. Puis les guerriers qui visaient le mieux se postèrent près des ouvertures, chacun choisissant comme cible l'un des gardes.

À 21 h 45 retentirent les premiers coups de feu. Au même instant, les Cheyennes défoncèrent les fenêtres et s'échappèrent tous ensemble. Ils s'emparèrent des fusils des gardes morts ou blessés et se ruèrent vers les rochers situés au-delà des limites du fort. Ils avaient dix minutes d'avance lorsque les cavaliers, certains en caleçons longs, se lancèrent à leur poursuite. Les guerriers formèrent une ligne défensive pour donner le temps aux femmes et aux enfants de traverser un ruisseau. Comme ils n'avaient que peu d'armes, ils reculaient dès qu'ils avaient tiré. Les soldats, de plus en plus nombreux, se déployèrent en éventail, faisant feu sur les Indiens, dont les silhouettes se détachaient sur la neige. Au cours de la première heure des combats, la moitié des guerriers périrent. Alors, les soldats rattrapèrent les femmes et les enfants et en tuèrent un grand nombre sans même leur donner le temps de se rendre. Parmi les victimes figurait la propre fille de Dull Knife.

Quand le jour se leva, les soldats ramenèrent soixante-cinq Cheyennes, dont vingt-trois blessés, à Fort Robinson. Seuls trente-huit des fuyards leur avaient échappé, dont trente-deux se dirigeaient vers le nord, poursuivis par quatre compagnies de cavalerie et une batterie d'obusiers de montagne. Les six autres se cachaient parmi les rochers à quelques kilomètres seulement du fort. Dull Knife était du nombre, accompagné de sa femme et du fils qu'il lui restait, de sa belle-fille et de son petit-fils, ainsi que d'un garçon qui s'appelait Red Bird.

Les Tuniques Bleues traquèrent les trente-deux fugitifs pendant plusieurs jours, avant de les piéger près de Hat Creek Bluffs, dans un étang bourbeux et profond. Les soldats chargèrent jusqu'aux abords de l'étang, tirèrent dans l'eau, rechargèrent leurs carabines et recommencèrent l'opération jusqu'à ce que les Indiens ne puissent plus faire feu sur eux. Il n'y avait plus que neuf survivants, pour la plupart des femmes et des enfants.

Fin janvier, Dull Knife et ses compagnons, qui avaient voyagé uniquement de nuit, arrivèrent à Pine Ridge, plus au nord. Là, ils furent parqués sur la réserve de Red Cloud.

Quant à Little Wolf et son groupe, ils passèrent l'hiver dans des cavités creusées dans les berges gelées du Lost Chokecherry Creek, l'un des affluents de la Niobrara River. À la Lune-des-yeux-douloureux, le temps se réchauffant légèrement, ils firent route vers le nord et la vallée de la Tongue. Au bord du Box Elder Creek, ils rencontrèrent Two Moon et cinq autres Cheyennes du Nord qui travaillaient comme éclaireurs pour les Tuniques Bleues de Fort Keogh.

Two Moon raconta à Little Wolf que Clark était à sa recherche et voulait tenir un conseil avec lui. Le chef cheyenne répondit qu'il serait ravi de retrouver son vieil ami Chapeau-Blanc. Les deux hommes se rencontrèrent à environ huit cents mètres du campement cheyenne. Le lieutenant Clark se désarma afin de montrer qu'il était sûr de leurs liens d'amitié. Il expliqua qu'il avait ordre d'amener les Cheyennes à Fort Keogh, où certains de leurs parents étaient venus faire leur reddition et s'étaient installés, et ajouta qu'en échange de la paix, les Indiens devraient renoncer à leurs chevaux et à leurs armes. Ils pourraient garder les premiers jusqu'à leur arrivée à Fort Keogh, mais devaient remettre tout de suite fusils et pistolets.

« Depuis la dernière fois où je t'ai vu à l'agence de Red Cloud, répondit Little Wolf, nous sommes allés dans le Sud, où nous avons beaucoup souffert. (...) Mon frère Dull Knife a pris la moitié de notre bande et a fait sa reddition près de Fort Robinson. Il pensait que tu y étais encore et que tu chercherais à le voir. Ils ont rendu les armes, et alors les Blancs les ont tous tués. Tant que je suis dans la prairie, j'ai besoin de mes armes. Lorsque j'arriverai à Keogh, je te les donnerai, ainsi que les chevaux, mais pas maintenant. Tu es le seul qui a souhaité discuter avant de te battre, et on dirait bien que le vent, qui fait palpiter nos cœurs depuis si longtemps, est en train de se calmer[15]. »

Bien sûr, Little Wolf finit par remettre ses armes, mais il ne s'y résolut qu'une fois convaincu que Chapeau-Blanc ne laisserait pas les soldats massacrer son peuple. Les Indiens allèrent à Fort Keogh, où la plupart des jeunes braves s'enrôlèrent comme éclaireurs. « Pendant longtemps, nous n'avons pas fait grand-chose, à part nous entraîner aux manœuvres et couper du bois, racontera Wooden Leg par la suite. J'ai appris à boire du whisky à Fort Keogh. (...) J'ai dépensé presque toute ma paye dans l'alcool[16]. » L'ennui et le désespoir poussèrent les Cheyennes à boire. Ainsi s'enrichirent les marchands blancs. Ainsi furent détruits les derniers chefs de la tribu, parmi lesquels Little Wolf.

Au bout de plusieurs mois de retard à cause de la bureaucratie de Washington, les veuves, les enfants et les derniers guerriers qui se trouvaient à Fort Robinson furent transférés à l'agence de Red Cloud à Pine Ridge, où ils retrouvèrent Dull Knife. Enfin, après une longue attente de plusieurs mois, une réserve dans la vallée de la Tongue fut attribuée aux Cheyennes de Fort Keogh, que Dull Knife et le reste de la tribu furent autorisés à rejoindre.

Pour la plupart des Cheyennes, c'était trop tard. Ils n'avaient plus de forces. Depuis le massacre de Sand Creek, la mort avait rôdé autour du « Beau Peuple ». Ce qui restait de la tribu s'était envolé dans le vent. « Nous irons dans le Nord, quels que soient les risques, avait déclaré un jeune guerrier, et si nous mourons au combat, nos frères se souviendront tous de nos noms et les chériront. » Mais il ne resterait bientôt plus personne pour se soucier d'entretenir leur souvenir, plus personne pour dire leur nom maintenant qu'ils n'étaient plus.

15

Comment Standing Bear devint une personne

1879 : Le 11 janvier, la guerre des Boers éclate en Afrique du Sud. Le 17 février, à Saint-Pétersbourg en Russie, des nihilistes tentent d'assassiner le tsar Alexandre II. Le 21 octobre, Edison fait la démonstration de la première ampoule à incandescence. Publication de Progress and Poverty, *d'Henry George**. *Première représentation de* La Maison de poupée, *d'Henrik Ibsen.*

* Henry George (1839-1897), économiste politique américain de premier plan (*NdlT*).

Vous nous avez chassés de l'Est, et je vis ici depuis deux mille ans au moins. (…) Mes amis, si vous m'arrachiez de cette terre, je ne le supporterais pas. Je veux reposer ici, vieillir ici. (…) Je n'ai jamais eu l'intention de donner ne serait-ce qu'une parcelle de cette terre au Grand Père. Même s'il m'offrait un million de dollars en échange, je refuserais. (…)

Quand on veut abattre le bétail, on le rassemble dans un corral, et alors on le tue. C'est ce qu'on a fait avec nous. (…) Mes enfants ont été exterminés ; mon frère a été tué.

Standing Bear, de la tribu des Poncas

Les soldats sont arrivés à l'entrée du village et nous ont fait traverser la Niobrara River de force, exactement comme si nous étions un troupeau de chevaux. Ils nous ont poussés jusqu'à la Platte. Ils nous ont poussés devant eux exactement comme si nous étions un troupeau. J'ai dit : « S'il le faut, j'irai là-bas. Que les soldats s'en aillent, nos femmes ont peur d'eux. » Ainsi, je suis arrivé au pays où il fait chaud [le Territoire Indien]. La terre là-bas était mauvaise, et nos frères sont morts les uns après les autres, alors nous avons dit : « Qui donc aura pitié de nous ? » Et nos bêtes sont mortes. Oh, comme il faisait chaud ! « Ce pays en vérité est malsain, et nous risquons d'y mourir. Nous espérons que le Grand Père nous ramènera chez nous. » Voilà ce que nous avons dit. Cent de nos frères ont péri là-bas.

White Eagle, de la tribu des Poncas

En 1804, Lewis et Clark arrivèrent au confluent de la Niobrara River et du Missouri, où ils rencontrèrent les Poncas, une tribu d'Indiens amicaux. Ces survivants d'une terrible épidémie de variole introduite par l'homme blanc n'étaient alors plus que deux ou trois cents. Un demi-siècle plus tard, leur tribu vigoureuse comptait un millier de membres et son désir d'échanges amicaux et commerciaux avec les Blancs était intact. Contrairement à la plupart des Indiens des Plaines, les Poncas cultivaient le maïs et des légumes potagers. Leur prospérité et leurs immenses troupeaux de chevaux attisaient la convoitise des Sioux, dont ils devaient fréquemment repousser les attaques.

En 1858, l'année où les représentants du gouvernement parcouraient les territoires de l'Ouest afin d'établir des frontières entre les différentes tribus, les Poncas abandonnèrent certaines de leurs terres en échange de la garantie d'être protégés, eux et leurs biens, et de pouvoir rester dans la vallée de la Niobrara. Mais dix ans plus tard, au cours de négociations avec les Sioux, les terres poncas furent, à la suite d'une erreur bureaucratique, incluses par traité dans le territoire attribué aux Sioux.

Les Poncas eurent beau protester à maintes reprises auprès du gouvernement, rien ne fut fait. Des bandes de jeunes Sioux indisciplinés menacèrent de les chasser d'un territoire qu'ils considéraient à présent comme le leur et exigèrent des chevaux comme tribut. « Pendant les sept années qui suivirent le traité, devait expliquer plus tard Peter Le Claire, un membre de la tribu, les Poncas durent faire comme les Pères Pèlerins de la Nouvelle-Angleterre : (...) cultiver leurs champs la houe dans une main et le fusil dans l'autre[1]. »

Enfin, le Congrès reconnut que les États-Unis étaient tenus en vertu du traité de « protéger » les Poncas. Mais au lieu de rendre ses terres à la tribu, il lui attribua une petite somme d'argent « afin de l'indemniser pour les pertes entraînées par les vols et les meurtres commis par les Sioux[2] ». Puis, en 1876, après la défaite de Custer, il décida d'inclure les Poncas dans la liste des tribus du Nord devant être exilées dans le Territoire Indien. Bien entendu, ils n'avaient rien à voir avec la bataille de la Little Bighorn, pas plus qu'ils n'avaient fait la guerre aux États-Unis. Pourtant, quelqu'un à Washington fit en sorte que le Congrès alloue la somme de vingt-cinq mille dollars « au déplacement des Poncas jusqu'au Territoire Indien, et à leur installation là-bas, avec le consentement de ladite tribu ». Ces derniers mots furent, comme par hasard, oubliés, de même que les dispositions du traité interdisant aux Blancs de s'installer sur les terres poncas ; cela faisait dix ans que les colons blancs les grignotaient et louchaient sur les riches plaines alluviales où poussaient le plus beau maïs indien de toutes les Plaines.

Les Poncas entendirent pour la première fois parler de leur déplacement imminent dans les premiers jours du mois de janvier 1877, par l'intermédiaire d'un inspecteur des Affaires indiennes, Edward C. Kemble. « Un Blanc est venu nous voir après Noël, devait expliquer plus tard le chef White Eagle. Nous ignorions tout de sa venue. Il est arrivé comme ça, sans crier gare. On nous a rassemblés dans l'église et là, on nous a expliqué la raison de sa venue. »

Voici la suite, racontée par White Eagle :

« Le Grand Père à Washington dit que vous devez partir, et c'est pourquoi je suis ici, a annoncé cet homme.

– Ami, tu nous apprends la nouvelle de façon plutôt brusque, ai-je répondu. En général, quand le Grand Père a une affaire à régler avec nous, il envoie des messages à la tribu tout entière. Toi, tu viens sans crier gare.

– Je t'assure, le Grand Père dit que vous devez partir, a-t-il insisté.

– Ami, je veux que tu lui envoies une lettre, et si c'est vraiment cela qu'il dit, alors qu'il nous fasse venir à Washington. S'il doit en être ainsi, et si je l'apprends de la manière qui convient, je considérerai que tu dis la vérité.

– Je vais lui envoyer un message », a-t-il dit. Il a utilisé les fils-qui-chantent. Il a envoyé un message par télégraphe, que le Grand Père a reçu très vite.

« Le Grand Père dit que tu dois venir à Washington avec dix des chefs de ta tribu, a expliqué le Blanc. Mais tu dois d'abord aller voir la réserve, et une fois que tu en auras traversé une partie, te rendre à Washington. Va dans la région où il fait chaud [le Territoire Indien] et si tu y vois une terre qui te semble bonne, dis-le au

Grand Père. De même, dis-lui si tu repères des terres mauvaises ; il faut que tu lui en parles dans les deux cas. »

Ainsi, nous sommes allés dans cette région chaude. Nous sommes partis du terminus de la ligne de chemin de fer, avons traversé le territoire des Osages, puis la région où il y a toutes ces pierres, et le lendemain matin, nous sommes arrivés dans le pays des Kaws ; et en quittant la réserve du Kansas, nous sommes arrivés à Arkansas City et ainsi, après avoir visité les terres de deux de ces tribus indiennes et vu cette région pleine de pierres et ces arbres tout petits, je suis arrivé dans cette ville de Blancs. Nous avons été malades deux fois et nous avons vu comment étaient les gens qui vivent là-bas, et ces pierres et ces rochers, et nous nous sommes dit que ces deux tribus ne pouvaient pas s'en sortir.

Le lendemain matin, le Blanc nous a dit : « Allons voir la région de la Shicaska River. »

Je lui ai répondu : « Ami, j'ai vu ces terres-ci et j'ai été malade pendant le trajet. Cela suffit, je veux voir le Grand Père. Tout de suite. Emmène-moi à Washington. Ces deux tribus sont démunies, malades, ces terres sont pauvres. J'en ai vu assez.

– Non, a-t-il fait, il y a d'autres terres à voir dans le Territoire Indien.

– Ami, ai-je répondu, emmène-moi, je t'en prie, voir le Grand Père. Tu m'as promis que nous pourrions lui dire ce que nous avions vu de bon ou de mauvais, et c'est ce que je souhaite faire.

– Non, a-t-il dit. Si tu acceptes de prendre l'une de ces terres, je t'emmènerai à Washington. Sinon, tant pis.

– Si tu refuses, ramène-moi chez moi.

– Non, peu importe ce que tu dis, je ne t'emmènerai pas voir le Grand Père. Et il n'a pas stipulé que je devais te ramener dans ton pays.

– Que dois-je faire, alors ? ai-je demandé. Tu ne veux pas me conduire à Washington, et tu refuses de me ramener chez moi. Tu disais que le Grand Père voulait me voir, mais maintenant, ça n'est plus le cas. Tu as menti, tu n'as pas dit la vérité.

– Je ne vous ramènerai pas chez vous. Vous pouvez toujours rentrer à pied si vous voulez.

– Mon cœur est triste, ai-je dit, parce que je ne connais pas ce pays. » Nous étions persuadés que nous allions mourir. J'avais envie de pleurer, mais je me suis souvenu que j'étais un homme. Après, le Blanc, qui était de mauvaise humeur, est monté à l'étage. Alors, nous autres chefs avons réfléchi à ce qu'il fallait faire. Nous avons dit : « Il n'a pas du tout l'intention de nous emmener voir le Grand Père ou de nous ramener chez nous. Ce n'est certainement pas ce que le Grand Père a voulu. » Nous avions un interprète avec nous.

« Puisqu'il ne veut pas nous ramener, avons-nous dit, qu'il nous donne un papier pour montrer aux Blancs, puisque nous ne connaissons pas le pays. » L'interprète est allé transmettre notre demande au Blanc, et il est redescendu en disant : « Il refuse de vous donner le papier. Il ne veut pas vous le faire. » Toujours par l'intermédiaire de l'interprète, nous avons réclamé l'argent que le Grand Père nous devait afin de pouvoir rentrer chez nous. Mais le Blanc a refusé de nous donner cet argent[3].

L'inspecteur Kemble quitta le Territoire Indien, abandonnant sur place les chefs poncas, dont White Eagle, Standing Bear, Big Elk. Les Indiens prirent alors le chemin du retour. C'était la Lune-où-les-canards-reviennent-se-cacher, et la neige recouvrait les plaines du Kansas et du Nebraska. Comme ils n'avaient que très peu d'argent, les Indiens parcoururent les huit cents kilomètres qui les séparaient de chez eux à pied, avec chacun une simple couverture et une seule paire de mocassins. Sans leurs vieux amis les Otoes et les Omahas, qui leur offrirent de la nourriture et leur permirent de se reposer un temps sur leur réserve, la plupart des vieux chefs n'auraient pas survécu à ce périple hivernal.

Lorsqu'ils atteignirent la Niobrara quarante jours plus tard, l'inspecteur Kemble les y avait précédés.

Reprenons le récit de White Eagle :

« Préparez-vous à partir », a fait Kemble.

Nous ne voulions pas. J'ai dit : « Je suis épuisé. Aucun de nous n'a envie de partir.

– Peu m'importe, a-t-il répondu. Le Grand Père veut que vous quittiez cet endroit au plus vite. Vous devez aller vivre sur le Territoire Indien[4]. »

Les chefs étaient bien décidés à obliger le gouvernement à respecter ses engagements. Kemble retourna alors à Washington pour faire son rapport au commissaire aux Affaires indiennes. Ce dernier transmit le dossier au Secrétaire à l'Intérieur, Schurz, lequel expliqua le problème à Sherman. Le général conseilla l'usage des troupes pour forcer les Poncas à s'en aller et, comme d'habitude, Gros-Yeux Schurz abonda dans son sens.

En avril, Kemble retourna dans la vallée de la Niobrara. Brandissant la menace d'une intervention des troupes, il réussit à persuader cent soixante-dix membres de la tribu de partir avec lui dans le Territoire Indien. Mais aucun des grands chefs n'accepta de le suivre. Standing Bear protesta de manière si véhémente qu'il fut arrêté et emmené à Fort Randall. « Ils m'ont ligoté et emmené au fort », raconta-t-il par la suite[5]. Quelques jours plus tard, le gouvernement chargea un nouvel agent, E. A. Howard, de s'occuper du reste de la tribu, et Standing Bear fut relâché.

White Eagle, Standing Bear et les autres chefs répétèrent que le gouvernement n'avait pas le droit de les chasser de leurs terres. Howard répliqua qu'il n'avait rien à voir avec la décision du gouvernement, et qu'il était simplement chargé de les accompagner jusqu'à leur nouveau territoire. Le 15 avril, au terme d'un conseil qui avait duré quatre heures, le nouvel agent exigea des Indiens une réponse définitive : « Préférez-vous partir de votre plein gré ou y être contraint par la force[6] ? »

Les chefs gardèrent le silence. C'est alors qu'un jeune Ponca déboula. « Lcs soldats sont au village ! » annonça-t-il. Les chefs comprirent alors qu'il n'y aurait plus de conseil. Ils allaient devoir quitter leur pays pour le Territoire Indien. « Les soldats ont débarqué avec leurs fusils et leurs baïonnettes, raconte Standing Bear. Ils nous ont mis en joue. Nos femmes et nos enfants pleuraient. »

Le départ eut lieu le 21 mai 1877. « Les soldats sont arrivés à l'entrée du village, devait expliquer White Eagle plus tard, et nous ont fait traverser la Niobrara de force, exactement comme si nous étions un troupeau de chevaux. Ils nous ont poussés jusqu'à la Platte[7]. »

Howard tint un journal des cinquante et un jours que dura le voyage par voie de terre. Le matin du départ, un orage soudain fit gonfler les eaux de la Niobrara, et plusieurs soldats furent désarçonnés par la force du courant. Au lieu de les laisser se noyer, les Poncas les secoururent. Le lendemain, la tribu s'arrêta pour enterrer dans la prairie un enfant qui venait de mourir. Le 23 mai, un orage surprit le groupe à découvert. Les Indiens passèrent la journée trempés jusqu'aux os. Un autre enfant mourut. Plusieurs Poncas tombèrent malades au cours de la nuit. Le lendemain, il fallut traverser des rivières à gué parce que les ponts avaient été emportés par les flots. Il se mit à faire froid. Le 26, il plut toute la journée, et comme il n'y avait pas de bois, le groupe ne put pas faire de feu.

Le 27 mai, la plupart des Poncas étaient malades. La fille de Standing Bear, Prairie Flower, avait contracté une pneumonie. Le jour suivant, orages et pluies diluviennes empêchèrent pratiquement toute progression, la piste étant trop boueuse.

Arriva la Lune-où-il-commence-à-faire-chaud. Il pleuvait presque tous les jours. Le 6 juin, Prairie Flower décéda. Standing Bear l'enterra selon les rites chrétiens dans le cimetière de Milford (Nebraska). « Les dames de Milford préparèrent le corps avec un soin digne de la plus haute des civilisations, nota Howard avec fierté. Standing Bear en vint à dire à ceux qui l'entouraient au bord de la tombe qu'il souhaitait renoncer à ses coutumes indiennes et adopter celles des Blancs. »

Cette nuit-là, une tornade frappa le campement ponca, détruisant les tentes, renversant les chariots et projetant les hommes sur des dizaines de mètres. Plusieurs furent grièvement blessés. Le lendemain, un autre enfant mourut.

Le 14 juin, le groupe atteignit la réserve des Otoes qui, apitoyés par le sort des Poncas, leur donnèrent dix chevaux pour finir leur périple. La tribu attendit trois jours que le niveau des rivières baisse. Et pendant ce temps, les maladies firent de plus en plus de ravages. Little Cottonwood fut le premier adulte à mourir. Howard lui fit faire un cercueil et organisa des funérailles chrétiennes près de Bluewater (Kansas).

Le 24 juin, il y avait tellement de malades qu'Howard demanda au médecin de Manhattan (Kansas) de s'occuper des Poncas. Le jour suivant, deux femmes moururent sur le chemin. L'agent veilla à ce qu'elles soient enterrées comme il convenait.

Nous étions maintenant au milieu de la Lune-d'été. À Burlington (Kansas), il fallut enterrer l'un des enfants de Buffalo Chief. Pris de folie furieuse, un Ponca du nom de Buffalo Track tenta de tuer White Eagle, qu'il tenait pour responsable des malheurs de la tribu. L'agent l'exclut de la caravane et l'expédia vers la réserve omaha, châtiment des plus enviables aux yeux des autres Indiens.

Le groupe dut endurer la chaleur de l'été et le harcèlement des mouches une semaine encore avant d'arriver enfin, trempé par l'orage, sur la réserve quapaw le 9 juillet. Là, ils retrouvèrent les quelques Poncas qui les y avaient précédés et vivaient misérablement sous des tentes.

« Je suis d'avis que forcer les Poncas à quitter le Dakota et sa fraîcheur nordique pour le climat du sud du Territoire Indien s'avérera une erreur, et se traduira certainement par une importante mortalité chez ce peuple au bout de quelque temps, quand il aura été empoisonné par la malaria qui sévit sous ces latitudes[8]. »

La sinistre prédiction d'Howard devait hélas se réaliser. Comme les Modocs, les Nez-Percés et les Cheyennes du Nord, les Poncas succombèrent si rapidement qu'à la fin de leur première année dans le Territoire Indien, c'était presque un quart de la tribu qui avait eu les honneurs d'un enterrement selon les rites chrétiens.

Au printemps 1878, des représentants du gouvernement décidèrent de leur octroyer une nouvelle réserve sur la berge ouest de l'Arkansas River, sans toutefois prévoir les fonds nécessaires à leur transfert. Les Poncas durent donc parcourir deux cent cinquante kilomètres à pied. Pendant plusieurs semaines, aucun agent ne fut là pour leur distribuer des vivres ou des médicaments. « La terre était bonne, explique White Eagle, mais l'été venu, nous sommes retombés malades. Nous étions comme l'herbe piétinée, nous et nos bêtes. Puis est arrivée la saison froide. Combien de nos frères ont péri ? Impossible de le savoir[9]. »

L'un de ceux qui moururent était le fils aîné de Standing Bear. « Il ne me restait plus qu'un fils. Et celui-là est tombé malade. Au moment de mourir, il m'a fait promettre quelque chose. Il m'a supplié de le ramener après sa mort à l'endroit où nos ancêtres reposent près de la Niobrara, la Rivière-aux-eaux-vives. Je lui ai promis. Quand il est mort, avec mes compagnons, j'ai mis son corps dans une boîte, la boîte sur un chariot, et nous avons pris la direction du nord[10]. »

Soixante-six Poncas, tous membres du clan de Standing Bear, suivirent le vieux chariot tiré par deux chevaux efflanqués. La Lune-où-la-neige-fond avait commencé. Nous étions en janvier 1879. (L'ironie de l'Histoire voulut qu'au même moment, tout là-bas dans le nord, les Cheyennes de Dull Knife livraient leur dernier combat pour leur liberté à Fort Robinson.) Pour Standing Bear, c'était le deuxième retour au pays en plein hiver. Suivi de son peuple, empruntant des pistes à l'écart des fermes et des forts, il arriva à la réserve omaha avant que les soldats puissent le rattraper.

Pendant ce temps, Schurz avait tenté à plusieurs reprises par l'intermédiaire de ses agents de faire revenir Standing Bear et les siens dans le Territoire Indien. Enfin, en mars, il demanda au Département de la Guerre de télégraphier à Crook à son quartier général d'Omaha (Nebraska) pour qu'il arrête les fugitifs au plus vite et les ramène dans le Territoire Indien. Crook réagit en envoyant une compagnie de soldats à la réserve omaha ; ils arrêtèrent Standing Bear et les siens et les ramenèrent à Fort Omaha, où ils furent placés sous bonne garde, en attendant que des dispositions soient prises pour leur transport.

Cela faisait plus de dix ans que Crook combattait les Indiens, les rencontrait lors de conseils, leur faisait des promesses qu'il ne pouvait pas tenir. Il avait fini par admettre, tout d'abord avec bien des réticences, qu'il admirait leur courage. Depuis les redditions de 1877, il commençait à éprouver un mélange de respect et de compassion pour ses vieux ennemis. La façon dont les Cheyennes avaient été traités à Fort Robinson au cours des dernières semaines l'avait révolté. « Insister pour que cette partie de la tribu retourne sur leur ancienne réserve était une démonstration de pouvoir parfaitement inutile », déclara-t-il sans ménagements dans son rapport officiel[11].

Lorsqu'il alla voir les Poncas dans leur prison de Fort Omaha, il fut horrifié de l'état pitoyable où il les trouva. La sobriété avec laquelle Standing Bear expliqua les raisons qui l'avaient fait retourner dans le Nord, sa capacité à accepter stoïquement les conditions qui lui étaient imposées l'impressionnèrent. « Je croyais que Dieu voulait que nous vivions, dit le chef ponca à Crook, mais je me trompais. Dieu a l'intention de donner cette terre aux Blancs, et il nous faut mourir. Peut-être est-ce mieux ainsi[12]. »

Crook fut tellement ému de ce qu'il avait vu et entendu qu'il promit à Standing Bear de faire son possible pour annuler les ordres concernant le retour des Poncas dans le Territoire Indien. Joignant cette fois-ci les actes aux paroles, il alla voir le rédacteur en chef d'un journal d'Omaha, Thomas Henry Tibbles, et gagna la presse à sa cause.

Pendant que Crook bloquait les ordres de transfert des Poncas, Tibbles diffusa leur histoire dans la ville, dans l'État, puis dans le pays tout entier par le biais du télégraphe. Les représentants des églises d'Omaha supplièrent Schurz de faire relâcher les Poncas, mais Mah-hah Ieh-hon – Gros-Yeux – ne se donna même pas la peine de répondre. Un jeune avocat d'Omaha, John L. Webster, proposa alors ses services à titre gracieux, et reçut rapidement le soutien du principal avocat de l'Union Pacific Railroad, Andrew Poppleton.

Les deux hommes durent monter leur dossier dans les plus brefs délais. En effet, le général Crook pouvait à tout moment se voir contraint par Washington d'expédier les Indiens vers le sud, auquel cas plus rien ne pourrait être fait pour eux. Ce qu'il fallait à tout prix, c'était obtenir la coopération du juge Elmer S. Dundy, un homme de la Frontière un peu rude qui avait quatre centres d'intérêt dans la vie – les bons bouquins, les chevaux, la chasse et son travail de juge. Or, il était parti à la chasse à l'ours. Les avocats des Poncas passèrent des heures d'attente angoissante avant que des messagers le dénichent enfin et le ramènent à Omaha.

Avec l'accord tacite de Crook, Dundy émit un ordre d'habeas corpus à l'encontre du général, exigeant qu'il amène les Poncas au tribunal et montre quel pouvoir lui donnait le droit de les retenir prisonniers. Crook s'exécuta et présenta les ordres militaires en provenance de Washington. Le représentant du ministère public expliqua alors au juge que les Poncas ne pouvaient bénéficier de l'*habeas corpus*, étant donné que les Indiens n'étaient « pas des personnes au sens juridique du terme ».

Ainsi, le 18 avril 1879, commença une affaire maintenant pratiquement oubliée, *Standing Bear v. Crook*. Selon Webster et Poppleton, les avocats des Poncas, un Indien était une « personne » au même titre qu'un Blanc et pouvait jouir de toutes les libertés garanties par la Constitution. Au procureur qui déclarait que Standing Bear et les siens tombaient sous le coup des lois et règles établies par le gouvernement pour les tribus indiennes, Webster et Poppleton répondirent que Standing Bear, ou n'importe quel autre Indien, avait le droit de quitter sa tribu et de se placer sous la protection des lois américaines, comme tout citoyen.

L'affaire atteignit son point culminant lorsque Standing Bear fut autorisé à s'exprimer au nom de son peuple. « Je suis en ce moment avec les soldats et les officiers. Je veux retourner chez moi dans le Nord. Je veux sauver ma vie et celle de ma tribu. Frères, c'est comme si je me retrouvais devant un grand feu de prairie. Dans ce cas, je prendrais mes enfants et je courrais les mettre à l'abri. Ou bien, si j'étais sur la berge d'une rivière en crue, j'emmènerais les miens quelque part sur les hauteurs. Oh, frères, le Tout-Puissant me regarde et sait ce que je suis, et il m'entend. Puisse-t-il envoyer un bon esprit planer au-dessus de vos têtes, frères, afin que vous acceptiez de m'aider. Si un Blanc avait une terre, et que quelqu'un la lui volait, il voudrait la reprendre, et vous le comprendriez parfaitement. Regardez-moi. Ayez pitié de moi. Aidez-moi à sauver la vie de toutes ces femmes et de tous ces enfants. Frères, un pouvoir contre lequel je ne peux rien faire me cloue au sol. J'ai besoin d'aide. J'ai dit[13]. »

Le juge Dundy déclara qu'un Indien était une « personne » à laquelle s'appliquait la loi d'*habeas corpus*, que s'établir à l'étranger était un droit naturel, inhérent et inaliénable pour les Indiens aussi bien que pour les Blancs, et qu'en temps de paix nul n'était investi d'une quelconque autorité, militaire ou civile, justifiant le transport des Indiens d'un point à l'autre du pays sans leur consentement, ou leur confinement sur une réserve contre leur gré.

« Jamais je n'ai été amené à travailler sur une affaire qui éveillait chez moi autant de compassion, poursuivit le juge. Les Poncas comptent parmi les tribus indiennes les plus paisibles et amicales qui soient. (...) S'il était possible de les forcer à aller dans le Territoire Indien, alors rien n'empêchait de les emprisonner au pénitencier de Lincoln, de Leavenworth, de Jefferson City, ou de toute autre ville que le commandant des forces armées aurait jugé appropriée. Je ne pense pas qu'il existe dans ce pays un autre pouvoir aussi arbitraire que celui-là[14]. »

Lorsque le juge Dundy conclut les débats en ordonnant la libération de Standing Bear et des Poncas, le public se leva et, si l'on en croit un journaliste, « jamais on n'avait entendu une telle clameur enthousiaste dans un tribunal ». Le général Crook fut le premier à féliciter Standing Bear[15].

Le représentant du ministère public envisagea tout d'abord de faire appel de la décision, mais après avoir étudié le jugement de Dundy (un texte magistral sur les droits de l'homme), il renonça. Le gouvernement des États-Unis attribua à Standing Bear et aux siens quelques hectares de terres non occupées près du confluent de la Niobrara et du Missouri. Ainsi, les Poncas rentrèrent chez eux.

Dès que les cinq cent trente membres de la tribu confinés sur le Territoire Indien apprirent la tournure inattendue prise par les événements, la plupart se préparèrent à rejoindre leurs frères dans le Nebraska. Mais le Bureau des Affaires indiennes ne l'entendait pas de cette oreille. Ses agents informèrent les chefs que seul le Grand Conseil de Washington pouvait décider de la possibilité, et de la date, d'un tel retour. Les bureaucrates et les responsables politiques (le cartel indien) comprirent que la décision du juge Dundy représentait une menace sérieuse pour le système des réserves. Elle ébranlait la position de cette petite armée d'entrepreneurs qui s'enrichissaient en écoulant de la nourriture de piètre qualité, des couvertures miteuses et du mauvais whisky aux milliers d'Indiens parqués sur les réserves. Si on laissait les Poncas quitter le Territoire Indien et aller où bon leur semblait comme des citoyens américains libres, cela établirait un précédent susceptible de démolir tout un complexe militaro-politique construit autour des réserves.

Dans son rapport annuel, Schurz reconnut que les Poncas du Territoire Indien « avaient de sérieux sujets de plaintes », tout en s'opposant fermement à leur retour parce que cela éveillerait chez les autres Indiens « le désir irrépressible de suivre leur exemple » et par conséquent entraînerait la destruction du système des réserves[16].

Dans le même temps, William H. Whiteman, directeur de la fort lucrative agence ponca, tenta de discréditer Standing Bear et les siens en les présentant dans ses rapports comme des « membres renégats de la tribu », tout en détaillant en termes élogieux les dépenses considérables qu'il avait engagées pour acheter du matériel et des outils afin d'œuvrer au développement du Territoire Indien. Par contre, il passa sous silence le mécontentement des Poncas, leurs demandes répétées de rentrer chez eux, et ses propres différents avec Big Snake.

Big Snake, un géant avec des mains comme des battoirs et des épaules aussi larges que celles d'un bison, était le frère de Standing Bear. Comme souvent les hommes imposants, il avait des manières douces et paisibles – les Poncas le surnommaient l'Homme de Paix. Mais quand il vit que White Eagle et les autres chefs se laissaient intimider par Whiteman, il décida d'agir tout seul. Après tout, n'était-il pas le frère de Standing Bear, le Ponca qui avait obtenu la liberté des siens ?

Décidé à mettre la nouvelle loi à l'épreuve, Big Snake demanda l'autorisation de quitter la réserve pour aller rejoindre son frère dans le Nord. Comme il s'y attendait, il se heurta au refus de l'agent Whiteman. La deuxième initiative qu'il prit fut, non pas de quitter le Territoire Indien, mais de se rendre à quelques centaines de kilomètres de là sur la réserve cheyenne. Lui et les trente autres Poncas qui l'accompagnaient comptaient simplement vérifier la réalité de la nouvelle loi stipulant qu'un Indien était une personne et ne pouvait pas être confiné contre son gré sur une réserve.

Whiteman réagit comme tout bureaucrate confortablement établi qui sent son autorité menacée. Le 21 mai 1879, il télégraphia au commissaire aux Affaires indiennes pour l'informer de la fuite de Big Snake et de ses compagnons vers la réserve cheyenne et demander leur arrestation et leur détention à Fort Reno « jusqu'à ce que la tribu se soit remise des effets démoralisants de la décision récemment rendue par la cour fédérale du Nebraska dans l'affaire Standing Bear[17]. »

Gros-Yeux Schurz donna son accord pour l'arrestation des Indiens. Mais, craignant de toute évidence que sa décision soit à nouveau contestée par une cour de justice, il demanda à Sherman de ramener Big Snake et ses « renégats » sur la réserve ponca aussi rapidement, et discrètement, que possible.

Le 22 mai, Sherman, brutal comme à son accoutumée, télégraphia au général Sheridan en ces termes : « L'honorable Secrétaire à l'Intérieur veut que les Poncas arrêtés et détenus à Fort Reno, sur le Territoire Indien, (...) soient expédiés à l'agence ponca. Donnez des ordres à cet effet. » Comme s'il prévoyait les réticences de Sheridan à bafouer la décision récemment rendue par le juge Dundy, Sherman ajouta : « La libération, en vertu de l'*habeas corpus*, des Poncas du Nebraska *ne vaut que pour ce cas précis*[18]. » On le voit, Sherman éprouvait moins de difficultés à défaire les lois que les tribunaux du pays n'en avaient à les interpréter.

Ainsi, Big Snake perdit là où son frère avait gagné. Il n'eut jamais plus l'occasion de voir si la loi était respectée. Ramené à l'agence ponca à la Lune-où-le-maïs-est-soyeux, son sort était scellé. Whiteman déclara dans un rapport au gouvernement que Big Snake avait « un effet démoralisant sur les autres Indiens (...) extrêmement maussades et moroses ». Dans un autre paragraphe, l'agent accusa le géant d'avoir à plusieurs reprises menacé de le tuer, tout en se plaignant dans un autre qu'il ne lui avait pas adressé la parole depuis son retour. Sa fureur était telle qu'il en vint à supplier le commissaire aux Affaires indiennes d'« arrêter Big Snake, de le transférer à Fort Reno et de l'y emprisonner jusqu'à la fin de ses jours[19] ».

Enfin, le 25 octobre, Whiteman obtint de Sherman l'autorisation d'arrêter Big Snake et de l'enfermer dans la prison de l'agence. À cet effet, il exigea un détachement de soldats. Cinq jours plus tard, le lieutenant Stanton A. Mason arriva à l'agence avec treize hommes. Whiteman lui expliqua qu'il enverrait un avis aux Poncas les informant que ceux qui recevaient de l'argent en paiement d'un travail précis devraient se présenter à son bureau le lendemain. Big Snake serait du nombre, et Mason l'arrêterait dès qu'il entrerait dans la pièce.

Le 31 octobre, Big Snake arriva dans le bureau de Whiteman et reçut l'ordre de s'asseoir. Il se retrouva encerclé par huit hommes armés. Le lieutenant Mason l'informa qu'il était en état d'arrestation. Big Snake voulut savoir pourquoi. Prenant alors la parole, Whiteman déclara que l'une des accusations portées contre lui était d'avoir proféré des menaces à son encontre, ce que l'Indien nia calmement. Si l'on en croit le négociant du comptoir, J. S. Sherburne, Big Snake se redressa et écarta les pans de sa couverture pour montrer qu'il n'était pas armé.

Voici la déclaration que fit plus tard Hairy Bear : « L'officier a dit à Big Snake de le suivre. Big Snake a refusé de se lever, et lui a expliqué qu'il voulait savoir ce qu'il avait fait. Il n'avait tué personne, n'avait pas volé de chevaux, n'avait rien fait de mal. Alors, l'officier a parlé avec l'agent, puis a dit à Big Snake qu'il avait tenté de tuer deux hommes et s'était montré particulièrement méchant. Big Snake a nié. L'agent lui a dit qu'il ferait mieux de suivre l'officier et qu'il en saurait plus là-bas. Big Snake a répondu qu'il n'avait rien fait de mal et préférait mourir plutôt que de partir. Alors je me suis approché de lui et lui ai expliqué que cet homme [l'officier] n'allait pas l'arrêter pour rien, et qu'il ferait mieux de le suivre et que peut-être il reviendrait sans problème ; je l'ai amadoué tant que j'ai pu pour qu'il y aille, je lui ai rappelé qu'il avait une femme et des enfants, qu'il devait penser à eux et ne pas se faire tuer. Alors, Big Snake s'est levé et m'a déclaré qu'il était hors de question qu'il parte, et que s'ils voulaient le tuer, ils n'avaient qu'à le faire tout de suite. Il était très calme. L'officier lui a ordonné de se lever et lui a annoncé que s'il ne le suivait pas, il aurait des problèmes. Il a ajouté qu'il était inutile de discuter, qu'il était venu pour l'arrêter et exigeait qu'il le suive. L'officier est allé chercher les menottes, qu'un soldat tenait, et est revenu avec. À deux, ils ont tenté de les lui mettre, mais Big Snake les a repoussés. Alors, l'officier a dit quelque chose aux soldats, et à quatre ils ont essayé de nouveau de lui passer les menottes, mais il les a repoussés eux aussi. Un soldat avec des bandes sur les manches s'y est mis, sans succès. Ils ont tenté plusieurs fois, tous, de maîtriser Big Snake. Il était assis quand six hommes se sont emparés de lui. Il s'est levé et s'est dégagé. Juste à ce moment-là, l'un des soldats, qui était devant lui, l'a frappé au visage avec son arme tandis qu'un autre lui portait un coup à la tempe avec le canon de son fusil. Il s'est affalé contre le mur, avant de se redresser. Le sang coulait sur son visage. Lorsque j'ai vu le canon du fusil pointé vers lui, j'ai pris peur parce que je ne voulais pas le voir se faire tuer. Alors j'ai détourné les yeux. Le coup est parti. Big Snake est tombé par terre, mort[20]. »

Le Département de l'Intérieur déclara tout d'abord que le frère de Standing Bear, « Big Snake, un homme malfaisant », avait été « tué par accident[21] ». Mais la presse américaine, sensibilisée au sort des Indiens depuis l'affaire Standing Bear, exigea auprès du Congrès l'ouverture d'une enquête. Celle-ci ne déboucha sur rien, Washington constituant pour les membres du complexe militaro-politique construit autour des réserves un terrain qu'ils ne connaissaient que trop bien.

La leçon était bien amère pour les Poncas du Territoire Indien. Ils apprenaient que la loi des Blancs n'était qu'une illusion : elle ne s'appliquait pas à eux. Ainsi, comme les Cheyennes, la tribu ponca, de plus en plus réduite, se retrouva coupée en deux – avec d'un côté la bande de Standing Bear, qui vivait libre dans le Nord, et de l'autre les prisonniers du Territoire Indien.

16

« Dehors, les Utes ! »

L'armée a vaincu les Sioux. Vous pouvez leur donner des ordres. Mais nous autres Utes ne vous avons jamais dérangés, vous les Blancs. Alors, vous devez attendre que nous adoptions vos façons de faire.

Ouray, chef des Utes

J'ai dit à l'officier que c'était une mauvaise chose, que ce n'était pas bien de la part du commissaire de donner un tel ordre. J'ai dit que ce n'était pas bien, que nous ne devrions pas nous battre, parce que nous sommes frères, et l'officier a dit que cela ne changeait rien, que les Américains se battraient contre nous même si nous étions sortis du même ventre qu'eux.

Nicaagat (Jack), de la tribu des Utes de la White River

Les Utes, qui vivaient dans les montagnes Rocheuses, assistaient depuis une génération à l'invasion de leur territoire du Colorado par des Blancs aussi nombreux que des nuées de sauterelles qui avaient déjà contraint leurs vieux ennemis les Cheyennes à abandonner leurs plaines. Certains guerriers de la tribu avaient rejoint Kit Carson pour se battre aux côtés des Blancs contre les Navajos. À cette époque, les Utes pensaient que les Blancs étaient leurs alliés. Ils aimaient beaucoup se rendre dans les magasins de Denver pour échanger des peaux de bison contre des babioles aux couleurs voyantes. Mais au fil des années, les étrangers venus de l'Est, de plus en plus nombreux, s'étaient mis à creuser les montagnes des Utes à la recherche de métal jaune ou blanc.

En 1863, John Evans, le gouverneur du Territoire du Colorado, vint, accompagné de représentants du gouvernement, à Conejos dans les San Juan Mountains, afin de rencontrer Ouray et neuf autres chefs de la tribu des Utes. Un traité fut signé, par lequel les Blancs obtenaient toute la partie du Colorado se trouvant à l'est de la ligne de partage des Rocheuses, les Utes conservant le versant ouest. Pour l'équivalent de dix mille dollars de marchandises et de dix mille dollars de vivres chaque année pendant dix ans, les Indiens acceptèrent de céder les droits miniers sur l'ensemble de leur territoire et s'engagèrent à ne pas attaquer les citoyens américains qui viendraient prospecter dans leurs montagnes.

Cinq ans plus tard, les Blancs du Colorado se dirent qu'ils avaient trop gâté les Utes. Usant de pressions politiques, ils persuadèrent le Bureau des Affaires indiennes qu'ils constituaient une gêne permanente – qu'on les voyait partout, dans les villes et les camps de mineurs, et qu'ils volaient le bétail des colons. Les Utes devaient, dirent-ils, être placés sur une réserve aux limites bien définies. Mais en réalité, ce que ces Blancs voulaient, c'était s'emparer des terres indiennes. Début 1868, le Bureau des Affaires indiennes invita avec force tapage Ouray, Nicaagat (Jack) et huit autres chefs à Washington. Kit Carson les accompagnait au titre d'ami et conseiller. Les chefs, logés dans un hôtel luxueux, se virent offrir des repas somptueux et du tabac, des bonbons et des médailles à gogo.

Lorsque arriva le moment de négocier le traité, les représentants du gouvernement tinrent à ce que les sept bandes représentées délèguent leur pouvoir à un chef. Ouray fut désigné à l'unanimité. De sang mêlé apache et ute, c'était un bel homme au visage rond et aux yeux vifs qui parlait anglais et espagnol aussi bien que les deux langues indiennes qu'il pratiquait. Lorsque les Blancs avides de terres tentèrent de le forcer à adopter une position défensive, il réagit avec subtilité en faisant connaître le point de vue des Utes aux journalistes. « La signature qu'un Indien appose en bas d'un traité avec les États-Unis, expliqua-t-il, est comparable à l'accord que le bison passe avec ses chasseurs alors même que son flanc est percé de flèches. La seule chose qu'il puisse faire, c'est se coucher et abandonner la lutte[1]. »

Les Blancs eurent beau lui montrer de belles cartes aux couleurs vives et recourir à une phraséologie mielleuse pour établir les frontières, ils ne parvinrent pas à le berner. Au lieu de se contenter d'un petit bout du Colorado occidental, il réclama huit millions d'hectares de forêts et de prairies sur les pentes occidentales des Rocheuses, beaucoup moins que ce que son peuple possédait auparavant, mais bien plus que ce que les autorités du Colorado comptaient lui laisser. Était prévu l'établissement de deux agences, l'une à Los Pinos pour les Uncompahgres et d'autres bandes du Sud, et la seconde au bord de la White River pour les bandes du Nord. Ouray exigea également que soient incluses dans le nouveau traité un certain nombre de clauses protégeant les Utes, c'est-à-dire empêchant les chercheurs d'or et les colons de pénétrer sur leur réserve. Ainsi, le traité stipulait qu'aucun Blanc non autorisé « ne pourrait traverser, coloniser ou habiter » le territoire attribué à la tribu.

Malgré ces clauses restrictives, les prospecteurs continuèrent à grignoter les terres utes. Parmi eux, figurait un certain Frederick W. Pitkin, un Yankee de Nouvelle-Angleterre qui s'était aventuré dans les San Juan Mountains, où il avait rapidement amassé une petite fortune grâce à sa mine d'argent. En 1872, Pitkin devint une figure de premier plan dans la défense des intérêts des riches propriétaires de mines qui voulaient que la région de San Juan – un quart de la réserve ute – soit rattachée au Territoire du Colorado. Le Bureau des Affaires indiennes s'inclina devant ces revendications et dépêcha une commission spéciale dirigée par Felix R. Brunot pour négocier avec les Utes la cession de ces terres.

La commission rencontra Ouray et les représentants des sept bandes en septembre 1873 à l'agence de Los Pinos. Brunot expliqua qu'il était chargé par le Grand Père d'aborder avec eux la question de la cession d'une partie de leur réserve. Il assura les chefs que lui-même ne convoitait pas ces terres, qu'il n'était pas venu leur dire ce qu'ils devaient faire, mais entendre leur opinion sur la question. « Parfois, il vaut bien mieux faire ce qui ne nous plaît pas aujourd'hui, conseilla-t-il, si nous pensons que cela sera la meilleure solution pour nos enfants. »

Les chefs se déclarèrent curieux de savoir comment la cession de leurs terres pourrait bénéficier à leurs enfants. Brunot leur expliqua que le gouvernement mettrait de côté une importante somme d'argent pour les Utes, et que tous les ans, la tribu percevrait des intérêts en dédommagement des terres cédées.

« Je n'aime pas cette histoire d'intérêts, déclara Ouray. Je préférerais que l'argent soit déposé dans une banque. » Il se plaignit alors de ce que le gouvernement n'avait pas chassé les Blancs trouvés sur la réserve ute, comme le traité l'y engageait.

Brunot répondit sans détour que si le gouvernement tentait de chasser les prospecteurs, cela déclencherait une guerre, auquel cas les Utes perdraient leurs terres sans rien recevoir en échange.

« La meilleure chose à faire, dit-il, si vous pouvez vous passer de ces montagnes, c'est de les vendre et de percevoir pour cela quelque chose tous les ans.

– Les prospecteurs se moquent bien de ce que veut le gouvernement, convint Ouray, et ils ne respectent pas les lois. Ils disent qu'ils n'en ont rien à faire du gouvernement. Il est tout là-bas dans l'Est, et l'homme qui vient négocier le traité retournera dans l'Est, et alors eux feront ce qu'ils voudront.

– Supposons que vous vendiez les montagnes, poursuivit Brunot, et qu'on n'y trouve pas d'or, alors vous seriez gagnants. Les Utes recevraient de l'argent, et les Américains n'iraient pas s'y installer. Mais si on y découvre des filons, alors les problèmes ne feront que commencer. Il nous sera impossible d'empêcher les Blancs de venir.

– Pourquoi ? demanda Ouray. Le gouvernement n'est-il pas assez fort pour tenir les engagements pris avec nous ?

– J'aimerais pouvoir protéger vos terres, mais Ouray sait que c'est difficile. »

Le chef ute se déclara prêt à vendre les montagnes, mais pas les terres giboyeuses situées à leur pied. « Les Blancs peuvent venir prendre l'or. Mais ils devront repartir. Nous ne voulons pas qu'ils construisent des maisons là-bas. »

Brunot répondit qu'il ne pensait pas la chose possible. Il n'y avait aucun moyen de forcer les prospecteurs à quitter le territoire ute une fois qu'ils y auraient creusé leurs mines. « Je veux bien demander au Grand Père de les chasser, promit-il, mais ils seront un millier à lui dire de les laisser tranquilles. Peut-être fera-t-il comme je dis, peut-être pas[2]. »

Au terme de sept jours de discussions, les chefs acceptèrent la proposition du gouvernement de recevoir vingt-cinq mille dollars par an en échange de deux millions d'hectares de terres qui renfermaient un véritable trésor. En prime, Ouray se voyait octroyer un salaire de mille dollars par an pendant dix ans, « ou tant qu'il demeurera grand chef des Utes et maintiendra la paix avec les États-Unis ». Rejoignant ainsi l'establishment, il aurait de bonnes raisons de maintenir le statu quo.

Dans ce pays paradisiaque aux grasses prairies et aux forêts giboyeuses où abondaient baies et fruits, les Utes pourvoyaient à leurs propres besoins et auraient fort bien pu se passer des vivres que leur distribuaient leurs agents à Los Pinos et White River. En 1875, l'agent de Los Pinos, F. F. Bond, répondit en ces termes à la demande qui lui était faite de recenser les Utes sous sa responsabilité : « Il est impossible de savoir combien ils sont. Autant compter un essaim d'abeilles. Ils ne cessent de se déplacer, comme les cerfs qu'ils chassent. » L'agent E. H. Danforth estima qu'il y avait à White River environ neuf cents Utes, tout en reconnaissant que ses tentatives pour les persuader de s'installer dans la vallée au centre de laquelle se trouvait l'agence s'étaient soldées par un échec. Les Utes élevaient des petits troupeaux de bétail et cultivaient quelques rangs de maïs, de pommes de terre et de navets pour faire plaisir à leurs agents, mais ces activités ne leur étaient pas vraiment indispensables.

Le printemps 1878 et l'arrivée d'un nouvel agent à White River devaient pourtant sonner la fin de leur liberté sur leur propre réserve. L'agent en question, un certain Nathan C. Meeker, était un ancien poète, romancier, correspondant d'un journal et fondateur de colonies agraires coopératives. La plupart de ses entreprises avaient raté. S'il est vrai qu'il désirait le poste d'agent pour des raisons financières, il était également animé par une ferveur de missionnaire et croyait sincèrement que son devoir, en tant que membre d'une race supérieure, le vouait à « élever les Utes et leur apporter la lumière ». Pour reprendre ses propres termes, il était décidé à les faire passer de leur état sauvage à l'état pastoral de la barbarie, puis à celui « de la lumière, de la science et de la religion ». Il se déclarait certain de pouvoir accomplir cela en « cinq, dix ou vingt ans[3] ».

Meeker entreprit de détruire systématiquement, avec le sérieux et l'autoritarisme qui le caractérisaient, tout ce à quoi les Utes tenaient, afin de les façonner à son image ainsi que lui-même, croyait-il, avait été façonné à l'image de Dieu. Sa première décision fut de déplacer l'agence de vingt-cinq kilomètres en aval, où il y avait des terres propres à être labourées. Là, il avait le projet de construire une colonie agraire coopérative pour les Utes. Hélas, il ne tint pas compte du fait que depuis fort longtemps ces derniers chassaient et faisaient paître leurs chevaux précisément à cet endroit-là. Quant au site qu'il choisit pour construire les nouveaux bâtiments de l'agence, il s'agissait d'un terrain où les Utes organisaient leur compétition sportive préférée, la course de chevaux, sur lesquels ils pariaient.

De l'avis de Meeker, Quinkent (Douglas) était le plus aimable des chefs de White River. Ce Ute Yampa d'environ soixante ans avait les cheveux toujours noirs, mais ses moustaches tombantes blanchissaient. Il possédait plus de cent mustangs, ce qui selon les critères utes faisait de lui un homme riche, mais une grande partie de ses jeunes partisans se tournaient désormais vers Nicaagat (Jack).

Comme Ouray, Jack était à moitié apache. Jeune, il avait appris quelques mots d'anglais avec une famille mormone, puis avait servi d'éclaireur au général Crook pendant les guerres sioux. Lorsqu'il vit Meeker pour la première fois, il arborait son uniforme d'éclaireur – jambières en daim, bottes de l'armée, chapeau à larges bords. Il portait toujours les médailles en argent qui lui avaient été données par le Grand Père quand il était allé à Washington avec Ouray en 1868.

Jack et sa bande étaient partis à la chasse au bison quand Meeker déplaça l'agence. À leur retour, ils trouvèrent l'ancien emplacement vide. Ils y établirent leur campement, et au bout de quelques jours, Meeker arriva pour ordonner à Jack de s'installer près de la nouvelle agence.

« Je lui ai dit [à Meeker] que le site de l'ancienne agence avait été défini par traité, devait expliquer Jack plus tard, et que je ne connaissais aucune loi ni aucun traité mentionnant le nouveau site. Alors, l'agent m'a annoncé que nous devions nous installer là-bas, sinon on nous y obligerait, et que pour cela il disposerait de soldats[4]. » Meeker essaya d'amadouer Jack en lui promettant des vaches laitières, à quoi Jack rétorqua que les Utes n'avaient besoin ni de vaches ni de lait.

Colorow, un Ute Muache d'une soixantaine d'années, était le troisième chef de la tribu par ordre d'importance. Après le traité de 1868, lui et sa bande avaient vécu quelques années sur une petite réserve temporaire juste à côté de Denver, se promenant dans la ville quand le cœur leur en disait, dînant au restaurant, allant au théâtre et faisant les pitres pour les Blancs. En 1875, la réserve avait été fermée et les Muaches avaient rejoint Jack et les siens au bord de la White River. S'ils regrettaient l'animation de Denver, ils appréciaient la chasse dans la vallée giboyeuse de la rivière. Ils n'étaient pas intéressés par la société agraire que leur proposait Meeker, et se rendaient à l'agence uniquement lorsqu'ils avaient besoin de farine, de café ou de sucre.

Canalla (Johnson), le beau-frère d'Ouray, était le grand homme-médecine de la tribu et celui qui s'occupait du terrain de course de chevaux sur lequel Meeker voulait ériger les nouveaux bâtiments de l'agence. Il portait souvent une espèce de couvre-chef déniché à Denver. Pour une raison mystérieuse, Meeker voyait en lui l'homme le plus à même de l'aider à faire sortir les Utes de leur état sauvage.

Pour l'assister dans sa grande croisade, Meeker avait amené sa femme Arvilla et sa fille Josie à l'agence. Il embaucha sept Blancs, dont un géomètre chargé de dessiner les plans d'un canal d'irrigation, un bûcheron, un constructeur de ponts, un charpentier et un maçon. Ces hommes étaient censés enseigner leur métier aux Utes tout en construisant le nouveau paradis agraire de Meeker.

L'agent avait demandé aux Utes de l'appeler Père (car il considérait ces sauvages comme des enfants), mais la plupart, à son grand déplaisir, l'avaient baptisé « Nick ».

Au printemps 1879, quelques bâtiments étaient en construction et un hectare et demi de terres avait été labouré, travail exécuté en grande partie par les employés blancs de Meeker, qui percevaient un salaire. L'agent ne comprenait pas que les Utes s'attendent également à être payés pour construire leur propre communauté agraire. Toutefois, afin d'obtenir le creusement de ses rigoles d'irrigation, il accepta de donner de l'argent à trente Indiens. Ceux-ci montrèrent assez d'ardeur au travail tant que Meeker les paya. Mais dès que ses fonds s'épuisèrent, ils préférèrent partir à la chasse ou aller voir les courses de chevaux. « Ils ont si peu de besoins qu'ils ne cherchent pas à adopter les coutumes civilisées », se lamenta l'agent auprès du commissaire aux Affaires indiennes, ajoutant : « Ce que nous appelons commodités et confort n'ont à leurs yeux pas suffisamment de valeur pour qu'ils fournissent des efforts personnels en vue de les obtenir. (...) Pour la plupart, ils n'éprouvent qu'indifférence et mépris envers les usages de l'homme blanc. » Il suggéra des mesures afin de corriger ces dispositions barbares : tout d'abord, confisquer les mustangs des Utes afin que ceux-ci ne puissent plus se déplacer et chasser, remplacer les montures par quelques chevaux de trait pour les labours et le transport puis, dès que les Utes abandonneraient la chasse et resteraient près de l'agence, priver de rations ceux qui refuseraient de travailler. « Je réduirai chaque Indien qui ne veut pas travailler à la famine[5] », écrivit l'agent au sénateur du Colorado, Henry M. Teller.

La manie qu'avait Meeker de coucher par écrit la moindre de ses idées et de ses observations, puis de les faire imprimer, entraîna une rupture totale dans ses relations avec les Utes. Au printemps 1879, il rédigea un dialogue imaginaire entre lui et une femme ute pour tenter de montrer que les Indiens ne pouvaient pas comprendre les joies du travail ou la valeur des biens matériels. Il déclarait dans ce dialogue que les terres de la réserve appartenaient au gouvernement et qu'elles n'étaient que prêtées aux Indiens afin qu'ils les fassent fructifier. « Si vous ne les cultivez pas et refusez de travailler, écrivait-il, les Blancs viendront et peu à peu, il ne vous restera plus rien[6]. »

Ce petit opus fut publié dans le *Greeley Tribune*, un journal du Colorado, et lu par William B. Vickers, un rédacteur en chef et homme politique qui méprisait les Indiens, en particulier les Utes. À cet époque, il était le secrétaire de Frederick Pitkin, le riche prospecteur qui avait joué un rôle de premier plan en 1873 dans l'appropriation des San Juan Mountains, autrefois terres utes. Pitkin avait, grâce à son pouvoir, obtenu le poste de gouverneur du Colorado lorsque celui-ci était devenu un État en 1876. En 1877, après la fin des guerres sioux, Pitkin et Vickers commencèrent à faire bruyamment campagne pour obtenir que les Utes soient exilés dans le Territoire Indien, ce qui permettrait de libérer d'immenses terres de grande valeur qu'il n'y aurait plus alors qu'à récupérer. Pour Vickers, le texte de Meeker publié dans le *Greeley Tribune* était un argument en or plaidant pour le départ des Utes. Il écrivit un article à ce propos dans le *Denver Tribune* :

> Les Utes sont des communistes avérés, et le gouvernement devrait avoir honte de les nourrir en son sein et de les conforter dans leur paresse et leur mépris gratuit de la propriété. Vivant aux crochets d'un Bureau des Affaires indiennes paternel mais imbécile, ils sont en réalité devenus trop paresseux pour venir retirer leurs rations régulièrement et préfèrent prendre ce qu'ils désirent là où ils le trouvent. S'ils étaient exilés dans le Territoire Indien, leur entretien coûterait au gouvernement moitié moins cher qu'aujourd'hui.
>
> L'honorable N.C. Meeker, le fameux directeur de l'agence White River, autrefois grand ami des Indiens, leur vouait une fervente admiration. Il est arrivé à l'agence persuadé de pouvoir faire des

choses admirables avec eux à force de bienveillance et de patience et en leur montrant le bon exemple. Or, ses efforts s'étant soldés par un échec total, il a enfin reconnu le bien-fondé de ce truisme que nous connaissons bien sur la Frontière : les seuls bons Indiens sont les Indiens morts[7].

L'article de Vickers ne s'arrêtait pas là, loin s'en faut. Il fut repris dans toute la presse du Colorado sous le titre « Dehors, les Utes ! » À la fin de l'été 1879, les orateurs blancs qui pullulaient dans cette région de la Frontière ne manquaient pas, chaque fois qu'ils étaient appelés à s'exprimer en public, de prononcer cette formule qui soulevait immanquablement des tonnerres d'applaudissements.

Lorsqu'ils apprirent que « Nick » Meeker les avait trahis sur le papier, les Utes en conçurent d'autant plus de colère qu'il affirmait que la réserve ne leur appartenait pas. Ils protestèrent par le biais de l'interprète de l'agence. Meeker maintint sa position, ajoutant qu'il avait le droit de labourer où il voulait sur la réserve parce que celle-ci appartenait au gouvernement, dont lui-même était l'agent.

Dans le même temps, William Vickers intensifiait sa campagne pour le départ des Utes en fabriquant des histoires de crimes et d'atrocités commises par les Indiens, qu'il alla jusqu'à rendre responsables des nombreux feux de forêt provoqués cette année-là par une sécheresse exceptionnelle. Le 5 juillet, il prépara un télégramme destiné au commissaire des Affaires indiennes et devant être signé par le gouverneur Pitkin :

> Je reçois chaque jour des rapports faisant état d'une bande d'Utes de la White River sortis de la réserve, qui détruisent les forêts. (...) Ils ont déjà réduit en cendres pour des millions de dollars de bois d'œuvre et menacent les colons et les prospecteurs. (...) Je suis convaincu qu'il y a chez les Indiens la volonté délibérée de détruire les espaces boisés du Colorado. Ces sauvages devraient être parqués sur le Territoire Indien, afin qu'ils cessent de détruire les magnifiques forêts de notre État[8].

Le commissaire réagit en promettant au gouverneur de prendre des mesures, puis intima à Meeker d'empêcher ses Utes de quitter la réserve. Lorsqu'il envoya chercher les chefs, l'agent découvrit qu'ils s'étaient réunis pour exprimer leur indignation. Ils avaient été mis au courant des fausses accusations du gouverneur et de ses menaces à leur encontre. Un ami blanc du nom de Peck, qui tenait un comptoir au nord de la réserve, avait lu un article dans un journal de Denver et en avait rapporté la teneur à Jack.

Il y était dit que les Utes avaient allumé des feux le long de la Bear River et incendié une maison appartenant à James B. Thompson, un de leurs anciens agents. Troublé, Jack décida de se rendre à Denver pour voir le gouverneur Pitkin et démentir ces rumeurs. Peck accepta de l'accompagner. Ils choisirent de passer par la maison de Thompson. Comme le constata Jack : « [Elle] était bien là, intacte. Elle n'avait pas été incendiée. »

Non sans mal, Jack parvint à se faire admettre dans le bureau du gouverneur Pitkin. « Le gouverneur m'a demandé comment ça se passait chez moi, dans la vallée de la White River. Les journaux racontaient tellement de choses à notre propos... Je lui ai dit que je pensais de même, et que c'était la raison qui m'avait fait venir à Denver. J'ai expliqué que je ne comprenais pas pourquoi nous en étions arrivés là. (...) Alors, il m'a montré une lettre de mon agent. J'ai dit que l'agent savait écrire, et que donc il avait écrit cette lettre, mais que ne sachant pas écrire, j'étais venu le voir lui en personne pour répondre à la lettre. Nous avons discuté et alors je lui ai conseillé de ne pas croire ce qui était écrit dans cette lettre. (...) Il a voulu savoir si la maison de Thompson avait vraiment été incendiée. Je lui ai répondu que je l'avais vue – qu'elle était intacte. Je lui ai alors parlé de l'agent et lui ai demandé d'écrire à Washington pour obtenir qu'un autre soit nommé à ce poste. Il m'a promis d'écrire le lendemain[9]. »

Il va sans dire que Pitkin n'avait pas du tout l'intention de faire remplacer Meeker. De son point de vue, les choses allaient dans le bon sens. Il lui suffisait d'attendre qu'ait lieu la confrontation entre Meeker et les Utes, et alors, « Dehors, les Utes ! »

À peu près au même moment, Meeker préparait son rapport annuel pour le commissaire aux Affaires indiennes. Il avait l'intention, expliquait-il, de créer une force de police au sein de la tribu ute. « Ils sont de mauvaise humeur », ajouta-t-il, ce qui ne l'empêcha pas quelques jours plus tard d'entreprendre des actions qui ne pouvaient que rendre les Utes encore plus belliqueux. Si rien ne prouve que Meeker adhérait au programme de Pitkin (« Dehors, les Utes ! »), presque toutes ses décisions semblaient destinées à pousser les Utes à la révolte.

Peut-être Meeker ne désirait-il pas le départ des Utes. Toujours est-il qu'il tenait à se débarrasser de leurs chevaux. Au début du mois de septembre, il ordonna à l'un de ses ouvriers blancs, Shadrach Price, de commencer à labourer une parcelle où les Utes faisaient paître leurs mustangs. Il y eut des protestations immédiates de la part des Indiens, qui demandèrent à Meeker pourquoi il ne choisissait pas un autre endroit que celui-ci, dont l'herbe était destinée à leurs montures. À l'ouest de ce pâturage se trouvait un autre terrain couvert d'armoises, que Quinkent (Douglas) était prêt à lui laisser. Meeker s'entêta : c'était le pâturage qu'il voulait labourer. Alors, les Utes envoyèrent sur place quelques jeunes braves armés de fusils. Ils s'approchèrent du laboureur et lui ordonnèrent d'arrêter. Shadrach Price s'exécuta et alla rapporter les faits à Meeker. Ce dernier le renvoya terminer son travail. Cette fois-ci, les Utes tirèrent quelques coups de semonce juste au-dessus de la tête de Price, qui dételа ses chevaux et se sauva sans demander son reste.

Meeker, furieux, adressa une lettre indignée au commissaire aux Affaires indiennes. « Nous avons affaire à de mauvais Indiens, écrivait-il. Nous leur donnons des rations gratuites, nous les flattons et les bichonnons depuis si longtemps qu'ils se croient tout permis[10]. »

L'après-midi, Canalla (Johnson), l'homme-médecine, vint trouver Meeker à l'agence et lui dit que le terrain labouré lui avait été attribué afin qu'il y fasse paître ses chevaux. Maintenant que les travaux avaient cessé, il ne voulait pas qu'ils reprennent.

Meeker interrompit le discours enflammé de Johnson. « Le problème, Johnson, le voici : vous avez trop de chevaux. Vous feriez mieux d'en tuer quelques-uns[11]. »

Interloqué, Johnson dévisagea Meeker. Alors, il s'approcha brusquement de l'agent, l'attrapa par les épaules, le fit sortir de la pièce et le poussa contre la balustrade du porche. Puis il partit sans un mot.

Voici l'incident tel que Johnson devait le raconter plus tard : « J'ai dit à l'agent qu'il n'était pas juste de sa part d'ordonner à ses hommes de labourer mon terrain. Il a répondu que j'avais toujours posé des problèmes, et que je risquais bien de me retrouver en taule. J'ai dit que je ne voyais pas pourquoi j'irais en prison, qu'il vaudrait mieux qu'un autre agent vienne, un homme bon qui ne proférerait pas de telles menaces. Puis j'ai pris l'agent par l'épaule et lui ai conseillé de partir. Sans rien lui faire d'autre – sans le frapper, ni rien d'autre – je l'ai simplement pris par l'épaule. Je ne me suis pas fâché contre lui. Ensuite, je suis rentré chez moi[12]. »

Avant de décider quoi que ce soit, Meeker convoqua Jack dans son bureau. Le chef ute évoqua plus tard leur entretien en ces termes : « Meeker m'a annoncé que Johnson l'avait maltraité. Je lui ai répondu que ce n'était rien, que c'était une affaire sans importance qu'il ferait mieux de laisser tomber. Il a dit que cela ne changeait rien, qu'il y attachait de l'importance et qu'il allait se plaindre. Je lui ai répété que ce serait vraiment dommage de faire toute une histoire pour si peu. Il a répondu qu'il n'appréciait pas un tel traitement de la part d'un jeune homme, qu'il était vieux et n'avait pas la force de répliquer, qu'il était un vieil homme, que Johnson l'avait maltraité et qu'il ne lui dirait plus rien, qu'il allait demander au commissaire d'envoyer des soldats et qu'il chasserait les Utes de leurs terres. Alors, je lui ai dit que ce ne serait vraiment pas bien d'agir ainsi. Il a répondu que de toute façon la terre n'appartenait pas aux Utes, ce à quoi j'ai répliqué que si, et que c'était pour cette raison précise que le gouvernement avait établi les agences ici, parce que c'était le territoire des Utes. J'ai répété que l'incident entre Johnson et lui était négligeable, qu'il ferait mieux de laisser tomber et de ne pas en faire toute une histoire[13]. »

Meeker passa la journée et la nuit suivantes à ressasser la détérioration de ses relations avec les Utes. Enfin, il décida de leur donner une bonne leçon. Il envoya deux télégrammes, l'un au gouverneur Pitkin pour lui demander la protection de l'armée, l'autre au commissaire aux Affaires indiennes.

> J'ai été agressé par un chef, Johnson, chassé de chez moi et grièvement blessé. Il s'avère à présent que Johnson est à l'origine de tous les problèmes que nous avons. (...) C'est son fils qui a tiré sur l'homme qui labourait le champ. Beaucoup ne veulent pas que nous labourions. Arrêt des travaux de labourage. Menaces contre ma propre vie, celle de ma famille, de mes employés. Protection

immédiate réclamée. Ai demandé au gouverneur Pitkin de s'entretenir avec le général Pope.

Au cours de la semaine qui suivit, les lourdes machines des Départements de l'Intérieur et de la Guerre se mirent lentement en branle. Le 15 septembre, Meeker fut informé que des unités de cavalerie avaient reçu l'ordre de se diriger vers la White River. L'agent fut autorisé à arrêter les « meneurs responsables des récents troubles[14] ».

Le Département de la Guerre envoya des ordres au chef d'escadron Thomas T. Thornburgh, commandant du fort Fred Steele, « pour se rendre avec un nombre suffisant d'hommes à l'agence ute, munis d'instructions spéciales ». Thornburgh étant parti à la chasse à l'élan, les ordres ne lui parvinrent que plus tard, et il ne se mit en route que le 21 septembre. Il équipa deux cents cavaliers et hommes d'infanterie pour parcourir les deux cent quarante kilomètres qui les séparaient de la White River[15].

Le 25 septembre, il atteignit Fortification Creek, à mi-chemin de l'agence. Il décida d'envoyer l'un de ses guides prévenir Meeker qu'il serait à l'agence quatre jours plus tard et lui demander des informations sur la situation. Le même jour, Colorow et Jack apprirent l'arrivée des soldats alors qu'ils se rendaient avec leurs bandes dans la vallée de la Milk River pour leurs chasses d'automne.

Jack partit vers la Bear River, où il tomba sur les troupes. « Que se passe-t-il ? Vous venez pour quoi faire ? s'enquit-il. Nous ne voulons pas nous battre contre les soldats. Nous avons tous le même père au-dessus de nos têtes. Nous ne voulons pas nous battre contre eux. »

Thornburgh et ses officiers lui expliquèrent qu'ils avaient reçu l'ordre d'aller à l'agence, que les Indiens étaient en train d'incendier les forêts de la région et qu'ils avaient brûlé la maison de Mr. Thompson. Jack répliqua que c'était faux, que les Utes n'avaient incendié aucune forêt, aucune maison. « Laisse tes hommes ici, dit-il à Thornburgh. Je suis un homme honnête. Je suis Nicaagat. Laisse tes hommes ici, et viens avec moi à l'agence. » Thornburgh répondit que ses ordres étaient d'aller avec ses hommes à l'agence, et qu'à moins de recevoir des instructions de Meeker, c'était ce qu'il devait faire[16].

Jack répéta que les Utes n'avaient aucune intention belliqueuse. Ce n'était pas, ajouta-t-il, une bonne chose que les soldats entrent sur leur réserve. Sur ce, il quitta Thornburgh et retourna en toute hâte à l'agence pour prévenir « Nick » Meeker que des choses graves se passeraient s'il laissait venir les soldats.

En chemin, Jack s'arrêta pour s'entretenir avec Douglas. En tant que chefs, ils étaient rivaux, mais maintenant que les Utes de la White River étaient tous menacés, il ne devait plus y avoir de divisions à la tête de la tribu. Les jeunes Utes avaient entendu trop souvent dire que les Blancs allaient les envoyer dans le Territoire Indien ; Meeker aurait même déclaré devant certains d'entre eux que les soldats apportaient un chariot entier de menottes, de chaînes et de cordes, et que les mauvais Utes seraient pendus et les autres faits prisonniers. Si ces jeunes braves pensaient que les soldats venaient les arracher à leurs terres, alors ils les combattraient jusqu'à la mort, et même les chefs ne pourraient pas les en empêcher. Douglas déclara qu'il ne voulait rien avoir à faire avec toutes ces histoires. Jack parti, il hissa le drapeau américain au-dessus de son tipi. (Peut-être ignorait-il que Black Kettle, le chef cheyenne, avait fait de même à Sand Creek en 1864.)

« J'ai annoncé à l'agent que les soldats arrivaient, raconta Jack par la suite, et que j'espérais qu'il ferait quelque chose pour les empêcher de venir jusqu'à l'agence. Il a répondu que ce n'était pas ses affaires, qu'il ne voulait pas y être mêlé. Alors, je lui ai demandé de venir avec moi voir les soldats. Il a déclaré que je n'arrêtais pas de l'agresser, et qu'il refusait de m'accompagner. Cela, c'était dans son bureau. Après, il s'est levé, est parti dans une autre pièce, a fermé la porte et l'a verrouillée. Je ne l'ai plus jamais revu[17]. »

Plus tard, Meeker changea visiblement d'avis et décida de suivre les conseils de Jack. Il envoya un messager à Thornburgh, lui suggérant d'arrêter sa colonne et de venir à l'agence avec une escorte de cinq soldats. « Les Indiens semblent considérer l'avancée des troupes comme une véritable déclaration de guerre », écrivait-il[18].

Le lendemain, le 28 septembre, le message parvint au campement de Thornburgh en même temps que Colorow, venu pour tenter de convaincre le chef d'escadron qu'il ne devait pas avancer davantage. « Je lui ai dit que j'ignorais totalement pourquoi les troupes étaient là, devait expliquer Colorow par la suite, ou pour quelle raison il devrait y avoir la guerre[19]. » Les Tuniques Bleues se trouvaient alors à soixante kilomètres à peine de l'agence de la White River.

Après avoir lu le message de Meeker, Thornburgh annonça à Colorow qu'il longerait avec ses troupes la Milk River jusqu'à la frontière de la réserve ute, en aval. Il installerait son campement là, puis se rendrait à l'agence avec cinq hommes afin de s'entretenir avec Meeker.

Peu après le départ de Colorow et de ses braves, Thornburgh réunit ses officiers et décida de changer de plan. Au lieu de s'arrêter à la frontière de la réserve, la colonne continuerait jusqu'à Coal Creek Canyon et au-delà. Il s'agissait d'un impératif militaire, expliqua-t-il, les villages de Colorow et de Jack se trouvant non loin. Si les soldats s'arrêtaient au bord de la Milk River et que les Utes décidaient de bloquer l'entrée du canyon, les hommes seraient alors dans l'impossibilité d'atteindre l'agence. Par contre, s'ils avançaient jusqu'à l'autre bout du canyon, au sud, ils n'auraient plus qu'à traverser quelques kilomètres d'espaces dégagés avant d'atteindre la White River.

Parti avant la colonne, Colorow arriva dans son village le 29 septembre, à environ neuf heures du matin. Il trouva les siens extrêmement excités par l'arrivée imminente des soldats. « J'en ai vu plusieurs filer dans la direction où se trouvaient les soldats, raconta-t-il. Je les ai suivis et suis arrivé à l'endroit où ils s'étaient rassemblés. » Là, il retrouva Jack, accompagné d'une soixantaine de guerriers. Les deux chefs échangèrent les informations qu'ils détenaient : Jack raconta à Colorow son entretien inutile avec Meeker tandis que Colorow lui faisait part de la promesse faite par Thornburgh de ne pas dépasser la Milk River. « Alors, j'ai expliqué à Jack qu'à mon avis, il devrait conseiller aux jeunes braves de ne pas se livrer à des démonstrations guerrières. Il m'a répondu que mieux valait les éloigner de la route. De là où nous étions, aucun soldat n'était en vue, du moins pas encore. Nous nous sommes postés à quelque distance de la route. Jack a annoncé que lorsqu'il estimerait que les soldats avaient atteint la Milk River, il irait les voir[20]. »

Ni Colorow ni Jack ne pouvait savoir que la colonne de Thornburgh avait déjà passé la Milk. Après avoir fait boire les chevaux dans la rivière, le chef d'escadron avait décidé de faire avancer les chariots dans le canyon avec une escorte tandis que lui-même prenait avec le reste des troupes un chemin plus direct par les crêtes. L'ironie de la chose, c'est que ce faisant, il allait tomber pile sur les Utes que Jack avait éloignés de la route précisément dans le but d'éviter ce genre de rencontre.

À peu près au même moment, on vit revenir au galop un jeune Ute parti en mission de reconnaissance. « Les troupes ne s'arrêtent pas là où elles avaient promis hier, elles arrivent », annonça-t-il à Jack.

Brusquement très inquiet, ce dernier monta sur la crête avec son petit groupe de guerriers. Quelques minutes plus tard, il vit la file des chariots des soldats s'étirer sur la route en lacets qui menait au canyon. « Je me suis posté en haut de la colline avec une vingtaine de mes hommes, et tout d'un coup, j'ai aperçu trente à quarante soldats. Dès qu'il m'ont vu, il se sont déployés. J'avais combattu les Sioux avec le général Crook l'année précédente, et j'ai immédiatement compris que si l'officier déployait ses troupes de la sorte, cela signifiait qu'il avait l'intention de se battre ; alors j'ai ordonné à mes guerriers de faire de même. »

Après avoir donné à ses hommes l'ordre de se déployer, le lieutenant Samuel Cherry, l'officier à la tête de l'avant-garde, les fit s'arrêter au pied de la falaise afin d'attendre Thornburgh. S'avançant de quelques dizaines de mètres, ce dernier agita son chapeau en direction des Indiens qui observaient la scène depuis la crête. Plusieurs guerriers répondirent d'un signe de la main.

Jack attendit trois à quatre minutes que l'un des officiers propose la tenue d'un conseil. Mais aucun d'entre eux ne bougea, comme s'ils s'attendaient à ce que les Utes fassent le premier pas. « Alors, devait expliquer Jack par la suite, je suis allé à leur rencontre avec un autre Indien. » Le lieutenant Cherry mit pied à terre et s'avança vers les Utes. Il fit quelques pas, puis agita son chapeau. Un coup de feu fracassa le silence. « Alors que nous étions encore à bonne distance les uns des autres, dit Jack, quelqu'un a tiré. Je ne sais de quel camp est parti le coup, mais tout de suite après des tirs nourris ont éclaté, si bien que j'ai compris qu'il me serait impossible de faire cesser les combats. J'ai quand même fait des signes à mes hommes avec mon chapeau en criant : "Ne tirez pas, nous voulons parler, c'est tout", mais ils ont cru que je les encourageais à se battre[21]. »

Pendant que les combats s'intensifiaient et gagnaient le convoi de chariots, disposés en cercle défensif, Douglas, qui se trouvait à l'agence, était mis au courant de la situation. Il alla immédiatement trouver « Nick » Meeker dans son bureau et lui dit que les soldats avaient pénétré sur la réserve. Il ne faisait aucun doute pour lui que les guerriers utes les combattraient. Il n'y aurait aucun problème, répliqua Meeker, avant de demander à Douglas de venir avec lui voir les soldats le lendemain matin.

En début d'après-midi, les Utes avaient tous appris que les soldats combattaient leurs frères au bord de la Milk River. Munis de leurs fusils, une dizaine d'entre eux se rendirent à l'agence. Là, ils tirèrent sur tous les ouvriers blancs qu'ils trouvèrent autour des bâtiments. Lorsque la nuit tomba, Nathan Meeker était mort, ainsi que tous ses employés blancs. Quant aux trois femmes, les Indiens les avaient capturées, avant de se réfugier avec elles dans un ancien campement ute au bord du Piceance Creek, en les violant sur le chemin.

Les combats durèrent presque une semaine. Les deux cents soldats se retrouvèrent pratiquement encerclés par trois cents guerriers. Thornburgh tomba lors des premiers engagements. En tout, il y eut douze morts et quarante-trois blessés parmi les Tuniques bleues, et trente-sept morts côté indiens. Pour les Utes, il s'agissait d'une lutte désespérée pour empêcher l'invasion militaire de leur réserve et leur propre transfert en tant que prisonniers vers le Territoire Indien.

Ouray, qui se trouvait à l'agence de Los Pinos, à deux cent cinquante kilomètres au sud, fut atterré lorsqu'il apprit les événements. Seule une réaction immédiate de sa part pourrait sauver sa position de chef et l'ensemble de la réserve ute. Le 2 octobre, il envoya le message suivant :

> Aux chefs et aux Utes de l'agence de la White River :
>
> Il vous est par la présente demandé et ordonné de cesser toutes hostilités contre les Blancs, de ne blesser personne, si ce n'est pour protéger votre propre vie et vos biens contre les entreprises illégales et non autorisées des voleurs de chevaux et des desperados, toute autre action ne pouvant qu'avoir des conséquences désastreuses pour toutes les parties concernées[22].

Le message d'Ouray ainsi que l'arrivée de renforts de la cavalerie américaine mirent un terme aux hostilités. Il était cependant trop tard pour sauver les Utes du désastre. Depuis quelque temps déjà, le gouverneur Pitkin et William Vickers répandaient d'un bout à l'autre du Colorado des histoires d'atrocités mettant généralement en cause les Uncompahgres de Los Pinos, qui pour la plupart vaquaient innocemment à leurs occupations sans rien savoir de ce qui se passait à White River. Vickers incita les citoyens blancs du Colorado à se soulever et à « exterminer les diables rouges », encourageant ainsi l'organisation précipitée de milices dans plusieurs villes et petits bourgs de l'État. Les journalistes vinrent en si grand nombre de l'Est pour couvrir cette prometteuse nouvelle « guerre indienne » que Pitkin décida de faire une déclaration spéciale à leur intention :

« Je pense qu'une fois cette affaire terminée, les déprédations qui ravagent le Colorado cesseront. Il sera impossible pour les Indiens et les Blancs de vivre en paix à partir de là. L'agression que nous subissons est purement gratuite et les Blancs comprennent à présent qu'ils peuvent être attaqués n'importe où dans l'État dès que les Indiens se trouvent en nombre suffisant.

« Mon avis est que, à moins d'être déplacés par le gouvernement, ils devront être exterminés. Je suis en mesure de rassembler en vingt-quatre heures vingt-cinq mille hommes pour protéger les colons. L'État est disposé à régler le problème indien à ses propres frais. Les avantages promis par l'ouverture de six millions d'hectares de terres aux prospecteurs et aux colons compenseraient largement les frais engagés[23]. »

Les Utes de la White River libérèrent les trois femmes qu'ils avaient capturées. Fut alors constituée l'inévitable commission d'enquête chargée de déterminer les causes précises des hostilités, de désigner les coupables et de fixer les sentences. La bataille de la Milk River fut qualifiée d'embuscade, ce qu'elle n'était pas, et les incidents de l'agence de la White River de massacre, ce qu'ils étaient bel et bien. Jack, Colorow et leurs partisans furent au final exemptés de peine au motif qu'ils avaient participé en tant que guerriers à un combat loyal. Douglas et les Utes qui avaient tiré sur les Blancs à l'agence furent jugés pour meurtre, mais personne ne fut en mesure d'identifier formellement les auteurs des coups de feu ayant provoqué la mort de Nathan Meeker et de ses employés.

Douglas déclara qu'il se trouvait dans les magasins de l'agence lorsqu'il entendit le premier coup de feu. « Je suis sorti et me suis avancé dans la rue. De là, je me suis dirigé droit vers ma maison. En arrivant chez moi, je me suis mis à pleurer en pensant à ce à quoi mes amis avaient été réduits[24]. » Arvilla Meeker ayant juré au cours d'une audition privée que Douglas l'avait forcée à avoir des relations sexuelles avec lui, le vieux chef de soixante ans fut expédié à la prison de Fort Leavenworth. Il ne fut toutefois ni inculpé ni jugé ; une accusation publique de viol aurait mis Mrs. Meeker dans l'embarras. Ajoutons à cela qu'en ces âges pudibonds, un acte sexuel impliquant un Indien était doublement répugnant.

Les peines infligées individuellement ne présentaient cependant que peu d'intérêt pour les prospecteurs et les responsables politiques. Ce que ceux-ci voulaient, c'était punir les sept nations utes elles-mêmes et les chasser de ces six millions d'hectares de terres qui n'attendaient que d'être creusées, hérissées de barrages et débarrassées de leurs forêts, ce qui permettrait dans le même temps la constitution de coquettes fortunes.

Ouray était au seuil de la mort lorsque le Bureau des Affaires indiennes l'emmena à Washington pour défendre l'avenir de son peuple. Souffrant de néphrite, il se plia aux souhaits de Gros-Yeux Schurz et des autres représentants du gouvernement qui décidèrent que les Utes devaient partir sur une nouvelle réserve de l'Utah – située sur des terres dont les Mormons ne voulaient pas. Il mourut avant que l'armée ne rassemble les Utes en août 1885 pour entreprendre la marche de près de six cents kilomètres qui les mèneraient dans l'Utah. Si l'on excepte un minuscule territoire au sud-ouest de l'État, où une petite bande d'Utes du Sud fut autorisée à s'installer, le Colorado se retrouva entièrement débarrassé de ses Indiens. Cheyennes, Arapahos, Kiowas, Comanches, Jicarillas et Utes avaient autrefois parcouru ses montagnes et ses plaines. Désormais, ne resteraient d'eux que leurs noms sur la terre des Blancs.

17

Le dernier des chefs apaches

1880 : Le 1er juin, la population des États-Unis atteint le chiffre de 50 155 783.

1881 : Le 4 mars, investiture du nouveau président, James A. Garfield. Le 13, en Russie, assassinat du tsar Alexandre II par des nihilistes. Le 2 juillet, Garfield est victime d'un attentat. Il décède le 19 septembre. Chester A. Arthur devient président.

1882 : Le 3 avril, Jesse James est abattu à St. Joseph (Missouri). Le 4 septembre, grâce à Edison, la gare centrale de New York bénéficie du premier éclairage électrique commercial. Publication de Huckleberry Finn, *de Mark Twain.*

1883 : Le 24 mars, la première connexion téléphonique est établie entre New York et Chicago. Le 3 novembre, la Cour Suprême des États-Unis statue qu'un Indien est un étranger à la charge de l'État. Publication de L' Île au Trésor, *de Robert L. Stevenson.*

1884 : En janvier, la Russie abolit les taxes sur la terre, dernière survivance du servage. Le 13 mars, début du siège de Khartoum (Soudan).

1885 : Le 26 janvier, Khartoum tombe aux mains du Mahdi ; assassinat du gouverneur général, Charles George Gordon. Le 4 mars, Grover Cleveland devient le premier candidat du parti démocrate élu président depuis la guerre de Sécession.

*1886 : Le 1er mai, grèves générales dans tous les États-Unis pour réclamer la journée de huit heures. Le 4, à Haymarket Square (Chicago), une bombe lancée sur la police par un anarchiste lors d'un meeting politique fait sept morts et soixante blessés. Le 28 octobre, la statue de la Liberté est érigée sur Bedloe's Island. Le 8 décembre, création de l'*American Federation of Labor, *une confédération syndicale.*

Je vivais paisiblement avec ma famille, mangeais à ma faim, dormais bien, veillais au bien-être de mon peuple et étais parfaitement satisfait de ma vie. J'ignore l'origine de toutes ces histoires. Nous ne manquions de rien. On n'aurait rien pu me reprocher. Je n'avais pas tué de chevaux, je n'avais tué aucun Américain, aucun Indien. Je ne sais pas ce qui a pris les gens qui s'occupaient de nous. Ils savaient la vérité, et pourtant, ils ont raconté que j'étais mauvais, qu'il n'y avait pas pire que moi. Qu'avais-je fait ? Je vivais là-bas paisiblement avec ma famille, sous l'ombre des arbres. Je faisais ce que le général Crook m'avait dit de faire et m'efforçais de suivre ses conseils. J'exige de savoir qui a ordonné mon arrestation. Je priais la lumière et l'ombre, Dieu et le soleil, de me laisser vivre tranquille avec ma famille. Je ne comprends pas pourquoi les gens se sont mis à me parler avec violence. Souvent, sont publiées dans les journaux des articles où l'on réclame ma mort. Je ne veux plus de cela. Quand un homme s'efforce de bien agir, de telles choses ne devraient pas apparaître dans les journaux. Il ne me reste plus qu'une poignée d'hommes. Il leur est arrivé de commettre des mauvaises actions. Que celles-ci soient effacées, et qu'on en parle plus. Nous ne sommes plus qu'une poignée.

Goyathlay (Géronimo)

Après la mort de Cochise en 1874, son fils aîné, Taza, devint le chef des Chiricahuas tandis que Taglito (Tom Jeffords) conservait son poste d'agent de la réserve d'Apache Pass. Contrairement à son père, Taza ne parvint pas à obtenir l'allégeance de tous les Chiricahuas. Rapidement, des factions se constituèrent et les raids que Cochise avait strictement interdits reprirent, malgré les efforts conjugués de Taza et de Jeffords. La réserve chiricahua se trouvant non loin du Mexique, elle devint pour les pillards apaches une étape et un refuge lorsqu'ils franchissaient la frontière. Il va sans dire que les colons avides de terres et les responsables politiques ne tardèrent pas à réclamer le déplacement de tous les Chiricahuas.

En 1875, le gouvernement américain s'était tourné vers une politique de concentration des tribus indiennes soit sur le Territoire Indien, soit sur de grandes réserves régionales. Avec une superficie de 2,5 millions d'acres, celle de White Mountain, dans l'est de l'Arizona, était plus étendue que l'ensemble des autres réserves apaches du Sud-Ouest. L'agence de San Carlos y administrait déjà sept bandes apaches. Lorsque le gouvernement apprit la dégradation de la situation sur la réserve chiricahua, il trouva là un prétexte en or pour justifier l'installation de la bande de Taza à San Carlos.

L'agence, située au confluent de la San Carlos River et de la Gila River, était, aux yeux des officiers de l'armée, un poste qui n'avait rien d'enviable. « Sur un sol graveleux, écrivit l'un d'eux, qui surplombait d'à peu près dix mètres le lit de la rivière se dressaient çà et là les mornes bâtiments en pisé de l'agence. Quelques maigres rangées de peupliers tristes et pratiquement nus signalaient la présence des cours d'eau. La pluie était si rare qu'elle en devenait un phénomène. Des vents presque toujours secs et chargés de poussières et de gravillons balayaient la plaine, emportant avec eux la moindre végétation. L'été, une température de vingt-cinq degrés à l'ombre était considérée comme fraîche. Le reste de l'année, mouches, moucherons et insectes de toutes sortes... envahissaient les lieux par millions[1]. »

En 1875, le poste avait pour agent John Clum, celui-là même qui, quelques mois auparavant, avait sorti Eskiminzin et ses Arapaivas de Camp Grant et les avait aidés à parvenir pour ainsi dire à l'autosuffisance sur des terres irriguées le long de la Gila River. Grâce à son opiniâtreté, il avait forcé les soldats à se retirer de l'immense réserve de White Mountain et les avait remplacés par une compagnie d'Apaches chargés du maintien de l'ordre chez eux. Il avait également établi un système de tribunaux apaches pour juger les auteurs de délits. Ses supérieurs avaient beau se méfier de sa volonté peu orthodoxe de laisser les Indiens prendre leurs propres décisions, ils ne pouvaient nier le fait qu'il avait réussi à maintenir la paix à San Carlos.

Le 3 mai 1876, Clum reçut un télégramme du commissaire aux Affaires indiennes lui ordonnant de se rendre à l'agence chiricahua pour prendre en charge les Indiens qui y vivaient, décharger de ses fonctions l'agent Jeffords, et installer les Chiricahuas à San Carlos. Cette tâche odieuse ne lui inspira aucun enthousiasme. Il doutait que les Chiricahuas puissent s'adapter à la vie bien encadrée de White Mountain, eux qui tenaient tant à leur liberté. Il exigea que les cavaliers de l'armée restent à bonne distance, puis entra avec ses policiers indiens dans la réserve d'Apache Pass afin d'informer les Chiricahuas qu'ils allaient devoir partir. À sa grande surprise, Taza et Jeffords se montrèrent plutôt coopératifs. Comme son père, Cochise, Taza tenait à la paix. Si pour la maintenir il fallait vraiment que les Chiricahuas quittent leur terre natale, alors ils le feraient. Pourtant, seule la moitié de la tribu prit le chemin de White Mountain. Lorsque l'armée pénétra sur la réserve pour rassembler les récalcitrants, la plupart gagnèrent le Mexique. L'un des chefs des fuyards était un Apache Bedonkohe de quarante-six ans qui s'était allié dans sa jeunesse avec Mangas Coloradas avant de suivre Cochise et de se considérer comme un Chiricahua. Il s'appelait Goyathlay, mais les Blancs le connaissaient sous le nom de Géronimo.

Même si les Chiricahuas qui allèrent de leur plein gré à San Carlos n'éprouvaient pas pour l'agent Clum les mêmes sentiments chaleureux que certaines des autres bandes apaches, ils ne lui causèrent aucun problème. À la fin de l'été 1876, lorsque Clum obtint de la part du Bureau des Affaires indiennes la permission d'emmener vingt-deux Apaches dans l'Est, il proposa à Taza de se joindre au groupe. Malheureusement, alors qu'ils visitaient Washington, Taza contracta une pneumonie et mourut brutalement. Il fut incinéré au cimetière du Congrès. À son retour à San Carlos, il dut faire face aux reproches de Naiche, l'un des jeunes frères de Taza. « Tu as pris mon frère, lui dit Naiche. Il se portait bien, était robuste, mais tu es revenu sans lui, et tu dis qu'il est mort. Moi, je ne sais pas. Je crois que tu t'es mal occupé de lui. Tu as laissé les mauvais esprits des Visages-Pâles le tuer. Il y a une grande douleur dans mon cœur[2]. »

Clum demanda à Eskiminzin de raconter à Naiche la mort de Taza et son incinération, pensant ainsi le rassurer. Mais les Chiricahuas restaient méfiants. Taglito Jeffords n'était pas là pour les conseiller, et ils ne savaient pas jusqu'où ils pouvaient se fier à John Clum, ou à un Blanc quel qu'il soit.

Au cours de l'hiver 1876-1877, ils apprirent lors de visites discrètes de leurs frères du Mexique ce qui se passait de l'autre côté de la frontière, notamment que grâce à des raids contre leurs vieux ennemis les Mexicains, Géronimo et sa bande possédaient désormais des troupeaux de plus en plus grands. Au printemps, Géronimo vint au Nouveau-Mexique avec le bétail et les chevaux volés, les vendit à des fermiers blancs, puis acheta des armes, des chapeaux, des bottes et une bonne quantité de whisky. Sa bande de Chiricahuas s'installa dans un endroit discret près de leurs cousins, les Mimbres de l'agence Ojo Caliente, dont le chef était Victorio.

En mars 1877, John Clum reçut de Washington l'ordre de se rendre avec ses policiers apaches à Ojo Caliente pour transférer les Indiens qui s'y trouvaient à San Carlos. Il devait en outre arrêter Géronimo ainsi que tous les autres Chiricahuas « renégats » qu'il trouverait dans les parages.

Voici le récit que Géronimo fit plus tard des événements : « Deux compagnies d'éclaireurs sont parties de San Carlos. Victorio et moi devions, d'après les soldats, venir en ville. Les messagers n'ont pas précisé ce qu'on nous voulait, mais comme ils avaient l'air aimable, nous en avons conclu que les soldats comptaient tenir un conseil. Nous avons pris nos chevaux et sommes allés à la rencontre des officiers. Dès notre arrivée en ville, des soldats nous ont barré la route, désarmés et emmenés tous les deux au quartier général où nous sommes passés en cour martiale. On nous a posé très peu de questions. Alors, Victorio a été relâché et j'ai été condamné à rester en prison. Des éclaireurs m'ont amené à la prison et enchaîné. Quand je leur ai demandé pourquoi, ils ont répondu que c'était parce que j'avais quitté Apache Pass.

« Je n'ai jamais appartenu à ces soldats d'Apache Pass, pas plus que je n'étais dans l'obligation de leur demander où j'avais le droit d'aller. (...) On m'a gardé prisonnier quatre mois, au cours desquels j'ai été transféré à San Carlos. Là-bas, j'ai eu droit à un autre procès, je crois, mais je n'y étais pas. En fait, je n'en suis pas sûr, mais c'est ce que l'on m'a dit. Et de toute façon, j'ai été relâché[3]. »

Même si Victorio ne fut pas arrêté, il se retrouva transféré avec la plupart des Apaches de Warm Springs à San Carlos au printemps 1877. Clum tenta de gagner sa confiance en lui accordant plus de pouvoirs qu'il n'en avait eus à Ojo Caliente. Pendant quelques semaines, on aurait pu croire que des communautés apaches paisibles allaient se développer sur la réserve de White Mountain. C'est alors qu'une compagnie de soldats vint s'installer à Fort Thomas, sur la Gila River. L'armée présenta la manœuvre comme une précaution rendue nécessaire par la concentration à San Carlos de « presque tous les Indiens les plus réfractaires du Territoire[4] ».

Furieux, Clum envoya un télégraphe au commissaire aux Affaires indiennes pour réclamer le droit d'équiper une compagnie supplémentaire de policiers apaches afin de remplacer les soldats, et le retrait de ces derniers. Les journaux de Washington, mis au courant de son audace, publièrent ses exigences, provoquant ainsi la colère du Département de la Guerre. Dans l'Arizona et le Nouveau-Mexique, des entrepreneurs civils en contrat avec l'armée, craignant le départ des soldats et la perte d'un commerce fort juteux, condamnèrent le « toupet et l'arrogance » de ce parvenu de vingt-six ans qui prétendait faire tout seul ce que plusieurs milliers de soldats n'étaient pas parvenus à accomplir depuis que les guerres apaches avaient commencé.

L'armée resta à San Carlos, et John Clum démissionna. Aussi *simpático* fût-il, il n'avait jamais appris à penser comme un Apache, à se glisser dans la peau d'un Apache, à l'instar de Tom Jeffords. Il n'arrivait pas à comprendre les chefs qui s'entêtaient à résister jusqu'au bout. Il ne parvenait pas à voir en eux des figures héroïques qui préféraient la mort à la perte de leur héritage. À ses yeux, Géronimo, Victorio, Nana, Loco, Naiche et les autres guerriers n'étaient que des brigands, des voleurs, des meurtriers et des ivrognes – trop réactionnaires pour adopter les us de l'homme blanc. Ainsi, il quitta les Apaches et alla s'installer à Tombstone, dans l'Arizona, où il fonda un journal militant, l'*Epitaph*.

L'été 1877 n'était pas terminé que la situation à San Carlos était devenue chaotique. Alors que le nombre d'Indiens avait augmenté de plusieurs centaines, les vivres nécessaires tardaient à arriver. Comme si les choses n'étaient pas assez difficiles comme cela, le nouvel agent, au lieu d'aller distribuer les rations dans les différents campements indiens, exigeait que toutes les bandes se présentent à l'agence principale. Certains des Apaches devaient ainsi parcourir plus de trente kilomètres à pied. Les vieillards et les enfants incapables de faire le trajet ne recevaient aucune ration. Ajoutons à cela que les prospecteurs grignotaient la partie nord-est de la réserve et refusaient de partir. Le système autonome établi par Clum commençait à chanceler.

La nuit du 2 septembre, Victorio quitta la réserve à la tête de sa bande et prit le chemin d'Ojo Caliente. Les policiers apaches se lancèrent à sa poursuite, récupérèrent une grande partie des chevaux et des mules que les Indiens avaient pris dans les enclos de White Mountain, tout en laissant filer Victorio et les siens. Après plusieurs affrontements contre des fermiers et des soldats, les fuyards finirent par atteindre Ojo Caliente. Ils restèrent là un an, gardés par des soldats de Fort Wingate, jusqu'à ce que fin 1878 parviennent les ordres de les ramener à San Carlos.

Victorio supplia les officiers de l'armée de laisser ses frères vivre à l'endroit où ils étaient nés. Lorsqu'il comprit qu'il n'obtiendrait jamais gain de cause, il s'écria : « Vous pouvez prendre nos femmes et nos enfants dans vos chariots, mais mes hommes ne vous suivront jamais[5] ! »

Accompagné d'environ quatre-vingts guerriers, il s'enfuit alors dans les Mimbres Mountains. L'hiver loin de leurs familles fut dur. En février 1878, Victorio et quelques-uns de ses hommes se présentèrent au poste d'Ojo Caliente et proposèrent de se rendre si l'armée laissait leurs familles quitter San Carlos. L'armée fit attendre sa décision pendant plusieurs semaines, avant d'annoncer qu'elle optait pour un compromis. Les Apaches de Victorio pourraient s'établir au Nouveau-Mexique, mais il leur faudrait cohabiter avec les Mescaleros à Tularosa. Victorio accepta, et pour la troisième fois en deux ans, ses frères et lui durent commencer une nouvelle vie.

L'été 1879, Victorio fit l'objet d'une accusation de meurtre et de vol de chevaux, faits commis longtemps auparavant. Des policiers entrèrent sur la réserve pour l'arrêter. Il s'échappa et décida cette fois-ci de ne plus jamais se placer à la merci des Blancs en vivant sur une réserve. Il était désormais convaincu que son sort était scellé, et qu'à moins de se battre comme ils l'avaient fait au Mexique à l'arrivée des Espagnols, les Apaches étaient perdus.

Il établit son refuge au Mexique et commença à recruter des guérilleros afin d'engager « une guerre éternelle » contre les États-Unis. Fin 1879, son armée comptait deux cents Mescaleros et Chiricahuas. Afin de se procurer des chevaux et des vivres, les Apaches lancèrent des raids contre des ranchs mexicains, puis firent des incursions audacieuses au Nouveau-Mexique et au Texas, au cours desquelles ils tuèrent autant de colons qu'ils pouvaient en trouver et tendirent des embuscades aux cavaliers qui les poursuivaient, avant de repasser la frontière au triple galop.

Au fil des combats, la haine de Victorio se fit plus violente encore. Il se transforma en un impitoyable tueur qui torturait et mutilait ses victimes. Le jugeant fou, certains de ses partisans le quittèrent. Une récompense de trois mille dollars fut offerte pour sa tête. Enfin, les armées américaines et mexicaines décidèrent de coopérer afin de le trouver. Le 14 octobre 1880, des soldats mexicains piégèrent sa bande dans les Tres Castillos Hills, entre Chihuahua et El Paso. Ils massacrèrent soixante-dix-huit Apaches, dont Victorio, et capturèrent soixante-huit femmes et enfants. Environ trente guerriers leur échappèrent.

Parmi les captifs figurait un guerrier mimbres de plus de soixante-dix ans du nom de Nana. Aussi longtemps qu'il s'en souvienne, il avait toujours combattu les Blancs, qu'ils parlent espagnol ou anglais. Pour lui, il ne faisait aucun doute que la résistance devait continuer. Il recruterait une nouvelle armée de guérilleros, et le meilleur vivier de guerriers, n'était-ce pas les réserves, où des centaines de jeunes hommes croupissaient dans l'oisiveté la plus totale ? L'été 1881, le vieil Apache au visage ridé et couturé de cicatrices traversa le Rio Grande avec une poignée de partisans. En moins d'un mois, ses compagnons et lui avaient livré huit combats, capturé deux cents chevaux avant de se réfugier au Mexique, poursuivis par mille cavaliers. Nana effectuait ses raids loin de White Mountain, ce qui n'empêcha pas les Apaches qui y vivaient d'entendre parler de ses exploits. L'armée réagit en envoyant plusieurs centaines de soldats monter la garde autour de la réserve.

En septembre, les Chiricahuas virent avec grande inquiétude la cavalerie manœuvrer près de leur campement. Des rumeurs circulaient. On disait que l'armée préparait l'arrestation de tous les chefs qui à un moment ou un autre lui avaient été hostiles. Une nuit, vers la fin du mois, Géronimo, Juh, Naiche et quelque soixante-dix autres Chiricahuas s'enfuirent discrètement et gagnèrent à la hâte le Mexique et leur ancien refuge de la Sierra Madre.

Six mois plus tard, en avril 1882, ils retournèrent à White Mountain, bien armés et équipés et décidés à libérer leur peuple ainsi que tous les autres Apaches qui voudraient rejoindre le Mexique avec eux. L'initiative était audacieuse. Ils gagnèrent au galop le village du chef Loco et persuadèrent la plupart des Chiricahuas et des Apaches de Warm Springs de les suivre.

Six compagnies de cavalerie commandées par le colonel George A. Forsyth (qui avait survécu à la bataille où Roman Nose avait été tué, voir à ce propos le chapitre 7), se lancèrent à leur poursuite. Elles les rattrapèrent à Horse Shoe Canyon, mais grâce à une manœuvre magistrale, l'arrière-garde apache retarda l'avancée des soldats suffisamment longtemps pour que le reste de la bande traverse la frontière du Mexique. C'est là que la catastrophe tomba sur eux, les prenant par surprise. Ils se retrouvèrent nez à nez avec un régiment d'infanterie mexicain, qui massacra la plupart des femmes et des enfants se trouvant à l'avant de la colonne.

Parmi les chefs et les guerriers qui parvinrent à s'échapper figuraient Loco, Naiche, Chato et Géronimo. Aigris, diminués en nombre, ils ne tardèrent pas à rejoindre Nana et ses guérilleros. Pour tous, la guerre était une question de survie.

Les incidents qui s'étaient produits à White Mountain avaient à chaque fois provoqué l'envoi de troupes supplémentaires. Les soldats grouillaient – à Fort Thomas, à Fort Apache, à Fort Bowie – et chaque nouveau régiment qui arrivait alimentait l'agitation des Apaches de la réserve et provoquait des fuites vers le Mexique, et bien sûr, des raids contre les ranchs se trouvant sur le chemin des fuyards.

Afin de remettre de l'ordre dans ce chaos, l'armée fit de nouveau appel au général George Crook. L'homme qui avait quitté l'Arizona dix ans plus tôt pour aller se battre contre les Sioux et les Cheyennes dans le Nord avait bien changé. Des tribus sioux et cheyennes, mais aussi des Poncas à l'occasion du procès de Standing Bear, il avait appris que les Indiens étaient des êtres humains, point de vue que la plupart de ses camarades officiers n'avaient pas encore adopté.

Le 4 septembre 1882, Crook prit le commandement du Département de la Guerre en Arizona à Whipple Barracks, avant de gagner au plus vite la réserve de White Mountain. Il tint conseil avec les Apaches à San Carlos et à Fort Apache ; il s'entretint individuellement et en privé avec certains des membres de la tribu. « Je me rendis compte immédiatement que régnait chez toutes les bandes apaches une méfiance générale à notre égard, devait-il expliquer plus tard. Je ne parvins à les faire parler qu'au prix de grandes difficultés. Mais une fois leurs soupçons dissipés, ils conversèrent avec moi en toute liberté. Ils me dirent (...) qu'ils n'avaient plus confiance en qui que ce soit et ne savaient pas qui et quoi croire, que des individus irresponsables ne cessaient de leur dire qu'ils allaient être privés de leurs armes, attaqués par les troupes sur la réserve et emmenés loin de leur pays, et qu'ils en arrivaient à la conclusion qu'il était plus viril de mourir les armes à la main que d'être ainsi éliminés. » Crook acquit la conviction que les Apaches des réserves « avaient non seulement les meilleures raisons du monde de se plaindre, mais qu'ils avaient fait preuve d'une prudence exceptionnelle en maintenant la paix. »

Crook découvrit rapidement au cours de son enquête que les Indiens avaient été « dépouillés de leurs rations et des marchandises achetées par le gouvernement pour subvenir à leurs besoins par des agents véreux et des Blancs dénués de tout scrupule ». Il trouva de nombreuses preuves attestant de la volonté des Blancs de provoquer une réaction violente des Apaches afin de les chasser de la réserve, ce qui permettrait de s'emparer des terres[6].

Crook ordonna que les Blancs occupant illégalement le territoire et les prospecteurs quittent la réserve, puis exigea la coopération totale du Bureau des Affaires indiennes pour introduire des réformes. Au lieu d'être forcées de vivre près de San Carlos ou Fort Apache, les différentes bandes apaches se virent offrir le choix de l'endroit où elles désiraient bâtir leurs maisons et leurs ranchs. Des contrats pour la fourniture de foin furent passés avec les Apaches, et non avec des Blancs ; l'armée achèterait cash le surplus de maïs et de légumes produits par les Indiens, et ceux-ci se gouverneraient eux-mêmes, rétabliraient leur propre police et auraient leurs propres tribunaux, comme au temps de John Clum. Crook s'engagea à ce qu'aucun soldat n'entre dans la réserve, sauf au cas où les Apaches ne parviendraient pas à en assurer l'ordre eux-mêmes.

Les Indiens accueillirent ces propositions avec scepticisme. Ils n'avaient pas oublié la brutalité de Crook à l'époque où Loup-Gris, comme ils l'appelaient, traquait Cochise et les Chiricahuas. Mais ils ne tardèrent pas à se rendre compte qu'il était sincère. Les rations devinrent plus généreuses, les agents et les négociants cessèrent de les voler, les soldats qui les brutalisaient partirent, et Loup-Gris les encouragea à augmenter leur bétail et à chercher des endroits plus propices à la culture du maïs et des haricots. Ils étaient de nouveau libres, tant qu'ils restaient sur la réserve.

Mais ils ne pouvaient oublier leurs frères qui, eux, étaient réellement libres au Mexique. De temps en temps, des jeunes gens s'échappaient pour traverser la frontière et revenaient plus tard avec des récits exaltants d'aventures et de moments de bonheur.

Crook pensait également beaucoup aux Chiricahuas et aux Apaches de Warm Springs qui se trouvaient au Mexique. Il se doutait bien que d'ici peu, ils recommenceraient leurs raids de ce côté-ci de la frontière, et qu'il devait se préparer à les affronter. Le gouvernement des États-Unis avait récemment signé un accord avec le gouvernement mexicain permettant aux soldats des deux pays de traverser la frontière lorsqu'ils pourchassaient des Apaches hostiles. Crook espérait que cet accord lui permettrait d'empêcher la population civile de l'Arizona et du Nouveau-Mexique de le pousser à la guerre.

« On voit trop souvent, dit-il, des journaux des régions frontalières (...) colporter toutes sortes de mensonges à propos des Indiens, mensonges reproduits ailleurs dans le pays par des journaux de bonne réputation et de grande circulation, alors que la version indienne des faits est rarement proposée. C'est ainsi que la population se fait des idées fausses sur la question. Lorsque des incidents éclatent, le public se focalise sur les Indiens, seuls leurs crimes et les atrocités qu'ils commettent sont condamnés, tandis que ceux qui, en les traitant de manière injuste, les ont poussés à ces extrémités s'en tirent à bon compte et sont les premiers à les dénoncer. Ces choses-là, personne ne les sait mieux que l'Indien, dont on comprend alors parfaitement qu'il ne perçoit aucune justice chez un gouvernement qui le punit lui seul, alors qu'il permet au Blanc de piller ses biens à loisir. »

L'idée de faire face à une nouvelle guérilla apache inspirait à Crook la plus profonde aversion. Il savait qu'il lui serait pratiquement impossible d'en venir à bout dans les contrées sauvages où les affrontements auraient lieu. « Malgré les enjeux, nous ne pouvons pas nous permettre des combats, reconnut-il avec franchise. En tant que nation nous ne sommes que trop responsables de la situation actuelle. Par conséquent, nous devons les persuader qu'ils seront à l'avenir traités avec justice et protégés des invasions des Blancs[7]. »

Crook était certain de pouvoir convaincre Géronimo et les autres chefs de la guérilla de ses bonnes intentions – ceci, non pas en les combattant, mais en parlant avec eux. Pour cela, le meilleur endroit serait l'un de leurs refuges mexicains, loin de ces Blancs sans scrupules qui appelaient à la guerre contre les Indiens, loin de ces journaux qui faisaient circuler des rumeurs afin de provoquer un conflit qui permettrait de juteux profits et la conquête de nouvelles terres.

Tout en attendant un raid indien sur la frontière qui lui fournirait un prétexte pour entrer au Mexique, Crook constitua discrètement sa « force expéditionnaire ». Celle-ci se composait d'une cinquantaine de soldats et d'interprètes civils soigneusement sélectionnés, ainsi que d'environ deux cents jeunes Apaches de la réserve, dont un bon nombre avait participé à des raids au Mexique. Début 1883, Crook posta une partie de ses troupes près des voies de la Southern Pacific Railroad, qui traversait l'Arizona jusqu'à environ quatre-vingts kilomètres de la frontière. Le 21 mars, trois chefs de second rang, Chato, Chihuahua et Bonito, attaquèrent un campement de prospecteurs non loin de Tombstone. Dès qu'il eut vent de l'incident, Crook prépara son entrée au Mexique. Il fallut cependant des semaines à ses éclaireurs pour localiser le camp de base des Chiricahuas, dans la Sierra Madre mexicaine.

En mai, la Saison-où-les-feuilles-sont-vert-foncé, Géronimo fit un raid contre des Mexicains afin de leur voler du bétail. Les soldats mexicains qui le poursuivirent tombèrent dans une embuscade et furent impitoyablement défaits. Alors qu'il faisait route vers son camp de base, Géronimo apprit de la bouche d'un des gardes qu'il y avait laissés que Loup-Gris, c'est-à-dire

Crook, s'était emparé des lieux et avait capturé toutes les femmes et les enfants.

Jason Betzinez, l'un des cousins de Géronimo, devait par la suite raconter comment le chef choisit deux de ses guerriers les plus âgés pour aller à la rencontre de Loup-Gris avec un drapeau blanc et savoir quel était son but. « Au lieu de remonter sur le sommet de la colline où se trouvait Géronimo, raconte Betzinez, les deux hommes se sont arrêtés à mi-pente et nous ont demandé de descendre. (...) Nos guerriers sont descendus et se sont dirigés vers la tente du général Crook, où, au terme d'une longue réunion entre chefs, ils ont fait leur reddition au général[8]. »

En fait, il fallut trois pourparlers entre Géronimo et Crook pour qu'un accord soit conclu. Le chef apache déclara qu'il avait toujours voulu la paix mais qu'il avait été maltraité par de mauvais Blancs à San Carlos. Crook déclara qu'il voulait bien le croire, mais que si Géronimo souhaitait retourner sur la réserve, lui-même veillerait à ce qu'il y soit traité correctement. Les Chiricahuas qui feraient de même devraient par contre travailler la terre ou élever des troupeaux pour gagner leur vie. « Je ne te prends pas tes armes, ajouta le général, parce que je n'ai pas peur de toi[9]. »

Géronimo apprécia les façons brusques et franches de Crook, mais lorsque ce dernier lui annonça qu'il devait regagner l'Arizona avec les siens d'ici un ou deux jours, il décida de le mettre à l'épreuve, afin de s'assurer que sa confiance n'était pas feinte. Il affirma avoir besoin de plusieurs mois pour rassembler son peuple. « Je resterai ici, déclara-t-il, jusqu'à ce que j'aie regroupé tous les Chiricahuas, hommes, femmes et enfants. » Il proposa d'amener son peuple à San Carlos avec l'aide de Chato[10].

À sa grande surprise, Crook accepta. Le 30 mai, sa colonne prit la route du Nord, accompagnée de deux cent cinquante et une femmes avec des enfants et de cent vingt-trois guerriers, dont Loco, Mangas (le fils de Mangas Coloradas), Chihuahua, Bonito, et même le vieux Nana – en somme tous les chefs de guerre à l'exception de Géronimo et de Chato.

Huit mois passèrent. Vint alors le tour de Crook d'être étonné. En effet, au mois de février 1884, Géronimo et Chato, fidèles à leur parole, traversèrent la frontière et gagnèrent San Carlos sous escorte. « Malheureusement, raconte Jason Betzinez, Géronimo commit l'erreur d'amener avec lui un gros troupeau volé à des Mexicains. Pour lui, il n'y avait rien de plus naturel puisqu'il ne faisait qu'apporter à ses frères de quoi subvenir à leurs besoins. Mais les autorités, qui ne l'entendaient pas de cette oreille, saisirent le bétail[11]. » L'honnête Crook ordonna la vente des bêtes, dont il remit le produit – 1702,50 dollars – au gouvernement mexicain afin qu'il distribue l'argent aux propriétaires qu'il parviendrait à retrouver.

Pendant plus d'un an, Crook put claironner que « pas un acte de violence, pas une dépradation » n'avait été commis par les Indiens d'Arizona et du Nouveau-Mexique. Géronimo et Chato rivalisèrent d'efforts pour développer leurs *ranchos* respectifs, tandis que le général veillait à ce que leur agent distribue des rations adaptées et en quantités suffisantes. Pourtant, à l'extérieur de la réserve et des postes de l'armée, nombreux étaient ceux qui accusaient Crook d'être trop laxiste avec les Indiens. Les journaux auxquels il avait reproché de faire circuler « toutes sortes de mensonges à propos des Indiens » se retournaient à présent contre lui. Certains colporteurs de fausses rumeurs allèrent jusqu'à affirmer qu'il avait capitulé devant Géronimo au Mexique et conclu avec le chef chiricahua un pacte pour sauver sa tête. Quant à Géronimo, ils le dépeignaient comme un véritable démon, inventaient à son propos toutes sortes d'histoires plus atroces les unes que les autres et invitaient les groupes d'autodéfense à le pendre si le gouvernement s'y refusait. Mickey Free, l'interprète officiel des Chiricahuas, rapporta ce que disait la presse à Géronimo, lequel fit le commentaire suivant : « Quand un homme s'efforce de bien agir, de telles choses ne devraient pas apparaître dans les journaux[12]. »

Après la Saison-où-l'on-plante-le-maïs (le printemps 1885), le mécontentement commença à gronder chez les Chiricahuas. Les hommes n'avaient pas grand-chose à faire, si ce n'est aller chercher leurs rations, s'adonner au jeu, se quereller, traînasser et boire du *tiswin.* Bien que ce dernier fût interdit sur la réserve, les Indiens avaient suffisant de maïs pour le fabriquer, et boire était l'un des rares plaisirs qui leur restaient.

La nuit du 17 mai, après avoir un peu forcé sur la bouteille, Géronimo, Mangas, Chihuahua et le vieux Nana décidèrent de partir au Mexique. Ils invitèrent Chato à se joindre à eux, mais celui-ci étant sobre, il refusa. Géronimo se disputa avec lui, et l'affaire faillit tourner au drame. Le groupe qui quitta la réserve se composait de quatre-vingt-douze femmes et enfants, de huit jeunes garçons et de trente-quatre hommes. En partant, Géronimo coupa les fils du télégraphe.

Plusieurs explications furent données par la suite, aussi bien par les Apaches que par les Blancs, pour expliquer ce départ soudain d'une réserve où tout semblait se passer en douceur. D'après certains, l'abus de *tiswin* était en cause ; pour d'autres, c'était les histoires circulant à propos des Chiricahuas qui leur avaient fait craindre d'être arrêtés. Si l'on en croit Jason Betzinez, « [c]omme ils avaient déjà été mis aux fers une fois quand la bande avait été expédiée à San Carlos, certains des chefs décidèrent de ne plus se laisser infliger un tel traitement ».

Voici comment Géronimo expliqua plus tard sa décision : « Quelque temps avant mon départ, un Indien qui s'appelait Wadiskay est venu me parler. Il m'a dit : "Ils vont t'arrêter", mais je n'y ai pas prêté attention, parce que je savais que je n'avais rien fait de mal. Ensuite, la femme de Mangas, Huera, m'a annoncé qu'ils allaient me prendre et me mettre avec Mangas au cachot, et puis les soldats américains et apaches, Chato, mais aussi Mickey Free m'ont affirmé que les Américains allaient m'arrêter et me pendre. Je suis donc parti[13]. »

La fuite de Géronimo à travers l'Arizona fut le point de départ d'un torrent de rumeurs folles. Les journaux titrèrent : LES APACHES RONDENT ! Rien que le nom de Géronimo se transforma en un appel au meurtre. Voyant là l'occasion de provoquer une campagne militaire profitable, les entrepreneurs du « cartel de Tucson » demandèrent au général Crook d'envoyer de toute urgence des troupes afin de protéger les citoyens blancs sans défense de ces bandes d'Apaches meurtriers. Pourtant, Géronimo s'efforçait d'éviter une confrontation ; tout ce qu'il voulait, c'était traverser la frontière le plus vite possible et gagner la Sierra Madre, son ancien refuge. Les Chiricahuas voyagèrent deux jours et deux nuits sans s'arrêter. En chemin, Chihuahua, changeant d'avis, décida de quitter le groupe avec sa bande et de retourner sur la réserve. Des soldats lancés à la poursuite des fuyards le rattrapèrent, le forcèrent à combattre, à la suite de quoi il se lança dans une série de pillages sanglants avant de parvenir à traverser la frontière du Mexique. Peu de gens en Arizona ayant entendu parler de lui, ses attaques furent attribuées à Géronimo.

Pendant ce temps, Crook tentait d'empêcher le déclenchement de la vaste opération militaire que les membres du cartel de Tucson et leurs amis des sphères politiques de Washington lui réclamaient. Il savait que seule une négociation personnelle lui permettrait de traiter avec les guerriers apaches. Pour rassurer les habitants blancs, il ordonna toutefois que chacun des forts sous son commandement envoie quelques cavaliers en mission. Mais il ne pouvait compter que sur ses fidèles éclaireurs apaches pour trouver les rebelles chiricahuas. Il eut le plaisir d'apprendre que Chato et Alchise, le plus jeune fils de Cochise, s'étaient tous deux portés volontaires pour partir à la recherche de Géronimo.

À l'approche de l'automne, il devint clair que Crook serait de nouveau forcé de traverser la frontière avec le Mexique. Les ordres qu'il avait reçus de Washington étaient on ne peut plus explicites : tuer les fugitifs ou obtenir leur reddition sans conditions.

Les Chiricahuas avaient à ce moment-là découvert que des unités de l'armée mexicaine les attendaient dans la Sierra Madre. Pris entre d'une part les Mexicains qui voulaient les tuer et d'autre part les Américains qui étaient prêts à les prendre comme prisonniers, Géronimo et les autres chefs finirent par décider de suivre les conseils de Chato et d'Alchise.

Le 25 mars, les chefs apaches « hostiles » rencontrèrent Crook à quelques kilomètres au sud de la frontière, à Cañon de los Embudos. Au bout de trois jours de discussions pleines d'émotions, les Chiricahuas acceptèrent de se rendre. Crook leur précisa alors qu'ils devaient capituler sans conditions. Lorsqu'ils lui demandèrent ce que cela voulait dire, le général leur répondit sans détours qu'ils seraient probablement emmenés quelque part tout là-bas dans l'Est, en Floride, où ils seraient prisonniers. Les Apaches répliquèrent alors qu'ils refuseraient de se rendre tant que Loup-Gris ne s'engageait pas à ce qu'ils puissent revenir sur leur réserve au bout de deux ans. Crook réfléchit. Le marché lui semblait juste. Sûr de pouvoir convaincre Washington qu'une reddition dans de telles conditions valait mieux que rien, il accepta.

« Je remets mon sort entre tes mains, déclara Géronimo. Fais de moi ce que tu veux. Je me rends. Il fut un temps où j'étais libre comme le vent. Maintenant, je capitule devant toi et c'est fini. »

À la fin du conseil, Alchise supplia Crook d'avoir pitié de ces frères chiricahuas un temps égarés. « Ce sont tous nos amis maintenant, et je suis content qu'ils se soient rendus, parce qu'ils font tous partie du même peuple – nous sommes une seule et même famille. Quand tu tues un cerf, ses membres font tous partie de son corps ; c'est la même chose avec les Chiricahuas. (...) À présent, nous voulons parcourir les routes seuls, sans barrières, boire l'eau des rivières des Américains, et ne plus nous cacher dans les montagnes ; nous voulons mener une vie confortable, sans dangers. Je suis très content que les Chiricahuas se soient rendus, heureux d'avoir pu parler pour eux. (...) Je ne t'ai jamais raconté de mensonge, pas plus que tu ne m'as menti, et maintenant j'affirme que ces Chiricahuas veulent sincèrement faire ce qui est bien et vivre en paix. Si tel n'est pas le cas, que je sois un menteur et que tu cesses de me croire. Tout est pour le mieux. Tu pars bientôt pour Fort Bowie ; je veux que tu emportes avec toi dans ta poche tout ce qui a été dit aujourd'hui[14]. »

Ne doutant pas un instant que les Chiricahuas viendraient à Fort Bowie avec ses éclaireurs, Crook s'y rendit au plus vite afin de télégraphier au Département de la Guerre à Washington les termes de l'accord passé avec les chefs. La réponse qu'il reçut le consterna. « Impossible d'accepter la reddition des chefs hostiles si ces derniers exigent de revenir sur la réserve au bout de deux ans de captivité[15]. » Ainsi, Loup-Gris avait de nouveau fait une promesse qu'il ne pouvait tenir. Pour couronner le tout, il apprit le lendemain que Géronimo et Naiche avait quitté l'escorte à quelques kilomètres au sud de Fort Bowie et qu'ils avaient pris la direction du Mexique. Avec l'aide de généreuses rasades de whisky, un négociant du cartel de Tucson leur avait fait croire que les citoyens blancs de l'Arizona les pendraient s'ils revenaient. D'après Jason Betzinez, Naiche, fin saoul, avait tiré en l'air avec son arme. « Géronimo a cru qu'il y avait une bataille avec les troupes. Naiche et lui ont fui à la débandade, suivis de quelque trente partisans. » La vérité n'était peut-être pas aussi simple. « Je craignais d'être trahi, expliqua par la suite Géronimo, et c'est quand nous avons eu tous ces soupçons que nous avons fait demi-tour. » Quant à Naiche, voici les explications qu'il donna à Crook : « J'avais peur d'être emmené dans un endroit que je n'aimerais pas, que je ne connaîtrais pas. J'étais persuadé que tous ceux qui étaient emmenés allaient mourir. (...) J'ai réfléchi tout seul. (...) Nous en avons parlé tous les deux. Nous étions saouls ... parce qu'il y avait du whisky en quantité et que quand nous avons voulu boire, nous nous sommes servis[16]. »

Après la fuite de Géronimo, le Département de la Guerre réprimanda Crook avec sévérité pour sa négligence, pour la façon dont il avait accepté les conditions des Apaches sans autorisation, enfin pour sa tolérance à l'égard des Indiens. Le général démissionna sur-le-champ et fut remplacé par le général de brigade Nelson Miles (Manteau-d'Ours), lequel piaffait en attendant une promotion.

Miles prit ses fonctions le 12 avril 1886. Avec le soutien du Département de la Guerre, il fit amener cinq mille soldats (un tiers environ des forces armées). Il disposait en outre de cinq cents éclaireurs apaches et de plusieurs milliers de miliciens civils. Il mit sur pied une colonne volante de cavaliers ainsi qu'un coûteux système d'héliographes permettant d'envoyer des messages d'un bout à l'autre de l'Arizona et du Nouveau-Mexique. Cet impressionnant déploiement visait à soumettre Géronimo et son « armée » de vingt-quatre guerriers, lesquels eurent également à leurs trousses durant l'été 1886 quelques milliers de soldats mexicains.

Ce furent finalement le Capitaine-au-gros-nez (le lieutenant Charles Gatewood) et deux éclaireurs apaches, Martine et Kayitah, qui dénichèrent Géronimo et Naiche dans un canyon de la Sierra Madre. Géronimo déposa son fusil et, serrant la main de Gatewood, s'enquit tranquillement de sa santé. Il lui demanda ensuite des nouvelles des États-Unis. Comment se débrouillaient les Chiricahuas ? Gatewood lui répondit que ceux qui s'étaient rendus avaient été expédiés en Floride, et que si lui-même acceptait de capituler, il irait certainement les y rejoindre.

Géronimo demanda des renseignements sur le général Miles. Sa voix était-elle dure ou agréable à l'oreille ? Était-il cruel ou doux de caractère ? Regardait-il ses interlocuteurs en face ou baissait-il les yeux ? Était-il du genre à tenir ses promesses ? Pour finir, le chef apache voulut que Gatewood le conseille. « Oublie que tu es un Blanc. Imagine que tu es des nôtres. Pense à tout ce qui a été dit jusqu'à aujourd'hui. En tant qu'Apache, que nous conseillerais-tu de faire dans ces circonstances ?

– Je ferais confiance au général Miles et je le prendrais au mot », répondit Gatewood[17].

Ainsi Géronimo fit-il sa reddition pour la dernière fois. Le Grand Père (Grover Cleveland), qui croyait à toutes les atrocités colportées dans la presse à propos de Géronimo et de ses méfaits, fut d'avis qu'il devait être pendu. Mais le conseil des sages l'emporta, et Géronimo ainsi que ce qu'il restait de ses guerriers furent expédiés à Fort Marion, en Floride. Les amis qu'ils y retrouvèrent dépérissaient dans cette région chaude et humide, si différente des hauteurs sèches de leur terre natale. Plus d'une centaine moururent de consomption, d'après les diagnostics. Le gouvernement prit tous les enfants des prisonniers et les envoya dans une école indienne à Carlisle (Pennsylvanie), où plus d'une cinquantaine périrent.

Furent envoyés en Floride non seulement les Indiens « hostiles », mais également les « amis » – y compris les éclaireurs qui avaient travaillé pour Crook. Au lieu d'obtenir les dix chevaux qu'on leur avait promis, Martine et Kayitah, qui avaient aidé le lieutenant Gatewood à trouver la cachette de Géronimo, se retrouvèrent prisonniers en Floride. Chato, qui avait tenté de dissuader Géronimo de s'échapper de la réserve, puis avait aidé Crook à le trouver, se retrouva contraint d'abandonner son *rancho* du jour au lendemain et perdit sa terre et tout son bétail. Deux de ses enfants furent envoyés à Carlisle, où ils moururent. Les Chiricahuas étaient voués à disparaître ; ils s'étaient battus pour conserver leur liberté avec trop d'acharnement.

Mais ils ne furent pas les seuls. Soupçonné d'avoir communiqué avec un bandit connu sous le nom d'Apache Kid, Eskiminzin, le chef des Aravaipas, devenu économiquement indépendant sur son ranch, fut arrêté et transféré avec les quarante survivants de sa bande en Floride, là où vivaient les Chiricahuas. Plus tard, les exilés furent tous envoyés à Mount Vernon Barracks, dans l'Alabama.

Sans les efforts déployés par quelques amis blancs tel le général Crook, John Clum et Hugh Scott, les Apaches auraient vite péri dans cette vallée de la Mobile River infestée de fièvres. Malgré les objections de Miles et du Département de la Guerre, ces Blancs bien intentionnés parvinrent à faire ramener Eskiminzin et les Aravaipas à San Carlos. Mais les citoyens de l'Arizona refusèrent de laisser revenir les Chiricahuas. Apprenant de la bouche du lieutenant Hugh Scott les circonstances désespérées dans lesquelles se trouvaient Géronimo et sa bande, les Kiowas et les Comanches proposèrent à leurs vieux ennemis apaches une partie de leur réserve. En 1894, Géronimo arriva avec les exilés survivants à Fort Sill. Ce fut là-bas qu'il mourut, en 1909, toujours prisonnier de guerre. Il fut enterré dans le cimetière apache. Pourtant, la légende circule encore selon laquelle peu après sa mort, ses ossements furent déterrés dans le plus grand secret et ramenés dans le Sud-Ouest – dans les Mogollons, les Chiricahua Mountains, ou peut-être, qui sait, au cœur de la Sierra Madre, au Mexique. Il était le dernier des chefs apaches.

THE BUFFALO ARE COMING

Courtesy of the Bureau of American Ethnology Collection

Listen, he said, yonder the buffalo are coming,
These are his sayings, yonder the buffalo are coming,
They walk, they stand, they are coming,
Yonder the buffalo are coming.

(chant) LES BISONS ARRIVENT

Écoute, dit-il, tout là-bas arrivent les bisons,
Voici ce qu'il dit, tout là-bas arrivent les bisons,
Ils marchent, ils s'arrêtent, ils arrivent,
Tout là-bas arrivent les bisons.

18

La danse des Esprits

*1887 : Le 4 février, le Congrès américain crée l'*Interstate Commerce Commission, *organisme de régulation du trafic ferroviaire. Le 21 juin, le Royaume-Uni fête le jubilé de la reine Victoria. Du 2 au 4 juillet, des anciens combattants des troupes nordistes et sudistes se réunissent à Gettysburg*.*

1888 : Le 14 mai, abolition de l'esclavage au Brésil. Le 6 novembre, Benjamin Harrison gagne les élections présidentielles grâce aux votes des grands électeurs, alors que Grover Cleveland a obtenu la majorité des suffrages populaires.

1889 : Le 4 mars, investiture du nouveau président. Le 23, Benjamin Harrison ouvre l'Oklahoma (anciennement Territoire Indien) à la colonisation. Le 31, fin de la construction de la tour Eiffel à Paris. Le 31 mai, à Johnstown (Pennsylvanie), une inondation due à des pluies diluviennes fait cinq mille morts. Début novembre, le Dakota du Nord, le Dakota du Sud, le Montana et le Territoire de Washington accèdent au statut d'États.

1890 : Le 25 janvier, la journaliste Nellie Bly fait le tour du monde en soixante-douze jours, six heures et onze minutes. Le 1er juin, la population américaine atteint le chiffre de 62 622 250 habitants. Début juillet, l'Idaho et le Wyoming deviennent respectivement les quarante-troisième et quarante-quatrième États de l'Union.

---

* La bataille de Gettysburg (1er-3 juillet 1863) fut la plus meurtrière de la guerre de Sécession (51 000 morts). Cette défaite des Confédérés marqua un tournant dans la guerre *(NdlT).*

Si un homme qui a perdu quelque chose revient en arrière et cherche vraiment, il le trouvera, et c'est précisément cela que les Indiens font maintenant en vous demandant de leur donner ce qui leur avait été promis, et je ne vois pas pourquoi ils devraient être traités comme des bêtes. C'est la raison pour laquelle j'ai grandi avec les sentiments qui m'animent. (...) Je trouve que mon pays a une bien mauvaise réputation, et je veux qu'il en ait une bonne, comme autrefois ; parfois, je me demande qui a contribué à lui donner cette mauvaise réputation.

Takanka Yotanka (Sitting Bull)

Cette terre est ce que nous avons de plus précieux au monde. Des hommes la prennent et deviennent riches grâce à elle. Nous autres Indiens devons absolument la conserver.

White Thunder

Indiens doivent tous danser, partout, danser toujours. Au printemps prochain, Grand Esprit arrive. Fait revenir avec lui gibier de toutes sortes. Gibier abondant partout. Indiens morts reviennent tous et retrouvent vie. Tous, robustes comme jeunes braves, retrouvent jeunesse. Vieux Indiens aveugles retrouvent yeux et jeunesse et s'amusent. Quand Grand Esprit vient, alors Indiens vont tous dans montagnes, tout là-haut loin des Blancs.

> Blancs peuvent plus faire mal aux Indiens. Alors, quand Indiens tout là-haut, grand déluge arrive et Blancs tous morts, noyés. Après, eau se retire et Indiens partout et gibier abondant et varié. Plus tard, homme-médecine dit à Indiens d'envoyer message à autres Indiens pour danser toujours, et alors temps heureux arrive. Indiens qui dansent pas, qui croient pas message, deviennent tout petits, restent tout petits. Certains transformés en bois, et brûlés dans feu.
>
> *Wovoka, le Messie paiute*

Lorsque les tribus sioux tetons se rendirent après les guerres de 1876-1877, elles avaient perdu la vallée de la Powder et les Black Hills. La mesure suivante du gouvernement consista à déplacer la frontière ouest de la Grande Réserve Sioux du 104ᵉ au 103ᵉ méridien, l'amputant ainsi d'une bande de plus de quatre-vingts kilomètres de large le long des Black Hills, et à faire main basse sur un triangle de terres de grande valeur situées entre les bras de la Cheyenne River. En 1877, une fois que le gouvernement eut chassé les Sioux du Nebraska, il ne restait plus à la tribu qu'un territoire en forme d'enclume coincé dans le Dakota entre le 103ᵉ méridien et le Missouri, d'une superficie d'à peine soixante mille kilomètres carrés et d'une valeur estimée comme pratiquement nulle par les géomètres qui en avaient délimité les frontières.

Certains membres du gouvernement voulurent transférer tous les Tetons dans le Territoire Indien, d'autres préférant leur établir des agences le long du Missouri. Red Cloud et Spotted Tail protestèrent vigoureusement. Une solution de compromis fut alors adoptée. Les Oglalas de Red Cloud se retrouvèrent installés à Wazi Ahanhan (Pine Ridge), dans la partie sud-ouest de la réserve, où ils établirent des villages permanents le long des petites rivières – la Yellow Medicine, la Porcupine Tail et la Wounded Knee – qui se jetaient au nord dans la White River. Spotted Tail et ses Brûlés s'installèrent plus à l'est, le long de la Little White River, et furent rattachés à l'agence de Rosebud. Quatre autres agences furent établies pour les tribus sioux restantes – Lower Brûlé, Crow Creek, Cheyenne River et Standing Rock. Elles allaient fonctionner pendant près d'un siècle, même si, peu à peu, les Indiens devaient perdre la majeure partie de leur réserve.

Alors que les Tetons s'installaient dans leurs nouveaux villages, une immense vague d'immigrants en provenance d'Europe du Nord déferla sur la partie est du Dakota et vint buter contre les limites de la réserve sioux, le long du Missouri. À Bismarck, au bord du fleuve, une ligne de chemin de fer qui devait se prolonger vers l'ouest se retrouva ainsi bloquée. Les colons qui voulaient atteindre le Montana et le Nord-Ouest réclamèrent à cor et à cri la construction de routes traversant la réserve. Des promoteurs désireux d'acquérir des terres bon marché qu'ils pourraient revendre à un prix avantageux aux immigrants ourdirent toutes sortes de plans pour démembrer la Grande Réserve Sioux.

Autrefois, les Sioux se seraient battus pour empêcher ces intrus de pénétrer leur territoire, mais à présent, ils n'avaient plus d'armes, plus de chevaux, et étaient incapables ne serait-ce que de pourvoir à leurs propres besoins alimentaires ou de se fabriquer des vêtements. Le plus grand des chefs qui leur restait, Sitting Bull, vivait en exil au Canada avec trois mille partisans disposant d'armes et de chevaux. Un jour, peut-être, ces Sioux libres reviendraient.

Le fait que Sitting Bull vive en liberté au Canada était tout aussi insupportable et subversif aux yeux du gouvernement américain qu'un Géronimo libre au Mexique. C'est pourquoi l'armée déploya des efforts désespérés pour tenter de forcer le chef hunkpapa et ses partisans à se placer de nouveau sous son contrôle. En septembre 1877, le Département de la Guerre obtint du gouvernement canadien l'autorisation pour le général Alfred Terry et une commission spéciale de traverser la frontière, escortés par la police montée canadienne. Il était prévu que Terry rencontre Sitting Bull à Fort Walsh et lui promette la grâce du gouvernement à condition de remettre toutes ses armes et ses chevaux et de s'installer avec son peuple à l'agence hunkpapa de Standing Rock, sur la réserve sioux.

Tout d'abord, Sitting Bull refusa de rencontrer le général. « Il est inutile de discuter avec ces Américains, expliqua-t-il à James MacLeod, commissaire divisionnaire de la police montée canadienne. Ce sont tous des menteurs. On ne peut rien croire de ce qu'ils disent. » Seule l'insistance de MacLeod, qui espérait bien se débarrasser de Sitting Bull, eut raison des réticences du chef hunkpapa, qui finit par aller à Fort Walsh le 17 octobre pour un conseil[1].

Terry prononça un petit discours d'ouverture. « Cette bande dont tu es le chef, dit-il à Sitting Bull, est la seule à ne pas s'être rendue. (...) Nous avons parcouru des centaines de kilomètres pour t'apporter ce message du Grand Père qui, ainsi que nous te l'avons déjà dit, désire vivre en paix avec tous. Trop de sang indien et blanc a été versé déjà. Il est temps que ce carnage cesse.

– Que nous veux-tu ? rétorqua Sitting Bull. Nous n'avons rien fait. Ce sont tous ces gens de ton côté qui nous ont poussés à commettre ces déprédations. Nous n'avions nulle part ailleurs où aller, alors nous nous sommes réfugiés ici. (...) J'aimerais savoir pourquoi tu es venu. (...) Tu viens nous raconter des mensonges. Nous n'en voulons pas. Je refuse qu'on me tienne ce genre de langage, c'est-à-dire qu'on me mente de la sorte dans la maison de ma Grand-Mère [la reine Victoria]. Plus un mot, je te prie. Rentre là d'où tu viens. (...) Le territoire que tu m'as donné, tu m'en as chassé. Je suis venu vivre ici avec ces gens, et j'ai l'intention de rester. »

Sitting Bull laissa alors s'exprimer plusieurs de ses partisans, dont un Santee et un Yankton qui avaient rejoint son groupe. Leurs déclarations allèrent dans le même sens que les siennes. Puis il fit quelque chose de totalement inhabituel : il invita une femme, The-One-Who-Speaks-Once, à participer au conseil, ce qui, d'après certains Indiens, était une façon délibérée d'insulter Terry. « J'ai vécu dans ton pays, dit The-One-Who-Speaks-Once au général. Je voulais y élever mes enfants, mais tu ne m'en as pas donné le temps. Je suis venue ici pour élever mes enfants en paix. C'est tout ce que j'ai à te dire. Je veux que tu rentres là d'où tu viens. Voici les gens parmi lesquels je compte rester et élever mes enfants[2]. »

Une fois le conseil terminé, Terry comprit qu'il était inutile d'insister. Son dernier espoir était le commissaire MacLeod, qui accepta d'expliquer au chef hunkpapa la position du gouvernement canadien à son égard. Le gouvernement de la Reine, dit-il à Sitting Bull, le considérait comme un Indien américain réfugié au Canada, et non comme un Indien canadien. « Tu ne dois rien attendre du gouvernement de Sa Majesté, sauf sa protection tant que toi et tes frères vous comporterez convenablement. Votre seul espoir, c'est le bison, et cette ressource va disparaître dans peu de temps. Vous ne devez pas franchir la frontière avec des intentions hostiles. Sinon, vous aurez pour ennemis non seulement les Américains, mais également la police montée et le gouvernement britannique. »

Mais rien de ce que dit MacLeod ne put faire changer d'avis Sitting Bull. Il resterait dans le pays de la Grand-Mère.

Le lendemain matin, Terry reprit la route des États-Unis. « La présence à proximité de la frontière de ce groupe important d'Indiens qui font preuve d'une franche hostilité à notre égard est une menace permanente pour la paix de nos territoires indiens[3]. »

Sitting Bull et les autres exilés hunkpapas restèrent quatre ans au Canada, et si le gouvernement de ce pays s'était montré plus coopératif, ils auraient probablement fini leurs vieux jours dans les plaines du Saskatchewan. Mais dès le début, le gouvernement de Sa Gracieuse Majesté considéra Sitting Bull comme un élément potentiellement perturbateur, ainsi qu'un invité coûteux, étant donné le nombre de policiers chargés de le surveiller. Parfois, il faisait même l'objet de plaisanteries au Parlement canadien. Par exemple, le 18 février 1878, un membre de la Chambre des Communes demanda à combien se chiffraient les dépenses supplémentaires engagées par le gouvernement « à la suite de la traversée de notre frontière par Sitting Bull ».

SIR JOHN MCDONALD : Je ne vois pas comment un bison assis (Sitting Bull) pourrait traverser la frontière.
MR. MCKENZIE : À moins qu'il ne se lève.
SIR John : En ce cas, il faudrait l'appeler Bison debout[4].

Tel était le niveau de discussion au parlement canadien chaque fois que le problème des exilés sioux était évoqué. Aucune aide de quelque sorte ne leur fut proposée – pas même de la nourriture ou des vêtements ; ils durent endurer les hivers rigoureux sans abris ni couvertures. Le gibier était rare, la viande manquait, de même que les peaux pour faire des vêtements et des tipis. Les jeunes semblaient souffrir du mal du pays plus que les anciens « Nous avons commencé à regretter notre terre où nous étions heureux autrefois », déclara l'un des jeunes Oglalas[5]. Peu à peu, quelques familles affamées et en guenilles traversèrent la frontière pour faire leur reddition dans les agences sioux du Dakota.

Sitting Bull supplia les Canadiens d'accorder à son peuple une réserve où ils pourraient subvenir à leurs propres besoins. À chaque fois, on lui répondit qu'il n'était pas un sujet britannique et que par conséquent, il n'avait pas droit à une réserve. Au cours de l'hiver 1880, qui fut particulièrement dur, de nombreux chevaux sioux moururent de froid. Au printemps suivant, le nombre d'exilés qui partaient vers le sud à pied augmenta. Plusieurs des lieutenants les plus fidèles de Sitting Bull, dont Gall et Crow King, se résignèrent à gagner la Grande Réserve Sioux.

Enfin, le 19 juillet 1881, Sitting Bull et cent quatre-vingts de ses partisans traversèrent la frontière et entrèrent à cheval dans Fort Buford. Le chef portait une chemise de calicot en lambeaux, une paire de jambières en piteux état, et une couverture sale. L'air vieux et défait, il remit sa Winchester au commandant de la place. L'armée, au lieu de l'envoyer à l'agence hunkpapa de Standing Rock, le retint prisonnier à Fort Randall, lui refusant ainsi la grâce qui lui avait été promise.

Le retour de Sitting Bull fut relégué à l'arrière-plan par l'annonce à la fin de l'été 1881 de l'assassinat de Spotted Tail, tué non par un Blanc, mais par l'un des membres de sa propre tribu, Crow Dog, alors qu'il chevauchait sur une piste dans la réserve de Rosebud.

Les responsables blancs de la réserve minimisèrent le meurtre en l'attribuant à une dispute au sujet d'une femme. Mais pour les amis de Spotted Tail, c'était le résultat d'un complot ayant pour but d'ébranler le pouvoir des chefs et de le transférer à des hommes qui se plieraient à la volonté des agents du Bureau des Affaires indiennes. D'après Red Cloud, on avait dégoté un lâche assassin pour éliminer Spotted Tail parce que ce dernier se battait ardemment pour le développement de son peuple. « Le crime a été mis sur le dos des Indiens parce qu'un Indien l'avait commis, expliqua-t-il, mais cet Indien, qui l'a poussé[6] ? »

Une fois passé le scandale provoqué par la mort de Spotted Tail, les Sioux s'intéressèrent à la présence de Sitting Bull à Fort Randall. De nombreux chefs vinrent le voir, lui souhaiter bonne chance et l'honorer. Les journalistes voulurent l'interviewer. Loin d'être battu et oublié de tous comme il l'avait craint, Sitting Bull était devenu célèbre. En 1882, des représentants des différentes agences sioux se rendirent dans sa prison pour lui demander son avis au sujet d'une nouvelle proposition du gouvernement de diviser la réserve et d'en vendre environ la moitié à des colons blancs. Il leur conseilla de refuser, la tribu ne pouvant se passer d'aucune de ces terres.

Cette année-là, les Sioux, malgré leur résistance, faillirent bien perdre vingt-trois mille kilomètres carrés de territoire à cause des manœuvres d'une commission dirigée par Newton Edmunds, grand expert en matière de vol des terres indiennes par voie de négociation. Il avait pour collègues Peter Shannon, un avocat de la Frontière, et James Teller, frère du nouveau Secrétaire à l'Intérieur. Tous trois étaient accompagnés d'un « interprète spécial » en la personne du révérend Samuel D. Hinman lui-même, missionnaire auprès des Sioux depuis l'époque de Little Crow. Hinman était convaincu que ce qu'il fallait aux Indiens, c'était moins de terres et plus de sentiments chrétiens.

À chaque agence où la commission se rendit, Hinman expliqua aux chefs qu'il était là pour répartir différentes sections de la réserve entre les six agences. C'était une nécessité, affirma-t-il, afin que les Indiens puissent s'approprier les terres en question et les conserver aussi longtemps qu'ils vivraient. « Une fois la répartition faite, expliqua Hinman à Red Cloud, le Grand Père vous donnera vingt-cinq mille vaches et mille taureaux[7]. » Mais avant d'obtenir ce bétail, les Sioux devaient juste signer certains documents que les membres de la commission avaient apportés. Comme aucun des chefs sioux ne savait lire, ils ignoraient qu'ils se dépouilleraient de vingt-trois mille kilomètres carrés de terres en échange des bêtes promises.

Aux agences où les Sioux montrèrent quelques réticences, Hinman alterna menaces et cajoleries. Afin d'obtenir le plus de signatures possible, il alla jusqu'à soutirer celles de garçons de sept ans. (D'après le traité, seuls les adultes de sexe masculin pouvaient signer.) Lors d'une réunion à Wounded Knee Creek sur la réserve de Pine Ridge, Hinman déclara aux Indiens que s'ils ne signaient pas, ils ne recevraient plus ni rations, ni annuités et seraient de surcroît expédiés dans le Territoire Indien.

Les anciens de la tribu, qui avaient vu les frontières de leur territoire se resserrer après avoir apposé leur signature en bas de documents du même genre, soupçonnèrent Hinman de vouloir faire main basse sur la réserve. Yellow Hair, un chef de second rang à Pine Ridge qui s'était prononcé haut et fort contre la signature, se vit contraint de céder sous les menaces du révérend. Une fois les cérémonials terminés et la commission partie, Yellow Hair prit une motte de terre et l'offrit à Valentine McGillycuddy, l'agent de Pine Ridge. « Nous avons cédé pratiquement toutes nos terres, déclara l'Indien d'un ton narquois. Autant que tu prennes le reste maintenant. Le voici, je te le donne[8]. »

Début 1883, Edmunds et Hinman firent le voyage jusqu'à Washington avec le paquet de signatures qu'ils avaient arrachées et parvinrent à faire introduire une loi au Congrès par laquelle les États-Unis récupéraient la moitié de la Grande Réserve Sioux. Heureusement, les amis que les Sioux avaient à Washington mirent en doute la validité de cette loi et soulignèrent que, à supposer que les signatures soient légales, Edmunds et Hinman n'avaient de toute façon pas obtenu comme requis celles des trois quarts de la population sioux adulte mâle.

Une autre commission, dirigée par le sénateur Henry L. Dawes, fut expédiée en toute hâte au Dakota avec mission d'enquêter sur les méthodes utilisées par Edmunds et Hinman. Elle ne tarda pas à découvrir que ses prédécesseurs avaient triché.

Dawes demanda à Red Cloud s'il pensait que Hinman était un homme honnête. « Mr. Hinman vous dupe, vous les gens importants, répondit le chef sioux. Il vous a raconté toutes sortes de choses, et vous êtes venus jusqu'ici pour nous demander ce que nous en pensons. »

Red Dog affirma sous serment que Hinman avait promis de leur donner des vaches et des taureaux sans dire un mot des terres que les Sioux devraient céder en échange. Little Wound déclara : « Mr. Hinman nous a dit que, vu l'état actuel de la réserve, pas un Indien ne pouvait dire où se trouvaient ses terres à lui, et le Grand Père et son conseil pensaient qu'il valait mieux délimiter différentes réserves. C'est la raison pour laquelle nous avons signé le papier.

– A-t-il évoqué la possibilité que le Grand Père prenne ce qui restait ? demanda le sénateur Dawes.

– Non, sir, il n'a rien évoqué de tel. »

À White Thunder qui lui disait qu'on les avait trompés en leur disant de signer le document, le sénateur demanda ce qu'il entendait par là.

« Ce qu'ils voulaient, c'était acheter la terre à vil prix, et moi j'appelle cela une tromperie.

– Veux-tu dire par là que les Indiens d'ici seraient prêts à se séparer de leur terre s'ils recevaient plus en échange ? s'enquit Dawes.

– Non, Monsieur, ils refuseraient, répliqua White Thunder. Cette terre est pour nous la chose la plus précieuse au monde. Des hommes la prennent et deviennent riches grâce à elle. Nous autres Indiens devons absolument la conserver[9]. »

Peu avant l'arrivée de la commission Dawes dans le Dakota, Sitting Bull fut libéré et transféré à l'agence hunkpapa de Standing Rock. Le 22 août, lorsque les membres de la commission vinrent recueillir des témoignages, il quitta son campement au bord de la Grand River et se présenta à l'agence pour assister au conseil. Faisant mine de ne pas s'apercevoir de la présence du plus célèbre des chefs sioux encore vivants, Dawes et ses collègues invitèrent tout d'abord Running Antelope, puis le jeune John Grass, fils d'Old Grass, le chef des Sioux Blackfoots, à témoigner.

Enfin, Dawes se tourna vers l'interprète : « Demande à Sitting Bull s'il a quelque chose à dire au comité, lui ordonna-t-il.

– Oui, je parlerai si vous le désirez, répliqua Sitting Bull. Je suppose que seuls ceux que vous désirez entendre ont le droit de s'exprimer.

– Nous pensions que les Indiens choisiraient des porte-parole, répondit Dawes, mais si quiconque désire s'exprimer ou veut parler au nom des Indiens, nous serons ravis de l'entendre s'il a quelque chose à nous dire.

– Sais-tu qui je suis, pour me parler de la sorte ?

– Je sais que tu es Sitting Bull, et si tu as quelque chose à dire, je serai ravi de t'entendre.

– Me reconnais-tu ? Sais-tu vraiment qui je suis ?

– Je sais que tu es Sitting Bull.

– Tu sais que je suis Sitting Bull, dis-tu, mais sais-tu quelle position j'occupe ?

– Je ne vois aucune différence entre toi et les autres Indiens de cette agence.

– Je suis ici par la volonté du Grand Esprit, et c'est par sa volonté que je suis chef. Mon cœur est rouge et doux et sucré, et je sais qu'il est doux et sucré car il attire tous ceux qui s'approchent de moi ; et pourtant, vous autres qui êtes venus parler avec nous, vous dites que vous ne savez pas qui je suis. Je tiens à ce que vous sachiez que si le Grand Esprit a choisi quelqu'un pour être le chef dans ce pays, ce quelqu'un, c'est moi !

– Quelle que soit la qualité sous laquelle tu te présentes aujourd'hui, si tu veux nous dire quelque chose, nous t'écouterons ; sinon, nous congédierons ce conseil.

– Soit, tu as raison, déclara Sitting Bull. Vous vous conduisez comme des hommes qui ont bu du whisky, alors que je venais vous donner quelques conseils. » Sur ce, il fit un grand geste de la main et tous les Indiens qui se trouvaient dans la pièce se levèrent et le suivirent dehors[10].

Pour Dawes et ses collègues, l'idée que les Sioux puissent se rallier autour d'un grand chef comme Sitting Bull était insupportable. Il y avait là de quoi mettre en péril la politique indienne du gouvernement et son ambition de blanchir les tribus en éradiquant tout ce qu'il y avait d'indien en elles. Or, en moins de deux minutes, les membres de la commission avaient offert à Sitting Bull l'occasion de leur montrer qu'il avait le pouvoir de bloquer cette politique.

Plus tard dans la journée, les autres chefs hunkpapas s'entretinrent avec Sitting Bull. Ils l'assurèrent de leur loyauté, tout en lui reprochant d'avoir choqué les envoyés du gouvernement. Ces hommes étaient différents des voleurs de terres venus l'année précédente ; c'était des représentants du Grand Père qui voulaient au contraire les aider à conserver leur territoire.

En dépit de ses doutes sur la fiabilité des Blancs, Sitting Bull déclara que s'il avait commis une erreur, il était prêt à s'excuser. Il envoya un message à Dawes et ses collègues pour leur proposer une nouvelle rencontre.

« Je suis ici pour m'excuser de ma mauvaise conduite, leur annonça-t-il alors, et pour reprendre ce que j'ai dit. Je suis prêt à le reprendre parce que j'estime que j'ai rendu vos cœurs mauvais. (...) Ce que je reprends, ce sont les paroles qui ont provoqué le départ de mes frères, et je tiens à m'excuser d'être moi-même parti. (...) À présent, je vais vous dire ce que je pense et je parlerai franchement. Je sais que tout là-haut le Grand Esprit me regarde et entend ce que je dis. Alors je vais m'efforcer d'être franc. Et j'espère que quelqu'un entendra les souhaits que j'exprime et m'aidera à les réaliser. »

Puis il passa en revue l'histoire des Sioux depuis sa propre naissance, dressant la liste des promesses que le gouvernement avait rompues, tout en ajoutant qu'il s'était engagé à suivre la route de l'homme blanc et qu'il tiendrait parole. « Si un homme qui a perdu quelque chose revient en arrière et cherche vraiment, il le trouvera, et c'est précisément cela que les Indiens font maintenant en vous demandant de leur donner ce qui leur avait été promis, et je ne vois pas pourquoi ils devraient être traités comme des bêtes. C'est la raison pour laquelle j'ai grandi avec les sentiments qui m'animent. (...) Le Grand Père m'a fait dire que tout ce qu'il me reprochait par le passé a été oublié et mis de côté, et qu'il n'aurait rien contre moi à l'avenir, et j'ai accepté ses promesses et suis venu ; alors il m'a demandé de ne pas m'écarter de la route de l'homme blanc, et je lui ai répondu que je n'en ferais rien et je fais de mon mieux pour rester sur ce chemin. Je trouve que mon pays a une bien mauvaise réputation, et je veux qu'il en ait une bonne, comme autrefois ; parfois, je me demande qui a contribué à lui donner cette mauvaise réputation. »

Sitting se mit alors à décrire les conditions de vie des Indiens. Ils n'avaient rien de ce que les Blancs possédaient. S'ils devaient devenir comme eux, alors il leur fallait des outils, du bétail et des chariots, « parce que c'est ainsi que les Blancs gagnent leur vie ».

Au lieu d'accepter de bonne grâce les excuses de Sitting Bull, les membres de la commission l'attaquèrent. Le sénateur John Logan lui reprocha d'avoir interrompu le conseil précédent et accusé les membres du comité d'être saouls. « J'ajouterais que tu n'es pas un grand chef dans ce pays, poursuivit Logan, que tu n'as ni partisans, ni pouvoir, ni autorité, ni aucun droit de contrôler quoi que ce soit. Tu es sur une réserve indienne grâce au bon vouloir du gouvernement. Tu es nourri par le gouvernement, vêtu par le gouvernement, tes enfants sont éduqués par le gouvernement, et tout ce que tu es ou possèdes aujourd'hui, tu le dois au gouvernement. Sans lui, tu serais en train de mourir de faim et de froid dans les montagnes. Ces choses, je te les dis simplement pour t'avertir que tu n'as pas le droit d'insulter le peuple des États-Unis d'Amérique ou ceux qui le représentent. (...) Le gouvernement nourrit, habille et éduque tes enfants maintenant, et veut vous apprendre à devenir fermiers. Il veut vous civiliser, *faire de vous des hommes blancs*[11]. »

Afin d'accélérer le processus qui transformerait les Sioux en Blancs, le Bureau des Affaires indiennes plaça James McLaughlin à la tête de l'agence de Standing Rock. McLaughlin, Cheveux-Blancs comme les Indiens l'appelaient, était un vétéran du Bureau, marié à une métisse santee, et ses supérieurs lui faisaient confiance pour détruire avec efficacité la culture des Sioux et la remplacer par la civilisation des Blancs. Après le départ de la commission Dawes, McLaughlin tenta de réduire l'influence de Sitting Bull en traitant avec Gall pour toutes les questions concernant les Hunkpapas, et avec John Grass pour les Blackfoots. Chacune de ses manœuvres était calculée pour reléguer Sitting Bull à l'arrière-plan et montrer aux Sioux de Standing Rock que leur vieux héros était incapable de les diriger ou de les aider.

Ses manigances n'eurent pas le moindre effet sur la popularité de Sitting Bull auprès des Sioux. Tous ceux, Blancs ou Indiens, qui venaient visiter la réserve voulaient le voir. L'été 1883, lorsque le Northern Pacific Railroad voulut fêter la pose du dernier clou de ses voies transcontinentales, l'un des responsables chargés de l'organisation des cérémonies jugea qu'il serait juste qu'un chef indien soit présent pour adresser un discours de bienvenue au Grand Père et aux autres notables. Le choix de Sitting Bull s'imposait – on n'envisagea même pas de faire appel à un autre Indien que lui. Un jeune officier de l'armée qui comprenait la langue sioux se vit confier la tâche de travailler avec lui à la préparation de son discours, qui serait prononcé en sioux et traduit.

Le 8 septembre, Sitting Bull et le jeune officier arrivèrent à Bismarck pour la grande cérémonie. Ils chevauchèrent en tête de la parade, puis s'installèrent sur la plate-forme d'où seraient prononcés les discours. Sitting Bull, présenté au public, se leva et commença à parler en sioux. Mais quelle ne fut pas la consternation de son jeune interprète ! En effet, Sitting Bull avait fortement modifié le discours fleuri qu'ils avaient préparé ensemble. « Je déteste tous les Blancs, déclara-t-il. Vous êtes des voleurs et des menteurs. Vous avez pris nos terres et avez fait de nous des parias[12]. » Sachant qu'il n'y avait qu'une seule personne capable de le comprendre, le chef hunkpapa marqua des temps d'arrêt pour laisser le public applaudir, fit des courbettes, des sourires, puis enchaîna sur de nouvelles insultes. Enfin, il se rassit, laissant son pauvre interprète, fort perplexe, prendre sa place. Le jeune officier n'avait préparé qu'une courte traduction, avec deux ou trois formules amicales. En corsant le tout de quelques métaphores indiennes, un peu éculées certes, il provoqua l'enthousiasme du public qui, debout, fit une ovation à Sitting Bull. Le chef hunkpapa devint si populaire que les représentants de la compagnie ferroviaire l'entraînèrent à St. Paul pour une autre cérémonie.

L'été suivant, le Secrétaire à l'Intérieur autorisa Sitting Bull à faire une tournée dans quinze villes américaines. Ses apparitions firent tellement sensation que William F. Cody, alias Buffalo Bill, décida qu'il lui fallait absolument le célèbre chef hunkpapa dans son spectacle, le Wild West Show. Le Bureau des Affaires indiennes fut tout d'abord réticent, mais lorsque l'on demanda l'avis de McLaughlin, ce dernier se montra enthousiaste. Mais bien sûr que Sitting Bull pouvait partir avec le Wild West Show ! À Standing Rock, le chef était un symbole de la résistance indienne, un défenseur acharné de cette culture indienne dont McLaughlin rêvait de se débarrasser. S'il n'avait tenu qu'à lui, Sitting Bull serait parti en tournée jusqu'à la fin de ses jours.

C'est ainsi que l'été 1885, Sitting Bull rejoignit le Wild West Show de Buffalo Bill dans sa tournée américaine et canadienne. Il attira des foules immenses. Après chaque spectacle, les mêmes personnes qui avaient hué et sifflé le « Tueur de Custer » se pressaient autour de lui pour lui acheter une photo dédicacée. Sitting Bull donna la majeure partie de l'argent récolté à la bande de garçons affamés et en guenilles qui ne le quittaient pas d'une semelle. Un jour, il raconta à Annie Oakley, une autre star du Wild West Show, qu'il ne comprenait pas que les Blancs se montrent aussi indifférents envers leurs pauvres. « Le Blanc sait tout faire, déclara-t-il, mais il ne sait pas partager. »

La saison terminée, il retourna à Standing Rock avec deux cadeaux d'adieu de la part de Buffalo Bill – un immense sombrero et un cheval de cirque qui avait appris à s'asseoir et à lever un sabot en l'air lorsqu'il entendait un coup de feu.

En 1887, Buffalo Bill proposa à Sitting Bull de l'accompagner pour une tournée européenne. Le chef déclina l'invitation.

« Mon peuple a besoin de moi ici, expliqua-t-il. On parle de nouveau de nous prendre nos terres[13]. »

Les rumeurs se concrétisèrent l'année suivante, avec l'arrivée d'une commission envoyée par Washington pour proposer la division de la Grande Réserve Sioux en six réserves plus petites, ce qui permettait de gagner quatre millions d'hectares pour la colonisation. La commission offrait aux Indiens cinquante cents par demi-hectare. Sitting Bull entreprit immédiatement de convaincre Gall et John Grass qu'une telle escroquerie était inacceptable et que les Sioux ne pouvaient pas se passer de ces terres. Pendant presque un mois, les délégués de Washington s'efforcèrent de persuader les Indiens de Standing Rock que Sitting Bull les induisait en erreur, que la cession serait une bonne chose pour eux, et que s'ils n'acceptaient pas, ils risquaient de toute façon de perdre ces terres. À l'agence de Standing Rock, seuls vingt-deux Sioux signèrent. À celles de Crow Creek et de Lower Brûlé, la commission n'obtint pas le quota de signatures nécessaire. Renonçant à se rendre à Pine Ridge et Rosebud, les délégués rentrèrent à Washington. D'après eux, le gouvernement devait ignorer le traité de 1868 et s'emparer des terres sans le consentement des Indiens.

Il se trouve qu'en 1888, Washington hésitait encore à abroger un traité. Par contre, l'année suivante, le Congrès envisagea la chose, si elle s'avérait nécessaire. Toutefois, il aurait été préférable que les Indiens, poussés par la crainte de devoir céder leurs terres sans contrepartie, se résignent à vendre une large portion de leur réserve. Si ce plan marchait, le gouvernement n'aurait alors même pas à rompre le traité.

Sachant que les Indiens faisaient confiance au général Crook, le gouvernement persuada ce dernier que les Sioux perdraient tout s'ils n'acceptaient pas le découpage de leur réserve. Crook accepta alors de présider une nouvelle commission et fut autorisé à offrir aux Indiens 1,50 dollar par demi-hectare au lieu des cinquante cents proposés par la commission précédente.

En mai 1889, Crook, accompagné de deux délégués sérieux, Charles Foster, de l'Ohio, et William Warren, du Missouri, se rendit sur la Grande Réserve Sioux avec la ferme intention de recueillir les signatures des trois quarts de la population mâle adulte. Il avait laissé son uniforme bleu à Chicago et s'apprêtait à rencontrer ses anciens ennemis vêtu d'un simple pantalon de flanelle grise froissé. Il choisit délibérément l'agence de Rosebud comme lieu du premier conseil. Depuis l'assassinat de Spotted Tail, les Brûlés étaient divisés en factions rivales, si bien que Crook jugeait peu probable qu'ils lui opposent un front uni.

Ce qu'il n'avait pas prévu, c'est que Hollow Horn Bear insisterait pour que les délégués convoquent les chefs des six agences à un seul et même conseil. « Tu comptais neutraliser notre opposition ici, l'accusa Hollow Horn Bear, puis te rendre dans les autres agences et leur dire que nous avons signé. »

Crook répliqua que le Grand Père avait ordonné à la commission d'engager des consultations avec les Indiens agence par agence « parce que c'est le printemps et que si vous venez tous, vos récoltes en pâtiront ». Hollow Horn Bear refusa de coopérer, ainsi que High Hawk, lequel déclara : « Le territoire que vous avez délimité pour nous est très petit. Moi, je veux que mes enfants aient des enfants et des petits-enfants et qu'ils peuplent le pays, et toi tu me demandes de couper mon "outil" et de ne plus faire d'enfants.

– Chaque fois que nous te donnons des terres, nous ne les récupérons jamais, renchérit Yellow Hair. Alors cette fois-ci, nous allons réfléchir longuement avant de te céder ce territoire.

– Les Blancs de l'Est sont tels des oiseaux, expliqua Crook. Chaque année, ils ont de nouveaux œufs et il n'y a pas assez de place dans l'Est, si bien qu'ils doivent aller ailleurs, dans l'Ouest, comme vous vous en êtes aperçus ces dernières années. Et il en viendra toujours plus, jusqu'à ce qu'ils aient envahi le pays tout entier. Vous ne pourrez pas les en empêcher. (...) Tout est décidé à Washington à la majorité et quand ces gens arrivent dans l'Ouest et constatent que les Indiens disposent d'un immense territoire dont ils ne font rien, ils disent : "Nous voulons ces terres"[14]. »

Au bout de neuf jours de discussions, une majorité de Brûlés suivit les conseils de Crook et signa. Le premier nom à figurer au bas du document fut celui de Crow Dog, l'assassin de Spotted Tail.

En juin, à Pine Ridge, la commission se retrouva face à Red Cloud, qui fit la démonstration de son pouvoir en faisant encercler l'endroit où se déroulait le conseil par plusieurs centaines de cavaliers. Mais en dépit de l'opposition ferme du chef et de ses fidèles lieutenants, les délégués obtinrent l'accord de la moitié des Oglalas. Afin de remplir leur quota de signatures, ils se rendirent alors dans les agences de Lower Brûlé, Crow Creek et

Cheyenne River. Le 27 juillet, ils arrivèrent à Standing Rock. C'était là que l'accord serait soit entériné, soit rejeté si une majorité de Hunkpapas et de Sioux Blackfoots refusaient de signer.

Sitting Bull assista aux premiers conseils, mais demeura silencieux. Sa seule présence suffit à maintenir un mur d'opposition. « Les Indiens se montrèrent très attentifs, raconte Crook, sans toutefois manifester la moindre approbation. Leur comportement était plutôt celui d'hommes qui avaient pris leur décision et attendaient avec curiosité de voir quel nouvel argument pouvait leur être opposé. »

John Grass, le porte-parole principal des Sioux de Standing Rock, déclara au conseil : « Lorsque nous avions des terres en abondance, nous pouvions vous en vendre au prix que vous proposiez, quel qu'il soit. Maintenant qu'il nous en reste si peu, vous voulez encore les acheter. Nous, nous ne cherchons pas à vendre nos terres. C'est le Grand Père qui veut que nous les vendions. Pour cette raison, nous estimons que la somme proposée est trop basse, et par conséquent nous refusons de vendre la terre à ce prix[15]. »

Il va sans dire que pour Sitting Bull et ses partisans, il était hors de question de vendre, quel que soit le prix proposé. Ainsi que l'avait dit White Thunder à la commission Dawes six ans auparavant, la terre était pour eux « la chose la plus précieuse au monde ».

Après plusieurs jours de vaines palabres, Crook comprit qu'il ne pourrait gagner personne à sa cause dans le cadre d'un grand conseil. Il confia à l'agent James McLaughlin la tâche de convaincre individuellement les Indiens que le gouvernement leur prendrait leurs terres s'ils refusaient de les vendre. Sitting Bull campa sur ses positions. Pourquoi les Indiens devraient-ils vendre leurs terres pour épargner au gouvernement américain la honte de rompre un traité ?

McLaughlin organisa des rencontres secrètes avec John Grass. « J'ai discuté avec lui jusqu'à ce qu'il accepte de se faire l'avocat de la ratification, devait expliquer l'agent par la suite. Enfin, nous avons préparé le discours qu'il devait faire pour exposer son changement de position avec habileté, afin de lui attirer le soutien effectif des autres chefs et régler la question[16]. »

McLaughlin organisa une dernière rencontre avec la commission le 3 août, sans en informer Sitting Bull. Il disposa ses policiers indiens par formations de quatre colonnes autour de l'endroit où se tenait le conseil afin d'empêcher toute interruption par Sitting Bull ou l'un de ses partisans. John Grass avait déjà prononcé son discours, que l'agent l'avait aidé à rédiger, lorsque Sitting Bull, forçant les rangs des policiers, arriva.

Cette fois-ci, il prit la parole. « J'aimerais dire quelque chose, à moins que vous y voyiez une objection, auquel cas, je me tairai. Personne ne nous parlé de ce conseil, et nous venons d'arriver.

– Sitting Bull savait-il que nous allions tenir conseil ? demanda Crook en se tournant vers McLaughlin.

– Oui, Monsieur, mentit McLaughlin. Bien sûr, tout le monde était au courant[17]. »

À ce moment-là, John Grass et les chefs s'avancèrent pour signer l'accord. C'était fini. La Grande Réserve Sioux fut divisée en parcelles qui se retrouveraient bientôt noyées au milieu d'un océan d'immigrants blancs. Avant que Sitting Bull ne quitte les lieux, un journaliste lui demanda ce que les Indiens pensaient de la cession de leurs terres.

« Les Indiens ! hurla le chef hunkpapa. Il n'y a plus d'Indiens ! Je suis le dernier ! »

Le 9 octobre 1890, à la Lune-où-l'herbe-sèche, à peu près un an après le démantèlement de la Grande Réserve, un Miniconjou de l'agence de Cheyenne River vint à Standing Rock pour voir Sitting Bull. Il s'appelait Kicking Bear et apportait des nouvelles du Messie paiute, Wovoka, fondateur de la religion de la danse des Esprits. Il revenait d'un long voyage entrepris avec son beau-frère, Short Bull, au-delà des Shining Mountains à la recherche du messie. Informé de cette quête, Sitting Bull avait demandé que l'on fasse venir Kicking Bear afin d'en savoir plus.

Kicking Bear raconta à Sitting Bull qu'une voix lui avait commandé de partir à la rencontre des esprits des Indiens qui devaient revenir habiter la terre. Avec Short Bull et neuf autres Sioux, il avait pris un wagon du cheval de fer et voyagé jusqu'à l'endroit où le soleil se couche et où la voie ferrée s'arrête. Ils avaient été abordés par deux Indiens qu'ils n'avaient jamais vus, mais qui les avaient salués comme des frères et leur avaient donné de la viande et du pain, ainsi que des montures. Ils avaient chevauché pendant quatre soleils jusqu'à un campement de Mangeurs-de-poissons, c'est-à-dire de Paiutes, près de Pyramid Lake dans le Nevada.

Les Paiutes expliquèrent à leurs visiteurs que le Christ était redescendu sur terre. C'était certainement lui qui les avait fait venir ici, déclara Kicking Bear. Tout avait été décrété à l'avance. Afin de voir le Messie, ils devaient entreprendre un autre voyage jusqu'à l'agence de Walker Lake.

Kicking Bear et ses amis attendirent deux jours à Walker Lake en compagnie de plusieurs centaines d'Indiens qui parlaient des dizaines de langues différentes et avaient quitté leur réserve pour venir voir le Messie.

Le Christ apparut le troisième jour, juste avant le coucher du soleil. Les Indiens firent un grand feu pour l'éclairer. Kicking Bear s'était toujours imaginé que le Messie était un Blanc comme les missionnaires. Or, l'homme qui apparut ressemblait à un Indien. Au bout de quelques instants, il se leva et s'adressa à la foule attentive en ces termes : « Je vous ai envoyé chercher et je suis heureux de vous voir. Tout à l'heure, je vous parlerai de vos parent morts qui sont partis loin. Mes enfants, je veux que vous écoutiez ce que j'ai à vous dire. Je vais vous apprendre une danse, et quand celle-ci sera terminée, je vous dirai quelque chose. » Il se mit alors à danser et tout le monde l'imita. Son chant s'éleva. La danse des Esprits ne se termina que tard dans la nuit. Les Indiens avaient suffisamment dansé, leur dit le Messie[18].

Le lendemain matin, Kicking Bear et les autres s'approchèrent du Messie pour voir si son corps portait les marques de crucifixion dont les missionnaires leur avaient parlé. Il avait bien une cicatrice sur son poignet et une autre sur son visage, mais comme il portait des mocassins, les Indiens ne purent voir ses pieds. Il leur parla jusqu'au soir. Au commencement, dit-il, Dieu créa la terre, puis il envoya le Christ sur terre pour enseigner la bonne parole, mais les Blancs le maltraitèrent, marquèrent son corps de cicatrices, si bien qu'il retourna au ciel. À présent, il redescendait sur terre en tant qu'Indien, et grâce à lui, tout allait redevenir comme autrefois, mieux qu'autrefois.

Au printemps suivant, quand l'herbe serait à hauteur de genoux, la terre, régénérée, ensevelirait tous les Blancs, puis se couvrirait d'une herbe douce, de rivières et d'arbres. Les immenses troupeaux de bisons et de mustangs reviendraient. Les Indiens qui prenaient part à la danse des Esprits seraient emportés et flotteraient dans les airs tandis qu'une nouvelle vague de terre recouvrirait tout, et alors ils descendraient retrouver les esprits de leurs ancêtres sur cette terre nouvelle, où seuls des Indiens pourraient vivre.

Kicking Bear et ses amis passèrent quelques jours à Walker Lake, au cours desquels ils apprirent la danse des Esprits. Puis ils repartirent à cheval vers la ligne de chemin de fer. Le Messie les accompagna en volant au-dessus d'eux et en leur apprenant des chants pour la nouvelle danse. Quand ils arrivèrent au train, il les quitta en leur demandant de retourner parmi leurs frères et de leur enseigner ce qu'ils avaient appris. Une fois l'hiver passé, il ramènerait les esprits de leurs pères pour leur permettre de les retrouver après la nouvelle résurrection.

À leur retour dans le Dakota, Kicking Bear enseigna la nouvelle danse à Cheyenne River, Short Bull à Rosebud et les autres à Pine Ridge. La tribu des Miniconjous de Big Foot était composée en majorité de femmes qui avaient perdu qui un mari, qui un père ou un frère lors des combats contre Custer, Miles ou Crook. Elles dansèrent jusqu'à l'évanouissement dans l'espoir de ramener sur terre les guerriers morts.

Sitting Bull écouta Kicking Bear lui raconter ce qu'il savait sur le Messie et la danse des Esprits. Il ne croyait pas possible que des morts puissent revenir à la vie, mais les membres de sa tribu avaient entendu parler du Messie et craignaient que celui-ci ne les néglige et les laisse disparaître s'ils ne participaient pas à la danse, ce à quoi le chef hunkpapa ne voyait aucune objection. Par contre, on lui avait dit que sur certaines réserves, les agents faisaient venir des soldats pour interrompre les cérémonies. Il ne voulait surtout pas que l'armée vienne semer la panique parmi les siens et peut-être même leur tire dessus. Kicking Bear lui expliqua alors que si les Indiens portaient les vêtements sacrés du Messie – des chemises sur lesquelles étaient peints des symboles magiques – il ne leur arriverait aucun mal. Même les balles des Tuniques Bleues ne parviendraient pas à transpercer une chemise sacrée.

Un peu sceptique tout de même, Sitting Bull invita Kicking Bear à rester quelque temps avec les Hunkpapas à Standing Rock afin de leur enseigner la danse des Esprits. Nous étions à la Lune-où-les-feuilles-tombent. Sur pratiquement toutes les réserves indiennes de l'Ouest, la danse des Esprits se répandait tel un feu de prairie poussé par le vent. Du Dakota à l'Arizona, du Territoire Indien au Nevada, les inspecteurs du Bureau des Affaires indiennes et les officiers de l'armée se demandèrent avec inquiétude quelle était la signification profonde de toute cette agitation. Et dès l'automne, la consigne officielle tomba : il fallait mettre un terme à la danse des Esprits.

« On n'aurait pas pu proposer un système de croyances plus pernicieux que celui-ci pour un peuple arrivé au seuil de la civilisation », déclara McLaughlin. Ainsi que la plupart des autres agents, il se refusait à reconnaître le caractère proprement chrétien de la danse des Esprits, et ce, malgré le fait qu'il était lui-même catholique pratiquant. À l'exception des rituels, les croyances étaient les mêmes que celle de n'importe quelle autre Église chrétienne.

« Vous ne devez nuire ou faire du mal à personne. Vous ne devez pas vous battre. Vous devez toujours faire le bien », commandait le Messie. La doctrine, qui prêchait la non-violence et la fraternité, exigeait simplement des Indiens qu'ils dansent et chantent. Alors, le Messie apporterait la résurrection.

Mais en voyant les Indiens danser, les agents paniquèrent, avertirent les soldats, et les soldats se mirent en route.

Une semaine après l'arrivée de Kicking Bear à Standing Rock, McLaughlin chargea une douzaine de policiers indiens de lui faire quitter la réserve. Impressionnés par l'aura de sainteté que dégageait Kicking Bear, les policiers informèrent Sitting Bull de l'ordre qu'ils avaient reçu. Le chef refusa d'entreprendre quoique ce soit. Le 16 octobre, l'agent envoya des forces supplémentaires, et cette fois-ci Kicking Bear fut escorté jusqu'à la frontière de la réserve.

Le lendemain, McLaughlin informa le commissaire aux Affaires indiennes que le « système de croyances pernicieux » de Standing Rock était l'œuvre de Sitting Bull. Il recommanda l'arrestation du chef, son éloignement de la réserve et son enfermement dans une prison militaire. Le commissaire discuta l'affaire avec le secrétaire de la Guerre, et tous deux convinrent qu'une telle initiative créerait plus de problèmes qu'elle n'en empêcherait.

Mi-novembre, la danse des Esprits était devenue si présente sur chaque réserve sioux que toute autre activité avait pour ainsi dire cessé. Les écoles étaient désertes, les magasins délaissés, et le travail dans les petites fermes négligé. À Pine Ridge, l'agent, pris de peur, télégraphia à Washington en ces termes : « Les

Indiens dansent dans la neige, ils sont fous, déchaînés. (...) Nous avons besoin de protection, tout de suite. Les chefs doivent être arrêtés et enfermés dans quelque poste militaire jusqu'à ce que les choses se calment, et ce, dans les plus brefs délais[19]. »

Short Bull décida de descendre la White River avec ses fidèles jusqu'aux Badlands. En quelques jours, d'autres Indiens se joignirent au groupe, qui finit par comprendre plus de trois mille personnes. Au mépris des températures hivernales, les Indiens revêtirent leurs chemises sacrées et se mirent à danser, tous les jours, de l'aube jusqu'au milieu de la nuit. Les danseurs, affirma Short Bull, n'avaient rien à craindre des soldats. Si ceux-ci venaient interrompre la cérémonie, « leurs chevaux seront avalés par la terre. Les cavaliers tenteront de se sauver, mais eux aussi seront avalés par la terre[20] ».

À Cheyenne River, les effectifs de la bande de Big Foot grimpèrent jusqu'à six cents, pour la plupart des veuves. Lorsque l'agent tenta d'intervenir, Big Foot emmena ses danseurs dans un lieu sacré situé à l'extérieur de la réserve.

Le 20 novembre, le Bureau des Affaires indiennes à Washington donna ordre aux agents sur le terrain de lui communiquer par télégraphe les noms de « tous les fauteurs de trouble » parmi les danseurs. Une liste fut rapidement constituée et transmise au quartier général de Miles à Chicago. Miles y repéra le nom de Sitting Bull et en conclut immédiatement que le chef était le principal responsable.

Miles n'ignorait pas que l'arrestation musclée du vieux chef par des soldats ferait du tapage. Il souhaitait donc que les choses se fassent discrètement. Pour cela, il fit appel à l'un des rares Blancs que Sitting Bull appréciait et auquel il accordait sa confiance – Buffalo Bill. Ce dernier accepta d'aller voir Sitting Bull pour tenter de le persuader de rencontrer Miles à Chicago. (Les documents de l'époque ne disent pas clairement si Cody était conscient que le succès de sa mission condamnerait Sitting Bull à croupir dans une prison militaire.)

Lorsque Buffalo Bill arriva à Standing Rock, il se retrouva face à un agent peu coopératif. Craignant que Cody ne fasse échouer la tentative d'arrestation et ne provoque la colère de Sitting Bull, McLaughlin se débrouilla pour que le célèbre chasseur de bisons ne puisse rien entreprendre. Ainsi, Buffalo Bill rentra de fort mauvaise humeur à Chicago, sans même avoir vu le chef hunkpapa.

Pendant ce temps à Pine Ridge, les troupes étaient arrivées, ce qui avait fait sérieusement monté les tensions entre Indiens et soldats. Un ancien agent, Valentine McGillycuddy, fut dépêché sur place pour tenter de trouver une solution. « Je suis d'avis de laisser la danse continuer, dit-il. L'arrivée des troupes inquiète les Indiens. Lorsque les Adventistes du Septième Jour préparent leurs tuniques sacrées pour la nouvelle venue du Sauveur, l'armée américaine ne vient pas les en empêcher. Pourquoi les Indiens ne devraient-ils pas jouir du même privilège ? Si les troupes restent, les choses vont se gâter. »

Malheureusement, ce ne fut pas ce point de vue qui l'emporta. Le 12 décembre, le lieutenant-colonel William F. Drum, commandant des troupes de Fort Yates, reçut du général Miles l'ordre de « s'emparer de la personne de Sitting Bull et de faire appel à un agent indien [McLaughlin] pour coopérer et lui prêter main-forte afin de permettre la réalisation de cette mission[21] ».

Le 15 décembre 1890, au point du jour, quarante-trois policiers indiens entourèrent la maison en rondins de Sitting Bull. Un escadron de cavalerie attendait à cinq kilomètres de là afin de venir à la rescousse si nécessaire. En entrant, le lieutenant Bull Head, le policier indien responsable du groupe, trouva Sitting Bull encore au lit. Réveillé, le chef le dévisagea d'un air incrédule. « Que viens-tu faire ici ? lui demanda-t-il.

– Tu es mon prisonnier, déclara Bull Head. Suis-moi à l'agence. »

Sitting Bull bâilla, puis s'assit. « D'accord, répondit-il. Mais laisse-moi le temps de m'habiller, et je te suivrai. » Il demanda au policier de faire seller son cheval.

En sortant de la maison avec le chef, Bull Head se retrouva face à une foule de danseurs quatre fois plus nombreux que les policiers. Catch-the-Bear s'avança vers lui. « Tu penses que tu vas pouvoir l'emmener ? Eh bien, tu te trompes ! s'exclama-t-il.

– Viens, dit calmement Bull Head à son prisonnier, ne les écoute pas. » Mais Sitting Bull refusa d'avancer, contraignant ainsi Bull Head et le sergent Red Tomahawk à le traîner de force vers son cheval.

C'est alors que, se débarrassant de sa couverture, Catch-the-Bear brandit un fusil. Il tira sur Bull Head et l'atteignit au flanc.

En tombant par terre, le blessé pointa son arme vers son agresseur, mais la balle atteignit Sitting Bull. Red Tomahawk tira presque au même moment. Sitting Bull, touché à la tête, s'écroula, mort.

Au cours de la fusillade, le vieux cheval de cirque offert par Buffalo Bill à Sitting Bull se mit à faire son petit numéro. Il se redressa sur ses jambes arrière et leva un sabot. Ceux qui le regardaient eurent l'impression qu'il se livrait à la danse des Esprits. Mais à peine le cheval eut-il fini son ballet que les combats reprirent. Seule l'arrivée du peloton de cavalerie sauva les policiers indiens du massacre[22].

19

Wounded Knee

> Il n'y avait pas d'espoir sur terre. Dieu semblait nous avoir oubliés. Certains affirmaient avoir vu Son fils, d'autres disaient que non. S'Il devait vraiment venir, Il accomplirait de grandes choses, comme il avait fait avant. Mais cela, nous en doutions, car nous ne L'avions pas vu, pas plus que nous n'avions vu Son œuvre.
>
> Nos frères ne savaient pas ; peu leur importait. Ils s'accrochaient à cet espoir. Ils L'imploraient en criant comme des fous. Ils se cramponnaient à la promesse qu'Il avait, croyaient-ils, faite.
>
> Les Blancs ont pris peur et ont appelé l'armée. Nous demandions humblement qu'on nous laisse vivre notre vie, et les soldats ont cru que nous voulions prendre la leur. Nous avons appris leur arrivée. Nous n'avions pas peur. Nous espérions pouvoir leur parler de nos problèmes et obtenir de l'aide. Un Blanc nous a affirmé qu'ils avaient l'intention de nous tuer. Nous n'avons pas voulu le croire, mais certains ont pris peur et se sont enfuis dans les Badlands.
>
> *Red Cloud*

Sans la force que leur donnait la danse des Esprits, les Sioux se seraient sans doute rebellés contre les soldats après l'assassinat de Sitting Bull, si forts étaient leur chagrin et leur colère. Mais leur conviction que les Blancs ne tarderaient pas à disparaître et que leurs parents et amis morts reviendraient au printemps était telle qu'ils n'entreprirent pas de représailles. Par contre, ce fut par centaines que les Hunkpapas, désormais privés de chef, s'enfuirent de Standing Rock pour trouver refuge dans les campements des adeptes de la danse des Esprits, ou à Pine Ridge, auprès de Red Cloud, le dernier de leurs grands chefs. Le 17 décembre, à la Lune-où-les-Cerfs-perdent-leurs-bois, ils furent ainsi une centaine à rejoindre le village miniconjou de Big Foot, au bord de Cherry Creek. Le même jour, le Département de la Guerre ordonna que Big Foot soit arrêté et jeté en prison. Il figurait en effet sur la liste des « fauteurs de troubles ».

Dès que Big Foot apprit la mort de Sitting Bull, il partit pour Pine Ridge avec les siens, dans l'espoir que Red Cloud les protégerait des soldats. Sur le chemin, il contracta une pneumonie et dut terminer le voyage en chariot. Le 28 décembre, les Miniconjous, arrivés à proximité de Porcupine Creek, repérèrent quatre escadrons de cavalerie. Big Foot ordonna immédiatement de hisser un drapeau blanc au-dessus de son chariot. Et ce fut sur sa couche que, à moitié redressé, il accueillit le chef d'escadron Samuel Whitside, du 7e de cavalerie, vers deux heures de l'après-midi. Ses couvertures étaient tachées du sang qu'il avait craché et lorsqu'il voulut parler à l'officier, sa voix n'était qu'un souffle rauque. Le froid faisait geler les gouttes de sang qui coulaient de son nez.

Whitside l'informa qu'il avait pour ordre de l'emmener dans un camp de l'armée au bord d'un cours d'eau qu'on appelait Wounded Knee Creek. Le chef miniconjou répondit qu'il n'allait pas dans cette direction, car il emmenait son peuple à Pine Ridge pour le mettre à l'abri.

Le chef d'escadron se tourna alors vers son éclaireur métis, John Shangreau, et lui ordonna de désarmer les Indiens.

« Écoutez-moi bien, chef, répliqua Shangreau, si vous faites ça, les choses vont très certainement mal tourner, ce qui veut dire que vous allez devoir tuer toutes ces femmes avec leurs enfants et que les hommes s'échapperont. »

Whitside répéta qu'il avait ordre de capturer les Miniconjous et de saisir leurs armes et leurs montures.

« Vous feriez mieux de les emmener au camp et de leur prendre leurs chevaux et leurs armes là-bas, lui conseilla son éclaireur.

– Fort bien, répondit le chef d'escadron. Dis à Big Foot qu'il s'installera à Wounded Knee[1]. »

Puis, après avoir jeté un coup d'œil au chef alité, il ordonna que l'on fasse avancer l'ambulance, afin que Big Foot puisse voyager au chaud et plus confortablement que dans un chariot cahotant. Une fois le malade installé, Whitside fit avancer la colonne en direction de Wounded Knee. Deux escadrons de cavalerie chevauchaient en tête, suivis de l'ambulance et des chariots. Les Indiens étaient regroupés derrière, tandis que les deux autres pelotons fermaient la marche avec une batterie de deux canons Hotchkiss.

Le jour tombait lorsque la colonne, après avoir péniblement gravi la dernière côte, redescendit sur Chankpe Opi Wakpala – Wounded Knee. Le crépuscule hivernal et les minuscules cristaux de glace qui dansaient dans la lumière mourante donnaient au paysage sombre un aspect surnaturel. Quelque part au bord de ce cours d'eau gelé, dans un lieu secret, reposait le cœur de Crazy Horse. Son esprit désincarné n'attendait que le moment où une nouvelle terre apparaîtrait avec la première herbe verte du printemps – du moins c'était ce que croyaient les adeptes de la danse des Esprits.

Les Indiens furent comptés au campement militaire de Wounded Knee. Il y avait là cent vingt hommes et deux cent trente femmes et enfants. À cause des ténèbres grandissantes, Whitside décida d'attendre le matin pour désarmer ses prisonniers. Il leur attribua un emplacement au sud du campement et leur distribua des rations et des tentes, puisqu'ils n'avaient pas assez de tipis. Il fit également placer un poêle près de Big Foot, au chevet duquel il envoya un médecin militaire. Pour s'assurer qu'aucun de ses prisonniers ne pourrait s'échapper, il posta deux escadrons de cavalerie autour des tipis sioux et demanda que ses canons Hotchkiss soient installés au sommet d'une colline. Ainsi positionnées, ces pièces d'artillerie capables de projeter des charges explosives à plus de trois kilomètres pourraient cribler d'obus le campement indien.

Plus tard, dans la pénombre de cette nuit de décembre, ce qui restait du 7e régiment arriva de l'est et installa discrètement son bivouac au nord de celui des troupes de Whitside. Le colonel James W. Forsyth, commandant de l'ancien régiment de Custer, prit alors la tête des opérations. Il avait, dit-il à Whitside, reçu l'ordre d'emmener Big Foot et sa bande jusqu'au train de l'Union Pacific Railroad afin qu'ils soient expédiés dans une prison militaire à Omaha.

Après avoir placé deux autres Hotchkiss au même endroit que les premiers, Forsyth et ses officiers se préparèrent à fêter la capture de Big Foot avec un tonneau de whisky.

Haletant sous sa tente, le chef miniconjou passa la nuit pratiquement sans dormir. Malgré la protection de leurs chemises sacrées et le réconfort des prophéties du nouveau Messie, les Miniconjous ne se sentaient pas rassurés avec tous ces soldats autour d'eux. Quelques-uns avaient, quatorze ans auparavant au bord de la Little Bighorn, contribué à la défaite de certains des chefs soldats – Moylan, Varnum, Wallace, Godfrey, Edgerly – et les cœurs de ces officiers devaient brûler du désir de se venger.

« Le lendemain matin, on a entendu retentir le clairon », devait raconter Wazu Maza, l'un des guerriers de Big Foot qui, des années plus tard, se ferait appeler Dewey Bear. « Alors, j'ai vu les soldats enfourcher leurs montures et venir nous encercler. Ils nous ont informés que tous les hommes devaient s'avancer vers le milieu du cercle pour discuter avec eux et qu'après, ils iraient à l'agence de Pine Ridge. Big Foot a été installé devant sa tente, avec les autres anciens autour de lui, au centre de notre groupe. »

Forsyth fit distribuer des galettes pour le petit déjeuner, puis annonça aux Indiens qu'ils allaient être désarmés. « Ils nous ont demandé nos armes, raconte White Lance, alors nous leur avons tous donné nos fusils, qui ont été empilés au milieu. » Mais les officiers jugeaient insuffisant le nombre d'armes récupérées. Ils firent donc fouiller les tipis. « Ils [les soldats] entraient carrément dans les tentes et en ressortaient avec des ballots qu'ils ouvraient en les déchirant, explique Dog Chief. Ils ont pris nos haches, nos couteaux et les piquets que nous utilisions pour les tipis et les ont empilés à côté des fusils[2]. »

Les officiers, toujours insatisfaits, ordonnèrent alors aux guerriers d'ôter leurs couvertures et de se laisser fouiller. Si les Indiens laissèrent transparaître la colère sur leur visage, seul leur homme-médecine, Yellow Bird, protesta ouvertement. Il esquissa quelques pas de la danse des Esprits et entonna un chant sacré assurant aux Indiens que les balles des soldats ne pourraient pas traverser leurs chemises sacrées. « Les balles ne viendront pas vers vous. La prairie est vaste et les balles ne vous toucheront pas[3]. »

Les soldats ne trouvèrent que deux fusils, dont l'un, une Winchester toute neuve, appartenait à un jeune Miniconjou du nom de Black Coyote. Ce dernier leva l'arme au-dessus de sa tête en criant qu'il avait payé beaucoup d'argent pour elle et qu'elle lui appartenait. Quelques années plus tard, Dewey Bear raconterait ainsi la scène, après avoir précisé que Black Coyote était sourd : « S'ils l'avaient laissé tranquille, il aurait déposé l'arme là où on lui demandait de le faire. Mais ils se sont emparés de lui et l'ont fait pivoter. Au début, il était encore calme. Il ne visait personne avec son arme. Il avait l'intention de la poser sur le tas. Ils ont voulu saisir sa carabine. Juste après qu'ils l'ont fait pivoter, nous avons entendu une détonation, assez forte. J'ignore si quelqu'un a été touché, mais après, il y a un grand bruit. »

Pour Rough Feather, « [c]e bruit, on aurait dit une toile qu'on déchirait ». D'après Afraid-of-the-Enemy, c'était comme « un éclair[4] ».

Si l'on en croit Turning Hawk, Black Coyote « était un fou, un jeune homme qui avait une très mauvaise influence, un moins que rien ». Il avait tiré et « les soldats ont immédiatement riposté, et ils nous ont tiré dessus sans faire de détails[5] ».

Dans les premières secondes de la fusillade, les coups de feu assourdissants emplirent l'air de fumée, laissant étendues sur le sol gelé plusieurs personnes, dont Big Foot. Il y eut ensuite une brève accalmie, au cours de laquelle Indiens et soldats se battirent au corps à corps, utilisant couteaux, gourdins et pistolets. Les Indiens, qui n'avaient que très peu d'armes, se virent rapidement contraints de fuir. C'est alors que les gros Hotchkiss entrèrent en action. Déchirant les tipis avec leurs éclats, les obus tirés à raison d'un à la seconde fauchèrent le campement et ses occupants, hommes, femmes et enfants confondus.

« Nous avons tenté de fuir, raconte Louise Weasel Bear, mais ils nous tiraient dessus comme si nous étions des bisons. Je sais bien qu'il y a de braves gens parmi les Blancs, mais ces soldats devaient vraiment être mauvais pour vouloir tuer des enfants et des femmes. Des guerriers indiens ne feraient pas cela à des enfants blancs. »

« J'ai pris mes jambes à mon cou et suivi ceux qui fuyaient, raconte Hakiktawin, une autre jeune femme. Mon grand-père, ma grand-mère et mon frère ont été tués au moment où nous traversions le ravin. Alors une balle m'a complètement traversé la hanche droite et j'en ai reçu une autre au poignet droit. J'étais incapable d'aller plus loin parce que je ne pouvais plus marcher. Ensuite, les soldats m'ont rattrapée, et une petite fille s'est approchée de moi et s'est réfugiée sous ma couverture[6]. »

Lorsque le massacre cessa, Big Foot et plus de la moitié des membres de sa bande avaient péri ou étaient grièvement blessés. On dénombra cent cinquante-trois morts, mais nombreux furent les Indiens qui, après avoir tenté de fuir, succombèrent à leurs blessures. D'après une estimation, le nombre total de tués s'élevait à presque trois cents, sur les trois cent cinquante hommes, femmes et enfants que comptait la bande au départ. Quant aux soldats, ils déploraient vingt-cinq morts et trente-neuf blessés, pour la plupart victimes des balles de leurs propres camarades ou d'éclats d'obus.

Les cavaliers blessés furent dirigés vers l'agence de Pine Ridge, tandis qu'un groupe de soldats parcourait le champ de bataille de Wounded Knee afin de regrouper les Indiens encore vivants et de les embarquer dans des chariots. Comme une tempête de neige s'annonçait à la fin de la journée, les morts furent abandonnés sur place. (Les hommes qui revinrent sur les lieux après la tempête pour enterrer les victimes retrouvèrent leurs corps – dont celui de Big Foot – figés par le gel dans des postures grotesques.)

Les chariots transportant les Sioux blessés (soit quatre hommes et quarante-sept femmes et enfants) atteignirent Pine Ridge bien après le coucher du soleil. Les bâtiments étant tous occupés par les soldats, les Indiens durent attendre dans les chariots découverts et par un froid glacial qu'un officier quelque peu empoté finisse par leur trouver un abri. Enfin, on ouvrit pour eux la mission épiscopalienne, dont on retira les bancs avant d'étaler du foin sur le sol dur.

Nous étions le quatrième jour après Noël en l'an de grâce 1890. Les premiers Indiens aux corps déchiquetés et sanglants furent transportés dans l'église éclairée à la bougie. Peut-être virent-ils, s'ils étaient suffisamment conscients, les décorations de Noël accrochées aux poutres. Au niveau du chœur au-dessus du pupitre, une banderole étalait en lettres grossières les mots suivants : PAIX SUR TERRE ET AUX HOMMES DE BONNE VOLONTÉ.

> Je n'étais pas conscient alors de tout ce qui avait disparu. À présent, quand je regarde en arrière du haut de la colline de ma vieillesse, je vois encore les femmes et les enfants massacrés, leurs corps entassés le long du ruisseau, aussi clairement que je les voyais quand mes yeux étaient encore jeunes. Et je vois bien que quelque chose d'autre est mort dans la boue rougie par le sang, quelque chose qu'on a enterré sous la neige. Là-bas est mort le rêve d'un peuple. C'était un beau rêve. (...) Le cercle de la nation est brisé, ses morceaux éparpillés. Il n'y a plus de centre, et l'arbre sacré est mort.
>
> *Black Elk*

THE EARTH ONLY ENDURES

Courtesy of the Bureau of American Ethnology Collection

The old men
say
the earth
only
endures.
You spoke
truly.
You are right.

SEULE LA TERRE RESTE

Les anciens
Disent
Que seule
La terre
Reste.
Vous parliez
Vrai.
Vous avez raison.

Postface

Rares sont les livres qui peuvent prétendre avoir changé le cours de l'Histoire. *Enterre mon cœur à Wounded Knee* est l'un d'entre eux.

Quand son auteur, alors dans la soixantaine, remet en 1970 le manuscrit du livre sur lequel il a travaillé pendant plusieurs années à son éditeur new-yorkais, Holt Rinehart & Winston, personne, pas même lui, n'imagine alors le destin de cet ouvrage.

Dorris dit « Dee » Brown (1908-2002) a grandi dans une famille modeste de l'Arkansas et c'est à Little Rock qu'il étudiera un temps le journalisme avant de faire, après la guerre, des études de bibliothécaire. Il est passionné par l'histoire de son pays dont certaines pages se sont transmises dans la mémoire familiale. Alors qu'il travaille comme archiviste et bibliothécaire pour des agences fédérales et par la suite à l'université de l'Illinois, Dee Brown publie des livres sur la guerre de Sécession ou sur l'Ouest. Mais il a le goût des vieux papiers, des documents oubliés et, au cours des années soixante, il entreprend de réaliser, à la manière d'un comptable scrupuleux, un véritable audit sur l'un des mythes les plus coriaces de son pays, « la conquête de l'Ouest ». Ce sont des années mouvementées pour les États-Unis, marquées par la lutte pour les droits civiques, la guerre du Vietnam et les assassinats de John et Robert Kennedy, de Martin Luther King et de Malcolm X.

Documents officiels, dépositions, traités, témoignages, il entreprend systématiquement de relater l'histoire de l'Ouest, mais vue du côté des vaincus. La conquête racontée par les conquis. Ou comme le dit encore le sous-titre de l'édition originale : « Une histoire indienne de l'Ouest américain ».

De 1860 à 1890, des débuts de la guerre de Sécession à la fin des guerres indiennes, Dee Brown donne au lecteur la perspective qu'ont eue sur les événements douloureux de cette période ceux qui en furent tout à la fois les acteurs et les victimes : Navajos, Sioux, Cheyennes, Apaches, Kiowas, Utes, Commanches, Modocs ou encore Nez-Percés. Eux qui n'étaient jusque-là perçus que comme des figurants de l'Histoire officielle, ou de simples obstacles sur la route du progrès et de la civilisation. Fidèle aux documents d'époque, Dee Brown fait enfin entendre la voix d'hommes qui ont dû faire face à des situations extrêmement difficiles pour leur peuple : Manuelito, Cochise, Red Cloud, Crazy Horse, Géronimo, Santanta, Ouray, Dull Knife, Little Wolf, Standing Bear, Chef Joseph ou Sitting Bull. Des hommes dont le plus grand tort a peut-être été de faire aveuglément confiance à leurs interlocuteurs tant ils semblaient incapables d'imaginer qu'on puisse leur mentir.

Car ce que démontre Dee Brown, c'est la façon systématique dont les gouvernements américains de l'époque ont utilisé le mensonge et la manipulation pour, tribu après tribu, faire main basse sur les terres indiennes. Pressions des immigrants et des colons avides de terres, pressions des lobbies, soif de gloire des militaires et soif de pouvoir des politiciens, tout participe finalement à expliquer ce terrible et inéluctable malentendu qui a marqué depuis les relations entre Indiens et Blancs.

Tiré à dix mille exemplaires en 1970, le livre fait, à la surprise générale, l'effet d'une bombe et devient un véritable phénomène d'édition, suscitant l'admiration des uns, les accusations révisionnistes des autres. Mais la quasi-totalité des grands journaux américains saluent la parution d'une façon émue et unanime comme un nécessaire travail de mémoire. La guerre du Vietnam fait toujours rage et le massacre de My Lai vient de plonger les Américains dans les affres du doute et de la perplexité. Et si les choses n'étaient pas comme on nous les a toujours présentées ? C'est la question que pose le livre de Dee Brown, qui abrite à lui seul des dizaines de massacres de My Lai et qui explore des racines sombres de l'Amérique alors que la lutte pour les droits civiques explore au même moment celles aussi sombres de l'esclavage et de la ségrégation.

Postface

Enterre mon cœur à Wounded Knee met à bas les mythes bien établis de la « destinée manifeste » et de la « conquête de l'Ouest ». Avec ce livre, les Indiens ne sont plus des figurants réduits au silence, ils ont une voix et l'Amérique va devoir l'entendre. Une voix portée par les militants du Red Power et de l'American Indian Movement, qui deviennent avec d'autres les acteurs de la renaissance indienne. Avec ce travail de mémoire, Dee Brown accompagne le retour des Indiens sur la scène. Plus rien ne sera jamais pareil. Au cinéma, les réalisateurs vont changer leur regard sur le passé : de *Soldat Bleu* à *Little Big Man*, d'*Un homme nommé Cheval* à *Jeremiah Johnson*. Au même moment, des écrivains indiens vont faire entendre leur voix et donner à lire des œuvres où résonnent les échos sombres du passé : James Welch, N. Scott Momaday, Leslie Marmon Silko ou Louise Erdrich.

Depuis, *Enterre mon cœur à Wounded Knee* est devenu un véritable classique, aux États-Unis où il a connu quarante éditions successives et où il s'est vendu à plusieurs millions d'exemplaires, comme dans le monde où il a été traduit en plus de vingt langues. Près de quarante ans après sa parution, ce livre n'a rien perdu de sa force et de son pouvoir d'émotion.

FRANCIS GEFFARD

Traduction des noms indiens cités

American Horse : Cheval Américain
Bear Tooth : Dent d'Ours
Big Bow : Grand Arc
Big Eagle : Grand Aigle
Big Elk : Grand Élan
Big Foot : Grand Pied
Big Mouth : Grande Bouche
Big Snake : Grand Serpent
Big Tree : Grand Arbre
Big Rascal : Grand Rascal
Big Ribs : Larges Côtes
Black Bear : Ours Noir
Black Coyote : Coyote Noir
Black Eagle : Aigle Noir
Black Elk : Élan Noir
Black Horse : Cheval Noir
Black Kettle : Chaudron Noir
Black Moon : Lune Noire
Brave Bear : Ours Courageux
Buffalo Chief : Chef Bison
Buffalo Track : Piste des Bisons
Bull Bear : Ours Bison
Captain Jack : Capitaine Jack
Bull Head : Tête de Bison
Catch-the-Bear : Celui-qui-attrape-l'Ours
Chief-Comes-in-Sight : Chef-qui-apparaît
Chief Grass : Herbe Chef
Crazy Horse : Cheval Fou

Crow Dog : Chien Corbeau
Crow Feathers : Plumes de Corbeau
Crow King : Roi Corbeau
Curly Headed Doctor : Docteur aux cheveux frisés
Dead Eyes : Yeux Morts
Dog Chief : Chef Chien
Dull Knife : Couteau Émoussé
Eagle Foot : Patte d'Aigle
Eagle Head : Tête d'Aigle
Eagle Heart : Cœur d'Aigle
Ellen's Man : L'Homme d'Ellen
Fast Bear : Ours Rapide
Flat Hip : Hanche Plate
Fleet Foot : Pied Léger
Fool Dog : Chien Stupide
Gall : Fiel
Gray Beard : Barbe Grise
Heaps-of-Buffalo : Tas de Bisons
High Back Bone : Longue Colonne Vertébrale
High Hawk : Faucon-qui-vole-haut
Hollow Horn Bear : Ours à Corne creuse
Hump : Bosse
Iron Shell : Cartouche de Fer
Iron Thunder : Tonnerre de Fer
Kicking Bear : Ours-qui-donne-des-coups-de-patte
Kicking Bird : Oiseau-qui-donne-des-coups-de-patte
Lame Deer : Cerf Boiteux
Lawyer : Avocat
Lean Bear : Ours Efflanqué
Leg-in-the-Water : Jambe dans l'eau
Left Hand : Main Gauche
Lightning Blanket : Couverture Éclair
Little Big Man : Grand Petit Homme
Little Cottonwood : Petit Peuplier
Little Crow : Petit Corbeau
Little Horse : Petit Cheval
Little Raven : Petit Corbeau
Little Robe : Petite Peau de Bison
Little Wolf : Petit Loup
Little Wound : Petite Blessure
Lone Wolf : Loup Solitaire

Looking Glass : Miroir
Low Dog : Chien Court sur pattes
Man-Afraid-of-His-Horses : Homme-qui-a-peur-de-ses-chevaux
Maple Tree : Érable
Medicine Bottle : Bouteille Médecine
No Heart : Sans Cœur
Old Bear : Vieil Ours
Old Grass : Vieille Herbe
One-Eye : Un Œil
Owl Woman : Femme Chouette
Panther : Panthère
Pawnee Killer : Tueur de Pawnees
Plenty Bear : Nombreux-Ours
Prairie Flower : Fleur de la Prairie
Rain-in-the-Face : Pluie sur le Visage
Red Cloud : Nuage Rouge
Red Dog : Chien Rouge
Red Horse : Cheval Rouge
Red Leaf : Feuille Rouge
Red Tomahawk : Tomahawk Rouge
Roman Nose : Nez Romain
Rough Feather : Plume Rugueuse
Running Antelope : Antilope-qui-court
Scarfaced Charley : Charley-le-balafré
Short Bull : Petit Bison
Sitting Bull : Bison Assis
Sleeping Rabbit : Lapin Endormi
Spotted Bear : Ours Tacheté
Spotted Tail : Queue Tachetée
Standing Bear : Ours Debout
Standing Elk : Élan Debout
Stands-Looking-Back : Celui-qui-regarde-en-arrière
Star : Étoile
Steamboat Frank : Frank Bateau-à-Vapeur
Stone Calf : Mollet-de-Pierre
Storm : Tempête
Stumbling Bear : Ours-qui-Trébuche
Surrounded : Encerclé
Swift Bear : Ours Vif
Tall Bull : Grand Bison
Ten Bears : Dix Ours

The-One-Who-speaks-Once : Celle-qui-parle-une-fois
Touch-the-Clouds : Celui-qui-touche-les-nuages
Traveling Hail : Grêle-qui-voyage
Turkey Leg : Cuisse de Dinde
Turning Hawk : Faucon-qui-tourne
Two Bears : Deux ours
Two Moon : Deux Lunes
Walking Bird : Oiseau-qui-marche
War Bonnet : Coiffe de Guerre
Whirlwind : Tornade
White Antelope : Antilope Blanche
White Bird : Oiseau Blanc
White Bull : Bison Blanc
White Contrary : Contraire Blanc
White Eagle : Aigle Blanc
White Ghost : Fantôme Blanc
White Horse : Cheval Blanc
White Lance : Lance Blanche
White Thunder : Tonnerre Blanc
Wild Hog : Cochon Sauvage
Wolf Belly : Ventre de Loup
Wolf Chief : Chef Loup
Wolf Necklace : Collier de Loup
Woman's Heart : Cœur de Femme
Wooden Leaf : Feuille en Bois
Wooden Leg : Jambe de Bois
Yellow Bear : Ours Jaune
Yellow Bird : Oiseau Jaune
Yellow Eagle : Aigle Jaune
Yellow Hair : Cheveux Jaunes
Yellow Wolf : Loup Jaune
Yellow Woman : Femme Jaune

Notes

Chapitre 2. La Longue marche des Navajos

1. U.S. Congress. 49th. 1st session. House of Representatives Executive Document 263, p. 14
2. U.S. Congress. 39th. 2nd session. Senate Report 156, p. 314.
3. Official Record. *The War on the Rebellion.* Series I, vol. 15, p. 580.
4. U.S. Interior Dept. Report, 1863, pp. 544-545. Document publié dans Kelly, Lawrence C., *Navajo Roundup* (Boulder, Pruett, 1970) ; Cremony, John C., *Life Among the Apaches* (San Francisco, 1868, p. 201).
5. U.S. Congress. 39th. 2nd session. Senate Report 156, p. 103.
6. *Ibid.*, p. 108, 116.
7. *Ibid.*, p. 136, 139.
8. Document tiré de Kelly, *Navajo Roundup* ; Bailey, Lynn R., *Long Walk* (Los Angeles, Westernlore, 1964, p. 157) ; Senate Report 156, p. 141.
9. Senate Report 156, pp. 153-154, 255. Document tiré de Kelly, *Navajo Roundup.*
10. U.S. Congress. 49th. 1st session. House of Representatives Executive Document 263, p. 15.
11. Senate Report 156, pp. 144, 157, 162-67, 174, 179, 183-84, 259-60 ; Bailey, Long Walk, pp. 164-66 ; Kelly, *Navajo Roundup* ; Kelleher, William A., *Turmoil in New Mexico, 1846-1868* (Santa Fe, Rydal Press, 1952, p. 441).
12. *Ibid.*, pp. 221-22.
13. *Ibid.*, p. 223.
14. U.S. Office of Indian Affairs, Report, 1867, p. 190.
15. U.S. Congress. 49th. 1st session. House of Representatives Executive Document 263, p. 15.

Chapitre 3. La Guerre de Little Crow

1. « Big Eagle's Story of the Sioux Outbreak of 1862 ». Minnesota Historical Society, *Collections*. Vol. VI, 1894, p. 190.

2. Folwell, William W., *A History of Minnesota*. St. Paul, Minnesota Historical Society, 1924. Vol. II, p. 232.

3. *Ibid.*, p. 233. Meyer, Roy W., *History of the Santee Sioux*. Lincoln University of Nebraska Press, 1967, p. 114.

4. « Big Eagle's Story », p. 389.

5. « Ta-oya-te-duta Is Not a Coward. » *Minnesota History*, Vol. 38, 1962, p. 115.

6. « Big Eagle's Story », p. 390.

7. Carley, Kenneth, éd., « As Red Men Viewed It : Three Indian Accounts of the Uprising ». *Minnesota History*, Vol. 38, 1962, p. 144.

8. *Ibid.*, pp. 144-45.

9. *Ibid.*, pp. 145-46.

10. *Ibid.*, p. 148.

11. *Ibid.*, p. 146.

12. « Big Eagle's Story », pp. 394-97.

13. Heard, Isaac V.D., *History of the Sioux War*. New York, Harper & Brothers, 1864, p. 147.

14. Carley, Kenneth. *The Sioux Uprising of 1862*. St. Paul, Minnesota Historical Society, 1961, pp. 54.

15. Heard, pp. 147-48.

16. Riggs, S.R., « Narrative of Paul Mazakootemane ». Minnesota Historical Society, *Collections*, Vol. III, 1880, pp. 84-85.

17. Heard, pp. 151-52.

18. *Ibid.*, p. 150.

19. « Big Eagle's Story », pp. 398-99. Sibley Order Book 35. Folwell, p. 182.

20. Oehler, C.M., *The Great Sioux Uprising*. New York, Oxford University Press, 1959, p. 197.

21. Riggs, p. 8.

22. Folwell, pp. 202-05. Oehler, p. 208.

23. Lettre de Lincoln à Sibley, 6 décembre 1863.

24. Folwell, pp. 211.

25. Heard, p. 284.

26. « Big Eagle's Story », pp. 399-400.

27. Heard, p. 284.

28. *Ibid.*, p. 312. Trenerry, Walter N., « The Shooting of Little Crow : Heroism or Murder ? », *Minnesota History*, Vol. 38, 1962, pp. 152-53.

29. Winks, Robin W., « The British North American West and the Civil War ». *North Dakota History*, Vol. 24, 1957, p. 148-51. Folwell, pp. 443-50.

Chapitre 4. Les Cheyennes partent en guerre

1. Grinnel, George Bird, *The Fighting Cheyennes*, Norman, University of Oklahoma Press, 1956, pp. 145-146. Hyde, George E., *Life of George Bent*, Norman, University of Oklahoma Press, 1968, pp. 131-132.
2. U.S. Congress, 39th, 2nd session, Senate Report 156, pp. 93-94.
3. Berthrong, Donald J., *The Southern Cheyennes*, Norman, University of Oklahoma Press, 1963, p. 185.
4. U.S. Congress, 39th, 2nd session. Senate Report 156, p. 94.
5. *Ibid.*, pp. 55-56.
6. U.S. Secretary of the Interior. Report, 1864, pp. 374-375.
7. *Ibid.*, pp. 374, 377.
8. Hoig, Stan, *The Sand Creek Massacre*, Norman University of Oklahoma Press, 1961, p. 99.
9. Hyde, p. 142.
10. U.S. Congress, 39th, 2nd session, Senate Report 156, p. 77.
11. Official Record, *The War of the Rebellion*, series I, Vol. 41, Pt. 3, p. 462.
12. U.S. Congress, 39th session, 2nd session. Senate Report 156, p. 77.
13. *Ibid.*, pp. 87-90.
14. Hyde, p. 146.
15. Berthrong, p. 213.
16. U.S. Congress, 39th, 2nd session. Senate Executive Document 26, p. 226.
17. U.S. Congress, 38th, 2nd session. Senate Report 142, p. 18.
18. U.S. Congress, 39th, 2nd session. Senate Executive Document 26, p. 25.
19. *Ibid.*, p. 47. U.S. Congress, 39th, 2nd session. Senate Report 156, pp. 53, 74.
20. *Ibid.*, p. 66.
21. George Bent à George E. Hyde, 14 avril 1906, collection Coe, Yale University.
22. U.S. Congress, 39th, 2nd session, Senate Report 156, pp. 66, 73.
23. U.S. Congress, 39th, 2nd session, Senate Executive Document 26, p. 70.
24. U.S. Congress, 39th, 2nd session, Senate Report 156, pp. 73, 96.
25. *Ibid.*, p. 53. Berthrong, p. 220.
26. Bent, George, « Forty Years with the Cheyennes », *The Frontier*, Vol. IV, N° 6, décembre 1905, p. 3. Hyde, pp. 152, 158-59.
27. U.S. Congress, 39th, 2nd session, Senate Executive Document 26, pp. 73-74.
28. Hyde, p. 177.
29. U.S. Commissioner of Indian Affairs, Report 1871, p. 439.
30. U.S. Secretary of the Interior, Report 1865, pp. 701-11.

31. Kappler, Charles J., *Indian Affairs, Laws and Treaties*, Vol.2, pp. 887-88.

Chapitre 5. L'invasion de la vallée de la Powder River

1. Official Record, *The War of the Rebellion*, Series I, Vol. 48 ; Pt. 2, pp. 1048-49.
2. Bent, George, « Forty Years with the Cheyennes », *The Frontier*, Vol. IV, N° 7, january 1906, p. 4.
3. Holman, Albert M., *Pioneering in the Northwest*, Sioux City, Iowa, 1924.
4. Bent, p. 5.
5. *Ibid.*
6. Grinnel, George Bird, *The Fighting Cheyennes*, Norman, University of Oklahoma Press, 1956, pp. 210-11.
7. Humfreville, J. Lee, *Twenty Years Among Our Hostile Indians*, New York, Hunter and Co., 1903, p. 356.
8. Palmer, H. E., « History of the Powder River Indian Expedition of 1865 », Nebraska State Historical Society, *Transactions and Reports*, Vol. II, p. 216.
9. Grinnel, George Bird, *Two Great Scouts and Their Pawnee Battalion*, Cleveland, Arthur H. Clark Co., 1928, p. 117.
10. Hyde, George E., *Life of George Bent*, Norman, University of Oklahoma Press, 1968, pp. 239-40.
11. Hafen, L. R. and Ann W., *Powder River Campaign and Sawyers' Expedition of 1865*, Glendale, Californie, A. H. Clark Co., 1961, p. 97.

Chapitre 6. La Guerre de Red Cloud

1. U.S. Congress, 40th, 2nd session. House Executive Document 97, p. 9.
2. U.S. Department of the Interior. Report, 1866, pp. 206-07.
3. Olson, James C., *Red Cloud and the Sioux Problem*, Lincoln, University of Nebraska Press, 1965, p. 31.
4. U.S. Congress, 50th, 1st session. Senate Executive Document 33, p. 5.
5. *Ibid.*, p. 18.
6. Carrington, Frances C., *My Army Life and the Fort Phil Kearny Massacre*, Philadelphia, Lippincott, 1911, pp. 291-92. Carrington, Margaret I., *Ab-sa-ra-ka, Land of Massacre*, Philadelphia, Lippincott, 1878, pp. 79-80.
7. Carrington, H. B., *The Indian Question*, Boston, 1909, p. 9.
8. U.S. Congress, 50th, 1st session. Senate Executive Document 33, pp. 20-21.
9. John Stands in Timber et Margot Liberty, *Cheyenne Memories*, New Haven, Yale University Press, 1967, p. 172. Trad. *De mémoire cheyenne*, Albin Michel, Paris, 2007.

10. *Ibid.*, pp. 174-76. Hyde, George E., *Life of George Bent,* Norman, University of Oklahoma Press, 1968, pp. 276-77.
11. Lockwood, James D., *Life and Adventures of a Drummer Boy ; or Seven Years a Soldier,* Albany, N.Y., 1893, pp. 188-89.
12. Neihardt, John G., *Black Elk Speaks,* Lincoln, University of Nebraska Press, 1961, p. 17. Trad. *Élan-Noir parle,* Stock, Paris, 1932.
13. Stanley, Henry M., *My Early Travels and Adventures,* New York, Scribner's, 1895, Vol. I, pp. 201-16.
14. Simonin, Louis L., *The Rocky Mountain West in 1867,* Lincoln, University of Nebraska Press, 1966, p. 107.
15. U.S. Congress, 40th, 2nd session. House Executive Document 97, p. 5. U.S. Congress, 41st, 3rd session. Senate Executive Document 39, pp. 63-66.
16. *Omaha Weekly Herald,* 10 juin 1868.
17. U.S. Congress, 44th, 2nd session. Senate Executive Document 9, p. 38.

Chapitre 7. « Le Seul bon Indien est un Indien mort »

1. Hyde, George E., *Life of George Bent,* Norman, University of Oklahoma Press, 1968, p. 253.
2. Hancock, Winfield Scott, *Reports of ... upon Indian Affairs,* 1867, pp. 45-46, 77.
3. *Ibid.*, p. 47.
4. U. S. Secretary of the Interior, Report 1867, p. 311.
5. Hyde, p. 259.
6. U. S. Secretary of the Interior, Report 1867, p. 312.
7. Stanley, Henry M., *My Early Travels and Adventures,* New York, Scribner's, 1895, Vol. I, pp. 37-38. Grinnell, George B., *The Fighting Cheyennes,* Norman, University of Oklahoma Press, 1956, pp. 250-252.
8. U. S. Congress, 40th, 2nd session, House Executive Document 97, p. 12.
9. U. S. Congress, 40th, 1st session, Senate Executive Document 13, pp. 11-12, 95, 121.
10. Berthrong, Donald J., *The Southern Cheyennes,* Norman, University of Oklahoma Press, 1963, p. 294.
11. *Chicago Tribune,* 4 novembre 1867. Jones, Douglas C., *The Treaty of Medicine Lodge,* Norman, University of Oklahoma Press, 1966, pp. 165-169.
12. Brill, Charles J., *Conquest of the Southern Plains,* Oklahoma City, 1938, p. 107.
13. Grinnel, p. 286.
14. Keim, De Benneville Randolph, *Sheridan's Troopers on the Borders,* Philadelphia, McKay, 1885, p. 103.
15. U. S. War Department, Report, 1869, pp. 47-48.
16. *Ibid.*, p. 48. Berthrong, p. 332.

17. Sheridan Papers, 1er janvier 1869, cité dans Berthrong, pp. 333-334.
18. Ellis, Edward S., *The History of Our Country*, Indianapolis, 1900, vol. 6, p. 1483.

Chapitre 8. Ascension et chute de Donehogawa

1. U. S. Department of the Interior, Report, 1870, pp. 672-682, U.S. Congress, 41st, 3rd session. Senate Executive Document 39, p. 2.
2. Parker, Arthur C., *The Life of General Ely S. Parker*, Buffalo, N. Y., Buffalo Historical Society, 1919, pp. 102-103.
3. U.S. Congress, 41st. 3rd session. Senate Executive Document 39, pp. 38-39.
4. *Ibid.*, p. 39.
5. *Ibid.*, pp. 40-41.
6. *Ibid.*, pp. 42-44.
7. *The New York Times*, 17 juin 1870.
8. Olson, James C., *Red Cloud and the Sioux Problem*, Lincoln, University of Nebraska Press, 1965, p. 127.
9. *Cheyenne* (Wyoming) *Daily Leader*, 3 mars 1870.
10. U.S. Congress, 41st, 3rd session, House of Representatives Report 39, p. 284.

Chapitre 9. Cochise et la guérilla apache

1. Conner, Daniel E., *Joseph Reddeford Walker and the Arizona Adventure*, Norman University of Oklahoma Press, 1956, p. 37.
2. McClintock, James E., *Arizona*, Chicago, 1916, Vol. I, pp. 176-178.
3. Conner, pp. 38-42.
4. U.S. Congress, 39th, 2nd session. Senate Report 156, pp. 305-306.
5. U.S. Secretary of the Interior. Report, 1871, p. 485.
6. *Ibid.*, p. 486.
7. *Ibid.*, p. 488.
8. U.S. Secretary of the Interior. Report, 1871, p. 470.
9. *Ibid.*, pp. 475-479.
10. Ellis, A. N., « Recollections of an Interview with Cochise, Chief of the Apaches », Kansas State Historical Society, *Collections*, Vol. 13, 1915, pp. 391-392.
11. Howard, O. O., *My Life and Experiences Among Our Hostile Indians*, Hartford, Conn., 1907, pp. 204-219.
12. Schmitt, Martin F., ed., *General George Crook*, Norman, University of Oklahoma Press, 1946, p. 182.
13. Clum, Woodworth, *Apache Agent, the Story of John P. Clum*, Boston, Houghton Mifflin, 1936, pp. 99-100, 129.

14. Lockwood, Franck C., *Pioneer Days in Arizona*, New York, Macmillan, 1932, pp. 171-172.

Chapitre 10. Les épreuves de Captain Jack

1. U.S. Congress, 43rd. 1st session. House Executive Document 122, p. 173.
2. Riddle, Jeff C., *The Indian History of the Modoc War*, 1914, p. 44.
3. *Ibid.*, pp. 45-46.
4. U.S. Congress, 43rd, 1st session, House Executive Document 122, p. 173.
5. *Ibid.*, p. 174.
6. *Ibid.*, pp. 50-51.
7. Riddle, p. 61.
8. Britt, Albert, *Great Indian Chiefs*, New York, Whittlesey House, 1938, pp. 235-236.
9. Sherman à Canby, 12 mars 1873, cité dans Murray, Keith A., *The Modocs and their War*, Norman, University of Oklahoma Press, 1959, pp. 156-157.
10. Meacham, A. B., *Wigwam and Warpath*, Boston, 1875, p. 441.
11. *Ibid.*, pp. 444-452.
12. Riddle, pp. 69-77.
13. U.S. Congress, 43rd, 1st session, House Executive Document 122, pp. 140-141.
14. Riddle, pp. 90-91.
15. *Ibid.*, pp. 143-144.
16. U.S. Congress, 43rd, 1st session, House Executive Document 122, p. 111.
17. *Ibid.*, pp. 140-141.

Chapitre 11. La guerre pour sauver les bisons

1. Kappler, Charles J., *Indian Affairs, Laws and Treaties*, Vol. 2, p. 980.
2. Nye, W. S., *Carbine and Lance*, Norman, University of Oklahoma Press, 1937, p. 95.
3. Leckie, William H., *Military Conquest of the Southern Plains*, Norman, University of Oklahoma Press, 1963, p. 113.
4. Tatum, Lawrie, *Our Red Brothers*, Philadelphia, Winston, 1899, p. 29.
5. U.S. Bureau of American Ethnology, Annual Report, 17th, 1895-1896, p. 208.
6. L. Tatum à E. Hoag, cité dans Nye, pp. 173-174.
7. Nye, p. 179.
8. *Ibid.*, p. 182.

9. Leckie, p. 151.
10. U.S. Bureau of American Ethnology, Annual Report, 17th, 1895-1896, p. 329.
11. Carter, capitaine R. G., *On the Border with Mackenzie*, New York, Antiquarian Press, 1961, pp. 355-356.
12. U.S. Department of the Interior, Report, 1872, p. 516.
13. *Army and Navy Journal*, Vol. 10, 26 octobre 1872, p. 165.
14. Battey, Thomas C., *Life and Adventures of a Quaker Among the Indians*, Boston, Lee and Shepard, 1891, p. 90.
15. Nye, p. 209.
16. *Ibid.*, p. 219.
17. Battey, pp. 202-203.
18. Garretson, Martin S., *The American Bison*, New York Zoological Society, 1938, p. 128. Hornaday, W. T., *The Extermination of the American Bison*, Washington, Smithsonian Institution, 1889, pp. 496-501.
19. Nye, W. S., *Bad Medicine and Good*, Norman, University of Oklahoma Press, 1962, pp. 179-180.
20. *Ibid.*, p. 182.
21. Nye, *Carbine and Lance*, p. 246.
22. Battey, p. 296.
23. Nye, *Carbine and Lance*, p. 300.

Chapitre 12. La guerre pour les Black Hills

1. *New York Herald*, 27 août et 25 septembre 1874.
2. Gilbert, Hila, *« Big Bat » Pourier*, Sheridan, Wyoming, Mills Company, 1968, p. 43.
3. Kappler, Charles J., *Indian Affairs, Laws and Treaties*, Vol. 2, p. 1002.
4. U.S. Commissioner of Indian Affairs, Report, 1875, p. 187.
5. Gilbert, p. 43.
6. Mills, Anson, *My Story*, Washington D.C., 1918, p. 168.
7. U.S. Commissioner of Indian Affairs, Report, 1875, p. 199.
8. U.S. Congress, 44th, 1st session, House Executive Document 184, pp. 8-9.
9. U.S. Secretary of War, Report, 1875, p. 21.
10. U.S. Congress, 44th, 1st session, House Executive Document 184, pp. 10, 17-18.
11. U.S. Secretary of War, Report, 1876, p. 441.
12. Neihardt, John G., *Black Elk Speaks*, Lincoln, University of Nebraska Press, 1961, p. 90. Trad., *Élan-Noir parle*, Stock, Paris, 1932.
13. Marquis, Thomas B., *Wooden Leg, a Warrior Who Fought Custer*, Lincoln, University of Nebraska Press, 1957, pp. 165, 168. De Barthe, Joe, *Life and Adventures of Frank Grouard*, Norman, University of Oklahoma Press, 1958, p. 98.

14. Garland, Hamlin, « General Custer's Last Fight as Seen by Two Moons », *McClure's Magazine*, vol. 11, 1898, p. 444.
15. *Ibid.*, p. 445.
16. Marquis, p. 185.
17. Vestal, Stanley, *Sitting Bull, Champion of the Sioux*, Norman, University of Oklahoma Press, 1957, pp. 150-151. Trad., *Sitting Bull*, Le Rocher, Monaco 1995.
18. Neihardt, p. 106.
19. Marquis, p. 205.
20. U.S. Bureau of American Ethnology, Annual Report, 19th, 1888-1889, p. 564.
21. McLaughlin, James, *My Friend the Indian*, Boston, Houghton Mifflin Co., 1910, pp. 168-169.
22. Neihardt, pp. 108-109.
23. *Leavenworth* (Kansas) *Weekly Times*, 18 août 1881.
24. Garland, p. 446.
25. Robinson, D. W., « Editorial Notes on Historical Sketch of North and South Dakota », *South Dakota Historical Collections*, Vol. I, 1902, p. 151.
26. *St. Paul* (Minnesota) *Pioneer Press*, 18 juillet 1886.
27. McLaughlin, pp. 172-173.
28. *New York Herald*, 24 septembre 1876. Easterwood, T. J., *Memories of Seventy-Six*, Dundee, Oregon, 1880, p. 15.
29. Mccaughlin, p. 175.
30. *Leavenworth Weekly Times*, 18 août 1881.
31. U.S. Bureau of American Ethnology, Annual Report, 10th, 1888-1889, p. 565.
32. *Leavenworth Weekly Times*, 18 août 1881.
33. *New York Herald*, 16 novembre 1877.
34. Graham, W. A., *The Custer Myth*, Harrisburg, Pennsylvania, Stackpole Co., 1953, p. 110.
35. U.S. Congress, 44th, 2nd **session,** Senate Executive Document 9, pp. 5, 31.
36. *New York Herald*, 23 septembre 1876.
37. U.S. Congress, 44th, 2nd session, Senate Executive Document 9, pp. 8, 38-40, 66.
38. De Barthe, pp. 157-158.
39. Mills, pp. 171-172.
40. U.S. Secretary of the Interior, Report, 1877, p. 724.
41. U.S. War Department, Military Division of the Missouri, Record of Engagements with Hostile Indians, 1882, p. 62.

Chapitre 13. La fuite des Nez-Percés

1. Chief Joseph, « An Indian's Views of Indian Affairs », *North American Review*, Vol. 128, 1879, p. 417.

2. *Ibid.*, p. 418.
3. U.S. Commissioner of Indian Affairs, Annual Report, 1873, p. 527.
4. Chief Joseph, p. 419.
5. U.S. Secretary of War, Annual Report, 1877, p. 594. McWhorter, Lucullus V., *Yellow Wolf : His Own Story*, Caldwell, Idaho, 1940, p. 39.
6. Chief Joseph, pp. 420, 423.
7. *Ibid.*, p. 425.
8. *Ibid.*, p. 426.
9. McWhorter, p. 144.
10. Shields, G.D., *Battle of the Big Hole*, Chicago, 1889, pp. 51-52.
11. McWhorter, pp. 120, 132.
12. Chief Joseph, p. 427.
13. McWhorter, p. 204.
14. Chief Joseph, pp. 425, 428.
15. U.S. Secretary of War, Report, 1877, p. 630.
16. Chief Joseph, p. 432.
17. *Ibid.*

Chapitre 14. L'Exode des Cheyennes

1. Marquis, Thomas B., *Wooden Leg, a Warrior Who Fought Custer*, Lincoln, University of Nebraska Press, 1957, p. 308.
2. *Ibid.*, p. 310.
3. *Ibid.*, p. 320.
4. U.S. Congress, 46th, 2nd session, Senate Report 708, pp. 153, 266, 269.
5. *Ibid.*, pp. 267-268, 271-272.
6. *Ibid.*, pp. 141-147, 217-219.
7. *Ibid.*, p. 278. Grinnell, George B., *The Fighting Cheyennes*, Norman, University of Oklahoma Press, 1956, p. 401.
8. Grinnell, p. 403.
9. Campbell, C. E., « Down Among the Red Men », Kansas State Historical Society, *Collections*, Vol. 17, pp. 677-678.
10. U.S. Congress, 46th, 2nd session, Senate Report 708, p. 241.
11. Bronson, Edgar B., *Reminiscences of a Ranchman*, New York, McClure Company, 1908, pp. 167-169.
12. U.S. Congress, 46th, 2nd session, Senate Report 708, pp. 244, 251.
13. « Liquidation of Dull Knife », *Nebraska History*, vol. 22, 1941, pp. 109-110.
14. U.S. Congress, 46th, 2nd session, Senate Report 708, p. 242.
15. *Ibid.*, p. 249.
16. Marquis, p. 333.

Chapitre 15. Comment Standing Bear devint une personne

1. Howard, James H., *The Ponca Tribe* (U.S. Bureau of American Ethnology, Bulletin 195) Washington D.C., 1965, p. 21.
2. U.S. Congress, 46th, 3rd session, Senate Executive Document 30, p. 7.
3. *Ibid.*, pp. 14-15.
4. *Ibid.*, p. 15.
5. *Ibid.*, p. 31.
6. U.S. Secretary of the Interior, Report, 1877, p. 493.
7. U.S. Congress, 46th, 3rd session, Senate Executive Document 30, p. 16.
8. U.S. Secretary of the Interior, Report, 1877, pp. 493-496.
9. U.S. Congress, 46th, 3rd session, Senate Executive Document 30, p. 16.
10. Tibbles, Thomas H., *Buckskin and Blanket Days*, New York, Doubleday, 1957, p. 197.
11. U.S. Secretary of War, Report, 1879, p. 78.
12. Tibbles, p. 198.
13. Sheldon, Addison E., *Nebraska, the Land and the People*, Chicago, Lewis, 1931, Vol. I, p. 117.
14. *U.S. v. Crook*, 5 Dillon, 453.
15. Foreman, Grant, *The Last Trek of the Indians*, Chicago, University of Chicago Press, 1946, p. 253.
16. U.S. Secretary of the Interior, Report, 1880, pp. 22-25.
17. U.S. Congress, 46th, 3rd session, Senate Executive Document 14, p. 4.
18. *Ibid.*, p. 5.
19. *Ibid.*, pp. 5-6.
20. *Ibid.*, p. 13.
21. Tibbles, p. 15.

Chapitre 16. « Dehors, les Utes ! »

1. Sprague, Marshall, *Massacre ; The Tragedy at White River*, Boston, Little, Brown, 1957, p. 92.
2. U.S. Secretary of the Interior, Report, 1873, pp. 465-479.
3. U.S. Secretary of the Interior, Report, 1879, p. 124.
4. U.S. Congress, 46th, 2nd session, House Executive Document 83, p. 66.
5. U.S. Secretary of the Interior, Report, 1879, pp. 124-125. Wellman, Paul, *Death on Horseback*, Philadelphia, Lippincott, 1947, p. 217.
6. Sprague, p. 157.
7. *Ibid.*, p. 163.

8. U.S. Secretary of the Interior, Report, 1879, p. 84.

9. U.S. Congress, 46th, 2nd session, House Executive Document 84, p. 68.

10. *Ibid.*, pp. 53-54.

11. Sprague, p. 176.

12. U.S. Congress, 46th, 2nd session, House Executive Document 84, pp. 7-8.

13. U.S. Congress, 46th, 2nd session, House Miscellaneous Document 38, p. 199.

14. U.S. Secreatry of the Interior, Report, 1879, pp. 91-92.

15. U.S. Secretary of War, Report, 1879, p. 9.

16. U.S. Congress, 46th, 2nd session, House Miscellaneous Document 38, p. 193.

17. U.S. Congress, 46th, 2nd session, House Executive Document 83, p. 72.

18. U.S. Secretary of the Interior, rapport, 1879, pp. 92-93.

19. U.S. Congress, 46th, 2nd session, House Executive Document 83, p. 62.

20. *Ibid.*, p. 63.

21. U.S. Congress, 46th, 2nd session, House Miscellaneous Document 38, p. 14.

22. U.S. Secretary of the Interior, Report, 1879, p. 94.

23. Emmitt, Robert, *The Last War Trail ; the Utes and the Settlement of Colorado*, Norman, University of Oklahoma Press, 1954, pp. 234-235.

24. U.S. Congress, 46th., 2nd session, House Executive Report 83, p. 3.

Chapitre 17. Le dernier des chefs apaches

1. Davis, Britton, *The Truth about Géronimo*, Chicago, Lakeside Press, 1951, p. 48.

2. Clum, Woodworth, *Apache Agent ; The Story of John P. Clum*, Boston, Houghton Mifflin, 1936, p. 198.

3. Barrett, S. M., *Géronimo's Story of His Life*, New York, Duffield & Company, 1907, pp. 131-132. Trad., *Mémoires de Géronimo*, La Découverte, Paris, 1978.

4. U.S. Secretary of War, Report, 1877, p. 134.

5. Thrapp, Dan L., *The Conquest of Apacheria*, Norman, University of Oklahoma Press, 1967, p. 179.

6. U.S. Secretary of War, Report, 1883, pp. 159-165.

7. *Ibid.*, p. 167.

8. Betzinez, Jason, avec W. S. Nye, *I Fought with Géronimo*, Harrisburg, Pa., Stackpole Company, 1959, p. 116.

9. Thrapp, p. 290.

10. Bourke, John G., *An Apache Campaign in the Sierra Madre*, New York, Charles Scribner's Sons, 1958, p. 114.

11. Betzinez et Nye, p. 122.
12. U. S. Congress, 51st, 1st session, Senate Executive Document 88, p. 12.
13. *Ibid.*, p. 11, Netzinez et Nye, p. 129.
14. U.S. Congress, 51st, 1st session, Senate Executive Document 88, pp. 16-17.
15. Crook, George, *Résumé of Operations Against Apache Indians, 1882 to 1886*, Omaha, Nebraska, 1886, p. 12.
16. Betzinez et Nye, p. 135, Barrett, p. 139, U.S. Congress, 51st, 1st session, Senate Executive Document 83, p. 33.
17. Faulk, Odie B., *The Géronimo Campaign*, New York, Oxford University Press, 1969, pp. 125-126.

Chapitre 18. La danse des Esprits

1. Vestal, Stanley, *Sitting Bull, Champion of the Sioux*, Norman, University of Oklahoma Press, 1957, p. 215. Trad., *Sitting Bull*, Le Rocher, Monaco, 1995.
2. U.S. Secretary of the Interior, Report, 1877, pp. 723-725.
3. *Ibid.*, pp. 726-727.
4. Canada, House of Commons Debate, session 1878, pp. 353-354.
5. Neihardt, John G., *Black Elk Speaks*, University of Nebraska Press, 1961, p. 159.
6. DeBarthe, Joe, *Life and Adventures of Frank Grouard*, Norman, University of Oklahoma Press, 1958, p. 248.
7. U.S. Congress, 48th, 1st session, Senate Report 283, p. 137.
8. *Ibid.*, pp. 135-136, 149.
9. *Ibid.*, pp. 139, 143, 158.
10. *Ibid.*, pp. 71-72.
11. *Ibid.*, pp. 79-81.
12. Glaspell, Kate E., « Incidents in the Life of a Pioneer », *North Dakota Historical Quarterly*, Vol. 8, 1941, pp. 187-188.
13. Vestal, pp. 251, 255.
14. U.S. Congress, 51st, 1st session, Senate Executive Document 51, pp. 52, 58, 65.
15. *Ibid.*, pp. 21, 203.
16. McLaughlin, James, *My Friend the Indian*, Boston, Houghton Mifflin Co., 1910, p. 285.
17. U.S. Congress, 51st, 1st session, Senate Executive Document 51, p. 213.
18. U.S. Bureau of Ethnology, Report, 14th, 1892-1893, part 2, p. 795.
19. Olson, James C., *Red Cloud and the Sioux Problem*, Lincoln, University of Nebraska Press, 1965, p. 326.
20. U.S. Bureau of Ethnology, Report, 14th, 1892-1893, part 2, p. 789.
21. U.S. Commissioner of Indian Affairs, Report, 1891, p. 333.

22. Schmitt, Martin F., et Dee Brown, *Fighting Indians of the West*, New York, Scribner's, 1948, p. 335. Utley, Robert M., *The Last Days of the Sioux Nation*, New Haven, Yale University Press, 1963, p. 159.

Chapitre 19. Wounded Knee

1. Utley, Robert M., *The Last Days of the Sioux Nation*, New Haven, Yale University Press, 1963, p. 195.
2. McGregor, James H., *The Wounded Knee Massacre from the Viewpoint of the Survivors*, Baltimore, Maryland, Wirth Brothers, 1940, pp. 105, 118, 134.
3. Utley, p. 210.
4. McGregor, pp. 106, 109, 126.
5. U.S. Bureau of Ethnology, Report, 14th, 1892-1893, part 2, p. 885.
6. McGregor, pp. 111, 140.

Table

«TERRE INDIENNE»
Collection dirigée par Francis Geffard

EMILY BENEDEK
Au-delà des quatre coins du monde
Une famille navajo dans l'Amérique d'aujourd'hui

JANET BERLO
RUTH PHILIPS
Amérique du Nord
Arts premiers

PAUL H. CARLSON
Les Indiens des Plaines

GEORGE CATLIN
Les Indiens d'Amérique du Nord

SERLE CHAPMAN
Nous, le Peuple
Un voyage à travers l'Amérique indienne

LEONARD CROW DOG
Fils de la nation sioux
Vie et combats d'un homme-médecine lakota

MARY CROW DOG
Lakota woman
Ma vie de femme sioux
Femme sioux
envers et contre tout

FLORENCE CURTIS GRAYBILL
ET VICTOR BOESEN
L'Amérique indienne de Edward S. Curtis

ANGIE DEBO
Histoire des Indiens des États-Unis

NELCYA DELANOË
L'Entaille rouge
Des terres indiennes à la démocratie américaine, 1776-1996

NELCYA DELANOË ET JOËLLE ROSTKOWSKI
Voix indiennes, voix américaines
Les deux visions de la conquête du Nouveau Monde

RICHARD ERDOES ET ALFONSO ORTIZ
L'Oiseau-Tonnerre et autres histoires
Mythes et légendes des Indiens d'Amérique du Nord, t. 1
Et Coyote créa le monde
Mythes et légendes des Indiens d'Amérique du Nord, t. 2

CHANTAL GÉRARD-LANDRY
Hopi, peuple de paix et d'harmonie

PAULA GUNN ALLEN
La femme tombée du ciel
Récits et nouvelles de femmes indiennes

ROYAL B. HASSRICK
Les Sioux
Vie et coutumes d'une société guerrière

SANDY JOHNSON ET DAN BUDNICK
Le Livre des anciens
Paroles et mémoires indiennes

THOMAS KING
Medicine River, roman

ARCHIE F. LAME DEER
Le Cercle sacré
Mémoire d'un homme-médecine sioux

CRAIG LESLEY
Saison de chasse, roman

CHARLES C. MANN
1491

JOSEPH MARSHALL III
Le Cercle de la vie
Histoires et sagesse du peuple sioux

CRAZY HORSE
Une vie de héros

PETER NABOKOV
Là où frappe la foudre
Liens sacrés de l'Amérique indienne

JOHN G. NEIHARDT
Face à l'arbre sacré
Mémoires d'un Indien Sioux

CAROLYN NIETHAMMER
Filles de la terre
Vies et légendes des femmes indiennes

HOWARD NORMAN
Contes du Grand Nord
Récits traditionnels des peuples inuits et indiens

LOUIS OWENS
Même la vue la plus perçante, roman
Le Chant du Loup, roman

LEONARD PELTIER
Écrits de prison

FRANÇOISE PERRIOT
La Dernière Frontière
Indiens et pionniers dans l'Ouest américain, 1880-1910
Chevaux en terre indienne

SUSAN POWER
Danseur d'herbe, roman

MAURICE REBEIX
Rêveurs-de-Tonnerre
À la rencontre des Sioux lakotas

JEAN-LOUIS RIEUPEYROUT
Histoire des Navajos

DAVID ROBERTS
Nous étions libres comme le vent
De Cochise à Géronimo, une histoire des guerres apaches

JOËLLE ROSTKOWSKI
La Conversion inachevée
Les Indiens et le christianisme
Le Renouveau indien aux États-Unis
Un siècle de reconquêtes

JIL SILBERSTEIN
Innu
À la rencontre des Montagnais du Québec-Labrador
Kalia
Une famille indienne de Guyane française

LESLIE MARMON SILKO
Cérémonie, roman

CORINNE SOMBRUN ET HARLYN GÉRONIMO
Sur les pas de Géronimo

JOE STARITA
Nous, les Dull Knife
Une famille sioux dans le siècle

R.M. UTLEY
Sitting Bull
Sa vie, son temps

R.M. UTLEY ET W.E. WASHBURN
Guerres indiennes
Du Mayflower à Wounded Knee

JACK WEATHERFORD
Ce que nous devons aux Indiens d'Amérique

JAMES WELCH
L'hiver dans le sang, roman
La Mort de Jim Loney, roman
Comme des ombres sur la terre, roman
L'Avocat indien, roman
C'est un beau jour pour mourir
L'Amérique de Custer contre les Indiens des Plaines

JAMES WILSON
La terre pleurera
Une histoire de l'Amérique indienne

Vous pourrez lire également
dans la collection « Terres d'Amérique »

SHERMAN ALEXIE
Indian Blues, roman
Indian Killer, roman
Phoenix, Arizona, nouvelles
La Vie aux trousses, nouvelles
Dix Petits Indiens, nouvelles

JOSEPH BOYDEN
Le chemin des âmes, roman
Là-haut vers le nord, nouvelles

DEBRA MAGPIE EARLING
Louise, roman

LOUISE ERDRICH
L'Épouse Antilope, roman
Dernier rapport sur les miracles à Little No Horse, roman
La Chorale des maîtres bouchers, roman
Ce qui a dévoré nos cœurs, roman

THOMAS KING
Medicine Rives, roman
Monroe Swimmer est de retour, roman
L'Herbe verte, l'eau vivre, roman

LOUIS OWENS
Le Joueur des ténèbres, roman
Le Canyon des ombres, roman

EDEN ROBINSON
Les Esprits de l'océan, roman

GREG SARRIS
Les Enfants d'Elba, roman

DAVID TREUER
Little, roman
Comme un frère, roman
Le manuscrit du Dr Apelle, roman

JAMES WELCH
À la grâce de Marseille, roman
Il y a des légendes silencieuses, poèmes

Composition Nord Compo
Impression : Imprimerie Floch, avril 2009
Éditions Albin Michel
22, rue Huyghens, 75014 Paris
www.albin-michel.fr
ISBN 978-2-226-19220-2
ISSN 1159-7100
N° d'édition : 25770 – N° d'impression : 73567
Dépôt légal : mai 2009
Imprimé en France